普通高等教育"十五"国家级规划教材
面向21世纪课程教材
国家精品资源共享课配套教材

中国现代文学史
1915—2018

第四版

下册

主编 朱栋霖 朱晓进 吴义勤

高等教育出版社·北京

内容提要

本书是中国现当代文学课程最具全国性影响的权威教材之一。本次修订，在保留第三版编写特色的前提下，根据新的研究成果和文学发展状况更新百年中国文学史叙述，体现本书内容的前沿性。全书分为上编现代文学（1915—1949）和下编当代文学（1949—2018），学术观点严谨、新颖，史料翔实，思路清晰，突出对经典作家和作品的解读。每章设"研习导引"，提炼重要的学术争论问题，供提升性学习。

本书为"互联网+"新形态教材，每章后设二维码，链接：①专家专题讲座；②提升性参考论文。本书可作为高校中文、新闻、文秘等专业的教材，也可供文学爱好者阅读。

图书在版编目（CIP）数据

中国现代文学史：1915—2018. 下册/朱栋霖，朱晓进，吴义勤主编. --4 版. --北京：高等教育出版社，2020.6

ISBN 978-7-04-052945-6

Ⅰ. ①中… Ⅱ. ①朱…②朱…③吴… Ⅲ. ①中国文学-现代文学史-1915—2018-高等学校-教材 Ⅳ. ①I209.6

中国版本图书馆 CIP 数据核字（2019）第 242101 号

中国现代文学史 1915—2018
Zhongguo Xiandai Wenxueshi 1915—2018

| 策划编辑 | 胡蔓妮 梅 咏 | 责任编辑 | 胡蔓妮 | 封面设计 | 杨立新 | 版式设计 | 张 杰 |
| 插图绘制 | 黄云燕 | 责任校对 | 高 歌 | 责任印制 | 耿 轩 | | |

出版发行	高等教育出版社	网　址	http://www.hep.edu.cn
社　址	北京市西城区德外大街4号		http://www.hep.com.cn
邮政编码	100120	网上订购	http://www.hepmall.com.cn
印　刷	北京市鑫霸印务有限公司		http://www.hepmall.com
开　本	787mm×1092mm 1/16		http://www.hepmall.cn
印　张	17.25	版　次	1999年8月第1版
字　数	400千字		2020年6月第4版
购书热线	010-58581118	印　次	2020年6月第1次印刷
咨询电话	400-810-0598	定　价	34.00元

本书如有缺页、倒页、脱页等质量问题，请到所购图书销售部门联系调换
版权所有　侵权必究
物　料　号　52945-00

出版与使用说明

《中国现代文学史 1915—2018》(第四版)是高等学校中国语言文学专业、新闻传播专业的必修课程"中国现当代文学"的主教材,系普通高等教育"十五"国家级规划教材《中国现代文学史》的第四版,面向 21 世纪课程教材,国家精品资源共享课"中国现当代文学"配套教材。

本教材以新的文学观、文学史观重新阐释中国文学 1915 至 2018 年的发展。上册为现代文学(1915—1949),下册为当代文学(1949—2018)。

本教材立足于本科教学,加强对经典作家作品的研读,旨在提供一个贯彻新时代高等教学改革理念的新教材,提倡开放式、探究型的专业课教学,探索建构思考型、探究型、教学互动型的教学方法与教学模式。

为此,本书第四版被修订为"互联网+"新形态教材,有如下新特点:

1. 每章后加设二维码,链接专家学者相关专题学术讲座的视频,所讲专题为本章内容的提升性研讨。

2. 每章后加设二维码,链接若干篇研习提升性文章。其中有:①本章叙述涉及的史料、文献;②环绕一个文学现象,不同学术观点的争论,主要用于配合文学史教学的提升性研讨。

3. 每章后加设"研习导引",提炼本章涉及的重要的学术论争问题,供课堂讨论。

本书主编认为,通常所谓"中国现当代文学史",就是在对经典作家作品和重要文学现象的历代不断解读、阐释,和各种不同观点的论争中层层积淀而形成的,文学史就是历代读者(研究者)阐释解读("接受")所积淀的思想与审美的历史。作为本教材叙述主体的相辅组成部分,"研习导引"所涉及的学术论争、专题学术讲座(二维码视频)和研习提升性文章(二维码文章)所提供的学术信息,都与本教材叙述上下,形成了文学史叙述的学术张力。由于本教材主要立足于本科教学,注重加强作品研读,所以会有若干重要的文学论争没被纳入。这也是可理解的。

教师在教学时,可结合各章"研习导引"的思考、探究,引导学生扫描二维码,聆听专家学者专题讲座,参读提升性学术论文,开展课堂讨论,师生互动,组织灵活的教学活动,加深对现当代文学史的理解与把握。要重视加强自学与评论写作指导,培养创新型人才。

本书的配套"作品选"教材为:《中国现代文学作品选 1915—2018》(第四版,四卷本，高等教育出版社 2019、2020 年版），亦系"互联网+"新形态教材，入选作品后均附二维码，链接相关评论文章，体现对作品的导读及研习导引。

考虑到各校课程设置情况的差异，还有《中国现代文学作品选 1917—2013》（第三版两卷本）出版，供各校选用。另有简编版《中国现代文学史精编 1917—2012》（一卷本，高等教育出版社 2014 年版）、《中国现代文学作品精编 1917—2012》（一卷本，高等教育出版社 2014 年版），供非中文专业选用。

本教材配有全套多媒体课件，供两个学期的课堂教学使用。各校教师可与高等教育出版社编辑部联系免费索取（见书后"教师服务登记表"）。

热诚希望各校同行教师在教学中积累丰富经验，对本教材提出宝贵意见。

朱栋霖
2019 年 8 月 2 日

目 录

下编（1949—2018）

第一章 1949—1976年文学思潮 ········· 3
    第一节 50年代、60年代文学运动与文学思潮 ········· 3
    第二节 "文化大革命"文学思潮 ········· 11

第二章 50年代、60年代小说 ········· 18
    第一节 50年代、60年代小说概述 ········· 18
    第二节 《创业史》《青春之歌》 ········· 25
    第三节 《组织部来了个年轻人》等 ········· 29

第三章 50年代、60年代诗歌 戏剧 散文 ········· 41
    第一节 50年代、60年代诗歌概述 郭小川 ········· 41
    第二节 50年代、60年代戏剧概述 《茶馆》 ········· 48
    第三节 50年代、60年代散文概述 ········· 54

第四章 50—70年代台港文学 ········· 60
    第一节 台湾文学概述 ········· 60
    第二节 小说 白先勇等 ········· 63
    第三节 香港文学概述 ········· 68
    第四节 通俗小说 金庸 ········· 71

第五章 50—70年代台港诗歌 戏剧 散文 ········· 79
    第一节 诗歌 余光中等 ········· 79
    第二节 戏剧 ········· 82
    第三节 散文 ········· 85

第六章 80年代、90年代文学思潮 ········· 90
    第一节 80年代文学思潮 ········· 90
    第二节 90年代文学思潮 ········· 96

第七章 80年代小说 ········· 102
    第一节 80年代小说概述 ········· 102
    第二节 王蒙 陆文夫 高晓声 ········· 108

第三节　谌容　张贤亮 …………………………………………………… 110
　　　第四节　汪曾祺 …………………………………………………………… 113
　　　第五节　探索小说　莫言 ………………………………………………… 115

第八章　90年代小说 … 121
　　　第一节　90年代小说概述 ………………………………………………… 121
　　　第二节　贾平凹　陈忠实 ………………………………………………… 126
　　　第三节　王安忆　陈染 …………………………………………………… 131
　　　第四节　王小波　王朔　余华 …………………………………………… 133

第九章　80年代、90年代诗歌 … 142
　　　第一节　80年代、90年代诗歌概述 ……………………………………… 142
　　　第二节　朦胧诗 …………………………………………………………… 146

第十章　80年代、90年代戏剧 … 153
　　　第一节　80年代、90年代戏剧概述 ……………………………………… 153
　　　第二节　沙叶新　高行健 ………………………………………………… 161

第十一章　80年代、90年代散文 … 168
　　　第一节　80年代、90年代散文概述 ……………………………………… 168
　　　第二节　巴金　余秋雨 …………………………………………………… 174

第十二章　80年代、90年代台港文学 … 177
　　　第一节　小说 ……………………………………………………………… 177
　　　第二节　戏剧 ……………………………………………………………… 182
　　　第三节　散文 ……………………………………………………………… 184

第十三章　现当代少数民族文学 … 188
　　　第一节　少数民族诗歌 …………………………………………………… 188
　　　第二节　少数民族小说 …………………………………………………… 192
　　　第三节　少数民族散文 …………………………………………………… 195
　　　第四节　少数民族戏剧 …………………………………………………… 197

第十四章　2000—2018年小说（一） … 199
　　　第一节　新世纪文学概述 ………………………………………………… 199
　　　第二节　精英文学的坚守 ………………………………………………… 206
　　　第三节　莫言 ……………………………………………………………… 213

第十五章　2000—2018年小说（二） … 220
　　　第一节　通俗小说 ………………………………………………………… 220
　　　第二节　打工文学与底层写作 …………………………………………… 224
　　　第三节　80后青春写作 …………………………………………………… 225
　　　第四节　新媒体与文学新形态 …………………………………………… 227

第十六章　2000—2018年诗歌　戏剧　散文 … 233
　　　第一节　诗歌 ……………………………………………………………… 233
　　　第二节　戏剧 ……………………………………………………………… 236

第三节　散文 ………………………………………………………………… 245
中国当代文学大事记（1949—2018） ……………………………………… 250
第三版后记 …………………………………………………………………… 262
新版补记 ……………………………………………………………………… 264

下 编
(1949—2018)

第一章 1949—1976年文学思潮

第一节 50年代、60年代文学运动与文学思潮

1949年中华人民共和国成立,中国进入了一个新的历史阶段,呈现出不同于以往的历史形态。中国共产党所领导的人民民主专政的社会主义国家体制,重新塑造了中国文学生存与发展的政治与社会文化环境,深刻地影响着中国文学现代化的历史进程。50—70年代,中国文学在谨严并不断趋向纯粹的革命文学规范制约之下,以高度的体制化形态呈现出与20世纪上半叶迥然不同的面貌。贯彻毛泽东《在延安文艺座谈会上的讲话》精神,文学艺术是无产阶级整个革命事业的一部分,是整个革命机器中的"齿轮与螺丝钉"。文艺为无产阶级政治服务,文艺为工农兵服务,成为从解放区到新中国文艺的方向与旗帜。主导50—70年代中国文学的,是国家政治体制下的无产阶级—革命的人学思想与文学话语:视阶级性为人的本质,以阶级取代个人,以阶级分析的方法判别人的身份、地位与性质,并满怀信心地站在无产阶级的革命立场来完成对于人的革命文学想象。

一、第一次全国文代会:当代文学的起点

1949年7月2日至19日,中华全国文学艺术工作者代表大会(即第一次文代会)在北平举行。会议出席代表824人,毛泽东到会讲话,朱德致贺词,周恩来作政治报告。会议由郭沫若作《为建设新中国的人民文艺而奋斗》的总报告,周扬总结解放区文艺运动,作了题为《新的人民的文艺》的报告,茅盾总结国统区文艺运动,作了题为《在反动派压迫下斗争和发展的革命文艺》的报告。会议成立了以郭沫若为主席,茅盾、周扬为副主席的全国文艺界的组织——中华全国文学艺术界联合会(简称文联)。会后,又陆续成立了下属的各个协会。其中,中华全国文学工作者协会(后为中国作协)选举茅盾为主席,丁玲、柯仲平为副主席。文联与作协在20世纪五六十年代是组织、实施文艺运动的重要机构。文联与作协历届全会的报告、决议都在政治方向与价值选择方面具有示范性、主导性的指向。作为一个独立的、中央一级的全国性人民团体,中国作协实行团体会员和个人会员两种会员组织方式。团体会员主要是各省、市、自治区作协,以与国家行政建制同构的方式保证自上而下的组织功能。对于作家个人来说,经审批成为中国作协会员以及在其中担任相应职务,具有身份认定和艺术价值评价的重要意义,对作家的名誉和社会地位具有重要的实际影响。中国文联以及中国作协等的成立,意味着新中国的文艺家都将成为党

领导下的文艺组织的成员。

中国当代文学是新文化运动以来逐渐生成、发展起来的新文学，它的历史接点是20世纪40年代的文学。分析40年代文学状况与性质，进而厘定新文学历史发展的方向，就成为当代文学路线展开的首要任务，这也是长期由主流政治所主导的当代文学发生的历史起点。40年代，由于持续的战争和新的历史条件下的政治分裂，中国被分割为国统区、沦陷区和解放区（抗战时期为根据地）。国统区文学承续了新文学的人的文学传统，呈现多元状态，解放区文学则以《在延安文艺座谈会上的讲话》（以下简称《讲话》）为指导纲领，以工农兵文艺为旗帜。茅盾和周扬分别就国统区文学和解放区文学所作的总结报告，具有清理文学传统、划分文学等级、明确文学方向的重大意义和作用。

茅盾的报告在有限肯定国统区文学成就的同时，明确指出了其中的"缺点"以及"毒素"。缺点，主要是一种"低回感伤的情绪"，它在取材于一般生活现象的客观型作品与着重描写人物精神状态的主观型作品中都存在，尤其是那些"填塞"着"人道主义的思想情绪"的作品。除此之外，"还有一些更有害的倾向潜生在进步的文艺阵营内部，成为腐蚀我们的斗志的毒素"，主要包括向"小市民的趣味投降"的"完全按照个人的趣味而采集些都市生活的小镜头"的作品，"迎合落后的读者"的"抗战加恋爱的新式传奇"，以及"受着资本主义没落期的文艺思潮的影响，公然把颓废主义呈现在大众的面前，而且还要装出'纯文艺'的高贵的气派来骗取读者"的创作。这些不良乃至有害倾向之所以产生，除了客观条件之外，最根本的是"作家主观上的原因"，即"国统区的进步作家们大多数是小资产阶级知识分子"，"未经改造"的他们"在生活思想各方面和劳动人民是有距离的。小资产阶级的思想观点使他们在艺术上倾心于欧美资产阶级文艺的传统，小资产阶级的思想观点也妨碍了他们全面深入地认识历史的现实"①。

周扬关于解放区文学的报告以高昂的激情与不容怀疑的自信阐明："解放区的文艺是真正新的人民的文艺"，这不仅体现在创作上"像潮水一般地涌进"的"新的主题、新的人物"，由"与工农群众相结合"而产生的"新的语言"，以及"和自己民族的，特别是民间的文艺传统保持了密切的血肉关系"的新的形式，也表现在由广大工农兵群众积极参加的新的文艺生产方式。此外，改造"尚在民间流行的封建旧文艺"的旧剧改革，也是一项具有全新意义的实践。周扬的报告在总结解放区文艺经验与成就的同时，明确宣布以《讲话》精神所规定的中国文学的发展方向为正确方向："毛主席的《在延安文艺座谈会上的讲话》规定了新中国的文艺的方向，解放区文艺工作者自觉地坚决地实践了这个方向，并以自己的全部经验证明了这个方向的完全正确，深信除此之外再没有第二个方向了，如果有，那就是错误的方向。"②

两个报告反正对照，又殊途同归，全面而具体地厘清了作为当代文学直接历史起点的40年代文学状况，匡定了判别文学价值的标准，明确了发展方向。随着即将发生的中国社会政治形态的根本转变，延安文学作为正统和范例，在全国范围内被推广开来。第一次

---

① 茅盾：《在反动派压迫下斗争和发展的革命文艺》，引自洪子诚主编：《中国当代文学史·史料选：1949—1999》（上），长江文艺出版社2002年版，第164页。

② 周扬：《新的人民的文艺》，《周扬文集》第1卷，人民文学出版社1984年版，第513页。

文代会拉开了当代文学的大幕。

二、持续开展的文学运动

政治与文学的关系问题，在本时期上升为文学与所有外部关系中最重要的问题。文学与时代政治的紧密关系，文学为无产阶级政治服务，为阶级斗争服务，是"十七年"（特指自1949年至1966年"文化大革命"开始，为"十七年"）文学思潮的主要特点，也是"十七年"文学理论体系建构的理论基点与实际目的。根据毛泽东的观点："在现在世界上，一切文化或文学艺术都是属于一定的阶级，属于一定的政治路线的。为艺术的艺术，超阶级的艺术，和政治并行或互相独立的艺术，实际上是不存在的。"强调文学的阶级属性和政治性，强调文学为无产阶级政治服务，为无产阶级革命斗争服务。在此基础上提出了"无产阶级的党的文学的原则"，明确了文学事业与整个无产阶级革命事业的关系与位置："无产阶级的文学艺术是无产阶级整个革命事业的一部分，如同列宁所说，是整个革命机器中的'齿轮和螺丝钉'。因此，党的文艺工作，在党的整个革命工作中的位置，是确定了的，摆好了的；是服从党在一定革命时期内所规定的革命任务的。"① "十七年"文学中连续不断的批判、斗争形成的文学运动，就是文学为时代政治服务的集中体现。

关于《武训传》的讨论　1950年年底上映的历史题材传记电影《武训传》，通过武训行乞求学、进而兴办义学的事迹，歌颂了反映"旧社会贫苦农民文化翻身的要求"的"武训精神"②。影片开始受到了不少肯定，但很快，《文艺报》发表贾霁的批评文章《不足为训的武训》。1951年5月20日，《人民日报》又发表了由毛泽东亲自修订的社论《应当重视电影〈武训传〉的讨论》，将其定性为"狂热地宣传封建文化"，"向资产阶级的反动思想投降"。一场大规模的批判运动随之展开。1951年8月8日，周扬发表《反人民、反历史的思想和反现实主义的艺术》，对这场批判进行了总结。关于《武训传》的讨论，是中国当代文艺运动史上一个重要起点。邵荃麟在1959年总结新中国成立十年历程时指出：这是"开国后文艺界第一次重大的思想斗争。它的实质是资产阶级的改良主义、投降主义与无产阶级的革命主义的斗争"③。

电影《武训传》的一个关键是主人公的知识分子身份。如何表现知识分子、如何处理知识分子与群众的关系，也是要被严格规范的。与此相呼应的，是1951年还发生了对萧也牧小说《我们夫妇之间》的批评。这部家庭生活、婚恋爱情题材的小说，由于一定程度地展开了知识分子身份的丈夫与工农出身的妻子之间的情感关系的复杂性，被认为是表现了"反人民的态度""新的低级趣味"④，具体说，就是"依据小资产阶级观点、趣味来观察生活，表现生活"⑤，迎合了"留在小市民，留在小资产阶级中的一些不好的趣味"⑥。

对俞平伯《红楼梦研究》的批判与反对胡适派资产阶级唯心论的斗争　新红学派代表

---

① 毛泽东：《在延安文艺座谈会上的讲话》，《毛泽东选集》第3卷，人民出版社1991年版，第865—866页。
② 孙瑜：《编导〈武训传〉记》，《光明日报》1951年2月26日。
③ 邵荃麟：《文学十年历程》，《邵荃麟评论选集》（上），人民文学出版社1981年版，第377页。
④ 冯雪峰：《反对玩弄人民的态度，反对新的低级趣味》，《文艺报》1951年第4卷第5期。该文发表时署名"李定中"。
⑤ 陈涌：《萧也牧创作的一些倾向》，《人民日报》1951年6月10日。
⑥ 丁玲：《作为一种倾向来看——给萧也牧同志的一封信》，《文艺报》1951年第4卷第8期。

人物之一俞平伯于1952年出版了在旧作《红楼梦辨》（1923）基础上修改的《红楼梦研究》，1954年又发表《红楼梦简论》，总结了自己的红学研究。不久，李希凡、蓝翎连续发表《关于〈红楼梦简论〉及其他》与《评〈红楼梦研究〉》，批评俞平伯研究中的主观唯心论思想以及对《红楼梦》的"歪曲"。文章很快受到毛泽东的重视。毛泽东于1954年10月16日致中央政治局成员的《关于红楼梦研究问题的信》中提出，要开展一场反对"胡适派资产阶级唯心论的斗争"。10月31日至12月8日，中国文联和作协主席团连续召开8次联席扩大会议，讨论《红楼梦研究》和《文艺报》的问题。最终作出《关于〈文艺报〉的决议》①，决定改组《文艺报》的编辑机构。会上，周扬作了《我们必须战斗》的发言。冯雪峰被迫发表了《检讨我在〈文艺报〉所犯的错误》（《人民日报》1954年11月4日）。对俞平伯《红楼梦研究》的批判，延续了"讨论"《武训传》时的方式、方法，即以具体作品为契机和引子，展开具有敌我关系性质的思想斗争。"这看来似乎只是一个对古典作品评价的问题，但实质上却是一场唯心主义与唯物主义的大斗争。"批判目标直指五四新文化运动的中心人物胡适，其目的是为了铲除"几十年来胡适思想的老根"②。这不仅涉及如何解释现代文化史的问题，更关系到长期以来的革命的性质及文化领导权的根本问题。

胡风反革命集团案 胡风在20世纪三四十年代已是左翼文学阵营的重要文艺理论家。40年代后期，针对胡风以主观战斗精神为核心的文学主张，左翼文学界曾展开过一系列批评。1952年文艺界整风期间，6月8日的《人民日报》转载了胡风派成员舒芜的检讨文章《从头学习〈在延安文艺座谈会上的讲话〉》③，并以编者按首次提出"以胡风为首的一个文艺小集团"，指明胡风的文艺思想"实质上属于资产阶级、小资产阶级个人主义的文艺思想"。1952年12月，全国文协召开了胡风文艺思想讨论会，林默涵、何其芳分别在会议上作了《胡风的反马克思主义的文艺思想》④与《现实主义的路，还是反现实主义的路？》⑤的发言。胡风等并未因此更正自己的立场、观点和态度。路翎在其《洼地上的"战役"》⑥等小说受到严厉批评后，发表长文《为什么会有这样的批评？》⑦，展开自我辩护。1954年7月，胡风直接向党中央递交《关于解放以来的文艺实践情况的报告》（计27万字，故又称"三十万言书"，也简称"意见书"），批评文艺界在共产主义世界观、工农兵生活、思想改造、民族形式、文艺题材五个方面存在的问题，并称之为"五把刀子"。1955年1月20日，中宣部向中央递交了《关于开展批判胡风思想的报告》。5月13日，《人民日报》以《关于胡风反党集团的一些材料》为题公布了一批舒芜提供的与胡风之间的私人往来书信。接着，又连续公布了第二、三批材料，⑧胡风等人被最终定性为反

---

① 载《人民日报》1954年12月9日。
② 邵荃麟：《文学十年历程》，《邵荃麟评论选集》（上），人民文学出版社1981年版，第378页。
③ 原载《长江日报》1952年5月25日。
④ 后发表于《文艺报》1953年第2期。
⑤ 后发表于《文艺报》1953年第3期。
⑥ 发表于《人民文学》1954年第3期。
⑦ 连载于《文艺报》1955年第1、2期合刊与第3期、第4期。
⑧ 第一、第三批材料公布时，毛泽东均亲自撰写按语，后以《〈关于胡风反革命集团的材料〉的序言和按语》为题收入人民出版社1977年版《毛泽东选集》。

革命集团。胡风反革命集团案最终导致2 100余人被牵连,92人被逮捕,62人被隔离,73人被停职反省。对此,作家袁鹰后来曾有过这样的描述:"这桩共和国第一个最大的文字狱,从此开了一个最恶劣的先例:以言论定罪,以书信定罪,以文字定罪,甚至以闲谈定罪。片言只语,便无限上纲,穿凿附会,便罗织罪名。一纸公文,便可以在一夜之间动员全国舆论媒体,呼唤来千军万马。"①

"双百"方针与文艺界反右运动 为了动员一切积极因素,加强团结,1956年5—6月,中央提出了"百花齐放,百家争鸣"方针②。作为一项文化政策,"双百"方针与《讲话》保持高度一致,具有明确的限度和前提:第一,"在阶级社会里,文学艺术和科学工作毕竟要成为阶级斗争的武器"。第二,"'百花齐放,百家争鸣',是人民内部的自由","这是一条政治界线,政治上必须分清敌我"。

"双百"方针提出后一年左右的时间里,文学界出现了一定程度的新异色彩。这不仅体现在理论上关于现实主义、写真实的讨论,关于人情、人性、"文学是人学"的思考等;更直接表现在"干预生活"口号下出现的直面现实矛盾的小说、特写、杂文与戏剧,以及把笔触伸向人情、人性,探索人的内心复杂性的一批创作。《写真实——社会主义现实主义的生命核心》(刘绍棠)、《现实主义——广阔的道路》(何直)、《关于社会主义的现实主义》(陈涌)、《论现实主义及其在社会主义时代的发展》(周勃)、《要不要"干预生活"》(晨风)、《话剧演员要求创作民主》(方焰)、《解除文艺批评的百般顾虑》(黄药眠)、《烦琐公式可以指导创作吗?——与周扬同志商榷几个关于创造英雄人物的论点》(唐挚)、《论人情与人性》(王淑明)、《刺在哪里?》(秋耘)、《论"文学是人学"》(钱谷融)、《电影的锣鼓》(钟惦棐)、《论人情》(巴人)等一批文论的出现,表达了对诸如现实主义真实性与典型性、文艺创作中的人情与人性、文艺与生活的关系、世界观与创作方法、文艺生产规律与领导体制、歌颂与暴露以及人物性格的塑造等多方面问题的兴趣与论争。在文学创作方面,主要有两类具有新异色彩的作品。一类是直面现实矛盾,大胆干预生活,突破了长期以来只准歌颂不准暴露的禁区,有《组织部来了个年轻人》《改选》《田野落霞》《爬在旗杆上的人》《本报内部消息》等。另一类是突破被长期封锁的人情、人性的禁区,把笔触伸向人物丰富、复杂的情感世界,克服公式化、概念化的弊端,有《在悬崖上》《美丽》《小巷深处》《红豆》等小说,以及《布谷鸟又叫了》等话剧。

大鸣大放为期不长。1957年6月,反右运动开始,其规模和影响都远胜于不久前的反胡风案。6月8日,《人民日报》发表社论《这是为什么?》,并接连发表由毛泽东亲自撰写的社论《文汇报在一个时期内的资产阶级方向》《文汇报的资产阶级方向应当批判》,号召"组织力量反击右派分子的猖狂进攻","打退资产阶级右派的进攻",在全国范围内,一场声势浩大的反右派运动迅速展开。"当年十月反右结束时,全国共划右派分子五

---

① 袁鹰:《书窗碎影之六:五十年前那场文字狱》,《书摘》2003年第12期。
② 在1956年5月2日最高国务会议第七次会议上,毛泽东作了《论十大关系》的报告,在各界人士发言讨论之后,他在总结讲话中提出"百花齐放,百家争鸣。在艺术方面的百花齐放的方针,学术方面的百家争鸣的方针,是有必要的"。5月26日,中宣部部长陆定一应中科院院长和中国文联主席郭沫若邀请,代表中共中央在怀仁堂向科学家和文艺家作题为《百花齐放,百家争鸣》的讲话。

十五万人，另有不少人未'戴帽'而受到被开除党籍、团籍和降职降薪等处分。"文艺界是反右派运动的重要领域，"仅全国文联和各协会领导机关里，就划了八十七名'右派'。其中中国作协一个人数不多的机关里，被定为'右派'的竟达三十人，受到党纪、行政等处分的还未统计在内"①。对于作家、理论家来说，他们的历史问题以及在"双百"方针形势中的表现，成为揪毒草、划右派的依据。1957年7月至9月，中国作协连续召开了25次党组扩大会议，批判丁玲、陈企霞、冯雪峰"反党集团"。艾青、苏群、白朗、罗烽、吴祖光、钟惦棐、傅雷、陈梦家、孙大雨、穆旦等一大批老作家，因为历史或现实问题，被划为"右派"。青年作家王蒙、刘绍棠、陆文夫、李国文、邓友梅、从维熙、张弦、张贤亮、方之、白桦、邵燕祥、流沙河等也被批判和"戴帽"。"干预生活""写真实""现实主义深化"以及写人情、人性的理论探索和文艺创作，由"百花"而被定为"毒草"，"百家"也被简化为"无产阶级一家"与"资产阶级一家"的两家。1958年第5期《文艺报》上，周扬发表了对文艺界"反右运动"具有总结性的文章《文艺战线上的一场大辩论》。

后来，在1979年第四次文代会的报告《继往开来，繁荣社会主义新时期的文艺》中，他曾回顾当时的历史："一九五七年文艺界的反右派斗争，混淆两类矛盾的情况更为严重，使很多同志遭到了不应有的打击，错误地批判了一些正确的或基本正确的文艺观点和文艺作品，伤害了一大批文艺工作者，其中包括一些有才华、有作为、勇于探索的文艺工作者，使'百花齐放，百家争鸣'提出后，文艺领域出现的生气勃勃的景象遭受了挫折。"

从文艺大跃进到"文革"前夜　1958年，与经济上的大跃进相呼应，文艺"大跃进"也紧锣密鼓地展开。当时发起了一场新民歌运动，广泛收集民歌，号召全民写诗，1959年编辑出版的《红旗歌谣》是其成果的体现。1958年5月，毛泽东在中共八大二次会议上提出："无产阶级文学艺术应采用革命现实主义与革命浪漫主义相结合的创作方法。"新民歌与两结合，体现了意欲创建共产主义文艺的意义。郭沫若、周扬在《红旗歌谣·编者的话》中就宣称："诗歌和劳动在社会主义、共产主义新思想的基础上重新结合起来，正是在这个意义上，新民歌可以说是群众共产主义文艺的萌芽。"《文艺报》在综述当时关于两结合创作方法讨论的文章中也指出："党中央提出建设共产主义文艺的任务，《人民日报》并在九月三十日发表了题为《争取文学艺术的更大跃进》的社论，使我国工人阶级文艺运动开始进入一个崭新的阶段。建设共产主义文艺，已成为广大群众和全体文艺工作者的实际行动和奋斗目标。"②

狂热的大跃进之后是连续三年的国民经济困难，作为两结合实践的新民歌运动也没有取得令人满意的实绩。1960年冬，中央对国民经济实行调整、巩固、充实、提高的方针，也对激进的文艺政策作出调整。1961年6月，中宣部在北京新侨饭店召开全国文艺工作座谈会（即新侨会议），全国故事片创作座谈会也在北京召开。周恩来发表了《在文艺工作座谈会和故事片创作会议上的讲话》，总结了新中国成立以来文艺工作的经验教训，着重论述了发扬艺术民主、尊重文艺规律、物质生产与精神生产等问题。中共中央根据这个精

---

① 朱寨主编：《中国当代文学思潮史》，人民文学出版社1987年版，第326、329页。
② 《各报刊关于革命的现实主义和革命的浪漫主义相结合问题的讨论》，《文艺报》1958年第21期。

神制定了《关于当前文学艺术工作的意见》（即《文艺八条》）。1962年3月，文化部和中国剧协在广州召开话剧、歌剧、儿童剧创作座谈会（即广州会议），周恩来到会作了《关于知识分子问题的报告》，着重阐述了如何正确评价与对待知识分子，如何改善党和知识分子的关系问题。同年8月，中国作协在大连召开农村题材短篇小说创作座谈会，邵荃麟指出要重视写好中间状态的人物。

1962年9月，毛泽东在党的八届十中全会上提出"千万不要忘记阶级斗争"，"要抓意识形态领域里的阶级斗争"，并针对小说《刘志丹》指出："利用写小说搞反党活动，是一大发明。"① 一场在阶级斗争扩大化理论指导下的社会主义教育运动在国内展开。八届十中全会后，时任上海市委书记的柯庆施在1963年年初提出了"大写十三年"，认为只有反映新中国成立以来的十三年的现代生活，才能"帮助人民树立社会主义思想"，"旧社会只能培养人们自己为自己的自私自利的思想"。继而，姚文元、张春桥又进一步对此进行发挥，认为只有写社会主义革命和社会主义建设，才是社会主义文艺。题材决定论被推向极端。1963年12月12日和1964年6月27日，毛泽东作出两个批示，彻底否定新中国成立以来的文艺界，掀起了新的批判高潮。1964年文艺界再度整风，狠抓意识形态领域里的阶级斗争。小说《三家巷》《苦斗》《赖大嫂》《陶渊明写挽歌》等，电影《北国江南》《林家铺子》《早春二月》《舞台姐妹》，新编历史剧《李慧娘》《谢瑶环》《海瑞罢官》等被批判。这一时期，社科界配合中共中央批判苏联修正主义，批判国内"合二而一"论、"时代精神汇合"论，对资产阶级人性论、"真实论"、"有鬼无害"论、"写中间人物"论、"题材问题"的批判，是文艺界引人注目的理论事件，日益强化的阶级斗争思潮弥漫于文艺领域。小说《艳阳天》《风雷》，戏剧《千万不要忘记》《霓虹灯下的哨兵》《夺印》，诗歌《重返杨柳村》等一批宣传阶级斗争的作品产生。1964年6月，北京举行京剧现代戏观摩演出大会，《红灯记》《奇袭白虎团》《智取威虎山》《杜鹃山》等一批革命现代京剧登台亮相。1965年11月，上海《文汇报》发表姚文元文章《评新编历史剧〈海瑞罢官〉》，揭开了一场更大的政治风暴的序幕。

三、社会主义现实主义的建构

20世纪五六十年代，现实主义作为一种主流创作方法、艺术形态和文学理论被提倡，同时也具有改造与重塑作家的世界观、美学观的特殊意义。它在当代的根本指向是一种关于社会主义乃至共产主义的新文学形态的构想，包含着非常鲜明的理想色彩与乌托邦意味。当代的现实主义其实构成了一种特殊的文学规范机制，成为文学制度的一个重要方面。

1942年，毛泽东在《讲话》中阐述文艺界的统一战线问题时，就"文艺界的特殊问题——艺术方法、艺术作风"明确表示："我们是主张社会主义的现实主义的。"1953年1月11日，《人民日报》转载了周扬在1952年为苏联文学杂志《旗帜》所写的《社会主义现实主义——中国文学前进的道路》。文章指出："社会主义现实主义，现在已成为全世界一切进步作家的旗帜，中国人民的文学正是在这个旗帜之下前进。正如中国新民主主义革命是无产阶级社会主义世界革命的组成部分一样，中国人民的文学也是世界社会主义现实主义文学的组成部分。"当年9月，第二次全国文代会召开，会议正式确定"把社会主

---

① 毛泽东：《在党的八届十中全会上的讲话》，《红旗》1967年第9期。

现实主义方法作为我们整个文学艺术创作和批评的最高准则"①。《苏联作家协会章程》所规定的"社会主义的现实主义"的概念是:"社会主义的现实主义,作为苏联文学和苏联文学批评的基本方法,要求艺术家从现实的革命发展中真实地、历史地和具体地去描写现实。同时艺术描写的真实性和历史具体性必须与用社会主义精神从思想上改造和教育劳动人民的任务结合起来。"②

理想与现实 现实主义在中国革命文学的系统中始终都与对革命远景的想象相联系,关于革命的浪漫的构想与期待,始终牵引着人们对于现实主义的种种论说。这是一个在革命目标规约下企图收纳人们全部的文学表达与想象的话语范畴。它的生成离不开20世纪中国异常动荡、危机深重的历史,以及艰苦卓绝、严酷曲折的斗争历程,是一种直接功利性与乌托邦想象相混合的产物。它本质上是一个政治话语的文学表达,其实践逻辑是紧紧追随不断前进的革命实践,始终怀着浪漫的革命理想来反映具体的革命现实。理想主义(浪漫主义)与现实主义相结合,是当代现实主义构想的核心。这种现实主义构想的实践展开,涉及世界观、典型、细节、环境、题材、风格等诸多因素。其中,同理想与现实的体用关系最具直接关联性的是典型和题材。题材即"写什么"的问题主要联系着对现实的反映,而现实中最根本的因素是人。因此,另一个关键就是如何根据理想来表现人,即塑造人的典型。也就是通过题材对接现实(并寄托理想),以典型(在与现实的联系中)体现理想,来有效地展开与新时代相呼应、并同时代发展的历史必然性保持高度一致的文学实践。

文学典型 文学典型是马克思主义文艺理论的一个经典命题,也是左翼革命文学发展过程中的一个核心理论问题。1942年的《讲话》中,毛泽东明确提出革命文学的任务是表现"新的人物、新的世界"。这虽然是直接就文学题材而说的,不过,关于"新"的强调又具有着特殊的典型性指向和要求。"新的人物"与"新的世界"相结合,就构成了典型环境中的典型人物这一经典论断的中国化,赋予了典型特殊的理想化色彩。

在1953年文艺界学习社会主义现实主义时,周扬专门阐述了典型的内涵:"典型是表现社会力量的本质,与社会本质力量相适应,也就是说典型是代表一个社会阶层,一个阶级,一个集团,表现他最本质的东西。"③ 在革命性、阶级性的根本原则下,以饱含理想色彩的积极性、先进性、榜样性来塑造人物的典型性,是当代现实主义典型论的核心。在1960年的第三次文代会上,周扬的报告又提出了"创造新英雄人物"的观点。而所谓"新",在于这些英雄人物是"最能体现无产阶级革命理想的人物"。大会决议指出:"全国文艺工作者必须加强艺术实践,努力掌握革命现实主义和革命浪漫主义相结合的艺术方

---

① 周扬:《为创造更多的优秀的文学艺术作品而奋斗——一九五三年九月二十四日在中国文学艺术工作者第二次代表大会上的报告》,《文艺报》1953年第19期。
② 《苏联作家协会章程》(经1935年11月17日苏联人民委员会批准),《苏联文学艺术问题》,人民文学出版社1953年版,第13页。
③ 周扬:《在全国第一届电影剧作会议上关于学习社会主义现实主义问题的报告》,《周扬文集》第2卷,人民文学出版社1985年版,第197页。

法，表现我们伟大的时代，塑造这个伟大时代的英雄形象。"①

在第一次至第三次全国文代会上，关于典型的理论设计与表述，经历了"各种英雄模范人物"到"正面的英雄人物"，再到"新英雄人物"的变化。把"英雄人物"和"模范"并提，带有更多的与现实工作相联系的意味；用"正面"来修饰时，则强化和突出了"英雄人物"的积极与进步价值；而以"新"取代"正面"，并在"新"中特别指明无产阶级性、历史性时，则进一步表明了不可阻挡的前进意向与更加纯粹的阶级眼光。演进过程反映了一种在革命性、阶级性原则引导下不断发展的追"新"、创"新"要求，以及当时文艺主流在典型规划和设计过程中愈来愈迫切的理论焦虑②。其发展指向，就是"文革"期间提出的三突出原则："在所有人物中突出正面人物，在正面人物中突出英雄人物，在英雄人物中突出主要英雄人物。"

题材问题 由于特别注重文学的功利性，特别讲究文学与现实革命斗争相结合，强调文学对具体工作的直接配合，题材，即写什么，在中国当代文学中就成为至关重要的了。题材不仅是一个具体现实问题，而且要在与现实的直接、紧密联系中体现方向性与理想诉求。创作中选择什么样的题材，由《讲话》所提出的"我们的文艺是为什么人的"这一根本问题所决定。于是，围绕着革命领导者对于人的理解、认识与阶级性分析，题材也被划分为不同的类型，并在价值上予以明确区别。在阶级性这一根本原则的指导下，按照物质生产决定精神生产、实践决定意识的逻辑，与当前革命和建设工作的实际布局相对应，是题材分类的空间维度，于是有了工业题材、农业题材、军事题材等。此外还有一个时间维度，于是也有现实题材、历史题材的划分，历史题材中又有一个革命历史题材的特别类型。最重要的是，无论空间分类还是时间分类，都同时融入了价值等级的判断。各种题材之间存在着主要与次要、重大与非重大的价值差别。1964年，《文艺报》发表专论《"写中间人物"是资产阶级的文学主张》，开展对题材问题的批判。

第二节 "文化大革命"文学思潮

"文化大革命"，全称"无产阶级文化大革命"，始于1966年5月，终于1976年10月。这场中国历史上空前的政治运动，是中华民族的历史大灾难，中国文学因此前所未有地遭到了毁灭性的打击。

一、"文革"的策动与过程

1963年12月12日和1964年6月27日，毛泽东针对文艺工作相继作出两个批示。1964年7月2日，毛泽东主持政治局常委会议，决定文艺界重新开展整风。1965年11月，姚文元的《评新编历史剧〈海瑞罢官〉》在上海发表。1966年5月，中共中央政治局在北京召开扩大会议。16日，会议通过了经毛泽东多次修改的开展"文化大革命"的《五一六通知》，设立以陈伯达、康生、江青为主的中央"文化革

---

① 《中国文学艺术工作者第三次代表大会·大会决议》，《中国新文学大系1949—1976·史料·索引卷一》，上海文艺出版社1997年版，第747页。
② 刘卫东：《从"新人"到"英雄"——社会主义新人理论的演变》，《文学评论》2010年第5期。

命"小组。《五一六通知》指出"文化大革命"的任务是"高举无产阶级文化革命的大旗,彻底揭露那批反党反社会主义的所谓'学术权威'的资产阶级反动立场,彻底批判学术界、教育界、新闻界、文艺界、出版界的资产阶级反动思想,夺取在这些文化领域中的领导权。而要做到这一点,必须同时批判混进党里、政府里、军队里和文化领域的各界里的资产阶级代表人物"①。一场席卷中国大地的史无前例的无产阶级"文化大革命"迅速爆发。

1966年5月25日,北京大学哲学系党总支书记聂元梓与哲学系六位教师,在北大食堂共同张贴了大字报《宋硕、陆平、彭珮云在文化革命中究竟干些什么?》。6月1日,中央人民广播电台向全国广播大字报全文,《人民日报》6月2日以《北京大学七同志一张大字报揭穿一个大阴谋》为题全文发表,并配发了《欢呼北大的一张大字报》。全国上下兴起了造反运动。从6月1日起,《人民日报》相继发表社论《横扫一切牛鬼蛇神》《放手发动群众,彻底打倒反革命黑帮》等,号召"把一切牛鬼蛇神统统揪出来斗臭、斗垮、斗倒"。8月,中共中央八届十一中全会在北京举行。8月5日,毛泽东写下《炮打司令部——我的一张大字报》,向"刘邓资产阶级司令部"宣战。随后,全会于8月8日通过了《中国共产党中央委员会关于无产阶级文化大革命的决定》,即十六条,全面部署"文革",其中第十六条指出:"毛泽东思想是无产阶级文化大革命的行动指南。"从中央到地方的各级政府、各部门、军队全部陷入瘫痪状态,社会生活的各方面陷入混乱与动荡。1976年9月毛泽东逝世,10月中共中央粉碎"四人帮",历时十年的"文化大革命"宣告结束。1981年6月27日,中共中央十一届六中全会通过《关于建国以来党的若干历史问题的决议》,指出"一九六六年五月至一九七六年十月的'文化大革命',使党、国家和人民遭到建国以来最严重的挫折和损失。这场'文化大革命'是毛泽东同志发动和领导的"。

二、《纪要》与"文艺黑线专政"论

1966年2月2日至20日,江青以林彪的名义在上海秘密召开了部队文艺工作座谈会,炮制出《林彪同志委托江青同志召开的部队文艺工作座谈会纪要》(简称《纪要》)。4月10日,《纪要》经过毛泽东三次亲自审阅和修改后,以《林彪同志委托江青同志召开的部队文艺工作座谈会纪要》为题,以中共中央文件的形式传达全党。1966年4月18日,《解放军报》发表题为《高举毛泽东思想伟大红旗,积极参加社会主义文化大革命》的社论,全面公布了《纪要》的观点和内容,次日《人民日报》全文转载②。《纪要》的主要内容包括:"文艺黑线专政"论、重新组织文艺队伍、破除对30年代文艺的迷信、破除对中外古典文学的迷信等十条内容,并点名批判了一大批文艺作品。

批判"文艺黑线专政",是《纪要》的核心所在。它把新中国成立以来文艺理论方面的代表性论点归纳为"黑八论":即"写真实"论、"现实主义——广阔的道路"论、"现实主义的深化"论、反"题材决定"论、"中间人物"论、反"火药味"论、"时代精神汇合"论和"离经叛道"论。并特别强调:"这些论点,大抵都是毛主席《在延安文艺座谈会上的讲话》中早已批判过的。"《纪要》提出"要重新教育文艺干部,重新组织文艺

---

① 中国共产党中央委员会:《五一六通知》(1966年5月16日)。
② 1967年5月29日,《人民日报》第一次公开发表了《纪要》全文。

队伍","坚持进行一场文化战线上的社会主义大革命,彻底搞掉这条黑线"。在全盘否定既有文学成果与传统的基础上,《纪要》提出要创造"开创人类历史新纪元的、最光辉灿烂的新文艺",要"搞出好样板";在题材上,"要努力塑造工农兵的英雄人物,这是社会主义文艺的根本任务"(简称"根本任务论");在艺术手法上,"要采取革命现实主义和革命浪漫主义相结合的方法"。

三、革命样板戏运动

1967年5月,毛泽东《讲话》发表25周年之际,京剧《红灯记》《沙家浜》《智取威虎山》《奇袭白虎团》《海港》,芭蕾舞剧《白毛女》《红色娘子军》,和交响音乐《沙家浜》在北京举行会演。5月31日,《人民日报》发表社论,八部作品被正式确定为"革命文艺的优秀样板",通常也称作八大样板戏。至1974年初澜总结文艺革命成果时,"无产阶级培育的革命样板戏",则"已有十六七个了"①,这还包括现代京剧《龙江颂》《杜鹃山》《平原作战》《红色娘子军》《磐石湾》,现代舞剧《草原儿女》《沂蒙颂》等。按照设计者当时的说法,样板戏的现实功能与历史意义在于,它"直接地为无产阶级文化大革命制造了革命的舆论,成为巩固无产阶级专政,防止资本主义复辟的强大的思想武器。充分认识革命样板戏的意义和作用,是充分认识无产阶级文化大革命的伟大意义的一个重要方面"②。

革命样板戏的产生,是长期以来激进的政治文艺思潮达到顶点的产物,是以革命性、阶级斗争学说为核心的社会主义新文艺构造与设计的结果,是当代典型论文艺实践中的最典型作品。1968年,《文汇报》发表了署名初澜的文章,总结革命样板戏创作经验,明确提出了文艺创作的三突出原则,即"在所有人物中突出正面人物,在正面人物中突出英雄人物,在英雄人物中突出主要英雄人物"③。文学为政治服务、文学为阶级斗争服务被推向了极端。

四、"文革"时期主流文学思潮的特点

"文革"时期的主流文学思潮具有四个显著的特点:第一,极端政治功利主义。"文革"期间,文学从属于政治、服务于政治的文艺观念被推向极致,文学被要求成为彻底的、纯粹的阶级斗争理论的符号,成为直接服务于现实政治斗争和运动的工具。第二,极端乌托邦空想色彩。这一时期,一切文学创作活动都被置于"开创人类历史新纪元的、最光辉灿烂的新文艺"的文化空想之中。塑造不食人间烟火、完全脱离现实,即所谓"高大全"的工农兵英雄人物,成为文学创作的根本任务。第三,极端历史虚无主义和文化自闭意识。与极端的乌托邦空想相联系,"文革"期间一切优秀的文学成果与传统都被彻底否定和拒绝,无论古今中外,无论新中国还是苏联。第四,高度组织化的实践形态。"文革"文学思潮在现实中是通过政治机器的策动和操作,以前所未有的高度组织化、运动化的方式予以实践的,即便文学创作本身也被施以合作化生产式的再造。当时,一种以"破除创作私有"为目标之一的文学创作方式"三结合"(即党的领导、工农兵群众与专业文艺工

---

① 初澜:《京剧革命十年》,《红旗》1974年第7期。
② 初澜:《中国革命历史的壮丽画卷——谈革命样板戏的成就和意义》,《红旗》1974年第1期。
③ 于会泳:《让文艺舞台永远成为宣传毛泽东思想的阵地》,《文汇报》1968年5月23日。

作者）被提倡推广。这不仅应用于具有综合性、集体性特征的戏剧，小说也不例外。上海县工农兵写作组创作的《虹南作战史》一类作品应运而生。而三结合被推广的理由则是，"有利于党对文艺工作的领导"，"是造就大批无产阶级文艺战士的好方式"，以及"为破除创作私有等资产阶级思想提供了有利条件"。关于"破除创作私有"，具体说就是"由于工农兵业余作者的参与，他们也把无产阶级的生产方式和先进思想带进了创作集体"，文艺创作"就像他们在生产某一机件时一样，绝没有想到这是我个人的产品，因而要求在产品上刻上自己的名字"①。

在这样的环境中，浩然的长篇小说《金光大道》（第一部、第二部）成为了新的文学典范。浩然（1932—2008），本名梁金广，1956年以短篇小说《喜鹊登枝》初入文坛，他于60年代中期至70年代初完成了长篇小说《艳阳天》。在阶级斗争扩大化的时代背景下，小说试图表现出"新的历史条件下，阶级斗争的新的特点"，即"阶级敌人力图采取'打进来'、'拉出去'的方式来篡夺我们的基层的领导权，用'和平演变'的方式来恢复资本主义"②。《艳阳天》是一部将业已形成的当代文学的阶级分析创作方法、两条道路写作模式推向极端的作品。从1970年12月开始动笔，历经7年，浩然又创作了近200万字的《金光大道》。这是作者在已经被高度肯定的《艳阳天》基础上的再提高与再冲刺："从写《艳阳天》的时候认识到我们这个社会主义国家'存在着资本主义复辟的危险性'，在写《金光大道》的时候，我进一步认识到'不然的话，我们这样的社会主义国家，就会走向反面，就会变质，就会复辟'。"③《艳阳天》和《金光大道》是"文革"期间被推崇的当代小说。同类作品当时还有《虹南作战史》《牛田洋》《矿山风云》《沸腾的群山》《征途》《峥嵘岁月》《飞雪迎春》《激战无名川》等。

五、文学与文学界的浩劫

"文化大革命"中，"左"祸横行，形成了带有鲜明专制主义色彩的激进主义的文艺运动与文艺思潮。中国文艺界被宣布为"反党反社会主义的修正主义文艺黑线统治"，"被资产阶级专了无产阶级的政"，遭受灭顶之灾。第一，正常的文艺组织与工作全面瘫痪甚至停顿。中宣部被称为"阎王殿"，周扬、夏衍、田汉、阳翰笙等所谓"四条汉子"是文艺黑线总头目。全国各级各类文艺组织及其活动被迫全面瘫痪或终止。除《解放军文艺》外，各类文艺报刊，包括《人民文学》《文艺报》《收获》等也被迫停刊。第二，新中国成立后涌现的歌颂新社会与革命历史的重要文艺作品，几乎无一例外被宣判为毒草，强加上种种罪名，大张挞伐。如1967年10月人民文学出版社《文艺战鼓》编辑部编辑的《六十部毒草小说在哪里？》，将《青春之歌》《红旗谱》《三里湾》《暴风骤雨》《保卫延安》《红日》等均冠以毒草罪名。第三，彻底、粗暴地否定古今中外的优秀文艺成果，包括五四新文学运动以来产生的现代文学（尤其是30年代文学）。现代文学史只有鲁迅被改造性地予以接受——鲁迅被冠名为"在白色恐怖中彻夜不眠地学习马列主义"，"坚定地站在毛主席的革命路线上和形形色色的假马克思主义政治骗子进行斗争"的无产阶级的战

---

① 周天：《文艺战线上的一个新生事物——三结合创作》，《朝霞》1975年第12期。
② 范之麟：《试谈〈艳阳天〉的思想艺术特色》，《文学评论》1965年第4期。
③ 浩然：《学习典型化原则札记》，《天津文艺》1975年第3期。

士①。第四，大批优秀作家惨遭迫害。他们被指为文艺黑线的"祖师爷""总头目""大红伞""黑线人物""反党反社会主义分子"，遭到打击迫害，或关进牛棚，或流放干校，或投入监狱，身心受到严重摧残，创作权利也被剥夺。第四次文代会期间，1979年11月1日宣读的《为被林彪、"四人帮"迫害逝世和身后遭受诬陷的作家、艺术家们致哀》一文列出的著名文艺家就达二百余人之多。

六、地下文艺思潮的涌动

"文革"期间尤其是在后期，除了轰轰烈烈的主流文学运动之外，具有异端色彩和叛逆精神的地下文艺思潮也在涌动着。这主要表现为两个方面：一是手抄本小说，二是以知青为主体的地下诗歌。

手抄本小说出自非专业的作者，主要有《九级浪》（毕汝协）、《逃亡》（佚名）、《公开的情书》（靳凡）、《波动》（赵振开）、《晚霞消失的时候》（礼平）和《第二次握手》（张扬）等。这些小说大都表达了对现实政治的怀疑、愤懑与抗拒，以及对美好人性和生活的向往，在艺术上则相对简单和粗糙。这些创作，实际构成了新时期伤痕文学的先声，后来也被认为是"真正以批判的眼光去观察和审视现实，创造出一种与'文革话语'相对峙、相抗衡的新的文学话语"②。

不同于手抄本小说更多呈现现实主义文学的艺术形态，"文革"期间的地下诗歌具有更显著的现代主义色彩。地下诗歌作者的构成主要有两方面。一是"文革"前乃至现代文学时期就已经开始诗创作，但在当代陆续被剥夺写作权利的老诗人。诸如后来被称作九叶派的穆旦、唐湜等，受胡风事件牵连的牛汉、绿原、曾卓等，以及蔡其矫、公刘、流沙河、郭小川等。二是上山下乡运动中在农村插队的一批秘密写诗的城市知识青年。其中较早写诗并影响甚大的是食指（郭路生）。他之后，在某些知青插队的聚集地还形成了一定的诗歌群落，最著名的是白洋淀诗群，主要有芒克（姜世伟）、多多（栗士征）、林莽（张建中）、根子（岳重）、宋海泉、方含（孙康）等。此外还有以黄翔为代表，包括哑默（伍立宪）和路茫（李家华）等人的贵州诗人群③。郭路生（1948年生于山东朝城，笔名食指）当年著名的诗作《四点零八分的北京》《相信未来》，紧紧抓住了一代人失望与希望相交织的心灵。在稍后的白洋淀诗群作者笔下，也同样出现了一种集合着青春虚无与叛逆，并具有特定历史感的现代诗。它们疏离于当时的文学主流，对于后来崛起的新诗潮具有先导性的意义。

研 习 导 引

人的文学的顽强求生

到了20世纪五六十年代，由于政治力量的直接干预，阶级论、革命论的文学观念一

---

① 石一歌：《鲁迅的故事》，上海人民出版社1973年版。
② 杨鼎川：《1967：狂乱的文学年代》，山东教育出版社1998年版，第128页。
③ 关于"贵州诗人群"的活动，可参阅哑默在《中国大陆潜流文学浅议》（载《方向》1997年）一文中的回忆。

元独尊。五四运动以来众声喧哗、多元碰撞的人的文学几近终结。但是,"文艺这种复杂的精神劳动,非常需要文艺家发挥个人的创造精神"①。文学家的个人创造精神,必须依托于对人的多样性、丰富性与复杂性的探求。因此,20世纪20年代新文学的人的文学的传统在本时期依旧艰难地赓续着。胡风的文艺理论中,有着鲜明的鲁迅式的启蒙精神。1956年前后,中国文学界出现了一股主张写人情和人性、张扬人道主义的潮流。钱谷融标举"文学是人学",他认为"作家的对人的看法,作家的美学理想和人道主义精神,就是作家世界观中起决定作用的部分","人道主义是构成人民性与现实主义的必不可少的条件"②。巴人则指出,"我们当前文艺作品中缺乏人情味,那就是说,缺乏人人所能共同感应的东西,即缺乏出于人类本性的人道主义",并深切地发出呼唤:"魂兮归来,我们文艺作品中的人情呵!"③萧乾则更鲜明地标举自由:"一个人说的话对不对是一件事,他可不可以说出来是另外一件事。准不准许说不对的话是对任何民主宪法的严重考验……所谓'民主精神',应该包括能容忍你不喜欢的人,容忍你不喜欢的话",但是,"我们目前还不能进一步说,每个中国人都已经有了说话和写作的自由了。"④ 本时期文艺界的运动一场接一场,绝大多数文学创作和文艺理论探索,都被视为"异端"而招致批判和挞伐,或可视为人的文学顽强求生的反证。

现实主义的"新"与"旧"

1953年的第二次文代会,将社会主义现实主义赋予了"文学艺术创作和批评的最高准则"的崇高地位。对此,当时的文艺界并未达成一致。1956至1957年,秦兆阳(何直)的《现实主义——广阔的道路》提出,"想从现实主义文学的内容特点上将新旧两个时代的文学划分出一条绝对的界限来,是困难的",并特别强调"当前的现实主义为社会主义时代的现实主义"⑤。周勃则明确说:"前社会主义时代的现实主义与社会主义时代的现实主义在创作方法上是没有、也不可能有什么区别的。因此社会主义时代的现实主义即令是时代如何变化,艺术创作的某些条件如何改变,但作为创作方法,是不必摒弃过去的足以概括现实主义的创作方法的特殊规律的原则,而去另外制定别样的原则的。"⑥ 关于"前社会主义时代的现实主义",刘绍棠主张继承"现实主义古典大师的光辉传统"——"历史上的现实主义作家,从来都是最真实最广阔地反映生活,从来都是深深关怀着被压迫被剥削人民的命运,从来都是用生活中所提供出来的问题教育人民的。他们同情人民、热爱人民、讴歌人民,但是他们也不避讳人民身上的缺点和不幸,他们全面地、深刻地描绘生活的真实,让人民如实地看见自己的遭遇和力量"⑦。秦兆阳等用"社会主义时代的现实主义"取代"社会主义现实主义",以回归和深化现实主义的努力,从当时的权威立

---

① 邓小平:《在中国文学艺术工作者第四次代表大会上的祝辞》,《文艺研究》1979年第4期。
② 钱谷融:《论"文学是人学"》,《钱谷融论文学》,华东师范大学出版社2008年版,第49、59页。
③ 巴人:《论人情》,《新港》1957年第1期。
④ 萧乾:《放心·容忍·人事工作》,《人民日报》1957年6月1日。
⑤ 何直:《现实主义——广阔的道路》,《人民文学》1956年第9期。
⑥ 周勃:《论现实主义及其在社会主义时代的发展》,《长江文艺》1956年第12期。
⑦ 刘绍棠:《现实主义在社会主义时代的发展》,《北京文艺》1957年第4期。

场来看，显然是"抹杀了旧现实主义和社会主义现实主义这两种创作方法的思想基础的迥然不同，也模糊了社会主义现实主义的鲜明的阶级性和政治原则"①。

第一章专题讲座
刘复生：为什么要学习当代文学？
朱栋霖：当代文学十大纠结

第一章
拓展研读资料

---

① 茅盾：《夜读偶记——关于社会主义现实主义及其他》，《茅盾全集》第 25 卷，人民文学出版社 1996 年版，第 227 页。

第二章 50年代、60年代小说

第一节 50年代、60年代小说概述

在20世纪五六十年代,凭借有效地反映社会主义革命和建设的叙事功能的优势,小说创作取得了较大的收获。本时期创作的指导思想是毛泽东文艺思想,贯彻《讲话》精神;强调文艺为无产阶级政治服务,为工农兵服务;要求文艺创作歌颂新的政治,宣传新的意识形态,反映新中国的革命与建设;以社会主义现实主义作为文艺创作的最高准则与方法。"为政治服务""工农兵英雄人物""社会主义现实主义""典型化""本质""阶级性""革命性",是本时期文艺创作的关键词与中心话语。以阶级—革命论为核心的人学思想,以为政治服务为核心的文学观念,成为指导和规约本时期文学创作的核心观念。由此所决定,"十七年"小说创作基本中断了20世纪上半叶相当程度上展开过的现代探索。在内容上,农村与革命历史题材具有特别的重大性。工农兵作为革命的主导力量,被要求作为人物塑造的中心任务来对待。具有典范或样板意义的小说家,最初是赵树理,最后是浩然,两位农民作家的相似待遇,具有历史与文化的必然性。由这种必然性所决定,城市生活与文化,知识分子的世界尤其是他们的爱情等个体性世界,属于小说题材的边缘与危险地带。在美学上,这一时期的小说特别追求一种阳刚、明朗、粗犷、豪迈的风格和状态。

解放区的工农兵革命文艺传统成为主流,左联革命文学传统也获认可,新文学的个性主义、人文主义的文学传统则有待重新诠释与检视。于是,从旧社会过来的作家群发生了分流。受新文学影响的很多小说家作家,原有的小说艺术优势与个性小说已经无法适应新时代的要求,便放弃了写作,茅盾、老舍、巴金、冰心、沈从文、钱锺书、张恨水等,都因各种原因不再从事小说创作。张爱玲、徐訏去了中国香港、美国。左翼作家丁玲、萧军、路翎等正处于创作的盛年,但在50年代因被指为有政治问题,甚至是"反党集团"成员,创作被强行中止。张天翼只写儿童文学,《包氏父子》《华威先生》表现的讽刺、批判的小说艺术难以为继。艾芜、沙汀也勉为其难地在适应新时代的过程中放弃自己已经成熟了的艺术个性。来自延安等解放区的革命作家得到了体制的充分认可和接纳,自然而然地成为五六十年代小说创作的中坚力量。赵树理、周立波、刘白羽、杨朔、草明、孙犁、欧阳山、柳青、周而复、马烽、康濯等人很快成为贯彻毛泽东文艺路线的代表。新中

国成立后走上文坛的青年作家大都参加过革命战争或来自生产斗争第一线。在那个年代，参加革命的履历是从事文学创作的重要资本，学历与文化素养之于创作的成功并不重要。杨沫、杜鹏程、吴强、梁斌、峻青、冯德英，以及李准、王汶石、王愿坚、茹志鹃、刘绍棠、王蒙、陆文夫、邓友梅、高晓声、方之、林斤澜、刘真、李乔、胡万春、玛拉沁夫等，他们的涌现给当代文坛贯注了新鲜血液。

一、农村题材小说

农民是中国革命的主要依靠力量，这一观念在新中国成立后基本未变。关于"中国的革命实质上是农民革命"，革命文化即"大众文化"，"实质上就是提高农民文化"的权威观念，也从战争年代延展到社会主义建设时期，这决定了以农民、农村和农业为对象的创作长期是当代中国文学的中心任务之一。一方面，深入农村成为中国当代作家不可推卸的政治责任与使命；另一方面，由于新时代很多作家来自农村，也自觉地把书写农村、农民作为表现自己艺术才华的主要方式。关于农村生活的小说也就成为本时期文学图谱中最为厚重的篇章之一。

新中国成立以来，侧重表现农村生活的代表性作家主要是赵树理、周立波、柳青、马烽、李准、王汶石、浩然等。在作者构成上，既有从解放区走来的资深作家，也有一批新中国成立后成长起来的新生力量，此外，来自国统区的沙汀、骆宾基等，也在探索着乡土经验的新表达。从取材的地域分布来看，北方成为这一时期农村小说的主要艺术资源和表现对象。这显然与中国革命斗争的发展、解放区的地理分布等历史因素有着直接的关联。当时也形成了两个比较突出的作家群体。一个是以赵树理为中心的山西作家群，包括马烽、西戎、束为、孙谦、胡正等，历史上有山药蛋派之称。马烽的成绩较显著，重要作品有《我的第一个上级》《老社员》《三年早知道》等。西戎的《赖大嫂》（收入短篇小说集《丰产记》）在关于现实主义深化问题的讨论中，是既被正面援引又受批判的重要例证。另一个是以柳青、王汶石为代表的陕西作家群。王汶石主要有《风雪之夜》等。此外，周立波结合家乡湖南乡情民风所展开的创作也表现出较鲜明的地域特色。

关于这类文学，一个比较通行的限定语是农村题材。作家们关于农村、农民的个人文化情感，必须与政治责任统一起来。这时，农村不再是流寓的城市知识分子寄托乡情的载体（如五四乡土文学），更不是与现代文明相隔绝和疏离的凝滞、落后的存在，以及未被现代侵染的精神净土（如沈从文、废名所描写的）。这时的农民成为作家、知识分子们需要认真学习的对象。这一切，决定着当代农村小说明朗向上的审美基调，鲁迅式的沉郁凝重、沈从文式的田园牧歌都是不合时宜的。不过，与现实阶级斗争的严酷和复杂性相联系，在凸显正面力量和正确方向的前提下，表现出一种特殊的严峻和紧张，也是农村题材创作中常常被要求的。

与农村被置换为农业的话语逻辑相一致，此时关于城市的文学书写也自然以表现工业为中心。新时代工业化建设的伟大事业吸引着很多作家注目。《铁水奔流》（周立波）、《五月的矿山》（萧军）、《百炼成钢》（艾芜）、《乘风破浪》（草明）、《在和平的日子里》（杜鹏程）等，是这方面的主要收获。受制于观念的限制与生活积累的薄弱，此类创作没能取得较大的成绩。周而复的《上海的早晨》（第一、二卷分别出版于1958年和1962年，

1980年出齐四卷）是本时期为数不多的都市文学，在反映改造资本主义工商业的重大历史变革的同时，也涉及都市状态、资本家的日常生活与经济活动，以及城市主体的历史置换。

　　赵树理是作为《讲话》精神的实践典范走进当代的。40年代，他就被周扬称为"是一个在创作、思想、生活各方面都有准备的作者，一位在成名之前已经相当成熟了的作家，一位具有新颖独创的大众风格的人民艺术家"①。新中国成立后，赵树理延续着自己扎根农村生活而形成的"问题小说"意识，淳朴自然、通俗晓畅的写作风格，以及立足于朴素的道德情感来观察农村新旧变化的艺术视角。1950年在《说说唱唱》上发表的《登记》，是赵树理在新中国成立后的第一篇小说。这部作品以新婚姻法颁布为背景，用轻快幽默的笔调讲述了两对农村青年男女在登记结婚过程里所遭遇的波折，显示出时代更迭中农村新旧观念之间的矛盾冲突。小说寄托了赵树理关于农村进步趋势的理解，但进步又不可避免地面临着种种阻力。不过，阻力并不呈现为剑拔弩张式的紧张，落后的观念固然存在，但表现出来也只是一点小私心、小算计。深入到真实的农民生活里，揣摩他们的人情和心理，批评中也抱一份同情和理解，追求一种朴素真切又不失幽默感的风格，这是赵树理观察和表现农村、农民的独特方式，也是他的审美个性所在。1955年，赵树理创作了当代文坛第一部反映合作化运动的长篇小说《三里湾》。小说的整体构思基本遵循了社会主义与资本主义两条道路斗争的模式，通过分析斗争过程中不同成分的人的不同表现，反映不可抗拒的时代发展趋势。"在农村领导农民走社会主义道路的，自然是共产党"，于是有了好党员王金生；"接受党的领导参加农业生产合作社最快的是翻身贫农"，于是有了王宝全、王玉生、王满喜等；"在办社工作中还有一种新生力量是青年学生"，于是有了范灵芝；另外，农业生产合作化过程中必然还存在有侵蚀作用的"离心力"的一面，也有了马多寿夫妇、马有余夫妇、袁天成夫妇、范登高、马有翼等。在他的笔下，梦想个人发家致富的老中农马多寿（"糊涂涂"）、一心一意想着自留地的范登高（"翻得高"），还有顽固自持的"能不够"、胡搅蛮缠的"常有理"、尖酸刻薄的"惹不起"几个落后妇女，却是刻画得最为鲜活、富有生活气息的人物，而好党员王金生以及积极入社的新人们则逊色得多。此外，作为一种规律发生的富农在农村中的坏作用，赵树理根本没有写到。相对于运动的轰轰烈烈，赵树理的细腻笔触更多地集中于一些"小地方"，诸如生活变化背景下普通百姓的家庭关系、利害心理等。1958年的《"锻炼锻炼"》是赵树理又一部影响较大的作品。这篇依旧以农业合作化为表现对象的小说，读来最吸引人的地方首先是它的极具生活气息的喜剧色调，这尤其表现在对两个落后妇女"小腿疼""吃不饱"的描写中。不过，《"锻炼锻炼"》的喜剧性背后，却有一种难以言传的心酸和郁愤。早在写作《三里湾》的过程中，赵树理就已经充分认识到，合作化所带来的并非只是一片光明。此时这部小说是以曲笔写真话的产物。作家的情感相当复杂，一方面他对"小腿疼""吃不饱"的懒惰自私投以严厉的讽刺，但在内心深处又不是没有一些理解和同情。而代表先进力量的杨小四

---

①　周扬：《论赵树理的创作》，原载1946年8月26日《解放日报》，引自《周扬文集》第1卷，人民文学出版社1984年版，第486页。

等，严肃生产秩序的整风活动也不免有诱罪整人的意味，其中也联系着赵树理从生活中得来的认识：这"是没有把群众当成'人'来看待的"。

李准（1928—2000），蒙古族，河南洛阳人，当时主要致力于短篇小说创作。1953年，年仅25岁的他发表了第一篇小说《不能走那条路》，一举成名。《不能走那条路》在农业合作化初步展开的背景中，非常及时地用形象化方式否定了梦想发家致富的传统小农观念，有力地配合了革命政策的落实。次年1月26日，小说被《人民日报》转载，并配发编者按予以较高评价："这篇小说，真实、生动地描写了几个不同的农民形象，表现了农村中社会主义思想对农民自发倾向进行斗争的胜利。这是近年来表现农村生活的比较好的短篇小说之一。"在1956年的百花时期，李准也创作了暴露阴暗面的《芦花放白的时候》《灰色的帆篷》，不久受到了严厉的批评。随着"大跃进"的到来，作家也及时调整了自己的方向，以《夜走骆驼岭》《贵宾来了》等作品参与到时代的高潮中。能够比较充分体现那一时期李准创作水准的，主要是稍后写出的《李双双小传》《耕云记》等。尤其是《李双双小传》（1960）特别受到好评，是作家的短篇小说代表作。小说通过李双双和喜旺夫妻间的日常生活，以朴素活泼又不失风趣的笔调，塑造了一个正在成长的新型农村妇女形象，透露出人民公社运动背景下新人新事风起云涌的时代面影。茅盾当年的评论说："这篇作品是在三面红旗的辉煌背景前，以个别反映整体的原则，表现了公社运动前后人与人的关系的变化——自然也包括人的变化。"《李双双小传》当时曾被改编为电影《李双双》，轰动一时。

周立波是30年代就参加了左联的资深作家，他于1948年完成的土改题材长篇小说《暴风骤雨》荣获了1951年斯大林文学奖，是解放区新文艺的代表性作品之一。新中国成立后，周立波首先创作了工业题材的长篇小说《铁水奔流》，不过，他更熟悉也更擅长表现的还是农村生活。1958年的《山乡巨变》是周立波在当代最重要的作品。这部小说在构思和观念上和当时大多数反映农业合作化、揭示两条路线斗争的作品没有太大区别。与赵树理、柳青的创作相类似，在人物塑造方面，周立波成功的也还是一个落后农民盛佑亭（绰号"亭面糊"）。这在当时并不是偶然的现象，在相当程度上说明了政治理念与生活及艺术之间的错综关系。《山乡巨变》不以雄浑高亢、轰轰烈烈取胜，而是用秀丽清澈、纯净自然的笔调展现了作家家乡潇湘山水的风景画与风俗画，除了理念之外，小说充盈着很多隽永诗意的成分。在当时农村生活创作以北方为中心的整体格局中，周立波的创作丰富了这一类型文学的地域色彩与文化地理构成，这是他的一份特殊贡献。

二、革命历史小说

近代以来中国历史所发生的前所未有的巨大振荡与变革，尤其是1949年以后中国社会进入了一个不同以往的新时代，决定着历史书写成为当代文学中一个具有特殊意义的话语空间。其中，居于中心地位的是关于革命历史的讲述。新中国是怎样建立起来的，中国革命是怎样通过党的领导、在曲折艰难中走向胜利的，中国人民如何参与了这样的历史进程，他们身上发生了怎样深刻的历史变化，关于这些问题的文学表达，不仅联系着那些亲历了历史转折的作家们的自我缅怀，同时，也是一种证明和标示：中国走社会主义道路具有无可争议的历史必然性。

以长篇小说为主的革命历史小说，是当代文学中影响广泛、成就较高的。从书写方式上看，主要有两种类型。一类是以历史容量的广阔性、时代精神的纵深感为主要目标，呈现宏大叙事形态的革命史诗小说，代表性作品有《红旗谱》（梁斌）、《红日》（吴强）等；另一类则是《林海雪原》（曲波）、《铁道游击队》（知侠）、《野火春风斗古城》（李英儒）、《敌后武工队》（冯志）、《烈火金刚》（刘流）等革命传奇小说，较多吸收传统演义小说的叙述方式，通俗活泼，可读性强，以曲折跌宕的故事情节和脸谱化的人物塑造见长。除此之外，《青春之歌》（杨沫）那样自传色彩鲜明的革命小说，由于青春成长与革命洪流的紧密结合，也可视为革命史诗的一种特殊类型。就表现对象与无产阶级革命力量的关系来看，革命历史小说又可以大体分为三个方面。一是反映党直接领导下的革命斗争历史，包括书写战争史的《保卫延安》（杜鹏程）、《红日》、《林海雪原》、《敌后武工队》等，表现革命者地下斗争的《红岩》（罗广斌、杨益言）等。二是反映革命的主要依靠力量农民在革命历史中的成长与命运，以《红旗谱》为代表，有文学史家称其是"对于革命'起源'的叙述"①。《李自成》（姚雪垠）虽说写的是古代历史，但具有农民革命的"前史"意义，也可归入此类。三是反映革命的非主流力量——知识分子与革命的关系，以《青春之歌》为代表，还有《三家巷》（欧阳山）、《小城春秋》（高云览）等。与中国革命"农村包围城市"的历史道路相关，对于革命的领导阶级工人阶级的革命史叙述，未出现有较大影响的作品。

杜鹏程（1921—1991），原名杜红喜，曾用笔名司马君，陕西韩城人。杜鹏程于1954年出版的《保卫延安》是新中国成立后第一部直接表现重大战争历史事件的长篇小说，一度受到较高评价。冯雪峰当时曾撰文说，这部作品是"够得上称为它所描写的这一次具有伟大历史意义的有名的英雄战争的一部史诗的。或者，从更高的要求说，从这部作品还可以加工的意义上说，也总可以是这样的英雄史诗的一部初稿"②。在这篇小说中，作家通过类似一位随军记者的眼光，以周大勇的连队为中心，按时间顺序叙述了青化砭、蟠龙镇、长城线上、沙家店、九里山五大战役，在紧张的战斗节奏中展示了我军通过伏击战、攻坚战、运动战、歼灭战、追击战取得全面胜利的历史过程。小说除了描写周大勇、李诚、王老虎等英雄典型之外，一个特别的地方在于直接塑造了高级将领彭德怀的形象，这被认为是当代文学中"第一个被塑造出来的老一辈无产阶级革命家的典型"③。不过，由于不久后的庐山事件，小说"受错误的政治斗争的牵连，一九五九年以后这本书不再印行，一九六三年，下令烧毁这本书"④。

吴强（1910—1990），原名汪大同，江苏涟水县高沟镇人。吴强于1957年出版的《红日》是继《保卫延安》之后战争题材小说的新发展。这不仅表现在所反映的战争规模的进一步扩大，更在于小说视野的拓展。小说在以俯瞰解放战争全局的高度展现山东战场全景的同时，也把笔触伸展到战争的后方、解放军指战员的日常生活以及敌对力量方面，呈现出雄伟壮阔、纵横开阖的大气魄和大视野。如果说，《保卫延安》主要是聚

---

① 洪子诚：《中国当代文学史》，北京大学出版社1999年版，第110页。
② 冯雪峰：《论〈保卫延安〉的成就及其重要性》，《文艺报》1954年第14、15期。
③ 思基：《再论彭总的形象》，《延河》1979年第10期。
④ 杜鹏程：《保卫延安·重印后记》，人民文学出版社1979年版。

焦式的追踪，《红日》则呈现出广角式的总览，前者在构思上偏重依托时间的进程，后者更拓展出空间的维度。作家的构思与表达，较多地受到了《三国演义》的影响，即故事的大体轮廓和发展依托当时的战争史实展开，但具体的情节、人物通过虚构来设计和描写①。在立体感和广阔性的追求中，作家在表现我军指挥员时，除了刻画革命性的一面，也尝试增添其儒雅的文人气，还有意着笔点染了军长沈振新和黎青的夫妻生活，以及副军长梁波和华静的爱情关系。虽说小说中的女性形象多少带有些装点的意味，类似吕布配貂蝉、周郎顾小乔的意味，不过在普遍把战争与爱情对立起来的当时，这样的写作还是具有一定突破性的。这种突破并不符合当时的主流取向。60年代初，有文章指出："作者在塑造这些女性形象时，大多偏重于写她们的爱情生活，较多地写了她们的儿女情长，而对于她们所经受的战争考验、承担的斗争任务，却写得较少，表现得不够有力。因此不能使读者感觉到她们是战争生活中不可缺少的人物，如同在爱情生活中少不了她们一样。"因此，"战斗的妇女形象，在《红日》中乃是较弱的一环。作者似乎没有充分实现自己的创作意图"②。小说后来常常被称道的还有对反派人物张灵甫、张小甫等的塑造，作家没有采用当时流行的漫画式写法，而是"刻意地真实地写，把他们当作活人，挖掘他们的内心世界，决不能将他们轻轻放过"③。既然是"刻意"，当然是以其阶级特征、反动本质的确定为前提的。尽管如此，后来这还是被视为"美化国民党反动派的形象"。

梁斌（1914—1996），河北蠡县人，原名梁维周。梁斌的《红旗谱》无论在当时还是后来，都被视为一部具有标志性意义的小说，成为"社会主义现实主义"的经典之作。它由三部长篇小说构成：第一部《红旗谱》（1957，写"反割头税"与保定"二师学潮"），第二部《播火记》（1963，写高蠡暴动），第三部《烽烟图》（1983，写抗战烽烟四起）。《红旗谱》以大革命失败前后的历史为背景，通过燕赵大地上两家农民三代人的命运与斗争，围绕"反割头税"和保定"二师学潮"两个中心事件，书写了当时农村与城市革命运动、阶级斗争的阶段性历史过程。朱老忠的形象全面而历史性地揭示出农民与革命之间的深刻、必然联系，他的人生体现了农民必然走向革命的历史道路，他的"性格发展史"，就是中国农民从自发到自觉的革命性的发展史。"他从单枪匹马的复仇进步到去找寻党的领导、依靠党的力量，从个人敢怒敢骂、能说能打的反抗走向有组织、有计划、有明确目标的斗争，从一个'慷慨悲歌之士'发展成为一个金刚钻般坚强的布尔什维克。"④ 小说最富文学色彩的篇章，主要在于对朱老忠的"个人主义英雄主义"即传统性、旧时代性一面的描写。他在反割头税斗争中入党以后，性格却陷入了平面化。在小说之内，历史发展（性格成长）的过程与历史结果（性格长成）之间，前者不自觉地占据了艺术的上风。从朱老巩、严老祥到朱老忠、严志和，再到年轻一代的大贵、二贵、运涛、江涛，这种人物谱系的构造，体现出作家把阶级矛盾和家族关系相综合的构思。其中的焦点在中间的父亲

---

① 作家谈到自己的这种构思和写法时，特别提出，"《三国演义》就是一个先例"。参见《写作〈红日〉的情况和一些体会》，《人民文学》1960年第1期。
② 刘金：《〈红日〉试析》，上海文艺出版社1962年版，第62页。
③ 吴强：《写作〈红日〉的情况和一些体会》，《人民文学》1960年第1期。
④ 冯牧、黄昭彦：《新时代生活的画卷——略谈十年来长篇小说的丰收》，《文艺报》1959年第19期。

一辈身上。朱老忠性格发展的质变点，体现于把具体的仇人冯老兰扩展为一个阶级的代表来看待，把父仇提高到阶级斗争的高度来认识。虽说小说中运涛、江涛比朱老忠觉悟得更早，但他们的觉悟是从父辈的血缘中遗传而来的，因此，农民走向革命就内化成为生命基因、血的根性。对于有着特别深厚的家族、家庭观念，特别重视血缘人伦情感的中国人来说，《红旗谱》的这种构思和表达具有特别强大的感召力，也特别能够落实"严重的问题是教育农民"这一思想。

革命历史小说在短篇小说方面较有影响的，是王愿坚、峻青、孙犁、茹志鹃等的创作。由于篇幅的限制、断片式的写法，这里的历史性并不显著，主要体现为一种历史化的思想或情感表达。**王愿坚**和峻青主要通过对革命艰辛岁月的回忆，尤其是富有英雄主义色彩的革命事迹的讲述，教育人们不要忘记过去，珍惜今天的幸福生活。风格上峻青主要呈现英雄主义的浪漫，王愿坚偏于凝练含蓄一路。孙犁、茹志鹃虽说不上非主流，但一定程度地表现出个体化抒情的小叙事风格。孙犁延续着自己的诗化抒情特色，但没能超越白洋淀时期的创作水平。

茹志鹃（1925—1998），原籍杭州市，生于上海，主要作品有《百合花》《静静的产院》《春暖时节》《如愿》等。《百合花》最著名，以清新俊逸、细腻委婉的笔调，精巧缜密的构思，通过小战士衣服肩头的破洞、给"我"开饭的馒头、枪口上插着的野菊花、印着百合花的新被子等细节刻画，阐述了军民鱼水相亲的庄严革命主题。茅盾曾在一篇全面检视短篇小说创作状况的文章中着力推介《百合花》，并称"这是我最近读过的几十个短篇中间最使我满意，也最使我感动的一篇"①。《如愿》《静静的产院》等，则以新中国成立后的日常生活为背景，探索在夫妻、母子、同事之间展开思想性格差异构成的冲突。茹志鹃通过细节来表现人物的内心世界的细腻变化，在取材上往往从小处着眼，勾画有意味的人物、生活侧影，善于细致、深入地探索人物的思想情感与心理变化，在普遍追求宏大、严肃风格的文学时代，她的创作是文坛上难得的一缕清新的风。茹志鹃的小说与专门写阶级斗争和工农业生产的作品具有很大的差异，被称为"常常是生活激流中的一朵浪花，社会主义建设大合奏里的一支插曲"②，也不断受到质疑与苛求："作家有责任通过作品反映生活中的矛盾，特别是当前现实中的主要矛盾。""为什么不大胆追求这些最能代表时代精神的形象，而刻意雕镂所谓'小人物'呢？"③

---

① 茅盾：《谈最近的短篇小说》，《人民文学》1958年第6期。
② 侯金镜："她就选取斗争中的一朵浪花、一支插曲而由小见大，在这类素材里施展她的创作能力。而这也就影响了作品的风采和调子。豪迈奔放、粗犷不羁的色彩很少，而委婉柔和、细腻而优美的抒情却成为她作品的基调。"参见侯金镜：《创作个性和艺术特色——读茹志鹃小说有感》，《文艺报》1961年第3期。
③ 欧阳文彬："塑造具有共产主义品质的英雄形象，已经被提升为文学的首要任务了。""我热切地盼望着在你的作品里听到雄浑的时代的脚步声，看到共产主义战士光辉的塑像，为我们这英雄时代高唱更多更美的赞歌吧！"参见欧阳文彬：《试论茹志鹃的艺术风格》，《上海文学》1959年第10期。

第二节 《创业史》《青春之歌》

一、《创业史》：想象新时代的农村

柳青（1916—1978），陕西吴堡县人，原名刘蕴华，1947年创作长篇小说《种谷记》，1951年完成《铜墙铁壁》。《创业史》原计划写四部，第一部写互助组，第二部写初级社，第三部写两个初级社，第四部写高级社。1960年出版第一部，"文革"后修改完成了第二部的上卷和下卷前四章。《创业史》是当代农业题材小说的新的标志性作品。关于这部小说的创作意图，柳青说："这部小说要向读者回答的是：中国农村为什么会发生社会主义革命和这次革命是怎样进行的。回答要通过一个村庄的各阶级人物在合作化运动中的行动、思想和心理的变化过程表现出来。"小说描写了陕西渭河平原下堡乡的蛤蟆滩互助组的建立、巩固和发展历程。

我要把梁生宝描写为党的忠实儿子。我以为这是当代英雄最基本、最有普遍性的性格特征。

——柳青

蛤蟆滩的互助合作实践，"是以毛泽东思想为指导思想的一次成功的革命，而不是以任何错误思想指导的一次失败的革命"①。

小说第一部通过活跃借贷、买稻种和分稻种、进山割竹子、新法栽稻等事件，逻辑严密地组织起错综的矛盾线索。柳青的叙事逻辑主要是依据当时合作化的政策文件，某种程度上是一种政策逻辑，来形象地演绎当时的农村关系。《创业史》艺术地呈现出农村中无产阶级与资产阶级两种思想、两个阶级，以及社会主义与资本主义两条道路的斗争。作者把这场斗争的对立面设置为三股力量：一是以富裕中农郭世富为代表——农村中走资本主义道路的自发势力；二是反动富农姚士杰——暗藏的阶级敌人（站在郭世富背后施展阴谋破坏合作社）；三是郭振山——党内走资本主义道路的代表人物。青年农民、共产党员梁生宝代表着无产阶级的先进分子，他带领高增福等贫雇农走"共同富裕"道路。

《创业史》问世后迅速得到了广泛好评，评论界普遍认为，这是一部反映农业合作化的"史诗性""纪念碑"式的创作。关于时代内容的把握，这"是一部深刻而完整地反映了我国广大农民的历史命运和生活道路的作品，是一部真实地记录了我国广大农村在土地改革和消灭封建所有制以后所发生的一场无比深刻、无比尖锐的社会主义革命运动的作品"。关于典型人物的塑造，《创业史》"在众多的正面人物当中，写得特别出类拔萃的，是英雄人物梁生宝的形象"。他身上显示出"一种崭新的性格，一种完全是建立在新的社会制度和生活土壤上面的共产主义性格正在成长和发展"②。能否深广地反映历史和现实

---

① 柳青：《提出几个问题来讨论》，《延河》1963年第8期。
② 冯牧：《初读〈创业史〉》，《文艺报》1960年第1期。

的本质,并创造出体现时代发展必然性的英雄人物,这是社会主义现实主义文学的最高标准。

《创业史》严格按照阶级分析、两条路线斗争的观念来提炼主题、组织材料、设置人物关系、安排情节发展,这是当年小说取得成功的保证。但柳青没有把阶级分析简单化,他在政治框架中比较充分且自然地融入了浓郁的生活气息、鲜明细腻的人物刻画。关于这部小说,当年曾有评论指出:"梁三老汉比梁生宝写得好,概括了中国几千年来个体农民的精神负担。"① 在梁生宝身上存在着"三多三不足"的局限性:"写理念活动多,性格刻画不足(政治上成熟的程度更有点离开人物的实际条件);外围烘托多,放在冲突中表现不足;抒情议论多,客观描绘不足。'三多'未必是弱点(有时还是长处),'三不足'却是艺术上的瑕疵。"② 作家柳青对此作出了激烈的回应:"我要把梁生宝描写为党的忠实儿子。我以为这是当代英雄最基本、最有普遍性的性格特征。"③ 不言而喻,"党的忠实儿子"梁生宝的英雄性是在与他的养父梁三老汉的对比参照中产生的,是通过对自己养父的精神与实践叛逆实现的。文学与文学史的复杂性在于,当"旧农民"鲜活而丰满时,"新的英雄"难免显得黯淡。如果说梁三老汉在艺术上更加丰满,而梁生宝却失之平面的话,其意义关涉则不仅仅在于作品本身,而且在更深的层面上意味着,当特定政治观念被艺术化以后,它将在艺术化的过程中被相当程度地消解甚至颠覆。

在小说中,作为新的英雄梁生宝的塑造,是以他的人性的提纯和简化来实现的。梁生宝的英雄性与人性的关系,从他的爱情生活中可见一斑。当那个长着"白嫩的脸盘""扑煽扑煽会说话的大眼睛""总会使生宝恋恋难忘"的徐改霞主动表达心迹,等待生宝的搂抱、亲吻时,作者进行了如下的描写:

> 共产党员的理智,在生宝身上克制了人类每每容易放纵感情的弱点,他一想:一搂抱,一亲吻,定使两个人的关系急趋直转,搞得火热。今生还没真正过过两性生活的生宝,准定一有空子,就渴望着和改霞在一块。要是在冬闲天,夜又很长,甜蜜的两性生活有什么关系?共产党员也是人嘛!但现在眨眼就是夏收和插秧的忙季。他必须拿崇高的精神来控制人类的初级本能和初级感情。……考虑到对事业的责任心和党在群众中的威信,他不能使私人生活影响事业。他没有权力任性!他是一个企图改造蛤蟆滩社会的人!

虽然作家照顾到了"没真正过过两性生活"的生宝面对心上人主动示爱时可能存在的弱点,不过,他也坚决地凭借"崇高的精神"去控制了生宝的"人类的初级本能和初级感情",过于因改造的企图而"任性"地使用了自己的权力。

二、《青春之歌》:革命青春的成长史

杨沫(1914—1995),生于北京,祖籍湖南湘阴,原名杨成业。如果说,《红旗谱》

---

① 《文艺报》编辑部:《关于"写中间人物"的材料》,《文艺报》1964年第8、9期合刊。
② 严家炎:《关于梁生宝形象》,《文学评论》1963年第3期。
③ 柳青:《提出几个问题来讨论》,《延河》1963年第8期。

形象地论证了农民——革命的主力同盟军——与革命之间天然的血缘联系，《青春之歌》则是演绎知识分子——革命的非主流力量——如何走向革命的曲折而必然的道路。与朱老忠的性格发展史的构思逻辑相一致，《青春之歌》是通过林道静的青春成长史来展开的。小说接过了久违了的左翼革命文学的"革命+恋爱"模式，把林道静的情感生活与革命性成长融合在一起，通过她与胡适派分子余永泽、共产党人卢嘉川和江华之间的爱情抉择，形象地昭示了中国现代知识分子应走的正确人生道路。在《青春之歌》中，早期革命文学中那种带有一定个体色彩的革命浪漫蒂克作风被涤荡得较为干净，取而代之的是站在当代无产阶级革命思想高度上形成的严肃信念与坚定信仰。

> 这女学生穿着白洋布短旗袍、白线袜、白运动鞋，手里捏着一条素白的手绢，——浑身上下全是白色。她没有同伴，只一个人坐在车厢一角的硬木位子上，动也不动地凝望着车厢外边。

这是小说一开始林道静出场时的一段描写。其中的隐喻在于：这位一身洁白、孤身上路的年轻女性，将在后来的人生路途中被涂抹上怎样的色彩？之后，小说交代了林道静的身世。父亲林伯唐是北平城里的大地主，母亲秀妮是林伯唐下乡收租时强占为妾的贫苦人家的女儿，她生下林道静后就被赶出家门，投水自尽。用林道静后来对江华所说的话讲，其出身就是："我是地主的女儿，也是佃农的女儿，所以我身上有白骨头也有黑骨头。"生来的血仇，以及后来屈辱的成长经历，"造就了她的有反抗性有理想的性格"，进而反对出卖灵魂的婚姻，和家庭决裂。而并不纯粹的双重阶级血统，同时生长着的"白骨头"与"黑骨头"，也暗中决定着她走出家庭后的道路不会一帆风顺，必然经历一定的弯路，方能走上正途。这构成了林道静青春成长史的序幕。

弯路，就是与北大学生余永泽之间一段不该发生的爱情。对于茫然失路的单纯女青年林道静来说，救她于危难的余永泽，首先以骑士兼诗人的风度和才学折服了她，于是发生了爱情。但婚后做教授夫人的单调家庭生活，使这位耽于幻想、不甘平庸的女性渐感沉闷和压抑。"迷人的爱情幻成的绚丽的虹彩，随着时间渐渐褪去了它美丽的颜色。"两人间的裂痕始于家里的老佃户魏老三除夕夜来求乞。原本眼中温存多情的大学生所表现出的粗鲁冷淡，使林道静看清："这满嘴仁义道德的人，对待穷人原来是这样！"小说以这个虚构的情节对余永泽作出了与阶级情感相联系的道德宣判。再加上余永泽终日埋首故纸堆，只计个人功名，而且以胡适为崇拜偶像，则又完成了对他的政治否定。

就在幻梦渐渐褪色的过程中，林道静遇到了另一位北大学生、共产党人卢嘉川。她苦闷的心灵一下子被打开，在卢嘉川的教育之下，"她常常感受的那种绝望的看不见光明的悲观情绪突然消逝了；于是，在她心里开始升腾起一种渴望前进的、澎湃的革命热情"。她内心中爱情的天平也渐渐发生倾斜。待到余永泽拒绝掩护被追捕的卢嘉川，致其被捕遇害后，林道静与余永泽彻底决裂。

从迷茫中误入弯路，又渐渐自发地有所觉醒，再经由共产党人的教育、引导和示范，寻找到新的精神方向，至此，小说描写林道静在精神层面上完成了自己的革命青春成长。于是，下一步任务是，走到革命的实践中去，历练革命意志，提高革命觉悟。由于卢嘉川已经牺牲，这时，林道静的又一位导师出场了，这就是同样曾为北大学生的江华。江华作为定县中心县委书记，直接领导和指导了林道静参加农村革命斗争。此后，林道静又在狱中受到女共产党人林红的教育。出狱后，她最终成长为一个成熟、坚定的革命者，走在北大学生示威游行队伍的最前列。在革命性成长的过程中，林道静也渐渐萌生对江华的爱情，当江华说出"道静，我想问问你——你说咱俩的关系，可以比同志的关系更进一步吗"之后，她曾经迷失的身心全部投入爱人同志的怀抱。

在林道静的革命青春成长史中，她始终是一个被启蒙的对象。首先是骑士兼诗人的余永泽用资产阶级、小资产阶级的文化和生活情调迷惑了她；进而是精神导师卢嘉川以革命的思想把她从精神泥潭中拉出来，并赢得她的爱情；接着是江华在实践中培养她成为坚定的革命者，二人同样产生爱情，林道静最终完成了身体与心灵的全面脱胎换骨。余、卢、江皆为北大学生，固然与杨沫早年曾寓居北大有关，不过更深一层的用意在于，以革命理论史验证，北京大学是五四新文化运动的中心，是现代中国知识分子的摇篮。余与卢、江之间的分野，寓示五四高潮之后中国知识分子的分化，即以胡适为代表的自由知识分子与左翼革命知识分子的不同阵营。余永泽选择的是追随胡适，卢嘉川和江华则走向了马克思主义、走向了共产党。小说以明确的意识和情感倾向论证了这一革命理论。余永泽灌输给林道静的是新文化运动个人主义、爱情至上的观念，他谈起的是《战争与和平》《悲惨世界》《茶花女》《娜拉》以及海涅、拜伦的诗，都是资产阶级文学的经典；而卢嘉川借给林道静的是革命书籍，诸如列宁的《国家与革命》、高尔基的《母亲》等。至于情感态度更无须多说，只消把二人看林道静时的眼睛放在一起就很明白：余永泽是一双"亮晶晶的小眼睛"，而卢嘉川则是"聪明英俊的大眼睛"。作家把林道静置于历史分流的空间中，通过她的思想与情感变化，鲜明地标示出中国知识分子应该走哪一条路，同时也对新文化方向与知识分子道路又一次作出了革命性判断。

《青春之歌》在表现小资产阶级情调的林道静和作为革命者的林道静之间，艺术落差很明显，小说的后半部失去了动人的情感力量，显得过于概念化和平铺直叙。这同《创业史》中那种梁三老汉与梁生宝相争的问题，《红旗谱》中朱老忠的性格成长与性格长成之间的艺术失衡问题具有一致性，这里是成长的青春与长成了的青春之间的矛盾，显示出思想与艺术、一元化理念与文学审美想象之间的矛盾关系。

小说出版后，杨沫备受指责："站在小资产阶级立场上，把自己的作品当作小资产阶级的自我表现来进行创作"，林道静的"思想感情没有经历从一个阶级到另一个阶级的转变"，她"自始至终没有认真地实行与工农大众相结合"[①]。众多的重要报刊都参与了讨论，著名评论家何其芳、茅盾等都发表意见，以对作家、作品保护的态度为《青春之歌》辩护。1960年《青春之歌》再版时，作家增加了林道静在农村的七章和北大学生运动的三章，并删除了一些具有小资产阶级感情描写的内容。

---

① 郭开：《略谈对林道静描写中的缺点——评杨沫的小说〈青春之歌〉》，《中国青年》1959年第2期；《就〈青春之歌〉谈文艺创作中的几个原则问题——再评杨沫同志的小说〈青春之歌〉》，《文艺报》1959年第4期。

第三节 《组织部来了个年轻人》等

与主流意识形态紧密配合，反映重大的时代主题，是五六十年代文学的整体面貌。不过，由于文学自身天然存在的个体写作方式，尤其在思想文化规范相对松动的一些特殊时段里，部分文学创作之于主流之间也呈现出一定程度的游离，个人化的体验和思考有所活跃，试图对当代生活作出别样的探索。这类文学比较集中地出现在 1956—1957 年的百花时期和 60 年代初的调整时期，主要表现为在干预生活口号下揭示社会矛盾，书写人情、人性，以及依托历史人物与故事曲折地表达个体思考。代表性作品主要有王蒙的《组织部来了个年轻人》（1956）、李国文的《改选》（1957）、耿龙祥的《明镜台》（1957）、路翎的《洼地上的"战役"》（1954）、宗璞的《红豆》（1957）、陆文夫的《小巷深处》（1956）、邓友梅的《在悬崖上》（1956），以及陈翔鹤的《陶渊明写〈挽歌〉》（1961）和《广陵散》（1962）、冯至的《白发生黑丝》（1962）、黄秋耘的《杜子美还家》（1962）和《鲁亮侪摘印》（1962）等。与"三红一创"等相比较，这些被视作非主流的或边缘的文学创作，流露出对新文学启蒙—人文主义精神的缅怀，以现代人学思想与人的观念探索生活，表现人性的丰富复杂状态。

一、直面生活的矛盾

在双百方针的直接触发下，也受到苏联"解冻"思潮的影响，1956 至 1957 年，文坛出现了一批以干预生活为标榜，直面社会矛盾，揭露阴暗面的作品，包括小说、特写、杂文、戏剧等。其中所触及的，主要以官僚主义、形式主义为中心，也涉及新的时代背景下人与人之间的矛盾关系问题。

在小说领域，孙谦于 1956 年年初发表的《奇异的离婚故事》[①]，"是较早有'干预生活'表现意向的作品。在一定意义上，小说中的故事是传统戏剧《铡美案》的当代版。作品描写某机关办公室主任于树德进城后想抛弃乡下的'黄脸婆'，另寻新欢，结果不但他城里的'爱情破产了'，原女友陈佐琴一纸诉状将他告上法庭，他在单位受到撤职处分，家乡的妻子也和他离婚了"[②]。这种把城乡结构与家庭关系相结合，展开新的人际矛盾以及文化冲突的思考，早在 1950 年萧也牧的《我们夫妇之间》里就已经有所表达。不过，在萧也牧那里，李克和张同志之间虽然产生了相当尖锐的冲突，却能够理想化地达成和解，"知识分子和工农结合的典型"最终还是树立着；而到了"百花齐放"的时代氛围中，作家则更倾向于以激化的方式来解决矛盾。尽管与《我们夫妇之间》相比，《奇异的离婚故事》在书写人情的绵密上略显逊色，但那种鲜明的讽喻意向，则透露出一种直面现实的批判意识。

耿龙祥的《明镜台》也是写新社会里的人际矛盾。这篇小说捕捉了一个干部家庭中某天里的一个生活片断。"我"正在为厂里的墙报明镜台写稿，思绪飘飞到战争年代掩护过"我"的妈妈——一位不相识的穷苦老大娘那儿。妻子正在为刚满周岁的宝宝织着第四件

[①] 刊于《长江文艺》1956 年第 1 期。
[②] 董之林：《旧梦新知："十七年"小说论稿》，广西师范大学出版社 2004 年版，第 92—93 页。

毛衣，保姆哼着儿歌哄宝宝睡觉，而保姆六岁的女儿阿早出门替宝宝取牛奶了。时间渐渐晚了，保姆想去迎迎还未回来的阿早，却被妻子一口拒绝。于是，保姆的儿歌又哼唱起来。时间过了许久，保姆又提出要去找阿早，但再一次被拒绝。儿歌也再一次哼起来。忽然，一位干事冲进门来报告说，一个小姑娘掉下河沟了。保姆一声不响地冲出房门，妻子一边哄着宝宝，一边询问道："那个小姑娘手里拿没拿奶瓶？这要真是阿早，我们宝宝明早上吃什么呢？"作家没有直接刻画保姆的心理，却通过她温柔的儿歌中字眼的变化，①不动声色地透露其内心的焦灼。在一种低回婉转的情调中，小说表达了严肃的思考。从构思意向上说，这部作品主要是通过今昔对比，来书写革命胜利后不能忘本的习见主题，但客观上也揭示出，在穷人翻身做了主人的新社会里，已经出现新的人与人的不平等，以及由此形成的冷漠。在当时以歌颂为主的文坛，这种暴露所包含的批判性是相当犀利的。

李国文的小说《改选》锋芒直指官僚主义、形式主义。在某厂工会，兢兢业业踏实工作、为大家谋福利的老郝，从工会主席、副主席再到普通委员，逐渐沦落，但毫无怨言。不过，经历了一次次的坎坷，不服老的老郝渐渐变了："他老了。背驼了，腰弯了，仅剩下的数茎头发，也如银丝般的白，但是他的心没有衰老，仍如先前那样激情澎湃。不知为什么，碰上这些常常在当面或事后指责他的人，他就变得缄默、拘谨甚至惶恐起来。"步步高升取代老郝的现任主席则是一位样板狂，特别善于贯彻领导意图，其工作方式就是整理"两化一板"的汇报材料。工会换届时，老郝被排除在候选名单之外。但在神圣的选举中，群众终于爆发了，"全场像一堆干草着火似的"，迫于压力，老郝被增补为候选人。最后，一阵乱哄哄的喧嚣中，老郝获得了压倒性的选票，雷鸣般的掌声响起，但就在这时，没有任何人发觉，老郝已经安静地在会场中死了。如果说《明镜台》是以静写动，通过温情反衬残酷的冷漠，《改选》则是以动写静，在轰轰烈烈的喧嚣中画出一颗逐渐被磨杀的坚强灵魂。老郝之死的祸首当然是形式主义的官僚作风，不过，即使群众的力量扭转了这种歪风，树还是要倒下。在此意义上，小说所揭示的问题是令人震惊的。这是一篇悲剧性的作品，按照"悲剧是将人生有价值的东西毁灭给人看"的观念，任何悲剧其实都是基于一种绝不放弃的理想情怀。这一点，《改选》没有例外，老郝的死并未消解选举的神圣性。小说中以无名状态出现的大多数的群众，是寄予着希望的所在。

王蒙《组织部来了个年轻人》②　　在干预生活的小说以及其他各体文学中，王蒙的《组织部来了个年轻人》实为翘楚。它关于体制与人的关系的细密、深刻把握，即使在今天也毫不过时，这是五六十年代文学中不多见的能够凭借文学性穿越时代的作品。小说当年发表后曾激起强烈反响，甚至"竟引起了一场国内外都很关注的轩然大波。《文艺学习》从1956年12月开始，用了整整四个月时间，连续发表了作家、评论家、党政干部、大学生等各方人士的大量文章，不论是毁是誉，态度都异常激烈"③。《人民日报》《光明

---

①　小说中的三段儿歌依次是：其一，"北风阵阵紧，白雪满天飞，阿姨怀中暖，宝宝睡觉喽"；其二，"北风吹倒树，白雪盖大路，阿姨望阿早，宝宝睡得好"；其三，"北风绞白雪，白雪结成冰，阿姨心发冷，宝宝睡得稳"。

②　该小说初发表时编辑部做了改动，并改题为《组织部新来的青年人》。这里的讨论，除特别说明外，均依据《王蒙文集》载作者原稿。

③　学正：《当代文坛上的一场笔墨官司——王蒙〈组织部新来的青年人〉争论始末》，《语文学刊》1989年第8期。

日报》《文汇报》《中国青年报》《北京日报》等也都刊登讨论文章。而且,"在某些机关和学校里,人们在饭桌上、在寝室里都纷纷交换着各种不同的意见"①。1957年《文艺学习》第3期发表的"编者的话"对于当时的各方意见有一个较全面的总结。部分否定者认为小说"完全是歪曲现实,歪曲了我们的老党员、老干部的面貌,并且污蔑了我们整个党和党中央";肯定者对之"进行了全面的无保留的歌颂,提出'以林震为我们的榜样'";更多数的看法则是,小说揭露"现实生活中存在否定现象、官僚主义灰尘,揭露刘世吾这样一个政治热情衰退、把一切看成'就那么回事'的人物,都是好的,有积极意义的"。但是,林震、赵慧文却"带着浓厚的小资产阶级灰暗情调",作者没有"从更高的角度去观察和批判",因而"作品是有片面性的"。围绕《组织部来了个年轻人》的争论,甚至引起了毛泽东的关注。"在1957年春天,当毛泽东还在坚持'放'的方针的时候,他对李希凡、马寒冰的观点给予批评。"②夏天的反右运动开始后,小说不可避免地受到批判,王蒙随即被剥夺了写作的权利。

《组织部来了个年轻人》虽然是针对现实问题而写的,但它在揭示既有问题的同时并未给予问题以解答。这不是一篇一般性的问题小说,而是一部提问题的小说。问而不答的《组织部来了个年轻人》,呈现出特别的美学蕴藉与思想穿透力。小说最引人注目的地方,首先在于透过年轻人林震懵懂而单纯的眼光,塑造了刘世吾、韩常新等极具精神深度的当代官僚形象。用作家自己话说,刘世吾作为与林震对立一方的主要人物,"着重写的不是他工作中怎样'官僚主义'(有些描写也不见得宜于简单化地列入官僚主义的概念之下),而是他的'就那么回事'的精神状态"③。刘世吾是一个成熟的干部,他极擅"领导艺术",熟谙也麻木、倦怠于自己所从事的组织工作,有业务能力,却毫无热情,以"条件成熟论"为信条游刃于各种复杂的情况中。刘世吾又并非是一个毫无生气的人,他和年轻的林震一样,也是一位爱好文学的人,当他读一本好小说的时候,也"梦想一种单纯的、美妙的、透明的生活",但现实中"可还是得做什么组织部长"。与刘世吾相比,27岁的韩常新显得更有干劲和热情,总是"用嘹亮的嗓音讲解工作",还"不时发出豪放的笑声"。不过,他的成熟老练的工作方式以及官样做派与刘世吾并无本质区别。或许可以说,韩即是刘的年轻版。刘世吾和韩常新都是典型的体制中人,熟透了体制的运作方式和规律,并与之融为一体,消泯了自我,也钝化了体制向前运动的动力,或可称之为"体制病"患者。饶有意味的是,刘世吾对于自己的状态相当地清醒,甚至感到倦怠,但倦怠感并不会改变什么,他倦怠得懒得从倦怠的现实中起身,只是偶尔读一点文学书籍,调剂一下自己疲惫、麻木的心灵。曾经热情投身的事业,一点一点地锈蚀他的灵魂,把他磨杀成了生命的空壳。当时曾有评论做了相当深刻的分析:"刘世吾是一个双重悲剧式的人物,首先他灵魂里害上了与我们勇猛锐进着的生活相对立的病症——无爱无憎的高度冷漠症。

---

① 见《文艺学习》关于《组织部新来的青年人》讨论专栏的"编者按",《文艺学习》1956年第12期。
② 洪子诚:《1956:百花时代》,北京大学出版社2010年版,第90页。当时李希凡的《评〈组织部新来的青年人〉》(《文汇报》1957年2月9日)和马寒冰的《准确地去表现我们时代的人物》(《文艺学习》1957年第2期)对王蒙小说提出了尖锐批评,认为小说严重歪曲了现实,"用党的生活个别现象里的灰色的斑点,夸大地织成了黑暗的幔帐"。
③ 王蒙:《关于〈组织部新来的青年人〉》,《人民日报》1957年5月8日。

而可怕的还在于他十分自信地把这一切看作自己在精神上已经成熟的表现,或者半嘲解、半自慰地认为,这仅仅是一种不可避免的'职业病'而已。"① 值得注意的,其实不仅是刘世吾的"职业病"②,还有由此所引发出来的关于"职业"与"病"之间关系的问题。病象如此,病因何在,这是小说最发人深省的一个提问。

林震是作为被吸纳进体制的外来者来描写的。由于工作出色,本来做小学教师的林震被选调到区委组织部,他充满了神圣的憧憬,踌躇满志地走进了自己的新生活。不过,他很快遇到了麻袋厂的棘手问题,而韩常新、刘世吾等领导的态度和处理方式更令他目瞪口呆与惶惑,还因一次擅自行动在党小组会上受到了严厉批评。迷茫中的林震在年轻女干部赵慧文的开导和关心下,重新坚定了自己的信念,在从赵慧文家走进夜色时,"一股温暖的泉水在心头涌了上来"。随后,在区常委会上,林震尖锐批评了刘世吾等的缺点。当然,这如同投入水塘里的一枚石子,漾起了一点漪沦,随即又消散得没有痕迹。小说为林震预留了一个有些许亮光的出口——会后,区委书记找了他三次,"隔着窗子,他看见绿色的台灯和夜间办公的区委书记的高大侧影,他坚决地、迫不及待地敲响了领导同志办公室的门"。不过,领导究竟会对他说些什么呢?作家把思考留给了读者们。满怀理想、容不下空气里的一粒灰尘的林震,是一个进入了体制却无法融入其中的人。他与年长些的赵慧文构成了另一个人物系列。年仅22岁,"生命史上好像还是白纸"的林震,究竟会成为另一个赵慧文,孤独,清高,无助,不服输,又无可奈何;还是当"有了功勋","有了创造","有了冒险","也有了爱情之后"③,成为新的韩常新,直至再一个刘世吾?这是小说留下的又一个难解的问题。

从刘世吾到韩常新,再到赵慧文和林震,小说在组织部这个不大不小的世界里,构筑了一个相当复杂的围城式困局。不过,这里没有城外人,人人都在城里,人人都被禁锢,有的人习惯了禁锢(如刘世吾),有的人在禁锢中获取成就感(如韩常新),有的人曾经挣扎过却已经无力(如赵慧文),还有的人试图改造这围城却处处碰壁(如林震)。"我们,党工作者,我们创造了新生活,结果,生活反倒不能激动我们……"套用刘世吾的这句话,《组织部来了个年轻人》这篇"干预生活"的小说所表达的,其实是"生活对人的干预",一种已经高度僵化的体制生活对人的灵魂、人的个体生命的禁锢、锈蚀和磨杀。在这种意义上,小说的价值就不仅仅在对阴暗面的暴露,而是具有了穿越性的意义,它历史性地揭示了一种人生存在的困局。

小说也以一定的笔墨书写了林震和赵慧文之间朦胧的情感。这称不上是爱情,只是一种若有若无的感觉,却令小说在严肃的主题之外增添了别样的韵致和情调。王蒙笔下,已经有过相当阅历的赵慧文对林震更显主动,当然,这更多的是一位被孤独感包围着的成年女性对过去自我的一种找寻,以及由此产生的带有自我抚慰性的爱怜之情。而林震则是在懵懂中偶遇指路人和知音。二人的遇合应当是单纯的,不过,将他们的关系点破的却是刘

---

① 唐挚:《谈刘世吾性格及其他》,《文艺学习》1957年第3期。
② 小说中,刘世吾曾对林震"闷闷地说":"据说,炊事员的职业病是缺少良好的食欲,饭菜是他们做的,他们整天和饭菜打交道。我们,党工作者,我们创造了新生活,结果,生活反倒不能激动我们……"
③ 小说中这样描写了林震:"现在二十二岁,他的生命史上好像还是白纸,没有功勋,没有创造,没有冒险,也没有爱情——连给某个姑娘写一封信的事都没做过。"

世吾。一个雨夜，在小吃铺上，喝了点酒的刘世吾对林震抚今追昔，就在林震为"他深刻和真诚的抒情所感动了"的时候，刘世吾亲切而有分寸，缓缓地说：

> "原谅我的直爽，但是我有责任告诉你……"
> "什么？"林震停止了夹肉。
> "据我看，赵慧文对你的感情有些不……"
> 林震颤抖着手放下了筷子。
> ……林震迷惘地跑回宿舍，好像喝了酒的不是刘世吾，倒是他。同宿舍的同志都睡得很甜，粗短的和细长的鼾声此起彼伏。林震坐在床上，摸着湿了的裤脚，眼前浮现了赵慧文的苍白而美丽的脸。……他还是个毛小伙子，他什么也没经历过，什么都不懂。他走近窗子，把脸紧贴在外面沾满了水珠的冰冷的玻璃上。

显然，刘世吾的话让林震的心不能平静。他好像是被点醒的梦中人，又像是被人一下推到了梦里而茫然失措。再次见到赵慧文时，林震多少有些冒失地用一种"粗重的，完全像大人一样的声音"对她说："我很想知道，你是否幸福……"甚至还把刘世吾的话也告诉了她，并慌乱地澄清了一番。当然，赵慧文从容而平静地面对了这位可爱的年轻人的冒失，一切被轻轻地带过去，没有再漾起什么漪沦。刘世吾的话是颇值得玩味的。他究竟是作为过来人，真的看出了一些异样的端倪呢？还是出于"领导的艺术"，用一种特殊的方式来使林震同不合群的赵慧文有所疏离？抑或兼而有之？无论怎样，也不管作家是否有意为之，实际上，刘世吾恰到好处的欲说还休，都引导了读者的眼光，使小说显得蕴藉有味，这实在是一抹神来的笔墨。

二、人情与人性的书写

在1956—1957年，直面生活中的矛盾与书写人情、人性是一体两面的。现实中存在的种种问题乃至阴暗面，所伤害的不只是具体的工作，在更深的层面上，往往造成人性的压抑。因此，问题的揭示一旦深入，就会触及人情、人性的话题。这正如《组织部来了个年轻人》直接是批判官僚主义，更内在的则倾吐了个体性被压抑的体验。当时的写人情、人性的小说，比较集中在爱情婚恋问题的思考上。爱情是人类最美好、最富生命本真意义的情感之一，也是人性最微妙、最丰富的一种凝聚，因此成为了文学的永恒母题。但50—70年代，这又是一个颇具禁忌性的话题，个人的爱情常被理解为与革命工作、集体观念相对立的，作家表现爱情时稍不留神，就有可能滑入"资产阶级思想感情"一类的陷阱中。因此可以看到，那一时期的主流文学大抵都回避或淡化了爱情的书写。即使有所触及，也小心翼翼，严肃地将其纳入合乎主流话语的规范中。1956年，曾有批评家这样描述当时文学中的爱情书写：见面就谈发明创造式的爱情，扭扭捏捏、一笑就走式的爱情，"我问你一个问题：你爱我不？"式的爱情，由于工作需要而屡误佳期式的爱情，三过家门而不入式的爱情……而且，"就连这样缺乏爱情的爱情描写，也往往是为了调剂作品的枯燥，作为'水分'而加上去的"①。

由于扑面而来的开放和松动氛围，在百花时期的非主流文学中，小说书写人情、人性的笔墨有所增加。《小巷深处》（陆文夫，1956）、《在悬崖上》（邓友梅，1956）、《红豆》（宗璞，1957）、《美丽》（丰村，1957）、《寒夜的离别》（阿章，1957）、《田野落霞》（刘绍棠，1957）、《西苑草》（刘绍棠，1957）、《甲方代表》（张弦，1957）等一批与爱情婚恋生活相联系的小说涌现出来。按照爱情书写的功能侧重，这些小说大致可分为两类。

第一类是以《红豆》《在悬崖上》为代表，小说中情感故事只是一种平台或者载体，作家通过它来表达关于两种不同的思想观念、生活态度乃至阶级立场的冲突，基本上是新中国成立初期《我们夫妇之间》的写作模式的延续。譬如《在悬崖上》虽说笔调较为细腻，但概念化的痕迹相当浓重，有很强的劝诫意味。"我"在朴实的妻子和时髦开放的加丽亚之间，一度迷失于后者，甚至到了要离婚的地步。套用小说中科长教育"我"所说的，作品所要表达的是，爱情问题"是最能考验一个人的阶级意识、道德品质"的。

宗璞（1928— ），原名冯钟璞，笔名另有丰非、任小哲等，原籍河南唐河，生于北京，著名哲学家冯友兰之女。宗璞的《红豆》更加婉曲动人。小说同样用倒叙的笔法讲述了一段曾经迷失却又相当缠绵动人的爱情故事。在北平解放前夕，女大学生江玫爱上了自己的同学齐虹。齐虹信奉个人本位的自由观念，这与江玫倾向于革命的立场不能相容。而且，他的资产阶级少爷的身份，也同江玫作为牺牲的革命地下党人后代的出身格格不入。二人的决裂是必然的，最终齐虹前往美国，江玫成长为一位革命干部。小说的构思和稍后的《青春之歌》很相似，江玫或者就可称为走进当代的林道静，出身、性情抑或爱情上的"弯路"都如出一辙，甚至在她的身边，也配置有一个类似卢嘉川似的启蒙者肖素。她时刻提醒着那沉溺在感情梦幻中的"小鸟"："这爱情会毒死你。"不过，与《青春之歌》有所区别的是，《红豆》用相当绵密的笔调写出了江玫抉择的痛苦，揭示了她情感与理智、生活与理想之间复杂的矛盾。尤其动人的是小说的序幕和尾声：八年后江玫重返校园，又在宿舍墙上的小洞拿出当年与爱人藏下的两粒红豆，它们"没有耀眼的光芒，但是色泽十分匀静而且鲜亮。时间没有给它们留下一点痕迹"。这唤起了女主人公曾经的"欢乐和悲哀"，"往事像一层烟雾从心上升了起来"，泪水滴湿了她手里握着的红豆。早在20年代，革命文学刚刚兴起的时候，茅盾曾在一篇著名的文章中说："现在差不多有这么一种倾向：你做一篇小说为劳苦群众的工农诉苦，那就不问如何大家齐声称你是革命的作家；假如你为小资产阶级诉苦，便几乎罪同反革命。"② 这样"一种很不合理的事"在《红豆》的年代里，却是令人习以为常的。当时有评论称，小说"在整个描写中表现出了浓厚的不健康的思想感情，使读者读后不是从这个故事里取得力量，得到鼓舞，而是被感染上作者本人的那种留恋过去、怨恨今天的感情"③。类似观点还有："一个人的思想和感情是统一的，是和阶级立场不可分割的。对于恋爱的态度，也是表现了一个人的立场观点的……江玫一

---

① 黄秋耘：《谈"爱情"》，《人民文学》1956年第7期。
② 茅盾：《从牯岭到东京》，初刊于《小说月报》1928年第19卷第10期，引自《茅盾全集》第19卷，人民文学出版社1991年版，第190页。
③ 文美惠：《从〈红豆〉看作家的思想和作品倾向》，《文艺月报》1957年第12期。

方面是步步走向革命,另一方面对齐虹的爱情却始终如旧。""甚至到了解放前夕",江玫也"一点没有改变,仍是充满资产阶级的思想感情"①。说《红豆》"怨恨今天",明显是苛责,不过,"留恋过去"却未尝不是真实。这篇小说的思想其实相当纯正,有时就像女主人公一样,一个人的思想和感情未必是统一倾向的。作家与她笔下的人物一样,由于对情的眷恋和专注,不仅冲淡而且逸出了既定的正确思想。

第二类爱情书写更具有纯粹性,美好的感情本身成为小说表现的中心,主要有陆文夫的《小巷深处》、丰村的《美丽》,以及路翎的《洼地上的"战役"》等。《美丽》通过当事人回溯性的对话,讲述了一个关于婚外情的故事。小说以当时并不多见的勇气,用一种同情的口吻,从第三者的角度叙述了一段出位爱情。不过,虽然后来秘书长的夫人姚华病故了,玉洁最终也没能和自己相爱的人走到一起。在她的心中,始终回荡着两个犀利的声音,姚华瞪着"可怕的仇恨的眼睛"发出的"我不准你抢走他",以及支部书记严厉指出的:"你这个人是向上爬!"一是传统的道德,一是个人的利己主义,两块石头沉重地压在玉洁心头,她只能默默地把爱情埋藏在心底。用后来的眼光看,小说的人性伸张有点妥协的意味,不过,那种无声的沉重和隐忍,恰恰折射出一个时代里追求个体幸福的艰难。

《小巷深处》以苏州古城为背景,描写一个旧社会的妓女徐文霞在新中国成立后经过改造,成为纱厂女工开始了新生活。不过,过去的遭遇始终是她心头抹不去的伤痕,但爱情就在这时悄然而至,她和厂里年轻的技术员张俊相恋了。热恋中的她偏又遭遇以前的嫖客来纠缠。于是,她一会儿"幸福的心向外膨胀","一会儿充满了恐惧",生怕悲惨的往事被恋人知晓。张俊也和她一样有一颗纯净善良的心。终于,阴霾散去,在一个深夜里,小伙子"那性急的擂门声,在空寂的小巷子里,引起了不平凡的回响"。应该是感染于苏州古城独特的风土和气韵,小说写得曲折幽深,又清新动人。创作《红豆》的宗璞曾说,她"在写作时遵循两个字,一曰'诚',二曰'雅'"。其实,这也是陆文夫小说的审美个性所在。《小巷深处》《红豆》以及稍后茹志鹃发表的《百合花》等,是五六十年代里一批富有别样审美性的小说。它们在普遍以宏大、壮丽为诉求的文学时代里,守护了一种可贵的小说诗学:不虚饰,不拔高,少附会,纯净动人,婉约细腻,精心营构意象和提炼诗意。

路翎《洼地上的"战役"》由于和胡风派的关系,较早就受到了严厉的批判。但即使抛开具体的人事、历史纠葛,这篇小说所表达的情感和思考,按当时的文学规范衡量,也是相当出格的。当时一篇权威性的批评文章称:"作者立脚在个人温情主义上,用大力来渲染个人和集体——爱情和纪律的矛盾,前者并且战胜后者的结果","把人民军队所进行的正义的战争和组成人民军队的每一个成员的理想和幸福对立起来。"② 这里的立意虽然相当武断,但也在一定程度上触及了小说的某种内在情感态度。在作家笔下,新战士王应洪心中"甜蜜的惊慌的感情"不断与军队的纪律发生冲突,但他始终无法放下这份先前从未有过的情感。更老练成熟的班长王顺意识到了年轻战友的错误,但他也抱以由衷的同

---

① 张少康、张天翼:《"红豆"的问题在哪里?》,《人民文学》1958 年第 9 期。
② 侯金镜:《评路翎的三篇小说》,《文艺报》1954 年第 12 期。针对席卷而来的苛责,路翎当时发表了《为什么会有这样的批评?》(《文艺报》1955 年第 1—4 期)予以回应。

情，产生了模模糊糊的苦恼。小说中相当动人的篇章，是描写王应洪潜伏时被可怕的孤独包围着，这时，那种甜蜜的惊慌的感情再次浮现出来，抚慰了无助的心，但旋即又重新沉入战场的孤单、寂静中。作家对于个体性的人的内心世界的探索，使他的笔墨时而逸出理性的政治立场，从一种人性的角度去捕捉严酷战争环境里普通人的心灵悸动。在这样的艺术视角中，甚至王顺后来也发生了转变："他替这个不论从军队的纪律，或是从王应洪本人说来都没有可能实现的爱情觉得光荣，他拖着王应洪在山沟里一寸一寸地前进，除了是为了别的重大的一切以外，也是为着这姑娘。……他所担心、所反对的那个姑娘的天真的爱情，此刻竟照亮了他的心，甚至比那年轻人自己都更深切地感觉到这个。"在当代汗牛充栋的战争叙事作品中，《洼地上的"战役"》是独具个性的一篇，表达了一种特殊的战争感受与思考。当时的语境下，虽说作家不可能超然地审视战争与生命个体的关系，但他洞见了人的一部分灵魂的秘密，并把那种最微妙的心灵震颤转化为另一种庄严和神圣，确实显示出难得的艺术敏感与勇气。路翎这份很快成为自己获罪理由之一的文学才华，应该与他战争年代里颠沛流离的经历和体验不无关系。那种切身的苦楚，有时并非仅靠思想和立场所能轻易涤除。《洼地上的"战役"》所流露的严酷境遇里对微弱幸福感的渴慕、珍视与小心守护，是一种生命磨痕的转化与升华。

三、另一种历史体验与叙述

50年代末至60年代初，当代文学出现过一个历史题材创作的小高潮。小说主要有陈翔鹤的《陶渊明写〈挽歌〉》《广陵散》，黄秋耘的《杜子美还家》《鲁亮侪摘印》，以及冯至的《白发生黑丝》等。这些历史文学既可视为对当代生活的一种特殊"回避"，也常被理解成"象征性或'影射性'的叙述"①。这种创作现象的产生，离不开当时的社会与文化形势。由于"大跃进"后随之而来的困难时期，一度高昂的激进社会情绪与精神心理明显落潮，国家的政治、经济与文化政策也作出了一定调整，文化规范再次呈现松动的迹象，作家们被压抑的表达意向又有了某种吐露的可能。不过，经过一次次严厉的清理和斗争，尤其是大规模反右运动后，人们干预现实、直面社会矛盾的积极性和勇气已经受到极大的挫伤。② 因此在一部分作家那里，艺术的眼光就转移到相对安全的历史领域，有距离、有分寸地吐露心声。而历史与现实、文学与非文学的复杂纠结，则逼使他们在创作中投注了更多的心力与智慧。如果说，在五六十年代，"一方面是某些客观环境与主观选择制约了作家的创作胆识与才华，一方面是作家的郑重、激情与才华突破着与生活真实不相一致的条条框框。而这里还有另一方面，第三个重要的方面，主观与客观的限制，恰恰成全了作者的深、重、苦、涩、严（严肃与严格乃至严厉）的不同凡响的风格"③。那么，60年代初一部分小说家专注历史的策略性选择及其用心的探索，则为当代文学带来了一

---

① 洪子诚：《中国当代文学史》，北京大学出版社1999年版，第144页。
② 关于这一点，即使在反右之前，文学界的心理阴影也是相当浓重的。1956年6—7月，王蒙的一位朋友读了《组织部来了个年轻人》手稿后，曾经产生这样的顾虑："不知为什么，自从对《武训传》批判，对俞平伯批判，直到对'胡风反革命集团'批判，我总感觉搞文学创作和研究是危险的行当，弄得不好，身败名裂，有舌难申辩。"参见老马：《我所知道的王蒙》，《传记文学》1988年第3期。
③ 王蒙：《感受昨天——小说卷序》，《中国新文学大系1949—1976·长篇小说卷一》，上海文艺出版社1997年版，第6页。

份规模不大但蕴藉、深沉的美学收获。

最能代表此时历史小说成就的是陈翔鹤。这位新文学初期就曾组织浅草—沉钟社并以感伤小说名世的作家,新中国成立后主要从事编辑和古典文学研究工作。60 年代初,他应当时主持《人民文学》工作的陈白尘约稿,创作了《陶渊明写〈挽歌〉》和《广陵散》。作家曾计划将庄子、屈原等 12 位历史人物的故事写成小说,不过,由于随之而来的批判运动,他只完成了这两篇。在陈翔鹤笔下,62 岁的暮年陶渊明有不随俗流的刚正风骨,他对于高高在上的慧远和尚不屑一顾;也有通达的人生态度,他看破生死,"死去何所道,托体同山阿";不过,这份耿介和超脱背后,又氤氲着一种难以排遣的无力感。可以说,在陶渊明身上,一方面寄托着知识分子独善其身的精神传统,同时又包裹了特殊境遇下一种无可奈何的情绪和殷忧心理。《广陵散》中的嵇康则稍侧重于对怨愤的力的表现。不过,当孤绝不合作的精神取向被置于污浊凶险的生存境遇中时,一种悲剧性的创痛感就弥散于字里行间了。这种力的悲情,在主人公受刑前肃杀哀怨、悲痛惨切的《广陵散》琴曲中达到了顶点。杨晦曾回忆:"翔鹤早在几十年前就喜欢陶渊明的不堪流俗,欣赏嵇康的刚直不阿;北京重逢以后,他又曾向我谈起过,想用今人的观点去把握古人的心理,把他们写进小说。"① 冯至也谈起,陈翔鹤"对于嵇叔夜在受刑之前从容不迫顾日影而弹琴的事迹尤为欣赏,他不止一次地向我谈过这个故事。由此可见,他在将及四十年后写出历史小说《广陵散》,并非一时的即兴,而是在头脑里蕴蓄很久了"②。可以说,陶潜和嵇叔夜对陈翔鹤来说,是他多年来心中始终凝聚着的精神意象。当作家在 61 岁的年龄,书写 40 岁从容就戮的嵇康,与 62 岁时于无力中执着着的陶渊明,表达那充满悲剧感和无奈感的自我坚守,不仅显示出其早年感伤风格经过复杂历练后的沉潜,而且,一种切身的灵魂自况意味,也是不言而喻的。后来有人说,陈翔鹤"能够以今人的眼光,洞察古人的心灵",并"能够跟所描写的对象'神交'"③,他的用意,"是要从'知人心'方面来描绘历史人物"④,原因应该在此。

后来,黄秋耘曾回忆,当年二人一次谈话时,在自己表达了对嵇康的同情后,陈翔鹤"神情忽然变得严峻、凌厉起来,激动地说":"不瞒你说,我也是同情嵇康的。嵇康说得好:'欲寡其过,谤议沸腾,性不伤物,频致怨憎。'这不正是许多人的悲剧吗?你本来不想卷入政治漩涡,不想干预什么国家大事,只想一辈子与人无患,与世无争,找一门学问或者在文艺上下一点工夫,但这是不可能的,结果还是'谤议沸腾','频致怨憎'。"⑤ 1966 年,《人民文学》第 5 期发表的一篇题为《揭穿陈翔鹤两篇小说的反动本质》的文章称:作者"三番五次地描写陶渊明对慧远和尚的'佛理'的仇视和攻击,就是在攻击我党在'庐山会议'上粉碎了右倾机会主义分子的进攻后,更加坚定地执行的政治路线,就是在攻击伟大的毛泽东思想,攻击总路线、大跃进和人民公社三面红旗"。1968 年春天的一个日子,一场两个多小时的批判会后,在请假回家又迅即返回建国门 5 号的路上,陈翔

---

① 杨晦:《怀念翔鹤同志》,吴泰昌编:《杨晦选集》,上海文艺出版社 1987 年版,第 519 页。
② 冯至:《陈翔鹤选集·序》,《文学评论》1979 年第 3 期。《陈翔鹤选集》由四川人民出版社于 1980 年出版。
③ 黄秋耘:《空谷足音——〈陶渊明写《挽歌》〉读后》,《黄秋耘自选集》,花城出版社 1986 年版,第 737 页。
④ 冯至:《陈翔鹤选集·序》,《文学评论》1979 年第 3 期。
⑤ 黄秋耘:《十年生死两茫茫——追念陈翔鹤同志》,《黄秋耘文集》第 1 卷,花城出版社 1999 年版,第 177 页。

鹤猝然去世①。

冯至《白发生黑丝》和黄秋耘《杜子美还家》都取材于杜甫的生活，通过想象的历史景象，倾吐了忧国忧民的思想情感。不过，在根本立意上两篇小说是截然不同的。

杜甫是冯至长期关注和敬重的诗人。冯至早在1941年就曾创作有十四行诗《杜甫》，自1946年开始，又历时三年撰写《杜甫传》。在1945年的《杜甫和我们的时代》一文中，处于动荡年代的冯至在杜诗中读出："杜甫不只是唐代人民的喉舌，并且好像也是我们现代人民的喉舌。"② 这种认识被延伸到《白发生黑丝》进一步的深化。小说里的杜甫已到了暮年时分，饱经忧患与坎坷之后，他开始对自己的人生有了重新的认识，虽然自己"写了些替穷人说话、为穷人着想的诗歌，但是比起渔夫们对他的热心关怀，还是差得很多"。而且，在困窘物质条件下，他也开始怀疑自己的精神劳动产品——诗是否具有真正的价值。让杜甫进一步反省自我的是新结识的朋友苏涣，一位能诗也善武的传奇人物。在苏涣的诗中，杜甫读出了"它蕴藏着一种新的内容，表现了一种新的风格"。关于苏诗，则一方面"涉及到日月的运行和宇宙的变化，世路的艰险和统治者的残暴"，而且，还显示出"人民的痛苦和必然的反抗"，这"许多过去还没有人道过的新的内容"，正是"杜甫所倾倒于苏涣的"。"从此杜甫终日生活在渔夫们中间"，他融入劳动人民中，"也经常和苏涣来往"，他不断接触新的思想内容。于是，他"白发里的黑丝仿佛又多了一些"，虽说社会现实还是黑暗的，"他内心里却充满了力量和希望"。这是一则关于一生受挫的知识分子在晚年重获新生的故事。

与之相比，在44岁的黄秋耘笔下，46岁的中年杜甫却更多抑郁和悲凉。过去，政治生活的坎坷，特别是最近一次伴君如伴虎、险些招致杀身之祸的经历与体验，令他噤若寒蝉。辛酸苦难中的杜甫终于和离散的家人团聚，安抚孩子们快乐地入睡了，又勉强安慰了同样历经苦楚的妻子，但这一夜，他怎么也无法安睡，甜、苦、酸、辣，百端交集，为有志难申而痛，为国家衰颓而悲。第二天黎明，几位乡亲来探望他，顺便打听一下有关大局的消息，杜甫只能竭力安慰他们说："大局是不要紧的……当今皇上也是个圣明天子，一定很快就能够把天下治理好。"不过，"他明知道这些都是半真半假的空话，但是，他又怎能够把自己所看到的，所想到的，都毫无保留地告诉这些老百姓呢"？听了一位老者的哭诉，杜甫"心灵剧烈地震动，一种复杂而悲愤的感情和一种难以形容的良心的谴责"，使自己想去抱住他痛哭，把"心里的话一股脑儿都说出来"，但是，只能沉重而艰涩地努力克制住自己。送走了乡亲们，痛定思痛中，杜甫对自己说："如果我在政治上不能有所作为，那么，至少可以用我的诗，我的笔。"一位"枉抛心力作诗人"的杜甫形象树立起来。

---

① 详见准淮：《陈翔鹤之死》，《书城》1995年第4期。
② 冯至：《杜甫和我们的时代》，原载1945年7月22日昆明《中央日报》，引自《冯至全集》第4卷，河北教育出版社1999年版，第108页。

研 习 导 引

对"红色经典"的认识与评价

80 年代以来,如何认识和评价"三红一创""青山保林"等"红色经典",始终是一个聚讼不已的问题。按照启蒙主义的文学史观,这些曾经在中国当代历史产生过巨大影响、拥有无数读者的作品,显然背离了新文学的人的文学传统。在钱理群等人的《论"20世纪中国文学"》(《文学评论》1985 年第 5 期)中,对这段文学史的存在是以省略的方式来处理的。对此,王瑶提出过批评:"你们讲 20 世纪为什么不讲殖民帝国的瓦解,第三世界的兴起,不讲(或少讲,或只从消极方面讲)马克思主义、共产主义运动,俄国与俄国文学的影响?"① 近年来,也有学者提出,对于以"红色经典"为代表的"十七年"文学史"应当抱以应有的同情和理解"②,要避免"非好即坏、将问题简单化的思路",尤其是"在检讨这一时期的政治运动同时,就像泼婴儿的洗澡水,连婴儿也一起倒掉了"③。

以一个个案为例。《创业史》是以论证农业合作化运动的历史合法性与必然性为主题的小说。它曾经获得过巨大的声誉,但当小说所依存的政治发生了转折和变化,当家庭联产承包取代合作化,小说的艺术性是否还可以成立?小说的艺术性是否可以和它所依附的政治彻底剥离?如果这都是可能的,那么将在什么意义上、何种程度上成立和剥离?这个问题显然不仅仅属于柳青和《创业史》,对于那个时代的很多文学作品,这都是一个根本性的问题。

需要进一步注意的是,所谓艺术性,其实又难免是仁者见仁、智者见智的。2010 年,王彬彬发表了一篇题为《〈红旗谱〉:每一页都是虚假和拙劣的》(《当代作家评论》2010 年第 3 期)的长篇论文,以 18 个版面的篇幅,提出《红旗谱》"是一个基本上不会写小说的人写的小说,是一个不具备起码的叙事能力的人讲的长篇故事。这样的作品,居然一问世即'洛阳纸贵',居然至今仍被一些人说成是'经典',这倒真是值得研究的文化现象"。王文发表后不久,雷达撰文反驳:"在'红色经典'作品里,我个人认为,在精深的程度,在文本的精粹程度,在艺术的概括力程度,在人物刻画的丰满度上,《红旗谱》达到的水准确实堪称杰作,而且它在阶级叙事里面是最具代表性的作品。"④

《组织部来了个年轻人》的文学史关联与解读

不少研究者都注意到了《组织部来了个年轻人》与丁玲 40 年代的小说《在医院中》的内在相似性。严家炎 80 年代在意图为《在医院中》平反的一篇文章中提出,这篇小说"是《组织部新来的青年人》这类作品的先驱。陆萍正是 40 年代医院里新来的青年人"。并认为"陆萍与周围环境之间的矛盾,就其实质来说,乃是和高度的革命责任感相联系着

---

① 钱理群:《矛盾与困惑中的写作》,《文学评论》1999 年第 1 期。
② 吴秀明:《论"十七年文学"的矛盾性特征——兼谈整体研究的几点思考》,《文艺研究》2008 年第 8 期。
③ 董之林:《"历史"背后——关于当代文学研究中的历史相关性问题》,《当代作家评论》2004 年第 1 期。
④ 雷达:《〈红旗谱〉为什么还活着》,《文学报》2010 年 5 月 20 日。

的现代科学文化要求,与小生产者的愚昧无知、褊狭保守、自私苟安等思想习气所形成的尖锐对立"①。对此,黄子平却有着更进一步的追问:"为什么是'医院',而不是可能更为褊狭保守的乡村(如鲁迅的'未庄')?(同样,你也会问,为什么是'组织部',而不是别的什么部?)当然,描写一个本来即以治疗病患为己任的单位的'病态',可以讽刺性地使上述'尖锐对立'显得更为鲜明触目。(同样,以'组织社会生活'为职责的组织部却失去了对自身的组织能力,问题的严重性不就更突出了么?)"问题的复杂性在于,"从结构上看,'医院'这种社会部门却完全是'现代科学文化要求'的产物。……如果这环境有'病态'的话,这已是以'现代方式'组织起来的'病态'"②。沿着黄子平的讨论,王蒙笔下的"组织部",是否也呈现出某种"现代方式"组织起来的"病态"呢?洪子诚也曾将两篇小说作过比较,他认为:《组织部来了个年轻人》"是一个有关'外来者'的故事,也是一个表现现代中国的'疏离者'的命运的故事。主人公来到一个新的环境,结果发现他不被接纳,他无法融合在这一环境之中"。这样的情节与主题模式,"让人想起丁玲在延安写的《在医院中》:投身革命的青年医生陆萍怀着热情来到根据地的医院里,同样出现了想象与现实之间的裂痕,也有主人公的困惑、与周围人们的摩擦,甚至同样也有一个异性的支持者和知音。当然,陆萍已见过一些世面,她多少已离开了林震那样的简单状态"③。与严家炎、黄子平有所差异,洪子诚由此所展开的是关于五四以来投身革命的青年知识者与革命之间的悖论关系。他认为,从《在医院中》到《组织部来了个年轻人》以及它们招致反复批判的命运,"给我们提示了中国现代文学某一主题、某一'原型结构'的延续和变异的情况。王蒙和刘宾雁这一时期的作品,表现的大致是投身革命的青年知识者与老资格的领导者的关系和矛盾。这是'五四'以后小说中'孤独者与大众'的主题的延续。坚持'个人主义'的价值决断的个体,他们对创建理想世界的革命越是热情、忠诚,对现状的观察越是具有某种洞察力,就越是走向他们的命运的悲剧,走向被他们所忠诚的力量所抛弃的结局,并转而对自身存在的价值和意义,产生无法确定的困惑"④。

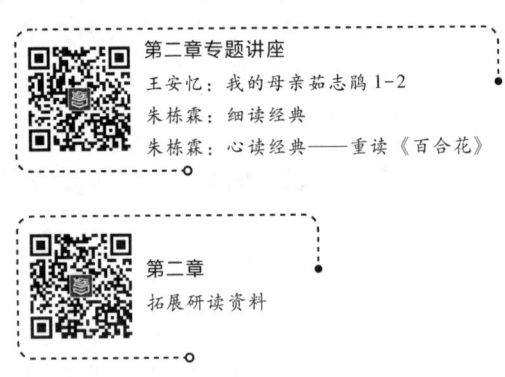

---

① 严家炎:《现代文学史上的一桩旧案——重评丁玲小说〈在医院中〉》,《钟山》1981 年第 1 期。
② 黄子平:《"灰阑"中的叙述》,上海文艺出版社 2001 年版,第 169 页。
③ 洪子诚:《1956:百花时代》,北京大学出版社 2010 年版,第 88 页。
④ 洪子诚:《1956:百花时代》,北京大学出版社 2010 年版,第 95—96 页。

第三章 50年代、60年代诗歌 戏剧 散文

第一节 50年代、60年代诗歌概述 郭小川

1949年之后，从战火纷飞、动荡离乱到和平生活、政治统一，欢欣振奋、满怀希望是一种全民族的共同情感。激昂热烈地抒情，高唱对新时代、新生活的颂歌，成为20世纪五六十年代中国诗歌的主潮。以颂歌的形式歌咏党所领导的革命斗争和社会主义建设的伟业，并在美学上恪守工农兵文艺的规范，是本时期诗歌的主流形态。在这样的背景下，五四新文学运动以来中国新诗的现代探索基本中断。

一、诗人处境与诗坛的重组

1949年以后，新诗界发生了历史性的分化与重组。

其一，是从国统区走进当代的诗人，主要有郭沫若、臧克家、冯至、卞之琳、袁水拍、力扬等，以及七月派诗人和后来被称作九叶诗派的成员们。郭沫若在新中国成立后出版有《新华颂》《长春集》《潮汐集》《东风集》《百花齐放》等大量诗集。从数量看，他又进入了一个新的诗歌创作高潮。但那些简单配合政治、标语口号式的空洞之作，并不能和他当年的女神之歌相并提①。诗人臧克家的重要性主要不再是创作，而是主编《诗刊》，直到1964年该刊停刊，《诗刊》担当着在诗歌领域贯彻党的方针政策、配合中心工作的重要角色。冯至、卞之琳以及40年代成长起来的九叶诗人，他们的现代主义的诗探索自然终止。七月派诗人则因胡风案的牵连，在50年代中期以后被剥夺了写作的权利。

其二，是在国统区开始自己的创作并成名，后来转入解放区，进而再走进当代的诗人，主要有艾青、田间和何其芳等。何其芳此时已经主要从事学术研究。

1949年至1957年，艾青在《人民文学》《诗刊》等发表诗作近百首，数量上可谓是一个高产期，却很难达到过去的艺术水准。这时，艾青的诗也不被文坛主流认可。他的诗被认为"和时代精神相去较远"，缺乏"高度的政治热情"，"思想感情是陈旧的"②，周

---

① 郭沫若于1963年5月5日致陈明远的信中，谈到自己的这些创作时说："至于我自己，有时我内心是很悲哀的。我常感到自己的生活中缺乏诗意，因此也就不能写出好诗来。我的那些分行的散文，都是应制应景之作，根本就不配称为是什么'诗'！别人出于客套应酬，从来不向我指出这个问题，但我是有自知之明的。"参见黄淳浩编：《郭沫若书信集》（下），中国社会科学出版社1992年版，第142页。

② 臧克家等：《沸腾的生活和诗》，《文艺报》1956年第3期。

扬甚至质问他"能不能为社会主义歌唱"①？1957年，艾青成为"右派"，从此缺席诗坛二十年。写于1954年的《礁石》是一首抒情短诗："一个浪，一个浪/无休止地扑过来/每一个浪都在它脚下/被打成碎沫、散开……//它的脸上和身上/像刀砍过的一样/但它依然站在那里/含着微笑，看着海洋……"通过礁石形象传达出来的满身伤痕又沉静地面对苦难的情感状态，也让人们看到了过去那个凝重沉郁而不乏傲岸的艾青的影子。这首诗后来被视为诗人在50年代的"自画像"。与《礁石》写于同年的《在智利的海岬上》，由于写实与象征互渗的方式，水手—聂鲁达意象的反复书写，深沉和壮美的抒情，被普遍认为是这一时期较能体现艾青艺术个性的诗作。

1949年后，田间的创作数量巨大，诗集即有近20部。在新的时代里，擂鼓的诗人依然鼓声隆隆，但就战斗的激情、雄壮的气势还有铿锵的节奏来说，田间却没有再达到长诗《给战斗者》的高度，也没能写出《义勇军》《给饲养员》那样的极具鼓动力的街头短诗。与时俱进的田间这时还尝试改写1946年的叙事诗《赶车传》，将其扩展为七部（《赶车传》《蓝妮》《石不烂》《毛主席》《金不换》《金娃》《乐园歌》），近两万行的鸿篇巨制，表现由共产党领导建设"中国的天堂""二十世纪的乐园"②的伟大历程。但是，乌托邦式的空想和概念化的堆砌决定了这部当代农村"史诗"的失败。

其三，是在解放区土生土长并取得较大诗歌影响的诗人，主要有李季、阮章竞、张志民等。40年代，他们沿着《讲话》所指引的方向，为人民翻身而歌唱，作为落实《讲话》精神的成功实践者、作为一种新的文学的方向和旗帜走进了当代。过去，他们所擅长的艺术形式主要是北方民歌，审美表达的优势则在于富有乡土色彩的生活气息的传达，情感表现上的特色是战时环境里的翻身解放的由衷欢唱、热情高涨。民歌体的抒情方式，或以亲切的口吻，或以哭诉的调子，在表现宏大规模、繁复构成与磅礴气势时，常常是有所局限的。1949年之后，他们的创作大都由翻身之歌转向建设之歌。李季成为著名的石油诗人，致力于在"黑色的琼浆"中提炼诗意，以《玉门诗抄》和长篇叙事诗《杨高传》为代表。阮章竞也同样投身到经济建设的新天地，发表有《新塞外行》《乌兰察布》《万里东风古塞行》《新黄河赞》《钢都颂》等系列组诗和叙事长诗《白云鄂博交响诗》。在宏大历史场景以及具体的大规模经济建设面前，解放区诗人主要以农村文化为基础的艺术表现形式、审美传达方式以及情感状态，都需要作出新的调整。但他们有限的文化视野和素养，以及相对单一化的主体精神空间，决定了他们的调整是仓促和力不从心的。解放区诗人的当代尴尬，在一定意义上，是特定的农村文化进入更阔大的历史空间之后的捉襟见肘，亦可视为是基于战时环境的农村文化形态与和平时期的城市—工业文化形态的错位。

其四，是新中国成立以后才通过创作确立自己在诗坛重要地位的诗人，主要有郭小川、贺敬之、闻捷、蔡其矫、公刘、白桦、李瑛、邵燕祥、流沙河等。他们是本时期诗坛的中坚力量，引领了以政治抒情诗与新生活叙事诗为核心的诗歌主潮，也通过自己的创作

---

① 周扬：《建设社会主义文学的任务》，《文艺报》1956年第5、6期合刊。1957年第9期《诗刊》又发表了徐迟的文章《艾青能不能为社会主义歌唱？》。

② 田间：《〈赶车传〉上卷后记》，《诗刊》1959年第9期。

呈现出一体化时代的诗歌艺术的种种异样探索。

二、政治抒情诗

政治抒情诗与中国当代历史的发生几乎是同步的。随着1949年的旭日东升、红旗漫卷，为无产阶级革命和社会主义建设擂鼓呐喊、齐声高唱的宏大政治抒情，成为了中国诗歌的旗帜与方向。后来有人这样描述那一时代的情绪与氛围："'中国人民站起来了！'——三十几年前，震撼世界的这声欢呼，谁也不会误认为，只是毛泽东个人壮怀激烈、浮想联翩的一行抒情诗，升上天安门万里晴空的五星红旗告诉人们，那确是神州大地上的一声春雷，是亿万人民的同声欢呼，同声歌唱！"① 应和着"中国人民站起来了！"的伟大宣言，《新华颂》（郭沫若）、《时间开始了》（胡风）、《我们最伟大的节日》（何其芳）、《国旗》（艾青）、《我的感谢》（冯至）等，率先开启了歌颂党、歌颂领袖、歌颂伟大的新时代的浪潮。这股浪潮席卷了50至70年代的中国诗坛。1964年，一位年轻的诗评家曾列出了"一连串颇为壮观的优秀之作的名单"②，诸如臧克家的《战斗的最强音》，李季的《向昆仑》，贺敬之的《放声歌唱》《十年颂歌》《雷锋之歌》，郭小川的《向困难进军》《甘蔗林——青纱帐》《林区三唱》《秋歌》，张志民的《祖国颂》《擂台》，石方禹的《和平的最强音》《古巴·革命及其他》，闻捷的《我思念北京》，李瑛的《古巴情思》，严阵的《天安门颂》等。

当年诗人们兴奋地认为："热情澎湃的政治抒情诗是时代的先进的声音，时代的先进的感情和思想。它是鼓舞人心的诗篇。它以雄壮的响亮的歌声，召唤人们前进，来为社会主义事业进行创造性的劳动。热情澎湃的政治抒情诗是我们社会主义时代的喉舌。热情澎湃的政治抒情诗是最有力量的政治鼓动诗。"③ 整体上看，这种以政治鼓动为目的、时代的喉舌式的诗歌形态，主要以演绎政治观念的方式来创作，整体上失落了艺术探索的个性，有的虽然名噪一时，但大都缺乏持久的艺术感染力。

新的时代总有新的年轻的歌者。25岁的青年诗人石方禹1950年发表在《人民文学》的抒情长诗《和平的最强音》，不仅在当时反响强烈，也成为后来文学史叙述中最早的重要的政治抒情诗作品。长诗气势磅礴，涵括时代风云，在恢宏而广阔的视野中，以饱满的理想主义激情来体察战争与和平的历史和现实，塑造了作为伟大和平的缔造者的新中国形象，传达出强烈的民族自豪感和坚定昂扬的理想信念，以及甘愿奉献生命以捍卫祖国的革命斗志。"尽管它保留了当日的某种局限性，但却的确传达了人类的正义感与良知。"④ 后来也被认为是"共和国诞生后最早一首具有里程碑意义的诗"⑤。

政治抒情诗浪潮中最具代表性的诗人是郭小川和贺敬之。

贺敬之的政治抒情诗主要有两类，一是以《放声歌唱》（1956）、《十年颂歌》（1959）、《雷锋之歌》（1963）为代表的大型抒情诗，一是《回延安》（1956）、《桂林山水歌》（写

---

① 张志民：《丰产与灾年——〈中国新文艺大系（一九四九—一九六六）·诗集〉导言》，《诗刊》1989年第3期。
② 谢冕：《阶级斗争的冲锋号——略谈政治抒情诗创作》，《诗刊》1964年第10期。
③ 徐迟：《祖国颂·序》，中国青年出版社1959年版。
④ 谢冕：《中国新文学大系1949—1976·诗卷·序言》，上海文艺出版社1997年版，第10页。
⑤ 骆寒超：《20世纪新诗综论》，学林出版社2001年版，第100页。

于 1959 年 7 月，改稿于 1961 年 8 月)、《西去列车的窗口》(1963) 等片断式的抒情短歌。长诗都基于宏伟的现实向着更光明的未来而放歌。闻名一时的《放声歌唱》全篇共五部分。第一章提挈全篇；第二章歌唱翻天覆地的祖国新貌；第三章直接高唱党的颂歌；第四章是"我"的成长和新生；第五章抒发畅想"明天"的豪情。结果和原因，"我"("我们")和党，现实和未来，彼此间的关系一目了然，决不含糊。贺敬之的短篇诗歌常常以缅怀为抒情向度，他的缅怀不带来伤感，因为重返过去所发现的恰恰是奔向未来的依据与动力。配合 1963 年首批知识青年从上海赴新疆垦荒，《西去列车的窗口》精心设计了老战士、我和新战友三代人，于是，西去的列车成为代有薪传的革命与社会主义建设洪流的象征。1977 年 7 月，建军 50 周年前夕，贺敬之又写了一首长篇抒情诗《"八一"之歌》，其中"身后——/万里长征，/眼前——/长征万里"一类的诗句，诗人所贯穿的诗歌思维是长期而持久的。与郭小川的矛盾和困惑不同，贺敬之始终以确定、明朗的态度处理诗与时代、与政治的关系，将自我自觉融入"大我"中。高亢豪迈的"放声歌唱"，对于贺敬之来说，既是一种诗的抒情方式，同时也是他基于坚定政治信念而由衷发生的自我情感状态，这决定了他的诗以紧跟和配合方式同时代政治发生着密切的关联。在 1960 年，就有诗评家发现："《放声歌唱》作于 1956 年，是献给党的第八次全国代表大会和国庆七周年的；《东风万里》则为党的八大第二次会议而作；当天安门城楼第十次披上节日的彩霞的时候，他唱出了《十年颂歌》。这三首对于党的颂歌，不仅主题相同，而且就诗的思想和艺术特点看，它们的倾向也是相同的。"当年，这被赞为规律化写作现象。当数十年后这种规律被重新发现时，它则变成了"一种诗体社论、时评或纪念文章"① 的标记。

　　60 年代以后，尤其是在 1962 年 9 月，来自毛泽东"千万不要忘记阶级斗争"的一声号令，一场在阶级斗争扩大化理论指导下的社会主义教育运动在国内展开。社会日常生活的高度政治化，制约着对社会情绪反应敏捷的中国当代新诗，决定着新诗艺术潮流的走向。政治抒情诗浪潮进一步水涨船高。张志民、闻捷、李瑛、阮章竞等一批以叙事风格为主的诗人纷纷转写直抒胸臆的政治抒情诗。1963 年，也敦促不少诗人迅速调整诗风。这时的政治抒情诗，抒情的意味则更多地被战斗动员的气息取代，或者说，颂歌已经开始转为战歌。当时有评论用"阶级斗争的冲锋号"来概括政治抒情诗的基本特点：它"以国内外的政治生活为其抒情的对象，以'阶级对阶级的斗争'为其直接或间接的表现内容，它所抒写的，是诗人在当代阶级斗争洪流中提炼的重大的主题，以及诗人和人民共同具有的战斗的激情。其他诗体，当然也表现而且必须表现阶级斗争、为政治服务，但政治抒情诗能够更迅速、更直接、更集中地表现这一内容，在更多的时候，它是更为直接地参加战斗，而且是最富有鼓动性的战歌。这是政治抒情诗的基本特点"②。

　　政治抒情诗已经从"放声歌唱"转向"战鼓隆隆"。1963 年，响应毛泽东"向雷锋同志学习"的号召，贺敬之所写的 1 200 多行的长诗《雷锋之歌》不仅轰动一时，而且影响了当时的诗风："雷锋！/你满腔的愤怒呵，/你刻骨的疼痛……/你对党感激的/含泪带笑

---

① 李新宇：《中国当代诗歌艺术演变史》，浙江大学出版社 2000 年版，第 119 页。
② 谢冕：《阶级斗争的冲锋号——略谈政治抒情诗创作》，《诗刊》1964 年第 10 期。

的目光……/你对新生活/如饥如渴的憧憬……//全部投入/我们阶级的/步伐——/化成了/战斗的/轰天雷鸣!"

这样的诗句,不是先进模范的歌颂,而是对阶级斗争的斗士和先锋的呼唤;这不再是充满欢笑的颂歌,而是勇往直前的战斗号角。李瑛的《擂台》(1963)当时也是有较大影响的诗作。诗人从岭南村村都有的老榕树,看到了一部波澜壮阔的农村阶级斗争的历史长卷:陈胜、吴广揭竿而起,宋景诗高举"起义的大旗",武松的"浇愁烈酒",鲁智深的"愤世不平",以及"洪秀全的大刀"……历史到了今天,依然隐伏着阶级斗争的种种动向。面对复杂严峻的局面,诗人严肃地告诫人们:"战鼓没停,/战旗未收,/今天的擂台上,/看!那每一个回合,/都是在——/争今天属于谁?/夺明天往哪儿走?/看!那每一场争执,/都是在——/为无产阶级保天下,/给子孙后代定春秋……"山雨欲来风满楼,政治抒情诗的日益战歌化似一片浓云,表征着一场正在袭来的大风暴。

三、新生活叙事

以政治抒情为主向的五六十年代的诗歌,也有偏重记叙性的一路。在思想观念、情感态度与美学规范的一体化要求之下,不是诗人从自我主体情思出发去占有生活,而是被本质化了的生活占有着诗人,或者说,这时诗的创作原则及其实现方式,主要不是生活入诗,而是诗入生活。生活化这一叙事诗的特点,已经具有了独特的当代的规定性。被生活化了的当代叙事诗,最集中和广泛的表现形态是工地之歌、建设者之歌,或者说是劳动之歌。诗人与诗通过社会化分工的方式,作为螺丝钉、齿轮、润滑油、黏合剂一类的生产资料被组装到无产阶级革命与社会主义建设的庞大机器中。于是,诗人们被光荣地授予"石油诗人"①"森林诗人"②"煤矿诗人"③"军旅诗人"④ 等新的桂冠。叙事性诗歌的类型因此也只能以叙述对象的不同来加以区分。诸如军旅生活、经济建设、政治运动,以及工业与农业,包括地理区域等题材因素决定着此时诗歌的同一性格局之内的差异。

新的生活化原则规约下的诗歌,其审美的新鲜感和持久力,从根本上是由生活本身所决定的。在政治统一、全面开发和建设祖国大地的背景下,一些年轻的诗人深入少数民族地区,写出了一批边地生活题材的诗歌。相对于热火朝天的社会主义的工地和耕地而言,少数民族聚居的边陲地区留存了相对多一些的自然的生态。表现对象的特殊性使这些诗歌在一定程度上呈现出色彩的清新与丰富,具有某种异地想象的味道。其中比较突出的主要有两个方面:一是以公刘、白桦、顾工、周良沛、梁上泉、高平、杨星火、高缨等人构成的西南边疆诗群的创作,二是以闻捷为代表的表现新疆生活的诗作。

50年代初,一批军中的文化工作者随着南下西进的部队进入云贵川和康藏高原。西

---

① 李季以《玉门诗抄》《生活之歌》《致以石油工人的敬礼》《心爱的柴达木》《石油大哥》等大量西部油田生活题材的诗歌创作,被誉为"石油诗人"。
② 傅仇自50年代起以《森林之歌》等大量林业题材诗作被誉为"森林诗人"。
③ 孙友田自50年代起以《煤海短歌》等大量煤矿题材诗作被称为"煤矿诗人",他的诗句"我是煤,我要燃烧!"(《大山欢笑》,《诗刊》1961年第1期)一度在煤矿职工中广为流传,后来有"当代矿工宣言"之誉。
④ "军旅"在50—70年代的中国社会,作为一种身份,不仅是职业性的,而且具有重要的政治与文化意义。"军旅诗人"较著名的主要有李瑛、未央、张永枚等。

南边地独特的自然和人文风貌,给年轻的诗人们带来了新鲜的生活感受,也因审美的陌生感触发他们诗的灵感。在他们眼中:"这是一片诗的土壤,孕育着无数动人的诗篇。这里的云南山水,一草一木和一朵朵云影,都有它们自己的诗歌和传统。"① 另外,他们也大都参与了少数民族民间文学的收集整理工作。富有独特民族和地域色彩的故事、传说和民歌,作为一定程度的"异质"的文化养分,也滋养和激发着青年诗人们的创作。由于生活经历与艺术特点的相似,在后来的诗歌史中,这些诗人被概括为一个诗群。尽管受到带有异质色彩的文化的影响,但西南边疆诗群的创作在整体上没有也不可能疏离于当时文学的主潮。来自革命军人的保卫边疆、建设边疆、改造边疆的英雄主义情怀是他们诗歌的主调。他们以爱与恨的交叉来组织诗歌的主题,一股脑儿将其拉到阶级斗争的阵营来。

公刘是西南边疆诗群中影响较大的一位。1955年,他在《人民文学》发表的《佤佧山组诗》《西双版纳组诗》和《西盟的早晨》,情感清新刚健,想象奇丽多彩,受到诗界和"读者的赞美"②。1956年公刘离开了云南,诗风发生转变。在短暂的百花齐放的季节里,他既有组诗《向北方》一类的颂歌型的作品,也留下了书写爱情、探索精神生活的《迟开的蔷薇》组诗。《迟开的蔷薇》那种基于个体生命体验、富有内在的燃烧的诗句,显然违背了当时的抒情规范。1957年夏,成为"右派"的公刘离开了诗坛。30年后他重返诗坛时,依然有评论家把他50年代的诗作视为"一朵奇异的云"③。

专注于抒写西北边疆生活并取得较大影响的诗人是闻捷。闻捷也是以随军记者的身份进入边疆地区的,1952年起他担任新华社新疆分社社长。1955年,组诗《吐鲁番情歌》《博斯腾湖滨》《水兵的心》《果子沟山谣》《撒在十字路口的传单》和叙事诗《哈萨克牧民夜送"千里驹"》在《人民文学》相继发表,对于少数民族风情,尤其是爱情生活的鲜活表现,奠定了闻捷的诗歌地位。闻捷吟唱的爱情常常是与劳动、新时代、新社会紧密联系的。"他歌唱的是解放了的劳动人民的爱情;是和劳动紧密地相结合着的爱情;是服从于劳动的爱情;是以劳动为最高选择标准的爱情;是有着崇高道德原则的爱情。"④ 1956年出版的诗集《天山牧歌》集中了诗人最重要的诗作。闻捷的诗带有明显的颂歌色彩,而这又是牧歌情调的颂歌,清新流丽,活泼亲切,长于细致的叙事和描绘,在当时普遍尚力的诗潮中,具有比较独特的风格。本时期闻捷还创作了长篇叙事诗《复仇的火焰》。

四、郭小川

郭小川(1919—1976),原名郭恩大,生于河北丰宁。抗日战争全面爆发后奔赴延安,1955年后相继担任

(诗)核心问题是思想。而这所谓思想,不是现成的流行的政治语言的翻版。

——郭小川

---

① 周良沛:《云彩深处的歌声》,《诗刊》1957年第2期。
② 臧克家:《在1956年诗歌战线上——序1956年"诗选"》,《诗刊》1957年第3期。
③ 黄子平:《从云到火——公刘新作初探》,《北京大学学报》(哲学社会科学版)1983年第2期。
④ 力扬:《谈闻捷的诗歌创作》,《人民文学》1956年第2期。

中国作协书记处书记、秘书长，既是政治抒情诗潮流中一位代表性的主流诗人，又具有特别的历史复杂性。1955年，他创作了《致青年公民》组诗，确定了自己在诗坛的地位。这组仿效苏联诗人马雅可夫斯基诗歌形式的楼梯式的鼓动诗贯注着饱满激昂的时代精神与情绪，在社会主义改造和建设的高潮中，号召青年人投入火热的新生活，曾经引起强烈的反响。但诗人很快不满意于这样"现成的流行的政治语言的翻版"式的诗创作，他渴望能写出新颖而独特的"作者的创见"，要做一个"有他自己观察生活的方法""有自己的独到的见解"的"独特的作家"①。在这样的诗学追求中，1956至1959年，郭小川又创作了叙事诗《白雪的赞歌》《深深的山谷》《严厉的爱》《一个和八个》《将军三部曲》，以及抒情诗《山中》《致大海》《望星空》等。这些诗作一反《致青年公民》那种一律的昂扬乐观，非常不合时宜地流露出某些心灵的困惑与矛盾。这些困惑和矛盾并非是和时代相疏离的产物，而恰恰是爱这个时代太深的结果，是诗人向他的挚爱敞开全部心扉、无所保留地倾吐自己的情与思的结果。60年代，郭小川重新坚定了自己的信念，足迹遍布祖国各地，发表了《甘蔗林——青纱帐》《林区三唱》（《祝酒歌》《青松歌》《大风雷歌》）、《乡村大道》、《厦门风姿》、《昆仑行》、《刻在北大荒的土地》等又一批符合规范的政治抒情诗。无论怎样，"战士诗人"已经成为郭小川抹不去的精神和生命烙印。在1975年9—10月，郭小川又写下了著名的《团泊洼的秋天》与《秋歌》，重现了他在50年代中后期矛盾重重的心灵世界。

写于1959年的抒情诗《望星空》产生于新中国成立十周年国庆的背景下。诗歌采用短句长排的形式，诗行、诗段间大体整齐、对应，大量运用铺饰、排比、重叠等手法，气势宏阔，激情澎湃，富有情感浓度与语言力度。前两章是以个人性的怅惘和困惑为铺垫，接着两章则急转为高昂的时代颂歌。诗人的主观思想意向十分明确，不过，当时却有评论认为："整篇作品的重心显然是在一、二段，等到三、四段，诗人企图转换情绪、改变气氛已属不可能了。然而又是不能不'转换'的，——我想，诗人自己也觉得，前两段太不像话了。可是这样的转换，很明显，是上气不接下气，因而三、四两段成了僵硬的、干喊的部分。从一个悲观失望的调子，从一个低音陡然变成乐观高昂的音调，在一首诗里怎么可能呢？"②《望星空》在思想和艺术之间是一个分裂的文本，尽管诗人的本意是通过先抑后扬方式去抒发"正确的"思想情感。扬与抑的转换，在一定程度上折射着诗人的自我心灵状态。那位曾经短暂地喟叹"人生渺小，宇宙永恒"，"望星空，我不免感到惆怅"，然后很快纵情高歌的抒情者，很大程度上可以视为诗人的自况。诗歌的抒情在星空下的某时间片段中展开，这显然是一个精心构思出来的"富有包孕性的时刻"，它包含了"小我"投入"大我"的精神过程。这个过程中有迷惑，但非常短暂，它只是片刻间的"走神"，因此诗人陡然的转换，是为了强调转换的必然与毅然。但是，也正如批评者所言：转换之后的部分却成了"僵硬的、干喊的部分"。前半部分的抒情更富诗意、更加动人，因此诗歌主题的先抑后扬实际上是以艺术的先扬后抑来完成的。《望星空》非常不合时宜地流露

---

① 郭小川：《月下集·权当序言》，人民文学出版社1959年版。引自《郭小川全集》第5卷，广西师范大学出版社2000年版，第395、396页。

② 萧三：《谈〈望星空〉》，《人民文学》1960年第1期。

出某些心灵的困惑与矛盾，当年曾招致严厉的批判。

郭小川是一位自觉的诗体的探索者，他"在努力尝试各种体裁，民歌体、新格律体、自由体、半自由体、'楼梯式'以及其它各种体，只要能够有助于诗的民族化和群众化……"① 60年代初，他的诗尝试以严密整齐的长句句式，用反复咏叹、铺排渲染的方式，来抒发开阔热烈的情思，被称为新辞赋体。

郭小川常常被人们称为"战士诗人"。不过，他的"战士"与"诗人"两种自我身份之间，具有特别的复杂关系，呈现政治立场与艺术追求的难以协调。在当时普遍缺失了思考的诗潮中，郭小川努力地去坚持诗歌的思的品格。这是对党、祖国和新时代的深情所致，而且又在对自我的体察中展开。他的抒情与思考不可避免地留有那个特殊时代的印痕。但由于对自我的执着，他的诗体现出一种生命的激扬，显示出诗的良知和一种独特的富有历史感的诗意色彩，一定程度上与实用功利的诗的观念拉开了距离。

第二节 50年代、60年代戏剧概述 《茶馆》

在20世纪五六十年代，戏剧被纳入政治体制化的组织生产，处在日益严格的规范化过程中。戏曲领域，在延安时期旧剧革命的基础上，以政治评价为中心的推陈出新方针为指导，1951年5月5日，中央人民政府政务院颁布《关于戏曲改革工作的指示》（通称"五五指示"），全面实施改人、改制、改戏的旧剧改造。话剧方面，由于艺术形式本身反映现实、阐发革命政治观念的特殊优势，使它自然成为备受重视的文化工具。新兴的歌剧，艺术上探索着民族化的道路，思想情感则高度革命化。《红霞》《洪湖赤卫队》《刘三姐》《红珊瑚》《江姐》等是最具影响的歌剧作品。戏剧整体上成为与形势、政策紧密配合的一种文化实践方式。配合很大程度上限制着艺术家的艺术想象与表现，一些杰出戏剧家难以发挥自身的艺术个性与优势，新中国成立之初曹禺热情洋溢地写了《明朗的天》，但在艺术上是不成功的。对于戏剧这种综合性舞台艺术来说，由它的"写剧—演剧—观剧"的三度创造所决定，观念的现实转化需要经过更多的环节，在较为复杂的流动性的对象化过程中，往往不可避免地遭遇更多的耗散或冲淡的可能性。观念的规训与艺术的想象之间，总有着难以弥合的距离。《茶馆》《关汉卿》《蔡文姬》等优秀话剧作品的出现，以及传统戏曲越剧《梁山伯与祝英台》《红楼梦》《西厢记》，黄梅戏《天仙配》，昆剧《十五贯》，评剧《刘巧儿》，京剧《白蛇传》等的编演，并未流于简单的演绎，在民族化剧诗的艺术探索中取得相当的成就。

一、独幕剧与"第四种剧本"

在50年代，主要在1953至1957年，独幕剧曾是当代话剧领域最为活跃的艺术，其创作数量之大，群众参与程度之高，是前所未有的，这成为中国戏剧史上独有的群众戏剧高潮。究其原因，既是由于独幕剧形式轻快灵活，易于掌握，便于推广，特别适于配合和开展宣传教育工作，也是当时借鉴、推广苏联文艺工作经验的结果，更重要的则因为它的

---

① 郭小川：《月下集·权当序言》，人民文学出版社1959年版。引自《郭小川全集》第5卷，广西师范大学出版社2000年版，第398页。

形式的便利，契合和满足了当时广大民众的文化与娱乐需求。独幕剧内容广泛，诸如表达对旧社会的痛恨，倾吐翻身的喜悦，歌颂新人新事，反映农村的阶级斗争等。这些创作难以避免地存在着公式化、概念化、思想肤浅、人物苍白、冲突简单化的不足，但所贯注的饱满、朴素、真挚的情感是可贵的，一定程度上真实反映了特定年代里广大民众的情感和精神状态。剧作家吴祖光后来曾总结评价说："在这些独幕剧里，流露出作者心地的天真，创作态度的赤诚，以及他们对现实的真情实感，很少有'职业编剧'的味道，因而它们是很动人的。"①

当时具有代表性的剧目有《妇女代表》（孙芋）、《赵小兰》（金剑）、《人往高处走》（栾凤桐）、《夫妻之间》（北京人民艺术剧院）、《开会》（邢野）、《百年大计》（丛深）、《姐妹俩》（蓝光）、《刘莲英》（崔德志）、《黄花岭》（舒慧）、《葡萄烂了》（王少燕）、《新局长到来之前》（何求）、《两个心眼》（赵羽翔）、《归来》（鲁彦周）、《家务事》（陈桂珍）等。其中较突出的主要有两类：一是婚恋、家庭题材，注重表现新时代、新社会中女性的觉醒、成长、情感、心理，以《妇女代表》《刘莲英》为代表；二是干预生活、批判现实的讽刺喜剧，影响较大的是《新局长到来之前》。

"第四种剧本" 在1956至1957年的短暂时段里，与其他诸多文艺样式的异动相一致，戏剧界也涌起了一股不大不小的"干预生活"的潮流。这些剧作虽说艺术的锤炼尚不充分，却也在"群众戏剧"的大背景下，显示出知识分子创作的不同眼光和追求，成为"百花文学"中醒目的一丛。主要有杨履方的四幕剧《布谷鸟又叫了》、岳野的五幕剧《同甘共苦》、海默的四幕剧《洞箫横吹》，还有赵寻的《还乡记》、鲁彦周的《归来》、王少燕的《葡萄烂了》等。这些作品风格清新，书写人情、人性，张扬人道主义精神，大胆突破禁区、干预生活，曾经引起很大关注。它们突破了工人剧本、农民剧本、部队剧本充斥剧坛的状况，因此曾被称为"第四种剧本"②。

"第四种剧本"是具有鲜明时代特点的社会问题剧。《同甘共苦》和《洞箫横吹》都以农业合作化为背景，前者通过一位农民出身的领导干部的婚姻家庭生活的聚散离合，探索伦理道德与情感问题，后者大胆批判官僚主义，揭露社会阴暗。《布谷鸟又叫了》具有清新自然的喜剧风格。童亚男是一个富有青春活力、热爱生活、独立自主、满怀理想的农村新女性，她像布谷鸟一样地自由欢唱、不甘屈服，体现着新的思想观念，焕发出自己青春的生命力。青春生命气息的成功表现，赋予了剧作艺术的魅力。"第四种剧本"在稍后的"反右运动"中大都遭到批判，《洞箫横吹》被指为"恶毒地歪曲"农村合作化，"恶毒地挑拨了农民与党之间的关系"；《布谷鸟又叫了》则被定性为宣传"资产阶级个人主义思想"。

二、历史翻案剧

新政权和新意识形态需要通过历史的重新书写（包括艺术的重新书写）来证明、加强和巩固自己的发生、存在和发展的必然性。与特定的文化背景以及具体政策导向具有直接联系，历史剧成为五六十年代戏剧中颇为活跃的一类戏剧。50—70年代，话剧历史剧主要

---

① 吴祖光：《中国新文学大系1949—1976·戏剧卷·序》，上海文艺出版社1997年版，第5页。
② 黎弘：《第四种剧本——评〈布谷鸟又叫了〉》，《南京日报》1957年6月11日。

有田汉的《关汉卿》（1958）和《文成公主》（1960）、郭沫若的《蔡文姬》（1959）和《武则天》（1960）、曹禺的《胆剑篇》（1961）等。历史剧集中出现于1960年前后，与50年代中后期文学界"干预生活"的现实精神的受挫是有深层联系的。

这一时期，包括戏剧在内的文学与政治的紧密联系是一个历史的现象。剧作家和政治的配合并非是完全被动的，有的甚至满怀热情。不过，《关汉卿》中"铜豌豆"似的不畏权贵、为民请命的精神，《胆剑篇》之卧薪尝胆、励精图治的坚忍和抱负，《蔡文姬》中曹操的襟怀坦荡、深谋远虑，蔡文姬的拳拳慈母心却不舍民族大义，凡此种种，剧作家在历史的集中、概括、提炼、虚构、想象、夸张中所呈现的精神价值，是积极且富有生命力的，即使一度趋时，却也是不容易过时的。

这些历史剧在艺术上共同的鲜明特色是饱满的诗情、浓郁的诗意，以及鲜明的民族化风格。这首先体现在剧作家的剧本创作中，又进而经过表导演的二度创作得以拓展、深化和具象化。郭沫若、田汉等，或者本就是优秀的诗人，或者从来不乏诗人气质，他们身上的浪漫、热烈、奔放和情感的深沉、细腻赋予了剧作以诗美。郭沫若曾在《蔡文姬·序》中说，"我写这个剧本是把我自己的经验融化了在里面的"，"蔡文姬就是我——是照着我写的"。他还将心比心地对田汉说："您今年六十，《关汉卿》是很好的自寿。"① 这是诗人戏剧家创作主体的自我投入，同时又是历史题材、历史人物本身所蕴含的诗的精神、气质、性格、情怀和血性对于创作主体的激发和召唤。这一时期的话剧历史剧中的优秀之作，是剧作家的诗人的性情、才华，与"北京人艺演剧学派"的表演、导演艺术相融合，同时又在中国历史生活本身的深厚底蕴的滋养下，共同创造出来的民族化戏剧诗。翻案历史剧中，包藏着对翻案本身的艺术翻案的可能性，这种可能性实际得到了相当的实现。

《关汉卿》 新中国成立后，田汉共创作了三部历史剧，它们是《关汉卿》《文成公主》和《谢瑶环》。此外还改编了《白蛇传》《西厢记》（均为京剧）。他的历史剧为当代戏剧作出了杰出贡献，尤其《关汉卿》（1958）是田汉戏剧创作的最高成就，也是当代戏剧的经典之作。

田汉站在当时的时代背景下，采用六经注我的办法，塑造了自己心目中的关汉卿形象：主要不是作为风流才子、杂剧班头，而是一位刚正不阿、为民请命、具有浩然正气的艺术家。田汉认为，为民请命的精神不仅在当时具有进步意义，即使在今天也有一定的积极作用。所以他的《关汉卿》便以为民请命作为该剧的主题。而这个主题是以对关汉卿响当当的铜豌豆精神的描写来体现的。为民请命可谓该剧的政治主题，而铜豌豆精神则是关汉卿的性格主题，这两个主题凝聚起来体现在《窦娥冤》的创作及其遭遇中，关汉卿的形象也是在围绕《窦娥冤》的创作、演出和修改的斗争中完成的。权臣阿合马威胁他："不改上演，要你的脑袋！"他毫不屈服："宁可不演，断然不改！"最后锒铛入狱，以一曲《蝶双飞》表达自己的心志："将碧血，写忠烈，作厉鬼，除逆贼，这血儿啊，化作黄河扬子浪千叠，长与英雄共魂魄。"充分展现了关汉卿"蒸不烂、煮不熟、捶不扁、炒不爆"的铜豌豆精神。剧中的朱帘秀也是不畏权贵、富有正义感的妇女典型，她不仅是关汉卿的恋人，还是他的益友。

---

① 见郭沫若1958年5月2日致田汉信，引自《田汉文集》第7卷，中国戏剧出版社1983年版，第358页。

戏中戏的手法是此剧结构上的鲜明特色。剧中穿插了《窦娥冤》的创作、排演，戏里戏外相映照，强化了剧作的思想表达与艺术性。田汉是中国现代话剧艺术的重要开创者之一，他也很熟悉传统戏曲艺术。他于1955年正式出版的京剧剧本《白蛇传》（先前已参演1952年全国戏曲观摩大会）贯注着爱和美的浪漫情怀与精神，抒写真情真性，具有浓郁的抒情诗剧色彩。《关汉卿》的题材，为剧作家全面展现自己的艺术才华、探索话剧的民族化提供着便利。剧中，田汉采用了话剧加唱的手法，这是他所开辟的"颇受观众欢迎"的话剧创作的"新风气"①。

《蔡文姬》 郭沫若编剧、焦菊隐导演的《蔡文姬》是体现剧诗与话剧民族化的美学追求典型而成功的作品之一。

郭沫若的剧本本身包含了女诗人蔡文姬与政治家曹操这两个戏核，尽管在作家的主观意向上，蔡文姬的塑造是为给曹操翻案而服务的。但是作家笔下蔡文姬的丰富意蕴，却并非一般的观念所能简单涵盖或左右的。她是在个人的一生悲苦中走向"乐以天下，忧以天下"境界的。在蔡文姬身上，聚合了母亲与女性的情的丰富、中华民族传统的德的善与美、中国读书人怀抱天下的气与义，这种聚合又并非是符号化的叠加，而是渗透着生命的爱与哀、痛与重、不忍与不能。这种丰富的情感蕴涵和戏剧性不仅冲淡了翻案的理念，也为演剧的二度创作提供了诗的审美空间。

北京人民艺术剧院对《蔡文姬》的二度创作，就是要赋予剧本所包含的巨大情感冲突和深邃情感空间以舞台艺术的鲜明形式。导演焦菊隐首先是与剧本"在诗的意境上会心"。"郭老在剧本上标明这是一出'五幕历史喜剧'，但是导演却大胆地提出这出戏要从'悲剧'入手。"焦菊隐尊重舞台艺术的规律，充分渲染前三幕《胡笳十八拍》的哀怨悲愤，以之作为《重睹芳华》的情感依据。在舞台表演与调度上，焦菊隐创造性地运用龙套、帮腔、音乐、亮相、起霸等传统戏曲的程式；在舞台美术上，他的原则是"似与不似的统一；形似与神似的统一；生活真实与艺术真实的统一；有限空间与无限空间的统一"②。他在话剧舞台上创造出饱满、丰富、富有层次和流动感的诗意。朱琳塑造蔡文姬，在表现角色丰富、复杂又激越的思想情感的过程中，化用戏曲的舞蹈动作，从人物的心灵世界的独特结构提炼出对蔡文姬眼神的理解，出色地塑造了蔡文姬的舞台形象③。

三、《茶馆》：当代话剧经典

1949年以后，小说家老舍以剧作家的身份出现在文坛上，他的剧作《方珍珠》《龙须沟》《一家代表》《生日》《春华秋实》《青年突击队》《西望长安》《红大院》《女店员》《全家福》《神拳》等，大多是在配合政策、赶任务中写出来的。1956年8月，老舍在北京人民艺术剧院把新剧本朗诵给曹禺、焦菊隐、赵起扬、欧阳山尊、夏淳等，大家一致认

---

① 陈瘦竹：《田汉的剧作》，《现代剧作家散论》，江苏人民出版社1979年版，第168页。
② 苏民、刁光覃、蓝天野：《忆焦菊隐同志导演〈蔡文姬〉》，刘章春主编：《〈蔡文姬〉的舞台艺术》，中国戏剧出版社2007年版，第17页。
③ "蔡文姬决不宜像花旦似的，目光总是闪来闪去……而蔡文姬却是一个饱经沧桑、思想感情极为深沉的人。她的智慧不表现在她目光的灵活上，妩媚的眼神也不是她的特征。她目光深邃，她常常是定住眼神凝视远方在深思，眼珠一般移动起来比较慢，当内心涌起激情的波涛时，她的眼睛也会闪耀着炽热的火花。透过她的目光，应该让人看到她思想的深沉和素养，但又要表现她的热情和她作为诗人特有的敏感，易于激动的一面。"朱琳：《学习·探索·体会》，刘章春主编：《〈蔡文姬〉的舞台艺术》，中国戏剧出版社2007年版，第62页。

为第一幕第二场最精彩。曹禺、焦菊隐建议老舍索性写一个茶馆的戏①。

独特艺术构思：侧面透露法。《茶馆》的艺术构思使用侧面透露法。老舍在介绍他如何构思《茶馆》一剧时曾说："我不熟悉政治舞台上的高官大人，没法子正面描写他们的促进与促退。我也不十分懂政治。我只认识一些小人物。这些人物是经常下茶馆的。那么，我要是把他们集合到一个茶馆里，用他们生活上的变迁反映社会的变迁，不就侧面地透露出一些政治消息么？"② 以小见大，以个别表现一般。他考虑的是主题与典型环境之间的关系。在《茶馆》中老舍既没有选取某个特殊的家庭，也没有选取某个特殊的地域，而是别出心裁地选择了北京一个普普通通的大茶馆。这个选择看似平常，却是《茶馆》成功的关键。由于"埋葬三个旧时代"，揭示"只有共产党能够救中国，只有社会主义才能救中国"的主题是通过侧面透露的方式展开的，借以侧面透露的正面载体又是茶馆小社会中的小人物的生活变迁，《茶馆》与当时流行的正面突出、直截了当、高亢昂扬的颂歌就显出了很大的距离。它以忧患与沉郁的悲喜剧美学，显示出老舍独特的艺术个性。

小人物的塑造。老舍对于小人物的书写总是充满了人情味，笔端蘸满了感情。从生活本身习得的个性气质又铸就了老舍的饱含忧患的气节。在《茶馆》中，王利发、秦仲义和常四爷都是过着平民生活的旗人，而他们身上却多多少少都留存着贵族的气质，他们在物质生活中落魄，却在精神世界里始终坚持着希冀。王利发固然委曲求全，骨子里是不服输的；秦仲义身上有傲然耿直，他有维新救国的梦；常四爷有点顽固，却又刚强、倔强，"我是旗人，旗人也是中国人哪！"他的话铿锵有力。大戏落幕前三个老人又聚到裕泰茶馆，把捡来的纸钱撒向天空自我祭奠，这是荒诞的滑稽，又是悲凉的困惑，是无奈的调侃，更是绝望的挣扎。常四爷"虽年过七十，可是腰板还不太弯"，王利发最后的自杀也表现出生命的气节。作为旗人的老舍对自己的民族文化有着既批判又眷恋的复杂情感，作为文人的老舍也在他笔下的人物身上渗透了无奈中的自尊。

话剧民族化的典范。《茶馆》是话剧民族化的典范，它的典范性首先体现在活的老北京，浓浓的北京味儿，地道的中国人，深沉的历史感。它突破了西方话剧的一贯写法，也没有走上戏曲化的习惯道路，创造出一种独具中国风与现代性的话剧形式，创造出新的民族化剧诗形态。第一是人多事繁、散点透视的戏剧结构，第二是非冲突化的戏剧思维，第三是开口就响的戏剧语言，成为《茶馆》历来为人所称道的三个独特形式创造。老舍精心选择人物某几个最能体现其思想性格的闪光点，进行简洁的刻画。不重整体介绍，而重棱角的表现。更为重要的，《茶馆》是饱含着老舍的悲悯和忧患之情的作品，没有那么深沉的情的投入，作家的笔下就不可能包容那么多辛酸、卑微、无奈、颓唐和惊恐，与这其中的不能湮灭也不肯放弃的骨气、韧劲以及小心翼翼的呵护。主情性是《茶馆》最重要的艺术核心，情感整合了《茶馆》人多事繁、非冲突化、开口就响的外在形式，形成了它的独特的叙情性的戏剧体式。《茶馆》是通过以情带事、事中含情的叙情方式展开，在情感的流动中写人记事。

独特的悲喜剧美学。三幕戏是人来事往中情调不断向下走的过程。第一幕是生意兴隆、

---

① "老舍听了以后最初是有惊无喜，只是习惯性地反应一下：'那就配合不上了。'这句话很快在北京文艺圈小范围内传开了，成了当时经典的内部名言。"陈徒手：《老舍：花开花落有几回》，《读书》1999年第2期。老舍"配合不上"的焦虑折射出当时文学与文学家的特殊处境。

② 老舍：《答复有关〈茶馆〉的几个问题》，《剧本》1958年5月号。

色彩浓郁的热烈,第二幕是民不聊生、纷乱压抑的惨淡,第三幕是自我祭奠、凄惶悲凉的灭寂,整体上构成"改良,改良,越改越凉"直到"冰凉"的线条。这种下楼梯式的节奏最后又有一个反弹。三个老人的自悼看似一派灰飞烟灭,内里却有着类似鲁迅的"于无所希望中得救"的味道,是一种绝望的抗战,但它不是集聚的,而是呈现无奈而微渺的色彩。

《茶馆》是具有一定喜剧性的悲剧,悲是主调,笑是穿插其间的音符。悲喜融合、"含泪的笑"本质上都是悲剧性的,《茶馆》并不例外。但它有自己的独特性。其一,一般戏剧中的悲都体现正价值,笑联系负价值,而《茶馆》却笑中有正。典型的代表就是松二爷。老舍并非是嘲弄他的自慰自欺,而是带一点欣赏的眼光,从中提炼出隐隐的生命的较劲和小心呵护的人生的梦。老舍是把松二爷的体面作为人物的气节来体验和书写的。这和鲁迅写阿Q不一样,鲁迅是用启蒙的视角向下看,所以他写得比较彻底,老舍则带着同情与之平等交心,所以更含温情。其二,《茶馆》的悲中也常常含笑。曾怀实业救国理想的秦二爷在第三幕上场,发出的是自嘲:"应当劝告大家,有钱哪,就该吃喝嫖赌,胡作非为,可千万别干好事!告诉他们哪,秦某人七十多岁了才明白这点大道理!他是个天生来的笨蛋!"常四爷最后的话也是挖苦:"我爱咱们的国呀,可是谁爱我呢?"他们和王利发的自我祭奠在悲怆中不免是荒诞滑稽的。就是因为掘出这样一个不见底的深渊,老舍所倾注的追怀和凭吊就愈发显出沉重。一般的荒诞是主理的,老舍的荒诞是含情的。

四、社会主义教育剧

1962年9月,毛泽东在八届十中全会上发出号召,要求全党全国人民"千万不要忘记阶级斗争",阶级斗争要"年年讲,月月讲,天天讲"。一场在"左"的阶级斗争扩大化理论指导下的社会主义教育运动在国内展开,国际上是反对苏联修正主义。戏剧领域出现了一批与社会主义教育运动相配合的作品,戏剧史上称为社会主义教育剧。其内容涉及农村生活、城市生活以及革命军事斗争诸多方面,有对光荣革命历史的回顾,也有对农村"四清"、城市"五反"的直接配合。主要话剧作品有《霓虹灯下的哨兵》(沈西蒙等)、《千万不要忘记》(丛深)、《第二个春天》(刘川)、《龙江颂》(江文等)、《年青的一代》(陈耘)、《南海长城》(赵寰)等。

《千万不要忘记》(1962)描写的是一个电机厂青工的思想成长过程。丁少纯和护士姚玉娟结婚后,受到原是小商贩的岳母的影响,滋生了贪图物质享受和虚荣的思想,后来在父亲工人丁海宽的教育下幡然省悟。姚母和丁海宽生活中是亲家,思想上是不同阶级的代表,丁少纯就是他们之间要争夺的阵地。戏剧最后鲜明地告诫人们:千万不要忘记"常常在说说笑笑之间就进行着"的阶级斗争。

《霓虹灯下的哨兵》(1963)的主题是表现与"不拿枪的敌人"的斗争。这部戏在当年产生过很大影响,曾有"全国一片'虹'"之说。《霓虹灯下的哨兵》主要有两条线索,一是以老K为代表的反动特务与革命八连之间的破坏上海与保卫上海的敌我矛盾;二是以八连三排长陈喜为焦点的革命队伍中腐蚀与反腐蚀的内部斗争。其间还穿插了新战士童阿男与资产阶级出身的小姐陈媛媛谈恋爱的故事,由此也联系出对埋头于艺术、逃避政治的知识分子罗克文、林乃娴一家的团结、教育、争取与对方疑惧、躲避、误会、不理解的矛盾。戏剧精心塑造了一个进入上海后经不住香风熏染的排长陈喜的形象。戏里有一个让人难忘的著名细节:陈喜扔掉布袜子,改穿花袜子。这一私人生活行为具有重大的象征意义。"可能有这样一些共产党人，他们是不曾被拿枪的敌人征服过的，他们在这些敌人面前不愧英雄的称号；但是经不起人们用糖衣裹着的炮弹的攻击，他们在糖弹面前要打败仗。"① 穿花袜子就是受到糖衣炮弹侵蚀的征兆。陈喜不仅换了袜子，他还打算换老婆，他嫌弃他的农村妻子春妮。从生活物件的譬喻再到个人家庭生活的比附，《霓虹灯下的哨兵》完成了一场既直接又曲折的"反修防修教育"。这一教育过程的展开，是通过对一双花袜子的物质要求的否定，进而全面否定物质意义的上海，以取得对上海的精神的胜利。教育中预设了两个敌对的因素——物质与精神，前者等同于城市、上海、资产阶级、香风毒雾、糖衣炮弹，后者是革命传统、革命意志、革命作风。

第三节 50年代、60年代散文概述

1949年以后的中国开启了一个齐声同步、高度整饬的一体化时代。新的时代中，散文生态的最根本的变化，就是这一最能直接、真实地袒露作家自我心灵、显示个人性情的文学样式，对于外部政治、外部环境的变化表现出异乎寻常的灵敏，散文成为政治气候的晴雨表。与追逐时代的明朗、显豁、热情澎湃相比，在表现个体的性灵与精神意趣的一面，这一时期，散文整体上显出模糊、迟疑与谨慎。

一、新中国成立初期散文的新变

与主情的现代散文传统不同，新中国成立初期，散文首先出现了主事的变化，客观的纪实或叙事代替了主观的抒情，对外部新世界的高歌取代了对心灵的内宇宙的剖析与探索。这时，纪实或叙事的题材主要有三类：一是对党和革命领袖的歌颂，如老舍的《我热爱新北京》、臧克家的《毛主席向着黄河笑》等；二是对抗美援朝战争的反映，洋溢着英雄主义、乐观主义的精神，如魏巍的《谁是最可爱的人》、巴金的《我们会见了彭德怀司令员》、靳以的《站在杨根思烈士碑前》、函子的《从上甘岭来》《和平博物馆》等；三是满怀自豪与自信地歌咏社会主义工业建设的丰功伟绩、新时代生活的好人好事，如李若冰的《在柴达木盆地》等。新中国成立初期的文学选本，常常把散文和特写并举。《光明的赞歌——开国十年文学创作选〈散文特写〉序》中曾有这样的号召："让我们更多的人更好地掌握一种能够迅速反映生活直接配合斗争的文学样式吧，那就是散文特写。"② 散文特写，在当时不是被理解为两种文体的并列，而是作为一种具有独特社会功能的书写形式或者说新文体被提出和倡导的。散文特写化承续了战争年代的"延安散文"的审美风范："光明、乐观的颂歌基调，朴实、浓厚的生活气息，鲜明的时代精神，刚健的战斗风格，客观写实的体制。"也因袭了延安散文的历史特点："真实性胜过文学性，生活气息胜过艺术风采，战斗作用胜过审美价值。"③ 新文学革命以来现代散文表现个性自我、性灵真情的品格与美学传统正在逐渐淡化流失。作家将个人自我心灵隐藏起来，习惯于作豪言壮语式的颂歌赞唱，尤其受1958年大跃进浮夸风的影响，说假话、大话、空话，散文创作背

---

① 毛泽东：《在中国共产党第七届中央委员会第二次全体会议上的报告》，《毛泽东选集》第4卷，人民出版社1991年版，第1438页。
② 严文井：《光明的赞歌——开国十年文学创作选〈散文特写〉序》，《文艺报》1959年第19、20期合刊。
③ 佘树森、陈旭光：《中国当代散文报告文学发展史》，北京大学出版社1996年版，第5、7页。

离了抒写自我真情实感的美学原则。

二、散文的两度活跃

双百方针前后的50年代中期，是散文相对活跃的一个时段，主要表现在三个方面。

批评时弊的杂文一度活跃起来。领杂文风气之先的是老作家巴人，当时曾发表《况钟的笔》，文章是受刚刚演出、轰动京城的昆剧《十五贯》的触发，围绕况钟重审冤案过程中三起三落的判笔做文章，不以尖锐犀利、充满火药味的言辞取胜，却在娓娓道来中显示笔下千斤的沉重。1957年他出版了杂文集《遵命集》。当时写杂文较突出的还有徐懋庸，他的《想到"活捉"》《小品文的新危机》等是当年影响颇大的名篇。此外，夏衍的《"废名论"存疑》、唐弢的《言论老生》、叶圣陶的《"老爷"说的准没错》、秦似的《比大和比小》、严秀的《九斤老太论》等，都曾名闻一时。1961年，邓拓的《燕山夜话》在《北京晚报》上推出，吴南星（吴晗、邓拓、廖沫沙之集体笔名）的《三家村札记》在北京市委的机关刊物《前线》上推出。1961—1964年出现了杂文创作复兴的态势。这三四年间的杂文有的放矢地触及社会中的一些现实问题。邓拓的《燕山夜话》（五卷）犀利明快、机智幽默，熔思想性、知识性、文学性于一炉，是这个时期难得的收获。

干预生活、揭露社会问题的特写、报告文学创作引人注目。"干预生活"作为当时的文坛热点词汇，起初就与报告文学相关，语出苏联作家奥维奇金的《谈特写》。奥维奇金当时的访华直接推动了苏联文学界"干预生活"思潮在中国的迅速展开。刘宾雁的特写《在桥梁工地上》以及《本报内部消息》是当时影响最大的作品，此外还有耿简的《爬在旗杆上的人》、白危的《被围困的农庄主席》等。

抒情性散文的兴起。就题材而言，随着由新中国成立、抗美援朝、工商改造转向社会主义和平建设，与之前侧重表现国内外风云大事、描绘英雄光辉形象不同，散文开始更多地关注日常生活、平凡人物、山水自然。周立波的《灯》、万全的《搪瓷茶缸》、冰心的《小桔灯》、柯蓝的《早霞短笛》一类的咏物小品较多出现，或质朴，或清新，或警拔。也有老舍的《养花》、姚雪垠的《惠泉吃茶记》等记叙日常生活琐事的作品，以人生意趣的玩味见长，也时显微言大义的曲折。此外还有一批记游散文涌现，如叶圣陶的《游了三个湖》《记金华的两个岩洞》、丰子恺的《庐山面目》、碧野的《天山景物记》、方令孺的《在山阴道上》、黄苗子的《华山谈险》、许钦文的《鉴湖风景如画》等，皆赋形山水，娓娓而谈，颇见情趣。相对于早几年那种平铺直叙、放声歌唱的文字来说，作家们对散文文体形式的自觉显然大大加强了，这在一定程度上提升了散文的艺术品质，但也隐含着因片面追求形式而冲淡底蕴的可能性。精心地谋篇布局、编织材料、提炼意境，追求诗一般的精致形式，作为散文的一种模式，这时已初见端倪。

60年代初，党中央一度对政治、经济、文化政策有所调整，散文创作又一次表现活跃，尤其是杂文创作颇为引人注目。1961年还曾有过"散文年"之称。

凋零的杂文又活跃起来。领风气之先的是邓拓。从1961年3月9日至1962年9月2日，曾任《人民日报》总编的邓拓以"马南邨"的笔名，在《北京晚报》的《五色土》副刊辟"燕山夜话"专栏，发表杂文200余篇，1963年结集出版。"燕山夜话"的宗旨是提倡读书、丰富知识、开阔眼界、振奋精神。文章大都兼容知识性与文学性，谈天说地，以古证今，旁征博引，虚实结合，亲切有味，在娓娓而谈中表达思想、传播知识，文风清新流畅。1961年10月10日，邓拓又联合吴晗、廖沫沙，从三人笔名（名字）中各取一字合成笔名"吴南星"①，在北京市委刊物《前线》杂志开辟"三家村札记"专栏，至1964年共发表杂文65篇。三家村札记也以知识性见长，风格与燕山夜话相近。札记中比较有名的是邓拓的《"伟大的空话"》和《专治"健忘症"》。《"伟大的空话"》为了批评生活中一些人大话连篇、空洞无物的作风，把陈腐的八股文和邻家小孩的打油诗对照起来，在古今、老幼、庄谐之间自如挥洒，深入浅出。《专治"健忘症"》则翻检多部古代医学典籍，甚至抄录药方，以诙谐从容的笔调旁敲侧击那些自食其言、言而无信的人。

1962年5月4日，《人民日报》也推出了"长短录"专栏，约请夏衍、吴晗、孟超、廖沫沙、唐弢五人主笔杂文。栏目编委会确定的原则是："希望这个专栏在配合进一步贯彻'百花齐放，百家争鸣'方针方面，在表彰先进、匡正时弊、活跃思想、增加知识方面，起更大的作用。"② 从5月4日廖沫沙的《长短相较说》至12月8日孟超的《美国钢盔与生产工具》，长短录共发表杂文36篇。风气所及，当时许多地方报刊也纷纷开辟了杂文专栏，如吉林宋振庭的"星公杂文"、内蒙古李欣的"老生常谈"、四川张黎群的"巴山夜谈"、山东丹丁的"历下漫话"等，一时间，"三家村"分店各处开张，颇显兴隆。不过，在经历了1957年反右运动之后，此时的杂文大多是在知识性的空间中旁敲侧击，批判性的锋芒自然不及从前犀利。

三、知识性散文与诗化散文

经过新中国成立后十多年来的生活、情感与思想积淀，尤其是在此前双百方针、反右斗争和"大跃进"运动的系列大幅度振荡之后，60年代散文在情致、格调上相对走向了舒缓与平淡。当饱涨的激情在一定程度上得到缓和，干预的冲动和尝试也被遏制之后，散文家们开始比较普遍地注重文体形式的经营，知识性与诗化两种散文模式就形成了。

秦牧（1919—1992），原名林觉夫，广东澄海（今汕头市澄海区）人，是本时期知识性散文的代表，其写作特点是"用一根思想的线串起生活的珍珠"③。思想性与知识性相交融，思想统领知识，知识验证思想，是秦牧散文的自觉追求。其思想的品性，如他自己所言，主要是"先进的"和"崇高的"。在他的很多篇章里，较多的是一些生活的小道理和唯物哲学的简单式。他较有影响的作品有《社稷坛抒情》《潮汐和船》等。此外，邓拓以"马南邨"为笔名写作的"燕山夜话"专栏，以及他联合吴晗、廖沫沙共同以"吴南星"为笔名的"三家村札记"专栏，还有唐弢以"晦庵"为笔名写作的书话，也是当时较有影响的知识性散文。知识性成为一种普遍的追求，既与当时社会文化知识水平相对较低的状况相关，也是以普及为主导的文艺方针的规范作用的结果。而从创作主体的角度看，一部分作家自觉或不自觉地回避现实、过滤生活或者曲折地表达心声的一种选择。知识性本身，并不与散文艺术构成冲突。关键在于，散文里的知识要内化为独特心灵的表现，使之情感化、情绪化、情趣化，以及思想化、精神化。

与知识性散文相比，引人注目而且影响持久的是散文的诗化。诗化，构成了60年代

---

① 即吴晗的"吴"、"马南邨"（邓拓）的"南"、"繁星"（廖沫沙）的"星"。
② 袁鹰：《人民日报〈长短录〉专栏纪事——说长道短是舆论的天职》，《炎黄春秋》2006年第12期。
③ 秦牧：《散文创作谈》，《散文创作艺术谈》，江苏人民出版社1984年版，第7页。

初散文的总体特征。杨朔、刘白羽、秦牧外,吴伯箫、曹靖华、菡子、袁鹰、碧野、何为、陈残云、郭风、柯蓝、峻青等也都致力于散文诗化意境的追寻,他们共同构成了一个酿造诗意的散文作家群。

刘白羽(1916—2005),北京人,其散文的特点是充满战斗的豪情,追求诗意与政论的融合,是一种诗化的政论。在他笔下常有一个非常豪迈的观念性抒情主体,注重思想观念对自然景象的升华,是他创造诗化意境的主要方式。他的意境是在人造之意对自然之境的统率、解释中形成的。关于其中的思维运作方式,用一句作家自己的话来说,即"地球是颗红玛瑙,我爱怎雕就怎雕"(《红玛瑙》)。

杨朔(1913—1968),原名杨毓瑨,山东蓬莱人,是诗化抒情散文最具代表性的作家。这位"常常在寻求诗的意境""为自己,为别人,也为后世子孙酿造着生活的蜜"的作家,是相当理性的。在他看来,作家"应该做一个阶级战士","革命文学和革命作家是为无产阶级的利益和斗争服务"① 的;散文应该"从生活的激流里抓取一个人物一种思想,一个有意义的生活断片,迅速反映出这个时代的侧影"②。这形成了他的散文的三个显著特点:内容上与主流意识不偏不离的政治抒情,形式上的"物(景)—人(事)—理"结构或曰"入境—通幽—显志"布局,以及思维上的"(遇到)动情(事)—反复思索—形成意境"③ 的三部曲。在他笔下,浪花、茶花、蜜蜂、灯火、日出等意象,有些情味,同时又是思想的外壳或包装。以杨朔为代表,60年代的诗化散文,在一定程度上矫正粗放、直白文风的同时,又不免走上了另一条偏路:尚虚饰,工雕琢,而且模式化。

四、随笔与小品的余绪

50年代初,老作家周瘦鹃、周作人曾发表一些疏离于当时文坛主流的文字,这是散文园地中并不显眼的两丛。它们不用大红大绿的着色炫目,却凭幽兰暗香的韵致入心,以看似无心插柳的闲情逸致,一定程度上接续了写真心、抒性灵的中国现代散文精神。从新文学的散文传统来看,可称之为随笔与小品的余绪。

当时周作人以笔名④在上海的小报《亦报》副刊主笔"隔日谈"和"饭后随笔"专栏,发表近千篇小品文,又在《大报》发表了43篇随笔。这批近百万的文字包罗甚广,主要以知识小品为主,三教九流,花鸟鱼虫,衣食住行,文史掌故,古今中外,都能涉笔成趣,以精短的篇幅、从容的笔调娓娓道来。过去周作人的散文以"简单和涩味"而耐读,但此时处境已经今非昔比,又由于几乎一日一篇的高频写作,且不能不考虑商业小报读者的要求与趣味,因而文章的简单还在,涩味却冲淡了许多,闲适的意味依旧,但沉痛的底子变薄了,文章从情调到笔调已经大有不同。

与《亦报》随笔的略显局促相比,周瘦鹃的一批花木园艺小品倒显出性情怡然、自得其乐的气韵。1954年应香港《大公报》约,周瘦鹃以"姑苏书简"专栏陆续发表关于花木盆景园林的小品文字,结集出版有《花前琐记》《花前续记》《拈花集》等。作为著名

---

① 杨朔:《应该做一个阶级战士》,《光明日报》1960年1月10日。
② 杨朔:《〈海市〉小序》,《杨朔代表作》,河南人民出版社1986年版,第171页。
③ 佘树森、陈旭光:《中国当代散文报告文学发展史》,北京大学出版社1996年版,第83页。
④ 周作人在《亦报》上署的是申寿、鹤生、十山、木寿、祝由、木仙、十仙、龙山等10个笔名;在其他报刊上以"荣纪"为笔名。

鸳鸯蝴蝶派小说家的周瘦鹃，笔下之花乃有情之物，花事实为人之情事。他在紫兰小筑中精心培植了四百多盆花木盆景，从养花、莳花、赏花中表现与玩味文人情怀。《花雨缤纷春去了》叙写花事与时令的关系，落笔却在一腔春情，隐隐流淌着作者幽婉的心曲。周瘦鹃的花木小品又是有理有趣的，理不是道学冬烘的说教，而是源自本心的体悟。其一，他的理首先是一位风雅之士的美的趣味、品位和格调的"理"。在枯桩老干的清玩中，周瘦鹃说，"我以为老树着花，更觉得丰富多彩"；"问梅花消息"之时，他笃信"尤以浅红梅含苞为美，一开足反而减色了"。《夏天的瓶供》细述古瓶与名花相雅之趣。其二，他的"理"是美学的"雅俗之辨"的"理"。谈起女子喜用凤仙染指，他引清代李渔之言说："纤纤玉指，妙在无瑕，一染猩红，便称俗物"；说到水仙的林林总总，"我以为这洋水仙比了国产水仙，总有雅俗之分"。其三，周瘦鹃的花事里，美学的雅俗之辨又实为人学的雅俗之辨，是人格、人品的高下清浊。他视莲花为"君子之花"，并以"吾家花"唤之，实在是比德于自我；《紫薇长放半年花》对紫薇花被人称为"官样花"的不幸抱以深深同情；在凌霄花的攀援中，他借古诗词揶揄其"依赖性"，以及"势客"的"向上爬"。

研 习 导 引

《茶馆》究竟是怎样一出戏？

1958年《茶馆》首演后不久，即遭到严厉批评，"被贴上了'怀旧'、'低沉'、'感伤'、'自然主义色彩'等等标签"①。张庚当时发表剧评说："这个戏里的根本之点，在于作者悼念的心情太重。他对旧时代是痛恨的，但对旧时代里的某些旧人却有过多的低回凭吊之情。凭吊也是人之常情，未可厚非，但相形之下，对于那些也是生活在旧时代，但却在其中热情蓬勃地斗争着，甚至付出了自己生命的人们仿佛有些冷淡了。"② 饶有意味的是，1980年，《茶馆》赴德国、法国、瑞士访问演出。欧洲人在《茶馆》中却也发现："《茶馆》并没有以振奋人心的飘飘红旗作为结局，所有的一切都是那样的现实而富有人情味"；"对一个欧洲人来说，《茶馆》的故事最异乎寻常、最动人心弦的地方，莫过于它的悲观情调"；"和契诃夫一样，老舍描写的是过渡，是变化，是决裂"；"(《茶馆》)是怀旧的、模棱两可的诀别之作"；"作为艺术家的老舍，对人们在漫长的世纪里经营过的这个已经腐朽没落的旧社会，似乎不无惋惜之意。"③

与上述殊途同归的两种看法不同的是，关于《茶馆》是通过"埋葬三个旧时代"，揭示新中国诞生的历史必然性与合法性，却是目前最流行的一种观点。《茶馆》究竟在写什么？这是一部关于新中国的历史合法性的寓言，抑或是其他？关于《茶馆》是悲剧、悲喜剧，还是正剧，历来也有不同看法。老舍当年说过："我并不想提倡悲剧，它用不着我来提倡。二千多年来它一向是文学中的一个重要形式。它描写人在生死关头的矛盾与冲突，

---

① 刘章春主编：《〈茶馆〉的舞台艺术》，中国戏剧出版社2007年版，第286页。
② 张庚：《〈茶馆〉漫谈》，《人民日报》1958年5月28日。
③ 《西欧报刊评〈茶馆〉》，史燕生、郭安定节译，《文艺研究》1981年第1期。

它关心人的命运。它郑重严肃，要求自己具有惊心动魄的感动力量。因此，它虽用不着我来提倡，我却因看不见它而有些不安。"① 《茶馆》是不是老舍的不安之作呢？②

"十七年"散文"三大家"的命运

杨朔、刘白羽、秦牧有中国当代散文"三大家"之誉。长期以来，他们的一些文章因编入中小学教材而广泛传播，影响很大。围绕他们的创作，文学界却有着很大的争议。关于杨朔，誉之者说他是"一位具有卓然风骨的散文家"，"对当代散文的发展有过巨大的贡献"③；贬之者则认为其散文创作"仅仅是一种特殊时代被扭曲了的灵魂所炮制出来的畸形产物"④。有些文学史家关于他的历史叙述是：杨朔曾给"已显得相当僵硬的文体增加了一些'弹性'"，当时给读者以"耳目一新的感觉"；但其模式"开头设悬念，卒章显其志……也转而为人们所诟病"⑤。关于秦牧，也有研究者提出："在六十年代，当我们还处在视野比较封闭、信息不畅通的情况下，他的散文向读者开启了一扇扇知识的窗户，使人感到新鲜与惊喜。"⑥ 但是，"时过境迁，随着社会物质文明的进步，已经充分普及化了的影视报刊每天都在传播着密集的信息，再加之随着人们受教育水平的提高，人的文化素质普遍上升之后，秦牧当年在作品中所介绍的这些知识以及在当时还可能比较新鲜的哲理在今天基本上沦为常识之后，其作品的魅力也就基本上丧失殆尽，沦为经受不住时间考验的失败文本"⑦。由此甚至有人将秦牧讥讽为"教师和保姆角色"⑧。

杨朔的诗化风格，刘白羽的政论气派，以及秦牧的知识性，俨然构成了中国当代文学史的散文模式。对此，作家汪曾祺的看法是："所谓'模式'，一是不管什么题目，最后都要结到歌颂祖国，歌颂社会主义，卒章显其志，有点像封建时代的试帖诗，最后一句总要颂圣；二是过多的抒情，感情绵缠，读起来有'女郎诗'的味道。"⑨

第三章专题讲座
邹红：享誉中外、盛演不衰的茶馆1—4

第三章
拓展研读资料

---

① 老舍：《论悲剧》，《人民日报》1957年3月18日。
② 参见张晓玥：《情感与形式："配合不上"的〈茶馆〉》，《中国现代文学研究丛刊》2013年第11期。
③ 邓星雨：《中国当代散文史》，山东文艺出版社1995年版，第147、154页。
④ 沈义贞：《中国当代散文艺术演变史》，浙江大学出版社2000年版，第89页。
⑤ 洪子诚：《中国当代文学史》，北京大学出版社1999年版，第155页。持此种观点的散文评论家有张振金、徐治平、吴周文、佘树森等。
⑥ 佘树森、陈旭光：《中国当代散文报告文学发展史》，北京大学出版社1996年版，第102页。
⑦ 沈义贞：《中国当代散文艺术演变史》，浙江大学出版社2000年版，第83—84页。
⑧ 林贤治：《对个性的遗弃：秦牧的教师和保姆角色》，《文艺争鸣》1995年第3期。
⑨ 汪曾祺：《当代散文大系总序》，《当代作家评论》1993年第1期。

第四章 50—70年代台港文学

第一节 台湾文学概述

　　台湾自古以来是中国领土不可分割的一部分。台湾现代文学是在中国历史大背景下由于局部地区的特殊际遇而形成的一个有特色的文学现象。一方面，它与母体文学有着很深的渊源关系；另一方面，由于特定的政治、经济、文化环境，它又呈现出独特的历史风貌。台湾现代文学的这一特性，使它在中国现代文学史中占据了特殊的地位。

　　台湾新文学的发生，受到祖国大陆新文学运动的号召和影响，并直接以五四新文学的理论为旗帜，以新文学作品为典范，经历了与大陆相似的由文化革命走向文学革命的历程。

　　1920年1月，在日本东京留学的一些台湾青年发起成立了新民会，推林献堂为会长。新民会的成立标志着台湾新文化运动的开始。紧接着，新旧文学发生了激烈论争。在与旧文学进行论争的同时，新文学先驱者开始了尝试性的写作。1926年台湾小说出现了第一批硕果，即赖和的《斗闹热》《一杆秤仔》，杨云萍的《光临》《黄昏的蔗园》，张我军的《买彩票》等。这些作品大都采取现实主义的方法，表现反对殖民统治和封建主义，反映广大被压迫者心声的基本主题，显示出朴实无华、纯真亲切的崭新文风。其中，赖和的小说把现实主义与时代精神、本土环境相结合，为台湾新文学树起了第一面反帝反封建的旗帜，开创并确立了台湾现实主义与乡土文学的传统。新诗创作也成绩显著。杨云萍的《橘子开花》、赖和的《觉悟下的牺牲》、杨华的《小诗》、虚谷的《卖花》、张我军的《无情的雨》等，是台湾新诗的奠基之作。1925年，张我军出版了《乱都之恋》，这是台湾现代文学史上第一部新诗集。与此同时，还有一批作家进行着现代散文和现代戏剧的开创工作。

　　30年代台湾现代文学进入了初步繁荣的阶段。1934年5月6日，来自全台各地的83名作家汇集在台中，召开全岛性文艺大会，宣告成立台湾文艺联盟，决定出版机关刊物《台湾文艺》。台湾文艺联盟以抗日爱国作家为主导力量，是一个具有广泛代表性的全台文艺组织。1935年12月，杨逵、叶陶主办的《台湾新文学》月刊出版。这是继1934年11月创刊的《台湾文艺》后又一个重要的文学杂志。随着文学运动逐步走向高潮，涌现出一批有重要影响的作家。除了一直从事创作的赖和、杨守愚、虚谷、杨华之外，新出现的作家有杨逵、王锦江、翁闹、王白渊、朱点人、巫永福、蔡秋桐、吕赫若等。

1937年以后，殖民当局加紧推行皇民化运动。台湾新文学运动在极其困难的环境里艰难发展。这一时期的新文学在坚持反对殖民主义和封建主义的同时，更多地倾向于描写日常生活，具有鲜明的乡土色彩。吕赫若的《牛车》、张文环的《阉鸡》、龙瑛宗的《植有木瓜的小镇》、吴浊流的《亚细亚的孤儿》是代表这一时期文学成就的优秀作品。1945年日本战败，台湾回归祖国。由于"二二八"惨案等政治因素的影响，台湾文学经历了一段相对沉寂的时期。

1950年是台湾文学的一个转折点。随着国民党政权退据台湾，海峡两岸经历了长达30余年的政治、经济、文化大隔绝。为了配合政治上的所谓"反共抗俄""反攻复国"，台湾当局大力鼓吹"战斗文艺"与"反共文学"，造成了50年代"反共文学"泛滥一时的局面。从事这类创作的主要有两部分作家：一是国民党政界作家，如王平陵、尹雪曼、陈纪滢、王蓝、姜贵等；二是国民党军中作家，如司马中原、段彩华、朱西宁、田原、姜穆等。他们以诗歌和小说等形式表现反共的主题，宣泄怀旧、复仇的情绪。以长篇小说而言，具有一定代表性的作品有陈纪滢的《荻村传》，姜贵的《旋风》《重阳》，王蓝的《蓝与黑》，司马中原的《荒原》等。从本质上说，"反共战斗文艺"是一种歪曲生活、反历史的主观主义文学，思想内容概念化、艺术表现公式化是其基本特征。

50年代发展起来的还有：着力表现亲情和乡情的怀乡文学（也称回忆文学）；在政治高压下默默耕耘的乡土文学；以爱情和婚姻为主要内容的纯情文学等。怀乡文学以往昔大陆的生活经验为题材，抒写对故乡亲人的眷恋情怀，如张秀亚的散文集《三色堇》、林海音的小说集《城南旧事》、谢冰莹的散文集《爱晚亭》、余光中的诗集《舟子的悲歌》等。乡土文学则主要表现台湾的乡土历史和文化，将赖和、杨逵、吴浊流等老一辈作家的乡土主题加以扩展，开拓出一条本土文学发展的新路。钟理和是战后台湾乡土文学的承上启下者，钟肇政、廖清秀亦是其中的佼佼者。钟理和的长篇小说《笠山农场》可为此类文学的代表。纯情文学则以孟瑶、郭良蕙、徐薏蓝等为代表，直接开启了60年代言情小说潮的先河。

现代主义文学此时已开始萌芽并得到初步的发展。1953年2月，纪弦创办了《现代诗》季刊。1956年1月，纪弦在台北发起召开第一届现代诗人代表大会，宣布成立现代派，声称要"领导新诗的再革命，推行新诗的现代化"。而在1954年，覃子豪、余光中、钟鼎文等则在现代诗运动的推动下，成立蓝星诗社，创办《蓝星周刊》。同年，张默、洛夫、痖弦等在台湾南部左营成立创世纪诗社，出版《创世纪》诗刊。1959年，创世纪进行改组，吸收了现代派和蓝星的一些成员，如叶泥、商禽、叶珊、郑愁予、叶维廉等，从而成为推动现代诗运动的中坚力量。在以上三个诗社的大力推动下，现代主义文艺思潮席卷了60年代的台湾文坛。

由现代诗发端的台湾现代主义文学运动在60年代达到高潮。1960年《现代文学》杂志的诞生，标志着台湾现代主义文学的全面崛起。《现代文学》的创办者有白先勇、王文兴、陈若曦、欧阳子、叶维廉、李欧梵、刘绍铭等，他们办这个刊物的目的在于"有系统地翻译介绍西方近代艺术学派潮流、批评和思想"，"试验、摸索和创造新的艺术形式和风格"(《发刊词》)。《现代文学》受到西方现代主义文艺思潮的深刻影响,它为现代派文学在台湾的崛起发挥了重要的推动作用。

台湾现代主义文学深受精神分析学、存在主义、超现实主义、意识流等西方现代文艺思潮的影响,从卡夫卡、乔伊斯、伍尔夫、福克纳、詹姆斯、劳伦斯等现代作家的作品中汲取了丰富的营养。它把表现自我放在主要地位,着重开掘人的内宇宙,强调表现潜意识,具有鲜明的反理性倾向。在表现手法和艺术形式上追求多元化,广泛运用隐喻、象征、超现实和意识流手法,刻意于意象的经营和语言的求新求变。在诗的领域讲求张力,而在小说方面则讲究多角度的叙述观和多层次的结构,从而使主题较为含蓄隐晦,耐人寻味。

台湾现代主义文学对于50年代政治化文学是一个反动。它对新的艺术手法和表现形式的探索,丰富了文学的表现力。它是一代知识分子的心灵记录,反映了当时社会普遍存在的失落感和逃避主义倾向,对认识台湾社会生活具有一定的意义。同时,它在思想艺术上也有明显不足,题材较为狭窄,不少作品存在着形式主义的弊端。

60年代以后,随着留学热潮不断升温,留学生文学大为兴盛。聂华苓、丛甦、陈若曦、张系国、白先勇等作家都写过不少这类作品。於梨华是成就较突出的一位,她的创作基本上取材于留学生和旅美华人的生活。《又见棕榈,又见棕榈》《傅家的儿女们》是其代表作。

这一时期,通俗文学也获得很大的发展。琼瑶的言情小说,古龙的武侠小说,高阳的历史小说,以及由此带来的通俗文学创作热潮,正满足了大众的精神需求。

70年代,台湾经济开始起飞。社会经济结构的急遽变化对文学产生了深刻的影响。70年代初,台湾当局在政治上遭到一系列挫败,"反攻复国"的谎言彻底破产,尤其是钓鱼岛事件引发了台湾社会的文化反思运动,知识界对60年代泛滥一时的西化主义进行了清算。一直处于受压制状态的乡土文学开始崛起,它所表现出的强烈的时代使命感和忧患意识引起了人们的关注。

其实,早在60年代就有一批作家大力提倡乡土文学。1964年吴浊流创办《台湾文艺》月刊,主张文学反映人生,注重乡土色彩,提出扎根于台湾本土的历史、文化和社会风貌。这是光复后第一个由乡土作家主办的文艺杂志。该刊作者既有日据时期的老作家,如杨逵、张文环、龙瑛宗、黄得时、王诗琅等,又有一批战后作家,如钟肇政、郑清文、李乔、黄春明等。1966年,陈映真、黄春明等创办《文学季刊》,对60年代文学的现代主义和游离现实的倾向进行批判,坚持现实主义的乡土文学路线。

乡土文学在70年代的崛起,与两次文学论争有着密切的关系。1972年至1973年,台湾文坛爆发了现代诗论争。唐文标发表《诗的没落》《僵死的现代诗》等文章,声称现代诗已寿终正寝,引发了现代派和乡土派的激烈论争,史称"唐文标事件"。1977年至1978年,又爆发了规模空前的乡土文学论战。这场论战以文学问题为突破口,广泛涉及政治、经济、思想、文化等诸多领域。论战厘清了1949年以后官方文学与民间文学(主要是乡土文学)两种异质文学的发展路线,为乡土文学在文坛争得了合法的席位。不过,一部分乡土派作家片面强调本土意识和"台湾人的立场",为日后乡土文学阵营的分裂埋下了祸根。

70年代活跃的乡土派作家主要有陈映真、黄春明、王祯和、杨青矗、李乔、洪醒夫、宋泽莱等，他们创作了许多优秀小说，产生了较大的影响。这些作品的共同特色是坚持现实主义的创作原则，拥抱大地，回归传统，关怀现实生活，关注乡土小人物的命运，具有鲜明的民族风格。

第二节　小说　白先勇等

20世纪六七十年代的台湾小说取得了丰硕的成果，积累了丰富的文学经验。

在现代主义小说方面，以《现代文学》为主要阵地，造就了大批作家，如白先勇、陈若曦、欧阳子、七等生、王文兴、丛甦、施叔青等。

陈若曦（1938—　）是个跨越乡土与现代之间的作家。在创作思想和题材选择上，她接近于乡土写实，而在表现方法和技巧上又偏向于现代派。70年代中期创作的以《尹县长》为代表的"文革"题材小说在其整个创作中有着举足轻重的地位。这些作品以冷静、客观的叙述，较为广泛地反映了十年浩劫期间的社会矛盾，在一定程度上揭露了"文革"的荒谬性。80年代，陈若曦的艺术视野由中国大陆转向美国的华人社会，《突围》《远见》等长篇小说描写了来自海峡两岸的华人知识分子在美国的生活和命运，表现了他们的情感和心态，反映了一系列的社会问题。

欧阳子（1939—　）常常将笔触直接深入人物的心灵深处，探索人物的内心世界和潜意识，揭示出人性的复杂性和多面性。《花瓶》《墙》《觉醒》等小说细腻地描绘了形形色色人物的各种心理状态，写出了一个个被扭曲的灵魂。《魔女》是一篇现代心理分析力作，作品剖析了人物为情欲所困而造成的乖戾、痛苦的病态心理，活画出一个疯狂的情欲魔女的形象。

王文兴（1939—　）是最有争议的现代主义作家之一。长篇小说《家变》彰显着作者反叛传统、实践西化的主张。《家变》中具有浓重现代主义色彩的离经叛道的思想内容通过作品主人公范晔的成长渐次表现出来。范晔成长的过程是一部反叛传统伦理、质疑家庭、消解父权的历史。小说以父子之间的矛盾冲突为主线，表现了现代资本主义思想意识对中国传统家庭观念的冲击，揭示了台湾现代社会家庭人伦关系的异化和道德伦理观念的淡化。作者致力于人物内心世界的开掘，揭示人物隐秘的心灵活动，形成了复杂的深层心理结构，其对人物内心开掘之深，所表现出的颠覆和质疑、创新与实验，在现代文学中是少见的。

在乡土派小说方面，陈映真的《将军族》《唐倩的喜剧》《华盛顿大楼》，黄春明的《儿子的大玩偶》《我爱玛莉》《锣》，王拓的《金水婶》《望君早归》，王祯和的《嫁妆一牛车》，李乔的《寒夜三部曲》，杨青矗的《在室男》《工厂人》，洪醒夫的《黑面庆仔》，宋泽莱的《打牛湳村》《变迁的牛眺湾》等，都产生了较大的影响。

王祯和（1940—1990）的小说着力反映了小人物的不幸命运。《嫁妆一牛车》《寂寞红》等前期作品形象地揭示了小人物难以把握自己命运的严酷现实，表现了作者悲天悯人的人道主义情怀。《小林来台北》《美人图》《玫瑰玫瑰我爱你》等后期作品则主要表现了作者深沉的民族主义和爱国主义精神。王祯和的小说具有独特的艺术风格。作者有意识地吸收戏剧的表现手法，大量采用对话、场景表现人物和事件，以直接呈现的方法抒写人物的心灵。他常用喜剧形式来表现悲剧内容，大部分小说写的虽是悲剧人物，却洋溢着一种浓烈的喜剧色彩，产生了辛辣的讽刺效果。

20世纪六七十年代最具有代表性的台湾小说家是白先勇、陈映真、黄春明。

白先勇（1937— ），广西桂林人。幼年随家人辗转于重庆、上海、南京、香港等地。1957年考入台湾大学外文系，次年在《文学杂志》发表第一篇小说《金大奶奶》。1960年与陈若曦、欧阳子、王文兴等创办《现代文学》。主要作品有短篇小说集《谪仙记》《台北人》《寂寞的十七岁》，长篇小说《孽子》，散文集《蓦然回首》《明星咖啡屋》《第六只手指》，剧本《游园惊梦二十年》《玉卿嫂》《金大班的最后一夜》等。2004年为苏州昆剧院策划演出昆剧青春版《牡丹亭》。

（人）无法超越人生而俱来的困境——情欲的累赘，人之大患，患于有身……人便注定了一生翻腾在情欲的轮回中。

——白先勇

白先勇的小说创作可分为三个时期。从《金大奶奶》发表到赴美前夕，是他的创作前期。这一时期的作品主要回忆少年生活，主观色彩较浓，较多地受到西方现代文学的影响。《寂寞的十七岁》细腻地表现了十七岁少年杨云峰的病态心理和灰色人生。《月梦》《青春》等多采用超现实的表现手法，主观色彩浓重。《玉卿嫂》是其早期代表作，小说写了一个叫玉卿嫂的年轻寡妇杀死情人后自戕的悲剧，以缠绵悱恻的笔调传达出低回抑郁的感伤情调，具有浓重的浪漫色彩。到美国留学是白先勇创作的分水岭。环境的骤变使他产生了难以排遣的文化上的乡愁。经过两年的创作停顿，白先勇写了一系列以留学生生活为题材的作品。《芝加哥之死》是赴美后创作的第一篇小说。这篇作品具有深刻的象征意蕴。主人公吴汉魂内心深处的痛苦源自尴尬的两难处境：既无法割裂与母体文化的联系，又难于融入西方文化。虽然身居美国却无缘进入主流社会，他不由得产生"与世隔绝"的感觉。两种文化的冲突最终酿成了悲剧。在《谪仙记》《上摩天楼》等其他作品中，白先勇一直关注着留学生的遭际和命运，具体描写他们在两种文化冲突中的处境及其隐秘的心灵世界，唱出了深沉而又哀婉的游子悲歌。

自《永远的尹雪艳》开始，白先勇的小说艺术臻于成熟。收在《台北人》中的14篇短篇小说几乎都是精品，它们奠定了白先勇作为当代杰出华语小说家的地位。《台北人》每篇独立成章，各篇之间又有内在联系，虽然题材不同，但大多数描写的是从大陆去台湾的上流社会人物的没落以及怆然失望的心态，是一曲曲旧制度衰亡的挽歌。这部小说集在卷首题写了刘禹锡的《乌衣巷》，隐喻着作品的深刻主题："朱雀桥边野草花，乌衣巷口夕阳斜。旧时王谢堂前燕，飞入寻常百姓家。"《台北人》中的人物都不是地道的台北人，除《孤恋花》中的娟娟来自台湾乡下外，其余皆是随国民党当局逃亡到台湾去的大陆人。这些客居台北的所谓台北人都有过荣耀的或值得留恋的过去，但他们到台北后，这一切便都一去不复返了。他们眷恋着过去,挣扎于现在,迷惘地面对着未来。作者把小说集定名为《台北人》,真实地反映了台北人的生活境遇和思想感情,对他们没落的命运表现出悲悯和哀悼,揭示出"今不如昔"的感时伤怀主题。

《永远的尹雪艳》作为《台北人》的首篇,它所表现出的历史感和命运观昭示着《台北人》的价值取向。尹雪艳似乎不是风尘女子,而是"冰雪化成的精灵",是冥冥之中命运之神的化身。她永不衰老的容颜以及给人的难以抗拒的诱惑,具有丰富的象征意蕴:欲望、名誉、地位、金钱都是短暂的,唯有命运是永恒的。《国葬》中李浩然曾是陆军一级上将,声名显赫,然而在成为台北人之后便厄运不断;手下的爱将有的长住医院,有的当了和尚,也纷纷落得个凄凉结局。《游园惊梦》中的钱夫人当年凭一出昆曲《游园惊梦》唱红十里秦淮,然而十几年过去,荣华富贵不再,生活由绚烂归入平淡。《台北人》大部分篇章表现的便是业已退出历史舞台的上流社会的衰败命运,在过去/现在、大陆/台湾两个时空的不断交错闪回中,呈示人生的无奈和苍凉。正如有的评论者指出的那样,"白先勇的小说有一种很强悍的令人激荡的思想性",这突出地表现为作品揭示了"一种繁华、一种兴盛的没落,一种身份的消失,一种文化的无从挽回,一种宇宙的万古愁"①。

《孽子》是白先勇唯一的长篇小说,也是一部独特的创作。1977年开始连载,1983年出版单行本。这是中国现当代文学中第一部以同性恋为题材的长篇小说。② 小说分为上、下两篇,上篇题为《在我们的王国里》,描写台北新公园的"黑暗王国",重点展示污浊的男妓世界;下篇题为《安乐乡》,写那些沦落的"青春鸟"企图通过自己的努力,谋求合理的、健康的、人道的普通人的生活。作品以第一人称的叙述角度,聚焦台北新公园里一群沦落少年——"青春鸟",细腻描述了他们不为人知的生活,以及他们被社会、家庭、亲人所抛弃的痛苦、曲折的心路历程。《孽子》又不是单纯的同性恋小说,小说通过同性恋故事的描写,剖析了灵与肉、父与子、情与法等复杂关系,写出了社会沧桑和动人的人性、亲情。作者对那些被侮辱、被损害的"青春鸟"表现了深切的悲悯,对同性恋者的命运表达了深切的同情,对传统伦理道德观念进行了反思,被称为"心灵的独白与辩解"与"道德的反思与重铸"③。

白先勇用写作表达人类心灵无言的痛楚。他说:"我一直觉得文学写的是人性、人情。我们经常在挣扎,人的内心都有不可言喻的痛,我想文学可以写出来。""教人一种同情、一种悲悯。"④ 作为台湾现代主义的代表作家,白先勇的小说具有鲜明的特色。一方面,他有着中国古典文学的深厚根底,他养成了尊重传统、尊重中国美学的情趣与气质,他的语言与美学意境受唐诗、宋词、昆曲的影响很深;另一方面,他又接受了西方文学的系统训练,这使他成为充满现代主义品格与叛逆精神的作家。他寓传统于现代,熔中西小说技

---

① 叶维廉:《激流怎能为倒影造像?》,《当代台湾文学评论大系》(三),正中书局1993年版,第316—317页。
② 2019年,《孽子》入选法国《世界报》评出的1944年解放七十五年来在法国出版的全世界一百部最佳小说。《中华读书报》2019年7月10日。
③ 刘俊:《〈孽子〉》,《悲悯情怀——白先勇评传》,台北尔雅出版社1993年版,第377、433页。
④ 引自白先勇接受中国《新闻周刊》记者谈话,2004年6月18日。白先勇说:"法国《解放报》曾经问过我一个问题:'你为什么写作?'我写作是因为我希望用文字将人类心灵中最无言的痛楚表达出来。我想这是我写作的真意。"

巧于一炉，形成了真正具有中国美学风格的、精湛独特的现代小说艺术。在人物形象的塑造上，白先勇受到了《红楼梦》等古典小说较深的影响，较多地采用了以形写神的手法，同时融进了西方意识流的技巧。他擅长通过对人物言行举止和穿着打扮的描写来表现人物心理。在用以形传神的传统手法描写人物的同时，白先勇也借鉴了现代派的表现手法，常常直接渗入笔下人物的内心世界，揭示复杂、微妙的深层心理活动。白先勇的小说结构具有鲜明的特点：把传统的纵剖面的写法与西方的横断面的写法相结合，总体上按正写的时间顺序展开情节，在局部描写中又常借鉴西方现代派时空交错的表现手法。这一特点在小说集《台北人》中体现得最为突出。《台北人》始终注意两个视点："过去"与"现在"。即从"过去"写到"现在"，或采取"现在"到"过去"的逆转，在对"现在"的描写中展示"过去"生活的片断，既写出人物昔日在大陆的荣华富贵，也表现他们当下在台北的种种失意和苦楚，两者融合在一起，组成了完整的艺术结构。白先勇重视语言基调的把握，追求传统语言与现代语言的契合，文笔洗练、明快、精美，无论叙事、描写、对话都精练纯粹，体现出汉语的魅力。

陈映真（1937—2016），台北人，原名陈永善，另有笔名许南村等。1957年考入淡江文理学院外文系。1959年发表小说处女作《面摊》，从此步入文坛。1968年以"涉嫌叛乱"罪被捕，入狱8年。1977年投身乡土文学论争，捍卫了文学的现实主义旗帜。他的乡土文学创作和理论在台湾文坛产生了广泛的影响。主要作品有小说集《将军族》《第一件差事》《夜行货车》《陈映真选集》《华盛顿大楼》《山路》，评论集《知识人的偏执》《孤儿的历史，历史的孤儿》等。

陈映真的创作按照思想倾向和艺术风格的转变，大致分为三个时期，即早期（1959—1963）、中期（1964—1974）、后期（1975年以后）。早期作品深受现代主义思潮影响，格调阴郁感伤。《我的弟弟康雄》中的康雄，《乡村教师》中的吴锦翔，《故乡》中的哥哥，都是理想主义破灭以后走向自我毁灭的小资产阶级知识分子形象，他们身上笼罩着虚无主义的颓伤、迷惘的氛围。陈映真在一篇自我评论里也明确指出，其早期作品表现出"市镇小知识分子的浓重的感伤的情绪"，"这种由沦落而来的灰黯的记忆，以及因之而来的挫折、败北和困辱的情绪，是他早期作品中那种苍白惨绿的色调的一个主要根源"①。1964年《将军族》的发表，标志着陈映真的创作出现重大变化。他开始由现代主义走向现实主义。这篇小说与《唐倩的喜剧》《第一件差事》等以强烈的理性批判精神，取代了早期感伤和浪漫的情绪，呈现出深邃和讽喻的风格。《将军族》的男女主人公一个来自大陆，一个生在台湾，都是下层小人物，他们在历尽沧桑、备受侮辱后以死抗议丑恶的社会。这篇作品显示了陈映真中期创作在题材上的一个特点，即对寄居于台湾的大陆人的沧桑命运，以及台湾本地人与流寓的大陆人之间的关系表现出强烈的兴趣和关怀。就"大陆人在台湾"这一题材而言，陈映真在台湾文坛是一个开拓者。紧接着发表的《唐倩的喜剧》是一篇重要的作品，它通过对迷恋现代主义的女性唐倩四次换偶的描写，批判了60年代的现代主义思潮与崇洋媚外思想，对台湾知识界的浮华浅薄作风进行了辛辣讽刺。这些中期作品关注现实，不断向生活的深层掘进，表现出强烈的民族意识和社会责任感。在经历了

---

① 陈映真：《试论陈映真》，《陈映真文集·文论卷》，中国友谊出版公司1998年版，第130、131页。

8年监禁生活后,1975年陈映真复出文坛。以《夜行货车》《上班族的一日》《云》《万商帝君》等作品为代表,陈映真的后期创作将浓郁的民族意识、高度的国际主义和强烈的时代观念相结合,深刻地表现了台湾社会的动荡变迁,具有很强的情感和思辨力量。继《华盛顿大楼》系列小说之后,陈映真又开拓新的题材领域,接连推出《铃铛花》《山路》《赵南栋》等政治小说,把视线投向过去艰苦的斗争岁月,展现了革命者为争取民主自由而英勇牺牲的悲壮历程。这些作品标志着陈映真的创作进入了一个新的境界。有论者说:"在三十年来的台湾文坛上,没有一个作家能够像陈映真那样,随时在以他的敏锐的现实感捕捉台湾历史的'真实'。他的题材与风格的多变由此而来,他的独特的'使命感'也由此而来。"①

以现实主义原则为主导,适当吸收现代主义手法,这是陈映真小说的基本艺术特征。他把现实主义的主体精神与现代主义的象征、暗示、时空交错等表现技巧融合起来,闯出了一条既有民族特色,又能体现时代特征的中西结合的创作新路。陈映真的小说在结构上常采用人称交错与时序变换等手法,使作品形成多层次结构和多重主题。在人物形象塑造上,既重视对人物心灵世界的开掘,又能通过复杂的社会关系剖析人物,突出其独特的性格。

如果说陈映真是乡土文学的旗手,那么黄春明则是乡土文学的重镇。黄春明以其对乡土小人物命运的强烈关注,被誉为小人物的代言人。

黄春明(1939—),台湾宜兰人。他的经历十分丰富,当过兵,教过书,拍过电影、电视,担任过电台节目主持人,在广告公司任过职。60年代初开始创作,迄今已出版《儿子的大玩偶》《锣》《莎哟娜拉·再见》《小寡妇》《我爱玛丽》等小说集。

黄春明刚踏上文坛时,受到现代派小说的较大影响。在《玩火》《把瓶子升上去》《男人与小刀》等早期作品中,作者表现出逃避现实、追求唯美的倾向,"看它有多苍白就多苍白,有多孤绝就多孤绝"②。从1967年开始,黄春明的创作发生了令人瞩目的变化。他摆脱了现代主义的束缚,迈向乡土写实主义,接连发表了《青番公的故事》《溺死一只老猫》《看海的日子》《儿子的大玩偶》《锣》等乡土题材的作品。这些小说鲜明地反映了台湾社会在由农业社会走向工业社会转型时期的一些基本特征。它们大都以宜兰为人物具体的生活环境,作者透过他的乡土人物表现了鲜明的现实精神和人文关怀。《青番公的故事》是乡土人物的颂歌,青番公是老一代农民的典型形象,作品一方面写出了青番公美好的乡土情怀,另一方面也表现了其不合潮流的悲剧性。《溺死一只老猫》以清泉村修建游泳池为线索,描写了阿盛伯为反对建游泳池所作的种种努力,以及他以身殉池的可笑复可悲的结局。作品渲染了这一悲剧性人物身上的种种喜剧色彩,刻画了一个生活落伍者的形象。在黄春明的笔下,离开土地流入城镇的年轻一代也未能获得好的处境和地位。《两个油漆匠》中阿力和猴子成为游离于乡村和城市之间的弃儿。作者在这些作品中塑造了一系列乡土小人物的形象。这些人物大致可分为两类,一类为世代生活在乡村,以土地

---

① 吕正惠:《从山村小镇到华盛顿大楼》,《当代台湾文学评论大系》(三),正中书局1993年版,第351—352页。

② 黄春明:《莎哟娜拉·再见·序》,《莎哟娜拉·再见》,远景出版社1974年版。

为生命的老一辈农民,如青番公(《青番公的故事》)、甘庚伯(《甘庚伯的黄昏》)、阿盛伯(《溺死一只老猫》)等;另一类是失去土地流入城镇的农民,如阿力和猴子(《两个油漆匠》)、坤树(《儿子的大玩偶》)、憨钦仔(《锣》)、白梅(《看海的日子》)等。作者表现了这些处于社会底层的卑微人物的苦恼、抗争和失败,传达出他们旺盛的生命意志和对生活的热爱。透过乡土人物,揭露了资本主义侵入农村社会时的无情和残酷,显示了现代文明与传统文化之间的激烈冲突。

70年代初,黄春明的创作又发生较大变化,他的关注点由乡土题材转向了民族题材。在《苹果的滋味》《莎哟娜拉·再见》《我爱玛丽》《小寡妇》等小说中,作者抨击了"新殖民主义意识",批判了崇洋媚外思想,揭露了帝国主义对台湾的侵略、蹂躏,探索了政治经济关系中台湾买办知识分子的思想和处境,鞭挞了一批现代假洋鬼子。《莎哟娜拉·再见》最具代表性。作品表现出强烈的民族主义和爱国主义感情,发表后激起广大民众的共鸣。80年代后期,黄春明又"重返故园",高度关注被都市文明严重侵蚀的乡村社会,《瞎子阿木》《放生》等作品重点在于表现乡村中老人的处境和命运问题,具有强烈的理性精神和人文关怀意识。

黄春明的小说以深切的乡土情怀和强烈的民族意识取胜。他的很多作品写的是乡村和小市镇,但其思想价值不仅仅限于对乡土文化的留恋,在过去/现在、乡村/都市的鲜明对照中,表现了对文化(文明)救赎之道的深刻思考。在创作前期,黄春明是从关心乡土人物的角度来揭露资本主义经济给社会底层劳动者带来的生活困境和精神痛苦;而在创作后期,则主要站在民族主义的立场来批判台湾社会的新殖民主义,具有"揭出病苦,引起疗救的注意"的功效。黄春明不仅在题材上不断开拓,在艺术上也不断创新。他的小说大体沿用传统小说的结构形式,故事性强,情节生动、曲折,同时又融入蒙太奇等电影表现手法,时空不断切割、转换,使作品更富有表现力。黄春明的小说语言平易朴实,活泼形象,具有浓郁的地方色彩和乡土气息。黄春明的创作开创了台湾乡土文学的新纪元。

第三节 香港文学概述

作为中国文学整体格局的组成部分,香港文学并不能简单等同于中国其他地区的文学。近一个世纪来,香港文学既经历了与中国内地文学融合发展的阶段,也有着疏离内地文学发展轨道而呈现出独特风貌的时期。

香港新文学起步较晚。20世纪20年代新文化运动和文学革命在中国内地迅猛推进,但在香港的影响却微乎其微。香港文学界对当时内地正在崛起的新文学持冷漠甚至敌视的态度。

香港新文学的真正崛起是在1927年以后。北伐战争打倒了代表旧势力的军阀,新文化思想和新文学作品占领了香港。报纸副刊结束了文白夹杂和新旧并存的时期,开始发表纯粹的新文学作品。1928年,香港第一本新文学杂志《伴侣》创刊。1929年年初,香港第一个新文学社团岛上社诞生。进入30年代,香港新文学刊物如雨后春笋般涌现。其中,维持时间最长、影响最大的是1933年12月创刊的《红豆》月刊。这些刊物发表了大量新文学作品,初步显示了香港文学的实绩。拓荒期较有成就和影响的作家当推侣伦(1911—

1988)。他在 1935 年出版的散文集《红茶》,是拓荒期香港文学的重要收获之一。

1937 年全面抗战爆发后,内地人士因躲避战乱而纷纷南迁香港。在南来香港的内地人中,有巴金、茅盾、戴望舒、萧红、端木蕻良、陈残云等一大批进步作家。他们传播新思想、新文化、新文学,大力开展抗日宣传,为香港正在兴起的新文学注入了新的养料和活力,掀起了香港文学第一次高潮。1939 年 3 月 26 日,中华全国文艺界抗敌协会香港分会宣告成立,由许地山主持工作。南来作家取得了丰硕的创作成绩。中长篇小说有茅盾的《第一阶段的故事》《腐蚀》,萧红的《呼兰河传》《马伯乐》,端木蕻良的《大时代》《大江》《新都花絮》,夏衍的《春寒》,许地山的《玉官》等。诗歌有戴望舒的诗集《我底记忆》《望舒草》《望舒诗稿》《灾难的岁月》,徐迟的抒情诗《太平洋序诗——动员起来,香港!》,鸥外鸥的诗集《鸥外诗集》,袁水拍的长诗《后街》,陈残云的诗集《铁蹄下的歌手》等。

1941 年年底香港沦陷后,南来作家大都撤回内地,留港作家也不得不放下手中的笔。1945 年日本投降后,香港文坛渐渐复苏。1946 年夏天,大批作家为了躲避战乱,再次来到香港。这一时期,南来作家的重要创作成绩有长篇小说《洪波曲》(郭沫若),《锻炼》(茅盾),《南洋淘金记》《雨季》(司马文森),《南洋伯还乡》(陈残云),《虾球传》(黄谷柳),《天亮了》(聂绀弩);诗歌方面,有黄宁婴的长诗《溃退》,袁水拍的诗集《马凡陀的山歌续集》,陈芦荻的诗集《旗下高歌》,邹荻帆的诗集《浅水湾》;散文集有黄秋耘的《沉浮》,聂绀弩的《二鸦杂文》等。在上述创作中,黄谷柳(1908—1977)的《虾球传》因最具香港特色而颇受好评。这部小说以战后香港社会为背景,塑造了追求光明的流浪儿虾球的形象,描绘了一幅动荡时代的社会风俗画,作品以规范中文为主,消化运用了大量粤语,使地方色彩更加浓厚。茅盾认为:"1948 年,在华南最受读者欢迎的小说,恐怕第一要数《虾球传》的第一、二部了。"①

内地作家的两次南来香港,为香港新文学的繁荣作出了重要贡献,他们在客观上为本土作家的成长和壮大提供了不可多得的外部条件。在香港本土作家中,侣伦一直笔耕不辍。抗战时期,他创作了《无尽的爱》《残渣》等中短篇小说,作品富有使命感和责任感,表现出强烈的爱国热情。

50 年代以后,在香港文坛占主导地位的仍然是南来作家。长篇小说方面,有徐訏的《江湖行》,徐速的《星星·月亮·太阳》《樱子姑娘》,李辉英的《海角天涯》,唐人的《金陵春梦》等。散文集有叶灵凤的《能不忆江南》,徐訏的《传薪集》,徐速的《心窗》等。诗集有力匡的《燕语》,何达的《洛美十友诗集》等。

在众多的南来作家中,徐訏是成绩突出的一位。徐訏(1908—1980),浙江慈溪人,笔名徐于、东方既白。1936 年赴法国巴黎大学留学,抗战后回国。1950 年赴香港定居。徐訏被称为全才作家。成名作《鬼恋》发表于 30 年代。40 年代发表的《风萧萧》引起轰动。此后,他出版了长篇小说《江湖行》《时与光》《悲惨的世纪》等。徐訏的小说大都通过小人物悲欢离合的命运来表现时代风云和社会变迁。长篇小说《时与光》通过郑乃顿、林明默、罗素蕾三人的爱情纠葛,探索生命中的偶然性和必然性问题,唤起读者对人

---

① 茅盾:《关于〈虾球传〉》,《茅盾论中国现代作家作品》,北京大学出版社 1980 年版,第 304 页。

生的思索，作品在爱的氛围中透出几许苍凉和苦涩。《江湖行》以主人公富于传奇色彩的爱情为主线，展现了社会各阶层的生活，塑造了三教九流各色人物，剖析了民族的心理素质，揭示了国民性中的种种弱点。

这一时期香港本土作家也在崛起。侣伦的《穷巷》代表了这一时期乡土小说的成就。这部长篇小说以战后香港为背景，描写了一群生活在社会底层的普通市民的悲苦命运，表现了他们在与贫困作斗争的过程中所显示出来的坚忍不拔的生命意志，在香港小说本土化方面迈出了坚实的一步。舒巷城出版有长篇小说《太阳下山了》《再来的时候》等。"舒巷城是'土生土长'的香港作家，熟悉香港的小市民生活，他的作品可说是最有香港'乡土'特色。"①《太阳下山了》是其代表作。夏易、吴羊璧、金依、海辛、张君默等作家也都在各自的创作领域崭露头角，成为香港文学的生力军。

50年代中期，现代主义文学思潮在香港兴起。1955年8月，由王无邪、昆南、叶维廉等合办的诗刊《诗朵》出版。其主要作者包括杜红、卢因、蓝子（西西）等。这是香港现代诗人的第一次集结。1956年2月，马朗主编的《文艺新潮》出版。这本杂志集翻译、理论和创作于一体，把香港现代主义文学推向高潮。西西、李英豪、戴天、王无邪、蔡炎培等一批年轻的作家都以开创性和实验性的创作投入这股潮流。他们用西方文学观念和艺术技巧来表现香港在经济迅猛发展时期所产生的种种不同以往的社会问题和精神状况。而影响最大的当推刘以鬯。1963年，他出版了中国第一部长篇意识流小说《酒徒》，轰动港岛。

从"文革"后期开始，内地移民陆续涌入香港。这一时期，具有代表性的南来作家有陶然、颜纯钩、东瑞、陈娟、白洛、杨明显、王璞、张诗剑、梅子、王一桃、傅天虹、黄河浪、梦如、舒非等。此外，曾敏之、犁青等老作家在离港多年后重返香港，在文坛十分活跃。

香港本土作家的阵容也很强大。他们大多在战后出生，在香港文化教育背景下成长，对香港有着与生俱来的认同感和草根性。其中主要有也斯、西西、梁锡华、小思、黄国彬、古苍梧、羁魂、钟伟民、黄维梁、陈德锦、王良和、何福仁、吴煦斌、钟玲玲、陈耀南、潘铭燊等。

这一时期的香港文学获得了丰收。小说方面，重要的长篇小说有刘以鬯的《岛与半岛》，西西的《我城》《哨鹿》，陶然的《追寻》《与你同行》，东瑞的《出洋前后》，白洛的《暝色入高楼》，陈浩泉的《香港小姐》《扶桑之恋》，陈娟的《昙花梦》，巴桐的《蜜香树》，也斯的《记忆的城市·虚构的城市》，施叔青的《香港三部曲》，梁锡华的《独立苍茫》《香港大学生》，钟晓阳的《停车暂借问》，陈少华的《魂断香江》等。这些作品大都直接切入香港的现代社会生活，描写香港人的生存状态、感情和心态。诗歌方面，1970年以后香港诗坛主要由三部分诗人组成。一部分是香港本土诗人，如也斯、西西、羁魂、黄国彬、古苍梧、胡燕青、陈德锦、秀实等；另一部分是南来诗人，如蓝海文、黄河浪、王一桃、傅天虹、晓帆、秦岭雪、张诗剑、王心果、梦如等；还有一部分是从台湾、澳门和海外移居香港的诗人，如余光中、钟玲、原甸、陶里等。诗歌创作总的倾向是现代主义

---

① 秋明编：《舒巷城卷》，香港三联书店1989年版，第336页。

向传统回归,既关注现实又抒写性灵,既有现代意识又有本土情怀。散文方面,最引人瞩目的是学者散文异军突起。金耀基、余光中、思果、梁锡华、董桥、陈之藩等创作了大量学者散文。此外,陶然、颜纯钩、东瑞、陈娟、巴桐、陈少华、王璞、梦如、张文远、钟晓阳、彦火、夏马等作家在散文园地里也勤于耕耘,成绩喜人。

刘以鬯(1918—2018),浙江镇海人,生于上海,原名刘同绎,字昌年。1948年赴港后,历任《香港时报》副刊编辑、新加坡《益世报》主笔、吉隆坡《联邦日报》总编、《星岛晚报》文艺周刊主编、《香港文学》杂志社社长等。30年代即开始创作。到香港后,著有长篇小说《酒徒》《陶瓷》《岛与半岛》《对倒》,中短篇小说集《天堂与地狱》《寺内》《一九九七》《春雨》《白色里的黑色,黑色里的白色》,此外还有散文、评论集等。

在香港文坛,刘以鬯以反传统著称。他的小说突破了传统小说的框架,广泛采用了意识流、象征、暗喻等现代小说技巧,在现实主义与现代主义的结合上进行了大胆的尝试,因此被称为实验小说。《寺内》《蜘蛛精》《除夕》《蛇》等是运用现代的观念和表现手法创作的一组故事新编。在《一九九七》《打错了》《蟑螂》《链》《吵架》等以现实生活为题材的小说中,刘以鬯对小说艺术进行了更为多样的实验。1963年出版的《酒徒》是刘以鬯的代表作。这是一部成功地把西方意识流小说中国化的长篇力作,被誉为中国第一部长篇意识流小说。作品主人公来自内地,是一位很有才华和社会责任感的作家,但在香港社会中屡屡碰壁,在冷酷的现实面前,他渐渐失去理想和信念,最终沦为酒徒,一步一步堕落了。小说从对主人公命运遭遇的描写中,较为深刻地揭示了现代人所面临的生存困境,抨击了现实社会的腐败。尤其是对文化界的种种丑恶现象作了充分的描写,提出了一系列严峻的文化问题。作品全方位地表现了现代都市人的精神状态和内心世界,透视了在金钱支配下现代人灵魂深处的矛盾和痛苦。《酒徒》在艺术上明显地受到乔伊斯、福克纳等西方现代派小说家的影响。作者借鉴了意识流和象征主义的表现手法,始终将焦点对准主人公隐秘、幽暗的内心世界,表现人物的意识和潜意识。整部作品写主人公酒醉和梦境占了很大的篇幅,借助醉与梦的荒诞来折射现实社会的病态、畸形和不合理。《酒徒》在现代小说技巧和传统现实主义的结合上走出了一条成功的道路。

第四节 通俗小说 金庸

台湾通俗文学是台湾特定的社会历史环境中反映平民意识的大众文学。它种类齐全,有言情小说、武侠小说、历史小说、科幻小说、推理小说、侦探小说等,拥有广大的读者群。其中,言情小说、武侠小说、历史小说是影响最大的三种通俗文学样式。

50年代从事言情文学创作的主要是一批赴台女作家,以郭良蕙、孟瑶、徐薏蓝为代表。这一时期的言情文学在价值取向上是颇为传统的:以民族传统的道德观念为依归;沿袭传统言情文学的创作模式;明显脱胎于才子佳人小说;追求浪漫纯情的理想。六七十年代活跃的言情文学作家有琼瑶、华严、玄小佛、朱秀娟、杨小云等。她们的作品不再着力表现女性的不幸婚姻或追求美好爱情所付出的代价,而是注重描写男女主人公丰富多彩的情感世界,表现人物在道德伦理上的矛盾冲突,展示他们在爱情与婚姻、爱情与家庭、爱情与事业等方面的感情困惑。

琼瑶（1938— ），湖南衡阳人，原名陈喆。主要作品有《烟雨濛濛》《几度夕阳红》《在水一方》《庭院深深》等。琼瑶小说的情节结构虽然是言情文学传统的钟情—遇阻、冲突—回归、团圆的模式，但在情节推进过程中，她往往巧设悬念，暗结扣子，善卖关子，大悬念套着小悬念，从而使情节波伏浪起，引人入胜。琼瑶笔下的人物带有浓重的理想化色彩。男主人公大都接受过高等教育，既有英雄气度，刚毅坚强，又温柔体贴，善解人意；既英俊潇洒，精明能干，又博学多才，忠实可靠。女主人公则冰清玉洁，清丽脱俗，富有美丽的幻想，充满青春的气息。情和爱是琼瑶小说永恒的主题。讴歌和表现爱情、亲情、友情以及以此为核心的人类之爱，是琼瑶每部作品的中心内容。琼瑶小说的语言风格突出地表现为古典美。

1980年，萧丽红的长篇小说《千江有水千江月》掀开了台湾言情文学发展新的一页，引发了新一轮言情文学创作高潮。80年代涉足言情文学创作领域的作家难以计数，代表作家有三毛、席慕蓉、姬小苔、蒋晓云、廖辉英、萧飒、张曼娟等。三毛于60年代开始创作，但大量创作则在七八十年代，出版了《撒哈拉的故事》《稻草人手记》《哭泣的骆驼》《梦里花落知多少》等散文集。其散文多取材于自身经历和异域风情，作者展示了豁达坚强而又多愁善感、明快热烈而又悲天悯人的鲜明个性。其作品中最为感人的是那些以撒哈拉沙漠为背景，以作者与荷西的爱情、婚姻生活为题材的作品。席慕蓉自1981年出版第一本诗集《七里香》后，相继有诗集《无怨的青春》《时光九篇》，散文集《成长的痕迹》《有一首歌》等问世。席慕蓉努力在作品中营造温馨的爱的境界，亲情和爱情是其作品永恒的主题。廖辉英的主要作品有中短篇小说集《油麻菜籽》、长篇小说《盲点》等。她的小说大都以台湾社会转型期为背景，描写现代观念与传统观念撞击过程中家庭和婚姻关系的不稳固状态。她笔下的婚姻绝少是圆满、美好的，通常充满矛盾，危机四起。萧飒创作的丰收时期是在80年代，相继出版了10余部长篇小说、中短篇小说集。萧飒的小说擅长在错综复杂的情爱关系中拷问人物的灵魂，探寻人物的内心世界。张曼娟著有小说集《海水正蓝》，她以"无怨的、不悔的、生生世世"的古典的浪漫爱情，来对抗现实中"你叫约翰，我叫玛丽，合则留，不合则去"的所谓现代爱情模式。90年代以后，台湾言情文学在走向后工业和后现代的社会环境和文化背景下获得了广阔的发展空间，同时它在价值观、道德观、人生观方面也出现了前所未有的庞杂和混乱。

台湾武侠小说的开拓者是郎红浣。他的《古瑟哀弦》等作品以清代社会为背景，具有悲剧侠情的特点。50年代后期，台湾武侠小说"三剑客"卧龙生、司马翎、诸葛青云揭开了武侠小说创作的崭新一页。卧龙生的成名作《飞燕惊龙》兼有郑证因的帮会组织和王度庐的悲剧侠情的特色，它所表现的以武林秘籍掀起江湖大风波和众女追一男的模式，开一代武侠新风。司马翎的《关洛风云录》兼采新旧笔法，写江湖人物奇情。诸葛青云的《墨剑双英》国学根底深厚，文风与梁羽生相近。上述诸作家对60年代的武侠小说创作产生了很大的影响。概括地说，主要有四个方面：第一，善于继承前人武侠遗产，并加以创新，开一代风气。第二，在思想观念方面，与民国旧派武侠小说有了明显差异，现代气息加重，开始注入西方现代观念。第三，在创作技巧和表现手法方面，除了继承传统的技巧和手法外，还引入西方的心理描写、意识流等。第四，卧龙生的复仇模式、司马翎的杂学综艺模式、诸葛青云的才子型风格，成为60年代台湾武侠小说的三股潮流。

60年代是武侠名家辈出的年代。其中，新锐作家有上官鼎、古龙、陈青云、萧逸、慕容美、曹若冰、云中岳、陆鱼、古如风、秦红、独孤红、柳残阳、于东楼等。上官鼎是刘兆藜、刘兆玄、刘兆凯三兄弟集体创作所用的笔名，其成名作《沉沙谷》情节扑朔迷离，布局精巧，笔法老练。独孤红的《断肠红》以明清两代首都北京为背景，从宫廷写到江湖，既有历史烟云，又有武林传奇。柳残阳的《天佛掌》吸收了郑证因的帮会技击传统，被视为江湖派代表作家。高庸的《天龙卷》打破了一般武侠小说以争夺武林秘籍为结构线索，极力渲染秘籍的神秘色彩，颇有创新意识。陈青云的《残肢令》等小说大都叙述复仇模式，情节扑朔迷离，扣人心弦。

与此期作家相比，古龙的成就更高，影响更大，位居台湾武侠小说家之首。

古龙（1937—1985），原名熊耀华，祖籍江西，生于香港。1960年出版第一部武侠小说《苍穹神剑》，此后，共出版武侠小说71部，计两千余万言。古龙的武侠小说在思想观念、价值取向、创作方法、表现形式等方面都与众不同，形成了独特的古龙风格。他把求新、求变、求突破作为自己武侠小说创作的自觉追求。这突出地表现为注重对人性的深入挖掘，写出了人性的深刻性和复杂性。李寻欢、萧十一郎、楚留香、陆小凤、江小鱼等人物以其丰富的人性内涵和鲜明的性格，成为武侠世界中著名的艺术形象。以人性刻画为中心，古龙在作品中输入大量的现代观念、情绪和现象，以及现代人的思维方式、价值观念、审美取向。这使古龙作品建构起一套独特的语言编码，形成了鲜明的现代品格。古龙小说具有较强的现代意识。其一，在武与侠两者的关系上，古龙明显地表现出重侠轻武，追求功夫在武外的效果。其二，大量表现现代人的生活、心理、观念，如重视个体的地位，追求个性自由。其三，古龙受到了存在主义等西方现代文化思潮的影响，在作品中竭力渲染了现代社会普遍存在的孤绝感。古龙小说在文体上不断创新。最为突出的特点便是将推理的表现方法和技巧引入武侠小说，从而形成了武侠推理小说这一亚文类。古龙还成功地借鉴了影视表现形式，运用画面交错、背景切割、镜头分摄等蒙太奇手法，把一个个跳跃、转换的场景更加生动形象地展现给读者。同时，古龙借鉴剧本中对话的表现形式，大量穿插电报式的对话和性格化的语言，形成了简洁、凝练的文体特征。

经过40余年的发展，台湾武侠小说取得了长足的发展，它与香港武侠小说一起，成为中国当代通俗文学中最为活跃的一种样式。

这时期，高阳的历史小说取得了骄人的成绩，他是台湾成就最高、影响最大的历史小说作家。高阳（1922—1992），浙江杭州人，本名许晏骈，字雁冰。1948年赴台。1951年开始文学生涯。60年代初转向历史小说创作，在此后的30年里共写了60余部长篇小说。他的历史小说题材广泛，大致可分为六大系列：（1）宫廷系列；（2）将相系列；（3）红曹系列；（4）商人系列；（5）青楼系列；（6）侠士系列。高阳的历史小说具有史诗品格，作品依次展开从先秦到北洋军阀时期中国社会的巨幅历史画卷，鲜活地呈现出变幻的历史风云、各个时代人民的生活状态和精神风貌。高阳艺术地写出了一部中国社会的变迁史和百科全书。《慈禧全传》是其颇具代表性的力作。情节结构的宏伟性，历史事件的具体性，历史人物的真实性，社会生活的广阔性，艺术情感的丰富性，构成了高阳历史小说的史诗品格。高阳的历史小说还具有世俗化、生活化的特点。他在展示历史风云的同时，又着力描摹世态人情，状写日常社会生活，一方面从浩如烟海的史书典籍中汲取题材，并在叙述过程中不时引述历史文献，使作品产生信史的效果；另一方面则根据创作的需要，基于自己的生活经验而大胆假设，使历史内容更为丰富多彩，历史人物更为鲜活生动。他的小说中有许多不见于正史的日常生活的描写。在传统与现代的结合上，高阳的历史小说也显示出深厚的内涵。他按照儒家的政治理想和人格模式塑造了一系列正面人物形象，表现出传统知识分子的价值观念和人生理想。同时，有着丰富的文化意蕴。《慈禧全传》全方位地展示了封建时代的宫廷文化、官场文化。清朝的皇宫景观、朝章制度、宫中礼仪、登基庆典、丧葬体制、宴饮娱乐、宫廷奏议、军机执政、开科取士、官吏任免等，都描写得生动逼真，跃然纸上。《胡雪岩》则主要表现了清代的商场文化。高阳的历史小说也充溢着现代人的思想观念和价值取向，具有饱满的现代意识，既忠实于历史，又适应时代，在古今文化交汇点上建构起自己的美学理想。

　　通俗文学的迅速崛起，是香港这一时期重要的文学现象。50年代初，香港开始了工业化进程。由工业化带来的文化产业和较为成熟的市民阶层，成为通俗文学产生和发展的摇篮。五六十年代，香港通俗文学的基本格局已形成：以武侠小说与言情小说为主干，旁及历史小说、科幻小说和框框杂文。通俗文学的作者来自社会各个层面，很注意了解市场的需求和读者的心理。他们的创作适应了香港这样一个高度商业化城市的需要，发挥了快、博、杂、趣等特点，以娱乐和消遣为主，追求轻松活泼，幽默风趣。香港通俗文学的上乘之作不仅风行香港，在海内外也拥有广大读者群。

　　武侠小说是香港通俗文学的第一大门类。自1954年梁羽生的《龙虎斗京华》开启香港新派武侠小说的先河，武侠小说在极短的时间里迅速兴盛起来。梁羽生是新派武侠小说的开山鼻祖，从50年代初到80年代，共出版了35部武侠小说。代表作有《白发魔女传》《七剑下天山》《萍踪侠影录》等。梁羽生的作品大都有史实依据，往往以特定时代的阶级矛盾及民族冲突为文化背景，主人公的侠行义举总是与反抗异族入侵和暴君统治的斗争联系在一起。他从历史中选取素材，尤偏爱于民族冲突、朝代更替之际的风云变幻和人世沧桑。有的反映唐代游侠生活，有的描写宋代中原豪侠抗击辽金的斗争，有的表现明代侠客对暴政的反抗，有的叙写清代侠士的反清运动。因此，他的武侠小说兼有历史小说之长。梁羽生有着精深的古典文学素养，他有意识地继承中国传统小说的结构章法和叙事技巧，写人写景都力求一种浓郁的传统气息，神话、典故、民俗、轶闻信手拈来，情节中不时糅进诗词曲赋。这使他的小说呈现出书卷气和名士风度。金庸于1955年发表处女作《书剑恩仇录》，其15部武侠小说几乎都是精品，风靡海内外。金庸因此成为20世纪知名度最高的华文作家之一。此外，较有影响的武侠小说家还有倪匡、蹄风、张梦远、风雨楼主等。

　　言情小说是香港通俗文学的又一大门类。最早写言情小说的有杰克（即黄天石），他先后出版了《合欢草》《奇缘》等20多部作品。60年代以后，依达、亦舒、严沁等年轻一代的言情小说家，以充满温馨浪漫的情爱气息的作品，在文坛初露锋芒。他们的小说大都以现代香港社会为背景，专门描写都市青年男女之间的爱情纠葛，有较强的时代感。

　　在香港的通俗文学中，历史小说和科幻小说是两支劲旅。历史小说作家以南宫博、董千里、高旅、金东方为代表。南宫博擅长古代爱情传奇的现代加工，透过传统的故事表现个性解放的思想，主要作品有《洛神》《梁山伯与祝英台》《孔雀东南飞》等。董千里则着力表现历史进程中宫帏之内的矛盾冲突,如《玉缕金带枕》《董小宛》等。高旅的小说以史为据,重视史实,态度严谨,力求历史真实和艺术真实的统一,代表作有《金屑酒》《玉叶冠》等。金东方的历史小说涉及面甚广,她不像一般历史小说家那样主要写一个朝代,而是兴之所至,借史料引发,开拓新意,如《赛金花》《逐鹿记》等。科幻小说则以卫斯理(倪匡)的最为著名。自 1963 年他创作第一部科幻小说《妖火》,迄今已发表近百部科幻小说,出版有《卫斯理科幻小说全集》,代表作有《无名发》等。卫斯理的科幻小说想象极为丰富,情节扑朔迷离,充满神秘色彩。

框框杂文即专栏杂文,也是香港通俗文学的重镇。它的长度一般在 500~800 字,内容极为广泛,论时事、谈文化、抒情、说理,样样具备。"在忙碌的生活中,框框杂文是最容易消化的早餐或下午茶,和晚上松弛神经的长寿电视节目《欢乐今宵》一样,是'不可一日无此君'的大众精神粮食。"① 有影响的专栏作家有项庄、梁小中、吴其敏、张文达、胡菊人、黄霑、李碧华、何福仁等。

金庸(1924—2018),浙江海宁人,原名查良镛。40 年代先后就读于重庆中央政治大学外文系、东吴大学法学院。1948 年赴香港任《大公报》编辑。50 年代后期辞去报馆职务,加入长城电影制片公司,写作电影剧本。1958 年后,陆续创办《明报》《明报月刊》《明报周刊》《明报晚报》,成为香港著名的文化人。

1955 年,金庸发表武侠小说《书剑恩仇录》,一举成名。至 1972 年年底宣布封笔,在不到 20 年的时间里,共出版 15 部武侠小说。此后,他又花了 10 年时间修订这些武侠小说,于 1982 年推出一套《金庸作品集》。为了使读者易于记忆、辨识,金庸把《越女剑》以外的 14 部小说书名的第一个字做成了一副对联:"飞雪连天射白鹿,笑书神侠倚碧鸳。"

金庸小说创作大致分为三个时期。《书剑恩仇录》和《碧血剑》是早期创作。初出武林的金庸表现出巨大潜力。他将西洋文学手法融入武侠小说的传统形式之中,其小说鲜明地体现出"新派"特征。在人物形象塑造上,注重人性的描写,写出了亦正亦邪的武侠人物,丰富了武侠世界。从 1957 年《雪山飞狐》开始,金庸的创作进入成熟期。《雪山飞狐》运用倒叙的形式及电影手法、心理描写手法,以一天来描写人物的百年恩怨,构思精巧,悬念迭起。随后的《射雕英雄传》则奠定了金庸"武林盟主"的地位。这部小说成功地写出了"东邪西毒南帝北丐中神通"的传奇故事,塑造了深具儒家文化精神的理想人物郭靖的形象。作品以人物的千姿百态、武功的出神入化、情节的波澜起伏、写情的真挚自然、文笔的瑰丽多彩,被奉为武侠经典。1965 年,金庸推出了《天龙八部》,将武侠小说创作推向高潮。人物命运的大起大落,故事情节的惊心动魄,思想意蕴的深沉辽远,悲喜剧因素的不断切换,使这部小说内涵十分丰富,可读性很强。乔峰、段誉等主要人物的命运体现了作者的人生价值观。金庸后期创作的每部小说几乎都是精品。《笑傲江湖》以悬念的方式结构情节,大小悬念一个接着一个,故事编排独具匠心。而令狐冲、岳不群、左冷禅等形象塑造更见功力,人物个性十分鲜明。《鹿鼎记》是金庸最后一部武侠小说,也是最为奇特的一部。金庸自认为它是历史小说而非武侠小说。与金庸之前的小说不同,《鹿鼎记》的主要人物韦小宝武功低劣,贪财好色,不是侠义英雄,但他凭着市井无赖的

---

① 黄维梁:《香港文学初探》,中国友谊出版公司 1987 年版,第 3 页。

机智聪明和几分义气，在各种政治势力的斗争中左右逢源，八面玲珑，既是康熙皇帝的心腹，又是以反清复明为宗旨的天地会的香主，还是邪教组织神龙教的白龙使。这一人物身上所蕴含的丰富内涵值得人们深思。作品对历史、社会、人生表现出强烈的反讽意味，显示出一种反文化、反武侠的倾向。

金庸小说具有深厚的文化意蕴。在中国传统文化中，儒、释、道三家最为引人注目。《射雕英雄传》《天龙八部》《笑傲江湖》正与这三家对应。《射雕英雄传》中的郭靖充分地体现了儒家文化精神。他生性较为迟钝，但能锲而不舍，持之以恒，终于练就绝世武功，并敢于以一身赴天下之危难，他的身上显示出"为国为民，侠之大者"的风范。《笑傲江湖》则鲜明地表现了道家思想。主人公令狐冲逍遥自在，不为虚名所迷，不为权势所左右，不拘泥于俗礼，如行云流水遨游江湖。他的言行正体现了道家文化精华。《天龙八部》则充溢着对苦难人生的怜悯之心，作品中人物的命运几乎无一不悲，无一不苦，作者用佛教的大慈大悲来破孽化痴，开导人物，从而大大开拓了武侠小说的思想深度。此外，金庸还将传统文化的诸多方面，如琴、棋、书、画、医、相、卜、巫及山、水、花、草等融入作品中，提高了武侠小说的审美意识和文化层次。

金庸小说表现出鲜明的现代意识。金庸突破了狭隘的民族观念的束缚，肯定中华各民族在历史发展中有各自的地位和作用。《天龙八部》不限于写一个宋朝，而以当时中国版图内的宋、辽、西夏、大理、吐蕃五个区域为背景，让段誉、乔峰、虚竹三位主角的足迹遍及中华全境。尤其是乔峰这一形象的塑造，鲜明地表现出作者的大中华观念。乔峰虽是契丹人，作者却把他写成惊天动地的大英雄。作品通过乔峰的悲剧向狭隘的民族观念提出质疑：夷夏之辨能取代是非善恶敌我之分么？不分是非善恶，汉人一定要站在汉人一边，契丹人一定要站在契丹人一边么？《鹿鼎记》更塑造出一个励精图治、体恤民情、颇具远见卓识的有道明君——康熙皇帝的形象。作品正面描写了康熙的成长历程，充分肯定了他作为一个少数民族杰出领袖的历史地位。金庸的小说还渗透着个性解放和人格独立的精神。他写了许多至情至性的人物。他们行侠仗义，率性而为，反抗官府统治和礼法习俗，具有浓重的个人主义色彩。令狐冲不单单是道家思想的代言人，他同时也是自由精神和个性主义思想的实践者与体现者。金庸小说还从根本上否定了传统武侠小说快意恩仇、任意杀戮的观念，反对睚眦必报和滥杀无辜。复仇是武侠小说重要的主题模式，金庸的不少作品都以此为重要主题，但他在具体表现过程中常对此加以质疑。

金庸小说具有很高的艺术价值。首先，塑造了极为丰富的人物形象。传统武侠小说以情节取胜，往往不重视人物描写，而金庸则注重写人性，表现人物的精神世界。同样是女侠，黄蓉、小龙女、骆冰、任盈盈、殷素素、李文秀，各有其个性。同样练"降龙十八掌"，郭靖与乔峰的性格和命运各不相同。同样是反面人物，慕容复、段延庆、花铁干、左冷禅、岳不群各有其可恶的表现。金庸还写出了夏雪宜、林平之、谢逊、向问天、韦小宝等性格复杂、亦正亦邪、富有深度的人物形象。其次，在武功描写方面别具匠心。一是将武功雅化。金庸给每一招式都安上美妙动听、充满诗情画意的名称，并将武功与琴棋书画融为一体。如陈家洛的百花错拳、杨过的黯然销魂掌、《连城诀》中的唐诗剑法、《侠客行》中的侠客行等武功都是从诗词、音乐、绘画中化用过来的。二是在武功中凸显人格，武功成为人物性格的外化形式。郭靖、乔峰等大英雄使的是威猛无比、充满阳刚之气的降龙十八掌,逍遥自在、笑傲江湖的令狐冲练的则是如行云流水,任意所之的独孤九剑,而不学无术的韦小宝尽管拜过多位名师,到头来仍然未能窥见武学门径。三是在武功中融入哲学精神。作品中的主人公常常道法自然,妙参人生,尔后才练就绝世武功。这样,虽然也写武功,但金庸小说与一味写打打杀杀的武侠小说在境界上有了高下之分。再次,金庸小说有独特的风格。他将传统文学的结构、语言与西方文学技巧巧妙结合,并吸取了古今中外其他通俗小说如历史小说、言情小说、侦探小说、神怪小说等的艺术经验,其小说结构宏伟而又严谨,放得开、收得拢,前后呼应,一气呵成。其小说语言将古典与现代相融合,不刻意求工,自然流畅而又古朴文雅。

研 习 导 引

白先勇小说的文学史意义

白先勇自1958年开始发表小说,在文学创作领域孜孜以求,进行了大胆的艺术探索,创作出一批具有独特价值的文学作品。他究竟是个什么样的作家?他对文学发展有哪些贡献?他的文学史意义应如何认识?这是值得人们深入探讨的问题。学术界的下述努力可以给我们以一定的启发。1999年,台湾《联合报副刊》策划了台湾文学经典评选活动,这项活动经历了三个阶段,最后由美国哥伦比亚大学东亚系教授王德威、台湾大学学务长何寄澎、"中央大学"中文系教授李瑞腾、诗人向阳、"中央研究院"文哲所研究员彭小妍、台北艺术学院戏剧系教授钟明德、小说家兼《读书人》主编苏伟贞等7位来自不同领域的作家、学者进行了票决,选出30本台湾文学经典,白先勇的《台北人》以全票当选为经典。有不少论者曾从各自的角度谈了他们对白先勇的认识。女作家於梨华认为:"在廿世纪六十年代的中国,没有任何一位作家,刻画女人,能胜过他的。"(《白先勇笔下的女人》)夏志清从艺术的角度对白先勇大为赞誉,称他为"当代中国短篇小说家中的奇才,五四以来,艺术成就上能与他匹敌的,从鲁迅到张爱玲,五六人而已"(《白先勇论》)。刘俊则从四个方面分析了白先勇的意义:"如果要问白先勇为20世纪的华文文学提供了些什么,我的回答是:至少他在处理'传统'与'现代'的关系、塑造独特的人物形象、'历史感'的具备、语言的成熟四个方面作出了别人不可替代的贡献——而这些贡献,正是作家白先勇在文学史上的意义和价值之所在。"(《白先勇的意义》)

金庸小说面面观

金庸的武侠小说突破了雅与俗的界限,受到了社会各层次读者的欢迎,刘再复认为:"他真正继承并光大了文学剧变时代的本土文学传统;在一个僵硬的意识形态教条的无孔不入的时代保持了文学的自由精神;在民族语文被欧化倾向严重侵蚀的情形下创造了不失时代韵味又深具中国风格和气派的白话文;从而将源远流长的武侠小说传统带进了一个全新的境界。"[①] 严家炎评价道:"我们还从来不曾看到过有哪种通俗文学能像金庸小说那样

---

① 刘再复:《金庸小说在二十世纪中国文学史上的地位》,《当代作家评论》1998年第5期。

蕴藏着如此丰富的传统文化内容，具有如此高超的学术文化品位……金庸的武侠小说，简直又是文化小说，只有想象力极其丰富而同时文化学养又非常渊博的作家兼学者，才能创作出这样的小说。"① 这也引起了其他论者的不同意见。如袁良骏认为，这是"对金庸的廉价、肉麻的吹捧"②。还有批评者认为，金庸小说包括通俗小说不能入文学史。金庸小说自有其不足之处。这些不足既是金庸小说自身的，也是武侠小说类的。但到底如何评价金庸小说，怎样论定其文学史地位，有着很大的讨论空间。这些讨论无论对于深化金庸小说的研究还是进一步探讨武侠小说的文类特点都是有意义的。

第四章专题讲座
白先勇：我的文学道路
方忠：台湾现代主义小说的价值和意义1—4

第四章
拓展研读资料

---

① 严家炎：《一场静悄悄的文学革命》，《金庸研究》创刊号。
② 袁良骏：《学术不是诡辩术——致严家炎先生的公开信》，《文艺争鸣》2003年第1期。

第五章 50—70年代台港诗歌 戏剧 散文

第一节 诗歌 余光中等

台湾诗坛诗人众多,流派纷呈,诗社林立,诗刊广布。有乡土派,也有现代派;有拥抱民族的,也有反抗传统的;有大众化的,也有前卫的。余光中、洛夫、痖弦、郑愁予、叶维廉、杨牧等则是成就突出、深具代表性的诗人。痖弦(1932—)20岁时以一首《我是一勺静美的小花》登上诗坛。尽管他的诗歌作品数量不多,但产生了较大的影响。主要诗集有《痖弦诗抄》《深渊》等。痖弦是一个前卫诗人,同时他又反对全盘西化,主张对中国文学传统应予以继承和创新。1959年发表的《深渊》是一首98行的抒情长诗,作品具象地抒写了人生道路上的种种障碍,以一种整体性的象征表达了对社会、人生的基本认识。叶维廉(1937—)先后出版了《赋格》《醒之边缘》《花开的声音》《忧郁的铁路》等诗集。早期诗作有意识地剔除叙述成分,排斥分析性、演绎性的语言,利用文学的音乐性和意象的扩展性,追求诗质"纯粹"。在后期的诗作中,诗的意象变得较为单纯明朗,诗中的抒情素质得到加强,艺术视野和表现手法不断扩展,作品表现出诗人丰富的心灵世界,充满着强烈的主体意识,在艺术上更贴近于中国的古典审美经验。杨牧(1940—)出版的诗集有《水之湄》《灯船》《传说》《非渡集》《杨牧诗集》《吴凤》《海岸七叠》等。与其他现代派诗人相比,杨牧十分重视叙事诗的创作。从早期创作开始,杨牧就在抒情的框架中表现出叙事的倾向。1972年,他放弃用了十多年的笔名叶珊,改名杨牧,全面转向传统,尝试在历史和传统题材的再创作中,赋予传统新鲜的生命,使作品具有典型的中国情调。在后来的作品中,杨牧努力开掘传统人文精神,将历史人物故事按现代情绪重新处理。从《延陵季子挂剑》《秋祭杜甫》到《林冲夜奔》《吴凤》,可以清晰地看出融通传统与现代精神的轨迹。

余光中(1928—2017),福建永春人,生于南京,

现代诗的三度空间,或许便是纵的历史感,横的地域感,加上纵横相交而成十字路口的现实感吧。

——余光中

1952 年毕业于台湾大学外文系，1958 年赴美留学。他著述丰富，自称"右手写诗，左手写散文"。1952 年出版处女诗集《舟子的悲歌》。其后陆续出版了《蓝色的羽毛》《钟乳石》《万圣节》《天狼星》《莲的联想》《五陵少年》《白玉苦瓜》《与永恒拔河》《余光中诗选》等近 20 本诗集。在台湾现代诗发展中，余光中有着重要的地位。他不仅创作，还以理论批评和组织活动，有力地推动了台湾现代诗的发展。

余光中的诗歌创作经历了曲折的发展过程。最初受到中国古诗、五四新诗及英美古典诗歌传统的影响。《舟子的悲歌》《蓝色的羽毛》《天国的夜市》等诗集标志着诗人与历史和传统的密切联系。《扬子江船夫曲》中磅礴的激情、昂扬的气势与郭沫若的《女神》有着紧密的联系，《算命瞎子》则明显带有臧克家的《烙印》的痕迹。从《钟乳石》开始，诗风丕变，诗中出现了一些奇特的意象、欧化的句子，从灵视感觉到艺术表达，都趋近现代。1961 年发表了具有现代与传统调和倾向的长诗《天狼星》。在《再见，虚无！》一文中，余光中认为诗歌应该摆脱现代思潮所带来的虚无主义倾向，并宣称自己"生完了现代诗的麻疹，总之我已经免疫了。我再也不怕达达和超现实主义的细菌了"，明确表示要和现代诗的恶性西化告别。余光中从此结束了西化实验期，进入了新古典主义时期。《莲的联想》《五陵少年》鲜明地体现了向传统回归的趋向。但这是并不抛却现代的回归，他寻找的是一种有深厚传统背景的现代。《莲的联想》是一部爱情诗集。"莲"在整部诗集中具有丰富的意蕴。它融美、爱和哲思于一体，使中国古典诗歌意象在现代理性的观照下焕发出新的艺术光彩。《五陵少年》则进一步标志着诗人向中国传统文化回归，他将古典的精神与现代的情绪相交融，建构出一个崭新的诗美空间。以 1974 年出版的《白玉苦瓜》为标志，余光中诗歌的思想内涵更加丰富，上了一个新的台阶。诗人对传统与现代、东方与西方有着深刻的历史感悟。在《白玉苦瓜》一诗中，诗人从一个特定角度切入民族的历史文化，通过对珍藏在台北"故宫博物院"的一件白玉雕成的苦瓜的咏叹，在历史和现实的交汇点上具象地呈示出民族文化的精髓。诗人的中国情结和传统底蕴融入了更深层次的历史感悟之中。

余光中深有感触地说："现代诗的三度空间，或许便是纵的历史感，横的地域感，加上纵横相交而成十字路口的现实感吧。"[①] 80 年代以后，诗人写了大量的咏史题材的作品，借历史寄托人生，将人生融入历史。《隔水观音》《紫荆赋》等诗集集中了这类作品。有一个时期，他还努力追求民歌的语言、节奏、韵味，写出了一些清新自然、情思悠长的作品，如《乡愁四韵》等。

余光中一向被视为艺术上的"多妻主义"者。他的诗歌题材丰沛，形式灵活，风格多样。从现代、古典到民歌，从政治抒情诗、新古典诗、咏史诗到乡愁诗，余光中不断开拓创新，在现代和传统、中国和西方之间走出一条富有独创性的艺术道路。余光中说过："无论我的诗是写于海岛或半岛或大陆，其中必有一主题是根托在那片厚土上，必有一基调是与滚滚长江同一节奏。从我笔尖潺潺流出的蓝墨水，远以汨罗江为其上游。在民族诗歌的接力棒中，我手里这一棒是远从李白和苏轼的那头传过来的。不过另一面，无论在主

---

① 余光中：《白玉苦瓜·自序》，台北大地出版社 1974 年版。

题、诗体或是句法上，我的诗艺中又贯串着一股外来的支流。"① 他广泛吸收艺术营养，熔古今于一炉，将中国传统诗歌精神与西方现代诗歌艺术相融合，一方面继承了中国古代诗歌传统中的联想、象征、隐喻等表现手法，另一方面又自觉接受象征主义、超现实主义等西方现代主义文学的影响，他的诗构思精巧，意象鲜明，韵律和谐，形成了既古朴典雅又恬淡清新、既沉郁顿挫又明快热烈的诗歌风格。

余光中也是颇具特色的散文家，著有《逍遥游》《望乡的牧神》《焚鹤人》《听听那冷雨》《青青边愁》《记忆像铁轨一样长》《凭一张地图》等散文集。他的散文视野开阔，想象丰富，文字变幻莫测，风格豪放雄健，是台湾散文园地里的一枝奇葩。他喜欢将狂风、大漠、巨石、高山、古战场、一望无垠的原野、万顷碧波的海洋、奔驰的汽车等充满阳刚之气的事物纳入艺术视野，进行浓墨重彩的描绘，酣畅淋漓，一气呵成，呈现出气吞山河、包罗四海、睥睨万物的胸襟。代表作有《逍遥游》《咦呵西部》等。另有一些作品温雅清丽，感情细腻，表现纯中国的意象和意境，洋溢着中国文化的恬淡和芬芳，如《听听那冷雨》《莲恋莲》等。还有一些作品诙谐幽默，明快活泼，将感性与理趣完美融合，创造了一种高远阔大的幽默境界，如《我的四个假想敌》《沙田山居》等。

洛夫（1928—2018），本名莫洛夫，湖南衡阳人。1949年赴台，"行囊中仅军毯一条，冯至及艾青诗集各一册，个人作品剪贴一本"（《年谱》自叙）。淡江文理学院英文系毕业。1954年与张默发起成立创世纪诗社，提倡"新民族诗型"，在诗坛崭露头角。洛夫的早期诗作受冯至和艾青等诗人的影响，风格浪漫而抒情，表现了对理想和爱情的追求以及受挫后引发的无奈和孤绝。从1958年的《投影》《我的兽》等作品开始，洛夫的诗风发生转变，他抛弃"新民族诗型"，转而提倡超现实主义，强调诗的世界性、超现实性、独创性和纯粹性。1959年开始创作《石室之死亡》，经过不断修改、补充，1965年终于完成。这首600余行的长诗标志着洛夫诗歌现代风格的形成。《石室之死亡》之后，洛夫不断寻求突破。在1967年出版的《外外集》里，洛夫自称"在精神上仍是《石室之死亡》的余绪，但在风格上已较前开朗和洒脱"。在随后的《无岸之河》和《魔歌》里，洛夫将现代主义超时空的艺术把握方式与中国传统的"天地与我为一""我与天地同生"的观念融合起来，使超现实主义成为一种广义的东方化的审美方式。到70年代，洛夫将现代技巧化入古典的意境，或对古代的题材进行现代诠释。前者如《金龙禅寺》，后者如《长恨歌》等。尤其在《长恨歌》中，诗人以现代观念和方式重新处理唐明皇和杨贵妃的爱情悲剧，令读者耳目一新。对传统的回归显示出现代诗发展的普遍倾向。80年代以后，洛夫诗歌主要表现一个漂泊者的文化情怀和历史情怀的回归。1988年，他终于回到阔别40载的故土，他的诗歌更多地表现现实的回归。洛夫苦心经营数十年，出版的诗集主要有《灵河》《石室之死亡》《外外集》《无岸之河》《魔歌》《众荷喧哗》《时间之伤》《酿酒的石头》《因为风的缘故》等。

作为自觉的现代诗人，洛夫醉心于探索现代诗歌艺术，寻求现代与传统的沟通。从里尔克到李杜，从超现实主义到禅诗，可以看出洛夫诗歌发展的轨迹。《石室之死亡》是洛夫的代表作。它是诗人走向现代所达到的一个极致。全诗共有64节，每节10行，各节可

---

① 丁宗皓：《在传统与现代之间——余光中先生访谈录》，《当代作家评论》1997年第6期。

独立成一首短诗,而合在一起则是一首抒情长诗。作品内容庞杂,意象繁复,气势恢宏,主题严肃,表现了对生命的深刻体认。诗人形而上地探讨了人的存在、生死同构的主题,以白昼、太阳、火、子宫、荷花、向日葵、孔雀等意象来象征生命,以黑、夜、暗影、坟、棺材、蝙蝠等意象象征死亡。由于大量运用象征、暗示手法,给作品蒙上了一层晦涩难懂的迷雾。这首长诗作为台湾现代诗运动的重要现象有着丰富的意义。

郑愁予(1933—),原名郑文韬,祖籍河北,生于山东。1949年自费印刷了第一本诗集《草鞋与筏子》。50年代中期开始在《现代诗》季刊发表大量诗作,成为现代派的中坚。1968年赴美留学。出版的诗集主要有《梦土上》《衣钵》《窗外的女奴》《郑愁予诗集》《雪的可能》《刺绣的歌谣》等。郑愁予在台湾诗坛被称为"中国的中国诗人"。杨牧评论道:"自从现代了以后,中国也很有些外国诗人,用生疏恶劣的中国文字写他们的'现代感觉',但郑愁予是中国的中国诗人,用良好的中国文字写作,形象准确,声籁华美,而且是绝对地现代的。"[①] 郑愁予诗歌的表现技巧和手法是十足的现代的,而在作品的感情深处,则是深厚的中国传统人文精神。其婉约的抒情气质与温庭筠相近,而其苍凉悲慨的一面,又隐现着辛弃疾的影子。郑愁予把中国的传统人文精神与西方现代派的表现技巧相结合,把西方的技巧化入中国传统的意识之中,使内容和形式结合得浑然一体。作为现代派的一员,郑愁予以其对中国传统精神和艺术品位的继承,迥然有别于西化的"现代"。

《梦土上》是郑愁予影响最大的一部诗集。诗人将在大陆漂泊的记忆,在台湾无法回归的哀痛,和海上流浪生活的体验融合在一起,在诗中传达出一种恍如置身于"梦土上"的落寞情绪。《错误》《水手》《如雾起时》等诗为人们广为传诵。"我打江南走过/那等在季节里的容颜如莲花的开落/东风不来,三月的柳絮不飞/你底心如小小的寂寞的城/恰若青石的街道向晚/跫音不响,三月的春帷不揭/你底心是小小的窗扉紧掩/我达达的马蹄是美丽的错误/我不是归人,是个过客……"这首《错误》以一连串深具传统意味和江南风情的意象,将豪放旷达的气质和欲语还休的情韵融为一体,在一唱三叹的旋律中营造出和谐完整、朦胧深邃的艺术境界。虽然诗中写的是思妇、浪子,但与传统的闺怨诗相比,《错误》表现出较强的历史感,有着浓重的时代投影。

第二节 戏 剧

国民党政权迁台后,在实施戒严、整肃的同时,建立以军中演剧队为主体的官方演剧体制和以张道藩为主任的"中华文艺奖金委员会",以强权压迫和重金引诱两手推行"反共抗俄戏剧"。那些作品适应"反攻复国"的政治需要,生编硬造,千篇一律,"无真情也无真相,即便作为宣传品来看,也是极其拙劣可笑"[②]。

60年代初,台湾戏剧出现转机。首先,1960年,戏剧家李曼瑰(1907—1975)赴欧亚考察戏剧回台湾后,借鉴欧美小剧场的经验,组建三一戏剧艺术研究会、小剧场运动推

---

① 杨牧:《郑愁予传奇》,《传统的与现代的》,台北洪范书店1979年版。
② 林克欢:《〈台湾剧作选〉编后记》,《台湾剧作选》,中国戏剧出版社1987年版,第429页。

行委员会,次年发起台北话剧欣赏委员会,在台湾举行年度话剧公演和颁发各种演出奖,大力倡导小剧场运动,以一种"在小型剧场里演出有严肃艺术企图的剧本的演出方式"来应对当时低迷的戏剧环境,振兴易卜生以降的写实主义戏剧传统。在为推动台湾前期小剧场运动而借助官方或带有官方色彩的外壳下,李曼瑰苦心经营、勉力推动台湾戏剧运动的悄然反拨,越来越从官方走向民间,从单一走向多元,戏剧演出越来越离开台湾官方话语,终于发展成80年代反叛性的小剧场运动。其次,创刊于1960年的《现代文学》和1965年的《欧洲杂志》与《剧场》对西方现代戏剧的广泛介绍,构成了台湾当代戏剧,也是中国现代戏剧"第二度西潮"的初始浪头。再次,姚一苇自1962年在《现代文学》上发表《来自凤凰镇的人》,并步入台湾剧场,标志着台湾"继以反共为主题及拟写实为形式的戏剧"之后一种新戏剧的诞生。①

1987年中国戏剧出版社出版《台湾剧作选》,收录了从台湾近30年来大量的剧作中筛选出来的李曼瑰的《楚汉风云》、姚一苇的《一口箱子》、张晓风的《武陵人》、王祯和的《春姨》、白先勇的《游园惊梦》、金士杰的《荷珠新配》、黄美序的《木板床与席梦思》、马森的《花与剑》、陈玲玲的《爱情红绿灯》、纪蔚然的《死角》7个多幕剧和3个短剧,加上90年代江苏文艺出版社选编《中国当代十大喜剧》时收入的姚一苇的《红鼻子》,大致反映出大陆学者视野中的此一时期台湾代表剧作家和代表剧作。

姚一苇(1922—1997),江西南昌人,任职于台湾银行,在大学主讲戏剧理论,是一位学者型剧作家。政治环境的压抑和存在主义的牵引,使他的戏剧创作——无论是古事新编还是取材现代——的目光聚焦于"人",以对人的困境的思考和艺术表现表达对政治环境的"不让"。沿着处境—压力—命运的线索,姚一苇的戏剧反复渲染着那种危机四伏、阴谋环伺、朝不保夕的危机感,以及"没有明天""回不了家"的痛苦。《红鼻子》中神赐的出走和寻找失落的自我,以及最后的祭献,将姚一苇戏剧深层结构中与人的困境对人的压抑和异化相对峙的另一条线索明朗化。这条对抗线索以寻找作贯穿,以人对环境的抗争、对命运的挑战和对失落自我的拯救表达对人的关注和关怀,张扬人的高贵。用剧作家的话说,即表现人在困境中的自处:"人,假如不幸生活在这个世界里,他(或她)将何以自处:有哪几种可能生存的方式?"无论哪一种方式,剧作家的立场都是"真正回到'人'的本位上来",是捍卫"人性完整之自由",都是抵拒他者对人的驱使,无论他者是以强权的、温情的,或是以时尚的后现代形式出现。

姚一苇接受了五四新文化的影响,自称是"一个真正从现代走向后现代的人"②,但同时他又"谦卑地向我国传统戏剧学习",多方面地继承了民族戏曲、曲艺的舞台艺术。前期戏剧注重吸取和表现传统戏曲的叙述性、表演性和写意性,并采用说、诵、唱并置,多有重复的极为通俗的韵文体,以诗化的风格创造"我国的真正国剧"③。后期戏剧从繁华走向简练。他中期的戏剧《一口箱子》和后期的戏剧《访客》更多地吸收西方现代主义戏剧的艺术,但荒诞剧的形式感并没有消解民族性的内核。姚一苇一生共发表戏剧14

---

① 马森:《姚一苇的戏剧》,台北《联合文学》1997年第6期。
② 姚一苇:《文学向何处去》,台北《联合文学》1997年第4期。
③ 转引自林克欢:《姚一苇先生和他的〈红鼻子〉》,《剧本》1982年第2期。

部,代表剧目《来自凤凰镇的人》《碾玉观音》《红鼻子》《重新开始》可以毫不逊色地进入中国当代优秀戏剧之列。他也因为这一系列具有深刻思想内容和高度艺术性的戏剧作品,以及倡导求新求变的小剧场运动而成为当代台湾最有影响的戏剧家。

70年代进入台湾剧场的张晓风、黄美序、马森等不满足于早期拟写实主义的风格,有意地借鉴当代西方剧场的新潮流,企图在剧作上有所突破和转变,表现出更为明显的"走出了三四十年代传统话剧的模式"① 的现代意味。1976年,张晓风出版《晓风戏剧集》,收录《第五墙》《武陵人》《自烹》《和氏璧》《第三害》等,在此前后还有剧作《画爱》《严子与妻》《位子》。张晓风的戏剧创作,除了她自认的"一个是中国","一个是基督教",还有第三种因素,即西方现代主义思潮影响。1971年12月由台湾基督教艺术团体公演的《第五墙》不仅"透露着对生存现象的反抗,就像存在主义和荒谬剧的剧本一样"②,而且"在舞台审美形式上带有较大的实验性突破,表现出当时话剧工作者对传统戏剧美学观念与操作方式加以超越的意愿"③。1977年发表的具现代感的《位子》"采用史诗剧场的叙事方式,毋宁在中国的话剧传承上是新颖的,所带给台湾剧场的是对传统话剧'拟写实主义'的一种突破"④。

马森(1932—),山东齐河人,长期任教于欧美各国与中国台湾,是在写实主义、象征主义、表现主义和荒谬剧的多种影响下进行戏剧创作的。1967年写作戏剧《苍蝇与蚊子》和《一碗凉粥》,70年代在台湾报刊上陆续发表剧作《狮子》《弱者》《蛙戏》《野鹁鸽》《朝圣者》和《在大蟒的肚子里》,1978年与《花与剑》一并结集为《马森独幕剧集》。1996年又加上《脚色》《进城》结集为《脚色》。其"戏剧表现方式并不相同,但都与五四以来的中国话剧传统大异其趣"⑤。这主要体现在对现实主义和他所谓的"拟写实主义"的超越,体现在以现代主义的戏剧美学取代现实主义的戏剧美学,将现实的社会生活抽象、变形、荒诞化,在更高、更普遍的层次和更本质、更抽象的意义上演绎人生,思考和揭示人的生存方式、生命价值和人的现代孤绝,并构建出独具一格的脚色范式。

《花与剑》是马森戏剧中富哲理意味的剧作,花象征着爱,剑象征着恨。父亲一手拿花,一手执剑,象征爱与恨与生命同在,同为一体的两面。父亲与母亲既彼此相爱又充满仇恨,一直生活在无休止地相互依恋又相互折磨的状态中,当父亲将爱的鲜花献给母亲时,他也注定要将仇恨的剑刺向所爱人的胸膛,而自己也与之同归于尽。剧作家为解读《花与剑》说:"我有一个构想,对于善与恶,是与非,爱与恨,可能认为它们是一事两面,而不认为它们是绝对对立的。"⑥ 更重要的,是《花与剑》以寻父表现马森戏剧现代孤绝的母题:只身漂泊漫游的儿子在一种无以名状的冲动驱使下回到故乡,来到父亲的墓前追溯他生命的渊源,他对母亲说:"我必得弄清楚谁是我的父亲,我的父亲做过什么,

---

① 马森:《中国现代戏剧的两度西潮》,台北文化生活新知出版社1991年版,第262页。
② 胡耀恒:《论晓风的〈第五墙〉》,《中华现代文学大系·评论卷》,台北九歌出版社1989年版,第1275页。
③ 田本相:《台湾现代戏剧概况》,文化艺术出版社1996年版,第29页。
④ 马森:《中国现代戏剧的两度西潮》,台北文化生活新知出版社1991年版,第266页。
⑤ 马森:《文学与戏剧》,《脚色》,台北书林出版社1996年版,第20页。
⑥ 马森:《三个不能满足的寓言》,《东方戏剧·西方戏剧》,台北文化生活新知出版社1992年版,第278页。

然后我才能知道我是谁,我能做些什么。"寻找父亲,意味着寻根、寻背景、寻偶像、寻上帝。《花与剑》也是马森开始自觉运用脚色范式的剧目,扮演"儿"的角色的可以是儿子,也可以是女儿。另一个角色则戴着四层面具,先后扮演母、父、母或父的朋友以及鬼,以求在获得舞台趣味效果的同时,"反映出一个人同时身兼着多种脚色的人生真实"。从这里,可以大致归纳出马森戏剧所提倡的所谓脚色范式:把人间的关系简化、集中到几个最基本的角色身上,如父母、夫妻、父子,形成马森戏剧中"父(母)—夫(妻)—(儿)女"的基本人物关系。同时,不同于荒谬剧的剧作家企图通过符号式的人物把人抽象化,马森意在"把抽象的人再赋予具体的脚色的特征"。

马森在出版戏剧集《脚色》以后,因为自觉"无法突破自己,所以暂时不想写",转向致力于戏剧理论和戏剧史的研究,出版论著《中国现代戏剧的两度西潮》。90年代中期,马森发表歌剧《美丽华酒女救风尘》和话剧《我们都是金光党》,显示了对现实主义的某种回归。进入21世纪,马森又发表了《阳台》《窗外风景》两部新作。

第三节 散 文

20世纪50年代台湾散文界活跃着的大多是在大陆业已成名或开始创作的作家,如台静农、梁实秋、谢冰莹、胡适、张秀亚、吴鲁芹、琦君、林海音等,他们大大提升了台湾散文的艺术水准。60年代台湾散文走向繁荣。王鼎钧、余光中、子敏、庄因、言曦、罗兰、萧白、郭枫、许达然、张晓风、杨牧等一大批散文家崛起于文坛。他们既承继了古代散文的传统,又深受现代文学的熏陶,或耽于感性,注重情的开掘,或长于知性,理趣充沛,或感性、知性并重,为散文拓展了广阔的发展空间。

梁实秋(1902—1987),祖籍浙江杭县(今杭州),生于北京,原名治华,笔名秋郎,早年就读于清华学校。1923年赴美留学。回国后参加新月社活动,主编《新月》月刊。1949年赴台,长期在台湾师范大学任教。梁实秋在文学上有多方面的造诣,除了散文和新诗创作外,还兼擅评论。梁实秋又是杰出的翻译家,他以一人之力完成了莎士比亚全部37种戏剧的翻译工程,加上他翻译的莎氏3种诗集,汇成《莎士比亚全集》40卷出版。最能代表梁实秋文学成就的还是他的散文创作。自1927年出版第一本散文集《骂人的艺术》直至1987年病逝,梁实秋结集出版了《谈徐志摩》《清华八年》《秋室杂忆》《西雅图杂记》《雅舍小品》《雅舍小品续集》《看云集》《槐园梦忆》《梁实秋杂记》《白猫王子及其他》等20余部散文集,涉及小品、杂感、游记、回忆录、读书札记诸文体。

梁实秋在清华学校读书时就开始了散文创作。奠定他散文名家地位的是1940年入蜀后写作的《雅舍小品》。发表《雅舍小品》时,梁实秋已届中年。在经历了人生的风风雨雨后,他的心态从浮厉、躁动趋于宁静、平和。他说古道今,谈人论物,取材于平凡的日常人生,不为时尚所左右,节制情感,发掘理趣,体现出一种清雅通脱的艺术品格。《雅舍小品》的这一精神特征贯穿于他后来一系列的作品之中。

综观梁实秋的散文,基本上属于学者型散文,表现了积极向上、丰富真切的思想内涵,体现了对人生的关注和热爱。它所涉及的内容十分丰厚,大致可分为以下三个方面。首先,它描摹了形形色色的人生世态,表现了清雅恬淡的人生情趣。衣食住行,生老病死,无所不谈,内容博杂而有雅趣。其次,追忆昔日人事,状写故乡风物。在去台后的散文创作中,忆旧怀乡占了很大的比重。与描摹人生世态的作品相比,这类文字感情深挚,文笔质朴。他写闻一多、胡适、周作人、冰心、徐志摩、沈从文、老舍、梁启超等昔日的师友知己,再现他们的音容笑貌。梁实秋忠实于自己的感觉,极力写出真情实感。他的忆旧散文中最为著名的当推《槐园梦忆》。在梁实秋的笔下,故居的庭院,儿时的琐事,北京的风情,年节的气氛,家乡的特产,鲜活如故,意趣盎然,令人徘徊不已。第三,追求一种充分享受人生的艺术。从总体上看,梁实秋蹈袭了中国传统士大夫的思想轨迹。他坚持文学必须表现人生,描写人性,但并不重揭示它的阴暗、丑陋,而是融入仁爱、孝悌、诚信、谦恭、忍让等传统思想,贯穿着一种理性、中庸、节制的人生哲学。梁实秋的散文具有清雅通脱、温柔敦厚的美文风格,行文雅洁,潇洒幽默,亲切自然。他善于节制,一贯追求简练雅洁,用词文白相济,行文能放能收,谋篇则散中见整,在散文艺术上精心推敲,刻意求工,而又不失亲切自然。就情趣来说,梁实秋的散文虽以闲适为格调,却并非不食人间烟火,而是以陶冶性情、弘扬人性为宗旨,表现的是自由洒脱的人生襟怀、恬淡心境和生命意识。他熔性情、学识、修养于一炉,成为中国现代文学史上堪与周作人媲美的闲适散文大家。

琦君(1917—2006),浙江永嘉人,原名潘希真,1949年赴台,1953年出版第一部小说散文合集《琴心》,此后陆续出版小说、散文、诗歌、儿童文学、评论等著作数十种。其中散文创作成就最高。主要散文集有《烟愁》《琦君小品》《红纱灯》《三更有梦书当枕》《桂花雨》《细雨灯花落》《灯景旧情怀》等。

在琦君的散文中,最能激起共鸣的当推忆旧怀人之作。在回顾自己的创作道路时,她说:"我是因为心里有一份情绪在激荡,不得不写时才写,每回写到我的父母家人和师友,我都禁不住热泪盈眶。我忘不了他们对我的关爱,我也珍惜自己对他们的这一份情。"(《写作回顾》)正是从这个"根"出发,琦君倾注满腔热情去写故乡风情,抒写了许多怀念父母亲人和师友的抒情篇章,描绘出一幅幅色彩斑斓的江南水乡山水图和风俗画。在《西湖忆旧》里,作者满怀深情地写出了西湖十里好烟波,画出了居近湖滨归钓迟、桂花香里啜莲羹的美景。《红纱灯》则描绘了浙东过年时生动有趣的热闹景象。琦君还将浓得化解不开的思念倾注到对亲人、师友的具体描写里,其中笔墨用得最多、写得最生动的是她的母亲。《衣不如故》状写母亲不重打扮、节俭持家的品质,《倒账》写母亲达观的人生态度,《母亲那个时代》写她勤劳能干,《毛衣》突出地描写了她对"我"的慈爱、关怀,那股洋溢着浓郁亲情的母爱从毛衣的故事里渗透出来。《髻》则表现了母亲的内心痛楚和满腹的幽怨哀愁,她的忍让顺从、与世无争的性格通过一个小小的发髻透露了出来。这些分散在不同作品中的母亲性格的各个侧面融合起来,便构成了完整的母亲形象。作者把自己对母亲的爱和强烈的思念凝注笔端,通过对日常生活的具体描写,塑造出一个栩栩如生的母亲形象。

琦君常采用小说的笔法来写人物,她的散文既能抓住人物外貌特征进行肖像描写,也能深入人物心灵进行心理描写。她注重以形写神的手法而又细腻地把握人物的情感律动,笔下的人物摇曳多姿、生动传神。她的散文深受中国温柔敦厚的文学传统的影响,温婉柔美,素以淡雅隽永著称,语言犹如行云流水,朴素自然,没有雕琢的痕迹。

第三节 散　文

王鼎钧（1925— ），山东临沂人，出版20余种散文著作，主要有《碎琉璃》《情人眼》《开放的人生》《人生试金石》《左心房漩涡》等。

王鼎钧的散文饱含着对人生、社会、历史的深刻认识。丰富的生活阅历使他积累了独特的人生经验，他的作品大多是对人生澄澈的观照，无论记事、说理、抒情，都显示出对人生的独特领悟。其《开放的人生》《人生试金石》《我们现代人》号称"人生三书"，在读者中有广泛影响。在这些作品中，他以自己的人生经验为蓝本，表现了人生各个层面，意蕴深远。《那树》是这方面的代表作。作品以路边老树的兴衰荣枯，象征着一种执着而悲壮的人生，具有深邃饱满的人生意蕴。作品通篇没有标明老树所处的具体时空，它透过多年来默默造福于人类的老树被砍伐、被肢解的悲剧命运，从一个特定的角度意义深广地揭示了台湾现代工业文明对传统文化的侵蚀。作者以沉重而不失豁达的笔墨，将自然、社会、人生紧紧联系在一起，写出了历史发展的必然趋势和人的情感之间的矛盾，传达出苍凉、苦涩的心境，在这里，老树的命运被寓言化了，这使作品在况味人生、感受人生方面获得了深邃的意义。

王鼎钧的散文又是乡土爱国情怀的自然流露。他经历了动荡的年代，足迹遍及大半个中国，这使他对民族的历史和文化有深刻的洞察力。《山里山外》《海水天涯中国人》等散文集突出地表现了作者深藏于心的真挚热烈的怀乡爱国情愫，在严谨的写实和浪漫的激情之中真切地展示了民族的过去和现在，其感情之细腻、思想之深邃、笔法之多样，在台湾散文家中是出类拔萃的。王鼎钧的散文中，忆旧怀乡是一个重要题材，他用"异乡的眼，故乡的心"写下了许多忆念大陆故土、洋溢着浓郁乡土气息的散文。1988年出版的《左心房漩涡》把乡土情怀发挥到了极致。他将自己对大陆故乡、故人的怀念喻为"左心房漩涡"，充分表现了怀乡情感的真挚、强烈。《脚印》以一个有关脚印的传说，引出作者对故乡、故人、故事的怀念。在作品中，他悠然神往千山万水外的故乡人物，刻骨铭记着童年的美好时光，盼望着在垂暮之年作一次回顾式的人生旅行："若把平生行程再走一遍，这旅程的终点站，当然就是故乡。"《红石榴》通过对故乡一棵红石榴树的回忆，抒写了深藏于心的一段少时恋情，人生的酸甜苦辣无不凝注笔端。《告诉你》则以浪漫而略带忧郁的笔调状写了作者陷于怀乡情感不能自拔的情形。

王鼎钧的散文具有独特的风格。第一，想象大胆而新奇。"冬天，我们为什么要围炉？仅仅是为了驱寒吗？不，我们贪恋，当寒湿全部驱走以后，干燥的空气中泛着的淡香。太阳是世界上最大的香水喷洒机。"（《杂念》）像这样独创的比喻在王鼎钧的作品中俯拾即是。第二，语言洗练精致、幽默诙谐。王鼎钧将深厚的国学根底融入现代表现技巧之中，笔墨遒劲，文字老辣，形成了洗练、苍凉、睿智的语言风格。他的语言缜密而不僵硬，古雅而不雕琢，苍凉而不故弄玄虚，幽默诙谐而不油滑，又在从容、严密的文字中蕴含着阅尽人生沧桑的悲凉情怀。

张晓风（1941— ），江苏铜山人，60年代中期以散文成名，处女作《地毯的那一端》于1967年获中山文艺奖散文奖。后相继出版了《愁乡石》《步下红毯之后》《你还没有爱过》《再生缘》《我在》《从你美丽的流域》《玉想》等十余部散文集，并有《晓风小说集》和《画爱》《第五墙》《武陵人》《自烹》等戏剧作品问世，在台湾文坛享有很高声誉。余光中曾说："张晓风不愧是第三代散文家里腕挟风雷的淋漓健笔，这支笔，能写景也能叙事,能咏物也能传人,扬之有豪气,抑之有秀气,而即使在柔婉的时候,也带有一点刚劲。"[①]

在《地毯的那一端》《愁乡石》等早期作品中,张晓风以女性作家特有的细腻、纯真的情感去把握和捕捉大自然的美,在清风明月、山松野草之间驰骋想象,营造物我一体、情景交融的意境。描写亲情、友情、爱情,抒发对美好感情的眷恋和向往,也是张晓风这一时期散文创作的重要内容。张晓风以她特有的方式抒发自己的情感,从而使读者领略到其丰富多彩的感情世界。在这一时期,张晓风的风格是真率热烈的,作者或歌或号,大喜大悲,感情直露,作品具有强烈的感情色彩。从《步下红毯之后》开始,张晓风散文的题材和风格发生了变化。从内容上说,由过去着重抒写小我、私爱转向抒写大我之爱,表现出对人世的深切关注和对民族文化的强烈认同。从风格上说,早期创作中的那种大喜大悲减少了,注重营造意境,向往生命的深沉和严肃,笔墨老辣,风格明畅隽永。张晓风还写了许多忆旧怀人之作,描写了生动的人物形象。这些人物,有的是文化界的前辈,有的是文坛同仁,也有的是普通山地同胞。张晓风的写人散文能够从自身的体验出发,结合人物的性格写出自己的切身感受。她善于把握叙事角度,将人物的趣闻轶事依据一定线索贯穿起来,并将浓厚的感情融汇其间,这样就摆脱了传记的呆板。80年代以后,张晓风的关怀面越来越广,她在创作中更多地融进自己的人生经验,表现出壮阔、深沉的艺术风格。早期作品中所表现出的对生活和人生带有冲动性的情感在"行至人生中途"的张晓风的作品中大为减少了。成熟期的张晓风,更注重状写人生深沉的思考,表现人生的种种复杂性。《我在》第二辑《矛盾篇》中所收的作品都是直接写人生矛盾的,通过这些矛盾范畴来揭示生命的秘密。在探讨人生时,张晓风是积极的,她注意到人生的繁复性,但总的来说,她是信奉和谐美的,她的作品中少见人生尖锐的矛盾冲突,更多的是对人生的关怀和热爱。

张晓风从中国文学传统中吸收了丰富的养料,又努力借鉴西方文艺技巧。她的散文结构缜密,技巧圆熟,想象丰富,语言精美,意境隽永,情愫浓重,其关怀面之广,内蕴之深,笔力之劲健,在台湾作家中不多见。张晓风的散文想象大胆、奇特而又自然贴切。她的想象力极为丰富,天上地下万事万物都可信手拈来,不着痕迹地设成譬喻,常能收到意想不到的艺术效果。张晓风的语言精美雅致,刚健中不失柔美,豪气中犹存雅韵。

研 习 导 引

如何评价余光中的创作?

余光中的诗歌和散文有着广大的读者。1952年,他的第一部诗集《舟子的悲歌》出版后,梁实秋就写评论,称赞"那是一部相当纯粹的抒情诗集"。此后,人们对余光中一直好评不断。袁可嘉说:"余光中诗创作的成就是巨大的,而且富有启发意义。这不只是

[①] 张晓风:《你还没有爱过》,台北大地出版社1981年版,第13页。

对港台诗坛,而是指整个华文诗界。"① 黄维梁认为:"余光中是20世纪中国诗文双璧的大作家,手握五色之笔:用紫色笔来写诗,用金色笔来写散文,用黑色笔来写评论,用红色笔来编辑文学作品,用蓝色笔来翻译。……数十年来作品量多质优,影响深远,凡有中文书店的地方,就有人买其作品,诵其作品,其诗风文采,构成20世纪中国文学璀璨的篇页。"② 李元洛则认为:"余光中的优秀作品,是独特的审美感受与普遍的美学概括的结合。"③ 颜元叔则提出:"余光中最突出的成就,还是在勇敢而深挚地表现了一个现代中国知识分子在民族情感上的痛苦反应。"④

但并不是所有评论者都一边倒予以好评,对余光中的批评也时有所闻。如郭枫认为:"在散文艺术上,余光中最大的失败是:他的作品太松散、太零乱、太冗赘!大多数作品是意之所至,笔亦随之;完全不顾主题,无视剪裁的工夫。"⑤ 围绕着余光中,不时会有一些争论。如陈鼓应认为:"余光中的诗,不仅污染了我们的民族语言,更严重的是污染了青年的心灵。他的作品,大量地散布着极不健康的灰色思想和颓废情绪。"⑥ 李瑞腾则针锋相对地予以批评,"驳斥陈鼓应的余光中罪状",认为余光中"精神既不'颓废',人生观也不'败落'"。凡此种种,正可说明,余光中研究有探究的空间。

第五章
拓展研读资料

---

① 袁可嘉:《"奇异的光中"》,香港《诗》(双月刊)1998年第3期。
② 黄维梁主编:《璀璨的五彩笔:余光中作品评论集(1979—1993)》,台北九歌出版社1994年版。
③ 李元洛:《隔海的缪斯:论台湾诗人余光中的诗艺》,《文学评论》1987年第6期。
④ 颜元叔:《余光中的现代中国意识》,《纯文学》1970年第41期。
⑤ 郭枫:《繁华一季,尽得风骚——初论余光中的散文》,《美丽岛文学评论集》,台北县文化中心2001年版。
⑥ 陈鼓应:《评余光中的颓废意识与色情主义》,台湾"《中华杂志》"1977年11月。

第六章　80年代、90年代文学思潮

1976年10月，中共中央一举粉碎"四人帮"，宣告"文化大革命"终结，一个文学新时代拉开了序幕。文学界一般把自此以后的文学时代称为新时期文学。

新时期文学是中国当代文学继"十七年"文学、"文革"文学之后的第三个文学时期。与前两个时期相比，它以冲决网罗的勇气逐渐打破各种"左"倾桎梏，探索人学思想与人的观念的现代性，重构启蒙—人文主义文学话语，尝试践行新的美学原则，实践新的创作方法和构建新的文学理论，文学创作空前繁荣，文学论争多姿多彩，创作和理论成果与二三十年代新文学全盛期交相辉映。它在注入新的凝重历史内涵的同时，也随中国社会转型发展，而不断遭遇挑战，不断迎来新的更复杂的文化与社会境遇。

启蒙—人文主义文学话语，主流意识形态话语，大众消费话语，构成了新时期中国文学版图的三元结构。它们彼此激荡，并呈现复杂的缠绕与互渗。进入新世纪，权力、资本与消费日益塑造着中国文学的新的复杂生态。

目前的理论界对新时期文学的界限没有定论，但从创作理念、创作方法和创作实绩来衡量，自1976年至今的文学大致可以这样划分：以1989年为界，前一个时期可以称为新时期，即80年代文学（可笼统视为现代性文学）；后一个时期可以称为后新时期，亦即90年代文学（亦可笼统视为后现代性文学）。而2000年以后的文学，可以称为新世纪文学与新时代文学。

第一节　80年代文学思潮

20世纪80年代的文学思潮，大致可以分成如下方面：

一、文艺界拨乱反正

从20世纪70年代末到80年代初，文艺界从批判"四人帮"炮制的文艺黑线专政论入手，对所谓"黑八论"正本清源，恢复其理论应有的价值和意义。1978年5月11日，《光明日报》发表《实践是检验真理的唯一标准》，新时期的思想解放运动正式拉开序幕。1978年12月，中共十一届三中全会召开，批判"两个凡是"，倡导实事求是，解放思想，废止了以阶级斗争为纲的政治路线，确立了以经济建设为中心的改革开放道路。1979年以后，文艺界开始进行大规模的平反昭雪活动，一大批冤假错案诸如"右派"作家、"胡风反革命集团"等，都被纠正并为之恢复名誉，一大批在"文革"中被打成"毒草"的文艺作品都重新得到了文艺界的肯定,十多家大型文学刊物如《收获》《十月》《花城》《钟山》《清明》和为数众多的各省市所属的其他文学刊物都陆续创刊或恢复出版,一大批作家、作品相继出场亮相,文艺界空前活跃。

1979年1月,上海《戏剧艺术》发表陈恭敏的《工具论还是反映论——关于文艺与政治的关系》一文,对长期统治中国文艺界的权威理论"文艺是阶级斗争的工具"论大胆地提出了质疑。同年4月,《上海文学》发表评论员文章《为文艺正名——驳"文艺是阶级斗争的工具"说》,直截了当地批驳了文艺从属于政治的观点。1979年10月30日至11月16日,中国文学艺术工作者第四次代表大会在北京召开。邓小平在《祝辞》中明确提

1986年的一天,天安门红色宫墙前,庄严的毛泽东巨幅画像下,金水桥变成了T台。(王文澜摄影)

出:"党对文艺工作的领导,不是发号施令,不是要求文学艺术从属于临时的、具体的、直接的政治任务,而是根据文学艺术的特征和发展规律,帮助文艺工作者获得条件来不断繁荣文学艺术事业,提高文学艺术水平,创作出无愧于我们伟大人民、伟大时代的优秀的文学艺术作品和表演艺术成果。"① 1980年年初,邓小平在《目前的形势和任务》一文中正式宣布:"不继续提文艺从属于政治这样的口号,因为这个口号容易成为对文艺横加干涉的理论根据,长期的实践证明它对文艺的发展利少害多。"同时,邓小平对进一步坚持解放思想和坚持四项基本原则、坚持四项基本原则与贯彻双百方针之间的辩证关系作了原则性说明②。1980年7月26日,《人民日报》发表社论《文艺为人民服务,为社会主义服务》,为文艺与政治的关系问题定下了基调。此后,文艺为人民服务和为社会主义服务的二为方针得以再次确立。

二、关于西方现代派文学的讨论

在有关朦胧诗的争论过程中,已经涉及了西方现代派文学的影响问题,三个"崛起"文章③的先后发表,对新的创作倾向和美学原则的肯定,也可以看作是对现代派文学的某种正面肯定。有关现代派的正式大讨论是由徐迟发表的《现代化与现代派》④ 一文引起的。徐文认为,与现代化建设相匹配的文学应该是现代派文学,这是新时期文艺未来发展的方向。他的观点引起了不少回应和反响。冯骥才、李陀、刘心武以通信的方式就此展开了积极的讨论。冯骥才认为西方现代派文学思潮是文学史上的一场革命,是历史的必然产

---

① 邓小平:《在中国文学艺术工作者第四次代表大会上的祝辞》,《文艺研究》1979年第4期。
② 参见邓小平:《目前的形势和任务》,《邓小平文选(1975—1982)》,人民出版社1983年版。
③ 谢冕《在新的崛起面前》(《光明日报》1980年5月7日),孙绍振《新的美学原则在崛起》(《诗刊》1981年第3期),徐敬亚《崛起的诗群》(《当代文艺思潮》1983年第1期)。
④ 《外国文学研究》1982年第1期。

物,"中国文学需要现代派",而李陀、刘心武则有所谨慎和保留①。针对他们的主张和讨论,《人民日报》《文艺报》发表了不同意见的文章,批判西方现代派,认为他们是现代艺术的倒退,其宣扬的个人主义的苦闷颓废情绪,即使其中比较好的作品,在今天中国社会也是毒多益少。因此,未来中国文学绝不输于现代派。其实,这些正反双方的观点都或多或少存在着过于政治化或情绪化的倾向,大都缺少学理化和精细化的认真研究。其后的文学创作证明,现代派文学迟早要进入中国,多少都会影响中国的文学创作。中国文学所呈现的"现代派"最终会带有"中国特色",不可能完全西方化。②

关于现代派文学的基本特征也是文学界关心的问题。徐敬亚在《崛起的诗群》中作了较为全面而准确的概括:第一,注意表现人的自我心理意识;第二,追求形式上的流动美和抽象美;第三,反对传统概念中的理性和逻辑;第四,主张表现和挖掘艺术家的直觉和潜意识。

看似一场有关西方现代派文学的评价问题,实质是突破传统人学思想、文学观念的探讨。新时期思想解放运动,促进了人学思想与文学观念的解放,是当代文学打破各式各样的条条框框和有意突破的"试水"。当代作家和研究者不再满足于原有的创作模式和基调,显示出对人的观念和对创作自由的向往。不管是赞同、反对,还是持中,讨论后的情形是,现代派顺理成章地进入了当代文学创作的视野,作家们都或多或少受了现代派的影响。从整个文化思潮背景来看,80年代中国文坛受西方哲学、美学影响最大、最广、最深的是西方现代主义,尼采、弗洛伊德、萨特是对80年代中国文学影响最大的西方思想家,"上帝死了""力比多""他人即地狱""存在先于本质"的思想观念或深或浅地渗透于80年代的文学思潮与创作中。

三、"清除精神污染"

第四次文代会闭幕不久,中国戏剧家协会、中国作家协会和中国电影家协会在北京联合召开了"剧本创作座谈会",胡耀邦到会作了重要讲话。会议围绕电影文学剧本《在社会的档案里》《女贼》,话剧剧本《假如我是真的》等几部存在思想缺陷、有争议的作品,展开既严肃批评又积极鼓励改正的颇为宽容、开放式的讨论,分析其思想倾向产生的多方面原因,深入探讨了时代与文艺的任务、真实性与创作方法等重大文艺命题。

1983年下半年至1984年年初,文艺界展开了一场"清除精神污染"斗争活动。这场斗争从批判诗人白桦创作的电影剧本《苦恋》和根据这个剧本改编拍摄的电影《太阳和人》开始。批判者认为,白桦的创作及其电影否定了党的领导和社会主义,体现了思想界和文艺界存在着严重的"资产阶级自由化思潮"。一大批作品和理论观点受到了点名批判,不少作家和研究者受到了冲击,对刚刚从"文革"阴影中走出来的文艺界产生了不小的震动。由于当局及时制止批判的进一步扩大化,一场即将展开的运动迅速偃旗息鼓。其后,1986年年底至1987年年初,文艺界、理论界也展开了反对"资产阶级自由化"运动,一些与正统相异的思想理论观点和不同风格的文学创作探索被归之为"资产阶级自由化"。文艺界一时噤若寒蝉,但随后又迅速活跃起来。时代在进步,文学创作和理论探索总是指

---

① 冯骥才、李陀、刘心武:《关于"现代派"的通信》,《上海文学》1982年第8期。
② 种种论争文章后汇辑为《西方现代派文学问题论争集》(上、下),人民文学出版社1984年版。

向健康的未来。

四、关于人道主义和异化问题的争鸣

实事求是、解放思想路线成为新时期文学复苏与迅速发展的原动力，而新文学革命时期形成的人文主义精神、人道主义思想，以及西方现代主义人学思想，成为新时期中国文学发展的历史与现代理论资源库。文学界急切地呼唤人的自由与平等，张扬人性、人情，推崇人的价值、人的权利、人的尊严。现代人学思想的复归，则是推动中国文学在新时期迸发出久被压抑和禁锢的生命活力的内在动因。人道主义潮流、人文精神倡扬，成为新时期中国文学的主潮。

在反思沉重历史的时代语境中，围绕着什么是人道主义、人道主义和马克思主义的关系是怎样的、马克思主义学说如何理解"人"、是否存在"人的社会主义异化"、人性是什么、人性与阶级性的关系等问题，中国思想界、文学界展开了一场现代人学思想大讨论。

早在1978年年初，在50年代因"唯心主义美学"与人性论遭批判的朱光潜率先发表《文艺复兴至十九世纪西方资产阶级文学家、艺术家有关人道主义、人性论的言论概述》一文，引发了文艺界对人性、人道主义及异化问题的关注和争论。1979年，朱光潜发表《关于人性论、人道主义、人情味和共同美的问题》，提出"什么叫作'人性'？它就是人类的自然本性"；汝信主张"人道主义就是主张要把人当作人来看待，人本身就是人的最高目的，人的价值也就在于他自身"（《人道主义就是修正主义吗？——对人道主义的再认识》）。1981年前争论的主要焦点集中在关于人道主义和人的本质问题，1982年则围绕马克思早期著作《1844年经济学哲学手稿》的解读形成关于人道主义和异化问题的争鸣，1984年达到争论的高潮。1984年1月3日，胡乔木在中央党校发表演讲《关于人道主义和异化问题》，后刊载于《红旗》杂志，很快又以单行本的形式由人民出版社出版，指出讨论中存在"根本性质的错误观点，不仅会引起思想理论的混乱，而且会产生消极的政治后果"，"诱发对于社会主义的不信任情绪"。1986年讨论又陆续展开了一个时期。据不完全统计，共发表有关文章超过1 200篇。这其中的代表性文章有：王若水的《为人道主义辩护》[①]、周扬的《关于马克思主义的几个理论问题的探讨》[②]、胡乔木的《关于人道主义和异化问题》[③]。

这次有关人性、人道主义及人的异化问题的讨论，涉及许多的人学理论问题，大致可以简单地概括为这样一些：（1）关于人性问题：对什么是人性和人的本质，人性与阶级性、人的共同性的关系问题，人在马克思主义中的地位问题和关于文学与人性的问题等，各方都作出了不同的理解和阐释。（2）人道主义、人道主义与马克思主义的关系问题：涉及人道主义的界定，文学与人道主义的关系问题，人道主义在社会主义社会中的地位问题。（3）马克思主义异化理论的评价问题：涉及对异化的界定，异化在马克思主义理论中的地位和成熟期的马克思主义是否抛弃了异化理论。（4）社会主义是否存在异

---

① 王若水：《为人道主义辩护》，《文汇报》1983年1月17日。
② 周扬：《关于马克思主义的几个理论问题的探讨》，《人民日报》1983年3月16日。
③ 胡乔木：《关于人道主义和异化问题》，系作者1984年1月在中央党校的长篇讲话，人民出版社同年出版。

化问题。

　　人性、人道主义和异化问题之所以成为一时的人学理论热点，有着深刻的时代背景和原因。1949年以来，尤其是经历过十年"文革"，人性、人情、人道遭到了肆意的践踏，个性招致普遍的抹杀和批判，集体主义代替一切，革命性、阶级性、社会性消解了具体人性，人完全成了社会机器中的小草和螺丝钉。对人性、人道主义和异化问题的探讨，实际上也是对极端扭曲的历史与社会现实所作的一种思想上的批判和反拨。同时，长期以来文艺界一切以政治为中心，甚至极端地演化"写中心、唱中心、画中心"，抹杀了文艺的主体性和创作个性，无视个人在社会各领域的地位和价值。这场讨论，让理论界、文艺界寻找到了理论研究和创作主体性的落脚点，逐步确立文艺创作和理论研究的自信心。另外，西方社会思潮尤其是法兰克福学派的社会批判理论和东欧急剧变化的社会变革与理论探索，都为新时期这场理论大讨论提供了理论背景和思想资源。

　　这次争论所涉及的有关人性和人道主义本质问题、异化现象和异化理论以及社会主义社会是否存在异化问题，看似纯理论、纯学术的探讨，但实际上都是由文学创作和文学理论探索引发的。这些争论受到当时"清除精神污染"及后来"反自由化"政治运动的影响，并由胡乔木的文章作了政治性总结。理论争鸣已经深入人心，文学界随后的创作实绩显示了这一场思想理论探讨推动了作家的深入思考和创作研究的深化。

五、文学主体性讨论

　　20世纪80年代中期，中国兴起了新方法热。随着西方"旧三论"（系统论、信息论、控制论）和"新三论"（协同论、突变论、耗散结构论）在国内的迅速介绍和传播，文艺界也出现文学探讨和研究的方法论热。一些用新方法建构文艺学、探讨文学和美学真谛的论文如雨后春笋般地涌现，较有代表性的论文有曾永成的《运用系统原理进行审美研究试探》、林兴宅的《论阿Q性格系统》、丁宁的《耗散结构和艺术创新》、朱丰顺的《信息论与文艺学和美学》、黄海澄的《从控制论观点看美的客观性》、王世德的《论模糊数学对文艺美学的启发》等。这些论文大胆运用新的理论和方法，对文学和美学等领域作了突破性的尝试和探索，对方法论的热心与执着，显示了研究者勇于探索与追求自我创新的热情。这次方法论热实际上是文学观念和方法的更新热，文艺界普遍关注的不是具体写作方法和技巧的细枝末节，而是渴求从文学的根本观念和基本理论上进行深刻的反思和变革。80年代文学界的方法论热当然有很多的不足和粗疏的地方，甚至也有很多牵强附会的地方，也包括粗暴批判、扣帽子的情形，但对理论和方法的探索热情，反映了新时期中国文学界突破传统僵固的文学观念、建构新的现代文学观念、文学话语的巨大探索热情与时代渴望。

　　1985年第4期《文学评论》开设了"我的文学观"专栏，发表了刘心武的《关于文学本体性的思考》。同年11月14日，王蒙在《光明日报》上发表《观念与本体——文学偶拾之三》一文。这些文章都从不同的方面涉及了文学的本体、本性、主体性问题，文学界由此掀起了一股探讨文学本体论和主体性的热潮。主要的代表性论文有：李泽厚的《关于主体性的补充说明》、孙绍振的《形象的三维结构和作家的内在自由》、刘再复的《文学研究应该以人为思维中心》、王岳川的《当代美学核心：艺术本体论》、宋耀良的《本体论批评与主体性理论的互补效应》、李劼的《试论文学形式的本体论意味》、陈晓明的

《反语言——文学客体对存在世界的否定形态》等。刘再复的长篇论文《论文学的主体性》[①] 是最具影响的。

刘再复的《论文学的主体性》提出，文学创作强调主体性应有两层含义：一是把人放到历史运动中的实践主体的地位上，即把实践的人看作历史运动的轴心，把人看作人；二是要特别注意人的精神主体性，注意人的精神世界的能动性、自主性和创造性。文学的主体性包括作为对象主体的人物形象，作为创造主体的作家和作为接受主体的读者和批评家。

其一，肯定对象的主体性，就是肯定文学对象结构中人的主体地位和人的主体形象，把笔下的人物当成独立的个体，当成不以作家意志为转移的具有自主意识和自身价值的精神主体，而不应把人变成任人摆布的玩物和没有血肉的偶像。愈有才能的作家，愈是处于最好的创作心态，他们在自己人物面前愈是无能为力，这种二律背反现象正是"世界观决定论"感到困惑的难题。其二，创造主体性从心理结构角度说，是作家超越生存需求、安全需求、消极性归属需求、尊重需求而升华到自我实现需求的精神境界。从创作实践上说，创造主体性包括超常性、超前性和超我性，这就是主体对世俗观念、时空界限及"封闭性自我"的超越，这种超越导致作家精神主体进入充分自由的状态。但主体性的实现还需要作家必须肩负社会责任和历史使命，这种历史使命感在文学创作中往往表现为深广的忧愤意识，表现为把爱推向整个人间的人道精神。其三，接受主体性的实现包括两种基本途径：一是通过接受主体的自我实现机制，使欣赏者超越现实关系和现实意识，以获得心灵的解放，从而实现人的自由自觉本质（即人性的复归）；二是通过接受主体的创造机制，即通过欣赏者的审美心理结构，激发欣赏者审美再创造的能动性。其四，批评家作为艺术接受者的高级部分，他的主体性实现必须包括三级超越：一是与一般鉴赏者一样，必须超越现实意识，把自己升华到审美境界；二是在充分理解作家的同时超越作家的意识范围，发现作家未意识到的作品的价值水平以及作品的潜在意义，并以独特的审美理想进行审美再创造；三是在批评实践中，通过"同化"和"顺应"两种机制，超越自身的再创造；最后，批评从科学境界升华到艺术境界。《论文学的主体性》一文视野宏阔，纵横捭阖，论辩精彩，在整个新时期都属于一篇很有分量的学术论文，具有开拓和创新意义，对新时期以后的文学创作和研究具有普遍的方法论意义和反思价值。

李泽厚关于主体性的理论研究也对80年代文坛产生了举足轻重的影响。李泽厚1976年写的《批判哲学的批判——康德述评》一书中，就已经触及"主体性"的命题，1981年发表了《康德哲学与建立主体性论纲》[②] 一文，1985年发表了《关于主体性的补充说明》[③]，同年撰写了《关于主体性的第三个提纲》[④]，这些论著都是文学界探讨本体论、主体性的最初思考。李泽厚的《中国古代思想史论》《中国近代思想史论》《中国现代思想史论》等论著在80年代的陆续问世，无疑成了文学创作和研究的精神食粮，人们从中领略到了思想的锐利锋芒、写作方式的别开生面。

---

① 刘再复：《论文学的主体性》，《文学评论》1985年第6期、1986年第1期。
② 李泽厚：《康德哲学与建立主体性论纲》，《论康德黑格尔哲学》，上海人民出版社1981年版。
③ 李泽厚：《关于主体性的补充说明》，《中国社科院研究生院学报》1985年第1期。
④ 李泽厚：《关于主体性的第三个提纲》，《走向未来》1987年第3期。

六、文学的文化寻根思潮

80年代中期，国内人文领域的文化热升温，文学界的文化寻根思潮也随之登场。这一思潮的领军人物是活跃在新时期文坛的新锐作家，包括韩少功、郑义、阿城、李杭育、贾平凹、郑万隆等。1985年，韩少功发表了《文学的"根"》①，开启了文学"寻根"热潮。紧接着，李杭育、阿城、郑义、郑万隆等的一批有关文章相继问世，②许多报刊开辟专栏专门进行讨论。

韩少功认为，文学之根应深植于民族传统文化的土壤里，根不深，则叶难茂。寻根的目的"不是出于一种廉价的恋旧情绪和地方观念，不是对方言歇后语之类浅薄地爱好，而是一种对民族的重新认识，一种审美意识中潜在历史因素的苏醒，一种追求和把握人世无限感和永恒感的对象化表现"。寻根就是重铸民族的自我："万端变化中，中国还是中国，尤其是在文学艺术方面，在民族的深层精神和文化特质方面，我们有民族的自我。我们的责任是释放现代观念的热能，来重铸和镀亮这种自我。"（《文学的"根"》）阿城说，文化是一个绝大的命题，文学不认真对待这个高于自己的命题，不会有出息。我们对自己文化的研究所缺正多，角度又有限，难免形成瞎子摸象，局部都对，但都不是象。作家要重新认识民族文化，文学创作之藤应该攀在深广的民族文化背景上。（《文化制约着人类》）在郑万隆看来，小说家的寻根创作更注重"将浓厚的文化意识灌注于小说创作，在韵致独放、情境超拔的艺术世界中发掘民族文化的底蕴"（《我的根》）。

文化寻根的提倡与创作实践，体现出作家对固有的思想观念和思维方式的有意挣脱与突围，试图重新确立作家自我本位和民族文化自觉意识，为文学的创新和突破寻找新的途径和可能性。

早在80年代初期的拨乱反正中，现代文学研究界鉴于新中国成立以来尤其是"文革"中激进主义文艺思潮在文学史写作和文学价值评判方面的负面影响，就曾对以往文学史，特别是中国现代文学史的阐释提出质疑，由此引出重写文学史的话题。"重写文学史"的意义在于要改变这门学科原有的性质，使它从屈从于整个革命史传统教育的状态中摆脱出来，成为一门独立的、审美的文学史学科。一时之间，集中出现了一批对文学史上的思潮、流派、作家、作品重新评价与反思的论著。

第二节 90年代文学思潮

从20世纪80年代末到90年代初，世界格局发生了重大变化：东欧剧变，苏联解体，东西方长期对峙的冷战格局瓦解，人类世界进入了一个以和平与发展为主题的新时代。中国社会也经历了短暂的阵痛和挣扎的迷茫，快速进入了一个市场经济繁荣发展的时代。一个价值多元和立场分化的变革时代，让作家、艺术家和其他人文知识分子面临着痛苦的选择和决裂。90年代最为深刻的事件就是有关人文精神的讨论和后现代性思想理论的来临。

---

① 韩少功：《文学的"根"》，《作家》1985年第4期。
② 李杭育：《理一理我们的"根"》，《作家》1985年第6期；阿城：《文化制约着人类》，《文艺报》1985年7月6日；郑义：《跨越文化断裂带》，《文艺报》1985年7月13日；郑万隆：《我的根》，《上海文学》1985年第5期。

20年代初新文学革命所建构的启蒙——人文主义精神与现代人学思想,因渐次进入一个更新的、激荡复杂的时代社会、文化境遇而丰富、发展着。

一、人文精神的寻思

1993年年初,王蒙在《读书》杂志上发表《躲避崇高》一文,提出因为"生活亵渎了神圣",进而肯定王朔小说的亵渎神圣和崇高。由此引发出一场关于当代生活和文化中的价值危机和精神迷失问题的广泛讨论。王晓明等人在《上海文学》该年第6期发表题为《旷野上的废墟——文学和人文精神的危机》的对话,一场冠名为"人文精神"的争论由此展开。[①] 王晓明等人认为,90年代文学的危机已经非常明显,极富中国特色的商业化潮水已经将文学连根拔起,这个社会的大多数人早已对文学失去兴趣了。文学的危机实际上暴露了当代中国人人文精神的危机,整个社会对文学的冷淡,正从一个侧面证实了,我们已经对发展自己的精神生活失去了兴趣。人文精神的危机主要表现在这样两个方面:一方面,我们正处在一个堪与先秦时代比肩的价值观念大转换的时代,举凡五千年来的信仰、信念、信条无一不受到怀疑和嘲弄,但又缺乏真正建设性的批判,整个人文精神领域呈现出一派衰势;另一方面,在商品经济大潮的冲击下,穷怕了的中国人纷纷扑向金钱,不少文化人方寸大乱、一日三惊,再也没有敬业的心气和自尊的人格。他们质问:一个有五千年历史的民族真的可以不要诸如信仰、信念、世界意义、人生价值这些精神追求就能生存下去,乃至富强起来吗?

人文学者讨论的共识是,人文精神是一切人文学术的内在基础和根基,正是由于人文精神意识的逐渐淡薄乃至消失,使得智慧与真理的追求失去了内在的支撑和动力,使得终极关怀远不如现金关怀那么激动人心。现状敦促致力于终极关怀思考的人文学者关注今天的人文环境,关注人文精神的实践性。如果把终极关怀理解为对终极价值的内心需要,以及由此去把握终极价值的不懈努力,所谓的人文精神就正是由这关怀所体现,和实践不可分割,人文精神应该成为知识分子日常生活的一种规范。这是一场体现出强烈的批判性的讨论,它首先就表现为一种深切的反省,不妨就将它看作是知识分子的自我诘问和自我清理。讨论中出现的种种误解和意外,从另一个角度证实了人文精神在今天的普遍匮乏。

对人文精神讨论持怀疑和异见的,以王蒙的《人文精神问题偶感》[②]和张颐武的《人文精神:最后的神话》[③]为代表。

随着市场经济的确立与商品化时代的到来,文学的消费化和泛商品化则愈演愈烈。

二、后现代思潮

90年代以来,中国特色的市场经济在大陆地区全面启动,带来了社会形态的深刻转变。随着市场机制的成型与消费文化的成长,知识阶层在社会整体中的地位和作用越来越趋于边缘。官方主流文化、知识精英文化、大众文化三种文化形态的分化日趋鲜明,彼此之间当然存在各种形式与程度的附和、渗透以及矛盾冲突,却难以形成真正的交流与对话,谁也不具有主导性。在这样的背景中,尽管80年代中后期所产生的文学多样性依然

---

① 王晓明编:《人文精神寻思录》,文汇出版社1996年版。
② 王蒙:《人文精神问题偶感》,《东方》1994年第5期。
③ 张颐武:《人文精神:最后的神话》,《作家报》1995年5月6日。

在延续并拓展着，但由于市场语境下社会生活的巨大变化、文学功能的重新分配、创作主体的分化调整，中国文学显然已经开始进入一个纷纭复杂的发展阶段。虽然新写实、新历史、新状态、现实主义冲击波、新生代、个人化（私人化）、欲望化、女性写作等潮流性的命名依然层出不穷，但相对于80年代的主潮迭起而言，90年代文学已经处于一种有热点而无高潮、有话题而无共识、有声音但又很快散失、有动向却又非定向流动、奇观层出不穷却难以持久的状态。于是，多元化这样一个既在一定程度上切合了现实却又多少显得有些无力的词汇，成为人们描述90年代文学状况的习惯用语。

整体上看，后现代主义则成为一种具广泛表征性的思想文化潮流，而"个人化"则是90年代文学普遍的写作姿态与策略。无论新写实还是新历史，新生代文学以及女性写作，都以不同程度和方式表现出对宏大叙事、元叙事的深切怀疑，都在颠覆既有的价值系统与文化秩序，对感性庸常状态的沉溺，追求快感，放逐确定性，呈现解构的思维特征与种种后现代色彩的面貌。后现代主义本是晚期资本主义社会的产物，它在90年代以来中国文学中的种种表现，折射出转型期中国社会文化的复杂性。

后现代思潮是西方后工业社会的思想产物。西方学术界一般以文艺复兴为界，此前社会称为传统社会，即农耕文明社会，基本靠天吃饭；此后称为现代社会，即机械文明社会，靠机器吃饭；而自20世纪五六十年代以后，西方社会进入后工业文明社会，一般称为后现代社会，靠知识（信息）吃饭。

后现代思潮在中国的流行，与美国文论家杰姆逊（又译为詹明信）的理论传播是分不开的。1985年9月到12月，他应邀到北京大学讲学，他的讲稿题为《后现代主义与文化理论》，1987年即被翻译出版，在中国的文学界和学术界引起了不小的反响。不过对"后现代"真正大规模的研究和探讨，要到90年代才风行。随着《走向后现代主义》（佛克马、伯顿斯编，北京大学出版社1991年版）、《后现代主义文化与美学》（王岳川等编，北京大学出版社1992年版）、《后现代主义文化研究》（王岳川著，北京大学出版社1992年版）、《扑朔迷离的游戏——后现代哲学思潮研究》（王治河著，社会科学文献出版社1998年版）等一系列论著的出版，后现代思潮在文学界和学术界弥漫开来，蔚然成风。如果离开"后现代"的观念和视角，就无法真正理解和分析90年代的中国文学。

有关后现代的来龙去脉和一些特定的内涵，中外文学界和学术界都还存在着很大的分歧，但有关"后现代"思潮在观念和思维方式上的基本特征，可以总结成以下几点基本共识：

其一，颠覆中心，消解中心，解构中心。后现代的世界观不再执着于以前的机械论、决定论和中心论，那些曾经被作为神圣的不可置疑的中心论、决定论、有序论、渐进论等都受到了普遍而彻底的颠覆、消解和解构。后现代论者坚持认为，没有中心，一切都是边缘，一切都是不确定的、非连续的、无序的。世界始终处于变动不居中，一切都会烟消云散，没有一成不变的逻辑和解释可以框定人们的观念和思维方式。无中心就意味着一切都是边缘，这就消解和解构了中心与边缘的区别。

其二，否认基础性、整体性和统一性。后现代在消解和解构了中心/边缘的区分后，也否认基础性、整体性和统一性的存在。启蒙运动对人类解放的诉求，唯心主义对精神目的的肯定，历史主义对人类历史和社会发展的意义阐释，这些建立在基础性、整体性和统一性基点上的观念与思想的合法性受到了批判性的质疑和否定性的批判,一切以往对世界和人类社会阐释的封闭性和可预见性都被摒弃了,呈现在人们面前的是多元性、开放性、可能性。

其三,消解深度模式。按照杰姆逊的解释,后现代要消解的深度模式有这样四种:第一种就是消解辩证法,后现代否认现象与本质的区分,不承认什么内与外的对立,也不需要任何人来告诉人们某事、某物的意义是什么。第二种就是消解弗洛伊德关于显与隐的区别,也就是不承认人所想的和实际上发生的之间的区别。第三种就是消解存在主义的本真性与非本真性的区分。存在主义者认为本真性是核心的东西,是对改变生活的乌托邦式的幻想,而在后现代主义理论中这一切都被抛弃掉了。第四种就是消解符号和符号学。因为符号学区分了能指和所指,而后现代主义取消了关于符号学的两层次理论,只承认平面感、无深度感。

其四,对真理和规律等一切所谓客观性的否定。彻底的多元化成为后现代的普遍的基本共识,后现代不再相信什么真理,相信什么规律,相信什么客观性。不同的观念和思维方式,不同的生活方式和行为方式,都有着不可剥夺的权利,一切现象和事物,都呈现出多元性和多样性,真理、正义、人道、人性、理性等,这些以往人类思想家认为神圣的不可置疑的东西,都可以嗤之以鼻,因为它们也理所当然是多样的、多元的,绝不是唯一不变的。

其五,一切都是语言游戏。在后现代主义者看来,语言不再是表达本体和认识的工具,不再是装载思想的容器,也不是传达思想的媒介。语言就是思想本身,它是唯一的对象,它本身就是世界。语言具有自主性、自生性和自足性,语言的意义和使用规则都在语言体系内部,人们只能用语言来说明语言,而不能用非语言、超语言的东西来说明语言。从这个意义上来说,后现代肯定的是:一切都是语言游戏,除了语言什么都不是。

其六,彻底的否定性的思维方式。从思维方式角度来说,后现代与现代的区别就在于:现代主义是一种有限的思维方式,它总是从某种既定的东西出发,而后现代主义是一种无限的思维方式,它反对任何假定的前提、基础、中心和视角。这就是后现代的"彻底的否定性"思维方式,具体表现在对唯一中心、绝对基础、纯粹理性、大写的人、等级结构、单一视角、唯一正确解释、一元方法论和连续性历史的彻底否定[①]。

其七,崇尚创造性。不少学者认为后现代推崇模仿,简单拼凑、复制甚至假冒伪劣都是后现代的产物。这是一种误解或曲解。从思想深刻性角度来把握,后现代的所谓模仿其实是一种思想策略,其目的是为了破除人们对原本或真本的迷信,从而为思想的开创性打开新的空间和开辟新的领域。后现代鼓励人们突破自我、挑战自我,活出自我的风格,活出优雅和美,这是很多后现代思想家对新人的期盼。

有关后现代文学的基本特征,也可以作以下简单的概述:(1)消解主体性。现实主义文学的核心是表现论,主体性的地位不可动摇;现代主义文学强调意识流、无意识、变形、荒诞等,但也没有否定主体性的存在;而后现代主义文学彻底否定主体性,强调主体

[①] 有关后现代在观念和思维方式上的基本共识参考了福柯、德里达、利奥塔、杰姆逊、徐友渔、王治河等中外学者的有关论述。

的虚构性和主体性的破碎。(2)解构文学的终极意义。现实主义文学是对终极意义毫不怀疑地肯定，现代主义文学只是在质疑和批判中追求终极意义，而后现代主义文学则用不确定性、非线性、多元性等方式解构了终极意义。(3)消解现实。现实主义作家认为现实是客观存在的，现代主义作家认为现实是在主观意识中生成，而后现代主义作家认为现实是由语言构成的，传统意义上所说的现实的真实性不存在，只能是虚构的。(4)谋求与大众文化的合流。后现代文学力图打破传统文学的分类法，谋求与大众文化的和解。(5)作者的消亡。现实主义文学主"说"(telling)，话语权由作者控制；现代主义文学主"示"(showing)，作者隐退到幕后；后现代主义文学主"思"(self-reflexive)，反思着文学作品的本质，读者介入参与，作者进而消亡。

具体从文学文本的角度来说，后现代主义文学与现实主义文学、现代主义文学相比，有这样一些基本特质：现实主义文学文本的特质是历时性，因而是封闭的。这具体表现在：作者往往是叙述者，人物的逼真性，情节的线性设置，求真的情景描写，单一的叙述角度，等级式的叙述话语，转喻式语言。读者在现实主义文学文本中只有被动地接受。

现代主义文学文本的特质是共时性，因而是开放的。这具体表现在：作者的隐退，人物的逼真，环式的情节设置即时间空间化设置，情景描写的淡化，多方位的叙述角度，等级话语的消失，转喻式语言与隐喻式语言混合。读者在现代主义文学文本中综合地经验。

后现代主义文学文本的特质就是断裂性，因而充满游戏性。这具体表现在：作者的消亡，人物影子化，断裂的情节设置，情景描写的物化倾向即描写只有物的世界，不断变换的叙述角度，等级话语的消失，隐喻式语言。读者在后现代主义文学文本中可以积极地创作①。

后现代思潮对中国文学界的冲击和影响是强烈而深刻的。它根本性地颠覆了作家、研究者的固有观念和思维方式，不管认同与否或接受多少，一统化的文坛和文学创作的主流形态从此风光不再。中国文学从此走进了一个难以用一套标准理论来解说的混沌时代，文学成了无解的谜底，同时许多作家、作品也融入了大众化、市场化潮流中，昔日的文学面目已经焕然一新，难辨其原来的模样。

后现代的思潮启示我们，文学是一个自由言说的世界，具有无限可能，我们需要以开放、自由的心胸和气魄去面对一个新的文学世界。

研 习 导 引

文学的主体性

由刘再复的《论文学的主体性》一文引发的学术争鸣，在20世纪80年代中期如此强烈，令人难以想象。其实，按照刘再复的意思："我们过去的文学研究，主要侧重于外部规律，即文学与经济基础以及上层建筑中其他意识形态之间的关系，例如文学与政治的关

---

① 有关后现代主义文学的基本特征和文学文本特质的概述，参见胡全生：《英美后现代主义小说的叙述结构研究》，复旦大学出版社2012年版。

系，文学与社会生活的关系，作家的世界观与创作方法等，近年来研究的重心已经转移到内部规律，即研究文学本身的审美特点，文学内部各要素的相互联系，文学各种门类自身的结构方式和运动规律等等，总之，是回复到自身。"① 而文学主体性的问题就是文学自身的问题，说白了就是让文学回归文学。从这个意义上说，对文学主体性问题争论的种种质疑、批判，都让人感觉下笔千言离题万里。刘再复有关文学主体性的论述虽有他的种种不足，但他提出的主体性的问题，依旧值得文学研究者深思。

有关后现代思潮

杰姆逊在北大的关于后现代主义和文化理论的专题课程中提到文化分期和后现代主义特征问题，他认为资本主义经历了三个阶段：第一阶段是国家资本主义阶段，形成了国家的市场；第二阶段是垄断资本主义或帝国主义阶段，在这个阶段形成了不列颠帝国、德意志帝国等；第三阶段则是第二次世界大战之后的资本主义，可概述为晚期资本主义或多国化的资本主义。与各阶段相关联的文化也各有其基本特征：第一阶段的艺术准则是现实主义，第二阶段出现了现代主义，第三阶段便产生了后现代主义。后现代主义的基本特征是文化工业的出现，这在欧洲和北美洲具有典型意义②。

视角主义（perspectivism）是风靡当代西方的一股重要哲学方法论思潮，也是后现代思潮的一个重要组成部分。视角主义的方法论特征对我们从事文学史的创作和研究富有启发性意义。视角主义操作的第一步是对"客观性思维"实施摧毁，将客体还原为"视角的客体"，将存在还原成"为我的存在"，进一步将存在等同于本文，将事物还原成意义，在此基础上强调世界的多义性和多元性。视角主义操作的第二步是断然否定一个理论上无所不知的观察者，去除主体的王位，将唯一的绝对主体多重化。在视角主义看来，"我"或主体，既不是自己的中心，也不是世界的中心，中心根本不存在。而视角主义就是要有意避免"主人与奴隶的辩证法"。视角主义操作的第三步是强调视角的多面化、意义的多重性和解释的多元性，这其实是前两步操作的必然结果，因为正是世界（本文）的多元性、主体的多重化决定了解释的多元性和视角的多面化③。

---

① 刘再复：《文学研究思维空间的拓展——近年来我国文学研究的若干发展动态》，何火任编：《当前文学主体性问题论争》，海峡文艺出版社 1986 年版，第 5 页。
② 参见［美］杰姆逊：《后现代主义与文化理论》（精校本），唐小兵译，北京大学出版社 2005 年版。
③ 参见王治河：《后现代哲学思潮研究》（增补本）第八章"视角的多元化——当代西方哲学中的视角主义"，北京大学出版社 2006 年版。

第七章　80年代小说

第一节　80年代小说概述

　　20世纪80年代小说发展紧承着70年代末期的伤痕小说。1977年11月，时为北京市中学教师的刘心武（1942—　，生于成都，1950年迁北京，1961年毕业于北京师范专科学校）发表描写中学生生活的短篇小说《班主任》，塑造了青年学生谢惠敏的形象，揭露了"文化大革命"给青年一代的心灵所造成的毒害。1978年8月11日，《文汇报》发表了卢新华的短篇小说《伤痕》，写的是"文革"时期的革命小将王晓华和叛徒母亲划清界限去辽宁插队，后来得知所谓叛徒罪名为"四人帮"所强加，于是带着悔恨的心情赶回上海看望八年未通音信的母亲，不料母亲却在"文革"中饱受摧残、重病缠身，待她赶到时，母亲已经离开了人世。伤痕文学和伤痕小说的得名便源于此。产生较大社会反响的伤痕文学代表作，还有张洁的《从森林里来的孩子》、王蒙的《最宝贵的》、王亚平的《神圣的使命》、肖平的《墓场与鲜花》、李陀的《愿你听到这支歌》、宗璞的《我是谁?》和《弦上的梦》、陈国凯的《我该怎么办?》、孔捷生的《在小河那边》、张抗抗的《爱的权利》、韩少功的《月兰》、从维熙的《大墙下的红玉兰》和周克芹的《许茂和他的女儿们》等。伤痕文学冲破了"四人帮"极左文艺的种种清规戒律，突破了一个个现实题材的禁区，提出了一系列重要社会问题。在当代文学史上，它第一次真正遵循现实主义美学原则，"按照生活的本来面目描写生活"，以强烈的批判性、暴露性和震撼人心的悲剧性开启了80年代文学现实主义深化的道路；第一次真正地从人道主义立场来塑造文学人物，描写了在专制主义与极左路线下人性遭摧残、人权被剥夺的悲剧，成为新时期人道主义文学思潮的先导。新时期文学——小说、诗歌、戏剧、散文的耀人成就，是启蒙—人文主义精神与现代人学思想的胜利!

　　伤痕文学兴盛之时，一批敢于思考、富有人生阅历的作家（他们中有许多人在1957年被划为"右派"），如王蒙、李国文、从维熙、张贤亮、方之、高晓声等，就率先突破"恢复现实主义创作方法"这一口号的局限，提出了现实主义深化的主张，并以自己的创作实践，写出了一批具有相当思想深度和历史深度的作品。茹志鹃于1979年2月在《人民文学》发表短篇小说《剪辑错了的故事》，被视为反思文学的起步标志。小说通过主人公老寿在解放前后两个不同历史时期经历的几个典型事件的穿插、组接，让读者通过过去与现在的党群关系的对比，领悟"文革"的荒诞，反思历史。小说打破线性的、单一的叙事逻辑，以人物心理变化为线索，将新中国成立前后的生活片段穿插、交叉地拼贴在一起，写法上令人耳目一新。反思文学在创作上的一个重要特征，是从政治、社会层面上还原"文革"的荒谬本质，从一般地揭示社会谬误上升到历史经验教训的反思。代表作主要有鲁彦周的《天云山传奇》，刘真的《黑旗》，高晓声的《李顺大造屋》《陈奂生上城》，古华的《芙蓉镇》，张弦的《被爱情遗忘的角落》《挣不断的红丝线》，路遥的《人生》，叶文玲的《心香》，张一弓的《犯人李铜钟的故事》，韩少功的《西望茅草地》，李国文的《月食》《冬天里的春天》，王蒙的《布礼》《蝴蝶》《相见时难》，谌容的《人到中年》，张贤亮的《灵与肉》《绿化树》《男人的一半是女人》，梁晓声的《这是一片神奇的土地》《今夜有暴风雪》《雪城》，方之的《内奸》，史铁生的《我的遥远的清平湾》，张辛欣的《在同一地平线上》，张抗抗的《北极光》，李存葆的《高山下的花环》，徐怀中的《西线轶事》，朱苏进的《射天狼》等。

陕西作家**路遥**（1949—1992，陕西清涧人）的《人生》（1982），在表现主人公高加林的个人人生悲剧的同时，深刻批判了固有社会经济体制下巨大的城乡差距给人的尊严和价值带来的戕害。梁晓声的《今夜有暴风雪》（1983）一改知青文学中常见的一代青年人在"文革"中遭受愚弄的单一主题，激情而深沉地表现了这一代年轻人在酷烈环境下虽九死而未悔的人性追求。李存葆的《高山下的花环》（1983）以对越自卫反击战为背景，在批判现实生活中的特权思想的同时，也再现了中华民族的优秀儿女"位卑未敢忘忧国"的情怀。徐怀中的《西线轶事》（1980）同样借助自卫反击战争题材，塑造了刘毛妹这样一个经历过"文革"的创伤、理想幻灭的青年形象。反思文学中还出现了两部喜剧性地总结"文革"的作品：王蒙的《名医梁有志传奇》和张宇的《活鬼》。前者通过所谓名医梁有志在"文革"中的种种荒唐而奇特的遭遇以及其一生奇奇怪怪、可笑而又可叹的命运，抨击了当代中国曾经走过的那一段可笑而又可悲的历史；后者描写的是一个农村社会常见的阿混竟然凭借着"文革"期间的派系林立、争斗大发语录财、标语财，其浑水摸鱼的赚钱方式与那些神圣、崇高的举动摆放在一起，越发衬出后者的虚妄、无稽。

有的作家突破了单纯的政治或社会视角，从文化的角度思考人、发现人，他们描写中国社会各个阶层人的悲喜剧，揭示这些悲喜剧所产生的原因。陆文夫的小说《美食家》《井》《围墙》等侧重市井风情的描述，在凸显较为浓烈的苏州地方文化色彩的同时，深化、拓展了对人学主题的探索。张洁（1937—　，生于北京）的《爱，是不能忘记的》（1979），描写一对终生相思的情侣囿于社会道德观念不能结合，尖锐地揭示了社会现实与传统观念对人性、人的自由的剥夺以及在这种束缚与剥夺的语境中人的精神困境。

1978年，中国共产党的十一届三中全会召开，全党的工作重心开始由原来的抓阶级斗争转移到抓经济建设上来。于是，作家们纷纷将热情注入于经济改革的时代现实。率先呼应这一思潮的是天津作家蒋子龙。**蒋子龙**（1941—　），生于河北沧县，1960年入伍，复员后一直在天津工厂工作。1976年发表小说《机电局长的一天》，1979年发表成名作《乔厂长上任记》。这部作品不仅大胆地暴露了十年浩劫对我国的工业战线造成的严重创伤以及积弊如山的现实，而且大胆揭示了新的历史时期出现的新问题、新矛盾，从而开了"改革文学"的先河。此后，一大批改革文学作品，如张锲的《改革者》，张一弓的《赵镢头的遗嘱》,水运宪的《祸起萧墙》,柯云路的《三千万》《新星》,李国文的《花园街五号》,张贤亮的《男人的风格》,王润滋的《鲁班的子孙》,张炜的《秋天的愤怒》,贾平凹的《腊月·正月》,何士光的《乡场上》,王蒙的《坚硬的稀粥》,路遥的《平凡的世界》等相继出现。总体上看,改革小说侧重反映的是新旧体制转换时期的社会矛盾,记录了改革的艰难及其导致的人的观念、人与人关系包括伦理关系和道德观念的变化,在创作方法上以现实主义为主,注重人物形象特别是改革者形象的塑造,在当时被称为新人形象塑造。

从80年代中期开始,在整个80年代中后期,围绕着对传统文化与价值观念的反思、批判与重建,文学观念的解放与转型,当代小说家们展开了多元的探索,主要表现在下述几个方面:

其一,**一批作家把目光投向大自然。张承志**(1948—),回族,籍贯山东,其作品浓墨重彩地描绘了大自然的伟力、野性与崇高,人与大自然的对峙、搏斗,希图在大自然的崇高与伟力的衬托下弘扬人的主体力量,代表作主要有《春天》《黑骏马》《北方的河》等。他的作品与邓刚的《迷人的海》、刘舰平的《船过青浪滩》、郑万隆的《老棒子酒馆》、王凤麟的《野狼出没的山谷》等一起推动了回归自然文化思潮的形成。在此之前的中国现代小说中,自然一直主要是作为环境因素的,而在这批作品之中自然具有了主题的意义。

其二,1985年前后形成潮涌的**寻根小说创作**,超越了社会政治层面,突入到历史与文化的深处,对中国的民间生存和民族性格进行了文化学的思考,主要作品有韩少功的《归去来》《爸爸爸》《女女女》,阿城的《棋王》《孩子王》《遍地风流》,郑万隆的《异乡异闻》,贾平凹的《古堡》《远山野情》,李杭育的《最后一个渔佬儿》,王安忆的《小鲍庄》等。这批作家对"根"或文化的态度较为复杂,有的持肯定态度。如**阿城**(1949— ,北京人,原名钟阿城)的《棋王》(1984)写的是关于吃和下棋的故事,作品揭示了我们这个民族凭借着极其简陋的吃和下棋,亦即物质与精神的最低层次需求度过了许多动乱的年代。作品中的那个十年动乱只不过是中国历史上无数动乱年代的一种,而吃和下棋贯穿其中。作品流露了这样的暗示:道家文化传统是中国民间应付乱世的有效工具。还有的持否定态度。如**韩少功**(1953— ,湖南长沙人)的《爸爸爸》塑造了一个丑陋不堪的"老根"丙崽的形象。丙崽是一个白痴,却被全村人奉若神明,他的胡言乱语导致了全村人在一场大战中伤亡惨重。作者在这里批判了我们这个民族常常将自身的命运交付给某种荒诞而抽象的异己物,进而导致了整个民族行为常常陷入一种无理性的盲动之中。另外一些作家持历史主义态度。如**冯骥才**(1942— ,天津人)的长篇小说《神鞭》中,主人公神鞭曾经打遍天津无敌手,这是曾经有过的辉煌,但在八国联军的枪炮面前,神鞭却不堪一击。于是主人公毅然抛弃了神鞭,投入了北伐军,练就了双枪神枪手。作者在这里表现了对传统文化的一种历史主义态度。有评论称:"……山林精神、道家风骨和人伦温情,它们是寻根的作家们所追索的'根',是我们这个古老民族的边缘文化传统。寻根派作家们似乎没有意识到:山林精神的'血性'蛮力与其说是勇气的结果,毋宁说是对'强力征服'的潜意识信奉;……与其说是个性意识的高扬,毋宁说是理性缺席的混沌不分。至于棋王王一生式的'道家风骨',与其说是因雄守雌以柔克刚,不如说是对压抑而无奈的生命作了美学与哲学的美化；与其说是悠游天地得大自在，不如说是作家成功地规避了个体生命必须直面的外部与内心的真实困境与冲突。"①

其三，**先锋小说潮流涌动**。从 1985 年开始，在寻根小说兴起的同时，出现了一批小说，不仅在语言形式、叙述技巧方面，而且在思想观念、文学精神上，也都表现出对西方现代文学尤其是第二次世界大战以后西方文学思潮和创作方法的接收和吸纳，形成了在当时极具冲击力，对后来也产生深刻影响的先锋小说的潮流。刘索拉的《你别无选择》（1985）以戏谑、夸张的方式，描绘出一个音乐学院里种种荒诞、骚动、疲惫、压抑的心灵与精神形态，小说充满了黑色幽默式的危机，但不同于西方黑色幽默小说的绝望感的是，小说在荒诞的氛围中包孕了追求自我价值实现的活力和克服精神危机的反抗②。徐星的《无主题变奏》（1985）以第一人称叙述一个从大学退学去当饭店服务员的年轻人的日常生活，小说充满对世事的嘲讽，对世俗价值的调侃，对庸俗和虚伪的鄙视，表现出对个人价值的追求和在这种追求中的内心孤独感与精神优越感。残雪（1953— ），生于湖南长沙，原名邓小华，其《山上的小屋》（1985）、《苍老的浮云》（1986）等小说显示着痴人说梦般的质地，纷乱、拥挤、无羁的幻觉和疯狂、怪诞、血腥、森冷的意象俯拾皆是，细腻、敏锐的感觉世界被夸大、强化和变形，小说通过这种方式颠覆了正常与反常、理性与疯狂的世俗界限，以此接近存在的真相，传达欲望的冲动和生命的活力。莫言的《透明的红萝卜》（1985）和《红高粱》（1986）等小说重视感觉的呈现，色彩鲜明而丰富，叙事往往由感觉引导、由情绪推动，将逾越常规的生命活动形诸令人惊悚的语言表达，极富感性的强力刺激，诡谲奇伟，气势逼人，意象纷呈且奔涌而来。与此同时，以马原的《拉萨河女神》（1984）、《冈底斯的诱惑》（1985）等小说为先声，注重形式实验的小说开始兴起。马原以及紧随其后的洪峰、格非、苏童、余华、叶兆言、孙甘露、潘军、北村、吕新等作家，他们的创作虽以各不相同的面目涌现出来，但都表现出对小说形式和语言的自觉意识和竭力追求。洪峰的《极地之侧》（1987）在对关于死亡的故事叙事中，充分利用作者与叙述者、被叙述者之间的关系变化；余华的《一九八六年》（1987）将特定时间里的事件切割、延伸、折返，打破了"文革"叙事的既有套路；苏童的《一九三四年的逃亡》（1987）撕碎了历史（时间）的线性纬度，事件与人物的碎片飘浮在欲望话语的涌动之中；格非的《褐色鸟群》（1988）在虚构中虚构，构成叙事的圈套，戏弄和颠覆了传统的小说结构方式；孙甘露的《请女人猜谜》（1988）在两个虚构叙事的相互映照、叠合、穿插之中，播撒语言的迷雾……先锋小说淡化乃至取消了小说在文化和意识形态上的意义传达，而让位于话语欲望的尽情释放和叙述技巧的炫目演示。这场革命对文学传统的反叛和激进姿态，联系着整个 80 年代的思想文化背景，正是在这种意义上，先锋小说形式的实验并不仅仅归结为形式本身，而是时代精神的某种象征。这些小说实验在观念和方

---

① 李静：《不冒险的旅程——论王安忆的写作困境》，《当代作家评论》2003 年第 1 期。
② 有人提出批评："如何理解森森的追求、理解这部五重奏的音乐内涵（包括主题和形式两个方面）关系着这部小说的主题意义。……由于小说采取的十分明显的非现实主义创作方法而使其具有深层次的象征意义，因此人们大抵会因此而产生某种审美困惑。对于当代青年来说，他们的追求似乎仅仅停留在一种直觉自为的反传统的低级起点之上，他们可能获得的成功因此也会带有某种偶然性和盲目性。他们的探索和追求缺乏一种社会大我意识和历史的自觉性。"参见魏威：《如何反映当代青年的性格——评中篇新作〈你别无选择〉》，《文汇报》1985 年 5 月 13 日。

法上对后来者的写作产生了深远的影响,但是,对形式的极端强调造成的空洞感和虚无感也值得人们审视,正如格非后来所反省的:"如果形式感的东西不被我们的作家的灵魂所照亮,那么它在现在这样一个产生着巨大变化的社会转型期的大背景下,就显得未免奢侈。"①

上述不同形态的先锋小说,在思想、文化、文学观念和方法上,将西方现代主义和后现代主义文学的资源植入了当代中国文学的土壤,给本土的文学带来了新鲜的血液,丰富了文学的色彩,激发了创造的热情,在激进的反抗姿态里透露了蓬勃的生机和活力。与此同时,也有人注意到这些小说的局限性,称之为"一批不能结出果实的花朵",因为"某种价值观的陈旧……转化为价值观的虚无,拒绝原有的价值体系后,便只为自己留下了一片精神的荒原"②。因此也曾产生过这批受西方现代主义影响的中国探索小说是否是真正的现代派,抑或是伪现代派的争论。

其四,**纪实文学与新写实小说思潮**。在80年代中期出现了刘心武的《公共汽车咏叹调》《5·19长镜头》,张辛欣的《北京人》系列作品,这些作品有意识地淡化宣谕目的,通过纯"纪实"的描绘让生活本身说话,隐伏了稍后出现的新写实小说的某些美学特征。

新写实小说特别注重对现实生活"原生态"的还原,主题意蕴更多的是表现现实的荒诞、丑恶、灰暗与无奈,大多有意采用一种缺乏价值判断的冷漠叙述。新写实小说的主要作家有刘震云、刘恒、池莉、方方等。刘震云的《一地鸡毛》《单位》《官场》,池莉的《烦恼人生》《不谈爱情》《太阳出世》,方方的《风景》《桃花灿烂》等,是新写实小说的代表作。

从整个文化思潮背景来看,80年代中国本土的人道主义思潮直接传承了五四人文主义传统,同时直面西方当代人文主义潮流,深受西方现代主义影响。尼采、弗洛伊德、萨特是对80年代中国文学影响最大的西方思想家,"上帝死了""力比多""他人即地狱""存在先于本质"的思想观念或深或浅地渗透于80年代的小说创作之中。

在20世纪二三十年代曾对中国新文学产生重要影响的西方18和19世纪的现实主义、浪漫主义文学,对于80年代中国文坛的影响已渐去渐远。1980年起,由袁可嘉、董衡巽、郑克鲁选编的《外国现代派作品选》4册8本陆续由上海文艺出版社推出,首次发行5万册;1981年,高行健的《现代小说技巧初探》由花城出版社出版,颇受作家欢迎③;同年,陈焜的论著《西方现代派文学研究》由北京大学出版社出版,引发社会关注;从1980年年底开始,《外国文学研究》最先开辟"西方现代派文学讨论"专栏,吸引了创作家与理论家的广泛关注。这些开启了80年代中国文坛介绍西方现代主义文学的先河。19世纪末、20世纪在西方勃兴的现代主义各种流派、重要作家都先后被译介,后期象征主义的里尔克、瓦雷里、艾略特、勃洛克、安德烈耶夫、梅特林克、霍普特曼,表现主义戏剧家斯特林堡、奥尼尔,意识流小说家伍尔夫、普鲁斯特、乔伊斯,荒诞派文学家卡夫

---

① 林舟(陈霖):《生命的摆渡——中国当代作家访谈录》,海天出版社1998年版,第70页。
② 吴秉杰:《"先锋小说"的意义》,《人民日报》1989年4月4日。
③ 冯骥才称这"好象在空旷寂寞的天空,忽然放上去一只漂漂亮亮的风筝"。《中国文学需要"现代派"》,《上海文学》1982年第2期。

卡、贝克特、尤奈斯库，黑色幽默小说家海勒，存在主义文学家加缪、萨特，拉美魔幻现实主义文学家马尔克斯，日本新感觉派作家川端康成，苏联作家艾特玛托夫，以及海明威、福克纳、劳伦斯、昆德拉、博尔赫斯，还有戏剧家布莱希特、迪伦马特等，都曾引起80年代中国文坛的强烈兴趣与热切关注。

弗洛伊德精神分析学系列著作经20余年冰封终于在中国又一次出版①，与弗洛伊德精神分析学相关的一批西方小说《查泰莱夫人的情人》②《洛丽塔》《一个女人一生中的24小时》等的引介，再发现的郁达夫、沈从文、施蛰存、张爱玲等人的小说，以及对台湾作家白先勇创作的推崇，一起推波助澜掀起了泛滥于80年代中期的"弗洛伊德热"。弗洛伊德主义在当代中国文坛以"泛性论"渗透在众多作家的创作中，张贤亮、王安忆、刘恒、苏童、莫言、王朔、张弦、张洁、路遥、张辛欣、张抗抗、刘索拉、残雪、孙甘露、贾平凹乃至王蒙的创作中都有其影响的痕迹。

尼采张扬个人自我价值、重新评估一切的彻底反传统、反偶像精神，克罗齐、叔本华、柏格森等所建构的非理性主义思想，对鲁迅与尼采关系的研究，以及陈鼓应等人的一批著作的问世③，在当时引起了尼采热，反叛的思想、张扬自我的观念在中国当代创作中大受青睐。

意识流包括无意识理论，成为文学中的非理性主义倾向的基础，伍尔夫的《墙上的斑点》、普鲁斯特的《追忆似水年华》、福克纳的《喧哗与骚动》、乔伊斯的《尤利西斯》，引起中国文学界的热切关注。过去的几十年里，在中国文学艺术中被压抑的表现主义美学观念在80年代获得舒展，因为80年代的中国美学突破了现实主义反映论框架的束缚，从克罗齐到科林伍德、苏珊·朗格的表现主义美学④，从斯特林堡、奥尼尔的表现主义戏剧到卡夫卡的小说，形成了一个表现主义热。在这一美学与文化语境中，文艺心理学同时崛起，文学的主体性经刘再复提倡，获得深入而广泛的探讨⑤，从而整体地改变了80年代中国的文学观念，传统的、凝固的现实主义观念从此被打破，中国当代文学的多元格局由此形成，这是80年代中国当代文学的最大收获。而这一变化中最本质的变化是人学思想的变化，是中国作家们对自我的新发现。

80年代中期，存在主义受到关注，海德格尔的《存在与时间》、萨特的《存在与虚

---

① 如，[奥]弗洛伊德：《精神分析引论》，高觉敷译，商务印书馆1984年版；[奥]弗洛伊德：《梦的释义》，张燕云译，辽宁人民出版社1987年版；[英]霭理士：《性心理学》，潘光旦译注，生活·读书·新知三联书店1987年版；[瑞士]荣格：《寻求灵魂的现代人》，苏克译，贵州人民出版社1987年版。

② 《查泰莱夫人的情人》曾于1936年由上海北新书局出版，饶述一译。1987年湖南人民出版社重印此书被禁，10万册书封存化浆（订单36万册）。2004年人民文学出版社始得重印。

③ 如，[德]尼采：《悲剧的诞生——尼采美学文选》，周国平译，生活·读书·新知三联书店1986年版；[德]尼采：《查拉图斯特拉如是说》，尹溟译，文化艺术出版社1987年版；陈鼓应：《悲剧哲学家尼采》，生活·读书·新知三联书店1987年版。

④ [意]克罗齐：《美学原理 美学纲要》，朱光潜等译，外国文学出版社1983年版；[英]科林伍德：《艺术原理》，王至元等译，中国社会科学出版社1985年版；[美]苏珊·朗格：《情感与形式》，刘大基等译，中国社会科学出版社1986年版。

⑤ 刘再复：《论文学的主体性》，《文学评论》1985年第6期、1986年第1期；文学研究所文艺理论研究室：《自由地讨论，深入地探索——关于刘再复〈论文学的主体性〉一文的讨论》，《文学评论》1986年第3期。

无》等中译本问世①，围绕着海德格尔、萨特的存在主义热逐渐取代了弗洛伊德热、尼采热。存在先于本质论、自由选择论以及关于世界是荒诞的思想等理念，也深入中国文学创作界，人的异化，人与社会的对立，个人自我的尊严，当代人的失落感、孤独感、荒诞感，选择、寻找的主题，这些存在主义思想渗透在80年代后期与90年代的文学创作中。

从小说创作方法和形式技巧方面来说，从70年代末开始的王蒙小说对西方现代派意识流小说技巧的借鉴，到80年代中期寻根小说对拉美文学爆炸中魔幻现实主义观念和形式技巧的借鉴；从性意识文学的勃兴，再到80年代中、后期新潮小说对纯形式、纯技术、纯叙述的小说技术革命，直至巴塞尔姆、巴思、品钦、冯尼戈特、博尔赫斯等后现代主义作家对中国先锋小说实验的影响……可以说，80年代的小说创作几乎是将西方现代、后现代小说演化发展的过程像过电影一样演练了一遍。

第二节　王蒙　陆文夫　高晓声

王蒙（1934—　），生于北京。1953年创作长篇小说《青春万岁》。1956年发表短篇小说《组织部来了个年轻人》（发表时题为《组织部新来的青年人》），由此被划为"右派"。1958年下放到京郊劳动改造，1963年到新疆维吾尔自治区工作近16年。1978年重新发表小说，成为新时期文坛最活跃的作家之一。其先后出版的中短篇小说集《深的湖》《相见时难》《坚硬的稀粥》等，长篇小说《活动变人形》《恋爱的季节》《失态的季节》《踌躇的季节》《狂欢的季节》等，加上2003年发表的《青狐》，是对20世纪中国知识分子心灵史的探索，以及对人的思考。

1979年，王蒙发表了一系列小说，基本上是蒙冤—受屈—昭雪的故事，并呈现出明亮和乐观的神采，写出了"每个角落的生活转机的发现"，表现了走出伤痕、走向新生活的期待。这一时期的代表作《蝴蝶》，题目来自庄生梦蝶，但摒弃了其人生如梦的虚无感，专注于命运的复杂性。主人公历经坎坷，充满矛盾、痛苦、迷惘、绝望，但最后仍然选择了对理想和信念的忠诚。

1986年，王蒙发表了长篇小说《活动变人形》。小说中的倪吾诚到欧洲游学，心怀新人的理想，回到自己的国家时，面对的是肮脏、愚昧、粗陋和野蛮，却毫无奋起行动加以改变的能力。作家通过家庭的琐屑描述人生的悲欢，无论是其早年母亲的教育，还是他成年后的家庭生活，无不落笔于中国家庭里的阴暗、痼疾、愚陋，折射出中国的社会病态和文化劣根对人性的扭曲，对民族创造力的窒息。倪吾诚从抗争、追求到失败、绝望，直至沦为历史、文化夹缝中的多余人，正如他儿子倪藻的总结和评判："他一生追求光荣，但只给自己和别人带来耻辱；他一生追求幸福，但只给自己和别人带来过痛苦；他一生追求爱情，但只给自己和别人带来怨毒。"小说中的玩具"活动变人形"是对倪吾诚这样的

---

① 如，柳鸣九编选：《萨特研究》，中国社会科学出版社1981年版；[德] 海德格尔：《存在与时间》，陈嘉映、王庆节译，生活·读书·新知三联书店1987年版；[法] 萨特：《存在与虚无》，陈宣良等译，生活·读书·新知三联书店1987年版；[法] 萨特：《存在主义是一种人道主义》，周煦良、汤永宽译，上海译文出版社1988年版；[美] 考夫曼编著：《存在主义》，陈鼓应、孟祥森译，商务印书馆1987年版。

头、身、足异位,心灵、知识和所处环境分离的现代知识分子的形象、贴切和深刻的比喻。

在小说艺术形式上,王蒙吸纳西方意识流手法而形成的所谓"东方意识流",对幽默的追求,对现代汉语的娴熟运用和新词、新句法的创造,对"多声部的说话艺术"的追求,对不同文体在小说中的杂糅与融合等都对当代小说艺术的探索作出了积极的贡献。

陆文夫(1928—2005),江苏泰兴人,少年时代到苏州求学,1948年渡江北上,投身革命。1949年随解放大军回到苏州,在《新苏州报》当记者。1953年开始文学创作。1957年因探求者事件蒙冤,"文革"期间下放苏北农村。1977年,陆文夫写出他新时期的第一篇小说《献身》,提出尊重知识、尊重人才的时代命题,获得1978年全国优秀短篇小说奖。

1983年发表的《美食家》成为陆文夫小说创作的一个高峰。这部小说"宏观着眼,微观落笔"①,借朱自冶吃客生涯的一波三折,带出了时代风云转折中文化的沉与浮。朱自冶是旧中国的一个房屋资本家,除了吃一无所长。新中国成立后,高小庭针对他这样的美食家"从形式到内容"采取了一系列富有时代色彩的革命行动。原以为通过"饭店革命"可以阻止朱自冶纸醉金迷的生活,但事与愿违,革命革去的却是饭店的正常秩序和从业人员的事业心、责任感。更重要的是,有着悠久文化渊源、积淀着深厚文化内容的饭店特色也在革命中沦落和湮没。朱自冶对饭店失望之后,"隐退到五十四号的一座石库门里",因吃进而与烧得一手好菜、原本是政客姨太太的孔碧霞结婚,继续他作为吃客的人生之旅。困难时期,虽然只能以吃饱为最大享受,但朱自冶依然通过对自己吃客生涯的想象、追忆来填补物质匮乏的空白。及至"文革"后,吃风又炙,朱自冶应时而动,身价陡涨,当上烹饪学会会长。小说将风土人情的再现与对荒诞历史的沧桑之思融合在一起,写活了中国社会的动荡变迁促成的人生况味。

陆文夫1985年发表的《井》,在人物命运、时代潮流、现实生活的表现中开掘了历史积淀与民族文化心理。1995年出版的长篇小说《人之窝》,通过对许家大院形形色色人物命运的探寻,发掘社会、历史、文化的内涵和人性的深幽。苏州小巷的市井生活气息和生活情趣,轻松幽默的苏州评弹艺术、滑稽戏,这些地域文化和民间艺术资源使陆文夫既善于从普通人喜剧色彩的日常生活中挖掘出深层的悲剧因素,又能使对生活敏锐体察而觉醒的悲剧意识涵容在他的喜剧兴趣中,形成了陆文夫自己所戏言的"糖醋现实主义"②特色。

高晓声(1928—1999),江苏武进人。1957年与方之、陆文夫、叶至诚等发起探求者文学社团,起草《探求者文学月刊启事》。同年年底被打成"右派",遣送武进农村"劳动改造"。1979年平反后写作了《李顺大造屋》《陈奂生上城》等一系列以农民为主人公的小说,受到广泛好评。著有《李顺大造屋》《陈奂生上城》《觅》等短篇小说集以及长篇小说《青天在上》。

《李顺大造屋》是"文革"结束后高晓声较早发表的一个短篇小说,获1979年全国

---

① 范伯群(署名"吴越"):《宏观着眼,微观落笔——评〈美食家〉》,《文学评论》1983年第6期。
② 陆文夫:《过去、现在和未来》,《星火》1980年第11期。

优秀短篇小说奖。在一万字出头的篇幅中，小说呈现了怀有造屋梦想的李顺大半个世纪的生命历程。历经战乱与苦难的李顺大在土改政策的鼓励下萌生了造屋的念头，他立下志愿，要用"吃三年薄粥，买一头黄牛"的精神造三间屋，但是两次努力均告失败。1958年大跃进时期，他辛苦积攒的造屋材料被充公。1965年，好不容易积存下的一万块砖头的资金又被造反派头头敲诈去。1977年，在区委书记的帮助下一万块砖被退赔，却又遭遇一个小插曲：李顺大必须送礼给砖厂才肯发货下船，当李顺大终于接受暗示、学会送礼并顺利拿到造屋的砖头、桁条时，他却并不轻松，为自己腐蚀别人、参与不正之风而内疚自责。高晓声将新中国农村三十多年的风雨历程浓缩在了一个农民的造屋过程中，并在这个过程中将农民个性的丰富性与复杂性作了充分的展示。李顺大堪称从旧中国走进新社会的中国农民的典型。一方面，他们在新政策的鼓励下开始拥有梦想，并对促生了这梦想的政府有着本能的感恩；另一方面，当这梦想一次次被现实摧毁后，他们又在拥护与反对之间抱有一种非常复杂的心态，愤懑却又自我

当我探究中国历史上为什么会发生这种浩劫时……我不得不在李顺大这个跟跟派身上反映出他消极的一面——那种逆来顺受的奴性。

——高晓声

安慰，失望而又充满期盼。他们无力改变现状，亦无力寻找并反省悲剧的根源，郁闷、疼痛、惋惜、困惑也只能自行消解。鲜有作家像高晓声这样如此贴近农民的生活，真切地表现出农民在社会变迁中的心理现实和精神悲剧。

高晓声还创作了陈奂生系列小说，包括《陈奂生上城》《"漏斗户"主》《陈奂生转业》《陈奂生包产》《陈奂生出国》《书外春秋》等。高晓声从农民生活出发，利用一系列真实而朴素的细节表现农民的命运，反映农民的心灵世界，在乡土文化的反映和农民形象塑造方面取得了可观的成就。

第三节 谌容 张贤亮

反思小说中，中国作家在将笔触伸向历史深处的时候，也将对人本身的思考推向了深刻的层面。人学思想开始突破单一的、政治化的框架，而进入人们的思考视野。复杂丰富的人性、错综变幻的人情都伴随着对历史和政治、民族和个体的思考，得到了相当深刻与有震撼力的表现。其中，在当年极具影响的作品有《剪辑错了的故事》（茹志鹃）、《李顺大造屋》（高晓声）、《天云山传奇》（鲁彦周）、《犯人李铜钟的故事》（张一弓）、《人到中年》（谌容）、《绿化树》（张贤亮）等。

谌容（1936—　），祖籍重庆巫山县，生于湖北汉口，原名谌德容。1954年考入北京俄文专修学校。1975年发表第一部长篇小说《万年青》，反映两条路线的斗争，带着那个年代的烙印。1979年发表中篇小说《永远是春天》。1980年发表中篇小说《人到中年》（《收获》1980年第1期），获得首届（1977—1980）全国优秀中篇小说奖一等奖。90年

代，谌容创作了长篇小说《人到老年》（1990）和《死河》（1993，单行本名为《梦中的河》）。

《人到中年》成功地塑造了陆文婷这个中年职业女性的形象。作为医生，陆文婷对自己的工作全身心地投入，医疗水平为同行公认，医术和医德更是得到病人的交口称赞，然而她始终默默无闻，不事张扬，为社会奉献出自己的一切。作为妻子和母亲，她感情细腻，体贴温存，珍视家庭。但是繁重的工作使她难以尽好妻子和母亲的职责，为此她常怀内疚和自责。正是在这样的社会角色和家庭角色的冲突和双重压力之下，她心力交瘁、濒临崩溃。作者还将这种角色的冲突与矛盾放在特定的社会现实环境中予以表现，从而揭示出更为深刻的社会意义。在小说写作的年代，中年，作为人生在事业上的高峰期，对这个年龄段的知识分子来讲，却是不仅要承受不堪重负的家庭重担，而且要面对社会物质条件的限制，面对尊重知识、尊重人才的观念极其淡薄的社会政治文化氛围。对此，在小说发表后引起的争论中有截然不同的看法。有人认为："这部小说提出了一个十分尖锐的问题，然而反映出来的生活却是不准确的，模糊不清的。它的格调是低沉的，感情是哀伤的。""在可敬可爱的陆文婷大夫身上，党的政策的阳光被一层可怕的阴影给遮住了。"[1] 与此相反，有论者认为："这种阴影绝不是艺术给生活蒙上的，而是生活反射给艺术的。"[2] 小说中写到，丈夫傅家杰不仅支持陆文婷而每每挑起家务的重担，而且自己也有科研任务，可是回到家中连一张写字桌都没有，只好在床铺上写论文。这实际上触及几十年来中国知识分子的待遇及其价值实现问题。尤其是小说中写到姜亚芬一家因为在生活上的现实问题不能解决，在事业上才华不能够施展开来，终于抱恨离开祖国奔赴异国，从侧面凸显了上述社会问题的严重性。因此，小说对陆文婷的塑造，因为尖锐地触及了社会问题而丰富和强化了人物形象的社会意义。也有人认为，在陆文婷的塑造中有颇为浓重的理想化色彩，以致人物主体的确立让位于作者观念的传达，"缺乏作为一个觉醒的主人所应有的自主精神"[3]。

小说的成功还突出体现在对秦波这个"马列主义老太太"典型形象的刻画上。对秦波这个人物，作者虽然着墨不多，却活画出一个趾高气扬、目中无人、自我感觉良好、妄自尊大、矫揉造作的形象，也因此，"马列主义老太太"这个带着特定年代的历史记忆和话语特征的称谓，成为某一类人的共名。

《人到中年》在小说艺术形式上作出了积极探索。它以陆文婷的病情突发为经线，以她20年来的生活为纬线，从陆文婷病倒这个断面切入，让人物的生活经历在朦胧的意识中展开，同时不断穿插了他人的回忆和反应，从纵横两个方面加以延伸和拓展，形成了开阔的叙事空间。小说通过叙述视角的变化，引入不同的意识，使主人公的人物形象更具立体感。

《人到中年》之后，谌容还创作了《减去十岁》《杨月月与萨特之研究》《懒得离婚》等小说，较多触及婚姻、爱情和家庭生活。谌容坚持她的剖析社会问题的叙事立场，富于

---

[1] 晓晨：《不要给生活蒙上一层阴影——评小说〈人到中年〉》，《文汇报》1980年7月2日。
[2] 张炯：《怎样反映新时期的社会矛盾——中篇小说〈人到中年〉笔谈》，《文艺报》1980年第9期。
[3] 南帆：《经验与选择——当代文学中价值观念的一个初步描述》，《文学评论》1988年第3期。

理性和现实感，而较少情调和诗意，并且作者自身的性别意识也很少投射于叙述之中。

张贤亮（1936—2014），江苏盱眙县人，生于南京。1955年中学毕业后至宁夏银川干部文化学校任教。1957年因在《延河》上发表长诗《大风歌》而被划为"右派"，1979年9月获平反后重新执笔创作，先后发表了短篇小说《邢老汉和狗的故事》《灵与肉》《肖尔布拉克》等，中篇小说《土牢情话》《河的子孙》《绿化树》《男人的一半是女人》等，长篇小说《男人的风格》《无法苏醒》《习惯死亡》等。其中《灵与肉》《肖尔布拉克》分别获1980年及1983年全国优秀短篇小说奖，《绿化树》获第三届全国优秀中篇小说奖。90年代以后，张贤亮著有长篇小说《我的菩提树》《青春期》等。

《绿化树》（《十月》1984年第2期）是作者计划中的9篇系列中篇小说《唯物论者的启示录》中的第一部，写的是主人公章永璘劳改期满被分配到与劳改农场仅一渠之隔的农场就业期间的经历。小说以第一人称叙述这段经历，展示了精神生活与物质世界的冲突。"我"怀着虔诚的忏悔心情读《资本论》，而实际上，"我"的精神生产的权利早已被剥夺，最基本的生存也受到严重威胁，饥饿难耐使"我"放弃尊严，为了生存可以不惜一切地去骗吃、蹭饭。丰富的精神活动与贫瘠的物质生活之间的鲜明反差，构成了主人公自我完善的心路历程的内在驱力。小说通过"我"与海喜喜、谢队长、马缨花等底层劳动人民由隔膜、冲突、误解而至融化、认同和理解的过程的叙述，形象地表明，在极其艰苦的环境中，正是与土地、与自然紧密相连的普通劳动者们，完成了"我"的生存救助和灵魂重塑。小说发表后，对章永璘这个人物及其塑造，很多评论者认为反映了中国那个特殊年代里知识分子的真实遭遇，但也有人认为，"作品承认'原罪'，变相肯定那些年对知识分子的迫害"，"流露出一种对苦难的病态崇拜"①。

《男人的一半是女人》（《收获》1985年第5期）是《唯物论者的启示录》的第二部，它的主人公依然是章永璘，也还是用第一人称叙述。由于在当代文学中第一次比较直接地涉及性描写，小说发表后引起颇大的争议和反响。小说叙述在长期的监禁生活中，章永璘的生理和心理备受压抑，本能的欲望仅能以窥伺癖这类扭曲的形式得以缓释，而性的能力却丧失了。作者涉笔性话语的禁区，态度是严肃的，希望寄寓哲理的思索。个人的生理和心理现象在这里指向了具有社会性的普遍遭遇，尤其是概括了那个特定时代的知识分子的生机和活力被彻底摧毁的灾难性现实。在上述意味的传达过程中，小说生动地展示了主人公进行的灵与肉的搏斗，他的惶惑、摇摆、恐惧，他对女人的态度的变化不定，都从否定的方向上确证着人之为人的坐标，尤其是他的忏悔、反省、愧疚，表明他始终在努力抗拒恶劣的环境对人的尊严的剥夺②。

与上述这些相应的是，这篇小说中的女性形象黄香久，相比于张贤亮的其他小说，较少理想的、精神性内容的投射，而更多现实的、肉欲的色彩，显得是那样的"漂亮、肉感

---

① 吴方：《对〈绿化树〉的种种看法》（来稿摘编），《文艺报》1984年第12期。
② 也有批评意见认为，章永璘"缺乏应有的率直"，"他需要（至少不拒绝）黄香久成为他发泄性欲的对象，却始终把黄香久看作一个贱人，这和一个上流社会的男人到妓院去的感觉相差无几……但其骨子里却透露着十足的自私与虚伪"。"不管章永璘二世的爱情理论被多少圣贤之言支持着妆扮着，也不可能再假充斯文、纯洁高雅了，因为在那文明的面纱下我们看到的是一个伪善、蛮横和卑劣的男人。"参见张陵、李洁非：《两个章永璘与马缨花、黄香久》，《当代作家评论》1986年第2期。

而又愚蠢",形象也不是那么鲜明,因为她总是在章永璘的某种心境中呈现出来,多少带有扭曲的形态①。但也有论者给予赞扬。作者在接受记者采访时说,"我想通过一个人性被扭曲,不仅在心理上扭曲,而且在生理上也受到扭曲,来反映一个可怕的时代,……把这篇小说作为性文学,我自己感到很冤枉。我觉得它是最严肃的作品"②。

张贤亮的小说对西北风俗画的表现、对荒蛮而贫瘠的物质环境的描绘,笔触充满力度和诗情;在人物心理的刻画和剖析中,采用多种艺术手法,深入人物的潜意识领域进行分析,展示出立体的、富有层次感的心理世界;以大段的富有哲理性的议论和色彩强烈的主观印象的铺展,形成富于雄辩的气势,富有感染力地表达人生的经验,强化小说的主题。这些都对小说创作提供了新鲜的经验。

第四节 汪 曾 祺

寻根文学不仅以对中国的民间生存和历史文化的开掘而显示了文学的进一步自觉,而且在此过程中产生出对人的更为丰富的表现和关于人的更为深刻的思考与思想主题。韩少功的《爸爸爸》、阿城的《棋王》、郑万隆的《异乡异闻》等是其间的代表作,而作为寻根小说的前奏,汪曾祺的创作,在民俗、民风和乡土气息的描摹中,向我们展示了充满文化理想和文化碰撞的人伦、人情和人性。

汪曾祺(1920—1997),江苏高邮人,1939年考入昆明西南联合大学中文系,1940年开始发表小说。1943年大学毕业后在昆明、上海任中学国文教员和历史博物馆职员。1946年起在《文艺春秋》等杂志上发表《复仇》《鸡鸭名家》等短篇小说,引起文坛注目。1950年后在北京文联工作。1962年调入北京京剧团(后改名为北京京剧院)任编剧,曾参与现代京剧《沙家浜》的改编。1980年,他的短篇小说《受戒》(《北京文学》1980年第10期)甫一发表即引起轰动。次年,短篇小说《大淖记事》(《北京文学》1981年第4期)获第四届全国优秀短篇小说奖。著有小说集《邂逅集》《羊舍的夜晚》《汪曾祺短篇小说选》《晚饭花集》《茱萸集》等,散文集《蒲桥集》《塔上随笔》等,还有《晚翠文谈》以及《江曾祺自选集》等。

我写的是美,是健康的人性。
——汪曾祺

小说《受戒》《大淖记事》出现于伤痕文学和反思

---

① 王绯认为,黄香久"是带着男性的而且是囿于生物学的眼光观照社会生活所塑造出来的男性心目中的女性,是被作者的性崇拜扭曲的女性。甚至可以说,那是一个为了适应某些男性的观淫癖和裸露癖的心理和阅读欲望而塑造的拜物女性。……黄香久的一切都为性所主宰,性意识是她主导的意识,性行为是她唯一的行动追求,她的每一个形象的闪现,几乎都成为性符号的复写,乃至使人感到黄香久就是赤裸裸的性,性就是赤裸裸的黄香久。……使人看到的却是对堕落的高扬"。参见王绯:《性崇拜:对社会修正和审美改造的偏离》,《文学自由谈》1986年第3期。

② 张贤亮:《〈男人的一半是女人〉是严肃作品》,《新民晚报》1986年3月31日。

文学的潮涌之际,却没有政治话语的痕迹,没有浓烈的悲剧意识,没有一波三折的故事,而为文学界吹来一股清新之风,如奔腾汹涌的江河之外的山间小溪,悄声细语地讲述山野之间的见闻。不管是对80年代初的小说思潮的主流来说,还是对我国在40年代以后的几十年里形成的文学陈规来说,《受戒》《大淖记事》的发表都不啻为一次挑战,成为80年代中期的小说文体创新、语言革命的先声,同时也因为其对传统文化的态度,而成为寻根小说的滥觞,呼应了对沈从文和"京派小说"的重新估价,引发了80年代田园牧歌风俗小说的勃兴。

《受戒》的小说情节很简单,几乎没有情节。小说题目是"受戒",可直到小说的最后,才用了极少的篇幅写主人公小和尚明海受戒,而且小说此前的叙事并不指向这一结局。如果非要说有什么情节线索的话,那么大体上可以说,小说展示了明海与英子的情感由两小无猜到春情萌生再到相互表白的过程。但是,小说大部分笔墨似乎不是在写这个青春的故事,而是插入了大量的五行八作的见闻和风物人情、习俗民风。譬如,小说中写当地当和尚的风俗,写荸荠庵里的几个和尚的特点,写三师傅的聪明能干和善唱富有性爱内容的乡曲野歌,写和尚与妇女私奔、吃肉娶妻,写英子一家殷实的生活等,充满了野趣和情趣,一派僧俗不分、自由自在、其乐融融的景象。明海和英子的故事成为这种自然而然的生活的一部分。这是一种人性的理想,更是作家的审美理想,是一个"梦",传达着作家对生命的美好、对人性的善的信念,也与我国传统文化中天人合一、处分自然的观念相通。

在汪曾祺的小说中,那些随时插入的成分多关乎风俗民情和自然景观,且以一种看似漫不经心、说到哪儿是哪儿的神聊展现出来,它不只是营造了一种氛围和意境,而且形成了汪曾祺小说的独特的结构方式。汪曾祺自己曾说:"我的一些小说不大像小说,或者根本就不是小说。有些只是人物素描。我不善于讲故事。我也不喜欢太像小说的小说。""我的小说的另一个特点是:散。这倒是有意为之。我不喜欢布局严谨的小说,主张信马由缰,为文无法。"① 像《大淖记事》开篇近三千字就是"信马由缰"的闲聊,全是关于大淖这地方的风俗画。直到第二节结尾才出现主人公小锡匠十一子,而紧接着又是风俗画的描绘。其后的叙述中,十一子与巧云之间的故事不断地被诸如人物的生平琐事、水上保安队和号兵们的事情插入,巧云和十一子在大淖的沙洲中野合,也只是寥寥数行。直到小说最后一节才全力讲故事,但不足三千字。这样,这部一万五千字的小说全部用于讲故事的文字,最多只占全篇的三分之一。这种结构方式开启了新时期小说的散文化的先河。

就叙述的语言质地而言,汪曾祺的小说俭省、疏放、淡远,而又从中透出凝重、显现奇崛。不管是叙述事件还是描绘景物,是写对话还是描写人物,都显示出灵动、清逸的风致。《受戒》写明海对英子最初动情的情景,明海的内心活动着墨不多,但给人以深刻的印象。除了精确而俭省的直接叙述,还采取明海的视角细致地描写英子留下的脚印,极富视觉化效果,明海此时的心理内容也随之可感可触。《受戒》的后面写受戒回来的路上明海和英子的对话,写划船的动作,无不尽传神韵。这种清淡优雅而富含内蕴的语言,具有古典的气质。汪曾祺自己谈到过:"我受影响最深的是明朝大散文家归有光的几篇代表作。

---

① 汪曾祺:《汪曾祺文集·文论卷》,江苏文艺出版社1993年版,第193、194页。

归有光以轻淡的文笔写平常的人物,亲切而凄婉。这和我的气质很相近,我现在的小说里还时时回响着归有光的余韵。"①

汪曾祺用闲聊、随意的方式结构小说,将口语的活泼与古典的优雅结合起来的方式,充分显示了传统的讲故事的魅力,最大限度地缩短了口头语言与书面语言之间的距离,使小说阅读有了听的效果。这种方式对很长时期里文学创作中的文艺腔和翻译体也是一种有力的矫正,它在丰富多彩的口语形态中发现了更为鲜活的语言材料,开掘出本色的民族和民间的文化资源。这种流水一般随物赋形的方式,也意味着对宏大叙事和主题先行的排斥与拒绝,而将富有人性的趣味和人生态度渗透于小说的叙事之中。

第五节 探索小说 莫言

1985年,以刘索拉的《你别无选择》、徐星的《无主题变奏》、莫言的《透明的红萝卜》、残雪的《山上的小屋》、马原的《拉萨河女神》(1984)及《冈底斯的诱惑》等小说为先声,注重形式实验的小说开始兴起。莫言、马原以及紧随其后的洪峰、格非、苏童、余华、叶兆言、孙甘露、潘军、北村、吕新等作家,他们的创作都表现出对小说形式探索和语言创新的自觉意识和刻意追求。超越了新文学传统人文主义的人学思想的突破与膨胀,人的观念的现代性发现,是探索小说成功的内在动因。

莫言(1955—),山东高密人,原名管谟业,小学五年级辍学回乡务农,1976年参加中国人民解放军。1981年开始创作,发表了《枯河》《秋水》《民间音乐》等作品。1985年发表的中篇小说《透明的红萝卜》(《中国作家》1985年第2期)轰动文坛。1986年发表《红高粱》(《人民文学》1986年第3期),备受文坛关注,获得1985—1986年全国优秀中篇小说奖。著有长篇小说《天堂蒜薹之歌》《十三步》《酒国》等,有《莫言文集》五卷。90年代以后,莫言保持了比较旺盛的创作生命力,时有作品问世,主要有长篇小说《丰乳肥臀》《檀香刑》《四十一炮》《生死疲劳》等。

《透明的红萝卜》讲述的是黑孩在水利工地上的一段故事。在铁匠铺,黑孩目睹了老铁匠对小铁匠的惩罚——师傅将通红的钢钻戳到试图偷学技艺的徒弟的胳膊上。一个晚上,黑孩拔来萝卜给大家作夜餐,突然他发现放在铁砧上的一只萝卜变成金色透明的了。他激动地将这只美丽的萝卜抓在手里,不料心中有气的小铁匠将它抢过去,并把它远远地扔进河里。黑孩像丢了魂一样四处寻觅那奇异的红萝卜。他来到那块萝卜地,可是再也没找到那透明的红萝卜。

《透明的红萝卜》里的黑孩这个人物,不同于传统的小说对人物的塑造。小说并没有精心设计的情节和非常明确的环境,也没有对人物性格进行刻画,而是由黑孩这个形象贯通起乡村生活的记忆,其间既有物质的贫困,严酷的生存挣扎,也有情感的压抑,人性的扭曲。黑孩的外形又瘦又黑,看起来弱不禁风,常常承受着饥饿的袭击。但有意味的是,这个黑孩不畏严寒,不怕火烫,不觉疼痛,外表沉默寡言,内心却非常敏感,并且炽烈如火,执着而坚定,对菊子姑娘的体贴则不乏柔情的回报。黑孩身上表现出的这些特质,赋

---

① 汪曾祺:《蒲桥集》,作家出版社2000年版,第358页。

予他浓烈的神秘色彩和超凡的精灵之气。作家李陀认为:"黑孩形象中的非现实色彩,使他在一定意义上成为一种抽象和象征。……黑孩却是中国农民那种能够在任何严酷的条件下都能生存发展的无限的生命力的抽象和象征……无论黑孩那在刚刚能活下去的恶劣条件下仍能保持那么多幻想,仍能顽强地去追求的炽烈感情,我们都不能把它们只看做是人物性格,而是应当做作者对中国农民的反思。其中有他的热爱、理解和信任,也有忧虑、怀疑和批评。因此,《透明的红萝卜》并不玄虚。作者想表现他对生活的一定感情和态度,但是他没有采用人们都十分熟悉的写实方法,而是藉一种特定的表现形式,将现实因素和非现实因素融成一体,形成一种十分特殊的小说艺术形象。"① 这种对严酷年代的神奇故事的讲述,在莫言的代表作《红高粱》里表现得更为集中、更加鲜明。

《红高粱》的叙述循两条线索展开,主线是土匪头子"我爷爷"余占鳌率领的武装伏击日本汽车队,辅线是在这次战斗之前发生的余占鳌与"我奶奶"戴凤莲之间的爱情故事。"我奶奶"戴凤莲在16岁那年,被在高密东北乡富甲一方的单廷秀看中,娶她为儿媳妇。在迎亲的路上,轿夫们按照当地风俗颠轿,颠得"我奶奶"不堪忍受,放声大哭。在"我奶奶"脚前的那个轿夫,心中生起一股怜爱之情,悄悄将她露出的脚送回轿子里。这个年轻的轿夫就是后来的"我爷爷"余占鳌。当迎亲的队伍行至蛤蟆坑时,遇到了劫匪。余占鳌受到"我奶奶"亢奋的目光的鼓励,打死了劫匪。在"我奶奶"第三天回门的路上,"我爷爷"将"我奶奶"夹进高粱地,"我父亲"就来自那次欢爱。后来"我爷爷"杀死单家父子,成为我奶奶的情人,也正式当了土匪。在"我奶奶"家做长工的刘罗汉被日本鬼子抓去,并遭剥皮酷刑而死。"我爷爷"愤而拉起队伍,答应了抗日支队冷队长的合作邀请。"我爷爷"领着队伍等待鬼子的到来,也在等待冷队长队伍的到来。就在"我奶奶"担着拤饼和茶水出现在墨水河边时,鬼子的车队来了,车上扫来的密集的子弹射倒了"我奶奶"。"我爷爷"的队伍寡不敌众,伤亡惨重。"我爷爷"跪在"我奶奶"的身边,为她合上了眼睛,这时候冷队长的队伍才来。

小说对题材的处理显示出对传统的小说叙事的叛逆。抗日战争的题材在我国现当代小说史上比比皆是,但是,以土匪头子的抗日故事为叙事主体,并以不合道德规范的爱情故事穿插其间,这在莫言的《红高粱》之前实属罕见。在小说中,男主人公具有土匪、英雄、情种的三重身份,粗野、狂暴、激情和侠义集于其一身;女主人公戴凤莲美丽而充满活力,表现出无所拘束、自然自在的生命存在,以娇弱之躯拥抱爱与自由,崇尚力与美,承受生命的全部疼痛与欢爱。小说围绕着男女主人公展开的叙事,将人置于荒蛮而奇伟、粗粝而豪放的境地,表现出人的生命的高贵、尊严、绚烂与悲怆。一直以来这类题材上的政治意识形态居主导与统摄地位的局面被《红高粱》打破,主流政治律令、正统文化观念、传统道德伦理和中庸美学趣味等被《红高粱》击破,而引入了一种富有生命激情和民间意识的尺度,"涌荡着一股生机勃勃的生命激流,蕴涵着中国农民的生命观、历史观乃至时空观,潜藏着沉淀在生命直觉之中的农民文化的许多特点"②。

应该看到,所有这些在小说中都是以追忆的姿态讲述的故事,被放在一个过去的时空

---

① 李陀:《"妙在似与不似之间"——评中篇小说〈透明的红萝卜〉》,《文艺报》1985年7月6日。
② 张志忠:《莫言论》,中国社会科学出版社1990年版,第281页。

里，它强烈地映照着叙述者立足的当下时空。小说中的叙述者"我"，除了叙述"我爷爷""我奶奶"敢爱敢恨、惊天动地、活力沛然的故事，也不时感慨"我"这一代人生机萎缩、活得局促。这意味着对现在的生命状态的失望驱使"我"在过去寻找生命的辉煌，显露出叙述主体对精神匮乏和生命委顿的现实的强烈感应。

莫言是一位敏感而富于想象力的作家。他"以超验的感知方式，表现了充分矛盾的内在纷扰，几乎是将一种最初始状态的情绪直接地表达了出来。一方面是凄楚、苍凉、沉滞、压抑，另一方面则是欢乐、激愤、狂喜、抗争。这极像交响乐中两个相辅相成的旋律，彼此纠结着对话。前者是经验性的，后者则是超验性的，前者是感受、体验，是对外部生活的情绪性概括，后者则是向往，是追求，是灵魂永不止息的呐喊。……而忧郁的主调，也正是这不胜重复的灵魂，将被压抑的生命力不断外化为生动鲜活的艺术具象之后，如释重负般的叹息"①。

《红高粱》的叙事策略和语言方式追求着强烈的陌生化效果。首先，小说中的故事是以非故事的方式呈现出来的，即小说的展开并非依循事件的逻辑来建构，而是由感觉引导、由情绪推动。它通过叙述者"我"在现实与过去的追忆之间的自由穿梭，将完整、连续的事件链条彻底打碎和肢解，竭尽打乱时空顺序之能事。于是，情节的逻辑联系最大限度地被淡化，叙述显得自由散漫、了无拘束且生气勃勃。这种无所羁縻的结构方式，是《红高粱》的有意味的形式构成的一个重要方面，它与小说叙事意欲展示和张扬的精神非常和谐。

其次，小说在叙述人称的使用上也有特色，主要以"我奶奶""我爷爷"来展开叙述，第一人称与第三人称叠合在一起，叙述者和被叙述者紧密地结合在一起。这种方式一方面使叙述的强烈主观性得以凸显——"我"是操纵和控制叙述的主体，爷爷奶奶当年的故事是由"我"讲述出来，这就有意识地暴露出叙述的不可靠性；另一方面，也因为这种凸显而显示出一种距离，隐含着一种对比——"我"所身处的情境与爷爷奶奶他们形成截然对比。在这样的叙述人称的运用中，最逼真的细节也带有了虚幻的色彩，幻想和理想的成分于是可以名正言顺地进入叙事，同时理想和想象与现实的冲突也强烈地表现出来，从而获得了所谓"喧哗自嘲"的反讽效果。

再次，在语言的运用上，《红高粱》追求一种富有力度的表达，一切都服从主体的自由创造和审美快感，而不惜偏离常规的标准，不管是政治、文化的约束，还是美学、道德的框限。按照莫言自己的说法是，"为了要写大的气魄，在很多地方都不管语言是否规范，情之所至，任其自然、往下写去"，以致"披头散发，枝叶横生"②。其具体表现为：其一，小说竭尽笔力描述暴力、偷情、野合、酷刑，借这些逾越常规的生命活动形诸令人惊悚的语言表达，产生极富感性的强力刺激。有人因此认为《红高粱》的描写有着自然主义的倾向，"不仅不能给人以美感，反而让人感到头发根发麻，喉咙里秽物翻腾，皮肤上起鸡皮疙瘩，好不舒服"③。其二，重视感觉的呈现，大胆运用丰富的比喻、夸张、通感，

---

① 季红真：《忧郁的土地，不屈的精魂——莫言散论之一》，《文学评论》1987年第6期。
② 林舟（陈霖）：《心灵的游历与归途——莫言访谈录》，《生命的摆渡》，海天出版社1998年版，第204页。
③ 蔡毅：《在美丑之间……》，《作品与争鸣》1986年第10期。

色彩鲜明、丰富，诡谲奇伟，努力表现意识的流动和心理的跳跃状态，意象纷呈且奔涌而来。其三，注重对语言色泽的选择和气势的营造。也由于上述语言的特征，莫言小说在叙述上有时候显得缺乏节制，给阅读带来了某些不适。

莫言在《红高粱》中表现出的对人的自由精神的渴望、对强有力的生命形态的呼唤，则更是既植根于当代中国的现实土壤，又超越了现实的局限，为表现人这一永恒的主题提供了丰富的艺术形式和内容。

马原（1953— ），辽宁锦州人，1970年中学毕业后插队，1974年入沈阳铁路运输学校机械制造专业学习，1976年到阜新机务段当钳工。1978年考入辽宁大学中文系，1982年毕业后去西藏工作，当过记者、编辑。1982年开始发表小说，1984年发表的《拉萨河女神》引起文坛关注。1985年发表成名作《冈底斯的诱惑》（《上海文学》1985年第2期）。马原于1989年离开西藏返回沈阳，2000年开始在同济大学任教，出版了文学讲稿《虚构之刀》《阅读大师》。马原的小说所采取的叙述技巧以及其中蕴含的小说观念对80年代后期以来的小说写作产生了很大影响。

马原小说对叙述本身的重视首先体现在对小说向来背负的载道功能的解脱，他以一种极端的姿态，将小说完全视为语言的游戏，切断了任何通往意义和价值的道路。在《虚构》《冈底斯的诱惑》中，尽管可以看到一些富有意义联想的局部，譬如，玛曲村里麻风病人的生死爱恨、情感和情欲的方式，顿珠、顿月兄弟的传奇故事中的神秘和忧伤，姚亮由美丽的央金姑娘之死而生发的关于女性之美的象征意味的议论等，但是，在整体上无法确定作者到底要通过小说表达什么思想内容，要揭示什么意义。马原小说中的叙述者总是扮演着颇具自恋色彩的游戏者的角色，其合法性基础在于个体的自由，操纵语言就是其目的所在，语言不仅是游戏的材料，而且就是游戏本身。

在马原这里，"写什么"不再重要，"怎么写"成为最值得关注的问题。马原的小说表现出对"怎么写"这一问题的浓厚兴趣，并把它推向极端的层面，直接将它放到小说叙事之中探讨，其惯用的手法便是"元小说"① 叙事。譬如《冈底斯的诱惑》的第十五节，小说的第一级的叙述者直接讨论小说叙述上的问题："故事到这里已经讲得差不多了，但是显然会有读者提出一些技术以及技巧方面的问题。我们来设想一下……"接下来，小说列出了关于结构、线索、遗留问题，且在最后作出交代，一并解决。对读者而言，这种叙述也表现出一种开放性，它呼唤读者将眼光转向叙述本身，从而调动自身的经验，参与文本的创造。

马原的小说叙述的另一个特点是，所叙述的故事不追求事件的逻辑联系，也没有情感和情绪的联系，而是若干个兀自独立的片断，往往被强行组合在一起。马原的代表作《冈底斯的诱惑》在这方面表现得尤为突出。小说叙述了四个互不关联的故事：老作家的西藏经历；猎人穷布的猎熊故事；陆高、姚亮等去看天葬的故事；藏民顿珠、顿月兄弟的故事。四个故事各自独立，既不完整又无明确的线索，往往突如其来，又倏忽而去。有时候

---

① "元小说"是关于小说的小说，它既沿用小说这种体裁的种种原则，同时又竭力破坏这些原则；它在小说的内部嵌有关于它本身的叙事和语言的评论，关注小说自身的虚构和纪实的过程而非其结果，惯常用戏拟和反讽来颠覆小说的可信度，质疑小说的表现形式。

简单地用诸如"故事已经开始了""现在要讲另一个故事"这类表述,来提示从一个故事到另一个故事的切换。这些故事虽然保留了局部的真实感或者说似真幻觉,但是由于逻辑的、因果的联系被解除,便拒绝了对之作深度追究的企图,也就使叙事变成了漂浮在语言之流中的经验的碎片。

不可否认,马原小说的叙述策略和小说观念在很大程度上是受西方现代文学及后现代文学的文本策略和文学观念影响和启发的产物。但值得注意的是,在此过程中,马原的小说写作也开掘出汉语写作的巨大潜力,并且显示出颇为扎实的写实功底。在马原的先锋实验小说中,虽然文本通往意义的道路被切断,但是,这种实验背后潜隐着特定的思想、观念和文化背景。首先,它是对我国近现代以来强调小说的社会功能的反拨,是对小说叙事受意识形态压力的摆脱。其次,这种对意义的放逐,也在一定程度上显示了意义的危机,意味着文化观念的碰撞、转型。

研 习 导 引

汪曾祺的意义

在旗号纷起、新潮迭出的 80 年代文坛,汪曾祺是一个难以被归类的异数。不过,却有批评家提出:"真正使新时期小说步入新的历史门槛的,应该是手里擎着《受戒》的汪曾祺。"[①] 关于汪曾祺的独特性以及意义,黄子平认为:《受戒》"充满了内在欢乐","而且这欢乐,是'四十三年前的旧梦',是逝去的'旧社会也不是没有的欢乐'。小说撇开了几十年统率一切的政治生活的纠缠,用水洗过了一般清新质朴的语言叙写单纯无邪的青春和古趣盎然的民俗。悲愤哀伤惶惑、'愁云密布'的文学天空中蓦地出现了一抹'亮色',却不是主张'走出伤痕'(其实是'粉饰伤痕')的批评家们所希望的那种'亮色'"[②]。不同于这种远离政治生活说,从汪曾祺那里,胡河清发现的却是中国知识分子同"外来的粗暴干涉"具有复杂联系的"心理秘密":"汪曾祺的爱情小说如《大淖记事》《受戒》,都似乎交织着梦境和现实力量两条线索。梦境一般象征着情人的幽期密约,海誓山盟,而现实力量则代表着外来的粗暴干涉。这里就涉及了中国传统知识分子的一个重要的心理秘密。编造关于巫山云雨的梦境成了他们对于残酷的历史过程的一种特殊的心灵规避方式。因此他们写的爱情故事不论怎样美丽,却总笼罩着一种'杜鹃声里斜阳暮'的沉郁色彩。"[③]

《红高粱》与"民间"

"民间"作为与精英相参照的一个文化概念,常常被用以描述莫言的文学世界。

莫言曾回忆,写作《红高粱》的最初灵感来自 80 年代的一次文学座谈会上的争论。

---

① 马风:《汪曾祺与新时期小说——一次文学史视角的考察》,《文艺评论》1995 年第 4 期。
② 黄子平:《汪曾祺的意义》,《北京文学》1989 年第 1 期。
③ 胡河清:《汪曾祺论》,《当代作家评论》1993 年第 1 期。

当时曾有一位老作家质疑年轻一代没有亲身体验，难以写好反映战争、反映历史的作品，莫言立刻予以反驳："小说家写战争——人类历史进程中的这一愚昧现象，他所要表现的是战争对人的灵魂扭曲或者人性在战争中的变异。从这个意义上讲，即便没有经历过战争的人，也可以写战争。"关于为什么《红高粱》会在当时产生巨大反响，莫言则是通过反思人被禁锢的中国历史而予以回答的："我认为这部作品恰好表达了当时中国人一种共同的心态，在长时期的个人自由受到压抑之后，《红高粱》张扬了个性解放的精神——敢说、敢想、敢做。"① 充分地尊重个性，充分地理解人性，为人性的解放与人格的觉醒而写作，正是新文学所开拓出的中国现代精英文学的传统。其实，关于何谓"民间"，莫言的看法也是相当精英化的："提到民间，我觉得就是根据自己的东西来写"，"民间写作，我认为实际上就是一种强调个性化的写作。"在他的理解中，"民间"的意义"就在于每个作家都该有他人格的觉醒，作家自我个性的觉醒"②。

第七章专题讲座
刘复生："自由人联合体"的构想及解体
　　——从《创业史》到《平凡的世界》
张福贵：80年代知青文学 1—3

第七章
拓展研读资料

---

① 莫言：《我为什么要写〈红高粱家族〉》，《红高粱》，花城出版社 2011 年版，第 147—148 页、第 151 页。
② 莫言等：《从〈红高粱〉到〈檀香刑〉》，《当代作家评论》2002 年第 1 期。

第八章　90年代小说

第一节　90年代小说概述

20世纪90年代文学处于一个中间状态。新的市场规则、时代精神还远远没有建构,而过去的价值结构已经悄悄变化。面对这个多元共生的中间状态,文学界围绕着人文精神的内涵、重建人文精神的现实性和可能性、知识分子的作用、文学作品的俗化等方面展开了广泛的争论。此时人学观念具有以下特征:强调个体的存在,不再是一种主体的先锋姿态,而是沉入世俗生存的个体世界。他们更多从自身的生活体验出发,展现个体的生存欲望、性欲。个体成为生活的本身,他们的存在不再有精神启蒙的沉重,显得实在而轻盈。这些人学观念,决定了文学中历史观念、价值尺度、审美方式等维度的变化。后现代人学思想与人学观念已经萌生。

个性化写作是90年代小说创作的一面旗帜,不仅产生了韩东、鲁羊、朱文、陈染等人的新生代小说,更重要的是带来了整个小说界主体精神和价值追求的变化。主体的破碎,人的精神性品格的降低、生物性本能的放大,构成了90年代小说对人的阐释的后现代路径。先锋小说形式革命的惯性继续在个性化的旗帜下不断与大众化、本土化的思维相互融合而开始接地气,一反原来的高蹈姿态,而走向世俗化与欲望化。影视、网络等大众传媒的发达,大众文化的潮流使小说在欲望的驱动下,不断以文学消费的表现形式冲击着原本严肃、主流的文坛。整个文坛对各种题材内容、风格样式、艺术手法兼收并蓄,呈现出后现代文学初生的喧嚣局面。

一、新写实主义小说

回归现实的土壤,还原生活的真实成为90年代初文学的主要追求。1989年《钟山》杂志开始设立"新写实小说大联展"栏目,并在"卷首语"中指出:新写实"不同于历史上已有的现实主义,也不同于现代主义'先锋派'文学,而是近几年小说创作低谷中出现的一种新的文学倾向",它们"仍以写实为主要特征,特别注重现实生活原生态的还原,真诚直面现实,直面人生。虽然从总体的文学精神来看新写实小说仍可归为现实主义的大范畴,但无疑具有了一种新的开放性和包容性,善于吸收、借鉴现代主义各流派在艺术上的长处"。作家纷纷视点下沉,贴着生活底层"毛茸茸"的事实书写,传达出一种生活的无奈与渴望走出的焦灼,真实地再现了文学的中国经验,同时,他们在无奈的生存中又屡屡激起生命的韧劲与局部的激情,在原生态的冷酷中透出生存的硬度。

池莉(1957—)在80年代创作了《烦恼人生》《不谈爱情》《冷也好热也好活着就好》等新写实小说,原生态地展示了世俗生存卑微琐碎的一面。到90年代,池莉的小说在市民化的基础上进一步与市场消费相结合,主要作品有《来来往往》《小姐你早》《云破处》《生活秀》《口红》等。这些作品中的人物不再是为生存奔波的芸芸众生,而是在商场搏击的金钱英雄。在她的笔下,大起大落的故事、暴富赤贫的人物、奢侈的享乐场面、反常的男女感情故事应有尽有。有论者指出:"作为一个作家,轻视和排斥知识分子,轻视和放弃思想的力量,作品缺乏深刻的灵魂拷问,缺少情感的力度和震撼力,缺少激起人们追寻生存意义和提升审美理想的强大动力,也缺少对于妨碍社会发展、妨碍人性完善的真正障碍的严肃思考和犀利批判。……价值观的单向性,难以涵盖生活的丰富性;作品的可读性,也不能遮掩作品的单薄感。"①

方方(1955—),原名汪芳,主要作品有《风景》《祖父在父亲心中》《行云流水》《落日》《桃花灿烂》《乌泥湖年谱》等。方方的小说主要集中在对人生世相的揭示和存在困境的思考。《风景》中,"父亲"粗暴而愚昧,"母亲"粗俗而风骚,哑巴的老四娶了个盲媳妇过日子,老五、老六成了没心没肺的个体户,两个女儿大香和小香只是传宗接代的生殖机器,饱受虐待的老七长大后为了走出底层的残酷,而选择了冷酷无情的生活方式。作家以冷静而客观的叙述,从存在主义的高度对一系列人生悲剧作出了极具震撼力的表现。方方在后记《仅谈七哥》中说道:"生存环境的恶劣,生活地位的低下,必然会使开过眼界的七哥们不肯安于现状。改变自身命运差不多是他这样家庭出身的人一生奋斗的目标。他们的吃苦能力比别人更强,对功名的追逐亦有超出常人的激情。但因为先天条件的不足和后天实力的软弱,他们中全然靠自己的智慧和才能而名正言顺达到目的的不多。……只要能够改变地位,成为人上之人,像过去他们曾羡慕过的别人一样,他们什么都能干,道德品质算什么?人格气节算什么?社会舆论算什么?他人的痛苦算什么?如果需要,这些都可以踏在脚下。"② 作家没有表现出明显的价值判断意向,只是冷静、客观地展示了都市民间粗鄙丑陋、荒寒阴冷的生存景观。

刘恒(1954—)的小说在客观叙述中注重表现对生活、人性的还原。《狗日的粮食》中展示了一个基本的人生命题:生存本能。吃饭成了瘿袋女人生命中的唯一目的。生命因放逐了意义而沦为生存的悲剧。《白涡》剥离了周兆路和华乃倩情欲之中的爱情光环,表现了人的欲望悲剧。《伏羲伏羲》故事的显性层面是一个家庭的乱伦主题,而隐性层面揭示了生命原欲与伦理冲突的人性悲剧。《贫嘴张大民的幸福生活》是刘恒90年代中后期的重要作品。小说放弃了以前的灰暗阴冷的叙述基调,而以调侃和幽默的方式化解生存的苦难。张大民苦中作乐,忍着生活的伤痛寻找活下去的理由、乐趣和支撑。生存空间的狭小,生活的拮据,家庭内外的苦涩都没能压抑住他含泪的微笑。张大民的"贫嘴"不是油嘴滑舌,而是底层民众的生存智慧和精神哲学。

本质上,新写实小说是先锋创作与传统的写实手法相互妥协的结果。这些创作开始正

---

① 张志忠:《人生无梦到中年》,《文学评论》2003年第1期。
② 方方:《仅谈七哥》,《中篇小说选刊》1988年第5期。

视与个人生存息息相关的日常生活，不再表达自恃不同流俗的高蹈姿态，也不再标榜远大的理想和崇高的追求。一方面，日常生活中原来被强大的意识形态话语遮蔽的部分，开始走进作家的视野。很多小说将时间、人物、故事放在现实日常人生的实录与自然流程中，呈现"毛茸茸"的生存状态。另一方面，很多新写实小说往往偏执于世俗生存物质性的一面，在真实、具体的生活细节中，书写人性在生活流中的认同与反抗。他们着力表现人性在市场话语中的价值焦虑，却滑向市场消费话语的泥淖。因此，90年代的新写实小说往往注重生活细节的原生态书写和传奇性的追求，却没有在纷繁的生活现象中提炼出深刻的悲剧精神。

二、新历史小说

新历史小说是后现代主义思潮影响之下一种消解正史、重构个人小史的小说创作思潮。新历史意味着一种新的历史观念、历史意识开始走进文学的领域，不仅仅在于题材的独辟蹊径，也不单在历史人物的特别选取。代表作家有莫言、刘震云、苏童、陈忠实、叶兆言等。

新历史小说的特点首先体现在一种个人理解下的奇观式野史、稗史的大量凸显。其中以妓女、土匪等民间形象来取代符号化的英雄典型，凸显人性、生存等文化母题，反拨传统的政治意识形态和伦理道德观念。这种小史重在复杂人性的发掘，体现了一种反主流的民间化立场。以非正统行为拆解正统意识形态是这一类小说的主要特征。杨争光的《黑风景》，苏童的《十九间房》《红粉》，莫言的《丰乳肥臀》，尤凤伟的《石门夜话》都属于这一范畴。这些小说将人性拖曳出主流的正史，试图在一个非意识形态化的历史境遇下探求人的自然、自由的生存状态。

其次，历史呈现出无序的状态，偶然性、不确定性的因素纷纷进入历史的视野。"那种从过去通向未来的连续性的感觉已经崩溃了，新时间体验只集中在现时上，除了现时之外，什么也没有。"① 历史的进步论、决定论转换成一些历史物象和事件的平面堆积，贯穿其小说的主线是历史循环论。在刘震云看来，"历史无发展，只是奴役与残杀的延续，历史无进步，只是你方唱罢我登场的反复与循环"②。他的《故乡天下黄花》以北方农村马村为背景，截取了民国初年、抗日战争、土改运动、"文化大革命"几个最有代表性的历史时期，来表现历史的重复演进。李文闹、许布袋、赵刺猬、赖和尚等，斗争的目的都为了争当头人，为了能天天吃夜草。刘震云拉长了历史的纵深距离，把历史人物如曹操、袁绍、朱元璋、慈禧，化成相互转世的历史幽灵。曹操转世为曹成，袁绍转世为袁哨，这些人物各不相同，历史环境更迭，但人物的内在心理欲望和历史的本质如出一辙。每个人物如跳梁小丑般喧嚣其中，个体生命本身的轮回隐喻了历史的反复与循坏。

再次，性与暴力等陌生化的历史元素成为架构人性话语和商业话语的桥梁。90年代小说大写过去被忽略或阉割的边缘小史，搜罗正史拒斥的民间逸闻秘史，虚构心中的个人史和欲望史。通过这些策略，作家在历史书写中传达出一定的人性思考，又在性和暴力等方面的把玩中走上了消费历史话语之途。苏童的小说《米》《我的帝王生涯》中，作家借

---

① [美]杰姆逊：《后现代主义与文化理论》（精校本），唐小兵译，北京大学出版社2005年版，第205页。
② 摩罗：《刘震云：中国生活的批评家》，《自由的歌谣》，文化艺术出版社1999年版，第133页。

助这些历史的传奇，也是通俗文学的消费筹码，既用来演绎他对人类现实生存的形而上思考，向人性永恒的纵深处掘进，在理念上抵御消费社会的商业侵蚀，又在审美风格表现和趣味上传达了消费美学的理念。历史的消费成了一把双刃剑。面对苏童的这种写作趋势，王安忆曾指出："我很担心他会变成一个畅销书作家，故事对于他的诱惑太大了，他总是着迷于讲一个出奇制胜的好故事，为了把好故事编好，他不惜走在畅销书的陷阱的边缘薄刃上，面对着堕身的危险。"①

本质上，90年代以来的新历史小说处于一种矛盾的心态：既要沉入人性的深处，将过去宏大正史压抑下的欲望、情感等永恒命题释放出来，又要寻求市场效益的最大化。当历史只是人性的虚拟场时，并非推进文学与历史的紧密融合，而是很大程度上对历史的一种消费性征用。

三、新生代小说

新生代小说是80年代先锋小说落潮后一种文体内容的反拨和审美形式的发展相互融合的青春性体验写作。对于缺少历史记忆的新生代作家，他们相信自己的感受和体验，关注自我人生，凸显个体在现代社会中的欲望追求、困惑心理、人性挣扎。主要作家有朱文、鲁羊、韩东、徐坤、刁斗、李冯、王彪、邱华栋、毕飞宇、刘继明等。新生代小说的特点如下：

首先是碎片化的个体生活经验的真实书写。很多作家把对于真实生活与感受的叙写置于首位，不追求创作的史诗意义，在人生碎片的真切描述中展示世俗的人生。韩东的作品常常在琐碎生活的描写中突出人物的卑微处境。《新版黄山游》以游记式的纪实手法细致地描写主人公"我"与朋友一起游黄山找不到旅馆时的尴尬与疲惫，以及忍痛花240元住进宾馆时的感受。鲁羊的《立秋以前的一个早上》叙写马余在立秋以前的一个早上做了一个关于衰老的梦。《此曲不知从何来》描述马余因胯下的皮肤感染去医院诊治，尤院长却弄破了马余的皮肤。王干指出，鲁羊"追求这样一种语言和文字的舞姿，便是鲁羊写作的意义所在，而这种语言和文字势必要将故事冲击得支离破碎，只留下一个个闪闪烁烁的美的片断与诗的残简以及声音的痕迹在空中奇异的回旋"②。可见，新生代小说创作常常不将对于故事情节的跌宕起伏的精心安排作为重点，而是努力把对于生活的感受与体验作为叙写的重点。

其次，欲望化的经验也是新生代小说的主要表征。市场经济对个体欲望的刺激，后现代主义文化思潮对于欲望的肯定，决定了新生代作家打破了以往欲遮还羞的欲望书写状态，大张旗鼓地展示个体的致富欲望、享乐欲望、性欲等。何顿对于小中产者积累财富过程中无限膨胀的人生欲望的纪实，邱华栋对于都市玩主追逐金钱、游戏爱情的欲望化生命的放大，无疑都是对于90年代整体生存景观和个体心理的一种观照。韩东直言："我写性，就是写那种心理上的下流，性的心理过程中的曲折、卑劣、折磨、负荷以及无意义的状态。"③ 90年代以前所未有的反叛姿态来书写欲望，其目的似乎在彰显过去难以实现的

---

① 王安忆：《我们在做什么》，《文学自由谈》1993年第3期。
② 王干：《枪毙小说——鲁羊存在的可能性》，见鲁羊：《佳人相见一千年》，作家出版社1995年版，第400页。
③ 林舟：《韩东——清醒的文学梦》，《生命的摆渡——中国当代作家访谈录》，海天出版社1998年版，第58页。

个人性，但在市场成为主导力量后，反叛本身成为一种市场资源，迎合了大众的阅读需求。

最后是抵达生命本真的哲学化思考。新生代作家不满足于宏大的存在哲学的表现和现实表象的书写，而是以个体生命经验的方式切入对生命的哲学追问。张旻的《校园情结》，鲁羊的《银色老虎》《九三年的后半夜》，何顿的《无所谓》等小说都在极具现实经验性的画面中触摸到现代人的生存困境和心灵痛楚。王德威在评论"世纪末的私小说"时说："'孤独的人是无耻的'，陈染如是写道。这里有多少无奈与反讽！但也就因着这'无耻'的生存环境，作家们反而抛弃了随俗从众的负担与舆论的局限，自顾自地开始窃窃私语起来。"① 这些小说往往具有感性化和表象化的外观，却在欲望化书写中抵达对人性和生存的哲学思考。

总体来看，新生代作家关注个人感受与体验的叙写，忽视对于社会转型期社会变革与民众生活的关注与描写，创作题材显得较为狭窄。他们执着书写现代人膨胀的欲望、自私的追求，往往使作品在真实的生活与真切的痛感描述中，缺乏审美的内涵与意味。

四、女性小说

女性意识是当代文学最为沉重而又最为轻盈的话题。20世纪80年代初期，一些女性作家游离于主流话语之外，开始在社会文化层面反思两性关系，质疑传统的性别秩序，产生了《方舟》《在同一地平线上》等代表性文本，女性写作开始具有性别意识。稍后，王安忆的"三恋"、《岗上的世纪》，铁凝的《棉花垛》等小说将女性意识向前推进了一步，女性作为欲望主体浮出历史地表。进入20世纪90年代，伴随女性意识的充分凸显，女性写作异军突起。她们自觉地疏离男性作家所热衷的政治、历史、社会等命题，回归女性的经验领域，并借此来挑战和颠覆男性话语中心。林白的《一个人的战争》和《守望空心岁月》、陈染的《私人生活》和《破开》、徐小斌的《双鱼星座》和《羽蛇》、徐坤的《狗日的足球》和《厨房》、张抗抗的《情爱画廊》、海男的《我的情人们》、蒋子丹的《桑烟为谁升起》、铁凝的《玫瑰门》和《大浴女》、卫慧的《上海宝贝》等，构成了90年代女性写作的基本图景。

关于女性写作的个人化问题，往往指涉女性个体的隐秘体验。"个人化写作有着自传的意义。在我们当前的语境中，它具体为女作家写作个人生活、披露个人隐私，以构成对男性社会、道德话语的攻击，取得惊世骇俗的效果。因为女性个人生活体验的直接书写，可能构成对男权社会的权威话语、男性规范和男性渴望的女性形象的颠覆。"② 在林白的《一个人的战争》中，讲述的是少女多米的成长历程。作品对女性成长的性经验的重视，对父权制社会中性别压抑意识的自觉，并在有意营构女性主体形象中实践一种独特体验的女性美学。到棉棉、卫慧这里，则主要体现为一种欲望化的写作。《上海宝贝》中，性成为商品，女性是消费的对象，女性话语淹没在商业浪潮中，女性体验中的历史文化内涵和理性精神被剥离。身体叙事逐渐衍成一种商业化的"身体写作"，被简单地改写成身体欲

---

① 王德威：《夜半无人私语时——世纪末的私小说》，《众声喧哗以后——点评当代中文小说》，台北麦田出版社2001年版，第380页。
② 王干、戴锦华：《女性文学与个人化写作》，《大家》1996年第1期。

望的放纵暴露和想象呈现。

唯美主义倾向是很多女性小说在身体和性爱场景描写方面的主要特征。对人流、堕胎过程的描写，对乳房、怀孕、肌肤相亲的诗意感觉，都落实到细密而感性的叙述中，传达出一种女性世界独有的诗意想象。林白的《守望空心岁月》对罂粟的描写中，罂粟散发的香味被描述为"巨大的花瓣"，是"热烈而辉煌"的，而罂粟花给林白的感觉是既"纯洁又邪恶"，"在天堂和地狱都熔炼过"，"神秘"而"叛逆"。这种诗化的叙述，显然是作者借助记忆的审美感知作出的诗性想象。林白坦言："我对关于它的描写有一种奇怪的热情，我一直想让性拥有一种语言上的优雅，它经由真实到达我的笔端，变得美丽动人，生出繁花与枝条，这也许与它的本来面目相去很远，但却使我在创作中产生一种诗的快感。"①

戴锦华指出："一个男性窥视者的视野便覆盖了女性写作的天空与前景。商业包装和男性为满足自己性心理、文化心理所作出的对女性写作的规范与界定，便成为一种有效的暗示，乃至明示传递给女作家。……女性写作的繁荣，女性个人化写作的繁荣，就可能相反成为女性重新失陷于男权文化的陷阱。"② 其评论指出了女性文学难以避免的怪圈，也体现了女性作家一直难以驱遣的焦虑。

第二节 贾平凹 陈忠实

贾平凹（1952— ），原名贾平娃，陕西丹凤人，是80年代以来当代中国文坛创作最为活跃的作家之一。自1973年开始发表作品以来，著有长篇小说《浮躁》《高老庄》《废都》《怀念狼》《秦腔》《古炉》等，中短篇小说集《小月前本》《腊月·正月》《天狗》《黑氏》《艺术家韩起祥》，纪实文学《我是农民》，散文集《月迹》《心迹》《爱的踪迹》《走山东》《商州三录》《说话》《坐佛》等。其中，《满月儿》获1978年全国优秀短篇小说奖，《腊月·正月》获1982—1984年《十月》文学奖，《商州初录》获1984年《钟山》杂志社首届钟山文学奖，《浮躁》于1988年获美国第八届美孚飞马文学奖，《废都》于1997年获法国费米那文学奖，《秦腔》于2008年获第七届茅盾文学奖。

迄今为止，贾平凹的创作大致可以分为三个阶段。第一阶段，从70年代末到80年代末。这一阶段的小说由于大多取材于商州，而被人们称为商州系列。

最初为贾平凹在文坛上带来声誉的，是他在80年代初期创作的具有浓郁陕南地域风情的"商州系列小说"，如《鸡窝洼人家》《小月前本》《腊月·正月》《黑氏》《天狗》《商州》《浮躁》等。在这些小说里，贾平凹将对社会政治经济变革的关注和思考融入自己所熟悉的商州人事风情之中，不仅具有商州地域色彩，而且还具有较强烈的时代感和理想主义色彩。《浮躁》是这一时期贾平凹的代表性作品。小说以商州静虚村军队复员青年金狗的个人奋斗和情感纠葛为主线，通过他由乡村进入城市又由城市复归乡村的人生故事，多角度、多层面地揭示了转型期乡村中国那种既躁动不安又充满生命追求和活力的时代情绪。

---

① 林白：《守望空心岁月·代跋二》，花城出版社1996年版。
② 戴锦华：《犹在镜中》，知识出版社1999年版，第205页。

第二阶段，从 90 年代开始到 2002 年前后，贾平凹的文学视点从乡村转向城市，对物质文明所造成的人文精神失落、生命力委顿进行深刻省思。主要作品有《废都》《白夜》《土门》《高老庄》《怀念狼》《病相报告》等。

20 世纪 90 年代，商品化大潮既为文学创作带来了激情与动力，也带来了价值、精神层面的危机。贾平凹以《废都》传达了他对当时知识分子心态和整个社会的文化形态的理解和认识。"《废都》成为'人文精神的危机'最精确的文学见证。'人文精神的危机'的讨论，是九十年代初期最为热烈的全国范围的论争。似乎没有哪部重要作品比《废都》更好地契合了这场全国性论争的主题：知识分子的边缘化、英雄主义和理想主义时代的终结、价值的混乱和精神的困惑。"①《废都》出版后立即引起了人们的极大争论，并形成了当时《废都》热卖的商品化现象。

《废都》是一部对城市文明病加以反思的力作。小说以庄之蝶与几位女性的欲望纠葛为主线，以周敏的一篇文章引发的文案官司为辅线，穿插阮知非等诸名士的生活状态，展现了西京城无处不在的"废都"文化景观。一方面，揭示了商品经济社会里知识分子的精神颓废和价值迷失；另一方面，真实地呈现了人们在物欲中挣扎、沉沦的社会世相。小说的主人公庄之蝶是西京人人皆知的著名作家，居四大文化名人之首，上至政府官员下到普通百姓都以能够与其结交为荣。盛名之下的庄之蝶，并没像外人看来那样"活得清清静静"，反而处处为名所累。在性爱关系方面，庄之蝶周旋于妻子、女佣和数个情人之间而不能自拔。庄之蝶的名声也成为他与周围人之间逐利的武器。尽管庄之蝶不乏正义感、事业心和同情心，但是在颓废的都市之中，他只能成为一个混沌的文人、忙碌的闲人和浪荡的男人。"他在成名中沉沦，又在沉沦中挣扎，终未能走出'废都'，是一个走红不走运的受难者。"②

从表现的主题来看，小说包含文人与官场、文人与商海、文人与女人等众多生活圈子的日常行为，还通过捡破烂老头口中的一些讥讽民谣，折射了社会转型期中国社会的众生相。小说在一个传统文化日渐西下、商业大潮滚滚而来的语境中，将庄之蝶、龚靖元、汪希眠、阮知非这些文人作一番价值的拷问与放逐。可以说，《废都》把那个时代知识分子的精神堕落、人的精神迷失展示得淋漓尽致。因此，"《废都》的确是一本显示了九十年代文化的特色的小说。它最好地表现了知识分子在文化话语中地位的沦落以及对这种沦落的极度的恐惧"③。

弥漫全书的废都文化，构成了一个巨大的文化隐喻。从外部看，谈玄说道，巫医星象，赏古玩，品女人的小脚，构成了笼罩西京上空的一种深厚、颓废的传统人文氛围。从内在看，被传统文化浸透了骨髓的人们，无法摆脱因袭的重担，无力应对剧变的现实，是一种困窘中挣扎的文化心态的体现。这是一种在传统与现实的夹缝中的心灵挣扎，真切表现了当代文人在传统与现代、理想与现实的纠葛与冲撞中的尴尬处境和颓废心境。

从叙述形态上看，贾平凹继承了中国古典小说的形式，不难看出其中有《金瓶梅》

---

① [美]鲁晓鹏：《世纪末〈废都〉中的文学与知识分子》，季进译，《当代作家评论》2006 年第 3 期。
② 陈骏涛、白烨、王绯：《说不尽的〈废都〉》，《当代作家评论》1993 年第 6 期。
③ 易毅：《〈废都〉：皇帝的新衣》，《文艺争鸣》1993 年第 5 期。

《红楼梦》《九尾龟》等明清小说的影子。从文化上看,《废都》是贾平凹对当代城市社会各种官场文化、社会黑幕、民间流传的趣闻轶事(包括讽喻调侃式的顺口溜)、世态民情的风貌、收藏古玩的品味、巫医星象的神秘等的融合,这些共同营造了一种废都文化的氛围。露骨的性描写,对女性的狎妓心理的表现,又与《金瓶梅》等小说分不开。

《废都》发表以后,在社会中引起了较大的争议,争议焦点是小说中的性描写。对于小说中的性描写,可以从两个方面来认识:第一,应当穿越文本中性描写的表层,去整体性地把握其背后的隐喻性价值。关于小说中的性描写,贾平凹希望"从男男女女之事中去获得社会、人生的东西"[①]。可见,文本中的性描写对于人物性格和主题的表现有着不可或缺的价值。性在文本中就成为一种具有隐喻性的文化符号,它揭示个人在现代文明发展进程中所受到的灵魂的压抑,以及城市文明浸染下知识分子的文化迷失和精神颓废。第二,小说的性描写的确有许多值得商榷的地方。涉及庄之蝶与多位女性性关系的描写中由于场面过多,描写时缺乏美学的节制,从而导致整个性描写趋于感官化和轻薄化,也转移了人们对性际关系背后的文本更深入的精神反思。在性描写中,小说大量套用"□□□(作者删去×××字)"的《金瓶梅》式笔法,有迎合猎奇心理、故弄玄虚之嫌。

第三阶段,2003年之后,以《秦腔》为标志,贾平凹的创作走向了对乡土的更高层次回归。贾平凹通过《秦腔》《高兴》和《古炉》等传达了乡村中国在土地和文化上的双重衰落。

陈忠实(1942—2016),西安人,主要作品有短篇小说集《乡村》《到老白杨树背后去》,中篇小说集《初夏》《四妹子》《康家小院》,长篇小说《白鹿原》,散文集《告别白鸽》以及文论《寻找属于自己的句子》等,另有《陈忠实文集》(5卷)。

现实主义必须发展。
——陈忠实

长篇小说《白鹿原》(1992)[②]是陈忠实创作的高峰,也是新时期中国文坛的重要收获之一。1997年以被要求删除过多性描写的"修订本"获第四届茅盾文学奖。

《白鹿原》以史诗性的艺术追求展示了渭河平原白鹿村从清末民初到中华人民共和国成立近半个世纪的历史递变、社会风情和种种人生纵横。小说以白、鹿两家族为核心,通过这两个家族之间的恩怨情仇,以及众多家族成员的人生沉浮和命运变幻,勾勒出了一幅苍凉而浑厚的社会历史画卷。整部作品复调式地寄寓了家庭和民族的诸多历史内蕴,纵横社会人生的"无常",给人以强烈的历史沧桑感和虚幻感。小说艺术深沉凝练、酣畅严谨,其艺术描写如金针织锦细透绵密。

---

① 贾平凹:《〈废都〉创作之秘——贾平凹答编辑问》,肖夏林主编:《〈废都〉废谁》,学苑出版社1993年版,第22页。

② 《白鹿原》最初发表于《当代》1992年第6期、1993年第1期,1993年人民文学出版社出版单行本。

《白鹿原》中，作者呈现了自己的文化与美学追求：

其一，小说在处理历史时追求"秘史"品格。"秘史"与正史相对而言，因此，小说在处理近代以来中国的历史时，能够超越阶级叙事模式，通过暗示、隐喻的方式，将重大历史事件的潮起潮落和革命力量的此消彼长融入白、鹿两家几代人的政治选择、家族兴衰以及个人命运变迁之中，并且在历史叙事中融入了大量经济、宗教、文化、欲望等复杂因素，显现了丰厚的历史文化内涵。"秘史"品格的追求，使得小说在叙事立场上具有鲜明的民间性①。作者将笔墨主要集中在白鹿原村民生活形态和心态的历史性嬗变上，借助关中农村的沧桑变化和隐秘历史足迹的书写，全方位地呈现了近代以来民族的生存追求和文化精神。正统历史的线性逻辑和必然性在文本中也被颠覆。颠覆，是《白鹿原》的关键。"《白鹿原》最大的思想价值，正潜藏在错综复杂的文化冲突和人性剖示中，潜藏在《白鹿原》这个极端不和谐的小说世界中，小说折射着历史的荒谬和现实的虚妄，也彰显着作家反抗意识形态壁垒的'天问式'姿态。"② 小说借用鏊子的形象比喻，表达了作家对中国近代以来变幻莫测历史进程的独特理解。承受了多次革命风雨洗礼的白鹿原成了名副其实的鏊子——你烙来我烤去，翻来翻去，民不聊生，宗法家族制度和社会秩序，在阶级之间的腥风血雨和刀光剑影中也不断地被破坏和瓦解，革命的正义性和历史的必然性在这里已变得暧昧不明③。

其二，陈忠实民族秘史观建构的一个重要体现，是书写生活在历史中人们的欲望世界，揭示宗法农民文化历史原始、本真的形态。小说引人注意的是贯穿全篇的欲望的历史叙事，欲望的每次释放都成为情节发展的主要驱动力，作者借此深探民族文化的深层历史脉络。性，是驱动小说"秘史"情节发展的主要缘由④：白嘉轩连娶七房女人、鹿子霖乱伦、白孝文沉沦、鹿三老汉血刃小娥，无一不是由性的推动而发展。白鹿原陷入了巨大的性的情结萦绕之中，性成了一个巨大的神话。小说以"白嘉轩后来引以为豪壮的是一生里娶过七房女人"开篇，大篇幅地展开性行为和心态的描写，读者获得的感受不仅仅是纯生理的刺激，还有人物身上一种性崇拜下的生命力的喷薄。在田小娥形象上，全书把性隐秘写得最为惊心动魄。她活着的时候敢以最放纵的肉欲满足来反抗把她置于被损害地位的封建族规和礼教，死后又把杀死她的鹿三置于神情痴呆、行将就木的境地。她的尸体腐烂了，居然引发关中地区一场大瘟疫。隐秘的性史构成了民族历史命运的驱动。作者还运用类似于拉美魔幻现实主义小说的手法，在人鬼的相通和冲突中既凸显人性深秘，又潜在地表现民族历史前行的方向与动力。

---

① 陈忠实的历史观借小说中关中大儒朱先生表达，有别于强调阶级立场的正史观。畅广元认为作者的历史观有三点："首先是当代朱先生的历史眼光。……朱先生看历史，一是重史实，二是察民心，三是观动向，四是多体验"；"其次是民族利益的历史尺度……它较之一个阶级的立场要视野广阔得多，胸襟博大得多，气度也恢宏得多"；"再次是秉笔直书的史家心态"。《冷静客观地审视历史——浅议〈白鹿原〉的历史观》，《陕西日报》1993 年 4 月 26 日。

② 周燕芬、马佳娜：《〈白鹿原〉：文学经典及其"未完成性"》，《西北大学学报》（哲学社会科学版）2018 年第 1 期。

③ 黑娃逃离白鹿原后曾做过国民革命军习旅长的贴身警卫。习旅长战败后，他上山当了土匪。经历一番波折，黑娃皈依了仁义精神，但最终也没有逃脱死亡的厄运。黑娃形象可视为作者对农民革命、农民运动的新思考。

④ 陈忠实："我决定在这部长篇中把性撕开来写。"陈忠实：《关于〈白鹿原〉的答问》，《小说评论》1993 年第 3 期。

其三，对民族文化精神的理性审视与焦虑思考，是《白鹿原》的又一文化价值。对于《白鹿原》的文化思考，有人以小说中关中大儒朱先生的存在和白嘉轩形象的成功，说明小说正面肯定了传统文化；有人则认为是人物与文化观念的失败[①]；有人以"充满矛盾"为判断[②]。以表现传统文化为主要内容的《白鹿原》中，复杂多面的传统文化是以悖论存在的，而这正是心怀关中乡土的作家陈忠实的理性审视、紧张思考和内心的焦虑冲突。在白鹿原上，儒家仁义是民间最为实用的生活原则。它建立在悠久厚重的土地上，以儒家的仁爱哲学为基础性文化，是家与国统一在一种道德规范下的文化。如果说小说中朱先生体现的是仁义文化的至高精神境界，而白嘉轩则是仁义文化与乡村政治的紧密结合。或曰白嘉轩身上，体现了朱先生的人格魅力与世俗生存的紧密结合。面对这一文化之根，作家又充满焦虑。小说在极力张扬宗法制度下的仁义精神时，又往往难以逃离其中非仁义的一面。一方面，白嘉轩极力以其仁义文化、乡约制度来维持和统治白鹿原这个乡土世界，另一方面又往往以民间最为原始的非仁义的实用生活智慧，来推进这种仁义文化的实施。为了抗衡鹿子霖，白嘉轩在白鹿原上种植鸦片致富。他严施酷刑，整治违反族规者，就连爱子白孝文触犯戒律，他也毫不手软，在肉体上摧残，在精神上羞辱。对待鹿黑娃和田小娥的婚姻问题上，"仁义"在他那里成了摧残和压抑人性的道德专制。小娥惨死后，白嘉轩造塔镇妖，暴露了仁义文化的吃人性。在白鹿村一场又一场革命和欲望风暴的冲击下，儒家文化所建构的宗法制度和人伦规范一步步走向没落，就连白鹿原的"精魂"朱先生也无法挽回这一文化颓势，他所寄以厚望的"抗日英雄"鹿兆海，最终成为内战的牺牲品，他众多学生中，却唯有曾当过土匪的黑娃真正能实践其文化精神，也正因如此，朱先生面对满目疮痍山川大地，悲愤地说出"再不能有一丝作为了"。于是，《白鹿原》成为一个欲说还休的民族文化符码，一个想象力丰富的话语世界。

在艺术上，《白鹿原》一反传统革命历史小说的艺术策略，将近代以来的社会历史变动和政治斗争内置于宗族文化的社会结构之中，在显性的政治风云、宗族矛盾书写和隐性的人情、人心、人性揭示中呈现社会历史的变动，真正实现了作者书写"民族秘史"的艺术构想。再加上小说中嵌入了白嘉轩、田小娥、白孝文以及白灵等人的欲望叙事，更凸现了社会历史背后的人性内容，丰富了小说的心理内涵。在人物形象的塑造上，《白鹿原》超越二元对立的艺术模式，实现了对人物性格多重内涵的揭示。例如，小说的主人公白嘉轩，既散发出积极、刚健的精神追求，宽厚无私的人格魅力，端正坚毅的道德操守，同时作者也毫无避讳地描写了他六娶六丧的人生磨难，种植罂粟、巧取天字号风水地的不义之举以及严惩田小娥、白孝文时的冷酷无情。小说对鹿子霖、田小娥等人物形象的性格复杂性也有出色的艺术表现，在这些血肉丰满的形象身上寓含了民族和家族的诸多历史与文化

[①] 孙绍振："《白鹿原》人物的失败不仅仅是人物的失败，而且也是《白鹿原》历史文化观念的失败。……作者并没有从精神上真正地理解，他只好无可奈何地用'白鹿'作为这个精神的象征，去构建一个庞大然而却软弱得无法笼罩全书的、自欺欺人的象征体系。"孙绍振：《什么是艺术的文化价值——关于〈白鹿原〉的个案考察》，《福建论坛》（文史哲版）1999年第3期。

[②] 雷达："陈忠实在《白鹿原》中的文化立场和价值观念是充满矛盾的：他既在批判，又在赞赏；既在鞭挞，又在挽悼；他既看到传统的宗法文化是现代文明的路障，又对传统文化人格的魅力依恋不舍；他既清楚地看到农业文明如日薄西山，又希望从中开出拯救和重铸民族灵魂的灵丹妙药。"雷达：《废墟上的精魂——〈白鹿原〉论》，《文学评论》1993年第6期。

信息。陈忠实曾是柳青的崇拜和追慕者，但是创作《白鹿原》他终于醒悟而"剥离"了柳青式现实主义，实现了对传统现实主义与文化理念的超越，吸纳了现代主义的艺术手法。陈忠实曾明确表示这是受到拉美魔幻现实主义作家卡彭铁尔的影响①。小说中的核心意象白鹿的书写、田小娥被杀后变鬼的情节都有魔幻现实主义色彩，推动了小说故事发展，调节着叙事节奏，在深化人性复杂性与多元性方面均发挥着重要的艺术作用。

第三节 王安忆 陈染

要创造另外一个世界，我给它命名为心灵世界，因为它是从个人出发的，是精神世界。
——王安忆《王安忆说》

王安忆（1954— ），生于南京。主要作品有短篇小说集《雨，沙沙沙》《流逝》《小鲍庄》《尾声》《荒山之恋》《海上繁华梦》《神圣祭坛》《乌托邦诗篇》等，长篇小说《六九届初中生》《黄河故道人》《流水三十章》《米尼》《纪实与虚构》《长恨歌》《富萍》等。其中《本次列车终点》获1981年全国优秀短篇小说奖，《流逝》《小鲍庄》分获1981—1982年、1985—1986年全国优秀中篇小说奖，《长恨歌》获第五届茅盾文学奖。

王安忆是一个很难归于某种思潮或流派，却不断稳健地实现自我突破的作家。80年代初的《雨，沙沙沙》《本次列车终点》《流逝》是王安忆初期创作的典型，这些以雯雯系列为主的作品主要是个人自我经验的倾诉，体现出对女性心理和生存状态的持续关注、对普通女性审美趣味的把握。以《小鲍庄》为标志，作家通过对象征传统仁义道德的小鲍庄的营造，开始了文化层面的反思。80年代中后期的作品则着力于人性和人的生命本相的探索。王安忆在《小城之恋》《荒山之恋》《锦绣谷之恋》和《岗上的世纪》等作品中，深入人性最隐秘的区域——性意识，进入对个体生命的深刻思考。

到了90年代，王安忆的作品主要包括两个方面：第一，对普通人日常生活的关注，其中有上海这座城市的人与生活，如《长恨歌》《富萍》等。这些作品以女性为视角和主角去透视普通人的喜怒哀乐。也有对农村生活的关注，如《姊妹们》《蚌埠》《轮渡上》《喜宴》《开会》等。小辫子的朴实厚道、小勉子的积极进取、刘平子对美的创造与追求等，他们身上的纯朴和诗意，成为粗鄙、浮躁的社会中人们寄寓灵魂的精神家园。第二，对生命存在的形而上追问，如《纪实与虚构》《伤心太平洋》《米尼》等。它们在哲学的层面上对个人历史存在的生命意义作出探寻。《纪实与虚构》是一部寻根意味很强的家族小说。纪实部分主要呈现的是"我"、母亲及人群孤独的生存状态，这构成了现实生存中

---

① 陈忠实："我在卡彭铁尔富于开创意义的行程面前震惊了，首先是对拥有生活的那种自信的局限被彻底打碎，我必须立即了解我生活着的土地的昨天"。陈忠实：《寻找属于自己的句子》，上海文艺出版社2009年版，第11页。

"自己"的本真性。在虚构部分,"我"以各种方式去寻找母系家族的神话,结果却是徒劳。这两部分互相交叉、互为因果。人生在解构—重建—虚妄的循环往复中陷入了生存的悖论。寻找是对生命意义无法把握的一种焦虑,而悖论本身则昭示出存在的本质。

王安忆90年代影响最大的作品是《长恨歌》。小说的成功首先在于作家以精致而日常化的笔法书写了上海小姐王琦瑶平静的怀旧人生。王琦瑶参加上海小姐选美,并顺利地成为"沪上名媛"和"三小姐",随后又投入可谓有钱有势的李主任的怀抱。她觉得找到了自身的生命支点,也就是"爱丽丝公寓"这个城市怪圈。随着上海的解放,李主任的飞机失事,王琦瑶被放逐出爱丽丝公寓。从此以后,她和康明逊、萨沙、老克腊等男人的爱恋甚至错爱,都只是她旧梦难寻的一种努力。王琦瑶美丽雅致却又通情达理,亲切而又矜持。她不高尚也不低俗,顺从现实也追求情调,平时的吃穿住行都流露出特有的情致。既有真实的实用人生态度,又有充满怀旧气息的生活知趣。王德威评论道:"王安忆细写一位女子与一座城市的纠缠关系,历数十年而不悔,竟有一种神秘的悲剧气息。"①

其次,亲近人性的上海文化书写。王琦瑶不仅是一个上海女人,而且成了一种文化符号,她既是精神方式和生活方式的象征,又似乎是上海和历史的某种象征。《长恨歌》的成功在于写活了王琦瑶这个人的同时,也写活了一座城市,一个时代,一段历史。小说没有从大处写上海的繁华,而是从细微处写上海的肌理,写上海的血液。《长恨歌》的第一章用非常舒缓的笔调书写典型的城市片段:弄堂、流言、闺阁、鸽子、王琦瑶,这几个方面共同组成了一座城市的肖像。这些散文式的抒情画面,构成了上海这座城市感性的想象,体现了女性作家笔下的温婉与精致。细节散发出世俗生活的气息,也构成了上海城市文化的肌理。

在《长恨歌》中,作家津津乐道王琦瑶的每一个生活细节:参加舞会、串门、喝下午茶、围炉夜话等,这是属于上海小市民的现代历史,是属于民间和个人的历史记忆。王安忆说:"在那里我写了一个女人的命运,但事实上这个女人只不过是城市的代言人,我要写的其实是一个城市的故事。"② 作者对上海形象的把握与描绘极尽其详,又直入骨髓,体现了作家对上海这座城市骨子里的文化精神的一种寻找与探求。这种温婉的笔调、散漫的细节、些小的感觉,构成了《长恨歌》的城市书写的韵味。如果没有作家高度的艺术自信,很难设想它会取得艺术上的成功。

陈染(1962—),生于北京。主要作品有中短篇小说《嘴唇里的阳光》《无处告别》《与往事干杯》《巫女和她的梦中之门》《沙漏街卜语》《凡墙都是门》《另一只耳朵的敲击声》《破开》《麦穗女与守寡人》《秃头女走不出来的九月》《空的窗》等,长篇小说《私人生活》。

陈染的个人性写作表现出一种明确的性别意识。她凭着女性特有的敏感、细腻的情感体验和对人世的沧桑感受,把展示当代女性深层的心灵空间作为自己的使命,通过对这些女性复杂、神秘而痛苦的情感世界的想象性描述,揭示女性个体觉醒之后的迷茫、失望和痛苦,以及面对艰难的生存困境的挣扎和无奈。《私人生活》中,作品以女主人公的心理

---

① 王德威:《落地的麦子不死 张爱玲与"张派"传人》,山东画报出版社2004年版,第192页。
② 齐红、林舟:《王安忆访谈》,《作家》1995年第10期。

发展变异过程贯通全书，表现出一个孤独女性的心灵守望。拗拗对她有着强烈事业心且性情急躁的父亲充满了仇恨，因而她在父亲刚刚熨好的白色毛料裤子上狠狠地剪了一刀。拗拗爱上了英俊男孩尹楠，这一次却由"他要"变成了"我要"，从而完成了少女的成长。对父母的失望使拗拗对禾寡妇有一种天然的亲近感，她们相吸而又相斥。小说不仅解构了父权制的种种神话，又重塑了女性与父母及同性姐妹之间的关系，与女性的自恋、幽闭等共同构成了一个女性私人化的世界。

在陈染的笔下，无论是黛二还是其他女人，都充满了迷惑、怀疑和焦虑，这不是对男性的欲望，而是一种女性欲望的存在可能，一种形而上的思考与追问。陈染"努力在作品中贯穿超性别意识"[1]，她说："她是具有独特性的个体，在这一点上，她是唯一的。与此同时，她个人的人格是由所有人的共同存在的独特性所决定的，所以她又是人类全部特征的代表。"[2] 可见，陈染的小说以女性为视角对世界做着一种独特的表达，即"性别情境仅仅是这一超越主题的一个表现或一个方式而已"，只是一直以来"角色鲜明的女性身份淡化了形而上的哲理意味"[3]。陈染的写作已突破了女性之私，到达了个人之私，显示出超性别的姿态。

孤独、矛盾的情绪是陈染小说着力表现的一个主题。"陈染迄今唯一的长篇小说《私人生活》囊括了她全部写作的基本主题：恋父/弑父情结，恋母/仇母意绪，同性之爱以及深沉的孤独之痛。……这些主题与潜意识深处的桀骜不驯的本我有着直接的联系；而本我的欲求与意愿正是以伦理化、神圣化为己任的主流的公共话语所要屏蔽与抑制的。"作品中"父女、母女间的血缘关系褪去了伦理化、神圣化的伪饰，呈现出赤裸裸的人性原色"[4]。在陈染看来，人的孤独是与生俱来的，是生存中不可避免的。"女人是什么？""我将上哪里去？"这类问题清楚地表明了陈染对女性自身命运的焦虑和关注，从存在主义哲学的高度关注女性个体的精神自由。

陈染小说在寓言性的想象中闪动着理想的诗意，充满对神秘自然和神秘人生的想象，在想象中追求着女性自我的内心的真实性。《与往事干杯》中，尼姑庵是一座废墟，一个与世俗远离的处所，意味着封闭、阻隔、非人性、倒错、陷阱。尼姑庵又是一种诗意的想象，一个隐喻的符号。这一切与少女、青春、情感、性等联系在一起。"我的小说中最具真实性质的东西，就是我在每一篇小说中都渗透着我在某一阶段的人生态度、心理状态。"[5] 作家往往透过纷乱的外在意象场面的描写，走进复杂而不可捉摸的内心世界，让她笔下的人物永远处在自我的审视中，体验着灵魂的颤动和不安。

第四节　王小波　王朔　余华

在90年代中国小说形态中，与后现代思潮和大众文化潮流相呼应，王朔、王小波的

---

[1] 陈染：《超性别意识与我的创作》，《钟山》1994年第6期。
[2] 陈染：《另一扇开启的门》，《花城》1996年第2期。
[3] 贺桂梅：《个体的生存经验与写作——陈染创作特点评析》，《当代作家评论》1996年第3期。
[4] 王宏图：《私人经验与公共话语——陈染、林白小说论略》，《上海文学》1997年第5期。
[5] 陈染：《私人生活》，经济日报出版社2000年版，第293页。

创作也自成一景，在他们这里，雅与俗、严肃与游戏、形而上与形而下的边界开始变得模糊，传统的、主流的文学观念开始受到挑战，而中国文学转型的阵痛与复杂性则得到了充分的体现。

王小波（1952—1997），北京人。主要作品有长篇小说"时代三部曲"（1997年5月由花城出版社出版，其中包括《黄金时代》《白银时代》《青铜时代》三部小说集）、《黑铁时代》（1998）及杂文集《思维的乐趣》（1996）、《我的精神家园》（1997）。

《黄金时代》和《革命时期的爱情》是王小波的代表作。《黄金时代》将一对知识青年的一段性爱经历放在"文革"非常荒谬的时空中结构故事。小说将性的话题作为故事的核心内容，围绕着不同个体对性爱的不同态度层层追问，展示一个荒唐、混乱的时代。《革命时期的爱情》延续了性爱这一话题。小说中性关系被想象为逼供与受刑、施虐与忍从、鬼子与革命者，性的自然状态转换成了政治行为的模仿。由男女之间荒谬的性关系和性意识来透视一种乌托邦式的荒谬的政治现实，这是王小波小说中性描写的目的和价值之所在。

王小波在《万寿寺》《红拂夜奔》和《寻找无双》中，将现代人的爱情与唐人传奇相拼贴，将唐人故事现代化，在其中贯注现代情趣。王小波渲染出一个复数的、虚幻的、充满多种可能性的世界，与现实中的万寿寺情境形成互文。各种并置的情节没有指出一个真实的历史发展，而是将故事发展的各种可能性一一并列，无所谓虚构，无所谓真实。

王小波小说的特点突出表现在性的狂欢式书写。在他的很多小说中，性成了解构现实的利器。作品中含有大量的性欲描写，将性关系、性场景写得频繁、直露、自然、生动，没有扭怩作态，没有遮遮掩掩。他以健康和浪漫的方式，将一个耻于言说的性而平静地还原于日常生活。无论是王二与陈清扬、与团支书×海鹰，还是与妇科医生小孙的性关系，一切都变得平淡无奇，双方的彼此接受成了唯一的理由，也因此成为自然和正常生活的一部分。因此，王小波指出："想爱和想吃都是人性的一部分，如果得不到，就成为人性的障碍……然而在我的小说里，这些障碍本身又不是主题。真正的主题，还是对人的生存状态的反思。"[①]

王小波的叙事极其自由而富有想象力。遗忘、寻找、记忆构成了王小波小说的潜在主题，作者以纵横恣肆、嬉笑怒骂的方式，触及了历史的私处。自由叙事的关键是打破现实主义的束缚，书写事物发展的多种可能性，从而实现"文本间的互相指涉"。《万寿寺》中，"我"与白衣女人的现代生活，薛嵩、红线、老妓女、小妓女的唐代生活，"我"与白衣女人的唐代长安城历史生活互相杂糅，分不清哪里是唐代的长安城，哪里是今天的北京万寿寺。同时，他还让历史故事的叙述无限繁殖，情节随意构建，使文本的增值度很大。王小波在历史文本和现实文本的互文结构中，载入更多人性的思考和自由式的想象思维。

反讽和戏仿，也是王小波小说的叙事特点。作品通过一幕幕狂欢的场面，反讽式地展

[①] 王小波：《从〈黄金时代〉谈小说艺术》，《我的精神家园》，中国人民大学出版社2006年版，第23页。

现真实的"历史场景"的酷烈和残忍。王二、陈清扬不能证明他们没搞"破鞋",就索性用实际行动去证明自己搞了"破鞋",这种违背逻辑的理论和行动,既显示了历史的荒诞,也消解了政治的严肃和公正。"作品中大量奇思异想的议论,对某个荒谬情境的反复分析,直至其荒谬性穷形尽相,无所逃遁。与此同时,他随时引入古今中外经典作品的各种文体、名人名言,作为论理、引喻,或以质疑、反诘造成对比。这些引入,带来多种尺度陪衬或反衬一种情景。另一方面,王小波也显示了感觉的敏锐和表达感觉的独特风格。"①他将"龟头血肿""磨屁股""革命时代的痔疮""地主老财的屎橛子"这些看似粗鄙的词语引入文中,反讽式地呈现革命时代的荒唐无稽。他还大量描写了性,包括性爱的姿势与器官,这些描写兼有工笔的细致和想象的谐趣,它们新鲜、独特,超越了写实层面,达到一种戏仿的效果。

王小波的语言戏谑幽默而富有思辨。他在汉语写作上带来了一次戏剧性的颠覆。作品的表层叙述常常是荒谬的,思想的机锋隐含在未说出的大量潜台词中,诉诸读者对幽默感的领受、回味。《黄金时代》中充斥着大量的粗话、讽语:破鞋、恶棍、放屁、混蛋、死球、偷野汉子、敦伟大友谊等。这些口语化的俗语,消解了神圣与崇高,打破了权威与秩序,还原了人类存在的本然。同时,这些语言和细节的大量出现,也带来了读者阅读的"震惊",一定程度上消解了文本思考的深度。

王朔(1958—),北京人。出生于干部家庭,早年当过兵,转业后不久下海经商,随后开始小说创作,早期作品有《等待》《空中小姐》等。其代表作有《一半是火焰,一半是海水》《橡皮人》《顽主》《千万别把我当人》等。1990年以后,王朔除了策划和编写电视连续剧(如《渴望》《编辑部的故事》《爱你没商量》《海马歌舞厅》)外,还写了中篇小说《过把瘾就死》《许爷》《动物凶猛》和长篇小说《我是你爸爸》等。他的小说带有浓厚的市民趣味,是伴随着市场经济的发展而兴起的城市平民文化的产物,体现了文学与大众文化紧密结合的特征。

王朔的小说创作主要可以分为三个阶段。第一阶段主要包括《空中小姐》《浮出海面》《一半是火焰,一半是海水》等。这些作品往往追求大众化趣味的故事情节,审美上渴求通俗、刺激,内容上追求实利、调侃理想。小说基本上以爱情为题材,但与传统言情小说不同的仅仅是男主人公不再是功成名就的白马王子,而换成了反传统、反道德的顽主。这些主人公大都玩世不恭、能侃会道,往往生活在社会秩序的边缘。

第二阶段是《顽主》《玩的就是心跳》《一点正经没有》《你不是一个俗人》等。这些小说主要以谐谑的方式描写在搞活经济、转换体制背景下一些城市青年价值观念的迷失、精神支柱的失衡。在《顽主》中,于观、马青等人成立所谓"替人解难、替人解闷、替人受过"的"三T(替)"公司,从事似乎帮人、实则讽世的工作,如为不知名的作家宝康颁奖,把咸菜坛子当成奖杯发给"得奖作家"。在《你不是一个俗人》中,写一个以捧人为业的"三好协会"。通过这种无聊举动来嘲人嘲己,以玩世不恭的

---

① 艾晓明:《革命时期的心理分析——读王小波的长篇小说〈革命时期的爱情〉》,童庆炳、王宁、桑思奋主编:《文化现象漫议》,中华工商联合出版社1995年版。

态度对生活中的不平事作嬉笑式的发泄，从中寻求刺激与快乐，内容充满了十足的痞子气。

第三阶段是进入90年代以后，王朔的创作风格从追求新奇、刺激的现实生活并调侃人生转到从普通、平凡的现实中升华出某些生活哲理，描写从无节制的闹剧式的调侃、逗趣转到细微体察及表现人物的内在情绪，有时传递某些形而上的哲理韵味。人物的顽主味、痞子气有所冲淡，他们都有正当的职业，虽然都是一些不起眼的普通人，但大多执着于艰难的生活。此时，王朔的叙述风格逐渐走向写实。《动物凶猛》《过把瘾就死》《我是你爸爸》《看上去很美》是这一阶段的代表作。

顽主形象是王朔小说中最突出的人物特征。这些形象一方面在生活中玩世不恭，嘲人与自嘲。他们嘲弄作家、知识分子、思想政治工作者、老干部，甚至是尼采和弗洛伊德，嘲笑严肃、正经，亵渎神圣。他们不因袭传统，不遵循现有的大众生活规范，没有行为准则，也无价值标准。他们放弃了对社会的责任，甚至放弃了对自己的责任，能混就混，能玩就玩，一切都在嘲弄和调侃之中。另一方面，这些人又坚持世俗的物质享受主义价值观。在个人经济利益方面，不断通过攫取和损害他人和社会的利益来追求物质享受；在生活方式上，表现为追求一种世俗人生的自由和快乐。这些世俗的人生享乐价值观，以其叛逆的特性迎合了大众的阅读心理。

语言的反讽与调侃色彩是王朔小说突出的美学特征。王朔小说大量反用、曲用、活用中国社会生活中常见的政治术语、"文革"语言，如叛变、投降、收编、汉奸、水深火热、世界革命、挖资本主义墙角等，造成读者阅读感受中的滑稽感和荒诞感。他善于把最严肃的与最不严肃的语言，把高度政治化的语言与北京胡同的俚俗语、痞子语以至黑话组合搭配在一起，构成一种"新京味儿"式的消解。毛崇杰指出："王朔的小说以京味十足的痞气调侃见长。他的语言特色甚至比他的类型化的人物形象更吸引着读者。这些调侃以带痞气的反叛，把政治的、哲理的、道德的严肃话题与俚语、土语混合在一起达到反讽的效果，最易在青年与市民阶层中引起共鸣。"[①]

这种调侃不仅仅停留在语言的幽默或反讽上，还化入作品的情节与精神本身，构成一种时代文化精神的消费本体。张德祥认为："王朔以他的聪敏颖悟吸摄了这种民间文化内容与方式，将'侃'转化为他的文学话语方式。甚至可以说他把这种民间文化转化为他的小说方式，他的那些谐谑性作品，就是一种故事化、情节化的'侃'，或者说，用文学的方式来'侃'。王朔小说的通俗性、可读性、趣味性、闪烁其词与庞杂的生活信息量也许正来源于此。"[②] 反讽与调侃在王朔的文本中不仅是插科打诨、油嘴滑舌的调料，更是小说人物的性格特征和生活方式，体现了90年代以来的轻松消解却又缺少价值沉积的文化消费状态。

王朔小说中过多的调侃和戏谑，又使其作品呈现好耍贫嘴的审美趣味。过于注重语言的世俗性与消解性，也决定了他的小说只能停留在姿态性而直接影响了作品对人性深层的探究。

---

① 毛崇杰：《逃避崇高，也躲闪卑污》，《文论报》1994年4月15日。
② 张德祥：《王朔批判》，中国社会科学出版社1993年版，第60页。

第四节 王小波 王朔 余华

陈忠实、贾平凹、余华都是在 90 年代描写中国农村生活的代表性作家。贾平凹、陈忠实基本是在写实主义的开放框架中写作，余华则颠覆了传统小说的写作模式和美学形式，将 80 年代先锋小说的集体性反叛达到一个新的高度。当先锋探索陷入困境时，他又通过自觉的转型，在平实柔和的叙事风格中，富有温情又含而不露地讲述平民苦难的命运故事，表现他们顽强、坚韧的生存意志，成功地实现了历史性的文学突围。

余华（1960—   ），生于杭州，长于海盐。主要作品有中短篇小说《十八岁出门远行》《四月三日事件》《一九八六年》《河边的错误》《现实一种》《鲜血梅花》《难逃劫数》《世事如烟》《古典爱情》等，长篇小说《在细雨中呼喊》《活着》《许三观卖血记》《兄弟》《第七天》等。

我不再忠诚所描绘事物的形态，我开始使用一种虚伪的形式。这种形式背离了现状世界提供给我的秩序和逻辑，然而却使我自由地接近了真实。

——余华

余华前期的小说创作带有很强的实验性。《一九八六年》《河边的错误》《现实一种》《难逃劫数》《古典爱情》等小说用冷漠的叙述态度致力于对灾难、暴力、死亡的描述。在其笔下，人性的丑陋与阴暗得以淋漓尽致地展现，生命间兽性的对抗和攻击被客观冷漠的语言平静地揭示出来。阴郁、冷酷的气息，血腥、冰冷的场面，恐怖、跌宕的情节，显示出余华小说的暴力美学特征。"暴力因为其形式充满激情，它的力量源自于人内心的渴望，所以它使我心醉神迷。"① 通过暴力的展示，余华的小说穿透了现实、历史、文化的层层铠甲，对人类存在的荒谬性和悲剧性进行了深层的探查，作者平静、冷漠的叙述语调和对荒谬、悲剧的轻描淡写，使其小说世界仿佛是一个没有丝毫光亮的绝望的地狱。人物的血肉和情感也被冷漠叙述、暴力美学和形式实验交织而成的力量剥落殆尽，成为一个供写作者随意操纵的符号。②

《在细雨中呼喊》（1991）作为余华的首部长篇小说，回复和平衡了他以往创作的主题，而显示出一种质朴的成熟。小说以切碎了的各自独立的故事段落组合、构建统一的人生图式，通过对孤独、人性母题的揭示追问人物的存在，描刻生命的诞生、挣扎以及毁灭的过程。小说以统一的情绪主题和内在的诗意潜流把众多的故事单元整合成一个完善的艺术整体。同时，作家把回忆的故事操作方式与小说人物的生命方式合二为一，做到了内涵与形式的完美统一。《一个地主的死》《活着》《我没有自己的名字》等小说的发表，显示

---

① 余华：《我能否相信自己》，人民日报出版社 1998 年版，第 162 页。
② 郜元宝："余华的残酷不在于他对苦难无动于衷（这恰恰是那些大惊小怪感叹余华'残酷'的人们对待苦难的习惯方式）。余华的残酷在于他残酷地剥夺和撞碎了世人习以为常的领悟苦难的方式。"郜元宝：《余华创作中的苦难意识》，《文学评论》1994 年第 3 期。

着余华在对自我和艺术的双重否定中已悄然开始转型①。这一时期的小说多讲述平民苦难命运的故事，表现其超强的苦难承受力和坚韧的生存意志。《活着》（1992）是余华转型后的首部长篇小说。小说从叙述者"我"在夏日阳光下听福贵老人讲其人生故事开始，回顾福贵40年的生活，引出一个个大同小异的死亡故事。"当作家把福贵的故事抽象到人的生存意义上去渲染无常的主题，那一遍遍死亡的重复象征了人对终极命运一步步靠拢的艰难历程，展示出悲怆的魅力。这个故事的叙事含有强烈的民间色彩，它超越了具体时空，把一个时代的反省上升到人类抽象命运的普遍意义上。"②

余华小说转型的标志是发表于1995年的长篇小说《许三观卖血记》。《许三观卖血记》所代表的艺术转型为余华的小说创作增加了新内涵。

其一，"人"与"生活"的复活。《许三观卖血记》中的人物走出了80年代的符号化状态，被注入了生命的血肉，抽象化的世界图景重新拥有了生活的感性力量。许三观是90年代中国文学所成功创造的文学典型之一。作家对许三观的塑造主要聚焦在三个维度上：一是对许三观顽强、坚韧的生命力的表现，二是对许三观面对苦难的承担能力和从容应对态度的表现，三是对许三观的伦理情感、生存思维的表现。作家并没有赋予许三观激烈的外部性格冲突，也没有直接剖析其生存心理，而是让许三观平凡的人生、朴实的话语"自动"在小说时空中呈现，但在这种呈现中许三观的丰富、复杂、深度被无限放大了。与人的复活相一致，小说中生活本身的力量也得到了有力呈现。为实现生活活生生的一面，作者有意不对具体的时代语境和时代关系作更多的交代，而是直接让它们融入小说的叙述，与人物的生命存在发生直接的关系。小说中虽也有残酷的历史场景，但作者更多时候所努力表达的是对现实的一种理解，而借助这种理解，丰满而生动的生活细节和人生情境就成了历史和现实的主体。生活本身也以自在自为的方式复活，并呈现出了感性的力量③。

其二，民间的表现和重塑。小说重建了一个日常的民间社会。小说中作家对民间温情、民间人性、民间伦理结构、民间生活细节和民间人生世态的展示，构成了小说艺术力量的重要根源。小说没有尖锐的矛盾冲突和情节线索，而是以民间的日常生活画面作为主体，民间的混沌、民间的朴素、民间的粗糙乃至狡猾呈现出了其原始的生机和魅力。

其三，从作家主体角度来看，小说体现了先锋作家从知识分子叙事向民间叙事的真正转变。这是一部贯彻了民间叙事立场的小说，余华有意让民间的人生和民间的场景自主地呈现，而叙述者几乎被"谋杀"了。小说对民间叙事立场的坚持，是它能够具有巨大的民

---

① 余华："当我在写八十年代的作品的时候，我是一个先锋派作家，那时候我认为人物不应该有自己的声音，人物就是一个符号而已，我就是一个叙述者，一个作者，要求他发出什么声音，他就有什么声音，但到了九十年代我在写第一部长篇《在细雨中呼喊》时，我突然发现人物老是想自己开口说话，我觉得这是写作磨练的结果。……当时我不习惯这样的叙述，因为我不想过早地失去我手中的权力，这是作家对权力的迷恋，他只能控制笔下的人物……当写《活着》的时候，我发现我控制不住了，而写《许三观卖血记》的时候我完全放开了，完全放开让人物去发出自己的声音。"余华：《我的文学道路》，《中国当代作家面面观——寻找文学的灵魂》，春风文艺出版社2003年版，第41页。
② 陈思和：《逼近世纪末的小说》，王晓明主编：《二十世纪中国文学史论》（第三卷），东方出版中心1997年版，第447页。
③ 洪治纲："一个具有体恤情怀的作家，一个具有人道主义基质的作家，正在用他的悲悯之力，为那些善良而普通的生命寻找着苦难的救赎方式。"洪治纲：《悲悯的力量——论余华的三部长篇小说及其精神走向》，《当代作家评论》2004年第6期。

间意蕴和民间魅力的原因。

《许三观卖血记》呈现出返璞归真的艺术追求。这体现了余华在小说中完成了叙述上的一系列转变,具体表现在:从暴露叙事向隐藏叙事的转变,从冷漠叙事向温情叙事的转变,从叙述人主体性向人物主体性的转变。作家剔除了一切装饰性、技术性的形式因素,比较成功地构建了一种新的形式感,显示出作家艺术心态的成熟。

研 习 导 引

90年代小说的多元化格局

把握90年代的文学语境是学习90年代小说的关键。经过80年代各种文学思潮的铺垫,市场经济话语的全面席卷,小说创作迎来了一个多元共生的局面。吴义勤指出:"九十年代文学格局是一种真正的多元化格局,在这个格局中严肃与游戏、创新与守旧、通俗与先锋、现实主义与现代主义乃至后现代主义都具有了显而易见的相对主义意味。这无疑意味着中国文学的表现空间被大幅度地拓展了。"[①] 有学者指出:"作家不再把自己塑造成完美无瑕的道德形象,而是直接地以自身为剖析对象,表达了对精神快乐与物质享受的强烈欲望。"[②] 个人化与消费化是90年代小说创作的两大特征。

王朔的文学价值

王朔小说是中国新时期文学大众化趋势的最早代表。"王朔年"的称谓和《王朔文集》在90年代的出版,既体现了王朔小说的影响,也决定了它是一个非常具有争议的话题。研究王朔,或批判,指其为"痞子文学"[③];或推崇,认为其具有一定的解构价值。"他撕破了一些伪崇高的假面。而且他的语言鲜活上口,绝对地大白话,绝对地没有洋八股、党八股与书生气。"[④] 更多的学者从社会学、文化心理、文学等层面作不同角度的分析,或将其定位为"黑色的颓废",认为"王朔的成功,在于他及时地用艺术手段概括出二十世纪末一部分中国市民的心绪",这种"反社会反传统规范反偶像精神不是体现在积极的反叛上,它是一种消极的自我享乐主义"[⑤]。有人从社会学角度来阐释王朔现象。陈晓明指出,当今中国存在着一个奉行经济实利主义原则的不健全的"民间社会",王朔"准确地把握住了当今中国大陆市民阶层的生活原则和文化心态","下意识地去追踪正在兴起的民间社会,去描摹处于现代化变动秩序中的市民生活的各种情状,特别是给出了他们的语言"[⑥]。白烨说:"王朔的'新市井小说'以'俗'中有'雅'具有自己的独特性,又以'俗'中见'新'具有相当的代表性。它既使人们看到了翻新之后的市井小说在社

[①] 吴义勤:《九十年代文学格局》,《社会科学战线》1998年第6期。
[②] 陈思和:《试论90年代文学的无名特征及其当代性》,《复旦学报》(社会科学版)2001年第1期。
[③] 语冰:《王朔·亚文化及其他》,《文艺理论与批评》1992年第6期。
[④] 王蒙:《解构崇高》,《读书》1993年第1期。
[⑤] 陈思和:《黑色的颓废——读王朔小说的札记》,《当代作家评论》1989年第5期。
[⑥] 陈晓明:《王朔现象与当代民间社会》,《文艺争鸣》1993年第1期。

会层次、文化形态和话语方式上疏离正统与传统的可能性与自在性，又使人们看到新市井小说所依托的市民社会在价值观、生活观、文化观上与正统社会相联系又相区别的渐变趋向。"① 有评论认为，"亵渎与逍遥作为王朔小说的主旋律引起了读者强烈的共鸣，逍遥使沉重的人生获取了一种暂时的喜剧生活，亵渎使人们的反抗意识自由释放，从而获取一种虚幻的精神满足"②。不同的视角，呈现出当代中国对文学大众化、世俗化的诸多理解与把握。

女性写作的争论

女性写作是90年代提出的概念。市场消费话语和后现代主义的解构思维，共同为女性文学提供了相应的文化语境。针对女性写作的话题，很多学者提出了不同的观点，主要集中在政治性、性别主体、性别意识等层面，于是有女性文学、女性主义文学、妇女文学的多种争论。王侃认为："性别/政治的双重设置是女性主义基本的也是最重要的批评策略。随着女性主义理论的不断发展，其中的政治含义也不断加重（而不是像一些批评者误以为的那样正在减弱）。但是，一些女性主义文学批评者却对政治讳莫如深，有的则坦白地表露出对'政治色彩'的厌恶（这包括许多从事这方面批评的青年女学者）。"③ 王绯所认可的女性文本是"超越主导意识形态的""纯然女性化的文学书写"④。除了政治话语的关系外，针对男性作家的女性写作也有很多争论。刘慧英认为："我所划定和描述的女性文学批评的区域相对约定俗成的'女性文学'概念既更严密（排除了女作家非妇女问题的写作）又更具松散性（接纳了男性作家或其他主题和题材的作品中有关女性问题的思考以及与此有关的故事情节和艺术形象）。"⑤ 相反，王侃则坚持："'女性文学'并不是一个由'题材'框定的范畴。男性作家对女性题材的操作并不意味着男性作家可以依据此介入女性文学。在我看来，'女性文学'首先是指女性作为书写主体的写作实践。"⑥ 刘思谦认为："女性文学是诞生于一定历史条件下的以'五四'新文化运动为开端的具有现代人文精神内涵的以女性为言说主体、经验主体、思维主体、审美主体的文学。"⑦

性别意识是女性写作争论的焦点。方方指出："原以为写女性的命运的作品，便是女性文学。后来发现，并非如此。再细读下来，方知多半要涉及爱情、婚姻、性再加上一些个人隐私或者内心隐秘的作品，才被认为是女性文学。……不在于你的作品是不是写女人，不在于你的作品有没有表现女人的命运，在于你的作品中有没有性别意识。"⑧ "90年代女性写作区别于80年代和'五四'女性写作的地方，就是对于两性关系的凸显，或者说，对于有史以来'性政治'的揭露。为了反抗'性政治'中女性被压抑和被书写的历

---

① 白烨：《"后新时期小说"走向刍议》，《文艺争鸣》1992年第6期。
② 李扬：《亵渎与逍遥：小说境况一种——王朔小说剖析》，《当代作家评论》1993年第3期。
③ 王侃：《当代二十世纪中国女性文学研究批判》，《社会科学战线》1997年第3期。
④ 王绯：《中国女性文学书写的划时代流变》，《钟山》1996年第1期。
⑤ 刘慧英：《走出男权传统的樊篱——文学中男权意识的批判》，生活·读书·新知三联书店1995年版，第12—13页。
⑥ 王侃：《"女性文学"的内涵和视野》，《文学评论》1998年第6期。
⑦ 刘思谦：《女性文学这个概念》，《南开学报》（哲学社会科学版）2005年第2期。
⑧ 方方：《说"女性文学"之可疑》，《南开学报》（哲学社会科学版）2006年第4期。

史和现实境遇，90年代女性写作强调'书写自身'，有时就是直接书写'女性之躯'。"①"而其中最引人注目的，是一批出生于六十年代的青年女作家开始以自传、准自传的形式，大胆书写'我的身体、我的自我'——记述自己的性别经历、性经历，书写她们对姐妹情谊/同性恋的恐惧与渴望。1949年以后的中国女性写作第一次以惊世骇俗的方式进入文化视野。"② 所以，90年代所谓的女性写作往往是指那些与性别意识、性欲望相关的女性书写。

可见，文学界对什么是女性文学的认识存在很大差异。正是这些不同视野的话语批评，丰富和发展了女性写作的内涵，推动了女性文学思潮在中国文坛的名噪一时。

《白鹿原》的争议性解读

90年代的多元化特征，决定了具体文本的争议性。《白鹿原》中的传统文化、人性、民族历史的阐释都是此时小说创作成熟的标志，也是文学评论的根本话题。雷达认为："陈忠实在《白鹿原》中的文化立场和价值观念是充满矛盾的。"同时，他又指出，《白鹿原》的性欲描写，反映了"雄性能量"与"生殖崇拜"的生命意识③。而宋剑华则认为小说的性主要是"性女"，"她们欲壑难填，性欲盎然，其在作品中的全部意义与存在价值，就是毫无节制地放纵欲望"④。孟繁华基于大众文化理论，认为其中的性欲描写是作品取悦大众消费时代的"媚俗"行为⑤。这些不同角度的交锋，给读者、研究者提供了思考的空间。

第八章专题讲座
吴义勤：新时期先锋小说的叙事风格1-2
周燕芬：陈忠实《白鹿原》1-3

第八章
拓展研读资料

---

① 王光明、荒林：《两性对话：中国女性文学十五年》，《文艺争鸣》1997年第5期。
② 戴锦华：《重写女性：八九十年代的性别写作与文化空间》，《妇女研究论丛》1998年第2期。
③ 雷达：《废墟上的精魂——〈白鹿原〉论》，《文学评论》1993年第6期。
④ 宋剑华：《〈白鹿原〉：一部值得重新论证的文学"经典"》，《中国文学研究》2010年第1期。
⑤ 孟繁华：《〈白鹿原〉：隐秘岁月的消闲之旅》，《文艺争鸣》1993年第6期。

第九章 80年代、90年代诗歌

第一节 80年代、90年代诗歌概述

诗歌在"文革"后期乃至80年代中国文学变革中,始终扮演着领潮者和先锋者的角色。80年代诗歌的兴起与变革,其源头可以追溯到"文革"时期的地下诗歌运动,但究其深层原因则是缘于社会政治变动之后人的意识和观念的嬗变。"文革"后期"地下诗歌"的出现(尤其是天安门诗歌运动)标志着曾经被极左政治所束缚的人的观念的觉醒,寻求个体意识和独立思考的表达,在文化界、文学界已然成为无可遏制的潮流。"文革"之后的政治和经济变革,为人的观念的嬗变进一步提供了广阔空间和积极动力,个体的人的观念和人道主义的人学思想开始由地下潜在运行而走向公开。人学思想的嬗变影响下,80年代诗歌不仅焕发出无限的生机与活力,而且在思想情感和艺术方式上也开始了多元的探索。

80年代诗歌在发展趋向上表现出一种鲜明的潮流化特征,不同诗人群体的集体复归和崛起,以多样的姿态和艺术方式激活、丰富着80年代诗歌的繁荣和发展。这其中最为引人注目的是"归来"诗人群的诗歌、朦胧诗和新生代诗歌的崛起。

"文革"结束以后,诗坛首先迎来的是一批"归来"的诗人。"归来"诗人顾名思义就是指那些曾经在50—70年代由于不同原因被迫"离开"(放弃诗歌写作),在"文革"结束之后,重新恢复写作权利而复归文坛的诗人。他们主要由以下一批中老年诗人构成:首先是50年代中期由于胡风反革命集团而受牵连,在现代文坛就已经崭露头角的七月派诗人绿原、牛汉、曾卓、鲁藜、冀汸、彭燕郊、罗洛等;其次是艾青、公木、邵燕祥、流沙河、公刘、白桦、周良沛、昌耀等一批在反右派运动中受到处置而失去写作权利的诗人;此外还包括艺术观念和诗歌风格与50—70年代文艺规范相矛盾的九叶派诗人穆旦、辛笛、郑敏、陈敬容等人。

重新登上诗坛的"归来"诗人,在不同层面上恢复着诗歌的现实主义传统。一方面,他们从自己的切身体验出发,对历史进行理性的反思。在《关于〈摩西十诫〉》里,诗人公刘对刚刚过去的历史进行着大胆的反思:"敬爱蜕变为迷信,/天真嫁接成愚蠢,/每一间屋子都改造为庙宇,/我们已经是教徒,不再是人。"诗人直率地揭示了特殊年代价值和自我迷失之后人的异化:当盲目的崇拜蜕变为迷信的时候,人也就不可避免地被异化为

愚昧的"教徒"。艾青的长诗《在浪尖上》则将由"四五"天安门事件所引发的悲愤情绪指向了对"四人帮"虚伪、丑陋本质的揭露和对其祸国殃民罪行的控诉，由此而发出了"我们要的是真理，/我们要的是太阳！""人民要保卫民主权利，/因为民主是革命的武器"的深切呐喊。另一方面，"归来"的诗人们也借助诗歌充分表达了特殊年代和特殊环境中的个体情志和人性之思。在50—70年代的阶级和政治斗争风暴中，这些诗人大都曾身陷囹圄，在人生处于低谷的困厄时期，他们一方面表现出了坚强不屈的生存意志，另一方面，对人性亦进行着深刻的省思。曾卓的《悬崖边的树》描写了一棵被奇异之风从平原吹到悬崖边的树，以托物言志的抒情方式，表达了自己在困境中倔强而坚强的生命意志。在《悼念一棵枫树》中，诗人牛汉通过抒写一棵高大、挺拔的枫树被伐倒后，村庄周围的房屋、树木、花鸟、小船为其伤悼的悲剧性场景，曲折地表达了对生命高贵、气质芬芳的生存境界的崇敬，对真、善、美的执着追求。艾青的《鱼化石》则喻示着生命的活力与激情无端遭受扼杀，这是诗人积郁在心头二十多年的苦痛和个体生命的悲剧性体悟的真切表达。此外，在省思历史、探究人性的同时，"归来"诗人们对社会现实也保持着一定的热情和关注。如白桦的《阳光，谁也不能垄断》、骆耕野的《不满》、张学梦的《现代化和我们自己》、李发模的《呼声》、刘祖慈的《为高举的和不举的手臂歌唱》、熊召政的《请举起森林般的手，制止！》等，均表现出了这些诗人对社会现实的积极介入意识。

与"归来"诗人同时出现在诗坛的是年轻的朦胧诗人的崛起。

朦胧诗，是指70年代后期涌现出来的一批年轻诗人所形成的诗歌创作潮流。将其命名为"朦胧诗"是源于有人对这一探索性诗潮的批评，指责包括九叶派在内的一批诗人所创作的诗歌过于晦涩，让人无法看懂①。1978年，北岛和芒克在北京创办社团刊物《今天》，朦胧诗的主要诗人汇集在一起②。也有人将这股诗潮称为"今天派"诗歌。1979年，《诗刊》相继发表了北岛的《回答》和舒婷的《致橡树》《祖国啊，我亲爱的祖国》，1980年又以青春诗会形式集中推出了17位朦胧诗人的作品和诗歌宣言。朦胧诗迅即成为一股诗歌潮流，并且涌现了一大批广为流传的代表性作品。

朦胧诗的代表性人物主要是来自《今天》的诗人，他们是北岛、舒婷、江河、顾城、杨炼、食指、芒克、多多、依群、方含、田晓青、齐云、严力等。《今天》的作者梁小斌、王小妮、骆耕野、徐敬亚、傅天琳、王家新、李钢、吕贵品、黄翔、岳重、邵璞、孙武军、叶卫平、程刚、路辉、岛子、车前子、林雪、曹安娜、孙晓刚、林莽等，因倾向相似也被视为朦胧派诗人。③

新生代诗歌，又称第三代诗歌、后朦胧诗、后崛起诗歌、实验诗等。这是继朦胧诗之后的另一股诗歌创作潮流，崛起于80年代中期，一直延续到90年代中期。由于出现在朦胧诗之后，并且具有挑战朦胧诗的姿态，因此又被人们称为"后朦胧诗"。也有人为了显示与第一代诗人郭小川、贺敬之以及第二代诗人北岛等人的区别，将其命名为第三代诗

---

① 章明：《令人气闷的"朦胧"》，《诗刊》1980年第8期。
② 《今天》创刊于1978年12月23日，是一份以刊登诗歌为主的同人期刊，发起人为芒克、北岛、黄锐等。1980年9月停刊。共出版刊物9期、"内部交流资料"3期以及"今天丛书"4本。
③ 上述名单根据《朦胧诗选》（春风文艺出版社）、《探索诗集》（上海文艺出版社）、《朦胧诗新编》（长江文艺出版社）三本诗集综合而成。

人。而新生代诗歌的提出，则源于文学刊物《中国》1986年第6期编者的话，牛汉首先将其称为"新生代"。

新生代诗歌是在朦胧诗崛起并在80年代诗坛彰显出强大影响力的背景下出现的。一方面，这批诗人不可避免地受到朦胧诗的影响，另一方面，他们也对朦胧诗过于强烈的现实政治意识和英雄主义情怀产生严重不满。因此新生代诗人一出场，就表现出了鲜明的反朦胧诗倾向，他们大胆地喊出"'pass北岛'，'打倒北岛'云云"①。尽管在反朦胧诗这一倾向上新生代诗人有着共同的立场，但是他们在诗歌主张和美学倾向上并不完全相同，这就形成了新生代诗歌的不同诗人群体，主要有南京的"他们"，上海的"海上诗群"，四川的"莽汉主义""非非主义""整体主义""新传统主义"等。新生代诗人主要以海子、韩东、于坚、骆一禾、欧阳江河、西川、李亚伟等为代表。

新生代诗歌尽管派别林立，诗歌的观念也不完全相同，但是仍然表现出了一些共同特征：首先，在价值观念上，新生代诗歌具有鲜明的反崇高、反文化和平民化的特征。跟此前朦胧诗所具有的忧患意识、责任感和英雄情结不同的是，这批更加年轻的诗人试图通过对理性的反叛、对文化意识的解构来完成自己的诗歌表达，同时他们也不再追求崇高和优美，转而对世俗生活和平凡人生产生了浓烈的艺术趣味。韩东的《有关大雁塔》较为鲜明地体现出对英雄和文化的颠覆与解构。大雁塔距今有一千多年历史，是沉淀着丰富文化内涵的著名景点，也被视为古都西安的象征。游览大雁塔本应该成为文明之旅和文化朝圣行为，但是在诗人笔下它仅成为普通游客爬上爬下的大雁塔而已，文化意蕴尽失；而且"英雄"也被巧妙地置换为有种的自杀者，"也有有种的往下跳/在台阶上开一朵红花/那就真的成了英雄"，充满着反讽意味。此外，于坚的《尚义街6号》《芸芸众生4 罗家生》，王小龙的《外科病号》，李亚伟的《中文系》等都呈现出一种日常生存状态的书写。其次，在艺术上，新生代诗歌呈现出反意象、反优雅和口语化的倾向。新生代诗人不再追求诗歌意象的暗示性和隐喻性，主张通过不动声色的冷抒情让诗歌直接面对世界，表现最原始的真实。如西川的《体验》："火车轰隆隆地从铁路桥上开过来。/我走到桥下。我感到桥身在战栗。//因为这里是郊区，并且是在子夜。/我想除了我，不会再有什么人/打算从这桥下穿过。"整首诗作，摒弃了价值判断和情感抒发，直接呈现主体的原初感觉，因而具有一种原始的真实。与这种感觉还原的诗歌艺术追求相一致，新生代诗歌在语言上崇尚自然且不加修饰的口语。例如韩东的《我们的朋友》，就是用朴素、自然的口语倾诉着单身汉们对家庭、对温情的渴望和向往。

在新生代诗人中，海子较为独特，是"跨越第三代诗和90年代个人化写作的过渡式的重要人物，他既是第三代诗的终结者，又是90年代个人化写作的开启人"②，其深度抒情式的诗歌写作和为艺术的殉道式自杀，至今仍成为一个时代的记忆。海子的诗歌正如他自己所说，可以分为两类：纯诗（小诗）和唯一的真诗（大诗）③。这两类诗歌尽管在艺术追求上有所不同，却显示出一些共同的特征。其一，土地和太阳构成了海子诗歌的核心

---

① 唐晓渡、王家新编选：《中国当代实验诗选·序》，春风文艺出版社1987年版，第2页。
② 罗振亚：《朦胧诗后先锋诗歌研究》，中国社会科学出版社2005年版，第7页。
③ 西川编：《海子诗全集》，作家出版社2009年版，第1037页。

意象。海子出身于农村，对土地有着深厚的情感和眷恋，这也使得他后来时常将自己的理想以及对爱与美的追寻寄寓在没有被现代城市文明所浸染的乡村。也正因如此，土地就成了海子诗歌中独特而又多次重现的意象。在其成名作《亚洲铜》中，诗人通过对亚洲铜的反复吟诵，表达了对土地、民族和文化根性的执着追求。这种对乡土中国和乡村经验的认同，在其后的《麦地与诗人》《麦地》《五月的麦地》等以麦地为意象的系列诗歌中得到了反复呈现。由于海子诗歌与麦地之间的密切联系，人们称之为"麦地诗人"。在海子的诗歌中，还有一个核心意象——太阳复现的频率也相当高。如果说，对土地的挚爱是诗人对生命和文化根性的坚守的话，那么对太阳的吟诵则是海子对理想和超越性精神的追求。海子在其代表性诗作《面朝大海，春暖花开》中，就曾明确地表达出了对世俗幸福的超越，他不愿意只做一个"喂马，劈柴"，"关心粮食和蔬菜"的物质享乐主义者，而是期盼着能够面朝大海，沐浴在春暖花开的精神自由境界之中。海子的这种超越性追求，更具体化在他诗歌的太阳意象之中。在诗作《祖国，或以梦为马》和《日出——见于一个无比幸福的早晨的日出》中，太阳意象通常与王位、王子和诸神等联系在一起，显示了它的高贵、神圣和崇高。其二，海子的诗歌在风格上单纯而明净，在诗歌语言方面与第三代诗人有着相似的特征，善于运用朴素甚至口语化语言表达真实、自然的情感。

在 80 年代诗歌创作中，除了上述几股重要的创作潮流外，周涛、昌耀、杨牧和章德益等表现大西北慷慨、悲壮、苍凉与神奇，具有大漠风度的新边塞诗以及翟永明、伊蕾、唐亚平等具有鲜明性别意识的女性诗歌也成为此期诗坛的独特风景。

进入 90 年代以后，随着市场经济和大众文化的兴起，诗歌所面临的社会文化语境与 80 年代相比发生了截然不同的变化。一方面，面对市场化，诗歌和文学一起由社会中心走向边缘，诗歌在 80 年代所具有的那种与社会变革和社会政治的密切关系已不复存在，它曾经拥有的英雄情结、社会热情和使命意识也随之逐渐淡去。同时，诗人的身份和生存境况也发生了较大变化，在文学市场化环境中靠写诗来维持生计不再可能，职业诗人开始被自由撰稿人、大学教员、公司职员所取代。另一方面，大众文化的兴起则将本来就走向边缘的 90 年代诗歌推向了更为尴尬的生存困境。在这个非诗的年代，读者的阅读兴趣大都聚焦于快餐式的娱乐文化之上，通俗小说、流行歌曲、肥皂剧成为最受欢迎的休闲娱乐方式，文学阅读尤其是诗歌阅读，似乎成为人们生活中可有可无的事情。

90 年代诗歌在边缘化的大趋势下，总体上呈现出无主潮的多元发展格局，个人化也因此取代了公共化和群体化写作。在这一大格局之下，90 年代诗歌有两种创作现象尤为引人注目，它们分别是诗歌创作队伍的分流和重组，以及"知识分子写作"和"民间写作"不同诗歌立场的并峙。

诗歌创作队伍的分流，是在市场经济和大众文化冲击下，诗人基于自身信念和状况作出的不同选择。这其中，有的诗人并没有因为外部生存环境的变化而放弃自己的诗歌理想，顽强地持守着诗歌的精神高地，试图为诗歌艺术的辉煌不懈地努力。坚持这一诗歌艺术追求的，主要是以牛汉、郑敏、昌耀、韩作荣等为代表的一批中老年诗人；另外，还有一些曾经在 80 年代较为活跃的诗人，在减少诗歌写作的同时，将创作的主要精力转移到散文或者其他文体的书写上，如邵燕祥、舒婷、周涛、叶延滨、杨牧等；也有一部分诗人，面临困境主动或被迫放弃了诗歌创作，如海男、杨争光等；有的诗人则远走海外，如北岛、江河、杨炼、张枣等；有的诗人则选择以殉道的方式永远地离开，如海子、顾城、骆一禾等。分化之后的90年代诗坛，其主要力量来自80年代后期第三代诗人群的一些作家，西川、王家新、陈东东、韩东、于坚、李亚伟是其中坚。

90年代诗歌的"知识分子写作"和"民间写作"是这一时期较为活跃的一批诗人内部的一次自我区分，到1999年"盘峰会议"①之时甚至演化为一场激烈的论争。以西川、王家新、唐晓渡、臧棣、孙文波为代表的"学院派"坚称诗歌写作应当秉持"知识分子书写"，"强调书面语之于诗歌写作的艺术合理性，强调技艺的重要性，追求诗歌内容的超越性和文化含量"；而以韩东、于坚、伊沙、沈奇、杨克、徐江为代表的诗人则主张诗歌应立足"民间写作"立场，"强调口语之于诗歌写作的艺术长处，强调诗歌的活力原则和原创性，注重题材、内容的日常性和当下性"②。知识分子写作和民间写作的论争在盘峰会议之后，大约持续了两年的时间，尽管最终双方难以弥合分歧，但其实这并不是诗歌语言和美学立场的根本性对立，而是一次对诗歌权力话语的争夺。正如有人指出的那样："出于一种为确立自己在90年代诗歌史上位置的文学史焦虑，两个'阵营'在利益驱动下，竞相进行狭隘的派系经营和话语权力争夺，功成名就者希望借此巩固在诗坛的霸主地位，边缘的新贵们欲借此赢得诗坛的确认。"③

90年代诗坛中，坚持知识分子写作立场的两位诗人西川和王家新取得了较好的成就。西川在80年代中期就已开始诗歌创作，早期诗歌表现出对宗教性的神秘和传统乡村式的自然的浓郁兴趣，格调宁静、典雅，语言澄明、舒缓。诗作《在哈尔盖仰望星空》抒写了诗人深夜站在荒疏苍茫的哈尔盖"一个蚕豆般大小的火车站旁"感受到一种神秘的力量（哈尔盖地处遥远而神秘的青藏高原），表现了诗人在领受神奇雪域文化的同时对大自然的膜拜与虔诚。90年代以后，西川站在知识分子写作的立场上进行诗歌创作，试图在西方现代主义与中国古典主义之间寻找另一种诗歌表达方式的可能。叙写诗人神秘悟道的心路历程的长诗《致敬》在形式上也有许多创新，将叙事性、歌唱性以及戏剧性有机地融入诗歌结构之中，实现了诗人所追求的"综合性创造"。另一位诗人王家新，90年代以后受时代转型的影响，诗歌中的忧患意识和悲剧色彩明显增强。在诗歌整体上开始转向个人、疏离时代的时候，他的诗歌却始终存留着严峻的时代意识。在其代表性诗作《帕斯捷尔纳克》中，以苏联著名诗人帕斯捷尔纳克为抒写对象，表达了自己在一个精神萎缩的年代，对时代的承担意识和忧患意识，显得格外高贵，亦十分悲壮。

第二节　朦　胧　诗

朦胧诗是在"文革"结束之后崛起于诗坛，并成为80年代最具影响力的诗歌创作潮流。但是它的出现首先跟"文革"期间的地下诗歌有着密切的联系。"文革"期间的地下

---

① "盘峰会议"，又被称为"盘峰诗会"，指的是1999年4月16—18日，北京市作协、中国社科院文学研究所当代室、《北京文学》杂志以及《诗探索》编辑部等单位，在北京平谷盘峰宾馆联合召开的一次会议，会议围绕"世纪之交：中国诗歌创作态势与理论建设"而展开讨论。
② 谭五昌：《世纪之交的中国新诗状况：1999—2002年》，《诗探索》2003年第3—4辑。
③ 罗振亚：《朦胧诗后先锋诗歌研究》，中国社会科学出版社2005年版，第229页。

诗歌可谓是朦胧诗的源头,曾经被誉为地下诗歌第一人的食指、"文革"后期的白洋淀诗群以及地下刊物《今天》均与朦胧诗的崛起有着千丝万缕的关联。另一方面,朦胧诗最终能够从地下走向地上,被公开的诗歌刊物和读者热情接受,这和80年代初期改革开放所带来的人学观念的变革和时代文化语境的宽松也有着必然联系。

朦胧诗作为一种在中国文化急遽转型期出现的新诗潮,曾引起了激烈的论争①,这一名称来自一篇署名为"章明"的文章《令人气闷的"朦胧"》。这篇文章指责朦胧诗"晦涩、怪癖,叫人读了几遍也得不到一个明确的印象,似懂非懂,半懂不懂,甚至完全不懂,百思不得其解"②。很明显,朦胧诗的出现对于人们多年来已经形成的阅读期待给予了颠覆和解构,进而造成了一部分人对这些诗作的思想内容和情感表达方式难于理解和接受。然而这些颇富探索性的诗歌得到了一些学者的撰文支持,分别是谢冕的《在新的崛起面前》、孙绍振的《新的美学原则在崛起》、徐敬亚的《崛起的诗群——评我国诗歌的现代倾向》。因为这三篇文章的题目均含有"崛起"的字样,曾被称为"三个崛起"③。这些文章在为新诗潮进行辩护的同时,也从诗学理论的高度对其美学原则给予一定的阐释。孙绍振指出朦胧诗"与其说是新人的崛起,不如说是一种新的美学原则的崛起",并认为这一美学特征的哲学基础是个体独立价值的确立和人的觉醒。与此同时,对朦胧诗质疑的声音依然此起彼伏。④ 程代熙在《评〈新的美学原则在崛起〉》中认为朦胧诗并不是"新的美学原则",而是"散发出非常浓烈的小资产阶级的个人气味的美学思想"⑤。

在新的美学原则召唤下,朦胧诗在思想艺术上主要呈现出如下一些特征:

首先,从历史"废墟"里走出来的朦胧诗人,用充满否定和批判的姿态对刚刚过去的历史进行了大胆的质询和拷问,他们用诗歌一方面揭露"文革"的荒诞,另一方面也表现了被抛弃的一代内心的忧伤、迷惘和失落。北岛的《回答》、顾城的《一代人》和梁小斌的《中国,我的钥匙丢了》均是这一思想情感的表达。"中国,我的钥匙丢了。/那是十多年前,/我沿着红色大街疯狂地奔跑,/我跑到了郊外的荒野上欢叫,/后来,/我的钥匙丢了。""我想风雨腐蚀了你,/你已经锈迹斑斑了。/不,我不那样认为,/我要顽强地寻找,/希望能把你重新找到。""我在这广大的田野上行走,/我沿着心灵的足迹寻找,/那一切丢失了的,/我都在认真思考。"作者用诉说的语调把钥匙与中国并列,把丢失钥匙与在红色大街上疯狂奔跑相连,从而把内涵扩展到广阔的社会背景,诗的深厚的历史内涵由此产生。以孩童般纯真的视角,抒写了一个从狂热轻率到失落迷惘到艰苦寻找再到反思超越的抒情主人公形象。这一形象在追求中失落,在失落中寻找,体现了那一代人共同的心路历程和生活方式,因此它成为很多朦胧诗反复呈现的主题。

其次,由于放弃了阶级人的观念,朦胧诗人坚定地举起了人道主义和人本主义的大

---

① 早在1979年10月,老诗人公刘就针对顾城的《无名的小花》批评这些"不胜骇异"的诗作中"有着消极的甚至是颓废的一面",但公刘并没有简单地否定朦胧诗,而是认为应当"努力去理解他们,理解得愈多愈好"。公刘:《新的课题——从顾城同志的几首诗谈起》,《星星》1979年10月复刊号。
② 章明:《令人气闷的"朦胧"》,《诗刊》1980年第8期。
③ 三篇文章分别刊于《光明日报》1980年5月7日,《诗刊》1981年第3期,《当代文艺思潮》1983年第1期。
④ 老诗人臧克家将朦胧诗视为"一股不正之风,也是我们新时期的社会主义文艺发展中的一股逆流"。臧克家:《关于"朦胧诗"》,《河北师院学报》1981年第1期。
⑤ 程代熙:《评〈新的美学原则在崛起〉》,《诗刊》1981年第4期。

旗,渴望"在没有英雄的年代里,我只想做一个人"。这一新的人学观念使得他们的诗歌在关注人性、人情的同时,格外注重肯定自我和张扬人的价值与尊严,表达对人的权利与自由的向往。舒婷的《致橡树》、北岛的《结局或开始》、顾城的《我是一个任性的孩子》代表了朦胧诗对这一主题的表达。

再次,朦胧诗在艺术上表现出强烈的个人化倾向,侧重于自我内心情感的表达,并在创作中较多地借鉴西方现代主义诗歌技巧,大量使用象征、隐喻、通感、变形甚至蒙太奇的手法来拆解现实时空秩序,同时注重对潜意识、瞬间感受等主体内向性情绪的捕捉,拓展了诗歌的容量与内涵。

在这股新诗潮中,北岛、舒婷和顾城各有艺术个性。

北岛(1949—),原名赵振开,祖籍浙江湖州,生于北京。1969年,北京四中毕业后被分配到建筑公司当工人,后做过翻译。1980年,北岛担任《新观察》《中国报道》编辑。1989年后移居国外,现在香港中文大学任教。主要作品有诗集《陌生的海滩》《北岛诗选》《在天涯》《午夜歌手》《零度以上的风景线》《开锁》等,散文集《失败之书》《青灯》《城门开》《古老的敌意》以及小说《波动》。

作为朦胧诗的代表性诗人,北岛80年代的诗歌创作呈现出以下特征:

首先,北岛的诗歌具有鲜明的怀疑、批判精神和否定意识。在"文革"中成长的北岛,对这场浩劫进行批判性反思,将政治带给个体的心理创伤深刻地揭示出来。完成于1976年的《回答》① 以惊世骇俗的警句深刻而独特地概括出一个价值颠倒、黑白混淆的社会现实:"卑鄙是卑鄙者的通行证,/高尚是高尚者的墓志铭。"面对这样一个世界,诗人以

卑鄙是卑鄙者的通行证,/高尚是高尚者的墓志铭。

——北岛

悲愤冷峻的怀疑和毫不妥协的决绝姿态喊出了愤怒的质疑:"告诉你吧,世界/我——不——相——信!"这是觉醒者的宣言,叛逆者的抗争。在另一首诗中,诗人深刻揭示出了特殊年代荒诞的真实:"以太阳的名义/黑暗在公开地掠夺/沉默依然是东方的故事/人民在古老的壁画上/默默地永生/默默地死去。"(《结局或开始——献给遇罗克》)这种否定和批判精神在北岛的诗歌中同时还体现为对个体尊严的热情呼唤、对善良人性被践踏或毁灭的愤慨以及对弱者的悲悯与同情。在《结局或开始——献给遇罗克》中,对于这位因敢于说真话而被折磨致死的青年,诗人悲愤地控诉道:"呵,我的土地/你为什么不再歌唱/难道连黄河纤夫的绳索/也像崩断的琴弦/不再发出鸣响?"进而在《宣告——给遇罗克烈士》中坚定地宣称:"我并不是英雄/在没有英雄的年代里,/我只想做一个人。"在《岸》

---

① 《回答》初稿写于1973年3月15日,原题为《告诉你吧,世界》,最初发表在《今天》第1期(1978年12月),次年被《诗刊》(1979年第3期)转载。

中,诗人则表达了对弱者的人道主义同情:"我是渔港/我伸展着手臂/等待穷孩子的小船/载回一盏盏灯光。"

其次,北岛的诗歌充满着浓重的英雄主义情结和悲壮感。面对混乱而黑暗的历史,北岛悲愤满怀,但其并没有因此对未来失去信心,他和食指一样用诗歌传达出"相信未来"的心理强音,但和食指不同的是,北岛的诗歌在相信未来时更具英雄主义色彩和悲壮感。这在《回答》中就已经充分彰显。对于价值颠倒的历史,诗人愿意做一位殉道的挑战者,"纵使你脚下有一千名挑战者,/那就把我算作第一千零一名";对于被冤屈的魂灵,"我,站在这里/代替另一个被杀害的人/为了每当太阳升起/让沉重的影子像道路/穿过整个国土"(《结局或开始——献给遇罗克》);面对过去,"我不得不和历史作战/并用刀子与偶像们/结成亲眷"(《履历》)。

再次,由于鲜明的批判精神和深沉的历史反思意识的渗入,北岛的诗歌在艺术风格上呈现出强烈的理性思辨色彩和冷峻风格。正是基于这种思辨色彩和冷静基础上的冷抒情,北岛的诗歌才会不断地呈现诸如"卑鄙是卑鄙者的通行证,/高尚是高尚者的墓志铭","一个阶级的血流尽了/一个阶级的箭手仍在发射","自由不过是/猎人和猎物之间的距离"这样的警句。

最后,由于受到西方现代主义诗歌艺术的影响,北岛的诗歌多采用象征性的意象暗示意旨,同时也大量使用夸张、变形、通感等艺术技巧。如《迷途》中,哨音、森林、蒲公英、湖泊和眼睛等意象均充满着象征意味和暗示性,表现了诗人面对困境时的迷惘以及在理想召唤下对美好的追求的复杂情绪和多重意旨。

舒婷(1952—),原名龚佩瑜,祖籍福建泉州,后一直生活于厦门。1969年下乡至闽西农村劳动,1972年返城后当过工人。1979年开始在《今天》上发表诗歌。1980年到福建省文联工作,从事专业写作,曾任中国作家协会第四届理事、福建省作协分会副主席。主要作品有诗集《双桅船》《舒婷、顾城抒情诗选》《会唱歌的鸢尾花》《五人诗选》《始祖鸟》和散文集《心烟》《硬骨凌霄》《秋天的情绪》《真水无香》等,《双桅船》获全国第一届新诗集优秀奖。

人啊,理解我。

——舒婷

在朦胧诗人中,舒婷的诗歌较少理性的介入,更多的是自我意识的感性呈现和内心情感的自然抒发,浪漫中透露着典雅,忧伤中承载着理想的光辉。

表现个体意识的觉醒,追求人的尊严和价值以及较为鲜明的女性意识是舒婷诗歌情感内容的重要特征之一。舒婷的成名作《致橡树》首先是一曲爱情的新语,诗人带着反叛传统观念和男权社会的女性意识,渴望在爱情的位置中寻求两性的平等。尽管身边的橡树伟岸挺拔,但带刺的木棉并不愿甘当陪衬的附属物,也不愿做依人的小鸟,她要和橡树一样笔直地并排立着,"根,紧握在地下,/叶,相触在云里"。其次,这渴求各取所长、互相尊重的爱情观背后,也是对人的尊严和人的价值的肯定。正如诗人所说的那样："今天，人们迫切需要尊重、信任与温暖。我愿意尽可能地用诗来表现我对'人'的一种关切。"① 在诗作《神女峰》中，神女峰可谓妇女命运的化身，在成为美丽风景的同时，她背后却有着难为人知的"美丽的梦留下美丽的忧伤"。因此，诗人以拟人的口吻替她发出了真切的心声："与其在悬崖上展览千年/不如在爱人肩头痛哭一晚。"这是女性意识的曲折表达，更是对人性、人的个体意识的充分肯定。

表达对祖国和人民深沉的挚爱，是舒婷诗作的另一个重要内容。曾经的政治浩劫，并未消泯朦胧诗人对国家未来的美好期待，也没有消减他们对民族的挚爱，舒婷也是如此。在《祖国啊，我亲爱的祖国》中，舒婷将自己对祖国的深沉挚爱之情用独特的意象传达出来。尽管自己的祖国曾经有过贫穷、悲哀和痛苦，但是"我"宛如破旧的老水车、熏黑的矿灯、失修的路基一样跟祖国血脉相连，"我是你十亿分之一，/是你九百六十万平方的总和；/你以伤痕累累的乳房/喂养了/迷惘的我、深思的我、沸腾的我"！爱国之情，情真意切。

身为女性的舒婷，在其诗歌中也较多地关注女性内心世界的曲折与复杂。诗作《赠》准确而传神地道出了复杂、微妙的情感心理："我为你扼腕可惜/在那些月光流荡的舷边/在那些细雨霏霏的路上/你拱着肩，袖着手/怕冷似的/深藏着你的思想/你没有觉察到/我在你身边的步子/放得多么慢/如果你是火/我愿是炭/想这样安慰你/然而我不敢。"这种细腻、复杂的情爱心理描写，在舒婷的《船》《四月的黄昏》《雨别》等诗作中也有着较好的传达。

在诗歌艺术上，舒婷的诗作既具有浪漫主义色彩，同时也有着充分体现其作为女诗人的温柔典雅，这就使得她的诗歌在总体上"忧伤而不绝望，沉郁而不悲观"，"是软弱的，又是坚强的"，"忍受着失望，又怀着胜利的信念"②。这在她的诗作《祖国啊，我亲爱的祖国》《雨别》中均有较好的体现。另外，舒婷的诗歌也善于将自己的思考、情感寄寓在贴切而自然的意象之中。比如，她多用大海、土地等意象表达对某类社会性问题的思考，用橡树、木棉、神女峰等意象表达对女性命运的独特思考，用礁石与灯标、船与海、船与岸之间的关系意象表达对人生或两性关系的哲思等。

顾城（1956—1993），原籍上海，生于北京，父亲是著名诗人顾工。1964 年开始写诗，1969 年随父亲一起下放到山东农场，1974 年重回北京，曾在厂桥街道做木工。1977 年开始正式发表作品。1987 年应邀到欧美进行文化交流和讲学。1988 年赴新西兰，被聘为奥克兰大学亚语系研究员，后辞职隐居于激流岛。1993 年 10 月 8 日自杀。著有诗集《黑眼睛》《顾城童话寓言诗选》等，散文集《顾城散文选集》以及长篇小说《英儿》。《抒情诗十首》获 1981 年星星诗歌奖。

顾城被誉为当代诗坛的"童话诗人"，他一生都将自己置于童话般的幻境之中，不太愿意直面冷酷、复杂而多变的世界，这正如顾城生前挚友舒婷所说的那样，"你相信你编写的童话/自己就成了童话中幽蓝的花"（舒婷：《童话诗人——赠顾城》）。由于不愿直

---

① 舒婷：《人啊，理解我吧》，《诗刊》1980 年第 10 期。
② 孙绍振：《恢复新诗根本的艺术传统》，《福建文艺》1980 年第 4 期。

面现实，诗歌就成了顾城的宗教，在诗歌中他用忧郁、纯净而敏锐的眼神，去寻找属于自己的童话世界。

顾城的诗歌对童话世界的建构，大体是在两个方向上展开的：其一，对儿童世界的钟爱与眷恋。顾城曾将自己喻为小草，"墙后的草/不会再长大了/它只用指尖，触了触阳光"（《门前》）。面对残酷的现实，这棵小草总是愿意沉浸在过往的世界里，因为在那里有自己曾经体验过的舒适的天籁世界。因此，在顾城的诗歌里有相当多的作品是在抒写童年或者以儿童视角观照外面的世界。在诗作《我是黄昏的儿子》中，尽管不断地向人们诉说着曾经的不快和不幸，但回到童年是诗人疗救这伤痛的最好药方。他要为自己营构一座安静的小城，在这里"只有一团薄雾，/只有一阵微风，/还悄悄依恋着——童年的纯真……"（《我是一座小城》）。正因如此，诗人始终渴望做一个任性的孩子，希望"每一个时刻/都像彩色蜡笔那样美丽/我希望/能在心爱的白纸上画画/画出笨拙的自由/画下一只永远不会/流泪的眼睛"（《我是一个任性的孩子》）。与儿童世界的舒适和自在相反，当顾城用孩子的眼光打量成人世界的时候，外面世界的冷漠和陌生感就油然而生："你，/一会看我，/一会看云。//我觉得，/你看我时很远，/你看云时很近。"（《远和近》）此外，对儿童世界的留恋，也使得顾城对寓言故事诗的创作格外感兴趣，他一生创作了大量此类诗作，如《狐狸讲演》《大蚊和小孩》《得意的知风草》《极乐鸟》等。其二，顾城的诗歌还格外表现出对自然的热爱和关注。现实生活中，顾城只有在自然中才能安顿自己的灵魂——据说顾城曾视法布尔的《昆虫记》为自己的"圣经"，而在诗歌中他也毫不掩饰对自然的钟情。在顾城的诗作中，经常能见到星星、月亮、飞鸟、云、花朵、蝈蝈等撷取于自然的意象，在这些意象里寄寓着诗人与自然和谐相处、人性健康的理想。例如诗作《生命幻想曲》就勾画了一幅淳朴、宁静、和谐、自然的图景。他要将生命"放在狭长的贝壳里"，"柳枝编成的船篷"中，"在蓝天中荡漾。/让阳光的瀑布，/洗黑我的皮肤"，"用金黄的麦秸，/织成摇篮，/把我的灵感和心/放在里边"。自然与生命如此和谐，这与诗人对城市的书写判然有别。城市这一与乡村和自然对立的存在，在诗人的视域中就像一头巨大的怪兽恐怖而怪异："彩虹，/在喷泉中游动，/温柔地顾盼行人，/我一眨眼——/就变成了一团蛇影。"（《眨眼》）"两块高大的石壁，/在倾斜中步步进逼。/是多么灼热的仇恨，/烧弯了铁黑的躯体。"（《石壁》）

顾城的诗歌在艺术格调上自然、纯净，同时又注重意象的营构。尤其是在意象建构上，顾城善用奇异的意象传达自己对生命、对世界以及对人与人之间关系的直觉体验。"黑夜给了我黑色的眼睛，/我却用它寻找光明。"在他这首早期代表诗作中，诗人通过"黑夜""黑色的眼睛""光明"这一组对立的意象，准确地传达了经历过特定历史时期的一代人的忧郁过往和对未来的美好希冀。诗作《弧线》虽然只有简单的四句，"鸟儿在疾风中/迅速转向//少年去捡拾/一枚分币//葡萄藤因幻想/而延伸的触丝//海浪因退缩/而耸起的背脊"，但是这几组富有动感的意象，却将从自然界到人类社会中抽象的弧线具象化地表现了出来，生动传神且富含人生哲理。

研 习 导 引

北岛前期诗作的多元解读

无论是在朦胧诗潮中还是在整个当代中国新诗史上,北岛前期的诗歌都已经成为具有时代界碑意义的文本。然而诞生在思想"解冻"期的北岛诗歌,由于具有鲜明的时代色彩,而注定成为"历史的中间物",这也导致了人们对它的不同解读。北岛前期诗歌"史"的积极意义和艺术价值,受到了不少人的肯定,有人认为北岛诗歌的独特意义和价值在于它"所代表的朦胧诗已开始取得了与西方现代诗平等对话与交流的资格,大大推进了中国当代诗歌的现代化进程"①。有人则从诗艺的角度认为,"它以高度的时代概括和在诗学变革中的先锋作用而在当代诗史具有独特地位"②。当然,在人们普遍肯定北岛前期诗歌价值的同时,也能看到在许多方面还存在着一些分歧和论争,比如在情感特征的把握上,洪子诚认为北岛前期诗歌"最突出的是表达一种怀疑和否定精神",具有"'反抗绝望'的态度"③。而温儒敏等人则认为北岛"是一个彻底的悲观主义者"④。德国学者顾彬却持另外一种观点,认为北岛早期诗歌"既传达了乐观,又传达了悲观的情绪"⑤。北岛诗歌在"自由人性的追求,对个性的寻找"上"展示了这一代人对命运对自身的思索"⑥,这对于人的觉醒具有重要的意义,但是对于它们所显露出来的理性主义、英雄主义和理想主义,人们也有不同的评价,有人认为"他的诗的象征形象的概括,常常让位给极度的不平和悲愤","不是真正的强者身临牢狱中那一片熊熊燃烧的理想之光"⑦。也有人批评其诗歌过于空泛的人类意识,有时显得"有些矫情"⑧。

此外,对于北岛前期诗歌的艺术价值也有不同意见,有人认为"我们便发现你们太美丽了,太纯洁了,太浪漫了,于是我们忍痛割爱。别了,舒婷北岛,我们要从朦胧走向现实"⑨。有人甚至批评北岛的诗作是实践了"不屑于表现自我感情世界以外的丰功伟绩"⑩。

第九章 拓展研读资料

---

① 谭五昌:《在北师大课堂讲诗》,百花洲文艺出版社 2012 年版,第 49 页。
② 毕光明、姜岚:《纯文学的历史批判》,北京大学出版社 2013 年版,第 98 页。
③ 洪子诚:《中国当代文学史》(修订版),北京大学出版社 2007 年版,第 302 页。
④ 温儒敏、赵祖谟主编:《中国现当代文学专题》,北京大学出版社 2002 年版,第 252 页。
⑤ [德] 顾彬:《二十世纪中国文学史》,范劲等译,华东师范大学出版社 2008 年版,第 303 页。
⑥ 丁宗皓:《人格的界碑:北岛的位置》,《当代作家评论》1988 年第 4 期。
⑦ 楼肇明:《〈回答〉评点》,《诗探索》1981 年第 1 期。
⑧ [德] 顾彬:《二十世纪中国文学史》,范劲等译,华东师范大学出版社 2008 年版,第 303 页。
⑨ 程蔚东:《别了,舒婷北岛》,《文汇报》1987 年 1 月 14 日。
⑩ 陈绍伟:《重评北岛》,《诗刊》1991 年第 11 期。

第十章 80年代、90年代戏剧

第一节 80年代、90年代戏剧概述

在20世纪最后20多年中，戏剧（主要是话剧）的发展，可以大体分为三个阶段。70年代末到80年代初，戏剧从"文革"的废墟上复苏、重振，"十七年"的话剧传统得到恢复、发扬，创作上也取得了丰富的收获。随着短暂的"话剧热"降温，戏剧工作者在危机中借鉴西方现代派戏剧，进行了大胆的探索、革新，留下了一批探索戏剧。戏剧工作者的探索贯穿了整个80年代。进入90年代，戏剧面临更加复杂、严峻的环境，探索戏剧消歇，小剧场运动成为引人关注的现象。

1977年是新时期戏剧复苏、重振的一年。首先是重新上演部分优秀剧目，同时，戏剧界展开了对于"四人帮""阴谋戏剧"的批判。在重演和批判中，新时期的戏剧得以孕育和再生。《枫叶红了的时候》和《曙光》的问世，标志着话剧创作的再生。《枫叶红了的时候》（金振家、王景愚）是一出政治喜剧，以辛辣的讽刺剥开了"四人帮"政治欺骗的画皮。《曙光》（白桦）试图从中国共产党早期党内斗争的历史中探寻极左路线、极左倾思潮的根源。此后，新创作的剧目便大量涌现。《于无声处》（宗福先）、《丹心谱》（苏叔阳）、《有这样一个小院》（李龙云）、《神州风雷》（赵寰、金敬迈）、《左邻右舍》（苏叔阳）、《九一三事件》（丁一三）等一批反映人民群众在十年浩劫中与"四人帮"及其爪牙斗争的剧作，汇成"揭批"戏剧的第一个浪潮。这类剧作共同的特点是革命话剧战斗传统的恢复和发扬光大。与"揭批"戏剧同时，出现了一批反映新时期现实斗争生活的作品。这些作品接触了现实社会生活中的重大矛盾和问题，突出地表现了解放思想、直面现实人生的特点。《报春花》（崔德志）、《未来在召唤》（赵梓雄）、《救救她》（赵国庆）、《权与法》（邢益勋）、《灰色王国的黎明》（中杰英）等剧都曾因及时地提出社会生活中亟待解决的重大问题（出身问题、平反冤假错案问题、失足青年问题、权大于法的问题、封建残余的问题等）而引起极大社会反响。这些剧作的问世，标志着80年代现实主义戏剧鼎盛期的到来。这类剧作都属于社会问题剧，与社会主流意识形态保持着富有张力的共谋关系，在凝聚社会改革共识方面起到特定的作用。中共老一辈革命家形象的塑造也是此时创作的一个热点。在《转折》（周来、王冰、林克欢、赵云声）、《报童》（朱漪、邵冲飞、王正、林克欢）中领袖形象还只偶一露面，《曙光》（白桦）、《西安事变》（程士荣、郑

重、姚云焕、胡耀华、黄景渊)、《陈毅出山》(丁一三)、《陈毅市长》(沙叶新)、《转战陕北》(马融)、《彭大将军》(王德英、靳洪)等剧作中,贺龙、周恩来、陈毅、彭德怀、毛泽东等领袖人物已成为剧作的中心形象。《陈毅市长》等作品中,领袖人物逐渐从理想化、神化、个人崇拜中解放出来,逐渐走向人化。

在思想解放、新作蜂起之际,《假如我是真的》(六场话剧,沙叶新、李守成、姚明德)引起了波及全国的争论。1980年1月23日至2月13日,中国戏剧家协会和中国电影家协会在北京联合召开剧本创作座谈会。会议围绕有争议的几部作品(《假如我是真的》、电影文学剧本《在社会档案里》①、《女贼》②、中篇小说《飞天》③、电影文学剧本《苦恋》④ 等),就文艺创作的估价、如何认识时代、如何认识文艺任务、如何理解文艺的真实性以及如何发展文艺批评等问题展开讨论。时任中共中央宣传部部长的胡耀邦在会上对于"如何看待领导我们的、我们自己的党","如何正确地看待我们这个社会","如何看待占我国人口绝大多数的从事体力劳动和脑力劳动的人民","如何看待我们的人民解放军","如何正确地看待毛主席,看待毛泽东思想",以及"如何看待我们社会生活中的阴暗面"等问题作了长篇讲话⑤。

进入80年代,话剧热降温,话剧开始步入困境。导致降温的原因是复杂的,既有话剧生存的社会环境变化的原因,也与经济生活日益成为关注的中心,中外交流在经济、科技、文化方面的大规模开放,休闲方式的多样化等因素有关,而话剧自身诸如创、演体制问题,戏剧艺术从观念到形式方面的单一问题也是不可忽视的因素。困境激发了戏剧工作者对于戏剧艺术的探索热情。

戏剧探索在理论和实践两个方面同时展开。

戏剧观讨论。新时期戏剧观的变革,除了受到来自现实的深刻影响外,还受到两种戏剧传统的影响:一是新文学革命以来尤其是"十七年"的话剧正反两方面的经验教训;二是外国现代主义戏剧的观念和实践。其中外来影响是显著的,表现在1982年前后的戏剧观争鸣中。这次争鸣是在西方现代派文学对中国文学形成广泛影响的情形下发生的。外国现代戏剧,除了五四时期曾经介绍过的梅特林克、霍普特曼、约翰·孤沁、斯特林堡、凯撒、托勒、奥尼尔以及未来主义剧作家马利蒂尼、基蒂等的作品被再度介绍外,20世纪五六十年代在法国兴起、一度席卷欧美的贝克特、尤涅斯库、阿达莫夫、让-日奈、品特、阿尔比等人的荒诞派戏剧也被介绍到中国。1979年,中国青年艺术剧院演出了布莱希特的叙述体戏剧《伽利略传》,实验布莱希特与斯坦尼拉夫斯基两大演剧体系的结合。1981年,上海青年话剧团在沪演出了萨特的名剧《肮脏的手》。1983年5月,北京人民艺术剧院演出了由阿瑟·米勒亲自执导的《推销员之死》。在戏剧理论方面首先得到介绍的是布莱希特的叙述体戏剧,紧接着是荒诞派戏剧理论的介绍,然后,格洛托夫斯基的质朴戏剧、彼得·布鲁克的残酷戏剧等也被介绍到中国并对剧作界和舞台实践产生了广泛而深刻

---

① 王靖著,原载《电影创作》1979年第10期。
② 李克威著,原载《电影创作》1979年第11期。
③ 刘克著,原载《十月》1979年第3期。
④ 白桦著,原载《十月》1979年第3期。该剧本曾被拍成电影《太阳和人》,但未公映。
⑤ 胡耀邦:《在剧本创作座谈会上的讲话》,《文艺报》1980年第7期。

的影响①。西方现代派戏剧对于现实主义的反叛,梅特林克的静态戏剧和荒诞派戏剧的纯粹戏剧性理论,对于中国戏剧界重新认识话剧传统、重新估价中国传统戏曲遗产产生了重要影响。这些影响最终在戏剧观念方面引起争鸣。戏剧观争鸣,对于旧的戏剧观念亦即长期以来流行的单一的易卜生社会问题剧模式和受斯坦尼拉夫斯基体系影响的制造生活幻觉的第四堵墙模式进行了反思与质疑。在争鸣中,黄佐临在60年代提出的写意的戏剧观被重新提出②。高行健认为,易卜生的社会道德剧作为一种观念的戏剧,距今已经一个世纪了,在它之后,世界戏剧从未停止发展,我们不必把相当于同治、光绪年间的一位外国剧作家的戏剧观当作不可逾越的剧作法典来束缚自己的手脚。争鸣为创作界和舞台实践上的戏剧探索提供了舆论支持。争鸣中,借鉴西方现代派戏剧,突破写实戏剧模式的束缚,进行戏剧革新的主张获得了戏剧界的广泛关注③。

这场争论,在上海,首先是1983年的《戏剧艺术》就黄佐临的写意戏剧观之写意与写实、幻觉戏剧与非幻觉戏剧的理论概括的准确性引起的争论。在北京,《戏剧报》就戏剧观问题展开了广泛深入的讨论。讨论引起了戏剧界的注意,影响及于全国。《戏剧论丛》《剧本》《戏剧学习》《戏剧界》等刊物连续多年发表文章,对于戏剧的本性和本质、戏剧的规律、舞台的假定性、戏剧与观众、戏剧思维、戏剧生存模式等问题进行了广泛而深入的学术探讨。讨论至1985年达到高潮,到90年代,有关戏剧观的讨论文章还时见发表④。在讨论中,高行健、陈恭敏、谭霈生对于戏剧本质分别提出了动作说、外延模糊说、情境说的观点,童道明着重阐述了戏剧的假定性思想,林克欢等人则对于剧场性观念给予高度的关注,对于现实主义与现代派的关系,多数论者采取了开放的现实主义的立场。

与戏剧观念的探索同步进行的是剧作界的创作和舞台实践的探索。

最早引起社会关注的**探索戏剧**是哲理剧《屋外有热流》(独幕剧,马中骏、贾鸿源、瞿新华编剧,1980年4月上演,载《剧本》1980年第6期)。剧作的主题系鼓励青年人走出个人主义的小圈子,走向社会,吸取热流,驱除文革留在心灵中的阴影。该剧内容传统,它引起关注,一方面是形式上大胆借鉴了象征主义、表现主义和荒诞派的戏剧技巧(现实的场景和回忆、梦幻交错,自由的舞台时空,死人穿墙而过,人鬼同时登台、对话,等等),令人耳目一新;另一方面,力图表现人物的心灵世界,赋予主题一定的哲理性。该剧的获奖,推动了戏剧探索⑤。至1984年、1985年,戏剧探索的浪潮达到波峰。在这一阶段,主要是西方现代戏剧观念和手法影响了探索戏剧的进程。其中较有影响的作品

---

① 参见袁可嘉等编选:《外国现代派作品选》(第3册,上),上海文艺出版社1984年版;贝克特等:《荒诞派戏剧集》,施咸荣等译,上海译文出版社1980年版;贝克特等:《荒诞派戏剧选》,施咸荣等译,外国文学出版社1983年版。理论方面,格洛托夫斯基的《迈向质朴戏剧》、彼得·布鲁克的《空的空间》、斯泰恩的《现代戏剧的理论与实践》及《外国戏剧研究资料丛书》(中国艺术研究院外国文艺研究所编译)都在80年代陆续出版。
② 参见黄佐临:《漫谈戏剧观》,《人民日报》1962年4月25日;陈恭敏:《戏剧观念问题》,《剧本》1981年第5期。
③ 高行健:《论戏剧观》,《戏剧界》1982年第1期。
④ 参加讨论的主要成员有黄佐临、谭霈生、陈恭敏、丁杨忠、童道明、徐晓钟、胡伟明、王贵、高行健、林克欢、杜清源、马也等,主要文章收入《戏剧观争鸣集》(一)、(二),中国戏剧出版社1988年版。
⑤ 全国总工会和文化部联合颁发"勇于探索,敢于创新"奖。1982年5月17日,在文化部、中国戏剧家联合会联合举办的1980—1981年全国话剧、戏曲、歌剧优秀剧本评奖授奖大会上,作为小话剧获奖。

有:《血,总是热的》(宗福先)、《秦王李世民》(颜海平)、《阿Q正传》(陈白尘)、《路》(马中骏、贾鸿源)、《绝对信号》(高行健、刘会远)、《车站》(高行健)、《十五桩离婚案的调查剖析》(刘树纲)、《生命·爱情·自由》(罗国贤)、《周郎拜帅》(王公培)、《小巷深深》(王树元)、《本报星期四第四版》(王承刚)、《一个死者对生者的访问》(刘树纲)、《红房间·白房间·黑房间》(马中骏、秦培春)、《天边有群男子汉》(周振天)、《野人》(高行健)、《魔方》(陶骏)、《WM(我们)》(王培公)等。

1985年年底至1986年年初,波及全国的喧嚣的探索戏剧热开始消退,此后,在日趋平静的探索剧坛上留下的就只是坚韧者的足迹。这一阶段,有较大影响的作品大多是以现实主义吸收、消化西方现代派戏剧美学的形态出现。《黑骏马》(罗剑川)、《狗儿爷涅槃》(锦云)、《寻找男子汉》(沙叶新)、《洒满月光的荒原》(李龙云)、《中国梦》(孙惠柱、费春放)、《二十岁的春天》(余云、唐颖)、《桑树坪纪事》①、《芸香》(徐频莉)、《蛾》(车连宾)等剧作,显示了话剧探索的深化。

从时间上看,探索戏剧可以分为两个阶段:在1985年之前,探索戏剧受到了西方现代戏剧的戏剧观念和手法的较多影响;1985年至1989年则更多体现为现实主义的开放、深化,充分吸收现代派的戏剧美学。从作品与现实主义的关系看,探索戏剧可以分为两类:一类是在现实主义的原则下合理地借用现代派戏剧的手法,其结果是丰富了现实主义的表现手法,推动了现实主义戏剧的发展,如《屋外有热流》《绝对信号》《一个死者对生者的访问》《狗儿爷涅槃》《桑树坪纪事》;另一类是在主流戏剧类型之外,充分借鉴现代主义的戏剧探索,无场次、多声部组合式、小说式结构、写意戏剧等,《红房间·白房间·黑房间》《野人》《魔方》等都属于此类。

《狗儿爷涅槃》② 剧情围绕农民与土地展开。陈贺祥的父亲为了二亩地,与人打赌活吃了一条小狗而死,为陈贺祥留下二亩地与狗儿爷的诨号。狗儿爷最大的理想就是广置田产,高树门楼,做一个"长袍马褂儿,干鞋净袜儿,横草不拿,竖草不拈,出门就骑驴,吃咸菜泡香油"的小地主。在第二次国共战争期间,全村人避战乱之际,狗儿爷送走妻子、儿子,冒死留下收了地主祁永年的20多亩芝麻、花生、黍子,等战事结束人们回村,他已经是富人。共产党的区小队长李万江回来,不仅制止祁永年讨回芝麻等的纠缠,并且将祁永年的地与门楼分给了狗儿爷。狗儿爷相信,有了地,没的能有!媳妇死于炮火,但因为有地,很快娶了貌美如花的小寡妇冯金花;还用三担芝麻从剃头匠苏连玉手中买到三亩好地。有地,有菊花青,有老婆,有儿子,狗儿爷的人生梦想即将实现。但是接着合作化、人民公社,一切再归"大堆堆",狗儿爷发了疯,媳妇也改了嫁。改革开放后,土地重又回到手中,狗儿爷清醒过来,准备重新整顿家业,可是儿子陈大虎为了开工厂要拆除与狗儿爷荣辱相连、视为命根子的高门楼。阻遏无计,狗儿爷在痛苦、悲愤中放火烧了门楼。通过农民狗儿爷几十年的坎坷经历,触发人们对于数十年来农村世态变迁的反思,表现了极左路线的危害以及历史对人事的嘲弄。同时通过对狗儿爷的农民式因循守旧、妄自

---

① 陈子度、杨健、朱晓平根据朱晓平的中篇小说《桑树坪纪事》《桑塬》和《福林和他的婆姨》改编,载《剧本》1988年第4期,在1987、1988年之交演出。

② 《狗儿爷涅槃》,锦云编剧,发表于《剧本》1986年第6期,获第4届(1986—1987)全国话剧优秀剧本奖。

尊大、狭隘报复等心理特征的表现，批判了小生产者的落后守旧意识。在狗儿爷与门楼关系的表现中，揭示了农民与地主祁永年精神深处的文化意识的亲和相通，将对封建主义思想文化的批判推向历史文化的深处。

剧作借用了小说的第一人称叙事手法，让狗儿爷充当叙述主体，同时，将人物的内心世界外化为独立的艺术形象，创造性地塑造了祁永年鬼魂的形象，狗儿爷精神世界的复杂性与矛盾通过与祁永年鬼魂的争辩、厮打得到了形象、直观的表现。

无场次话剧《桑树坪纪事》以1968年前后的中国西部农村为背景，在一片蛮荒的土地上展现了挣扎在生存线上的西部农民的惨烈人生。剧中的李金斗是一个农村的共产党员，一队之长。李金斗既是一只狼，又是一头老黄牛。他以农民特有的勤劳、智慧与坚韧为全村人的利益不懈地奋斗、抗争，他是村民的保护神，是小辈的慈父；但是他又狭隘、残酷、愚昧，为了从外姓手里夺回两孔窑，毫不手软地策划了检举信而将外乡人王志科置于死地；为了让寡妇儿媳彩芳与有拐子病的二儿子仓娃结成转房亲，他亲手扼杀了彩芳与麦客榆娃的爱情，榆娃被打伤赶走，致使彩芳跳井自尽；他热心撮合阳疯子与陈青女的婚事，结果陈青女在阳疯子当众扯去裤子的侮辱下终于也成了疯子。《桑树坪纪事》的根本目的在于表现桑树坪人在贫瘠的自然环境、相沿成习的历史文化环境以及极左的时代思潮挤压下生存的顽强与坚韧、苍凉与悲壮，其主题意蕴建立在人与环境对立冲突中所产生的各种悲剧以及其中所隐含的意义上。剧作既有触目惊心的戏剧冲突，鲜明的人物形象，巨大的情感冲击力，又调动了歌队、舞队等叙述手段，赋予作品间离效果。为了强化对于生活的思考，剧作将写实与写意有机结合，以象征升华写实，以写实充实象征（比如陈青女被按倒的地方的残缺的汉白玉雕像，献上的黄绫等），深厚的现实感与作家强烈的主体意识得到统一。

经过戏剧探索，中国话剧在艺术观念、创作思想、审美追求等方面具有了新的特征。在艺术观念上，戏剧摆脱了对于政治的从属关系，不再是简单的政治工具。作家们不再是仅仅从政治的角度，而是从社会整体，从文化的各个侧面全方位、立体地观察和表现生活，写出生活、人生的丰富性和复杂性。在创作中，作家不再是生活的被动的反映者，创作者（导演、编剧）的主观能动性得到张扬，这首先表现在大多数剧作对于写实时空的突破，其次表现在突破五四以来形成的陈规，大胆调用各种手段（如音乐、歌唱、舞蹈、哑剧动作等姊妹艺术的因素，体操、杂技的因素，现代科技所带来的声、光、电等技术因素），建构起一个庞大的为我所用的综合艺术体系。在不少剧中，创作者往往借剧中的主持人、叙述者乃至歌队阐述自己对于故事的评说，这也是主观能动性的表现。而崇尚心灵表现、追求哲理象征、注重叙事模式，则是探索戏剧共同的审美特征。至90年代，探索戏剧基本消歇。

80年代，在探索戏剧风头正健之际，现实主义戏剧在苦撑中仍有不俗的表现。代表性的作品有《明月初照人》（白峰溪）、《谁是强者》（梁秉堃）、《高粱红了》（李杰）、《宋指导员的日记》（漠雁）、《风雨故人来》（白峰溪）、《红白喜事》（魏敏）、《小井胡同》（李龙云）等剧。它们比起前一阶段已经有所发展，不仅更深入人生现实，而且其反思也延伸至"十七年"甚至中国古老的文化传统，人物形象更趋丰富、复杂。随着探索戏剧的退潮，现实主义戏剧一度曾有重新崛起之势，而此时之现实主义也尽可能吸收现代派戏剧的表现手法，实现了自身的变革。代表性作品有《黑色的石头》（杨利民）、《田野又是青纱帐》（李杰）、《榆树屯风情》（郝国忱）、《古塔街》（李杰）、《不知秋思在谁家》（白峰溪）、《天下第一楼》（何冀平）、《火神与秋女》（苏雷）、《天边有一簇圣火》（郑振环）等。

90 年代值得关注的有郭启宏、过士行、姚远的剧作。

郭启宏（1940—　），著名戏曲编剧，有昆曲、评剧作品《南唐遗事》《司马迁》《卓文君别传》《成兆才》等。90 年代初，郭启宏从北方昆曲剧院转任北京人艺编剧，写下四幕历史剧《李白》，以大诗人李白为主人公，表现了安史之乱后李白的身世沉浮和灵魂隐痛，整体风格上追求人性的诗意和情境的空灵。

安史之乱后的大唐帝国等待着收拾旧山河，满怀济世之心和浪漫情怀的诗人李白对永王寄予厚望，成为其幕僚。道士吴筠说他，想用庄子洒脱的胸襟去完成屈原悲壮的事业，岂不是南其辕而北其辙？果然，原以为可以一展才华、施展抱负的李白，到头来却在永王门下成为乞食门人。永王事败，李白银铛下狱，性命堪忧。李白被发配夜郎，传来大赦消息，又一番踌躇满志。江流入夜，他傲立船头，把酒临风，醉眼蒙眬，因着迷于水中明月，一脚踏入江中。本是谪仙人的李白，最终没有走进营帐、宫廷，而是回归了属于他的诗意的空境。

剧作家以知识分子的良知，反思千百年来中国文人的济世之梦，写出了李白的真情、真性、真义。李白一生的精神历程是痛苦而矛盾的，他的纯真秉性和人文情怀，使他无法适应波谲云诡、朝秦暮楚的政治斗争；而他以天下苍生为己任的胸襟，又让他无法老死榻上；他注定要在出世入世、自我纠结中度过饱受打击、坎坷落拓的人生。他那纵死侠骨香的凛然风骨，他那平生不下泪的壮士豪气……犹如艺术镜像里的珍宝，便是不见容于世俗，却自有其诗意的光彩和审美的灵性。

正是在李白的人生遭际和精神历程的展示中，剧作家深刻地表现了中国传统知识分子的内在矛盾和精神困惑，凸显了剧作家对历史的沉思和对人性的揭示。

过士行于 1989 年开始话剧创作，有《鸟人》《棋人》《鱼人》和《坏话一条街》等作品，是一位有影响、有个性的剧作家。《鸟人》（1993 年北京人艺）、《棋人》（1996 年中央实验话剧院）、《鱼人》（1997 年北京人艺）被称为"闲人三部曲"，均由林兆华导演。1998 年，中央实验话剧院上演了《坏话一条街》（孟京辉导演）。鸟人、棋人、鱼人都是闲人，也即边缘人。边缘的事都是"玩"，玩鸟、玩棋、玩钓鱼。因此，剧作很有京味风俗剧的韵味。但是《鸟人》里的三爷、《棋人》里的何云清、《鱼人》里的钓神都不是普通的闲人，他们都已超越"看山是山""看山不是山"的境地，他们于鸟、于棋、于鱼之中见出宇宙人生，寄托了生命与意义，他们是世俗闲人中的真正存在的人。只是他们活在世俗功利的世界中，不免被世俗功利围困、消磨，也就无法避开在荒诞嬉戏的笑声中孤独殒没的命运。迪伦马特戏剧的悖论、老庄与禅的智慧在过士行的创作中留下了印记。

90 年代曾受关注的话剧还有姚远的历史剧《**商鞅**》，剧本最初发表于 1989 年 11 月的江苏《剧影月报》，演出整理本发表于 1997 年 4 月的《剧本》。

这是一部有深度的话剧力作。全剧凝重、悲壮、豪迈、大气，主题深邃，富有力度。

作者以古朴、浑厚的笔触，塑造了商鞅刚直、自信、激越而内心又极其丰满的艺术形象。全剧叙述流畅，节奏激越有致，选取商鞅一生中闪光的事件，既写出了他的人生理想，也展示了他实践政治抱负的悲壮力度。他变法强秦，却落得悲惨下场。

《商鞅》从两千多年前一场勃兴的改革悲剧中提炼出动人心魄的主题，悲剧冲突环环相扣、步步紧逼，台词凝重铿锵，全剧悲怆激越、深沉凝练而气势恢宏。戏剧启幕于深沉夜色笼罩下商鞅染着熹微曙色从五匹马中走出，他走向了等待变革的秦国，改革使秦国壮大而商鞅本人则陷入悲剧。秦孝公死，朝廷上下皆呼："商鞅之法不可废，商鞅此人不可留！"《商鞅》是改革的启示录，也是改革者的悲悼曲。作者说，商鞅"法的成功和人的悲剧命运，正是我们这块文化土壤上特有的东西"。《商鞅》"想让人们感到我们中华民族前进的步履是那么艰难"。如何提炼商鞅的悲剧？原作的结尾是按史实写商鞅遭五马分尸。导演陈薪伊改为改革者商鞅遭秦国上下万箭穿心而死。这一改使主题更具历史的深广意义而惊心动魄。作者认为，"商鞅的性格，正是中国历史上法家和儒家思想不相融的东西"，商鞅欲以刑治国，而儒家则要仁义感化。"中国是个讲人情的国家，儒家思想是中国两千年文化中的主流，至今仍然占主导地位，所以有的人对舞台上的商鞅断亲情、立酷刑不能接受。我以为，我们这个国家历来就有人情大于王法的问题，商鞅的法最终奠定了秦国统一天下的基础这一点，就证明法治对于社会进步的重要，而这在人情上是要付出大的代价的。"[①] 由陈薪伊执导的该剧于1996年9月12日首演。演出重新呼唤改革，礼赞改革者，轰动全国。

八九十年代，**小剧场戏剧**成为引人关注的重要戏剧现象。

欧美小剧场运动已有百年历史。20年代的"爱美剧运动"是小剧场运动在中国的初次实践，1982年北京人民艺术剧院上演的《绝对信号》标志着小剧场运动在中国的复兴。在1982年至1987年先后有上海青年话剧团、哈尔滨话剧院、广东省话剧院、南京市话剧团、大连市话剧团、沈阳话剧团进行了小剧场戏剧演出的实验。1988年中国青年艺术剧院的"青艺小剧场"改建完成，并上演了《火神与秋女》《天狼星》；中央实验话剧院演出了《女人》；南京市话剧团在连续上演几部小剧场戏剧之后，又上演了新作《天上飞的鸭子》。1989年4月，由中国戏剧家协会和南京市文化局联合举办的第一届中国小剧场戏剧节在南京举行，全国共10个话剧院（团）上演了16个剧目，显示了小剧场戏剧的盛行。

西方的后现代戏剧也对中国戏剧产生了影响。其一是各地相继出现了一些实验性探索组织；其二是在南京的小剧场戏剧展演中，也出现了一些新元素，如对观众参与性的重视，而上海青年话剧团演出的《屋里的猫头鹰》借用了仪式戏剧、环境戏剧的方法。

1993年6月，中央实验话剧院的《思凡》把中国昆曲中一个小和尚和一个小尼姑恋爱的故事，同《十日谈》中巴比伦王后与马夫的故事作了拼贴，把阴差阳错的世俗爱情故事叙述得颇有游戏性并且令人思索，较好地将实验性与商业性结合为一体，开90年代世俗化戏剧的先河。

1993年11月15日至19日，在北京举办了'93中国小剧场戏剧展暨国际研讨会，演出了《留守女士》《热线电话》《大西洋电话》《情感操练》《灵魂出窍》《思凡》《泥巴

[①] 《剧作家姚远：苦等16年〈商鞅〉上舞台》，《艺术中国》2008年2月13日。

人》等13台小剧场戏剧。这次活动的背景是,话剧的处境已经十分艰难。1992年,在全国,甚至京沪,已经很难看到话剧的演出了,残存的只有零星的带有实验性的小剧场演出和校园的小剧场演出。此次展演的着眼点更多地在于探讨小剧场戏剧对摆脱话剧危机的意义和作用,探讨如何将观众重新请回剧场,并将演出体制的问题纳入戏剧思考之中。艰难的处境促使戏剧工作者拓展了小剧场戏剧探索的边界,形成了探索前卫、主流时尚、商业流行小剧场戏剧多元并存的局面。

1998年,中国小剧场戏剧很活跃。1998年6月,中央戏剧学院94编导班举办了在回归线上——戏剧与梦想1998小剧场戏剧演出,意图是"共同体验一次对戏剧本质的回归历程",并希望借此来进行"对戏剧本质的创造与发展"。1998年9月,中国青年艺术剧院举办了国际小剧场戏剧展演,除了演出该院创作的《绿房子》《花房姑娘》以及彼岸工作室的《窒息》等剧目外,还邀请了中国香港的《元州街茱莉小姐不再在这里》《创世纪》和中国台湾的《2000》以及日本的 False(《虚假》)等剧目来京演出,旨在以另一种思路、语汇和舞台呈现方式拓宽戏剧工作者和观众的艺术视野。

1998年10月,上海戏剧学院和加拿大多伦多大学在上海联合主办了'98上海国际小剧场戏剧节,可称为中国第三届小剧场戏剧展演。戏剧节上演了《崩溃》《当鲨鱼咬人时》《生存还是毁灭——谁杀了国王?》《办公室秘闻》《故事新编·铸剑篇》等13台小剧场戏剧。此次小剧场戏剧展演注重对演剧艺术的探讨,希冀以小剧场戏剧的展演促进戏剧教学活动。

1998年北京与上海不断推出的小剧场戏剧演出,形成了90年代小剧场戏剧运动的第二个高潮,这个高潮一直持续到世纪末。

2000年12月,由广东省文化厅、广东省戏剧家协会、中国艺术研究院话剧研究所和广州市文化局联合主办的2000年国际小剧场戏剧暨学术研讨会在广州举行。这次活动是中国第四届小剧场戏剧展演,演出了《押解》、《送你一枝玫瑰花》、《西关女人》、《一朵小小的花》、《半掩黄昏雨》、《单身女人宿舍》、《去年冬天》、《马前泼水》(京剧)、《切·格瓦拉》、《无话可说》、《故事新编之出关篇》、《安娜·克里斯蒂》等14台小剧场戏剧。注重人物、注重刻画人物的内心世界,是此次展演剧目的一个突出特点。

小剧场的兴起带动了民营剧团的繁荣,代表团体有:牟森的戏剧车间、孟京辉的穿帮剧社、林兆华的戏剧工作室、郑铮的火狐狸剧社等。林兆华是北京人艺的导演,曾经排演多个高行健的剧本,影响较大。成立工作室之后,推出《哈姆雷特》《浮士德》和《三姊妹·等待戈多》等剧目。林兆华坚持探索性、实验性,成果较丰,但没达到预期的剧场效果。

在后新时期戏剧探索中,孟京辉的戏剧实现了戏剧探索和观众接受的双丰收。被冠以"先锋派导演"之名的孟京辉在《等待戈多》中将观众请到舞台上看戏,让演员下到台下演出。他的代表作《恋爱的犀牛》以宣泄的语言、夸张的形体和反讽加黑色幽默的艺术手法俘获了大量观众,创造了实验戏剧最高的票房收益。《思凡·双下山》《我爱×××》《恋爱的犀牛》和《盗版浮士德》等作品树立了孟京辉戏剧品牌。

纵观80年代和90年代小剧场戏剧,可见其各自呈现的特点。80年代的小剧场戏剧注重对艺术的探索,探索突破传统的戏剧模式与演剧模式,实验新的剧作样式与演剧方式,相对于80年代其他戏剧具有前卫性;90年代的小剧场戏剧,更多注重对戏剧生存道路的探索,戏剧工作者试图建构起与当代普通观众的欣赏要求相通的桥梁,把视点逐渐转向社会热点,转向当代人的精神世界与感情表达,为赢得观众而进行通俗化追求,并从不同角度探求小剧场创作的潜能。

第二节 沙叶新 高行健

沙叶新(1939—2018),生于江苏南京,回族。1961年毕业于华东师范大学,后在上海戏剧学院戏曲创作研究班学习。1963年至上海人民艺术剧院任编剧。

沙叶新的戏剧创作始于60年代。新时期十年中,沙叶新先后创作发表了《约会》、《假如我是真的》(与人合作)、《风波亭的风波》(与人合作)、《论烟草之有用》、《大幕已经拉开》(与人合作)、《陈毅市长》、《马克思秘史》、《寻找男子汉》、《耶稣·孔子·披头士列侬》、《东京的月亮》、《尊严》等剧作,其中,《假如我是真的》《马克思秘史》《寻找男子汉》《耶稣·孔子·披头士列侬》均引起争议,因而成为话剧界引人瞩目的作家。

沙叶新的话剧具有鲜明的世俗色彩。这种世俗性首先是对上海这个东方大都市存在的社会问题的关切,"每每动笔,总是为时为事,忧国忧民"[1]。由此把握市民社会的心理动向,或喜其所喜,怨其所怨,如《陈毅市长》和《假如我是真的》;或解剖普遍的病态心理,如《寻找男子汉》。因而,这种世俗性具有现实感、时代感和切近都市市民感性生活的特征。其次,这种世俗性表现为剧作中浓重的喜剧色彩。他的喜怒哀乐,他的褒贬,往往通过通俗、轻松而机智的喜剧性台词和荒诞不经的喜剧性单元得以传达,从而与观众产生广泛的共鸣。

沙叶新是与《假如我是真的》[2] 一起知名于社会的。1979年夏,上海曾发生一起冒充高干子弟招摇撞骗的事件,剧本即以此为基础虚构了以讽刺、揭露某些干部中存在的特权和不正之风为内容的六场话剧。剧本《假如我是真的》又名《骗子》,一个名叫李小璋的下放知识青年要上调回城而不得,偶然被人误认作高干张老的儿子,他自己就顺水推舟,想骗一张上调的证明,不料顶着张老的名头行骗实在容易,甚至使他欲罢不能。最后,他的真实身份被揭穿。在法庭上,他却提出一个令法官难堪,令当时的社会也颇难堪的问题:"假如我是真的呢?"作品揭示了赵团长、孙局长、钱处长一类人物的真实面目,显示了某些特权在中国现代条件下仍然存在的严峻性,尖锐揭露、讽刺了某些消极腐败现象。戏剧上演后,在观众中激起了反响,同时引发了争论。1980年年初的剧本创作座谈会肯定了剧作家的良好创作动机以及揭露领导干部特殊化方面的"一定的积极作用",同时认为"戏中人物形成的整个环境,对于三中全会以后的现实来说,不够真实,不够典型",剧作家"不加分析地同情了"[3] 李小璋,社会效果不好。该剧此后不再见于舞台。

---

[1] 沙叶新:《我的幕后语》,《耶稣·孔子·披头士列侬》,上海文艺出版社1989年版。
[2] 该剧于1979年10月由上海人民艺术剧院上演,此后又在北京和部分省市上演。
[3] 见中国戏剧家协会研究室编:《剧本创作座谈会文集》,四川人民出版社1981年版。

继《假如我是真的》以后，沙叶新创作了十场话剧《陈毅市长》[1]。剧本上演后，获得了广泛的社会赞誉。《陈毅市长》发表前，戏剧舞台上已有《陈毅出山》《东进！东进！》《朋友》等塑造陈毅形象的戏，《陈毅市长》仍然取得成功并在主题、艺术形式上都有所开拓、创新，显示了剧作家创新的勇气和艺术功力。

沙叶新写《陈毅市长》不是为写历史而写历史，更不是为了逃避现实生活的矛盾，而是"寄深意于现实"[2]。剧作家认为"四人帮"倒台后的现实与陈毅担任上海市市长初期的现实惊人相似。剧作家深感现实生活中需要恢复、发扬陈毅的崇高品德和优良作风。这一明确的创作思想，是剧作家避开陈毅在战争年代的传奇生涯而择取上海解放初陈毅市长经历的根本原因，剧本因此具有浓厚的现实感而超越了同类题材的剧作。

剧本多层次、多侧面地刻画了陈毅对人民的高度责任感和崇高的品德，及其严于律己、以身作则的高度党性原则。剧本通过人物个性化的语言对陈毅作了出色的性格描绘。陈毅文武兼修，既有军人的威武、果断、刚毅的风度，又有豪放的诗人气质，这在第一场里都有精彩的表现。赴宴与夜访齐仰之中则突出表现了陈毅豪爽率直、幽默风趣、平易近人、快人快语的性格。

《陈毅市长》是一部富于喜剧意味的正剧。喜剧因素或表现为陈毅独特的台词，或表现为喜剧性小纠葛，如赴宴一场与何淑芳的误会、第四场的买药、教彭一虎数伤疤等。这些喜剧性植根于人物独特的性格。剧作家准确把握陈毅作为一个共产党人的本质及其独特的处事方式，因而能在正剧的树干上生出喜剧的枝叶，显示了剧作家敢于将领袖人物当作人而不是神处理的胆识，同时也为后来创作中将领袖人物作为人看待提供了经验。

《陈毅市长》没有采用传统的剧作结构，安排一个贯穿始终的中心事件和矛盾冲突，而是精心选择了十个生活小故事，采用所谓"冰糖葫芦式"结构，十场写十件彼此独立的故事，分别从不同侧面展现陈毅的精神世界，事件之间没有必然联系，由陈毅这一主要人物贯穿全剧、穿引各场，在真正的共产党人精神这一点上统一起来。十场戏虽然没有统一的矛盾冲突，但大部分场次都在各自集中的场景中，围绕人物性格展开冲突；在具体冲突的描写中，历史的真实性、生活的具体性和细节的丰富性有机融合，鲜明的人物形象和生活气息赋予剧作艺术的魅力。如第九场，师长彭一虎居功自傲，对陈毅的人事安排不服气，形成冲突，经过提意见、数伤疤，彭一虎幡然醒悟，终于心悦诚服地去征求群众的批评。一场戏写得波澜起伏，跌宕有致，颇似一出折子戏，适合中国观众的欣赏习惯。

《寻找男子汉》[3]是剧作家的又一力作。女雕塑家、大龄女青年舒欢为了找男朋友，开始了寻找真正的男子汉的历程。剧本以舒欢找男朋友为基本线索，勾勒了五个男性的不同形象，他们或者是得了胎化病的"超级儿童"，或者是外刚内怯的严重"缺钙"患者，或者是浑身洋味的"西德利"，或者是俗不可耐的追星族，当然，也有自信自强的开拓者。剧作家以普遍的社会心理作为解析对象，在舒欢寻找真正男子汉的一次次失望中，透视了阳刚之气缺乏、萎靡之气充塞的病态文化心理。剧作家寄希望于青年改革家，反映了在改

---

[1] 载《剧本》1980年第5期，该剧获文化部和中国剧作家协会联合颁发的1980—1981年全国话剧优秀剧本奖。
[2] 沙叶新：《〈陈毅市长〉创作随想》，《文汇报》1980年8月1日。
[3] 剧本发表于《十月》1986年第3期。

革中重构民族性格的乐观信念。剧作喜剧矛盾自然,手法朴实,人物的夸张(如西方热的小李、女性化的小白)造成令人发噱的喜剧效果,场面的怪诞(如舒欢与司徒娃的"相亲")不无真实的投影,细节的象征(如身兼婚姻介绍所和商店两职的包同志、司徒娃身上的保险带)饱浸着讽刺而启人深思。严肃的命意与诙谐的情致互为补充,正剧、喜剧、闹剧乃至荒诞剧因素熔于一炉,神合于舒欢眼中的世界和她内心寻找的主题,这些成为全剧的显著特色。剧本采用无场次的形式,充分借助舞台的假定性实现时空的自由转换。根据戏剧符号学原理,以若干白色立方块充作道具,通过演员的表演和情节、场面的规定性,或变为桌椅,或化为台阶、柜台,以一当十,寓繁于简,显示了剧作家开阔的艺术视野和不断创新的意识。

《耶稣·孔子·披头士列侬》具有强烈的文化关怀精神。在一个虚拟的时空——天国中,古今中外的亡灵会聚一堂。具有讽刺意味的是,天国充满了现代社会的种种危机,为此,由孔子、耶稣和披头士列侬(他们是中国古代儒家文化、西方基督教文化和西方现代资产阶级文化的代表)组成考察团,前往人间考察。他们在人间见到,在人类文明的进程中文化已经异化,或者专注物质而轻弃精神,形成金钱拜物教(金人国),或者专崇精神而摒弃物质,其极端为思想拜物教(紫人国)。在拟神话式的形式中,包涵了作家对于文化偏至的批判与对于理想文明的企望。

新时期十年的话剧作家中,高行健以探索戏剧而著称。

高行健(1940—),生于江西赣州。1962年北京外国语学院法语系毕业,先后做过翻译、中学教师,1975年调入《中国建设》杂志社任法文组组长,1977年调入中国作家协会对外联络委员会工作。1979年发表中篇小说《寒夜的星辰》,此后还发表过小说《有只鸽子叫红唇儿》。1981年出版论著《现代小说技巧初探》,引起较大反响,同年调入北京人民艺术剧院任专职编剧。由他执笔的《绝对信号》上演后,引起广泛关注。此后,高行健陆续发表剧作《车站》《现代折子戏》《野人》《彼岸》等。1985年出版《高行健戏剧集》(群众出版社)。

"戏剧是一种综合的表演艺术","不只是单纯的说话的艺术";"戏剧是剧场的艺术","承认舞台的假定性"。

——高行健

《绝对信号》① 是一部无场次话剧。故事与主题比较传统,引起关注的主要原因在于形式的创新。剧作在形式上打破了现实生活的逻辑,黑子、蜜蜂、小号的回忆、现实与想象有机地交织穿插,现实时空与心理时空交错叠加。剧作以小剧场方式上演,在现代化的声光设备的支持下,将人物的内心世界、心理时空具象化地表现于舞台上,极大地拓展了戏剧的舞台时空。同时,突破了第四堵墙,加强了剧中人与观众的直接交流。该剧以其小剧场的新颖的

---

① 高行健、刘会远编剧,原载《十月》1982年第5期。

演出方式和剧作结构、舞台形象别具匠心的艺术构思令人瞩目。剧作在北京公演时,创下了百场爆满的记录。

《车站》是一部无场次多声部生活抒情喜剧。剧情发生在城郊一个公共汽车站。剧中的重要角色有公共汽车、等车的人、沉默的人。不同年龄、不同身份的人为了不同的目的乘车进城去,"公共汽车"是等车的人们的唯一希望,然而没有一辆汽车靠站,人们抱怨、诅咒,但仍然怀着希望在等待。他们是普通人,为了漫无期限的等待而消耗着生命。一年、五年……在时间的迅速流逝中,剧作从生活的现实逐渐进入抽象的境界,最终达到荒诞。人们要等的始终没有来的那辆公共汽车显然是一个象征,将生活的不合理、不公正乃至生活的荒诞性表现得淋漓尽致。沉默的人寄托了作者的希望:他看到车不停后就毅然决然地扛起行李悄悄离去了,他象征着感应时代的召唤、争取时间、认真进取的人。剧中多次出现了沉默的人的主题音乐。

高行健在创作探索戏剧的同时,提出了一系列理论主张。1988年有《对一种现代戏剧的追求》(中国戏剧出版社)问世。他认为:"我们在戏剧观上,既不必拘泥于斯坦尼斯拉夫斯基的表演方法,也不必受易卜生式的剧作结构的约束,大可以广开思路,在艺术上作一些新的探索与尝试。"① 他在对东西方戏剧观念考察的基础上,提出参照"西方当代戏剧家们的探索","从东方传统的戏剧观念出发"探索"一种现代戏剧"②。高行健的现代戏剧在艺术上的创新主要体现在:强调"戏剧是一种综合的表演艺术","歌、舞、哑剧、武打、面具、魔术、木偶、杂技都可以熔于一炉,不只是单纯的说话的艺术";"戏剧是剧场的艺术",要恢复戏剧的剧场性;同时必须"承认舞台的假定性"。此外,他主张承认戏剧中的叙述性,"不受实在的时空关系的约束",根据剧作的艺术需要"建立各种各样的时空关系"③。《野人》与《彼岸》突出体现了其戏剧主张。

《野人》被作者称为多声部现代史诗剧。时间上下几千年,戏中有四条平行的线:生态问题、寻找野人、现代人的悲剧、《黑暗传》的发现,这些含有不同内容的线索交织在一起,构成一种复调。统摄《野人》纷繁头绪的是人和自然的关系问题。作者从人类文明完美、和谐发展的理想出发,揭示了人类发展中的种种偏至的文化现象。古老文明中人与自然之间和谐的神秘图景与现代都市的污染,与惊心动魄的洪水、旱魃,野人的纯朴与受蛊于功利而变异的野人考察队等形成强烈、鲜明的对比,凸显了失衡的自然生态、失衡的社会生态以及失衡的现代人的复杂心态,显示了作者全面反思人与自然关系的宏大意图和清醒的文化意识。剧作结穴于人兽同舞、鱼虫欢跃的孩子的梦,使全剧带上浪漫的诗意。

生态学家和梁队长为人类对自然的盲目掠夺、为自然生态被破坏而痛苦。生态学家环视宇内,忧思深远,悲悯人类的短视,呼吁保护生态平衡。他与林主任的矛盾是人类保护和开发自然过程中的认识矛盾。梁队长以一个劳动者的良心,为遭滥伐的林区忧愤,愤恨人类的贪婪与丧心病狂。两人的痛苦相交织、映照,体现了剧作家对人与自然关系中人类所犯错误的认识与对其社会根源的思考。

---

① 高行健:《论戏剧观》,《戏剧界》1983年第1期。
② 高行健:《对一种现代戏剧的追求》,《文艺研究》1987年第6期。
③ 高行健:《对一种现代戏剧的追求》,《文艺研究》1987年第6期。

老歌师曾伯是一种古朴文化的代表,其核心是先民对大自然的祈求膜拜和神化,对人类史前史的追忆和想象。这种文化延续到充满政治利害、物质利益算计的当代社会必然产生矛盾。曾伯在动乱年月因唱《黑暗传》被游斗,现今也动辄犯原则。曾伯的原始生存方式、经验,以及与现代社会相矛盾而生的痛苦,使他对人性恶有深切的认识:"人这东西最恶。"曾伯对人的失望,既蕴含了作者对特定社会灾难的严峻批判,也体现了人类的自我反省,同时伴随了曾伯特有的宿命观、生命将尽时的恐惧感。

芳和幺妹子是剧中两个美丽而痛苦的女性。芳是现代的,她不愿意当生孩子、做饭的机器,也不甘心仅仅作为丈夫事业成功的垫脚石。她在沉醉于事业的生态学家那里无法获得感情需要和生理平衡,她要追求更为现代的自然人际关系。芳的痛苦是现代自觉女性的痛苦。幺妹子是带着一股林区野气的大自然的女儿。她对生态学家的感情是率真而又勇敢的,但幺妹子发乎本性的选择爱人的冲动,不得不屈从于基于利益计较的传统婚俗。幺妹子更深刻的悲剧性在于她要嫁给生态学家乃是要"替你洗衣做饭","把你服侍得好好的",这个大自然的女儿在设计未来的生活时,无师自通地显示了对东方传统妇德的皈依,而这恰恰是芳已自觉到了的痛苦。两个女性既原始而又现代的痛苦显示了以男性为中心的社会文化的偏颇。

贯穿全剧的寻找野人事件,是人类迷惘和痛苦的象征。寻找野人这一认识人类自身、认识自然的严肃课题,在它的展开过程中世俗化、异化了。为了野人而追寻的王记者习惯于看风向去挖新闻以炫奇猎异,林主任、陈干事则是上面要什么就给什么,被调查的人们将野人作为自己满足利欲、情欲、残忍念头的话题。整个寻找野人事件中所表现的人心世态,正是人类自我迷失的象征。在卷入野人考察事件的形形色色的人中,只有孩子细毛表现出健康的人性。剧作家把象征人类明天的旖旎的梦给了这个可爱的孩子,使深浸人类迷惘和痛苦的全剧得到希望之光的照耀,表现了剧作家以及人类对未来的乐观信念。

《野人》突出地体现了剧作家对戏剧的艺术探索。全剧三章,由跳跃很大的三十多段戏构成,剧作家突破中国传统话剧写实时空的艺术规范,根据人与自然关系的总意念,运用音乐中对位与对比的原则,自由地调度戏剧场面。每一个戏剧场面的出现,其环境、背景都通过演员的表演来确定,其中有些场景不过是人物意识流程或心绪的外化。

在表现手法上,突破了一般话剧以"话"(台词)为主的格局,充分调动了朗诵、舞蹈、哑剧、傀儡、面具、歌队等艺术手段,并将音乐作为角色运用,大大丰富了话剧的表演手段。多种艺术媒介的综合运用,使作品呈现出绚丽多彩的风格。《野人》具有浓烈的民间文化色彩,剧中汉民族史诗《黑暗传》的吟唱、薅草锣鼓、上梁号子、《陪十姐妹》的婚嫁歌等交织在一起,为全剧带来一股山野气息。

1985年,高行健发表探讨人与人关系的《彼岸》。《彼岸》不着痕迹地引用了交响曲式的手法展开无中心、多层次的戏剧系统。"人与人的牵制关系"这一主题首先由玩绳子的游戏体现出来。"我们每个人就牵扯在这纷繁变化的人世间。又像是落在蜘蛛网里的苍蝇,还又像是蜘蛛。"随后,演员们渡过一条莫须有的忘川,到达彼岸。在彼岸展开的戏剧过程有节奏地反复出现这一主题,而形成交响乐般的四个乐章。女人的故事是主题的第一次重复。女人给众人以语言、智慧,却被众人杀害了。玩牌的故事再次重复这一主题。众人为了赢一口酒,参加玩牌的主儿的赌博,众人都摸到一张白板,受了愚弄却不容人提出异议，与玩牌的主儿一起整垮了人。你找我找，大家都在找，但只能在圈子里找，不得逾越界线。人想到圈子外去找，就必须趴下，从看圈子的人的裤裆里钻过去了。圈子的故事，是主题的第三次重复。第四次是人与模特儿的故事。人创造了模特儿，赋予它们以生命、运动，获得生命的模特儿却摆脱了人的指挥，不可阻挡地运动变化着、轰响着，人卷入其中，身不由己。"最后，好不容易像条虫子从中爬出来，精疲力竭。"

《彼岸》所提供的只是一种有意味的形式，因此，内涵具有模糊性。在其抽象的形式中，既包含了剧作家对于人类社会中人与人关系的形而上的思索，同时又包含了对中国当代社会，特别是"文革"十年中人与人畸形关系的反思。剧作家舍弃了形似，却获得了真实生动的社会历史神髓的表现。正是通过一系列显而易见的游戏揭示了深刻的社会历史内容。

研 习 导 引

高行健的戏剧探索

1985年5月，《野人》成功上演。曹禺看完彩排，对高行健说："小高，你搞出了另一种戏剧。"曹禺是20世纪中国戏剧大师，他的戏剧基本上是易卜生式的戏剧观，他把这种戏剧演绎到高峰。高行健吸收中西戏剧资源，另辟新径，在20世纪最后15年创造了"另一种戏剧"，一种不同于传统的易卜生式的现代戏剧。

高行健提出了一系列理论主张。1988年有《对一种现代戏剧的追求》（中国戏剧出版社）问世。他认为："我们在戏剧观上，既不必拘泥于斯坦尼斯拉夫斯基的表演方法，也不必受易卜生式的剧作结构的约束。"①

第一，推倒第四堵墙，强化剧场性。高行健强调"戏剧是剧场里的艺术"，必须"承认舞台的假定性"，"毋需掩盖是在做戏，恰恰相反，应该强调这种剧场性"。"当众扮演始终是戏剧这门艺术的真谛，换言之，由演员扮成角色演给观众看，迄今仍然是戏剧不可变更的本质。"因此他主张回到光光的舞台上，把布景降到最低限度。"演员表演的张力才是戏剧的灵魂。"一切新鲜的形式和观念都会过时，唯有演员面对观众活生生的表演才给戏剧这门艺术经久不衰的魅力。他追求的是戏剧情境或演变的过程，他认定情境演变的过程较之人物和个性的冲突更富有戏剧性。《绝对信号》《车站》等都是这方面的例子。

第二，表演的三重性和中性演员论。表演的三重性就是从演员的自我经过中性的扮演者和叙述者的身份再转化为他的角色。演员在扮演角色的同时，其实还保留了演员即说唱艺人的身份，是"我"这个演员来扮演"他"那个角色，再演给观众"你"看，是在此时此地即舞台上叙述和扮演彼时彼地那人那事。高行健的表演理论是对布莱希特间离效果的继承和发扬。布莱希特的间离效果表演理论强调演员是角色的扮演者，并借助间离手法，同角色保持距离，唤醒观众的理智。而高行健的表演理论则从中国戏曲的表演入手，发现在演员与角色之间还有个中介阶段，演员个人在进入角色之前还有个身体和心理准备

---

① 高行健：《论戏剧观》，《戏剧界》1983年第1期。

阶段，从其日常生活的状态中解脱出来，将自我净化，身体松弛而精神集中，随时准备投入扮演，实际上存在三重关系。高行健把这种中介的过渡，亦即净化自我的过程，称为中性演员的状态。"对表演艺术的这种认识，我称之为表演的三重性，表演就在于如何去处理我——中性演员——角色三者的关系。"与表演三重性互生的，是将不同人称的叙述引入戏剧，从而构建了他另一种戏剧的艺术独创性，这是对于斯坦尼斯拉夫斯基表导演体系的突破。

第三，多声部复调戏剧，融合传统和现代，引入叙述。综合中西戏剧理念，融合古今之所长。一方面，高行健的探索戏剧回归传统戏剧本体。他坚持戏剧原始的功能，也运用传统戏曲中最古老、原生态的戏剧样式。主张戏剧不只是西方戏剧的说话形式，应该是东方戏剧集歌、舞、说、唱于一体，甚至包括中国传统元素"武打、面具、魔术、木偶、杂技"。现代戏剧要"捡回了这些失去了的手段"。另一方面，高行健的戏剧中西合璧，尤其吸收了布莱希特的戏剧观念与手法。《野人》《车站》《彼岸》就是多声部复调戏剧的实验。

高行健的戏剧理论引起了争论。

第十章专题讲座
宋宝珍：新时期现实主义戏剧1-5
宋宝珍：小剧场戏剧1-4

第十章
拓展研读资料

第十一章 80年代、90年代散文

第一节 80年代、90年代散文概述

20世纪20年代新文学革命以来，作为正宗的古文成为遗产。经过对古今中外优秀散文传统的继承创化，对散文语体、文体、思想和艺术的不断创新，作家致力于破除文以载道传统，使散文的文体解放与人的解放联系起来。

周作人提倡美文，既要借鉴外国近现代散文，又"须用自己的文句与思想，不可去模仿他们"①。鲁迅、周作人、朱自清、俞平伯、郁达夫、丰子恺、冰心等作家，以现代语体文，将中国文学的抒情传统与现代人的思想情感完美结合，破除了美文不能用白话的迷信。在议论性散文方面，鲁迅将随笔的精神推介给国人："在 essay，比什么都紧要的要件，就是作者将自己的个人底人格的色彩，浓厚地表现出来。从那本质上说，是既非论述，也非说明，又不是议论，……乃是将作者的自我极端地扩大了夸张了而写出的东西，其兴味全在于人格底调子（personal note）。……作为自己告白的文学，用这体裁是最为便当的。"②"个人底人格的色彩"、个人笔调成为现代随笔的核心。20世纪30年代林语堂提出"以自我为中心，以闲适为格调"的小品文，恰与鲁迅匕首与投枪式的杂文在语言、文体上对话互补。后来的何其芳等年轻作家的抒情散文、西南联大的学者散文、战争中壮大发展的报告文学，均秉承了现代以来白话美文的自由精神，散文文体和艺术个性不断拓展。

20世纪50、60年代之交，杨朔、刘白羽、秦牧作为"十七年"散文的代表作家，以创作"卒章显其志""形散神不散"的诗化散文而风行一时。这类散文艺术上远承古典诗文交融的传统，近传现代散文诗化的流脉，遵奉个人为时代、为人民代言抒情的规训和理念，"抒人民之情、抒革命之情、抒时代之情"③，从新中国、新生活中寻觅诗意，营造意境，合奏时代颂歌，形成以诗为文、炼意造境、雕章琢句、形散神聚等共性特点。作为时代文体、时代话语的散文与大我抒情模式，适应了当时政治文化歌颂光明面、弘扬主旋律的要求，却也是以理想激情遮蔽现实矛盾、以诗意美化生活的产物。

---

① 周作人（子严）：《美文》，《晨报副刊》1921年6月8日。
② [日]厨川白村：《出了象牙之塔·Essay》，鲁迅译，北平未名社1928年版，第7—8页。
③ 刘白羽：《创作我们时代的新散文——在上海一次创作座谈会上的讲话》，《上海文学》1963年第7期。

第一节 80年代、90年代散文概述

1979年开始的拨乱反正和改革开放，使作家、学者的精神活动和文化创造力获得大解放。散文，不断拆解此前各种思想规训和文学陈规，挣脱各类有形或无形束缚，重拾个人笔调。散文围绕回归真实、继承传统、文体创新、边界范围等问题，进行了一次又一次的探索。从80年代初到世纪之交，人们以回忆反思散文、杂文随笔、学者散文、纪实文学等，不间断地展开思痛、忏悔、文化批判和文明反思，其中优秀的散文在文学史中占据了一席之地。

20世纪末中国进入社会转型时期，当代西学开始为散文提供哲学、文化、文学的理论借镜与思想资源，成为散文发生新变的他山之石。一部分以倡导新散文为己任的中青年作家从90年代中后期开始，借鉴现代主义、后现代主义等文学艺术形式，期冀变革散文的话语方式与文体形式。与此同时，中国体大精深的文章学传统随着中国文化的复兴，重新浮出地表，继承史传传统、古文传统、小品文传统、小说笔记传统，借汉语之美救治当代散文的种种弊端，成为文人、学者的共识。散文家族中各种文体获得长足发展，如随笔、杂记、游记、序跋、日记、书话、抒情散文、散文诗、报告文学、非虚构写作等，当代散文体式之多、数量之大为其他文类所望尘莫及；散文形式不仅可以小到罗兰·巴特式的片断短简，也可以是《南渡北归》那样的鸿篇巨作；散文写作者可以固守狭义的抒情叙事散文，也可以无视人为划定的边界，让散文跨界旅行，如与小说、诗歌、戏剧等文类结盟，或游走于哲学、历史、学术的边缘。繁复多样的创作景观必然带来人们对散文本性、散文文类特性的困惑，当代散文理论建设便在这样的困惑中，逐步得以拓展和深化。现代散文经由一百年的发展与教训，有一点成为共识，即只有创作主体的精神获得真正解放，才能激发散文的自由精神和文体潜能。

为80年代、90年代散文奠定思想与艺术基石的，是老一代作家的回忆反思散文。这批散文在内容上参与历史反思与思想解放，并为散文艺术追求本色、返璞归真提供了典范。巴金的《随想录》《再思录》，孙犁的《晚华集》《秀露集》《无为集》，杨绛的《干校六记》《将饮茶》，陈白尘的《云梦断忆》，丁玲的《"牛棚"小品》，梅志的《往事如烟》以及萧乾、柯灵、季羡林、韦君宜等老作家的散文，表达自我情志，回归个人本色。这些回忆反思散文，讲真话、不雕饰、尚朴素、显个性，回归、发展了中国散文史笔直叙的传统；创作主体以鲜明突出的自我反省和理性反思，挟带启蒙力量，彰显人文精神；语言艺术上呈现洗净铅华、朴实真诚、炉火纯青、融民族性与现代性于一体的特征。老作家们力矫几十年"诗化散文"之偏至，淘洗被假话、空话、大话污染了的汉语宝库，恢复言为心声、修辞立诚的优秀传统而焕发出语言艺术的活力。

孙犁（1913—2002）晚年的散文收入《晚华集》《秀露集》《澹定集》《尺泽集》《远道集》《老荒集》《陋巷集》《无为集》《如云集》直至1995年最后一部《曲终集》，总称《耕堂劫后十种》。孙犁的回忆性散文追慕中国诗文传统的感发和含蓄，《母亲的记忆》只有六个片断，却令人泪目。《父亲的记忆》用笔则严峻许多。《亡人逸事》则是朴素的、真实的、恰如其分的一幅炭笔素描。孙犁留下了堪称人间至情至性又至简至淳的文字。《乡里旧闻》多写故乡风俗、农事、人情，乡村吊挂、锣鼓、小戏大戏，起哄热闹，孙犁写来，笔触灵动。《木匠的女儿》以一篇小文章写了几代人、几类人、几个时代，结构精简。《芸斋琐谈》《风烛庵文学杂记》多为反思性随笔杂文，老赵的"沉沦枯萎"，小D的

小人得志，王婉的"一步登天"，在他看来都是"失去的灵魂"。孙犁晚年散文流露出明显的孤寂与悲观情绪，他悲叹好物易碎，生命残破，故园如梦，心事苍茫："现在，我已衰暮，久居城市，故园如梦。面对一株菜花，忽然想起很多往事。往事又像菜花的色味，淡远虚无，不可捉摸，只能引起惆怅。"（《菜花》）由于数十年间浸染于中国古籍之中，孙犁散文语言趋于古朴简洁，秀雅中不失遒劲，文体更是讲究，评点人情世事，议论一针见血，思想深刻透辟。

杨绛（1911—2016）从20世纪80年代至21世纪初陆续出版《干校六记》《将饮茶》《杂忆与杂写》《我们仨》《走到人生边上——自问自答》《坐在人生的边上——杨绛先生百岁答问》等散文集。《干校六记》由《下放记别》《凿井记劳》《学圃记闲》《"小趋"记情》《冒险记幸》《误传记妄》等六记组成，文体借鉴清代文人沈复的《浮生六记》。杨绛记录了20世纪70年代初五七干校的点滴历史情境，看似平淡节制的语气里，有幽默、讽刺与内省，有不可冒犯的尊严，也深藏人生的孤寂与悲哀。钱锺书先生评价《干校六记》是"大背景的小点缀，大故事的小穿插"[①]，小未必没有价值，未来的人们要了解五七干校，难以绕过杨绛这本薄薄的小书。《隐身衣》《孟婆汤》等文章，寄托了作家在"软红尘"里做个人生旁观者的志趣和人生哲学。《回忆我的父亲》《回忆我的姑母》《记钱锺书与〈围城〉》等回忆性散文，组织千头万绪的材料，复活和还原了历史人物的生动面目，传达出当时的历史氛围和世情风俗，尽显杨绛作为风俗喜剧家和小说家的叙述笔法。

女性散文书写世纪末女性的自我认知和自我表达。女性散文打破将近30年里创作十分冷僻的状况，变得蓬勃兴旺，四代同堂的写作盛景持续了十数年之久，成为从古至今文学史上难得一见的创作景观。冰心、杨绛、丁玲、梅志、韦君宜等女性散文宿将，以创伤和回忆渗透世纪的历史沧桑，具有极高的史料价值和深厚的文化意味；稍年轻些的宗璞、张洁、丁宁、菡子、新凤霞、叶文玲等的散文侧重于表现生活美、自然美、人情美，面对苦痛保持端庄、浪漫与理想主义。宗璞的散文收入《宗璞散文选集》《铁箫人语》等集子中，三松堂断忆系列、燕园系列、花事系列散文，以情见长，文采斐然，意境清雅，可归为传统抒情美学一脉。《燕园石寻》《燕园碑寻》《燕园树寻》《燕园墓寻》《燕园桥寻》等，作家托物言志，表达对知识分子美好人格、风范的倾羡、咏叹。《紫藤萝瀑布》《丁香结》《好一朵木槿花》《二十四番花信》等，则咏物缘情，咏怀言志，将优美的自然景色与深邃哲理相结合，文笔从容又蕴藉绵长。

女性主义思潮与现代主义文艺思潮的融合，为90年代女性散文创出新格局提供了理论资源和表现手法上的启示。张洁告别早期散文《捡麦穗》式的纯真，以《世界上最疼我的那个人去了》的长篇倾诉，用鲜明的性别意识叙写母女间富有女性内涵的特殊亲情，令人耳目一新。以"知青"为主体的散文作家，包括铁凝、张抗抗、韩小蕙、唐敏、苏叶、叶梦、王英琦、张爱华、斯妤、马丽华等，分裂、紧张、焦虑构成这一群体彼时共同的面相，她们尤其敏感于性别在日常生活政治中的复杂和暧昧，女性想象遂成为一面迎风高扬的醒目旗帜。唐敏的《女孩子的花》，铁凝的《草戒指》《河之女》等将女性视为与

[①] 钱锺书：《干校六记·小引》，生活·读书·新知三联书店1981年版。

大自然一样神秘、富有灵性、令人崇拜的力量，蕴含对女性文明与女性神话的向往与追索。筱敏的《在暗夜》、素素的《消失的女人》、张爱华的《孤独女子》、黄晓萍的《梧桐雨》、林丹娅的《女人的星》等散文，有目的地寻找、遴选相关材料和主题，对男权中心社会、历史和文化传统，对女性的现实、命运、特质进行探究、质问和反省。较为特别的是对女性身体经验和欲望进行诗性言说的散文，如叶梦的《灵魂的劫数》《紫色暖巢》等，用富于暗示性和象征色彩的语言，书写女性的发育、初潮、怀孕、生育等带来的身体和心理上的震荡，揭开女性潜意识中欲望的一角。90年代中后期，文化视野趋于开阔的女性散文渐成气候。出版界于世纪之交推出了"90年代女性散文11家"、"风头正健才女丛书"、"红辣椒文丛"、"都市女性随笔"（两种）、"她们文学丛书·散文卷"（四辑）、"野蔷薇文丛"、"金蜘蛛文丛"等系列散文丛书。

　　80年代中期的文化热推动了文化散文（又称"学者散文"）的生长和繁盛。唐弢、张中行、黄裳、启功、金克木、季羡林、金性尧等以学问家、藏书家、版本学家等身份撰写书话、风物笔记、读书随笔，以浓郁的书卷气，知性、智性、幽默的书话风、闲话风为特征。黄裳（1919—2012）早在20世纪40年代就以杂文随笔出名，新时期以后，又陆续出版《花步集》《晚春的行旅》《榆下说书》《过去的足迹》《银鱼集》《翠墨集》《珠还记幸》《负暄录》《榆下杂说》《清代版刻一隅》等散文集。黄裳自述散文"不出以下三类：读书笔记、纪游文和随感。要简便，是通通可以归入杂文一类的"①。《珠还记幸》中的散文，回忆收藏数十位现代学者、作家手札墨宝的过程，既传人物性情风神，又品藻书艺，兼及人物评传，笔墨老健。张中行（1909—2006）作为文学、哲学和佛学学者，晚年散文厚积薄发，显示出深厚的学术和文化底蕴。被坊间称作新《世说新语》的"负暄三话"包括《负暄琐话》《负暄续话》《负暄三话》三种，作家将史与诗融合，散文中既真实记取了当年北京大学的学术空气、图书馆、日常生活及入学考试的报名、命题、判分、录取等具有文献意义的史料，又带着逝者如斯的怅然回忆民国一代学术大师内在的品性、风神、气度，重现20世纪上半叶中国文化与学术的万千气象。闲话絮语，不衫不履，是张中行"负暄三话"以及《流年碎影》等散文集的主要特点。夏坚勇的《湮没的辉煌》（1996）以残存的漫灭不清的断垣残简为出发点，通过对历史的还原与拷问，刻画文人行状，探究文明兴衰，以感性跌宕的笔触探讨了文化与政治、文化与社会变革、文化与时代之间的纠缠命运，对历史废墟背后的中国文化精神进行力透纸背的解读。夏坚勇的第二部文化散文集《绍兴十二年》（2015）穿越历史，直指当今，是一部充满人文激情和人文价值理念的作品。作者坚持了自《湮没的辉煌》以来的对历史文化的深刻反思和严峻批判，一以贯之地显示了知识分子的独立精神，爬剔《武林旧事》等历史文献，融入江南特有的社会风俗人情。汪应果的文化散文集《灵魂之门》（1999）以"路漫漫其修远兮，吾将上下而求索"的精神，古今勾连、中外兼涉，以真幻交织的手法，表达对当代诸多现实与形而上问题的探索性思考。"小卷阿魂祭"通过魏源故事，对知识精英屡遭劫难的历史作了欲哭无泪的祭奠。

　　汪曾祺（1920—1997）的散文收入《蒲桥集》《塔上随笔》《晚翠文谈》等集子中。

---

① 黄裳：《珠还记幸·后记》，《珠还记幸》（增订本），生活·读书·新知三联书店2006年版，第407页。

他自评:"记人事、写风景、谈文化、述掌故,兼及草木虫鱼,瓜果食物,皆有情致。间作小考证,亦可喜。娓娓而谈,态度亲切,不矜持作态。文求雅洁,少雕饰,如行云流水。春初新韭,秋末晚菘,滋味近似。"① 坦言自己"希望把散文写得平淡一点,自然一点,'家常'一点的"②。汪曾祺写习俗节令、地方风物、饮食特点、传奇人物,多半兴之所至,着笔随意,文心盎然,温润可喜。忆人散文则有善于体察、长于白描的特点,写金岳霖先生雇三轮车每日往王府井去接触社会,正是"无机心,少熟虑"真淳品性的表现(《金岳霖先生》);《跑警报》《泡茶馆》涉笔成趣,西南联大师生对战争不在乎的精神气和潇洒的人生态度跃然纸上。

西部边地文化、宗教文化、民族文化是西部作家的散文写作之源,张承志的《绿风土》《荒芜英雄路》,周涛的《巩乃斯的马》《游牧长城》,马丽华的《走过西藏》等,以长篇幅、大气势,主动参与建构西部民族的文化记忆,探索精神家园,寻找灵魂的皈依。西部作家贾平凹,早期散文以孙犁、沈从文等乡土文学大家为师,文风清新,《月迹》《月鉴》《丑石》《读山》等,遵循由物入情、由情及理的内在逻辑,艺术构思上匠心独运。90年代以后,贾平凹的散文向明清笔记小品、古文汲取文体和语言的传统资源。《静虚村记》一类散文,承载了作家在现代与传统的夹缝中无所安放的文化心灵。

杂文随笔在改革开放的时代大潮中恢复了现代杂文的文明批评和社会批评传统,开拓出思想启蒙、理性批判的广阔天地,出现了百家争鸣、异彩纷呈的复兴景象。巴金、秦牧、柯灵、林放、严秀、陶白、黄秋耘、何满子、冯英子等老作家宝刀未老,邵燕祥、牧惠、舒展、刘征、蓝翎、章明、陈四益、王向东、朱铁志等中青年作家健笔纵横,大都继承和发扬鲁迅风杂文针砭时弊、改造国民灵魂的精神传统,重举民主与科学的思想旗帜,广泛开展反对封建主义和极左思潮,提倡民主、自由、科学、法治和改革开放等的现实批判、历史反思和思想启蒙工作,重新焕发出杂文的思想锋芒和艺术风采。新生代杂文家则在改革开放大潮中崭露头角,其中勇于探索杂文写作新路的代表作家有鄢烈山、王小波等。

周国平受培根、尼采等哲学散文的思想与文体的深刻影响,致力于随感录、格言体杂文的写作,从80年代后期至2002年出版了《人与永恒》《守望的距离》《妞妞:一个父亲的札记》《各自的朝圣路》《安静》《南极无新闻——乔治王岛手记》等散文集。在《人与永恒》等"思想日记"中,作者受到生与死、爱与孤独、哲学与宗教、美与恶、天才与笨拙、困惑与觉悟等问题的诱惑,以格言、警句、箴言记下了思想点滴,其中有思辨与理性、轻嘲与幽默。诗性的凝练、形式的复沓、思维的跳跃,构成周国平格言体杂文的特点。

90年代中后期,带有哲人气质的抒情散文表现出强烈的个体生命体验和个人写作风格,苇岸、史铁生和刘亮程是此类散文的代表。生态主义者、诗人苇岸,生前仅出版《大地上的事情》一部散文集。作家观察蚂蚁、蜣螂、胡蜂等昆虫,麻雀、苇莺、杜鹃等鸟雀,麦子、白桦等植物,以及日出、大雪、二十四节气等季候的种种细微末节,从中寻找

---

① 汪曾祺:《蒲桥集》封面,作家出版社1994年版。
② 汪曾祺:《蒲桥集·自序》,作家出版社1994年版。

"一个作家应有的与万物荣辱与共的灵魂"(《一个人的道路——我的自述》)。苇岸散文多由一个个片断连缀而成,语言富于诗意,实现了他将散文作为诗歌的另一种手段的写作理想。史铁生(1951—2010)的《我与地坛》最初被当作小说发表,作家因个人身体的残缺而对生命的季候、轮回与生存的意义发出问询,写作成为自我救赎的唯一途路。刘亮程被称作"乡村哲学家",《一个人的村庄》走出乡土文学直面现实与启蒙主义传统,虚构了一个寂寞荒凉的黄沙梁,"我在村里住久了,便掌握了这个村庄的很多秘密",这秘密不过是"太阳落下,太阳升起","有人死了,有人出生"。刘亮程将黄沙梁的风、土墙、驴、农具、麦子、狗以及人,置于永恒的时间与空间中,重新发掘乡村万物存在的哲理和诗意。

报告文学发展出人物报告文学、问题报告文学以及历史报告文学三种。人物报告文学以改革开放过程中需要树立的先进典型为主,主要代表性作家是徐迟、陈祖芬、刘宾雁、黄宗英、柯岩、理由、王晨等。作为新时期报告文学的发轫之作,徐迟的《哥德巴赫猜想》在20世纪报告文学中具有里程碑的意义。徐迟采用合理想象与虚构的小说写法塑造陈景润形象,在报告文学"新闻性"和真实性上,大量引入相关的数学定理、定义与演算公式。作家还将诗人的激情注入字里行间,文学语言特性胜于新闻语言的要求,带有浓厚的浪漫主义理想气息。问题报告文学着重对转型期社会种种现象进行批评,并呼吁变革。所谓问题报告文学,"不再以某一个单一事件或人物为中心,而是环绕着某一个具有广泛社会性的、人们普遍关注的社会问题、社会现象为中心,进行选材和采访报告"①。刘宾雁的《人妖之间》揭示重大的腐败问题,反映紧张的党群关系。1985年,问题报告文学写作潮全面出现。大多数问题报告文学与国家建设中的决策所带来的种种复杂局面有关,内容多关乎民生,麦天枢的《西部在移民》,陈冠柏的《黑色的七月》,霍达的《国殇》,戴厚春的《百万大裁军》,苏晓康的《阴阳大裂变》,赵瑜的《马家军调查》,黄传会的《"希望工程"纪实》《中国山村教师》,卢跃刚的《长江三峡:中国的史诗》《以人民的名义》《大国寡民》等,都以教育、移民、生态、婚恋等严肃题材引发关注。90年代出现了历史报告文学。由于特殊的历史阶段而被人为冷冻的历史材料被重新发掘出来,让人们从中获得历史的反思与现实的启示,也是一种"新闻性"的体现。如在学界影响甚大的李辉的《文坛悲歌》,具有文献史料意义的温书林的《南京大屠杀》以及胡平反思"文革"的《历史沉思录——井冈山红卫兵大串连二十周年祭》、戴煌的《胡耀邦与平反冤假错案》等。

随着散文黄金时代的到来,散文批评与散文理论建设也围绕散文如何界定、散文有无边界、散文本体等问题展开探讨。影响较大的为贾平凹的大散文概念和刘锡庆的净化文体说②。

---

① 李炳银:《"问题报告文学"面面观》,《解放日报》1988年1月26日。
② 贾平凹以"美文"和"大散文"引发关注,《美文·发刊词》中提出的"大散文",倡导"散文是大而化之的,散文是大可随便的,散文就是一切的文章"。刘锡庆对"大散文"提法持反对意见,在《当代散文:更新观念、净化文体》《世纪之交:对"散文"发展的回顾与思考》《当代散文创作发展的几个问题》等文章中反复强调"净化文体说"。他认为散文发展迟缓的症结,是"因为散文的过'宽'过'大'","未能弃'类'成'体'"。只有清理门户,将异质性的文体清除出散文,才有"艺术散文"的出现。这被学界视作"狭义的散文观"。

第二节 巴金 余秋雨

巴金（1904—2005）晚年散文主要收入《随想录》与《再思录》①。

巴金写作《随想录》，是"为了认清自己"，"不得不解剖自己"，重新"铸造自己"，也是为十年惨痛"做总结"，《随想录》引领了80年代散文说真话的潮流。在思想层面上，巴金把悲悼怀人与历史反思、个人忏悔融合为一，在世纪末交上了一份极有思想分量的知识分子反思录。在语言层面上，以最质朴直白的"真话"贯穿始终。《随想录》《再思录》里融回忆、叙事、议论、抒情于一体的散文，依然以情深动人。《怀念萧珊》《小狗包弟》等抒情叙事散文直抒胸臆，真诚坦率，自疑自责，有着强烈的艺术感染力。《怀念萧珊》堪称当代散文中的《伤逝》，巴金回忆了夫妻二人在"文革"中挨打、难过、叹气、无助、担心和张皇失措的日子，叙述萧珊病中难得的欢颜与孤单踽踽的脚步，在人间的无助、不舍与难以放手，笔墨不加修饰，却写出了内心的绝望、悲愤、自责与悔恨。

《随想录》《再思录》是知识分子狂热、虔信、受难而后痛定思痛的心史。晚年巴金重读并翻译俄国作家赫尔岑的《往事与随想》（第一卷），从这部"伟大的历史经典"②中汲取了思想与文体的灵感，《随想录》《再思录》是对"文革"十年社会史、文化史与心灵史的最广阔、最真实、最具洞察力的概括。在杂文随笔中，巴金把十年浩劫比作但丁《神曲》中的地狱、活墓葬，提出建立"文革博物馆"以记录这人间地狱的重重惨状；他借鉴鲁迅杂文中具有高度概括力的语词，如表现个人崇拜与狂热迷信的催眠术、魔法、迷魂汤等，用烧香念咒形容某种阴魂不散之鬼，把被剥夺了自由思想与自动放弃自由思想的人形象地概括为奴、木偶和机器人。可见，巴金作为当代鲁迅式的"精神界之战士"，对社会与现实的批判，或显或隐，或大或小，意在为当代、为后人总结深刻的历史教训。正如此，巴金才将《随想录》当作"一生的总结，一生的收支总账"，他没有在晚年走向淡泊平和，依然保持着峻急、焦灼和更为深切、宽广的忧虑。人们评价《随想录》为"一部'力透纸背、情透纸背、热透纸背'的'讲真话的大书'，是一部代表当代文学最高成就的散文作品，它的价值和影响，远远超出了作品本身和文学范畴"③。

余秋雨的《文化苦旅》《山居笔记》等散文集，是90年代文化散文的扛鼎之作，其特点是追求大历史、大文化、大叙事的融合。作家远眺历史长河中的中国文化和文化发展中的中国历史，追求思想的深度与视野的广度，着意打捞在历史文献中沉没已久的各种文明碎片，从中发现民族文化的基因和密码，探讨华夏民族的文化史与精神史。

---

① 1978年12月，巴金开始在香港《大公报》的《大公园》副刊上发表"随想录"，至1986年8月，8年间凡150篇，分"随想录""探索集""真话集""病中集""无题集"五个部分，先由人民文学出版社分集出版，1987年由生活·读书·新知三联书店出版合订本《随想录》。此后创作的散文随笔收入《再思录》，1995年由上海远东出版社出版。
② [俄]德·斯·米尔斯基：《俄国文学史》（上卷），刘文飞译，人民出版社2013年版，第293页。
③ 《随想录·出版说明》，人民文学出版社1986年版，第1页。

无论苦旅或山居，余秋雨手中都有一枚值得端详的"文明的碎片"。作家围绕"一个最原始的主题：什么是蒙昧和野蛮，什么是它们的对手——文明？"做文章，精心选取对于普通读者来说具有陌生化和新鲜感的"知识点"，植入人们所熟悉又陌生的文化历史中，让它们成为重要的关节：如从十万进士这个令人惊异的大数据，重新思考与探索一千多年的科举制度；从一张银票发现晋商与现代商业文明的关系；从道士王圆箓之传奇入手，揭开历史偶然性中的必然性，且因为小人物与大历史构成了巨大反差，敦煌文物的失落才令读者嗟叹、痛惜。至于写到中国读者最熟悉的作家苏东坡，余秋雨也避免重复苏东坡旷达、幽默与才气的各种逸事、趣事，而集中笔力去写他遭嫉恨而流放黄州那段人生的狼狈、不堪与孤苦心态，在余秋雨看来，正是这种人生的低谷，预示着苏东坡终将以自己的千古绝唱而登临艺术高峰。换言之，余秋雨的学者素养，使他寻找并利用了对一般读者而言有陌生感、新奇感的中国文化碎片，它们可能是一个卓越的文人最难堪的时节，可能是一个粗鄙、贪婪的小人，或是一处庭院、一座藏书楼、一个山庄、一条街道、一处废墟等，由此来构成他笔下大历史的关节点、转捩点，并起到牵一发而动全身的作用。这同样吻合余秋雨为化解审美障碍而对文本所作的精心处理，即"使生活中冷僻的一角具备了普遍的审美感应力"[①]。如给人留下深刻印象的天一阁主人范钦，既有"基于文化良知的健全人格"，又"过于迷恋承袭，过于消磨时间，过于注重形式，过于讲究细节"；流放地文士有珍贵感人的友谊以及内心的高贵，却也有围攻苏东坡的一众文化小人的嫉恨构陷。作家把文化人格的形成及各种表现，置于大历史与大文化的时空中，其气魄与自信确实如批评家所说："他的心灵不屑于概括一种有限的场景，而常常是一个时代的文化性格（魏晋），乃至一个王朝（清王朝），一个地区（海南），几个朝代的文化遗址（敦煌）"，"因此他的文化散文不是传统的性灵小品，更不是'匕首和投枪'所暗示的轻型艺术话语，他的散文是货真价实的大散文话语"[②]。

余秋雨散文有着难以抑止的抒情冲动与语言习性，《文化苦旅》《山居笔记》较之后来的《千年一叹》，文思上苦心经营，字句精雕细琢，具有高度修辞性。作家用种种艺术手法推进、强化、激活、生成个人的感悟，运用诗歌的节奏、韵律与形式，热烈的抒情、议论，暗示性的语言与象征性的意象，以及各种常见的修辞手法，建构起余秋雨式激情化的散文文风。但这种艺术手法运用过多，易给人滥情造作之嫌。

余秋雨散文应属于中国文学传统中才子型文章一脉，但他融入了西方戏剧舞台上的演说腔，辅以文采点缀的诗情，形成了富有想象力的画面、栩栩如生的人物素描、灵感纷飞的佳语妙词，这种理俘而辞溢的散文，有些篇章抒情过于泛滥而不加节制，甚至矫情，因而招致了许多言辞严厉的批评，被批为"煽情主义的话语策略"[③]。这一美学追求与八九十年代学界推崇平实、淡泊、节制、深沉的散文美学路径迥然不同。但我们还

[①] 余秋雨：《戏剧审美心理学》，四川人民出版社1985年版，第27页。
[②] 孙绍振：《余秋雨：从审美到审智的"断桥"——论余秋雨在中国当代散文史上的地位》，《当代作家评论》2000年第6期。
[③] 朱大可：《抹着文化口红游荡文坛——余秋雨批判》，朱大可、吴炫、徐江、秦巴子等：《十作家批判书》，陕西师范大学出版社1999年版，第32页。

是不得不肯定余秋雨散文的开创之功,无论其利其弊,都构成后来创作者自我观照的一个参照。

第十一章
拓展研读资料

第十二章 80年代、90年代台港文学

第一节 小　　说

　　1980年以后，台湾小说格局有了新的变化。一方面，诸种小说潮流彼此之间的排斥和对抗大大减弱，在政治多元化的时代，它们建立起了共存甚至互渗的新颖关系。艺术观念多元化，表现形式多样化，严肃文学通俗化，成为新的小说潮流。另一方面，光复后出生且大都在台湾接受高等教育的新生代作家纷纷涌现，成为文坛一支举足轻重的生力军。具有影响力的新生代小说家有袁琼琼、苏伟贞、李昂、黄凡、张大春、王幼华、林燿德、吴念真、萧飒、廖辉英、朱天文、朱天心、平路、张曼娟等。与上一代作家相比，这些作家文学起点高，既未受意识形态的禁锢，又少有文学宗派之束缚，他们代表了80年代小说发展的主潮。

　　90年代，台湾小说继续保持着多元并存的发展格局。与此同时，后现代主义文学则成为越来越引人瞩目的文学潮流。从80年代中后期开始，台湾文坛正式出现了对后现代主义的理论建设和观念倡导，并开始产生后现代主义文学。后现代主义的概念和理论虽是从国外引进的，但它在台湾有着社会现实基础。随着台湾社会逐渐步入后工业时代而产生的后现代文学，是台湾由工业文明向后工业文明过渡社会状态的文学反映。其主要内容便是对后工业文明状况的描绘、反映和省思。而在艺术形式上，其显著特征表现为拼贴、组合等被大量运用。在多元激荡的文坛上，后现代已成为一种思潮，尔雅出版社1995年的《年度小说选》所选出的10篇小说，均具有后现代色彩。

　　在纷纭复杂的诸种文学现象中，情色文学和后设小说引人瞩目。情色、性在台湾长期被视为禁忌。从50年代查禁郭良蕙的《心锁》开始，台湾文学走过了一段清教徒式的道路。1987年政治"解严"后，尤其是随着妇女解放运动的深化，新女性主义作家在颠覆传统的文化、性禁忌的同时，推出了经过精致包装、文情并茂的情色小说，着力表现和书写女子的情欲，并一改过去粗鄙低级的形象。与传统的色情小说相比，情色小说的创作主体和读者群发生了显著的变化，作者为清一色的女作家，读者则多元化，从社会名流到市井百姓都争相阅读。尤其值得注意的是，情色小说突出地反映了女性的觉醒意识和性解放的观念。著名作品有平路的《行道天涯》、李昂的《北港香炉人人插》等。朱天文描写男同性恋的长篇小说《荒人手记》以深细的心理刻画、风格奇异的感觉派描写手法与语言，

获得 1995 年 "《中国时报》" 文学奖。其他各具特色的女性作家还有苏伟贞、李元贞等。

所谓后设小说，是以小说探讨小说的小说，即作家直接在作品中对小说创作中的一些问题加以讨论，在大陆一般被称为 "元小说"，又称反小说、自我衍生小说、寓言式小说。后设小说与后结构主义、后现代主义在台湾的流行有密切关系，它重新反省小说的虚构性及读者的反应，对小说的语言和结构等方面进行颠覆，揭示了叙述的不确定性和语言的局限。"台湾后设小说家多尝试以各种方式处理虚幻和现实之间的交融和冲突。"① 质疑写实传统，强调作品的虚幻性，自我指涉，是台湾后设小说的基本特征。1985 年，黄凡发表《如何测量水沟的宽度》，这是台湾第一篇后设小说。此后，蔡源煌、张大春、林燿德、黄启泰等都曾醉心于后设小说创作。其中，蔡源煌的《错误》，黄凡的《小说实验》，张大春的《晨间新闻》《写作百无聊赖的方法》，平路的《五印封缄》等都是后设小说的代表作品。张大春的《写作百无聊赖的方法》从题目即可看出作者对写作行为的强调。百无聊赖本是一个 30 岁的试管婴儿的名字，是作品表现的对象，作者却将之放在写作的下面，这实际上正透露出后设小说的创作旨趣，即强调写作是一种游戏。

80 年代、90 年代最具代表性的台湾小说家有李昂、黄凡、张大春等。

李昂（1952— ），台湾彰化人，原名施叔端。1968 年发表处女作《花季》，闯入性心理题材创作领域，此后的作品大都以两性关系为主要表现对象，探讨女性的地位和命运问题。而其真正引起文坛强烈关注则始于 1983 年发表的中篇小说《杀夫》。由于题材的敏感和观点的大胆，李昂成为台湾最受争议的作家之一。主要作品有《混声合唱》《人间世》《爱情试验》《杀夫》《暗夜》《迷园》等。

李昂的小说具有深沉的社会主题。她在作品中借助于主人公的婚姻爱情故事，紧紧抓住与妇女关系最大、影响妇女命运最深的性，表现强者对弱者、男性对女性的掠夺，无情地揭露和痛击封建势力对女性的摧残。在描写性关系时，李昂努力表现女性的性意识、性自主和性反抗，鼓吹妇女解放。她打破了中国小说的许多禁忌，将人性深处最隐秘的东西毫不留情地挖掘出来。中篇小说《杀夫》是李昂的代表作。小说描写古镇鹿港的一个名叫林市的弱女子，因不堪丈夫陈江水长期残酷的性虐待、性掠夺，精神崩溃，用杀猪刀杀死了陈江水。作者抓住了这一杀夫题材，对封建主义尤其是男性沙文主义进行了无情的揭露和抨击，表现了追求妇女解放的思想主题。《杀夫》的出现标志着台湾女性文学创作进入了新女性主义时期。《迷园》是李昂颇具影响力的长篇小说。这部力作以朱影红与林西庚迷狂的情爱史为主要线索，表现了台湾较为广阔的社会生活。作品保持了作者一贯的女性主义立场，通过对朱影红迷乱的性意识的描写和揭示，对现代社会里的男欢女爱进行了深刻反思，表现了妇女解放的艰巨性。《迷园》还深刻反映了台湾的政治生活。朱影红的父亲朱世彦的命运是台湾知识分子命运的一个缩影，反映了国民党当局的政治高压给台湾人民造成的巨大灾难。小说取名为迷园有着深刻的象征意蕴。迷园是台湾的象征，它的兴衰史在一定程度上正代表着台湾命运的变迁史。

黄凡（1950— ），台湾台北市人，原名黄孝忠。1979 年发表第一篇小说《赖索》，登上文坛。此后，他出版了中短篇小说集《赖索》《大时代》《曼娜舞蹈教室》《东区连环

---

① 张惠娟：《台湾后设小说试论》，《当代台湾文学评论大系》（三），正中书局 1993 年版，第 203 页。

泡》，长篇小说《反对者》《天国之门》《伤心城》《财阀》《上帝的耳目》等，成为新世代小说家的翘楚。他的创作对于政治小说的繁盛、都市文学的崛起，起了重要的推动作用。

政治小说是台湾近30年来创作量巨大、影响深远的小说类型。《赖索》是这一类型的前驱之作。小说描写了一位由"台独"活动领导者变为大众传媒大红人的政客形象，通过韩先生的政治变节讽刺了政客的丑恶政治行为，对政治机器操纵下小人物的命运给予了深切的关注。边缘人赖索的经历和命运反映了现代化进程中人的主体性的失落。白先勇认为这是"一篇杰出的讽刺小说，作者以辛辣老练的笔调，对台湾现实作了尖锐的批评"[①]。随后，黄凡致力于政治小说创作，细致描写台湾社会的政治生活，揭露政治势力对社会其他领域的粗暴干涉，以及政治势力与财团相勾结来驾驭社会的现象，表现了社会大众在政治运作中的渺小、无力和无助感。《反对者》《伤心城》等长篇力作都从正面观照在政治漩涡中浮沉的人们的命运，反映了相当一部分台湾人对于丑恶政治极端厌倦的心态。《反对者》的主人公、经济学教授罗秋南突然被校方以风化罪名加以审查，陷入困境，而这背后有着复杂的政治因素，即与高层权力斗争密切相关。小说深刻揭示了现代台湾社会严重的泛政治化现象。《伤心城》表现了相似的主题。除了政治小说外，黄凡还创作了大量都市文学作品。他的都市小说广泛涉及都市社会生活，揭示了都市社会的结构特征。短篇小说集《都市生活》中的作品分别以商业生活、艺术生活、道德生活、政治生活、宗教生活等为副题，立体地呈现出诸种因素相互渗透交织的现代都市社会的生活图景。黄凡的小说还描写了都市人中普遍存在的孤寂、压抑的精神状态，深刻地表现了人性社会的种种困境，显示出强烈的社会批判意识。从《人人需要秦德夫》中的秦德夫，到《都市生活》中的范铭枢、《聪明人》中的杨台生，再到《财阀》中的赖朴恩等，黄凡塑造了一系列都市强人的形象。

黄凡的小说具有鲜明的特色。他强调个人的尊严，深入探究人的生存困境，在一片喧嚣混乱的世界里，表现出一种对生命加以肯定的积极态度。"黄凡是个社会意识特强的作家，他严肃而勇敢地面对现实生活，并充分地运用自己纷纭繁复的经验……他的主要企图是选择和重新安排现实中的各种因素，把它们组织成想象中的模式，并赋予它意义、秩序和价值。"[②] 黄凡的小说在艺术上颇具独创性。尽管题材与现实有着极为密切的关系，但他没有袭用传统的现实主义表现手法，而是大量采用现代主义及后现代主义的技巧，从而走出了一条将现实关怀精神与现代派风格、后现代美学熔为一炉的创作新路。

张大春（1957—　　），原籍山东济南，生于台北。1976年发表小说处女作《悬荡》。结集出版的中短篇、长篇小说有《鸡翎图》《公寓导游》《四喜忧国》《刺马》《欢喜贼》《大说谎家》《病变》《撒谎的信徒》等。他是新世代作家中又一位取得较大成就的实力派作家。

张大春在小说艺术上具有强烈的开拓创新精神。《悬荡》《鸡翎图》《七十六页的秘

[①] 转引自高天生：《暧昧的战斗——论黄凡的小说》，《中华现代文学大系》（14），台北九歌出版社1989年版，第553页。

[②] 高天生：《暧昧的战斗——论黄凡的小说》，《中华现代文学大系》（14），台北九歌出版社1989年版，第552页。

密》等早期作品呈现出较为明显的写实风格,社会批判性强。80年代中期,张大春转向魔幻写实,以其鲜明的魔幻现实主义写作风格在台湾文坛引起轰动。《将军碑》中80多岁的老将军具有"穿透时间,周游于过去与未来"的超自然能力;《从莽林跃出》叙述南美亚马孙河流域的奇异见闻;《最后的先知》《饥饿》叙述的都是某海岛雅美伊拉泰家族的故事,描写了神奇诡谲的山地民族文化境况。与此同时,他在黑色幽默小说、历史传奇小说、现代侦探小说等方面也作了大量尝试,写出了不少成功作品。从80年代末开始,张大春又致力于后设小说的创作,成为台湾后设小说的代表作家。《写作百无聊赖的方法》直接叙述作家创作一篇小说的全过程,指出虚构的必然性,作者在叙述时不时切断小说的进行,消解了所谓写实的神话。《走路的人》也一再以小说的方式介入小说,强调"客观写实"的虚妄、不可能。《将军碑》打破现实和梦幻、过去和现在的界限,把将军的回忆、传记作家的作品、将军之子的记忆交织在一起,构成了似真似幻、真幻莫辨的特殊效果。长篇小说《大说谎家》是张大春的集大成之作。这部作品在报上连载时,作者将每日的重大新闻事件与小说情节融合起来,又巧妙融入魔幻写实、黑色幽默、侦探小说、后设小说等多种小说成分,从而使作品成为一部颇具特色的新闻即时小说。张大春的小说创作顺应了消费文化的时代潮流,他将通俗文学与纯文学加以糅合,既保持着前卫艺术探索态势,又融入大量通俗文学因素,这种创作取向显示了台湾文学大众化、通俗化的方向,为文学开拓了新的发展空间。

进入80年代,香港小说创作呈现出多元化的发展态势。现代的与写实的,外来的与乡土的,通俗的与非通俗的,各种思潮、流派兼容并包,共存与竞争。

就作家群体而言,陶然、东瑞、陈娟、颜纯钩等从内地南来的作家在经历了一段香港经验的积累后,对香港这座城市的体验和认识进一步深入,创作走向成熟,推出了一批以香港为描写对象的力作。西西、也斯、辛其氏、吴煦斌等在香港成长起来的作家也已成为香港文坛上一支不容忽视的重要力量,他们大都致力于现代主义的小说实验,在小说艺术的探索方面颇有创获。而由台湾等地而来的施叔青、钟玲、梁锡华等也以其扎实的创作,在香港文学史上留下了自己的位置。

1984年12月19日,中英两国政府在这一天签署了《中英关于香港问题的联合声明》。从此,香港进入为期13年的回归祖国的过渡期。这一重大的政治事件对香港文学产生了深远的影响。反映九七回归的创作贯穿了整个过渡期。刘以鬯的《一九九七》、叶娓娜的《长廊》、陶然的《天平》、梁锡华的《头上一片云》、白洛的《福地》、陈浩泉的《香港九七》等作品,从不同的角度反映了九七前夕香港的世态人心,以爱国主义的思想鼓舞港人把个人命运与祖国命运联系在一起,从而揭示出香港必然回归的主题。与此同时,作家们在创作中越来越关注香港的社会世相和人生百态,对生活概括的广度和深度都有明显进展。较为突出的有陶然的《一样的天空》、施叔青的《香港三部曲》、李碧华的《胭脂扣》、钟晓阳的《停车暂借问》等。

陶然是一位颇具社会意识的作家,兼有现实主义者和理想主义者双重身份。他的小说有着很强的现实性,展示了香港社会万花筒般的生活,显示出对香港前途和港人命运的深切关注。《天平》《蜜月》《视角》等小说因反映了尖锐的社会问题而备受瞩目。《与你同行》这部力作以范烟桥由香港回北京母校短短几天的所思所见为经线,以范烟桥与章秋柳的感情纠葛为纬线，表现了时代浪潮对普通人命运的影响和冲击。作者对主人公二十多年的感情历程进行了全景式的描绘，从中可以看到人物所承载的知识分子传统的价值观念。长篇小说《一样的天空》是陶然在艺术上最成熟的作品，作者从商战的角度切入香港社会生活，表现了物质生活挤压下人的精神世界诸层面。这部作品题材广阔，结构宏伟，涉及诸多生活领域，突出地表现了精神与物质、感情与理智等各种矛盾。陶然的小说兼擅写实性、抒情性和实验性，显示出鲜明的创新意识，他在捕捉都市生活繁复多样性的同时注重对人性的开掘，以细腻的笔触建构起精致的小说艺术世界。

东瑞是一位优秀的现实主义作家，著有长篇小说《夜夜欢歌》《出洋前后》《爱的旅程》，中短篇小说集《玛侬伦河畔的少女》《彩色的梦》《似水流年》等。东瑞的小说善于对生活进行别出心裁的描写，逼真地呈现光怪陆离的现实生活。长篇小说《夜夜欢歌》以香港娱乐圈为题材，较为有力地展示了金钱、艺术、情欲在商业化社会中的关系。

在香港现代主义小说创作大潮中，西西是取得了突出成绩的一位。

西西（1938— ），广东中山人，生于上海，原名张彦。50年代赴港定居，曾任《大拇指》杂志、《素叶》文学杂志编辑。著有长篇小说《东城故事》《我城》《哨鹿》《飞毡》，小说集《春望》《像我这样的一个女子》《胡子有脸》，小说散文集《交河》等。

在香港文坛上，西西是最具本土意识的作家之一，她的小说写的基本上都是关于香港的故事。写于70年代后期的《我城》代表了新一代本土作家对香港的认同。作者充分描绘了生活在这一现代化大都市中的人们轻松、自信、快乐的精神世界。《浮城志异》描写了一个既不上升也不下降的浮在空中的城市，以此来隐喻九七回归前香港的历史处境和港人的心态。

西西深受西方现代文学的熏陶，对现代小说的各种类型几乎都进行过尝试。她创作过一些具有写实倾向的小说，如《像我这样的一个女子》以写实的手法描写了一个殡仪馆女化妆师对美好人生尤其是爱情的热烈追求，写出了人物坦然面对生活的勇气。但她写得更多的则是富有魔幻现实主义色彩和实验性的作品，如《我城》《肥土镇的故事》等。从传统现实主义到魔幻现实主义，从后设小说到历史神话，她不断变换体裁，表现出强烈的前卫实验精神。

西西的小说在选择素材上不落俗套，《玛丽亚》《墨西哥可可糖》《法国梧桐》《十字勋章》等作品取材于异域生活，具有浓郁的异国情调；《哨鹿》则是一部历史小说，描写了清朝乾隆年间广阔的社会生活；而《我城》《美丽大厦》《浮城志异》展示的是现代大都市香港城市生活的横断面；《肥土镇的故事》《镇咒》《肥土镇灰阑记》《宇宙奇趣补遗》《飞毡》则是一组以肥土镇为背景的系列小说，而这肥土镇是一个带有魔幻和童话色彩的小镇。题材的不断更新，显示了西西小说巨大的创造性和锲而不舍的追求精神。

在艺术表现上，西西突破了单一的叙事模式和表现手法，她的每部作品在形式和手法上都绝少重复。《玻璃鞋》采用童话和写实相结合，《鱼之雕塑》采用散文笔法，《春望》借用电影手法，《奥林匹斯》引入法国新小说派的技巧，等等。西西在不断创新中建立起自己的艺术风格。

《我城》是西西的代表作之一，明显受到拉美魔幻现实主义的影响。主人公阿果是一个电话公司职工，走街串巷负责修理电话线路。通过他的活动，作品全方位地展示了香港社会的种种世相，描写了商人、看门人、医生、搬运工、电视播音员等各行各业的人物。

小说借鉴了意识流等现代小说表现手法,将现实生活和荒诞世界融为一体。频繁的分割和切换造成了许多间隔,给读者留下了广阔的想象空间。

第二节 戏 剧

1980年,姚一苇为给夹缝中的台湾戏剧运动打开出路,策划了一个全省性的实验剧展。随着实验剧展的幕布拉开,台湾当代戏剧进入一个新的阶段。台湾从1980年到1984年举办五届实验剧展,加上1985年的锣声定目剧场共演出《包袱》《荷珠新配》《我们一同走走看》《傻女婿》《木板床与席梦思》《嫁妆一牛车》《金大班的最后一夜》《黑暗里一扇打不开的门》《猫的天堂》《我们都是这样长大的》《过客》等40个剧目,成为台湾小剧场戏剧颇具实绩的自我展现。实验剧展的举办催生出兰陵剧场、方圆剧场、表演工作坊等数十个小剧场剧团和蔚然大观的新生代编、导、演。众多小剧场剧团以不计票房价值和着意创新的频繁演出,在当代台湾建立起一种经常向社会展示体制外戏剧的有效方式,更重要的是以求新求变的精神,对戏剧的编、导、演形式进行实验,探索戏剧表现生活的新的语汇、新的媒介、新的综合。在这种创新风气的鼓动下,所谓"拟写实主义"被扬弃,集体即兴创作之风一时大盛,舞台剧的概念流行开来并终于形成主导台湾剧场的实验戏剧潮流。

如果说前期小剧场是在复兴话剧,那么后期小剧场关注的焦点则是剧场艺术。80年代初的实验剧展替代了60年代后期开始的世界剧展和青年剧展。80年代后期,小剧场演剧纷纷走向社区,走向政治,走向后现代。在经常演出的二三十个剧团里,有三分之一颇为活跃的剧团,如环墟剧场、河左岸剧团、优剧场、当代台北、零场剧团、425环境剧场、反UFO剧团等,因"在剧场艺术上较前卫,在社会关怀上较激进而被称为'前卫剧场'",《杨美声报告》《兀自照耀的太阳》《寻找——》《马哈台北》等被称为"前卫剧"。正如河左岸剧团1988年10月演出《无坐标岛屿》前所称:

> 为了要刺激观众思考反省,在剧场中常必须出现一些逾矩的颠覆的行为,以对于一般看似理所当然的价值标准进行质疑。[①]

倡导台湾后现代戏剧的钟明德,将台湾后现代戏剧特征归结为三点:一是反叙事、剪贴和剪接;二是精神分裂症状、片段化和不确定性;三是解构"再现",抵制性艺术和反独霸文化。[②] 在"现代性焦虑"支配下的前卫期待和创新激情注定揠苗助长式地推进台湾当代小剧场的现代化进程,终于引发1994年年底台湾后现代主义戏剧论争。资深戏剧家姚一苇、马森、黄美序等都在坚持戏剧文学性的同时,对小剧场后现代思潮对戏剧艺术的肆意解构,以及导致戏剧艺术的失范态势表示担忧。

赖声川(1954—),原籍江西会昌,生于美国华盛顿。1966年随家迁至台北,1983年获美国戏剧学博士学位后返台,1984年推出戏剧处女作《我们都是这样长大的》,同年

---

① 转引自钟明德:《抵拒性后现代主义或对后现代主义的抵拒》,台北《中外文学》1996年第10期。
② 见田本相:《台湾现代戏剧概况》,文化艺术出版社1996年版,第179页。

11月与李立群、李国修等组建表演工作坊,任艺术总监,1985年3月演出《那一夜,我们说相声》,继《荷珠新配》后再次轰动台湾剧坛。此后,表演工作坊每年都排演赖声川编导的舞台剧,包括《变奏巴哈》《暗恋·桃花源》《圆环物语》《西游记》《这一夜,谁来说相声》《红色的天空》《又一夜,他们说相声》《我和我和他和他》等,成为台湾当代小剧场的核心剧社之一。赖声川也被誉为"当前台湾话剧方面的代表人物,称得上是很有创造性、很有造诣的艺术家"①。1999年,赖声川整理出版戏剧集《赖声川:剧场》② 4册,收录剧目16种。同时,完成了他的第17部戏《十三角关系》。

我们的即兴表演是在严格的界限内,给予演员自由发展的机会,藉自由的火花,刺激作品的成长。
——赖声川

受现代主义戏剧思潮的影响,赖声川颠覆传统的表演方式,"先有演出,事后才可能有成文的剧本"。他称之为"集体即兴创作",即"'剧本'则是整个排演过程的结果。……从精华开始,由整体有机体迈向有形的表现,过程中则渐渐呈现出各个面——舞台、灯光、角色、对话等等"。经过不断的撞击磨合形成"正式的架构图",赖声川才"恢复传统导演的职责,负责把'剧本'完整地呈现在舞台上"③。赖声川的戏剧创作关注当下的台湾生活,具有明显的社会历史意识和通俗化、趣味化的倾向。他的剧作不像传统戏剧那样呈现一个从开端到高潮再到结局的完整故事,而是以散点串联的方式,集历史与当下、现实与虚构于一台,神采飞扬,妙趣横生。台湾戏剧界评价赖声川主持的表演工作坊时说:"结合台湾一流舞台剧演员,突破了近年来台湾戏剧演出陈陈相因之舞台瓶颈。在取材上别出心裁,更以最经济的舞台装饰,表现了丰富的舞台效果,成功地将'精致艺术'与'大众文化'巧妙结合。"④ 赖声川称其代表作《暗恋·桃花源》为"复杂的舞台作品",他巧妙地将《暗恋》与《桃花源》两个剧组安置在同一舞台同时进行排练,两戏并置,戏中套戏,人物错综,台词误接,笑话迭出。《暗恋》是现代悲剧,《桃花源》是古装喜剧,这两个并列的故事一古一今、一悲一喜、一写实一夸张,彼此间离又相互衬托。在此之外,又不知从何处撞入一个不相干的女孩在剧场里到处找她的男朋友,最后满场都是"寻找"。这样又将舞台上的表演与舞台下的场景勾连起来。

1989年年底至1999年5月,赖声川来北京、上海导演他的《红色的天空》和《他和他的两个老婆》。从2000年年底至2001年年底,赖声川又率表演工作坊于台北、北京、上海三地巡回绝版演出第四部相声剧《千禧夜,我们说相声》,在抖落笑声的同时隐含着

---

① 夏淳:《〈无中生有的戏剧——关于"即兴创作"〉前言》,《中国戏剧》1988年第8期。
② 赖声川:《赖声川:剧场》,台北远流出版公司1999年版。
③ 赖声川:《无中生有的戏剧——关于"即兴创作"》,《中国戏剧》1988年第8期。所以,他称自己的作品为"剧场",而不称"剧作"。
④ 尹永华:《大众文化的精致艺术实验——赖声川和他的表演工作坊》,《四川戏剧》1999年第4期。

对相声艺术命运的深深担忧，因而被称为"是一部将中国传统民间曲艺、现代舞台表演艺术和对社会现实的反思与批判精妙地融为一体的黑色幽默戏剧"①。

第三节 散　　文

80年代，台湾散文相当风行，突出的表现为：第一，散文作者阵容空前强大，出现了几代作家共同活跃于文坛的局面。第二，散文观念有了新的发展，许多诗人、小说家转向散文创作且成绩喜人，标志着散文地位的提高。如余光中原本只是将散文视为诗余，这时却把散文与诗喻为双目，其80年代以后散文创作的比重与诗创作已不相上下，成就颇为可观。又如杨牧原也以诗著名，自1976年出版散文集《年轮》后，在此后20余年里，他致力于散文创作，经过大胆开拓创新，建构起现代散文新的艺术范式，将自传叙述、诗的语言、小说的结构统一于一个文本之中，"散文的可能性已经达到过去不曾企及的领域，特别是在内涵的厚实度上足以和成功的大河小说相抗衡"②。第三，出现了一些新的散文类型，如都市散文、生态散文、文化散文等。

在80年代、90年代台湾散文格局中，新生代作家是一支极为重要的创作队伍。这批50年代以后出生，伴随着台湾现代化建设成长起来，接受了完整的现代教育的创作者，较少传统因袭和历史重负，艺术个性十分鲜明。林清玄的散文渗透着宁静高远的宗教气息。他早年主要写表现个人经历、见识的知性散文，80年代转向文化省思和宗教题材的散文创作。在代表作《迷路之云》等散文集中，作者善于从纷纭复杂的生活现象中挖掘人生真谛，创造出弥漫着宗教氛围的艺术境界。新生代散文家的另一代表阿盛的散文则具有强烈的世俗性。他以乡土台湾及平民生活为观照对象，以世俗化来对抗贵族化，建立起散文的平民品格。林燿德的散文则将艺术视野集中地投射到都市社会生活，以感性、知性互渗而偏于理性的形而上笔法，深刻地呈现了现代都市人的生存状态，表现了自我与环境的异化过程中都市人的精神焦虑。散文集《一座城市的身世》因其内容的前卫性和形式的大胆创新，成为台湾都市文学的代表作。简媜是近年来风头颇健的女作家，她的散文有着强烈的自我意识和女性意识，开拓了散文新境界。

新生代作家的创作呈现出一个共同特点，即他们在用文学的手段质询人生、社会、历史的诸种意义时，都表现出散文意识的自觉。他们不拘泥于题材和表现形式，而注重生命体验的真实叙写以及由此而形成的主体意识的强化。散文意识的自觉为散文发展开拓了无限广阔的生存空间。

同时期的香港散文也有了长足的发展。首先是学者散文的勃兴。宋淇、金耀基、思果、逯耀东、陈之藩、梁锡华、董桥、小思（卢玮銮）、黄国彬、也斯（梁秉钧）、黄维梁、潘铭燊等学者型作家创作了大量汇感情与知性、情趣与理趣于一炉，有着较高的艺术品位和审美价值的散文作品。金耀基的儒雅、练达，思果的洒脱、老辣、幽默，小思的细腻、绵密、温雅、清新，黄维梁的博雅、睿智……他们的散文都显示出学者散文的书卷

---

① 尚可：《赖声川相声笑爆长安夜》，《中国青年报》2001年11月21日。
② 林燿德：《传统之轴与前卫之轮》，《联合文学》第11卷第12期。

气。潘铭燊的《人生边上补白》从世事百态入手，截取生活中亦庄亦谐、亦雅亦俗之事加以妙手点化，在轻松幽默的语言中传达对人生的思考和领悟。其次，南来作家曾敏之、陶然、彦火、东瑞、王璞、颜纯钩、陈娟、巴桐、陈少华等或状写自然风光，或刻画社会风情，或描摹田园情趣，或呈现都市感性，也反映出香港散文新的发展态势。其中，曾敏之的散文成就较为突出，有《拾荒集》《望云海》《听涛集》《观海录》等。曾敏之早年从事过新闻工作，他善于从时代大潮中撷取题材，描摹民族的社会生活和历史前进的步伐。曾敏之还写了大量的杂文。他的杂文常常从历史的高度烛隐洞幽，时而在史料典籍中涉笔成趣，时而就现实问题慷慨陈词。而在都市散文的开拓方面，也斯、西西、钟晓阳等也都取得了显著的创作实绩。

梁锡华（约1933—　），广东顺德人，原名梁崔萝。早年在香港、澳门接受教育，后赴加拿大、英国求学。1976年返港后，先后在香港中文大学、岭南学院任教，现已移居加拿大。梁锡华以散文创作享有盛誉，出版了《挥袖话爱情》《八仙之恋》《我为山狂》等散文集。他常常将学识纳入幽默调侃的语言中，寓庄于谐，使作品少学究气而平添流畅生动的效果。他的散文大致可分为三类：一是社会小品，包括杂感、随笔、闲话，描摹人生百相，反映社会世态，如《来鸿去雁》《挥袖话爱情》《漫语慢蜗牛》等；二是描写自然景物的游记小品，如《八仙之恋》《情系一环》等；三是在文史长河中撷取几朵浪花而写成的文史小品，如《四八集》里的一些篇章。其中，社会小品是梁锡华影响最大的一类作品。梁锡华的散文喜好铺陈扬厉，擅长运用排比句式，文字贴切生动，鲜活传神，深具表现力。梁锡华还惯于采用借词的手法来增强文字的表现力，如把战争名词用在爱情上，把商业名词用在人情上，把俗字俗语用在学术概念的阐释上，机敏俏皮，妙趣横生。

董桥（1942—　），出生于福建晋江，原名董存爵。董桥以散文著称，先后结集出版了《双城杂笔》《这一代的事》《跟中国的梦赛跑》《辩证法的黄昏》《乡愁的理念》等。董桥出身于书香世家，从小便受到中国传统文化的熏陶，爱读书，喜写作，嗜好收藏图书、字画，爱弹琴，也爱读周作人散文和明清小品，具有浓厚的文人雅士风范。而负笈英伦的留学生涯又使他以开放的胸襟吸纳西方文明，并对他的创作产生了很大的影响。他的散文既显出中国人的智慧，也不乏英国式的幽默。联想丰富，比喻精巧，是董桥散文的鲜明特色。他善于通过联想扩大散文的容量，造成跌宕起伏的文风；又常借助于比喻，增强作品的表达效果。在文体方面，董桥进行了大胆的尝试和实验。他一直在写多体散文，其中有小说式散文，如《情辩》《让她在牛排上撒盐》《偏要挑白色》《访旧》等；有学术性散文，如《辩证法的黄昏》《樱桃树和阶级》《"魅力"问题眉批》《翻译与"继承外国文学遗产"商兑》等；甚至还以武侠小说的形式写散文，如《薰香记》。董桥打破了各种文体间的界限，扩大了散文的表现力，为散文文体革新作了有益的尝试。董桥的散文语言精雕细刻，文笔干净洗练，在简约浓缩的语境中寻求品位和美感。结构严谨，或由一则材料，或由一个观点，或由一种情绪引申开去，旁征博引，自由发挥，看似散漫实则条理分明，线索清晰，开合有致。浓郁的书卷气，儒雅的文化精神，热烈的中国情怀，精致的文字，英国式的幽默，构成了独特的董桥风格。

简媜（1961—　），台湾宜兰人，原名简敏媜。台湾大学中文系毕业后，曾在佛光山担任佛经诠释工作，后任联合文学杂志社编辑。1986年后从事专业创作。第一本散文集

《水问》收入的是大学4年写的35篇散文,作品内容虽然局限于校园生活和感受,但反映了作者对知识的追求和心灵成长的轨迹。《只缘身在此山中》收入的是一系列以佛家思想为架构的动人故事。这本散文集与《水问》在题材上有很大不同,但两者在叩问人生哲理的探索精神上是一致的。作者由青灯石佛旁的佛门弟子写到芸芸众生,探讨人伦与天伦的关系、父母子女的情缘和夫妻之间的情爱,具有明显的哲思佛理。在此后出版的《月娘照眠床》《七个季节》《下午茶》《梦游书》《空灵》《胭脂盆地》《女儿红》等散文集中,简媜始终从现实生活中汲取题材,对人生和生命作不懈的求索,显示了与现实精神并存的理性精神的力度。作为一个植根于乡土社会的散文家,简媜有着浓烈的乡土情怀。与阿盛、林清玄等作家一样,她有许多散文是写乡土田园生活的。她写童年的种种奇闻趣事,在那些充满着生气和情趣的乡土风俗画中,抒写出作者深厚的故土恋情,为生活在紧张、忙碌、焦虑中的都市现代人提供了一个温馨的精神家园。简媜是乡土的,同时又是现代的。长期居住在台北这个现代都市社会中,她对都市生活有着深切的把握和体认。她描绘喧嚣热闹的都会夜市,表现丰富多彩的都市人生,勾勒了许多都市人形象。尤其值得重视的是,简媜的散文表现出强烈的自我意识和女性意识,这使她在新生代作家中脱颖而出。她在探索生命价值、叩问人生真谛的同时,不懈地寻找自我。《问候天空》展现了作者的奇思妙想;《月魔》传达了寻找自我而不可得的苦闷;《美丽的茧》表现了对自我本色的固守忠贞;《渔父》则是一篇颇受争议的作品,作者抒写了自己一段复杂的心路历程,她对父亲有着异样的感情,敬畏惧怕与渴慕想念等种种情愫纠结在一起,作者将心灵深处最隐秘的情感不加掩饰地呈现出来,真切、生动地展示了女作家独立的自我人格。简媜的散文在艺术上具有鲜明的个性特色。她长于对日常生活进行形而上的思考,每每于人们司空见惯的现象中生发出新颖而深邃的哲理,将寻常景物点化成令人饶有兴味的神奇世界。简媜常采用象征或隐喻手法来刻画人物、抒发性情。水、月、竹、行云等意象在简媜的散文中都有着丰富的象征意义。作者常常将水与死亡联系在一起,从中寄寓个体对死亡的体验和思考,而将竹作为生命及岁月的象征,将月作为女性命运和心灵的外化形式。这使作品往往收到不落俗套、发人深省的效果。

简媜之后,台湾有更年轻的作者钟怡雯等。钟怡雯的感觉新鲜别致,颇多奇思妙想,文笔富有灵性,语言表述新颖奇妙。《垂钓睡眠》等篇曾得到高度称赞:"构思奇妙,通过神秘的想象,常超越现实逻辑,表现诡奇的设境,和一种惊悚之美"[1],其"丰沛的想象与独特的叙述魅力使寻常事物展露异彩"[2]。

研 习 导 引

台湾后现代文学风貌

在20世纪80年代以后的台湾文坛上,后现代已成为一种思潮。这些后现代思潮包括

---

[1] 焦桐:《想象之狐,拟猫之笔——序钟怡雯〈垂钓睡眠〉》,《垂钓睡眠》,台北九歌出版社1998年版,第5页。

[2] 简媜评语,见《垂钓睡眠》扉页,台北九歌出版社1998年版。

了女性主义、性别论述、后殖民论述、弱势论述、后结构主义、日常生活论述、资讯理论等，其共同特色是从超越启蒙的前提即对最终解放与大叙述的质疑出发。但这些思潮和狭义的后现代主义有所不同，它们是把反启蒙的精神从议论普遍性议题落实到较为社会的层面。其主要内容便是对后工业文明状况的描绘、反映和省思。而在艺术形式上，其显著特征表现为拼贴、组合等被大量运用。有学者认为："在台湾，后现代主义文化一极是通俗文学的消费性、形象化，特别是在经过与影视等大众传播媒介相结合的改编、包装之后。……另一极是处于激进中的文学叛逆力量。特别是第四世代的崛起，伴随着都市精神的觉醒。"① 李昂的情色小说、黄凡的都市小说、张大春的后设小说正代表了台湾后现代文学的基本风貌。其他如朱天文、朱天心、朱天衣、钟明德、赖声川、骆以军、郝誉翔、陈雪等也都在各自的创作领域大大丰富了后现代文学的内涵。

八九十年代两岸散文的比较

20世纪八九十年代两岸散文出现了一些新的变化，对于文学的发展有着重要的意义。这些意义具体包括哪些方面？如何通过比较，通过对两岸散文进行系统考察，探讨其共同的质的规定性及表现形态的差异性，来进一步分析八九十年代两岸散文的文化价值和审美意义，这是很有意味的课题。曾有人这样比较两岸文学的异同："台湾的文学作品令人爱，不能令人敬；大陆的文学作品令人敬，不能令人爱。"② 两岸文学果真有这么大的反差吗？可以看到，这一时期两岸散文类型更为丰富，散文的文体意识也更为自由，艺术上有不少共同之处。有研究者认为："两岸散文家都曾把'以诗入文'作为自己的美学追求，创造出具有当代散文艺术特色，承载当代人思想情感的诗化散文，在继承的基础上，探索出一条艺术创新的路子。"③ 在多元共生的发展态势下，女性散文和文化散文尤其值得关注。两岸女性散文在关注人生、表现女性的处境和命运、抒写女性情感世界方面有许多相似之处，而在抒情方式、审美趣味、艺术风格上也存在着明显的差异，呈现出绚丽多姿的审美风范。而两岸文化散文在内涵和价值取向等方面存在同一性的同时，也各有不同的特点。如有研究者提出："两岸佛禅散文虽然同样关注人生本质、境遇和归宿，却花开各异，具有不同的价值取向特点。台湾作家更关注社会众生，注重启发人心。大陆作家则更具个性色彩，注重自我心境的表达。"④ 在这些方面，有着很大的研究空间。

---

① 马相武：《近期台湾文学思潮的变动》，《学术研究》1996年第4期。
② 王鼎钧：《两岸书声》，台北尔雅出版社1991年版，第86页。
③ 倪金华：《散文语言的艺术考察——海峡两岸散文比较》，《华侨大学学报》1995年第1期。
④ 庄若江：《心灵救赎与自我调适——两岸佛禅散文价值取向比较》，《华文文学》2008年第1期。

第十三章　现当代少数民族文学

中国少数民族文学包括民间文学①和作家文学两部分。少数民族作家文学即由具有少数民族身份的作家创作的书面文学作品②。少数民族作家文学从其发生之初的隋唐历经宋元辽金时期的发展至明清时期渐趋繁荣，在诗歌、小说、散文、戏剧等方面不断拓展了中国文学的艺术空间，是中国文学不可分割的组成部分。

第一节　少数民族诗歌

20世纪初社会的风云变幻激发了中国各民族作家的创作热情，他们用汉语（或民族语）谱写了大量表达人民心声、激励人民斗志的诗歌，为国家的独立、和平奔走呐喊。大部分诗人使用汉语创作，反帝的爱国主义精神、反专制的民主思想是其诗作的主旋律。回族诗人**沙蕾**（1912—1986）的诗歌《瞧着吧，到底谁使谁屈服》满含激荡人心的浩然骨气；满族诗人**金剑啸**（1910—1936）的叙事长诗《兴安岭的风雪》既是诗人号召全民抗日的激励之作，也是诗人革命生涯的写照。

蒙古族、维吾尔族、哈萨克族等民族的诗人在这一时期多用母语进行创作。他们在继承传统诗歌的基础上吸收外来诗歌的滋养，开创了诗歌创作的新局面。蒙古族诗**人嘎玛拉**（1871—1932）在民间好来宝的基础上创作了叙事长诗《骚乱中》；维吾尔族诗人**黎·穆塔里甫**（1922—1945）的《中国》一诗在维吾尔族古典诗歌传统基础上吸收了外国文学和维吾尔族文学的有益成分；哈萨克族诗人**阿合特·乌娄木吉**（1867—1940）的叙事长诗《吉罕莎》是我国哈萨克族现代文学中最具幻想色彩的叙事作品。

阿布都哈里克·维吾尔、曾平澜、木斧、马瑞麟等都是这一时期的代表诗人。**阿布都哈里克·维吾尔**（1901—1933）用维吾尔语和汉语创作了200多首诗歌，代表作《痛苦的时代》《夏夜》《愤怒与痛呼》等揭露、抨击了反动统治阶级的罪恶，讴歌了人民的反抗精神。壮族女诗人**曾平澜**（1896—1943）的《平澜诗集》收录33首新诗，大多表达了作者对黑暗社会的不满和对妇女命运的关注。曾平澜的《逃》《女人》等诗作既是作者人生

---

① 少数民族民间文学是各少数民族口头创作、口耳相传的语言艺术，包括各民族神话、传说、民间故事、民间叙事诗、史诗、民间歌谣、民间谚语与谜语、民间说唱和民间小戏等艺术样式。

② 其中，部分作家使用其民族语言创作，部分作家则用汉语创作。本章所选文本多为少数民族作家的汉语创作，个别示例也借鉴了某些民族语创作的汉语译本。

体验的审美再现，也表达了妇女对封建礼教的不满及其冲破礼教束缚的渴望。曾平澜的创作也与其革命经历密不可分，《在黑夜里》《到上海去》《失业的人们》等诗篇再现了20世纪30年代中国人民的悲惨生活，充溢着强烈的革命政治激情。回族诗人**木斧**（1931—　）的诗歌针砭时弊、诅咒黑暗、呼唤光明，具有强烈的情感色彩。代表作《献给五月的歌》写在黎明前最黑暗的日子里，抒发了诗人的乐观主义精神和必胜信念。

新中国成立后的少数民族诗歌创作具有鲜明的社会主义性质。郭基南的《飘扬吧，五星红旗》，饶介巴桑的《牧人的幻想》，吴琪拉达的《奴隶解放之歌》《奴隶翻身谣》，康朗英、康朗甩和波玉温的《祖国颂》《我们握着毛主席的手》《各族人民心连心》等大多数诗歌以歌颂共产党、歌颂新生活，反映社会主义建设的新气象为主旋律。

这一时期使用民族语创作的部分诗人的诗歌不仅思想内容紧跟时代潮流，诗歌艺术也日趋成熟。蒙古族诗人**纳·赛音朝克图**（1914—1973）的长篇抒情诗《狂欢之歌》为新中国成立十周年献礼而创作，被誉为蒙古族当代诗歌的顶峰之作。蒙古族诗人**巴·布林贝赫**（1928—2009）的代表作《心与乳》是一首歌颂祖国的抒情诗，诗人从蒙古族传统礼俗和日常生活中选取富有民族特征的事物表达赞美之情。"我们对心里的爱，用乳来表示。/我们对自由和解放，用乳作献礼。/我们对健康和兴旺，用乳来象征。/我们对未来的幸福，用乳来祝贺。"①

50年代至70年代，虽然文学命运曲折，但诗歌成绩突出，涌现出了饶介巴桑、包玉堂、韦其麟、汪承栋、晓雪、汪玉良等众多代表诗人。

藏族诗人**饶介巴桑**（1935—　）的成名作《牧人的幻想》分为上下两章，抒写了一位牧羊老者在孤独的牧羊生涯中产生的遐想，将老人在新中国成立前后不同的感受与时代旋律融为一体。解放前，"……他爱观望天空的白云/他对白云有一个秘密的愿望/他对白云的幻想/用去了半生的时间……天空哟，你才是真正的牧场"；解放后，"他迎着早晨的太阳/头发变得分外黑亮/他放牧着上万头合作社的牛羊/新的生活带给他的是新的幻想"。

仫佬族诗人**包玉堂**（1934—　）的诗歌题材广泛，语言清新，民族/地域特色鲜明。成名作《虹》借苗族民间故事表达了惩恶扬善的愿望，《走坡组诗》②曾被译成英文向国外介绍。《走坡组诗》发表于1957年，由《走坡的季节到了》《少女小夜曲》《晨曲》《歌坡小景》《送鞋歌》《甜蜜的同年饼》六首诗组成。各首诗既相对独立又前后照应，形象地反映了一个仫佬族少女"走坡"，寻觅心上人的过程。《少女小夜曲》把一种欲说还羞的女儿心思烘托了出来。"我"因为第二天要去"走坡"而激动难眠，"我要站在窗前吹一吹夜风"，"我"在描画着梦中少年的模样，"想着想着我脸儿热到耳朵根"，"我"镜中的面庞"比后塘的莲花还红"。"我"一夜无眠，站在小窗下等待天明。次日，"我"临行前得到奶奶的祝福，在黎明的晨曲中梳妆打扮，最后如愿得到了象征永恒爱情的甜蜜的

---

① 李云忠：《中国少数民族现代当代文学作品选》，民族出版社2005年版，第33页。
② "走坡"是仫佬族传统节日，多在春秋农闲时举行，期间，青年男女身穿节日盛装，由各村各寨云集到坡场，唱歌传情，有邀请歌、盘问歌等以增进彼此的了解。如男女双方互生爱慕，便接唱"谈情歌"；如双方感情进一步加深，进而即唱"初结歌"，表示初步认定对方为自己的意中人。对歌结束时，要唱"惜别歌""相约歌"并互赠信物，男方送女方月饼即"同年饼"，女方送男方"同年鞋"，又称"鸳鸯鞋"，意为成双成对，共结同心。

同年饼。这组诗犹如音乐的流动，在恬静中夹杂隐隐悸动，一段属于青春的旋律就此荡漾开来。

壮族诗人**韦其麟**（1935—　）在大学期间根据壮族民间传说写的叙事长诗《百鸟衣》于1955年发表后反响很大。诗歌取材于民间传说，采用歌谣体式，兼用比兴、对比、夸张、设问等艺术手法，描写了一对壮族青年为了追求爱情和幸福，坚决与邪恶势力斗争并最终胜利的故事。《百鸟衣》本是广西各地流传的民间故事，诗人在此基础上大胆改造，注入新的时代精神，使古卡和依俚成为劳动人民的代表，他们既是勤劳、善良和勇敢的化身，也是20世纪50年代人们革命理想和乐观精神的体现。

土家族诗人**汪承栋**（1930—2018）长期生活在西藏地区，其诗作多取材于藏族人民的生活，风格粗犷、豪放。叙事长诗《黑痣英雄》是其代表作，该诗采用藏族歌谣体式，引用了大量藏族民歌、谚语，通过比兴、夸张等艺术手法，成功地塑造了一位藏族英雄人物，具有浓郁的藏族风情。长诗描写了藏族英雄波乌赞丹的斗争生活和成长历程，主人公的命运遭遇、性格发展，也是西藏农奴从自发反抗到自觉斗争过程的缩影。

白族诗人**晓雪**（1935—　）的诗集《祖国的春天》收入了他50年代至70年代的诗歌，抒发了对苦难中国之新生的赞美。如"你带着唤醒大地的雷鸣/你撒下滋润万物的雨点……/千里霜雪，万层冰块/化为蓝蓝的湖水清清的流泉/千顷黄沙，万里荒烟/化为翡翠的山河锦绣田园"（《祖国的春天》，1964）。诗人笔下的生活处处呈现着幸福的美景，人们呼吸着甜蜜的芬芳空气，"空气/是歌声/是蜜"（《祖国》，1959）。除部分政治抒情诗外，《祖国的春天》还有不少咏怀家乡风物之作，从这些诗歌中可以看到晓雪对美丽的苍山洱海的自豪之情，"要知道洱海有多少鱼虾/请你数数海边的沙粒/要知道苍山有多少鲜花/请你数数夜里的星星"（《洱海新曲》）。晓雪的诗歌反映时代精神的同时，又内隐着浓郁的民族文化传统。《蝴蝶泉》《望夫云》《大黑天神》等诗作以白族民间传说故事为题材。《蝴蝶泉》写了一个会绣蝴蝶的美丽姑娘，为了清白，纵身跳进苍山上两棵树下的泉水之中。此后，每年都有很多蝴蝶飞到这里来凭吊。《望夫云》讲南诏公主爱上一个青年猎人，和其私奔到苍山上。国王追不回公主，就和一个法师勾结，害死了猎人并将尸体沉入洱海，尸体变成了海底的石骡子。公主在山顶上久久望夫不归，化为一朵白云到处寻找，俗称望夫云。白族神话中的大黑天神是一位舍身救民的天神，《大黑天神》是据相关神话故事创作的叙事长诗，曾获第一届全国少数民族文学创作奖。《大黑天神》基于神话故事，但又被赋予了新的内容，具有鲜明的时代色彩。"不论从内容还是从形式上看，晓雪对白族神话传说的取材都是创造性的，本质上可以视为诗人在新的时代环境下诗的自觉与民族的自觉，是对白族历史文化在文学中的追溯。"[①]

东乡族诗人**汪玉良**（1933—2019）的《黎明》《幸福大道共产党开》等早期诗歌多以歌唱新中国、歌唱新生活、歌颂共产党为主。他的《唐汪川抒情》《压马》等作品则表达了诗人对故乡热土的眷恋之情。代表作长篇叙事诗《马五哥与尕豆妹》和《米拉尕黑》使汪玉良享誉文坛。汪玉良在民间故事《马五哥与尕豆妹》基础上创作的同名长篇叙事诗《马五哥与尕豆妹》，在当代文学史上影响较大。长达三千多行的长篇叙事诗《米拉尕黑》

---

① 刘玉霞：《晓雪诗歌中白族神话传说的意义》，《云南民族大学学报》（哲学社会科学版）2010年第2期。

获得了第一届全国少数民族文学创作奖。诗歌源自汪玉良对东乡族民间故事《米拉尕黑》的提炼、加工。诗歌以曲折动人的情节、激烈的情感冲突，塑造了米拉尕黑和莎菲叶这一对鲜明生动的青年恋人形象，讴歌、礼赞了猎手米拉尕黑抛开儿女情长、保家卫国的大无畏精神。

20世纪80年代以来，少数民族诗歌创作有了很大的突破和超越。这一时期的主要代表诗人是席慕蓉、阿库乌雾和南永前等人。

蒙古族诗人**席慕蓉**（1943— ）的诗作倾注了自身丰富、细腻的生命体验和知识女性的生命自觉，其诗歌世界呈现了对精神原乡、完满爱情和真善美等人类终极价值的追寻。席慕蓉一生辗转在故乡之外，直到1989年才踏上先祖的草原，知识女性特有的文化自觉和诗人的浪漫情怀使她不断地去想象和建构自己的原乡①。但因想象的无所依着，她的乡愁便抽象为思念本身："故乡的歌是一支清远的笛/总在有月亮的晚上响起//故乡的面貌却是一种模糊的怅惘/仿佛雾里的挥手别离//离别后/乡愁是一棵没有年轮的树/永不老去。"（《乡愁》）对诗人而言，那未曾谋面的故乡只是"模糊的怅惘"，是她挥之不去的愁绪。故乡面貌与身份的不确定性让诗人无法将自己的乡愁具象为一物、一景，因此，席慕蓉的乡愁抒写旨在通过乡关何处的追问进而寻找精神原乡。她崇尚纯洁、挚烈、美丽的爱情，对爱的执着与信仰，不仅是她创作的源泉与灵感，也是其诗歌的重要主题。席慕蓉诗歌之美也在其音律、用词与意境。她以重叠与复沓吟唱渲染诗情，节奏具灵动性。因其画家出身，诗境亦有画面感。

彝族诗人、学者**阿库乌雾**（1964— ）的诗集《冬天的河流》开了彝文现代诗的先河，也是彝文新诗的奠基之作。诗人打破了诗歌音节押韵的格律，以彝家山寨的高山流水、花草树木、人情世故为书写对象，赋予表意符号祖灵、猎狗、牧人、石桥、毕摩、泉眼、口弦、火塘等新的文学生命。诗歌浸透着诗人对本土文化深情的眷恋和忧郁的沉思，深切表达了重新回归故土、重新挖掘历史文化的强烈愿望。《黄昏，我思念我母亲》是一首优美的抒情诗，也是诗人的成名作。这首诗以黄昏为意象，透过内心的无尽思念与遐想，愈感母亲的人生如同黄昏渐渐临近，"我"内心深处潜藏的对母亲的牵挂油然而生。"黄昏/我思念我母亲/往下看暖洋洋/朝上望暖洋洋/我想去开封一堆火"，诗人对本民族的时代文化命运的深层忧思，对母亲、故乡难以割舍的情感无一不蕴含其中。《招阿鲁魂》是一首富有感召力的诗。诗人将彝族毕摩咒诗艺术风格与现代性诗美范式巧妙结合起来，以宽广的胸怀和强烈的情感，呼唤最本真的民族精神和时代需求，描绘了一个民族现代生存精神和艺术精神完美同构的蓝图。

这一时期还有一批坚守民族母语创作的中青年诗人。藏族诗人江瀑（道吉才让）以藏汉两种语言发表过多篇作品，出版了诗集《九眼天珠》；藏族诗人居·格桑发表了多篇诗歌、散文，出版了诗集《雪山下的心》；藏族青年诗人尖·梅达的藏语诗集《南逝的云》获得了第八届少数民族文学骏马奖；艾比拜·斯马、哈力木拉提·阿布力米提、阿斯木

---

① 在抒情主体"我"的心中常"想着草原千里闪着金光/想着风沙呼啸过大漠/想着黄河岸畔 阴山旁/英雄骑马啊 骑马归故乡"（《出塞曲》），甚至"敕勒川，阴山下"那如水的月色和黄河也要"进入我不眠的梦中"（《长城谣》），但因这想象和思念无法抵达现实的大地，对诗人而言成了深深的隐痛，"于是/月亮出来的时候/只好揣想你/微笑的模样/却绝不敢 绝不敢/揣想它 如何照我/塞外家乡"（《隐痛》）。

江·乌布力卡斯木、买买提江·达吾提等维吾尔族年轻诗人也初涉诗坛。

第二节 少数民族小说

少数民族小说于 20 世纪上半叶发展起来，沈从文、老舍①、端木蕻良、舒群、李辉英、关沫南、萧乾、马子华、李寒谷、白平阶、金昌杰、苗延秀等作家的作品为其后的少数民族小说创作奠定了坚实的基础。就题材而言，这一时期的小说主要包括描写边远地区自然风光和特定历史背景下少数民族人民生活、命运的乡土写实小说②，表现城市下层劳动人民、贫穷知识分子及农民的苦难与挣扎的小说③，以舒群、马加、李辉英、白平阶、金昌杰等左翼作家或与左联有密切联系的作家为代表的抗日题材小说，以及陆地、李纳、苗延秀、思基等人以革命斗争生活为题材，描写和歌颂解放战争时期新生活、新人物的小说等几种主要类型。

《鹭鹭湖的忧郁》《科尔沁旗草原》④ 是满族作家**端木蕻良**（1912—1996）的代表作。《鹭鹭湖的忧郁》在貌似简单的对守豆秸、偷豆秸生活事件的平淡叙述里，蕴含着作者强烈的感情，表现了中国农民悲惨的生活境遇和挣扎，以及其中难能可贵的受难者之间的同情和爱。小说《雕鹗堡》被视为"抗战时期难得的运用象征主义手法针砭国民性的小说"⑤。《初吻》《早春》两篇以幼时生活为题材，关注、同情妇女的地位和命运，也对"自我"作了最初的思考和探索。作品构思精巧，情调旖旎，景物描写精美雅致，人物心理刻画入木三分，既代表了端木蕻良 40 年代小说创作的最高成就，也是当时中国短篇小说的重要收获。

从 20 世纪 50 年代初至"文革"前，少数民族小说创作队伍渐成规模。老舍、玛拉沁夫、李乔、马加、朋斯克、李根全、舒群、陆地、李準、杨苏、袁仁琮、孙健忠、祖农·哈迪尔、郝斯力汗·库孜巴尤夫、普飞、刘荣敏、滕树嵩等一大批作家的创作，异彩纷呈、成就突出。李乔的《欢笑的金沙江》、马加的《开不败的花朵》、朋斯克的《金色的兴安岭》、李根全的《老虎崖》等描写革命斗争题材的优秀小说，从不同侧面反映了中国人民在共产党领导下所走过的坎坷曲折、百折不挠的斗争历程。舒群的《这一代人》、玛拉沁夫的《科尔沁草原的人们》、陆地的《美丽的南方》等描写建设新生活时期工、农、牧生活和斗争的小说，李準的《芦花放白的时候》、杨苏的《没有织完的筒裙》、袁仁琮的《打姑爷》等反映新的婚恋观念、有关家庭题材的小说以及滕树嵩的《侗家人》、孙健忠的《五台山传奇》等通过今昔对比讴歌新生活的小说所占比重较大，艺术水准较高，给读者留下了深刻的印象。此外，老舍的有着"一部了解旗人生活的'小百科全书'"美

---

① 关于沈从文、老舍的小说创作在上册均有详细介绍，此处不再赘述。
② 以沈从文的《边城》《长河》，马子华的《他的子民们》，李寒谷的《三月街》等作品为代表。
③ 以老舍的《骆驼祥子》，萧乾的《篱下》《梦之谷》，关沫南的《庙会》《途中》《在夜店中》以及端木蕻良的《鹭鹭湖的忧郁》《科尔沁旗草原》等作品为代表。
④ 关于端木蕻良的《科尔沁旗草原》在上册有介绍，此处不再赘述。
⑤ 严家炎、范智红：《小说艺术的多样开拓与探索——1937—1949 年中短篇小说阅读琐记》，《文学评论》2001 年第 1 期。

誉的长篇小说《正红旗下》，扎拉嘎胡唯一一部以少数民族知识分子的命运和心路历程为内容的长篇小说《红路》等作品也自有特色。玛拉沁夫的《茫茫的草原》，胡奇的《五彩路》《绿色的远方》等儿童题材的小说也是这一时期的优秀成果。

  蒙古族作家**玛拉沁夫**（1930— ）的小说，多取材于内蒙古草原人民的生活和斗争，风格清新明丽，具有强烈的时代气息。他的短篇小说《科尔沁草原的人们》通过蒙古族青年恋人萨仁高娃和桑布捉特务、救草场的故事，再现了特定历史时期人们单纯的生活观念和蓬勃向上的精神面貌。他的代表作《茫茫的草原》是新中国成立后第一部反映蒙古族人民斗争生活的长篇小说。小说以主人公铁木尔的人生道路为线索，展开错综复杂的斗争局面和人际关系的描写，揭示只有在中国共产党领导下，各族人民紧密团结，以革命的武装斗争去夺取民族解放的胜利，才是蒙古族人民的根本出路这个具有重大历史意义的主题。小说塑造了铁木尔等一系列典型人物形象。铁木尔的成长道路即蒙古族人民在黑暗统治下的挣扎、斗争以及寻求民族解放的艰难历程。小说对蒙古族人民的两只翅膀——马和歌声进行了出色的描写，蒙古族传统节日那达慕大会，不仅是200多把马头琴组成的民乐海洋，也是热烈、紧张的赛马场。传统的民族节日也表达了"察哈尔盟人民政府成立"大会军民同乐的政治内容。

  中篇小说《五彩路》是回族作家**胡奇**（1918—1998）的代表作。小说讲述了居住在雪山中的藏族少年曲拉、丹珠和桑顿，为了摆脱苦难、寻求幸福而长途跋涉去寻找五彩路的故事，艺术再现了康藏公路带给西藏的巨大变化。小说把西藏新一代少年的道路与老一辈人的抗争、探寻及悲惨命运相比较，表明只有在党的领导下，藏族人民才能翻身解放、生活幸福，藏族新一代才能健康成长。作者运用童话、传说中美丽的幻想色彩表现真实的生活，在情节的发展中刻画藏族少年形象，既写他们对幸福生活的憧憬和追求，也着力表现他们的成长历程。

  新时期以来少数民族作家队伍日益壮大，作品质量明显提升，少数民族文学迈进了繁荣兴旺的新阶段，小说创作成绩尤为突出，屡获全国性最高奖项，影响深远。

  这一时期的小说题材丰富、主题多元，艺术手法也更为多样。扎西达娃、李陀、阿来等中青年作家大胆运用意识流、象征、魔幻等西方现代小说手法，实现了艺术表现的多样性和创新性，促进了少数民族小说的进一步发展。藏族小说家**扎西达娃**（1959— ）的短篇小说《西藏，系在皮绳结上的魂》，讲述了两个虔诚的朝圣者塔贝和琼寻找理想净土香巴拉的故事。作品紧扣西藏社会新旧并存的时代特征，在藏族传统和现代文明相交融，宗教追求和城市生活相交汇中，对西藏的民族生活作了近乎写实的描绘，充满思辨色彩。神话与现实，宗教传说与风土民情难分彼此，渲染了一种扑朔迷离的生活氛围，也使追寻之路具有"历史"的象征意味。富于隐喻功能的表现形式，神佛故事与人间故事交织互融的艺术构思，充溢民族特色的历史文化、风土民情等的适时穿插，使小说内容与形式达到了和谐的统一。

  这一时期的主要代表作家有乌热尔图、阿来、霍达、张承志等人。鄂温克族作家**乌热尔图**（1952— ）的作品真实反映了鄂温克族人民的现实生活、历史命运。其代表作《七叉犄角的公鹿》以"我"的视角，讲述了一个13岁的少年猎手和一只美丽公鹿的故事。"我"是一个和继父生活的孤儿，难以忍受继父的冷漠、暴虐，冒着严寒走进冰封雪盖的密林出猎。在森林深处,"我"路遇一只长着七叉犄角的公鹿,并打伤了它。"我"沿途追赶时目睹了公鹿与狼的殊死搏斗,不禁爱上了这个"真正的男子汉",放它离开。再见公鹿,正是打鹿茸的季节,"我"将它从继父的枪口下惊跑,因此"我"被继父打昏。最后一次见到公鹿时,它身陷狼群,"我"举枪打散狼群,解开了继父提前设置的套住公鹿犄角的铁丝。"我"也被公鹿踢伤胸口,瘫倒在地,但当"我"看到公鹿奔向自由新天地的时候,仍止不住快乐的泪水。这次,目睹一切的继父并没发怒,而是把"我"背在他宽厚的脊梁上。作品构思精巧、情节单纯,通过"我"与公鹿的几次相遇,把公鹿的命运起伏和人的心灵颤动交织起来,流露着对人性之善、人情之美的讴歌与渴求。

藏族作家**阿来**(1959—)的代表作《尘埃落定》曾获第五届茅盾文学奖。小说借助土司家傻少爷的视角,透视了麦其土司及其家族由盛而衰的历史命运。麦其土司在国民政府黄特派员的指点下遍种罂粟,贩卖鸦片,很快暴富,并迅速组建了一支强大的武装力量,成为土司中的霸主。其他土司各施手段、纷纷效仿,傻少爷却鬼使神差地建议改种麦子,于是在高原地区罂粟泛滥之时,麦其土司却因小麦笼络了大批饥民,领地和人口也达到空前的规模。就在各路土司身临绝境之时,傻少爷开仓卖粮,并在黄师爷的建议下,逐步建立了税收体制,开办了钱庄。于是,在古老封闭的阿坝地区首次出现了具有现代意义的商业集镇雏形。是时,备受拥戴的傻少爷已对大少爷那令人不寒而栗的目光了然于心,一场家庭内部关于继承权的腥风血雨又悄然拉开了帷幕。但在解放军进剿国民党残部的炮声中,傻少爷知道土司的日子不会长久了……最后,傻少爷同自己的哥哥一样,死于仇家之手。

傻少爷形象既是作家文学创新的结晶,也是藏族文学传统的艺术再现。在藏族民间文学中,阿古顿巴是一个集憨厚与聪慧于一体的人物形象,也是作者塑造傻少爷形象的重要借助对象。此外,作者对土司官寨的建筑风格与生活氛围,对活佛、喇嘛、僧人等宗教人物以及对诸如巫术、丧葬、音乐、舞蹈等民俗风情的描写,都具有浓郁的民族地域情调。

回族作家**霍达**(1945—)的代表作《穆斯林的葬礼》曾获第三届全国少数民族优秀文学奖、第三届茅盾文学奖。小说以奇珍斋的盛衰演变与楚雁潮、韩新月的爱情悲剧为两条贯穿全书的主线,并在两条并置线索的交叉中演绎父母与子女、战争与和平、历史与现实诸种复杂的矛盾关系,结构严谨、语言清新、含蓄蕴藉。小说情感真挚、内涵深刻、文笔冷峻,塑造了梁亦清、韩子奇、梁君璧、梁冰玉、韩新月、楚雁潮等一系列栩栩如生、血肉丰满的人物。

回族作家**张承志**(1948—)早期的作品以草原生活为题材,从大地、民间汲取精神养料,慷慨硬朗,充满大漠草原之气。《黑骏马》通过男主人公凄美的爱情故事和"离乡—返乡"的心路历程,折射出蒙古族人民在新旧观念冲撞中的自我抉择,以及草原新一代的挣扎和呐喊。《北方的河》讲述一个回城的大龄知青,不甘平庸的生活,准备考研的奋斗历程。作品淡淡地写了朦胧的爱情,写了平庸生活与理想之间的差距,写了生活对激情的磨钝,及主人公在北方的河中所汲取的力量。

短篇小说《骑手为什么歌唱母亲》是其成名作,获得 1978 年全国优秀短篇小说奖。于此,张承志开始了以人民为主题的创作探索。在作品中,对人民的理解与表现,自然转化为对大地母亲的赞美。小说以草原古歌《修长的青马》(歌唱母亲的歌)委婉悠长的曲调作为背景音乐，烘托草原之子对母亲的敬爱之心。作品中那仁慈无私，热爱生活，面对艰难痛苦镇定自若的蒙古额吉也使读者过目难忘。对蒙古草原生活习俗、风土人情的描绘又使小说具有了浓郁的浪漫主义诗情。

第三节　少数民族散文

　　20世纪20年代到40年代的少数民族散文成就虽不及诗歌、小说，但以沈从文的《湘行散记》《湘西》及赵银棠的《玉龙旧话》为代表的描写边地景致、文化习俗、生活风情的散文作品，也以其独特的民族地域色彩，形成20世纪文学史上的一道风景。

　　与抒情、记游、状物的散文不同，报告文学与社会生活的关系更为密切。很多少数民族作家曾亲历多次战斗，他们用笔再现革命战争的壮阔场面，歌颂人民的英勇斗争精神，留下了一批具有较高历史、文学价值的报告文学作品。穆青、萧乾、华山、萧离等人是其中的代表。

　　《赵占魁同志》《雁翎队》《工人的旗帜赵占魁》是回族作家**穆青**（1921—2003）的代表作。《赵占魁同志》开集中刻画英雄人物的先河，奠定了穆青在中国报告文学中的领先地位。《工人的旗帜赵占魁》比《赵占魁同志》更近一步，准确地抓住赵占魁是解放区工人的一面旗帜的实质，着力塑造了竭尽全力积极生产以支援前线的工人阶级先进人物的高大形象。文章并未凸显惊天动地的斗争场面，而是从日常工作、生活的平凡小事入手，挖掘人物的闪光点，真切感人，说服力强。《雁翎队》是第一篇描写抗日人民水上斗争的作品，具有开拓意义。文章将游击活动、水乡景物、人物情感等交融呼应，形成一幅带有传奇色彩的战斗画面，塑造了英勇斗争、智勇双全的英雄群像，语言优美，极具艺术感染力。

　　蒙古族作家**萧乾**（1910—1999）在小说创作之余，也写了大量的通讯、特写作品。萧乾的特写是以叙事写人为主、注重纪实的新闻报道，即通称的文艺通讯或报告文学。《流民图》《血肉筑成的滇缅路》《南德的暮秋》是其中的名篇。《血肉筑成的滇缅路》是萧乾报告特写的代表作。全文由罗汉们、桥的历史、历史的原料三节组成，再现了云南边疆2 500万各族人民齐心协力用汗水、鲜血甚至生命筑成滇缅公路的光辉历程，感人肺腑。萧乾的报告特写善于运用多种艺术手法，融报告特写的真实性与纯文学的审美性于一体，文笔凝练朴实、含蓄简约、鲜活生动、真实感人。

　　壮族作家**华山**（1920—1985）亲历多次战斗，写了大量的报告文学作品。写于1944年的《窑洞阵地战》，记述了聪明智慧、勇敢顽强的太行山人民巧妙应对日寇的斗争过程。作品行文流畅、语言朴实，对教育动员群众积极抗战意义重大。《踏破辽河千里雪》再现1947年人民解放军横跨冰封的松辽平原，直达沈阳，与兄弟部队会师的艰辛历程。

　　写于1942年的《当敌人来袭时——乌镇战役中含血带泪的穿插》是土家族作家**萧离**（1915—1997）的代表作。全文有十四小节，用尖锐的笔触揭露了日寇所到之处惨无人道的烧杀掠夺，赞美了乌镇人民在薄根乡长的带领下奋起反抗的斗争精神。作品文笔细腻、感情真挚、描写生动、语言明快。

纳西族女作家**赵银棠**（1904—1993）有关山川古迹、风情人物的游记和散文成就较高，尤以《丽江名胜及边关》和《永宁之行》胜出。《丽江名胜及边关》是一组写景散文，作家以富有诗意的文字，描绘丽江如画的自然风光、意蕴深厚的名胜古迹，展现了一幅极富地域、民族特色的山水画。在其《永宁之行》等部分游记散文中，作家既描绘了玉龙雪山、泸沽湖美景，及摩梭人泡温泉治病的民俗和热情待客的朴素民情，也表现了动荡的社会现实及人民的苦难，表达了对身处困境者的关注与同情。作品娓娓道来，感情真挚，文笔细腻，影响深远。

新中国成立后，各族人民的欢欣、喜悦之情使这一阶段的文学创作带有歌颂的色彩。报告文学更是以主旋律为取向，侧重于对新人新事的歌颂，华山的《山中海路》、萧乾的《万里赶羊》等是这一阶段的代表作。

《然米渡口》《思茅女儿》是白族作家**那家伦**（1938— ）的成名作、代表作。"然米"即傣尼语的"姑娘"，作品叙述了祖父母、父母先后沦为头人的终身摆渡工继而死于非命的傣尼姑娘漂茜，逐渐成长为吃苦耐劳、坚忍不拔、忠于职守、舍己为人的"人民摆渡工"的经历。作品通过时间的推进来展现漂茜命运的变化，既塑造了具有特定历史内涵和审美价值的人物形象，也反映了一个民族的历史变迁。《思茅女儿》讲述了一个父亲死于头人压迫，自己饱尝人贩子折磨，后被解放军从死亡线拉回的傣族孤儿艾新逐渐成长为女军医的故事。作品虽然带有鲜明的时代印记，写法也难避模式化倾向，但仍以其鲜活、灵动的人物形象丰富了我国少数民族文学的艺术画廊。

新时期的少数民族散文创作渐趋成熟。端木蕻良、郭风等中老年作家创作状态良好，有大量散文作品问世。**端木蕻良**的散文集《化为桃林》收录散文79篇，其中71篇为新时期所作，或描写故人，或回忆历史，或自叙身世，或抒写恋情、亲情，感情真挚、文笔流畅。诸多作品既是作者社会责任感和爱国热情的自然流露，也体现了其独特的文化性格、学术素养、美学趣味。对鲁迅、茅盾、老舍、萧红等故人的回忆作品，生动表现了人物的音容笑貌、气质个性、文化素养，并通过社会历史的变迁及这些文化名人的个人际遇，思考生命价值、生存意义等哲学问题，充满思辨意味。回族作家**郭风**（1918—2010）早期的作品质朴清新，贮满诗情画意，是风景画家、风俗画家与抒情诗人才能的神奇统一。真正体现郭风散文创作之大成的是其80年代以后的作品，多收录于散文集《晴窗小札》中。作品追求自然、本色、纯朴，具有更广阔的历史感和更深沉的哲理意蕴。

此外，马瑞芳、阿·敖德斯尔、包·普日来、杨世光、鲍尔吉·原野等作家的散文或直面社会现实，或关注历史文化，或侧重自然、社会、人性、人情之美的挖掘，或表达自己的人生感悟与生命体验，具有较高的独创性与艺术性。蒙古族作家**阿·敖德斯尔**的前期散文主要描绘故土风貌、人民生活以及斗争情形，从80年代开始主要以怀念、追思为主。触景生情、以情达意是其散文最显著的特色。蒙古族作家**包·普日来**的散文主要描绘蒙古族人民的生活、习俗、原野、山水美景，以及蒙古铁骑的发明及作家本人的内心世界。其作品因结构简洁、语言准确流畅、感情丰富且善于挖掘蒙古族散文未曾涉及的题材而深受读者的赞誉。蒙古族作家**鲍尔吉·原野**的散文大多带有显而易见的草原情结，或直接或间接地表达他对蒙古族文化及民族心理的思索与见解。

第四节　少数民族戏剧

20世纪三四十年代的戏剧创作为少数民族文学增色不少。颜一烟、李超、老舍①、祖农·哈迪尔都是这一时期颇有影响的剧作家。

满族作家**颜一烟**（1912—1997）的第一个话剧剧本《黄花岗》是以黄花岗起义中的七十二烈士为题材的爱国主义剧作，由她所在的温泉女子中学演出。她的话剧创作紧扣时代脉搏，歌颂中华民族英勇不屈的抗争精神。话剧《渡黄河》反映了红军抗日先锋队自西向东，渡过黄河深入敌后建立抗日根据地的故事；话剧《九一八以来》再现了东北沦陷区人民对日寇的仇恨与反抗；五幕大型话剧《保卫大武汉》和独幕话剧《炸弹》均以抗日战争为背景，反映中华儿女在日寇侵略下英勇不屈、誓死捍卫国土的精神；独幕话剧《窑黑子》《凶手》和五幕话剧《先锋》也以鼓舞人民的抗日斗志为创作目的。作为女作家，颜一烟也积极关注战争年代女性的生活和命运，她的四幕话剧《秋瑾》旨在鼓励广大妇女走向广阔社会，反对暴政、反对日本帝国主义。

祖农·哈迪尔（1911—1989）是维吾尔族现代戏剧的开拓者，处女作《愚昧之苦》通过讲述搬运工麦斯伍德的故事，大胆揭示当时的社会矛盾，抨击封建制度的罪恶与黑暗。三幕五场话剧《蕴倩姆》是他的代表作，该剧以青年长工努柔木和园丁老大妈卓尔汗的女儿蕴倩姆的爱情悲剧为线索，描写了解放前伊犁地区农民在统治阶级压迫下的悲惨命运。祖农·哈迪尔的戏剧作品语言精练生动，题材广泛，内容深刻，具有浓郁的生活气息。

20世纪50—70年代的少数民族戏剧创作具有明显的一体化特征，戏剧文学呈现出了斗争与歌颂的主题。满族剧作家老舍、胡可，维吾尔族剧作家包尔汉，朝鲜族剧作家黄凤龙，蒙古族剧作家超克图纳仁以及赫哲族剧作家乌·白辛在这一时期都有不少优秀剧作。

《金鹰》是**超克图纳仁**（1925—2018）的代表作。《金鹰》取材于内蒙古草原的民间故事，作者在剧中引入的具有民族特色的谚语、民歌，及其对蒙古族风俗民情的细致描写，使这部剧作具有浓郁的民族特色和草原风情。《金鹰》写蒙古族青年布尔固德奋起反抗巴音王爷的淫威，后被迫逃离故乡的故事。剧本通过跌宕起伏的情节和生动的人物形象歌颂了蒙古族人民反抗暴政、争取自由的斗争精神。

乌·白辛（1920—1966）的代表作《赫哲人的婚礼》大胆借鉴西方戏剧经验，打破时空界限，选取典型历史事件和不同婚礼仪式，通过老歌手演唱伊玛堪串联全剧。剧作通过金星与喜凤这一对青年男女经过种种波折最后结合在一起的故事，巧妙利用回叙和对比等手法，展现了清王朝、部落酋长和日伪统治下的婚礼场面，描述了赫哲人数百年来的苦难斗争和翻身解放的成长历程。该剧对话剧创作的民族化道路作了有益探索，将叙事与抒情、话剧与歌剧成功融为一体，堪称赫哲族新文学的代表。

新时期以来的少数民族文学创作以小说、诗歌为重，因社会生活对文艺的需求发生了

---

① 关于老舍的戏剧创作，在其他章节有详细介绍，此处不再赘述。

变化,这一时期的戏剧创作较之前一时期稍显冷清,但也不乏沙叶新①等优秀剧作家的创作。

第十三章 拓展研读资料

---

① 关于沙叶新的戏剧创作,在其他章节有详细介绍,此处不再赘述。

第十四章 2000—2018年小说（一）

中国社会继20世纪80年代开启以经济建设为中心的改革开放，确立建设中国特色社会主义的现代化取向与转型之后，90年代掀起市场经济改革潮，到新世纪，社会主义市场经济体制初成，宣布迈进小康社会并确立在21世纪前20年实现全面建成小康社会目标，综合国力日益增强，文化观念日益多元，新兴媒体方兴未艾。中国加入世界贸易组织，东欧剧变和"9·11"事件后加重了世界多极化和全球化趋势。

随着中国社会进入经济高速发展期，文学艺术的生存环境相对宽松。同时，商业因素和市场因素侵入社会肌体，经济利益与市场杠杆在推动、丰富文学创作与出版繁荣的同时，也在弱化、淡化文学的力度和浓度。消费性、休闲性、娱乐性的文艺占据了文化版图的部分。曾一阶段，文学在淡化社会历史责任的同时，也身陷市场漩涡，退居社会边缘。

2019年中美贸易战影响世界格局，中国继续深化改革开放，自力更生，砥砺前行，建设社会主义强国。中国文化和文学进入新的格局。

习近平新时代中国特色社会主义思想向文学艺术提出了新的时代要求。2014年10月15日习近平在文艺工作座谈会发表讲话，鼓励文艺工作者认识自己所担负的历史使命和责任，坚持以人民为中心的创作导向，努力创作更多无愧于时代的优秀作品，弘扬中国精神、凝聚中国力量，鼓舞全国各族人民朝气蓬勃迈向未来。各级政府通过签约、奖励①等手段提供给文学艺术家的创作条件与回报，保证了文艺创作的开展。

在此背景中，精英的人的文学传统的坚守与开拓，成为了中国文学的世纪挑战与使命。

第一节 新世纪文学概述

新世纪以来，中国社会依20世纪90年代的发展惯性，商品经济持续发展，大众文化、消费文化流行，文学创作市场化、文学商品化进程进一步加速，文学在市场经济的浪潮中发展。尤其是长篇小说创作数量井喷，据统计，2000年长篇小说出版总量为1000部左右，到2010年猛增到4000部左右，至今一直持续增长。2018年出版长篇小说9000部左右（包括再版重印与翻译）。长篇小说进入市场化，从写作、传播到阅读接受都发生了

---

① 茅盾文学奖、鲁迅文学奖，每两年一届，如期举办，尽管文坛与读者对获奖作品的评价众说纷纭。

显著变化，作家、出版机构、文学刊物等关注读者、关注市场成为常态。作家获得了越来越多的写作自由，文学观照现实、反映社会问题、书写传奇故事，拓展了新世纪小说的图景。

人们习惯于将新世纪中国文学分为三足鼎立的版块：以文学期刊为主导的传统型文学、以商业出版为依托的市场化文学（或大众文学）、以网络媒介为平台的新媒体文学（或网络文学）。

一方面，新时期以来形成的文学传统得以赓续。当然，在历经了20世纪80年代文学观念探索和90年代文学市场摸索后，新世纪中国小说创作重新回归了现实主义传统，又在现实主义中融入了更加自觉的文学实验，现代主义、后现代主义以及受西方现代主义影响的世界各地的现代主义文学变体如拉美魔幻现实主义等，都为中国作家主动运用并取得了一些成功的文学成就，小说艺术更加丰富和发展，叙事方式更加灵活多样。以莫言获得诺贝尔文学奖为标志，中国文学的世界性高度、价值与贡献得以确认。与此同时，文学创作与文学传播更加充分地融入了市场化、商业化的社会，并与电影、电视尤其是充分普及的网络媒体紧密结合。网络文学异军突起，类型文学发展迅猛，尤其是幻想类小说创作量如潮涌。与纯文学的写实化异途，类型文学以传奇化写作为旨归。文学的生产与消费方式正在发生着前所未有的深刻变化。80后作家的崛起，以及姿态各异的网络写手的大量涌现，文学创作的主体构成更加多元，传统意义上的作家写作格局被打破。传统纯文学、商业出版所主导的大众文学、以网络媒介为平台的新媒体文学相互并存，而且在相当程度上表现出互渗和融合。这是新世纪文学的基本格局与发展态势。

文学是人学，新世纪文学中人的观念的新变也有了更加丰富的内容。在个人化写作思潮和文化消费主义思潮的共同作用下，新世纪前十年，主要沿袭20世纪90年代个体之人的日常生活并不断拓展，表现人的个体化、另类化、感官化、世俗化的精神特征。到网络类型化小说创作中，人的传奇性、独特性、超验性特征被强调，甚至被放大。对启蒙理性的淡漠，对世俗人性的关注，意味着作家对真实个体的关注、对世俗之人的欣赏和对人的日常生活内在价值的重新确定。在全球化语境下，汉语新移民作家群的活跃也在一定程度上拓展了新世纪文学人的观念的探索。新移民作家小说中对处于不同族群文化冲突中的人的刻画，超越了单一的族群，具有新的人的观念和意识①。总之，新世纪文学贯穿着多种人的观念，既有20世纪社会人的观念的延续，又有经济人、市场人等新的人的观念的凸显。前者在传统精英写作中表现明显，后者在大众通俗文学、网络新媒体文学和80后文学中尤为突出。有学者提出："我们是否又面临一个人的再发现的问题？新世纪文学中一部分作品在原有基础上有所深化，那就是更注重于'人的日常发现'。……近些年来，一些作品更加注重'个体的、世俗的、存在的'的人，并以'人的解放'、'人的发展'作为'灵魂重铸'的内在前提和基础。"②

一、传统精英写作沉稳推进

新世纪以来的中国文学同时保持了惯性延续和新生发展相伴随的平和写作态势，传统

---

① 洪治纲：《"人"的变迁——新时期文学四十年观察》，《文艺争鸣》2018年第12期。
② 雷达：《新世纪十年中国文学的走势》，《文艺争鸣》2010年第3期。

写作是继承性比较大的部分，包括精英文学、主流文学。与20世纪80年代文学的新启蒙精神、90年代的解构主义和女性主义思潮不同，新世纪传统写作的主要特征，一是回归现实的叙事精神，二是专注于对日常生活的审美观照。前者主要表现在文学对现实主义创作方法的回归和现实主义的文学话语表达上，20世纪就有成就的作家如贾平凹、王安忆、莫言、余华、刘震云、阎连科、方方、苏童、格非、毕飞宇等在新世纪持续耕耘，创作了一批力作，这些作品接续了80年代中期以来在某种程度上被悬置起来的现实主义传统，使得新世纪文学更现实、更生活，更接近当下中国的世道人心和世态人情①，回归了传统现实主义的社会人和个体人的观念。

对日常生活的审美观照，正是文学践行新世纪以人为本的时代精神，满足"人民对美好生活的向往"的体现。从以经济建设为中心到以人为本，从满足人民的物质文化需要到美好生活需要，时代使命正从张扬外在物质生产逐步发展为关注现代日常生活中的人的现实欲求和世俗情感，重建现代生活感性就具有了本体意义。长篇小说《秦腔》《蛙》《生死疲劳》《推拿》《受活》《风和日丽》等，以及大量的底层文学、打工文学，对日常人情和世俗生活进行了细致的刻画，表现了作家价值观念的转变。这种在生活的意义上来创作文学、表达人性的方式，是新世纪文学的一个重要特征。

从文学创作思潮来说，多种文学思潮齐头并进，交相辉映，形成了蔚为壮观的新世纪文学场景。乡土叙事题材小说数量最丰，产生了贾平凹的《秦腔》、毕飞宇的《平原》、阎连科的《受活》、孙慧芬的《上塘书》、林白的《妇女闲聊录》、关仁山的《麦河》等作品。历史题材小说大量涌现，如莫言的《檀香刑》、刘醒龙的《圣天门口》、铁凝的《笨花》、严歌苓的《第九个寡妇》、格非的《人面桃花》和《山河如梦》、叶广芩的《青木川》、李洱的《花腔》、叶兆言的《1937年的爱情》等作品。主旋律小说也被称为官场反腐小说，有张平的《国家干部》、陆天明的《命运》、周梅森的《梦想与疯狂》和《人民的名义》等。少数民族文化题材小说有亮点，如阿来的《空山》、范稳的《悲悯大地》。新革命英雄传奇走红，如都梁的《亮剑》、项小米的《英雄无语》、徐贵祥的《历史的天空》和《高地》等。底层叙事小说由中短篇小说迅速向长篇小说领域蔓延，从陈应松的《马嘶岭血案》和《太平狗》、曹征路的《霓虹》等到贾平凹的《高兴》、许春樵的《男人立正》、曹征路的《问苍茫》、孙惠芬的《吉宽的马车》、钟求是的《零年代》、刘国民的《首席记者》等。生态小说表达了我们这个时代所面临的问题，如陈应松的《豹子最后的舞蹈》、杜光辉的《哦，我的可可西里》、红柯的《哈纳斯湖》、白雪林的《霍林河歌谣》和鲁敏的《颠倒的时光》等。

传统精英写作的主体主要是50年代、60年代出生的作家，还包括一些70年代出生的作家。他们中大部分人在20世纪就已经取得了创作成就，新世纪以来，不断推出佳作，是新世纪文学创作的中坚，如王安忆、贾平凹、阎连科、刘震云、莫言、铁凝、苏童、格非、毕飞宇等。丰富的创作数量和思想艺术上的锐意探索，证明这批中年作家对于精英写作传统的坚守和自信。

直面市场、适应时代，传统写作也在悄然实现了一定的角色转型，虽然市场有其

---

① 张未民：《新世纪以来的文学进程》，《文艺争鸣》2010年第3期。

残酷的一面，但文学的产业化之船在新世纪已经扬帆启航，其中，最突出的动向就是文学和影视的联姻。文学为影视作品的生产提供母本支持由来已久，在市场经济条件下，影视作品改编还基于对文学影响力的深度借重和顺势开发，这使得资本得以强势介入，作家愿意，读者欢迎。文学的影响催生了影视作品的改编和再创造，反过来，影视作品的传播又会推动文学作品的热销。多种传媒的互相影响产生强大的营销效应，文学和影视双赢。改编自都梁的《亮剑》、徐贵祥的《历史的天空》的同名电视剧热播，产生了强大的社会效应。"亮剑"一词已经成为社会文化名词，走红当下。刘震云的小说《手机》《我叫刘跃进》都被改编成同名电影和电视剧，而且饶有意味的是，小说和电影几乎是同时推出的，这是对媒体影响力的综合运用。大多数影视作品的改编是看重小说原有的影响力，以减少投资风险，如《杜拉拉升职记》《山楂树之恋》等，但也有相反的情况，影视作品的传播挖掘了作品的价值和潜力，如电影《集结号》之于杨金远的小说《官司》等。

二、80后文学集体爆发与写作转型

80后文学，是对出生于20世纪80年代的青年群体写作的归纳性称谓。他们在新世纪第一个十年集体爆发，成为文坛的一大景象。他们崭露头角是从20世纪末开始的，如韩寒，1999年获得首届新概念作文大赛一等奖，2000年发表《三重门》引起轰动。但此时80后写作还属于个别行为，未成气候。

80后写作群体初成气候大约在2004年，诸多80后写手集体冲锋引起人们关注[1]，遂使80后文学成为新世纪初文学一道不可缺少的风景。

80后文学属于青春写作。宽泛地说，每一代作家都有自己的青春，有属于自己的青春写作，但80后青春写作显然与20世纪20年代新文学初期、60年代、70年代等历史上的青春写作不同[2]，因为80后一代人的成长有自己独特的文化背景和成长经历。

第一，80后是具有鲜明文化印记的群体。历史上，每一代人之间都会存在文化观念上的差异，即所谓代沟。中国于1978年始将计划生育定为一项基本国策，80后是在依法实行计划生育的时代背景下出生的一代人。这是中国有史以来第一次用法制限制人类生育，80年代出生的以独生子女居多。有人曾预言，80后是"垮掉的一代""最自私的一代"等。相对于50、60、70年代人之间的代沟，80年代人与其前辈的代沟裂痕更大，断裂更深。他们是在与其父辈完全不同的家庭环境和全球化、后现代、消费化的时代背景下，在网络、动漫、NBA、MP3、DVD的媒体氛围中成长起

---

[1] 2004年2月，春树的照片登上了《时代》周刊亚洲版的封面，同期该杂志的文章把春树与韩寒称作中国80后文学的代表。2004年，《羊城晚报》出炉80后作家人气排行榜，李傻傻、郭敬明、张悦然、韩寒、春树、孙睿、小饭、蒋峰、颜歌、易术上榜。2004年，中国文联出版社出版《我们，我们：80后的盛宴》（上、下），全书收入了75位作者的80万字作品。据北京开卷图书市场研究所2003年度和2004年度的图书市场调查，以80后为主体的青春文学书籍占整个文学图书市场份额的10%，而现当代的其他作家作品合起来，也就占10%。2009年，中央广播电视大学出版社和吉林出版集团有限责任公司分别推出《80后作家访谈录》和《80后作家访谈录Ⅱ》。

[2] 20世纪20年代新文学初期，很多现代作家都属于青春写作，冰心19岁发表小说《两个家庭》，郁达夫25岁出版《沉沦》，徐志摩25岁已经发表大量诗文，叶绍钧20岁开始文学创作，巴金24岁写作《灭亡》等。同样，当代文学史上，王蒙22岁发表《组织部来了个年轻人》，铁凝25岁发表《哦，香雪》，其他如余华、苏童、格非、李洱等大都如此。

来的，他们有自己的文化背景、生活方式、精神品质和价值观念。与前辈比较，在这样一种青年亚文化中成长起来的80后的精神层面出现了断层，并形成了新的社会文化基础。

第二，网络文化提供的自由空间和载体，给予80后文学成长的土壤。80后写手们的青春、成长，都是在网络这个空间里得到滋润孕育并完成的。他们将网络作为完全归属于自我表达的文化空间，网络就是文本，就是他们生命的一部分。网络写作具有"零门槛准入"和"交互式共享"的特点。前者使得写作更加自由随意，想象更加丰富真实。在后者的模式下，文学的创作、传播、沟通、阅读、反馈更加迅速，文学的互动性空前增强。这些因素引发了新的文学体验，导致了新的文学观念。80后写手们主要凭借网络新媒体和商业市场，一出手便是长篇，注重市场回报。

第三，80后文学具有鲜明的消费性和欲望性。浸淫在90年代以来的消费文化之中，原有的革命年代的青春读物普遍失效，80后人自我抒写青春记忆，表达自我体验，彰显内心欲望，以弥补阅读空白，满足自我的阅读需要，满足于"自己写、写自己、自己读"的循环，经营着他们自己的精神家园。于是，青春的叙述获得热烈的反响，满足了青少年的阅读期待。

与20年代新文学初期作家强烈的社会感、历史感和命运感相比，80后的青春写作具有两个突出的特点，一是娱乐性，二是商业化。80后文学现象的出现，是商业与写作磨合的功利化的产物。80后作家出道时年纪小，积累浅，他们的社会名望能够在一夜之间得到提升，是因为他们有效地借助了大众媒体，采取非常吸引大众眼球的方法，先成"名人"，再成"作家"。他们当中很多人最初都是通过新概念作文大赛这个平台脱颖而出的。另外，80后文学不管以什么面目和形态出现，追求商业效益和市场利益是其最大的宗旨。他们用扭曲的和添加的故事情节来迎合大众的消费欲望。五花八门的文学作品的背后是起印数、炒作、媒体话语权等怪圈的牵扯。

80后创作群体庞大，主要以韩寒、郭敬明、张悦然、李傻傻、春树等人为代表。他们写作青年题材，并具有强烈的时尚色彩，作品主题多定位在当下青少年的青春遭遇和青春心态，紧紧扣住青春本位的题材、主题和心理。因为扣住青春，也就扣住了年轻读者的心，扣住了阅读市场的命脉。他们的作品大都存在形式大于内容的现象，注重文字优美，描写青年人的奇幻感觉，风格上追求浪漫主义，充满不求正确但求惊人的青春话语等。这批写手出场大都经过了精心的商业化包装和策划。

随着时间推移，以及作家个体心理、精神和写作观念的全面成长，到新世纪第二个十年中期以来，80后作家群体已经逐渐与青春写作告别，出现转型，从张悦然的《茧》（2016）、双雪涛的《平原上的摩西》（2015）、周嘉宁的《基本美》（2018）、孙频的《松林夜宴图》（2018）等小说可以看出，他们的小说题材已经指向现实和历史，而不再是早年80后作家热衷写的自我。

三、网络小说的快速发展和类型化

网络文学是指在网上写作和传播的文学作品。与传统文学相比，网络文学有其新的特点，首先是发表和传播的媒介变化。从传统的纸上写作和纸媒传播转换为电脑写作和网络传播。其次是文本形态的变化。网络文学拓展了传统文学的基本形态，带有泛文学性质，它包括小说、复杂的故事、爽文，以及为影视剧、网游、动漫等产品定制的故事脚本①。按照传统文学标准衡量，后三者甚至不属于文学范畴。第三是网络文学生产的动态开放性。网络文学的生产和传播几乎处于同一交际场域，作者和读者同时到场和在场，交际性与互动性成为网络文学的突出特征，从即时性的阅读、点赞、评论和打赏，到专门的论坛、贴吧，到线下与粉丝的活动等，构建了全新的作者—读者关系。第四是网络文学的产业属性。网络文学对动漫、网游和影视等的强大激活能力使得它常常成为资本聚集最活跃的部分。在 IP 时代，有影响力的网络作品能够迅速转换为纸质书，并进一步扩张到网游、影视、动漫领域，大量的衍生品形成网络文学产业链。第五是评价标准的变化。传统文学评价以作者、文本和专业读者为中心，网络文学则以资本和普通读者为中心。网络文学中有一部分与传统文学很接近的网络小说可以沿袭传统文学评价标准，其他大量的故事和故事脚本都难以用传统文学标准进行评价。从文学史角度考察网络文学，我们主要以网络小说为重心。

中国网络小说起步于 20 世纪 90 年代末，随着我国网络技术的快速普及，在很短的时间内得到了迅猛发展②。新世纪以来，中国原创网络小说的写手队伍不断壮大，网络小说作品数量迅速膨胀，题材内容日益丰富。有人说，中国的网络文学已经可以和美国好莱坞大片、日本动漫、韩国偶像剧并称为"世界四大文化奇观"③。随着网络小说逐步向纵深发展，传统创作与网络写作相互影响和对话增强，网络文学将逐步融入当代文学主流，成为当代中国文学重要的组成部分④。

起步阶段的大陆网络小说主要以追踪、转载台湾的网络原创作品为主。1998 年，蔡智恒的网络小说《第一次的亲密接触》制造了中国大陆第一波网络小说高潮。一批本土网络写手紧跟而上，如宁财神的鬼故事系列、李寻欢的网络爱情小说、安妮宝贝的感伤小说等创造了一时的阅读传奇。通过传统出版渠道面世的网络小说一度成为当时的畅销书，体现了网络小说的影响力。

蔡智恒（1969— ），台湾人，别名痞子蔡，中国网络小说早期的重要作家。1998 年因在网络上连载《第一次的亲密接触》一举成名，被喻为汉语网络文学"旗手""教主"。蔡智恒具有网络作者的典型特点：写作的非职业化，理工科出身，重复不变的爱情主题。

---

① 何平：《再论"网络文学就是网络文学"》，《文艺争鸣》2018 年第 10 期。

② 马季认为，汉语世界的网络文学源于 90 年代一群海外的中国留学生，比如 1991 年中国留美学生王笑飞创办的海外中文诗歌通讯网，1994 年方舟子等人创办的第一份中文网络文学刊物《新语丝》，1995 年诗阳、鲁鸣等人创办的网络中文诗刊《橄榄树》，1996 年创办的网络女性文学刊物《花招》，等等。中国内地网络文学的萌芽是 1995 年 8 月水木清华站建立的 BBS。自 1997 年网易免费提供个人主页空间开始，大陆的网络原创文学进入了迅猛成长期。据 2001 年年底之前的资料显示：全球已有中文文学网站 3 720 个，中国内地以"文学"命名的综合性文学网站约 300 个，以"网络文学"命名的文学网站 241 个，发表网络原创文学作品的文学网站 268 个，小说网站 486 个，诗歌网站 249 个，散文网站 358 个，发布剧本的网站 75 个，发布杂文的网站 31 个，发布影视作品的网站 529 个。马季：《读屏时代的写作：网络文学 10 年史》，中国工人出版社 2008 年版，第 1—2 页、第 10 页。

③ 解辰巽：《中国网文越洋依旧是宠儿》，《北京晨报》2016 年 12 月 19 日。

④ 马季："在官方机构、传播渠道等社会力量的高度关注下，网络文学已逐渐形成自己的话语体系，即以大众性为主导，以商业化为推手，以创新性为方向，在拓宽类型化文学的疆域、提升文学阅读公共性的同时，逐步实现与传统文学的融合。"《繁华似锦 流云无痕——2011 年网络文学综述》，《文艺争鸣》2012 年第 2 期。

他尤其擅长用通俗小说的套路来写现代爱情故事①。《第一次的亲密接触》写了痞子蔡和轻舞飞扬（人名）的爱情故事。《雨衣》写日本女孩雨子和痞子在相互学习中产生了爱情。《爱尔兰咖啡》写一个异乡男子在一间小小的咖啡馆邂逅了一位执着等待爱情的女孩。《野玫瑰》是水利工程师柯智宏和他的女房东、寂寞女孩叶梅桂之间的纯真爱情。《槲寄生》写菜虫与荃、明菁之间的爱情故事。《亦恕与珂雪》写学画画的女孩珂雪与学理工的男孩亦恕的爱情。

幽默的语言风格是蔡智恒的小说创作获得欢迎的重要原因。比如，"信杰说像我们这种交情比较不会'见异思迁'。换言之，即不会因为看见'异'性而想改变友情"（《雨衣》）。由曲解成语的意思产生幽默的意味。"光阴像肉包子打狗似的有去无回"，"童话故事《卖火柴的小女孩》，我老是念成《卖女孩的小火柴》"（《亦恕与珂雪》）。蔡智恒小说的最大问题是重复和模式化，这使得他的创作一直没有更大提高。

安妮宝贝（1974— ），后改笔名为庆山，浙江宁波人，1998年开始网络写作，早期作品有《告别薇安》《八月未央》《彼岸花》等。她擅长表现都市边缘人的生存困境和隐秘心理，多写悲剧题材，她笔下的都市场所混乱逼仄，人潮涌动，闪烁着一种物质的诱惑，散发着欲望的暧昧气息。"从唱机里流泻出来的音乐是被时光抚摩过的乡村歌曲，或是怀旧老歌，充满粗糙的柔情。穿白衬衣，打着领结的年轻男孩，站在吧台后面，咖啡机和咖啡豆罐子在阴影中闪烁着光泽。背后靠的橱柜上摆满了各种年份的酒，威士忌、白兰地、红酒……那是如情欲般让人沉浸的液体。清醇甘甜的酒精。血液的气息。"（《彼岸花》）"这里有很多夜间出现的动物。身份不明，神情暧昧，像在潮湿的泥土里开出来的腐烂花朵。"（《告别薇安》）安妮宝贝2006年出版长篇小说《莲花》，创作有所转型。

从1998年至今，中国网络小说发展走过了20多年的历程。网络小说写作从最初的传统写作阶段，发展到类型化小说创作阶段，再到网络文学产业IP开发与运营管理，网络文学不但以自身文学原创为核心不断发展壮大，而且不断推进影视、游戏、动漫、音乐等多种周边业态的衍生，极大地拓展了网络文学的影响，丰富了公众的精神文化需求。

在网络小说开始形成时期，网络写作的风生水起主要靠从传统文学队伍中转移过来的写手们，如安妮宝贝、宁财神、李寻欢、邢育森、慕容雪村、江南、今何在等，他们受传统媒体影响较深，文学观念比较传统。这些作家的网络写作仍然可以归入传统文学范畴。其中比较突出的作品有云中君的《我一定要找到你》、宁肯的《蒙面之城》、今何在的《悟空传》等。

江南的《此间的少年》以北宋嘉佑年间为时间背景，以金庸的15部武侠小说中的人物名字为小说中人物的名字，如乔峰、郭靖、令狐冲、黄蓉等，讲述我们经历过的熟悉的大学生活。这种借名的方式只是作品的戏作，但人物的互文性使得阅读过程充满对比的张力和再发现的乐趣。慕容雪村的《成都，今夜请将我遗忘》，叙述了一位普通的都市青年陈重沉沦、颓废、放纵、毁灭的生活状态，展示了都市社会中残酷的人际关系，表达了社会转型时期失去信仰的青年人的爱情观、金钱观和价值观。

---

① 周志雄：《通俗的套路　现代的爱情——论蔡智恒的小说》，《海南师范大学学报》（社会科学版）2008年第6期。

2004年，随着一部《小兵传奇》创造的阅读传奇，一种与传统写作迥然不同的文学样式——玄幻小说出现，标志着网络小说写作进入新的发展阶段——类型小说开始登场。这些网络小说作者是纯粹的网络写手，他们几乎没有传统文学创作经验。网络类型小说不断发展出多种类型小说，2011年，盛大文学推出中国网络文学分类标准，将网络文学分成奇幻、玄幻、武侠、仙侠、言情、都市、历史、军事、悬疑、灵异、同人等19个类别①，奠定了网络文学类型化的基准。现在，中国影响较大的网络文学网站如幻剑书盟、17K文学网、起点中文网、潇湘书院、红袖添香等，都以推出类型小说为前提。"经过近20年的发展，网络文学生产机制和商业盈利模式日趋成熟，基于类型化逻辑的写作、接受和传播的文本结构逐渐定型。"②

类型小说指的是在思想主题和艺术特征方面具有某些共性或模式的小说，传统通俗文学具有多种类型，如武侠小说、言情小说、社会小说、历史小说、科幻小说等。类型小说适应了通俗和市场的双重需要。前者使它赢得读者，后者使它能得到作家的响应。与传统类型小说相比，网络类型小说同样需要通俗和市场，但由于传播媒介的变化，网络本身的虚拟性和创作的互动性使得网络类型小说时空想象更加突出，网络类型小说写作以玄幻、仙侠等幻想类题材占绝对优势。与传统类型小说贴近现实不同，网络类型小说背对现实的倾向非常明显，近几年来这一状况有所改变。

目前，中国的网络文学创作已经积聚了百万级写手的创作队伍，作家队伍结构日趋年轻化，各网站年新增原创作品达二百多万种，网络文学的产业化规模越来越大。网络文学的生存环境日趋成熟，网络文学产业以IP运营为主要模式，如"网络文学+影视""网络文学+游戏""网络文学+动漫"等。在推动中华文化走出去的国家战略下，网文出海被视为网络文学产业发展的海外战略举措。中国网络文学的海外市场逐渐拓展到东南亚、日、韩、美、英、法、俄等地区和国家，且影响力和规模还在不断发展壮大。

第二节　精英文学的坚守

新文学开端以来形成的中国现代文学精英传统为一部分作家所坚守，显示出精英文学的价值。贾平凹、王安忆、莫言、刘震云、阎连科、铁凝、方方、格非、苏童、余华、毕飞宇等在新世纪时有力作。

王安忆继续位于本时期中国文坛最令人瞩目的作家之列。她执着于描写上海这座现代都市里市民阶层的日常生活，如《富萍》《桃之夭夭》《考工记》。《天香》则把目光投向更远的明代上海，《启蒙时代》则回视她一贯关注的"文革"题材。她擅长将上海都市日常生活审美化叙述，低徊慢转回叙这座都市中人物被人忽略的人生与心录。贾平凹通过《秦腔》《高兴》《古炉》和《山本》等传达了乡村中国在土地和文化上的双重衰落。其中《秦腔》最具代表性。

《秦腔》（2003）是一首中国乡村文化颓败的悲凉挽歌。对乡村文化没落的揭示，小

---

① 欧阳友权：《网络文学词典》，世界图书出版广东有限公司2014年版，第30页。
② 常方舟：《网络文学类型化问题研究》，《上海文化》2018年第6期。

说主要是通过夏天义和夏天智这两位乡村传统文化代表者的生命轨迹和悲剧性结局来暗示的。夏天智将秦腔戏里人物的人格作为自己的精神标杆，以德服人，在清风街扮演着伦理道德秩序示范者和维护者的角色。一连串的打击之下，夏天智只能在无奈中离开人世，入棺时他听着一生钟爱的秦腔，头下枕着自费出版的秦腔脸谱。夏天义和夏天智的悲剧性结局，形象地表明了中国乡村传统伦理道德体系的坍塌和农耕文化不可避免的式微。面对这种颓败，作者的情感是复杂的："我的写作充满了矛盾和痛苦，我不知道该赞美现实还是诅咒现实，是为棣花街的父老乡亲庆幸还是为他们悲哀。"①

《秦腔》的艺术特点：第一，客观冷静的叙事方式。采用双重叙事视角，一个是全知视角，借助这一视角清风街及其周围世界的人和事都无孔不入地被发掘出来。另一个是傻子视角，小说让一个智障人引生担当叙事者，使得整个叙事能够超越善恶是非的判断，形成客观冷静的叙事风格。为了展示农村日常生活的原生态，小说在结构上不分章节，没有贯穿始终的情节主线，整部小说成为一个类似于"清明上河图"式的独特文本。

第二，浓郁的乡土气息和地域风情。首先是民俗风情的原生态记录，将"秦腔"安置到整个小说叙事之中，营造浓郁的民俗色彩。小说在叙事时所描绘的婚丧嫁娶的习俗，喜庆节日的欢度，盖房上梁的风习，剧团巡回的演出，家庭纠纷的调解等场面，无不具有浓郁的乡土气息和地域风情。其次是方言土语的大量使用。如"公安局来人把老汉老婆们架走了，也给了他处分。我说：'四个人。两个老汉，一个婆娘，婆娘怀里抱了个娃。'"这些土得掉渣的方言土语所承载的丰富民俗文化跟小说人物的性格特征以及情感心理密切关联。

《古炉》写出了乡土中国的独特"文革"史，乡村农民与革命结合，投身于革命疯狂中，革命的疯狂席卷和改变了乡村的伦理秩序，小说叙述微观具体，芜杂精细。2018年《山本》出版，继续了《秦腔》以来的乡土书写追求，叙事上有回归中国叙事传统的一面。

刘震云（1958— ）是新时期新写实小说的代表性作家，以写城市社会的单位系列和干部生活的官场系列著称。新世纪以来，他的小说《手机》和《我叫刘跃进》都被改编成电影和电视剧，影响很大。《一句顶一万句》和《我不是潘金莲》是两部侧重描写小人物精神世界的小说，表现生命的孤独感和存在的虚无感。

2009年出版的《一句顶一万句》是他这一时期圆熟的作品。小说主要写了两次寻找的故事，姥爷杨百顺和外孙牛爱国各自都特别想找到另一个人，目的就是想告诉他一句知心的话。为了找到这个"说得上话的人"，他们奔走，流浪，始终无法停息。作品通过表现人的孤立无援的精神状态，映现了民族心灵的某些侧面。小说的语言叙述很有特色，是一种说话体，即语言本色化，语句简洁洗练，却是连环套式的，否定之否定式的，像螺丝扣一样越拧越紧的句法。如"老裴打了老蔡一巴掌，老蔡又还了老裴一巴掌，同样是一巴掌，但后一巴掌，和前一巴掌，就不是一回事了。……老裴也是一时怒从心头起，从床上爬起来，拿起砍刀，就要杀人；但不是杀老蔡，而是要到镇上杀她娘家哥。也不是要杀他这个人，是要杀他讲的这些理；也不是要杀这些理，是要杀他的绕；绕来绕去，把老裴绕

---

① 贾平凹：《秦腔·后记》，作家出版社2005年版，第563页。

成了另一个人","说她去了北京,也不知是否真去了北京;就是去了北京,也不知是否仍在北京;北京大得很,也不知在北京的哪个角落",等等。

阎连科(1958—),河南嵩县人,20世纪80年代开始发表作品。在当代作家中,阎连科以创作题材大胆和创作主题争议多著称。阎连科的小说创造了耙耧山区这一独特的乡村地图,书写苦难和自然风景成为他小说的固定主题。新世纪以来发表《坚硬如水》《受活》《风雅颂》等小说。

《受活》(2004)的故事发生在耙耧山区的受活庄。小说重点刻画了两个人,一个是战场负伤流落到此的红四军女战士茅枝婆,在她的带领下,受活庄成立了互助组,后又加入了合作社,过上了天堂般的日子,然而好景不长,受活庄遭遇到了一连串的灾难,于是,她又开始了一生退社的努力。另一个是双槐县的现任县长——柳鹰雀。他的目标就是要在短期内使双槐县脱贫,从而使自己早日成为有着卓越政绩的伟人。他要在家乡建立列宁纪念堂,用重金购买列宁的遗体以带动全县旅游产业及其他产业发展。为了筹措资金,他把受活庄有一门绝技的残疾人组成绝术团到处巡回演出赚钱。《受活》被称为中国的《百年孤独》,这个荒诞不经的故事真实地表达了处于边远山区的受活庄进入现代的复杂性和曲折性,隐喻了中国社会和民族。阎连科自称他的创作是"狂想现实主义"的一次探索,小说情节奇诡荒诞,形式结构富有创新性,并着力开掘了方言的表现力。

《风雅颂》是一部知识分子题材的小说,小说通过一个看似荒诞不经的故事,揭露了我国高等院校官僚化、体制化和等级化的触目惊心的现实,掀开了长期隐蔽在现行高校体制中的扭曲、肮脏、虚假、混乱、残忍等阴暗的一面。《风雅颂》构思奇特。这部知识分子题材的小说依然联系着阎连科耙耧山区这一文学地图。主人公是耙耧山区的一个普通农家子弟,凭着自己的聪明勤奋走出了老家,但最后因扭曲的现实,不得不逃回老家。而他的家乡正是《诗经》中众多农事诗和情爱诗的产生地。这一出走—漂泊—回乡的叙述模式,象征了知识分子漂泊无依的心态,寻找失落的精神家园的过程,以及重建精神堡垒和灵魂归宿的意义。

铁凝(1957—)在新世纪的两部长篇小说《大浴女》和《笨花》都是分量很重的作品。《大浴女》(2000)表达了对人类爱情、婚姻与性的观念,以及对于女性成长和命运的思考。所谓"大浴女",重心并不在女,而在"浴"或"大浴"——"上下若浴",指一种在动荡变迁中人被塑造的生动过程。《笨花》(2006)为我们讲述了一部冀中平原的历史传奇。笨花和洋花可以说是两种不同的文化心灵的象征,即本土文化和西方文化。由此,小说所关注的主题就是在现代西方强势文化冲击下的本土文化的因应和转换。小说以乡土叙事为模式,但其对主体性的强调,对日常生活意义的关注和发现超越了现代文学的传统乡土叙事。

苏童、格非和余华都是新时期先锋小说的代表性作家。新世纪以来,苏童创作了《碧奴》《河岸》和《黄雀记》等作品。《河岸》讲述了一个关于信仰、生存和成长的故事。河与岸是小说中两个重要的意象,这是一部和河与岸有关的小说。小说在对四个人物的河里岸上生命旅程的反复叙述之中,表达了对历史和人生的深刻思考。《黄雀记》曾获茅盾文学奖,小说延续了苏童香椿树街系列的风格,讲述20世纪80年代发生的一起青少年强奸案,呈现了三个人物不同的道路和命运。小说具有鲜明的空间叙事特色,在文本显在的圆圈式表层建构的内部，蕴含了历史空间和现实空间的隐喻性对话以及作家对接连遭遇权力、物欲的洗礼而全面异化的一代失魂人的人文关怀①。王德威说，苏童的小说总是描写"变调的历史，残酷的青春，父子的僵局，性的诱惑，难以言说的罪，还有无休止的放逐和逃亡等"②。《河岸》如此，《黄雀记》亦如此。

格非（1964—　）在新世纪创作了《人面桃花》《山河入梦》和《春尽江南》三部连续性的长篇，思考并描写了一百年来中国社会、历史、知识分子等问题，在主题、语言形式等方面都体现了回归传统精英文学的倾向。《人面桃花》以清末民初的中国历史为背景，讲述了一个名叫秀米的女性与革命党人张季元的情感纠葛，革命、乌托邦、爱情与女性成长的故事娓娓道来。小说的笔调从容而精致，体现出对传统叙事的回归。《山河入梦》写的是20世纪五六十年代知识分子的梦想和社会实践，《春尽江南》描述的则是当下中国的精神现实，讲述了变革时代知识分子心灵受到的冲击和产生的精神裂变。短篇《戒指花》最初系应法国"两仪文舍"项目邀请而作，在巴黎有过一次作家、学者和翻译家参加的研讨。格非原以《迷舟》《褐色鸟群》等先锋探索名世，《戒指花》显示他的先锋思考已将《追忆乌攸先生》的迷宫叙事糅合了对现实与生活常态的思考，先锋探索精神仍在，而他的思绪则"通过个体对存在本身独特的思考去关注那些为社会主体现实所忽略了的存在"③。《戒指花》是一篇"目击者提供证据体"写作，通过报社记者丁小曼的一次采访经历，把社会底层沉痛的生活悲剧暴露在读者面前：一个小男孩在丧母之后不久，其父又因肝癌晚期，无法承受生活的双重打击而选择上吊自杀。记者所耳闻目击的一系列阴暗虚假社会事件与主角故事的推进形成复调叙述。2016年出版的长篇小说《望春风》以江南古村儒里赵村自新中国成立前后到新世纪初的历史变迁为背景，写出了乡村的死亡，反思了国民性批判的主题，传达了知识分子的悲剧宿命。

毕飞宇（1964—　）新世纪以来有中篇代表作《青衣》和《玉米》，长篇小说《平原》和《推拿》。毕飞宇小说关注权力和人性之间的冲突，刻画现代人生的悲剧。

《青衣》（2000）写一个叫筱燕秋的青衣演员的悲剧人生。她被赶下舞台20年，在人生的不甘和时光的残酷流逝中经受着平淡日子的煎熬。当她企图抓住最后的机会释放自己时，却又在被时光抛弃的悲凉心态中崩溃、疯狂。小说突出的艺术特点有二。其一，细腻而深刻的心理刻画。筱燕秋的心理特点表现为艺术的尊严、女性的自我荣誉与女性的虚荣、嫉妒并存，以生命的挣扎践行人生一搏。20年后，在尊严、荣誉与虚荣心的驱使下，她不惜牺牲生命、尊严和人格，换来再一次登台的机会，可是，时光的流逝使得她再一次败在徒弟春来的青春和艺术之下。小说以理解和怜悯的笔调，多侧面、立体地揭示了筱燕秋性格悲剧和命运悲剧的人生过程。在某种意义上，三个女人的残酷命运关系构成互文表达，筱燕秋就是"嫦娥"，就是"李雪芬"，就是"春来"，她们是不同的人，又是同一个人，她们是真实的、个体的，又是虚幻的、一般的，正是通过这种表达方式的朦胧性和普泛性，小说赋予了这种人生的疼痛与无奈以普遍性的意义。

---

① 姬志海：《论〈黄雀记〉的空间叙事和异化主题》，《当代文坛》2016年第2期。
② 王德威：《河与岸——苏童的〈河岸〉》，《当代作家评论》2010年第1期。
③ 格非：《小说艺术面面观》，江苏文艺出版社1995年版。

其二，独特的叙述方式。毕飞宇感觉敏锐，笔触细腻，他的小说通过日常的生活场景和生活细节叙述，细腻地表现女性人物，展开冲突。他以女性主人公的视点为叙述视角和观察点，采用细节化、意象化和意境化的手法，创造了客观化、自然化叙述的抒情诗效果。筱燕秋最后的精神崩溃，就是通过雪中唱歌的意象来表现的："筱燕秋穿着一身薄薄的戏装走进了风雪。她来到剧场的大门口，站在了路灯的下面。筱燕秋看了大雪中的马路一眼，自己给自己数起了板眼，同时舞动起手中的竹笛。她开始了唱，她唱的依旧是二簧慢板转原板转流水转高腔。雪花在飞舞，剧场的门口突然围上来许多人，突然堵住了许多车。人越来越多，车越来越挤，但没有一点声音。围上来的人和车就像是被风吹过来的，就像是雪花那样无声地降落下来的。筱燕秋旁若无人，剧场内爆发出又一阵喝彩声。筱燕秋边舞边唱，这时候有人发现了一些异样，他们从筱燕秋的裤管上看到了液滴在往下淌。液滴在灯光下面是黑色的，它们落在了雪地上，变成一个又一个黑色窟窿。"作家以哀悯之笔细腻地刻画了一位女性艺人的人生与心灵的悲剧。

由于中国特殊的原因（农业国，现当代作家大都来自农村），中国现当代小说史基本是一部农村小说史，刻画艺人生活的小说极其罕见，在《青衣》之前，唯有一部《秋海棠》是表现艺人生活的，还被新文学阵营斥为"鸳鸯蝴蝶派"。《青衣》表现艺人筱燕秋为艺术献身的精神和悲剧结局，是对女性命运挣扎与心灵情感的悲歌。艺术被寓为女性，女性与艺术同寓意象征。筱燕秋奉献挣扎的悲剧，象征了传统艺术在现实时代的悲剧性境遇。《青衣》是献给现代性社会中传统艺术的一曲悼歌。这部小说在中国现当代小说史中具有特殊意义。

《玉米》剖析的是权力与人性的关系。小说有《玉米》《玉秀》《玉秧》三部分，看似相连成整体，也可视为三个独立的中篇，分别写了三个农村年轻女性的生活和爱情。玉米是老大，老二玉秀，老三玉秧。三个女孩的父亲王连方是王家庄的党支部书记，当地土皇帝一类的人物，跺跺脚王家庄就要摇一摇。王连方与村里的许多女人有染，因为睡了一个军属，被免职，从此落魄。起初玉米是强大的，富有生命活力。当突如其来的家庭变故与个人不幸降临，她恐惧了，颤栗了，迅速选择了与权力媾和，以弥补父亲带给家庭的耻辱。玉米的生命是卑贱的，她只能靠在床上取悦那位革委会主任，努力地生一个儿子，以期得到人生的可怜地位。小说最沉痛的地方，是结尾时玉米不得不殉葬自己的青春，选择了以命运向权力屈服的悲剧结局。导致中国乡村女性这一悲剧命运的原因在于乡村政治、伦理道德和男权意识的控制，在巨大而空洞的权力伦理统治下，女性不得不承受生存的局促、情爱的空虚和身心的不幸。女性把自我的异化当作人生的常理，从玉米那激越的挣扎和惨烈的幻灭中作家挖掘了人的痛苦与人的勇气、悲怆和尊严，表现了作家批判与悲悯交融的人文思想。

《平原》是毕飞宇的第一部长篇小说。主人公端方在政治环境下的悲剧命运，是"文革"政治权力对人性的压抑、扭曲和异化的结果，表达了作者对"文革"政治权力的深入反思。

长篇小说《推拿》获2011年第八届茅盾文学奖，这是一部以盲人群体为表现对象的作品，小说描述了一群盲人按摩师独特的生活内容和内心世界，写出了残疾人的快乐、忧伤、爱情、欲望、性、野心、狂想、颓唐，打破了人们对残疾人的一般认知。

《推拿》一共21章，每章都以人物命名，塑造了一组性格丰富的盲人群像，如王大夫、沙复明、小马、都红、小孔等。王大夫执着的性格体现在爱情和事业两个方面，他为了爱情，执着地以自己的专业、积蓄和小孔结婚，执着地筹集让小孔有朝一日成为老板娘的资本。在解决弟弟欠下的赌债时，他也表现了执着的另一面——为了维护自己辛苦挣来的两万五千块钱，他不惜用刀在自己身上划，说"这钱我不给你们了，这账我不能赖，我就给你们血""清账"。人物的性格构成了情节展开和故事叙述的巨大张力。如王大夫执着地想要筹资开一家属于自己的推拿店，才有了他投资股票的失败，以及他和小孔从深圳到南京的回归。

小说的主题是对于人类尊严的关注和思考。在正常人眼里，盲人是社会结构中的边缘人群和特殊人群，属于残疾人。主流社会的所谓正常人、健全人觉得，只有把残疾人当残疾人，才能体现对残疾人的尊重，但悖论在于，如果时时处处都把残疾人当作一个特殊的群体，无疑等于总是在强调他们的低人一等。这与其说是照顾他们，不如说是在剥夺他们的自尊，忽略、遮蔽乃至轻视他们作为人的尊严。小说对这一问题的思考，表现为它书写了盲人对尊严的感受和渴望，并思考了多种表现盲人尊严的方式。

小说突出的语言特点体现在比喻的运用上。小说使用比喻的方式多样，但均具有浓郁的生活气息，如"对王大夫来说，前厅和推拿房的分别，就如同屁股蛋子左侧和右侧，表面上没有任何区别，可中间隔着好大的一条沟呢"，"在爱情面前，泰来是一个农夫，怯懦，笨拙，木讷，死心眼……金嫣决意要做农夫怀里的一条蛇。当然，不是毒蛇，是水蛇，是一条小小的、七拐八弯的水蛇。是蛇就要咬人。她可是要咬人的。她的爱永远都要长着牙齿的"。

李洱（1966—　）是新世纪有代表性的作家，以叙写当下知识分子的生存困境见长。他站在知识分子的批判立场，对消费时代知识分子的日常生活进行了细致刻画，对他们的生存困境进行了探讨，是对知识分子的传统伦理叙事的突破。其主要作品有《花腔》《石榴树上结樱桃》《应物兄》等。

新世纪的先锋小说和新历史小说数量有限，但也取得了一些引人注目的成就，如李洱的《花腔》，被称为新世纪新历史小说的范本。小说围绕着革命者葛任的生死之谜，三位当事人——医生白圣韬、人犯赵耀庆和著名法学家范继槐从不同的角度分别进行了叙述。由于三个人的不同身份，从叙述修辞角度可以分为知识分子叙事、平民叙事、庙堂叙事三类，小说文本形成了多重叙事视角和话语复调的特点。三个文本互相阐释，又互相消解，再加上作者的历史陈述、调查求证，"真实"变得扑朔迷离，它迫使读者不断寻找其他文本作为参照。而不同人物彼此相互矛盾的观点使"历史"呈现出前所未有的复杂景观和开放性。小说注重形式探索和文本实验，被认为建构了一种新的小说诗学。

《石榴树上结樱桃》讲述了一个中国乡村的选举故事，透过这个中国乡村社会的"民主"故事，解剖了乡村的深层权力结构，揭露了人的信仰危机、社会的诚信危机和政治文化生态的畸变，写出了中国人的生存和命运。小说塑造了现任官庄村主任孔繁花这个丰满的人物形象，其性格的复杂与单纯的统一结合得恰到好处。小说叙事客观冷静为其特色。

2018年出版的《应物兄》反响强烈，有人称"在汉语长篇叙事艺术和知识分子书写这两个方面，《应物兄》已挪动了现代中国文学地图的坐标"，有人把它比作"我们这个时代的《围城》"①。全书近百万字，故事以济州大学筹办儒学研究院为线索展开，著名教授应物兄具体联络操办此事，主人公游走于政、商、学、媒诸界乃至市井庙宇，由此衍生出当代知识分子众生相，展开了一出全球化时代的知识悲喜剧。

金宇澄（1952— ）的《繁花》（2012）是一部以吴语写作的有关上海和上海人的小说，小说描写了20世纪60年代和90年代两个时段的上海城市故事，贯穿着几位主人公的成长过程和个人经历。

小说的叙事结构中，60年代的青涩少年与90年代的声色犬马各构成一条线索。两个时空频繁交替，幻象迭生，又齐头并进，幻化出上海的迷幻风貌。精致的嘲讽，酷烈的漫画，流淌着上海的时尚、风华与岁月。在全书的前28章中，凡单数章，叙述的都是60年代的故事，各章的题号为繁体字；凡偶数章，叙述的都是90年代的故事，是另一条线索，各章的题号为简体字。到后三章，两个时间段落和两条叙事线索才完全会合。繁、简字体的交叉使用，使过去和现在形成对照，透露出作家对不同时代的不同感情态度和不同理解，本身就含隐喻意义。《繁花》的长篇叙述结构是受到2007年诺贝尔文学奖得主多丽丝·莱辛的启发，莱辛的长篇小说《金色笔记》以黑、红、黄、蓝四种颜色的笔记本分别展开主人公的不同人生历程和心理，这种组合模式重复了四次，然后才是金色笔记。

在《繁花》两条线索的展开中，是贯穿性人物阿宝、沪生和小毛的活动轨迹。这些贯穿性人物的身份都具有代表性，其中阿宝出身资本家阶层，沪生出身革命干部家庭，小毛出身工人阶级，他们代表了上海市民生活中各种不同的文化背景。这种身份反过来又和叙事年代形成一定的对应关系，成为折射时代精神的符号。同时，他们还负有为其他各种不同社会阶层和身份的阶段性人物的出现提供资源和契机的作用，进而引出不同社会阶层的上海社会众生相和万花筒一般的绚烂世界。

小说在叙述60年代的上海生活时，几乎可以找到有形的地图对应，如上海具体的街区、马路、弄堂、石库门房子，其中尤以弄堂为主。这种热衷于地理空间的写法使得小说带有强烈的纪实性企图，容易唤起人们对一个时代的记忆和历史空间的向往。90年代的上海则是另外一副面貌，小说的叙事动力依赖一场又一场的宴会。通过这些大大小小的聚会吃喝，刻画了上海市民阶层各种隐秘的心理和纠葛。

作家退回到传统说书人的角色，将传统评书体说故事的艺术发挥到极致，大故事套小故事，一个故事勾连起另一个故事。《繁花》新旧交错，雅俗同体，经由作者的讲述，一衣一饭的琐屑皆有了情致，市井与俗世的庸常亦隐含着意义。全书充斥着人物的对话和闲聊，渗透着上海方言神韵。大量使用短句，多为三至七言，基本不用"的"字。这种喋喋不休的叙述句式和话语口气，呈现出生活性和破碎性的叙述色彩。

以新写实主义成名的方方，2016年推出小说《软埋》。小说以回溯的结构追叙19世纪土地改革中一个惊心动魄的故事，追叙式结构完成了对土改历史的书写。而当丁子桃的儿子青林终于发现蛛丝马迹并试图寻找事实真相时，小说又以侦探式笔法进入对历史的打捞之中。在真相就要水落石出时，青林却选择了抽身而退。他没有让自己与父母的历史照面，而是任其擦肩而过，随风飘散。而随着知情者的相继离世，那段历史也成为一个

---

① 转引自李音：《加缪有"局外人"，李洱有"应物兄"》，《深圳特区报》2019年3月2日。

黑洞。

方方写《软埋》，这种直面与追问既显出一种紧迫与冷峻，又带着一种苍凉、悲悯和"了解之同情"，小说因此具有了历史穿透性和美学丰富性。这部作品也受到了批评。有人批评其存在历史虚无主义倾向，否定中国土地革命的合理性，为被推翻的地主阶级鸣冤。

第三节 莫　　言

90年代以来，莫言的创作更趋于自觉。从题材到语言，从实际生活到传奇故事，从艺术观念到创作手法，他的小说都表现出民族特色与新锐的现代艺术的融合。

首先，莫言的小说站立当下，植根农村，在叙述人的追述中以奇异的想象空间来展示生动的生命图景。

每个人心中都有一片难用是非善恶准确定性的朦胧地带，而这片地带，正是文学家施展才华的广阔天地，只要是准确地、生动地描写了这个充满矛盾的朦胧地带的作品，也就必然地超越了政治并具备了优秀文学的品质。

——莫言

从早期的《透明的红萝卜》《红高粱》《红蝗》《秋风》《白狗秋千架》，到1990年以来的《丰乳肥臀》（1995）、《檀香刑》（2001）、《生死疲劳》（2006）直至《蛙》（2009），都是以莫言故乡的风土人情、生老病死、悲欢离合、奇异传说为底色，涂抹出色彩斑斓的乡土中国图景。在莫言这里，乡村生活是与生俱来、物我同在、血肉相连的东西，而不是作家以猎奇者的身份在一个异己的空间里寻觅的珍奇。莫言在不同的场合都强调过，他的写作立场不是"为老百姓的写作"，而是"作为老百姓写作"①，其基本的含义就在于他的写作植根于农村生活。他在《天堂蒜薹之歌》第二版序言中写道："其实也没有想到要替农民说话，因为我本身就是农民。现实生活中发生的蒜薹事件，只不过是一根导火索，引爆了我心中郁积日久的激情。……但当我拿起笔来，家乡的父老乡亲便争先恐后地挤进了蒜薹事件，扮演了他们各自最合适扮演的角色。"② 莫言小说中的人物总是与土地有割舍不断的联系，从自然中获取精神的支撑，艰难而坚强地活着，无论是《红高粱》中的"我爷爷""我奶奶"，还是《生死疲劳》中的西门闹、蓝脸；无论是《丰乳肥臀》中的母亲、鸟仙，还是《天堂蒜薹之歌》中的高羊、金菊……他们的生死爱欲、梦想与绝望，都是绚丽多彩的土地上绽放的生命之花。《丰乳肥臀》中，母亲被败兵轮奸后想到过死，但她看到蓝蓝的天空，看到四周的生生不息，终于从绝望的边缘走开。就当时而言，活下来比

---

① 莫言：《莫言文集·小说的气味》，当代世界出版社2004年版，第123页。
② 莫言：《天堂蒜薹之歌·自序》，南海出版公司2005年版。

死去需要更大的勇气,那来自大地的力量、启迪和召唤是母亲内心深处强大的精神支撑。

莫言处理乡村生活题材所采取的基本策略是叙述者的回忆。在莫言这里,回忆作为一个充满了主体选择和情感态度的叙述,意味着对"现在"的生命状态的失望驱使他在过去寻找生命的辉煌,显露出叙述主体对精神匮乏和生命委顿的现实的强烈感应。就像《红高粱》中已经显示出来的那样,以追忆的姿态讲述的故事,被放在一个过去的时空里,它强烈地映照着叙述者立足的当下时空。这一包含着现在与过去对应或对立关系的叙述姿态,在《丰乳肥臀》中体现为上官金童的视角对大半故事的呈现,在《蛙》中是身为作家的"我"(笔名"蝌蚪")在对日常生活的描述中不断溯及过去,围绕着姑姑的经历展开的叙事。即便是《天堂蒜薹之歌》这样取自现实的题材,莫言在小说中也引入了瞎子张的演唱作为故事展开的一个重要视角,凸显其作为已经发生的故事的讲述性质,与通过报纸社论讲述和通过叙述者描述之间形成富有张力的结构。特别值得注意的是,莫言在《生死疲劳》中让在土改时被枪毙的地主西门闹回顾50年间的历史。西门闹认为自己虽有财富,并无罪恶,因此在阴间为自己喊冤。在小说中他不断地经历着六道轮回,一世为驴、一世为牛、一世为猪、一世为狗、一世为猴……每次转世为不同的动物,都未离开他的家族,未离开这块土地,从而将中国农村社会变迁的广袤而深长的图景收纳其间,最后也落在了乡村的城镇化这一切近的现实中。

莫言早年也写过《春雨霏霏》这样相对纯净的作品,很得孙犁的白洋淀派风格的韵味,但是不久,莫言从马尔克斯的魔幻现实主义那里获得启发,写出了《金发婴儿》这样带有魔幻色彩的作品。经过进一步的探索,莫言悟出魔幻现实主义给他带来的不应该仅仅是魔幻的形式,更应该激活他对故乡民间文学资源和文学传统的调用,发现真正属于自己的文学世界和语言风格。于是,乡村的一草一木、晨昏起居,乡村生活的常识和细节,狐鬼神仙的故事,六道轮回与转世的传说,乡村流行的戏曲,古代章回小说的构架……所有这些都极为本色地出现在莫言的小说中,并且帮助他找到了自己的语言风格。"这种语言风格并不是突然就出现了,原来它就跟个人气质有关系。当年我在农村的时候,跟那些没有文化、不识字但出口成章、胡言乱语、编顺口溜的人接触比较多,耍贫嘴耍得比较厉害,当我获得了我自己的语言时,感到非常自由。"[1] 也就是说莫言的语言风格与他对农村生活题材的书写同根同源。

其次,莫言的小说创作致力于叙事艺术的探索,实现了充满现实感的奇幻想象与充满现代感的传统叙事的巧妙融合。

莫言的红高粱家族显示了他对单一的线性故事叙述方式的放弃,狂放不羁的语言,放纵无拘的想象,四通八达的感觉,无不表现出对传统叙事方式的颠覆,对更为自由、更为强烈的艺术表现力的追求。红高粱之后,他的第一个长篇小说《酒国》更是一次叙事的实验和冒险。它讲述的故事是:省人民检察院的特级侦察员丁钩儿奉

---

[1] 林舟(陈霖):《莫言——心灵的游历与归途》,《生命的摆渡——中国当代作家访谈录》,海天出版社1998年版,第205页。

命到酒国市去调查一个特殊的案子——酒国市的官员吃掉了无数婴儿。但到酒国市的人没有能经得起诱惑的,丁钩儿虽不断提醒自己不喝酒,最后却醉酒淹死在茅厕里。但这远不是一个耸人听闻的反腐故事。与上述故事同时进行的是一个酿酒博士李一斗作为业余作者不断给作家"我"寄来他写的小说,这些小说几乎将整个20世纪中国各种各样小说,从鲁迅的《狂人日记》到金庸的武侠小说,再到魔幻小说、先锋小说之类都戏仿了一遍,充满了各种各样的反讽和悖谬,而小说中的描述在很大程度上跟前面的故事又高度重合,最后酒博士的小说跟《酒国》里的小说合为一体。随后,莫言又在长篇小说《十三步》中对小说的视角变化进行了实验。中学物理教师方富贵累死后,由于得给王副市长让路整容,被塞进冰柜,居然又荒诞离奇地复活了。小说由这样荒诞的情节开始,却被各种眼花缭乱的叙事视角打断,又被任意组合,留下一团乱麻,让读者难以理清来龙去脉。小说由此杜绝了传统的载道式的表达,而呈现出意义的不确定性、多义性和开放性。

  莫言小说的上述探索无疑秉持了80年代中国先锋文学的精神品格,但是莫言没有止于此。在《檀香刑》问世前的两年时间里,他发表了12个短篇小说和5个中篇小说,如《拇指铐》《司令的女人》《七叔的故事》《师傅越来越幽默》等,看起来完全没有先锋小说的叙述方式,而回归中国传统文学。但其中的意蕴非传统小说所能传达。如1998年发表的小说《拇指铐》,讲述一个孩子给母亲抓药回来的路上受到的挫折:他被人捆到树上,没有人解救他,孩子为了早点儿回家给母亲治病,结果把两个大拇指咬断了,挣扎着回到他温暖的小屋,回到母亲温暖的怀抱。故事写得本色,少了早年的魔幻色彩,但是文化寓言的意味依然浓烈,因为它的讲述将感觉与象征融为一体。因此,这些看起来很传统的中短篇小说,并不意味着莫言对小说艺术形式探索的放弃,恰恰相反,它们为莫言随后推出的《檀香刑》做好了准备。

  《檀香刑》同样采取了表面上倒退的策略:传统章回小说与民间说唱艺术成为小说最直接的外观形态。就故事而言,它将爱情故事缝合在重大社会事件之中,再现了清末山东半岛发生的民间反殖民的斗争。带头领导这次反殖民斗争的民间艺人孙丙最终被施以檀香刑,施刑的主线贯穿了中国王朝政治没落中的诸多惊心动魄的事件。但是,进入故事的叙述层面,人们立刻会发现,这是极具现代感的小说。其多视角的描述,形成了叙事声音的多声部,夸张变形而又精确的语言,洋溢着拥抱并融化惨烈人生的喜剧精神和狂欢气息,是莫言式的酒神欢乐又一次地爆炸。《檀香刑》之后的《四十一炮》,则通过身体已经长得很大、精神心理却仍旧停留在少年时代的主人公罗小通狂欢化的诉说,通过一个老和尚的传奇人生,在实和虚的场景之间不断变换、扑朔迷离、曲折迂回,在揭示出人性裂变的同时,写出人的伦理迷茫。

  这些探索表现出莫言致力于民族特色与现代小说的打通与融合,而这种打通与融合在《生死疲劳》中达到了出神入化的境地。《生死疲劳》秉承着中国古典小说和民间叙事的传统,以六道轮回这一东方式的想象串联起半个世纪的人间活剧,驴、牛、猪、狗、猴是西门闹逐次转世的化身,通过这些动物的声音和感受描述各自的经历,杂以各自前世在人间生活的情绪与见闻。更重要的是,这些动物的各自不同视角的讲述,实际上也是对人的观察,对人世间各种艰辛的描述。它们与不同人物的视角下的讲述互为表里，互相激发，互相补充。这样的视角设置避免了对半个世纪中国农村变化的常规描述，也就拒绝了已有的话语方式对这段历史的界定，从而写出了农民对生命和土地无比执着的悲歌。另一方面，小说中作为作者与个人的局限不断受到嘲笑，不时地提醒读者小说中的人物莫言不可信，诸如"莫言从来就不是一个好农民"，"他太会忽悠"这类表达随处可见。这种极具间离色彩的叙事，拉开了叙述者与故事的距离，也唤醒读者的理性眼光，并以这眼光掠过故事半个多世纪的恩恩怨怨，审视其间的人性悲喜剧。大头儿及各种动物的视角与蓝解放、莫言三者构成了多重关系，既有对立，也有对话，既彼此消解，又互相补充，莫言的出现及所谓莫言的小说，形成虚构中的虚构，为故事提供似是而非的阐释，以此增加小说的多义性。可以说，《生死疲劳》中传统的故事形式与强烈的现代叙事意识，高度统一于对人的存在的重新审视与发现这一富有现代感的主题之中。

富有现代感的主题在《蛙》中则以作家万足（也就是笔名为蝌蚪的第一人称叙述人"我"）返乡的视角体现出来。《蛙》延续了莫言对小说结构、叙述语言等方面的执着探索。结构上由剧作家蝌蚪写给日本作家杉谷义人的五封信构成。前四封信附有关于当了50多年妇科医生的姑姑的长篇叙事，其间穿插蝌蚪本人的故事；第五封信则附有一部关于姑姑和蝌蚪自己的话剧。于是形成了将书信、元小说叙事和话剧糅为一体的结构，拓展了小说叙事的表现空间。在叙事声音上，与莫言以往各部长篇小说不同的是，第一人称叙事人不仅掌控着叙事的推进，而且作为重要的人物，用以己入罪的方式，承担了书写罪感和渴望救赎的表意功能，加强了作品的反思性品质。

再次，莫言的小说开掘了人性深处尖锐的戏剧冲突，揭示人性的复杂，展现人性的光辉，并以此构筑起对人的存在的深层隐喻。

在莫言的小说中，历史往往不过是一道虚拟的背景，乡土社会也不过是为操演各种人生搭建的舞台，它们关注的主题只有一个，那就是人性的真相。如果说，莫言在80年代所有乡村题材的小说叙述中，以一种酒神精神赋予他的故事主人公们浪漫的气息、原始的生命力，从而发出人性深处的歌哭与呼喊，那么，在90年代以后的小说叙事里，莫言则对人性的全部复杂性进行了不倦的勘探。在这种探索中，一个值得注意的问题是，莫言的叙事表层可以直观到的故事，往往构成对不可思议、超出经验把握的人性存在的隐喻。譬如他的中篇小说《怀抱鲜花的女人》采取了通俗小说中艳情的路数，不乏荒诞、传奇的色彩，但它揭示的是人在欲望驱使下的追求和被这种欲望占据与控制，人的理性和社会规范与人的自然、淳朴的本能和欲望之间尖锐的冲突。

莫言很多小说的叙事都具有这种象征性和隐喻色彩，超越故事的表层，构成透视人性存在的窗口。他的长篇小说《丰乳肥臀》即是以不无夸张的笔墨塑造了一个母亲的形象，而其传达的意味却超越于任何具体的母亲的形象。全书是从1937年母亲生最后两个孩子写起，一直写到她的去世。小说第七章则是对母亲的生命全过程的回顾，是一种颂诗般的总结。这个母亲集中了中国传统的母亲身上所有的美德：忍辱负重、坚忍不拔、不屈不挠。她经受了所有能够经历的痛苦和灾难：养育、饥饿、战争、病痛、动乱、强暴，等等。如此树立的高大、完美、令人尊敬的母亲形象，也充满了颠覆性：她拒绝伦理的框范，反抗命运的安排，追求情感的自由，向往生命的完满。所有这些与其作为母亲的形象不无冲突，以至于有人认为是对母亲形象的亵渎，而这其实丝毫无损于母性的光辉和生命的光芒。因为这个母亲的形象超越了具体的存在，而抽象为生命力与母性的礼赞和对自然的敬意，强调了生命的创造之于人类和宇宙的价值和意义。

然而吊诡的是，《丰乳肥臀》的主要叙事者上官金童作为一个男性，面对母亲等具有反叛精神、坚忍不拔的女性，表现出无所事事、懦弱疲软的特性，他对母乳的绝对依恋成为这一特性的象征。而这一特性更多地体现于作品后面描述城市生活的章节，显示出作家对现代城市的一种担忧：物质欲望的膨胀似乎与生命力的衰微同步，文明的代价是人对自然、对土地的疏离。这样的倾向几乎成为莫言小说涉笔城市时的一种固置，《生死疲劳》的最后对城市生活的描写，不仅匆忙，而且也包含着一定程度的道德偏见。与此形成对比的是，《生死疲劳》更多着墨于农村生活时，其对人性深处的温暖、对土地的热爱、对生命的执着的表现，成为小说叙事的内在动力。当转世为人的"大头儿"最后说"我的故事，从1950年1月1日那天讲起"时，我们感受到人与土地、生与死、苦难与慈悲的生生不息，从虚构的故事空间流入心灵深处，人的苦难经验化为倾诉与歌哭，抒写了生命的庄严、宁静、祥和与尊严。

莫言以他追求极致的叙述，将人性的拷问与观察置于极端的经验甚至超验之中。在《檀香刑》中，残酷的凌迟与檀香刑的描绘令一般人的心理难以承受，作家不啻是让他的人物在尖利的锋刃上展示各自的人生，令每一个人物成为一种灵魂的符号；猫腔则作为抑制不住的歌唱、一种欢乐的生活形态、一种超然于具体的悲欢之上的想象，让逼仄的人性展示有了一个舒展的空间。钱丁在为官之道与良心自省之间的焦灼不安与平衡的努力，揭示出一种萎缩、残弱的生命状态；孙丙作为一个民间艺人的盲目反抗或许难以称之为英雄，但是他对人的尊严的维护，他视遭受檀香刑为人生的一出大戏，表现出人性的庄严气概；孙丙的女儿眉娘，在市井媚俗之间却显示出为自由而抗争的不屈，她一厢情愿的"爱情"追求，也未必不是超越时空的世俗象征。

《蛙》则围绕着生命过程中的种种矛盾，揭示了人心与人性的复杂微妙、身不由己的状态。其中姑姑的形象最为鲜明地展示了人性的矛盾和复杂性。姑姑的父亲是八路军的军医，在胶东一带名气很大。姑姑继承了父亲的医术，将现代科学带入乡村社会，推行新法接生，很快取代了老娘婆们在妇女们心中的地位，用新法接生了一个又一个婴儿。在此过程中，她战胜了阶级之类观念的羁绊，不管哪个阵营，只要有孩子出生就接，因为生命高于一切。姑姑接生的婴儿遍布高密东北乡，可丧生于姑姑之手的未及出世的婴儿也遍布高密东北乡。在推行计划生育政策的时候，姑姑面临的两件大事是给已经生育的男人结扎，让已经生育的怀孕妇女流产。这时候，生命的位置在哪里？姑姑为此深陷焦灼之中，为了政治正确，她又毫不犹豫地投入扼杀生命的工作。这时候，姑姑在乡亲们心目中成为魔鬼似的人物，但姑姑毫不动摇，对亲戚邻居也不手软。为此，侄儿蝌蚪的妻子王仁美因流产丧生手术台，村里的王胆因被姑姑紧追不舍，在木筏上生下孩子后大出血死去。为了计划生育将无数"娃"阻挡在人世大门之外的姑姑，在宣布退休的那个晚上喝醉了，回家路上，误入一片洼地，被无数青蛙包围、袭击。这时候，蛙和娃，通过姑姑的幻觉，打通了内部联系。在万分危急之中，姑姑狼狈万分地跑到桥上，遇上了郝大手。步入中年的姑姑跟专捏泥娃娃的手工艺人郝大手结婚，是某种意义上的忏悔。没有生过孩子的47岁的姑姑，最终救下了一位超生妇女的孩子，这也让姑姑的形象与内心变得格外复杂……到了晚年，为了平息自己内心的冲突，姑姑用许多泥娃娃以祭奠那些曾经被她狂热毁掉的孩子们。

计划生育政策只是农村生育史的一个部分，但这一个部分关联着政治、经济、文化、传统、教育、道德等方面，在莫言的叙述中，无不构成了考量人性、思考生命的某种介质，它们弥散在日常生活的细节之中。也正因为如此，姑姑的人性中包含着乡土、民族、人类、党性与个性的汇聚、冲突，从而构成一个立体的人、复杂的人、真实的人的形象。前面也提到，这部小说的内省和反思的色彩非常突出，更为直接地呈现了人性的复杂和悲剧性的存在。譬如，"我"原本以为，写作可以是一种赎罪的方式，但剧本完成，心中的罪感不但没有消失，反而更加沉重："沾到手上的血，是不是永远也洗不干净呢？被罪感纠缠的灵魂，是不是永远也得不到解脱呢？"

2012年诺贝尔文学奖授予了中国文学家莫言。诺贝尔文学奖评委会的颁奖理由是他"用梦幻现实主义（hallucinatory realism）的写作手法，将民间故事、历史事件与当代背景融为一体"①。瑞典文学院诺贝尔文学奖委员会主席瓦斯特伯格在授奖词中称："莫言是个诗人，他扯下程式化的宣传画，使个人从茫茫无名大众中突出出来。他用嘲笑和讽刺的笔触，攻击历史和谬误以及贫乏和政治虚伪。他有技巧地揭露了人类最阴暗的一面，在不经意间给象征赋予了形象。高密东北乡体现了中国的民间故事和历史。在这些民间故事中，驴与猪的吵闹淹没了人的声音，爱与邪恶被赋予了超自然的能量。"莫言以他的创作实绩将中国文学和文化的传统融入当代中国文学书写，带入世界文学之林。

研 习 导 引

莫言获奖各家观

中国作家协会的贺词称："莫言一直身处中国文学探索和创造的前沿，作品深深扎根于乡土，从生活中汲取艺术灵感，从中华民族百年来的命运和奋斗中汲取思想力量，以奔放独特的民族风格，有力地拓展了中国文学的想象空间、思想深度和艺术境界。莫言的作品深受国内外广大读者喜爱，在中国当代文学史上占有重要地位。莫言的获奖，表明国际文坛对中国当代文学及作家的深切关注，表明中国文学所具有的世界意义。"

主流媒体评论家称："莫言获得诺贝尔文学奖，既是中国文学繁荣进步的体现，也是我国综合国力和国际影响力不断提升的体现。"

诺贝尔文学奖评委会的授奖词说：莫言的作品"用梦幻现实主义的写作手法，将民间故事、历史事件与当代背景融为一体"。瑞典文学院当天在新闻公报中说："从历史和社会的视角，莫言用现实和梦幻的融合，在作品中创造了一个令人联想的感观世界。"

莫言说："我获奖主要因为我作品的文学素质，我的文学表现了中国人民的生活，表现了中国独特的文化和民族的风情，同时我一直是站在人的角度上，立足于写'人'，我

---

① 在有关莫言获奖的报道中，中国媒体最初多以"魔幻现实主义"对译 hallucinatory realism，不够准确。

想这样的作品就超越了地区和种族的、族群的局限。"

第十四章专题讲座
吴义勤：关于新世纪文学研究 1—3
吴义勤：关于莫言
朱栋霖：莫言与诺贝尔文学奖 1—3
吴义勤：新生代小说研究 1—3

第十四章
拓展研读资料

第十五章　2000—2018年小说（二）

第一节　通俗小说

2000年以来中国通俗小说进入多元发展时期。官场小说、职场小说和商场小说是其中最具市场效应的，糅合了精英思考的打工文学、底层写作就其美学形态而言也可归于通俗小说，而青春写作则是新世纪大众文学最靓丽的风景。

20世纪90年代兴起的历史小说和官场小说进一步发展。历史小说从帝王争位描述转向了名臣的人生记录，代表作家和作品有唐浩明的《曾国藩》和熊召政的《张居正》。这两部小说除了写这两位人物在历史的关键时刻起了什么关键作用，还将他们置于历史的大环境中写他们的心路历程。因此小说既有激烈的矛盾冲突，又有了深厚的文化挖掘和人性展现。

官场小说同样如此，对官场腐败的揭露和批判固然力度不减，对官场生态和体制的思考使得身处其中的官员形象表现有了更多的人性空间。代表作家和作品有阎真的《沧浪之水》、王跃文的《苍黄》和王晓方的《驻京办主任》。

官场小说得名于王跃文的小说《国画》。新世纪以来，官场小说蔚为大观，成为文学一景。这些小说主要以官场和官员为对象，围绕官场的腐败和权力斗争，描写官员的生存状态，写出了一种官场文化现象和官员生存法则。官场小说之所以风行，一是它满足了读者的偷窥欲望。几千年来专制社会造成的政治不透明和官员神秘感催生了一种相当奇妙的阅读心态。二是迎合了当前社会的功利心态。受传统官本位社会意识的深刻影响，公务员成为求职热门，一些人将官场小说奉为求职指南、从政宝典和晋升守则，希望从官场故事和官场人物身上学习到从政经验，习练到官场心经。

新世纪官场小说的代表作者是王跃文（1962—　），湖南溆浦人，主要作品有《国画》《梅次故事》《亡魂鸟》《苍黄》等。《国画》出版于1999年，小说以朱怀镜的宦海沉浮为线索，描绘了荆都市的官场现实，刻画了一批处于权力中心或边缘的人物，对官场中的文化生态和游戏规则进行了传神写照。《苍黄》（2009）是王跃文最为圆熟的官场小说。小说写主人公李济运在官场文化的无形裹挟下身不由己的种种无奈，写出了人与环境、人与体制的深层矛盾，写出了生命的普遍状态。王跃文的小说深入刻画了官员的微妙心理状态，审视了官场的潜规则，描写细致入神，故事结构有致，节奏张弛有度，很有可读性。

阎真（1957— ），湖南长沙人，《沧浪之水》（2001）是阎真最负盛名的作品。小说写医药学研究生池大为由一名正直的青年，在权力和金钱的腐蚀下，一步步走向人格扭曲和精神堕落的过程，揭示了不合理的体制对人性的戕害。小说对人性堕落进行了一定的反思和拷问。阎真的小说具有一定的深度和反思色彩，但也有叙述不流畅的缺点。

王晓方（1963— ），辽宁沈阳人，主要作品有《驻京办主任》系列、《公务员笔记》《市长秘书》《致命漩涡》等。《驻京办主任》写出了人在官场身不由己的人生无奈和苍凉。《公务员笔记》详细地剖析了公务员的内心世界，揭示了人的灵魂世界、精神现实、思想困惑和心灵生态，写出了公务员在宦海浮沉的无奈命运，具有深刻的普泛意义。

其他官场小说还有肖仁福的《仕途》、晋原平的《权力场》、唐朝的《铁腕省长》等。而另外一些作家虽然也写官场人物和权力斗争，但他们主要从社会政治的角度写官场的正邪对立，人物的正反对照，在邪不压正和大团圆的斗争结局中表达作家对理想官员的期待和对理想社会的期许。这些创作属于主旋律小说，如张平、陆天明、周梅森的小说等。

职场小说指描述职场生活或经历的小说。职场小说在都市职业白领阶层规模化的大背景下诞生，它体现了职业白领阶层的特点与文化消费需求。随着就业压力增大，职场竞争日趋激烈，职场小说遂成为白领们的就业宝典和成功指南。职场小说在新世纪甫一出现即迅速流行，2006年王强的《圈子圈套》系列掀起职场小说热潮的序幕。2007年李可的《杜拉拉升职记》发行3个月，销量即超过百万册。2008年零因子的《无以言退》、崔曼莉的《浮沉》，2009年胡震生的《做单》、陆琪的《潜伏在办公室》、凌语嫣的《争锋》、杨众长的《人事总监》、张玎的《职场菜鸟升职记》等相继流行。当然，职场小说要想具有长久的生命力，不能仅仅依靠商业化背景下的实用、娱乐和巧合这些噱头。职场是人生的一个竞技场，职场小说必须写出人生的状态，具备心灵关怀的底蕴，刻画人性，传达健康的职场信念，写出人生智慧、人生态度和人生境界，才能进入一个较高的境界，才会有永久的艺术魅力。

《杜拉拉升职记》是一部写实性的职场小说。大学毕业生杜拉拉经历过民营企业中的性骚扰，经历过外企管理者的钩心斗角，经历过摆平难缠下属、与爱刁难人的平级的斗智斗勇，处理过爱情与事业的矛盾，最后获得了成功。小说试图用方法论的指导价值来吸引读者，如求职方法、升迁原则等，容易引发读者共鸣。

新世纪文学中，**军旅小说**成为了一个亮点。军旅小说从红色经典小说演化而来。与那些红色经典小说相比，新世纪的军旅小说更加注重人性表现，注重故事性和情节性。由于这类小说常常被改编为影视剧，所以影响很大。当代军旅小说作家较多，其中四位作家比较出色，他们是都梁、石钟山、徐贵祥、麦家。都梁（1954— ）的长篇小说《亮剑》（2000）是一部战争艺术和传奇色彩融会贯通的作品。《亮剑》的主人公李云龙是一个一生都在血与火中搏斗的名将，重诺轻死、铁骨柔肠、豪气干云、肝胆照人。他的人生信条是：明知是死，也要宝剑出鞘，即使牺牲，也只有用前胸去迎接子弹，而不是用后背，这叫亮剑。都梁完全摆脱了以往军旅小说人物塑造的高、大、全等模式，运用了很多江湖人物塑造手法写李云龙，这是《亮剑》成功的重要原因。石钟山（1964— ）的军旅小说代表作是《父亲进城》系列小说，其中主人公石光荣由于电视剧《激情燃烧的岁月》而为人们所熟知。与都梁军旅小说的英雄气概不同，石钟山更注重军人亲情的刻画和日常生活的描述，能够在看似平淡的叙述中感受到英雄的伟大精神，而又能在英雄主义的光环下触摸到他们最真实的生活。徐贵祥（1959—　）军旅小说的代表作是获得第六届茅盾文学奖的《历史的天空》。《历史的天空》讲述了一个既起伏跌宕又错综复杂的漫长故事，贯穿了从抗日战争到拨乱反正时期长达四十年的历史。小说主人公梁大牙从社会最底层走向高层，从人格的最底层走向高尚，最后成长为一个顶天立地的将军，是历史的天空让他成为英雄。在军旅小说中，由于题材的特别，麦家（1964—　，本名蒋本浒）的小说受到广泛关注。麦家的大部分作品都取材于军事情报战争，特别是无线电侦听和密码破译等不为人知的领域，并在与敌方斗智斗勇之中挖掘人性和刻画个性。特殊的题材、特殊的人物个性使麦家的小说总是笼罩着一种神秘的色彩，再加之小说真假难辨的叙述方式，使得麦家的作品在军旅小说中独树一帜，被称为间谍小说、特情小说、密室小说或新智力小说等。他的小说代表作是获第七届茅盾文学奖的《暗算》和获第六届华语文学传媒大奖年度小说家奖的《风声》。

　　随着环境保护理念的深入，生态问题越来越被人们重视，新世纪以来出现了一种新的类型小说：**生态小说**。生态小说披露了人类对动物的屠杀、对自然资源的掠夺和破坏的行径，呼吁人们在经济建设与环境保护的矛盾冲突中保护生态，宣扬一种人兽和谐、天人合一的文化观念。新世纪以来，比较有影响力的生态小说有姜戎的《狼图腾》，杨志军的《藏獒》《环湖崩溃》，郭雪波的《狐啸》《沙狐》《银狐》《狼孩》，哲夫的《猎地》《猎天》《黑血》《毒吻》《极乐》，杜光辉的《哦，我的可可西里》，亦秋的《潮涨时分》，张炜的《怀念黑潭中的黑鱼》，贾平凹的《怀念狼》等。生态小说中最有代表性的作品是姜戎的《狼图腾》和杨志军的《藏獒》。这两部小说有着神奇、曲折的故事情节，体现出深刻的文化思考。生态小说强调人和动物都是大自然中的一员，在生态系统中，无论是人、动物还是植物都是平等的。因此，在生态小说中，人们对动物有了重新的认识，这些动物都有自己的行为准则，有些动物甚至表现出了比人还要高贵的品格。因此人类应该与动物和谐相处，否则将受到大自然的惩罚。

　　由于影视剧的青睐，新世纪以来，**婚恋小说**掀起了一阵阵的创作高潮。爱情、家庭是婚恋小说的关键词，情感纠缠是当代婚恋小说的流行色。新世纪婚恋小说的代表作家有虹影、王海鸰、六六、艾米、卫慧等。虹影（1962—　）的小说《K》（2002）将一则从热恋到分手的情爱故事描述和对英国式的自由主义在中国兴起到消退的过程的思考结合在一起，小说所描述的中英畸恋的浪漫故事，又因其对名人隐私的出格描写而轰动一时。王海鸰（1952—　）婚恋小说的代表作是《牵手》《中国式离婚》和《新结婚时代》，它们合称"婚姻三部曲"。在第一部《牵手》中，婚姻的第一杀手是第三者。随着时间的推移和人们对婚姻问题更为深入的思索，第二部《中国式离婚》则让人们更清醒地意识到，即使没有第三者出现，家庭的矛盾和危机依然存在，婚姻仍然难免破裂的结局。到第三部《新结婚时代》，婚姻中同样没有出现第三者，但"门不当户不对"的现实成为男女主人公要面临和跨越的巨大障碍。王海鸰的作品着重表现当代中国社会的婚恋和家庭伦理问题，反映出在社会转型的大背景下，普通百姓婚姻生活的挣扎与痛楚，以及传统婚姻观念在时代激荡下所受到的冲击和变化，被誉为"中国婚姻第一写手"。同样是写婚恋问题，六六

（张辛）善于将婚恋的情感纠缠与一些社会热点问题结合在一起，因此她的作品常常将人物命运的起伏引向对社会的思考。她的代表作《双面胶》写的是婚恋，考虑的却是都市婆媳关系。另一部作品《蜗居》由于触及婚外恋、房子和房价等现实问题而引起热议。

公安法制小说创作自1949年之后随着时代的变化而延绵起伏。进入新世纪以来，最具影响力的作家是海岩（1954—　）。海岩1985年创作长篇小说《便衣警察》和中篇小说集《死于青春》后，搁笔10年，自90年代中期到新世纪以来陆续发表了中篇小说《堕落人间》，长篇小说《一场风花雪月的事》《永不瞑目》《玉观音》《拿什么拯救你，我的爱人》《你的生命如此多情》《五星饭店》《长安盗》等。海岩将公安法制题材与爱情题材融合在一起，使故事具有很强的可读性。读者一方面在正邪势力的斗智斗勇、推理历险中获得阅读快感，另一方面又在荡气回肠、缠绵悱恻的至纯爱情中获得浪漫纯真的享受和感动。悬念代表理性，爱情代表感性，它们既可以并行发展，也可以对立舍取，时而并行，时而对立，海岩娴熟地将它们纠缠在一起，目的是在人性的挖掘上体现深刻性。

科幻小说在中国并不发达，在新世纪却有了较大的发展。成绩突出者有王晋康、刘慈欣。科学幻想、生命思考、传奇故事是王晋康（1948—　）小说的三个要素，作者的才华是将这三个要素紧密地结合在一起，互为依存，互为印证。由于他的小说题材多取于一些特殊的时期，人物命运基本上以悲剧告终，因此他的科幻作品风格沉郁苍凉。他的小说多次获国内外科幻小说大奖，代表作有《生命之歌》《蚁王》等。刘慈欣（1963—　）的小说明显地受到世界科幻小说的影响，在宇宙中思考人类的命运，物理知识、天体知识的解读往往成为故事情节设置和发展的依据，格局宏大而知识性强。代表作品有"地球往事三部曲"（《三体》《三体Ⅱ·黑暗森林》《三体Ⅲ·死神永生》），又名"三体三部曲"。《三体》三部曲被认为是中国科幻文学的里程碑作品。2015年这部小说获世界科幻大会颁发的第73届雨果奖最佳长篇小说奖。

通俗小说是市场的文学。新世纪通俗小说贴近社会、思考人生，有着很强的现实性。通俗小说的发展趋向，其驱动力来自市场。随着中国改革开放的进一步深入，人们的文化视野进一步开阔，文化需求也更为多样。同时，改革开放进程中的各类问题也成了人们关注的热点。于是，作为文化和情感补偿的港台武侠、言情小说自然就会退潮，多角度、多侧面地表现中国现实问题的通俗小说自然就受到追捧，其中所表达出的对当代社会问题的思考和由解决问题而产生的焦虑自然就会得到大众的共鸣。时代给通俗小说提供了巨大的创作空间，也要求通俗小说具有更广阔、更具现实针对性的思考空间。

这一时期，也是外国文化和流行小说大量进入中国的时期，它们对中国的通俗小说创作产生了极大的影响。对这些外国文化和流行小说，中国通俗小说作家对其情节模式的注意要大大地超过对文化价值和精神状态的吸收。新世纪通俗小说大量地吸收了这些外国流行小说的情节模式，也对其进行了相当实际的改造，使得此时的通俗小说有着很强的可读性。

新世纪的通俗小说与影视剧有着密切的关系。大众性和市场性是使得通俗小说与影视剧紧密联系在一起的动力。影视剧的迅猛发展需要通俗小说源源不断地提供素材，而通俗小说一旦被改编成影视剧就有了更广阔的市场，作家就有了更高的知名度。巨大的需求关系和经济效益、社会效益都促使着通俗小说创作快速地向影视艺术靠拢，直接影响了通俗小说的取材、美学结构和发展走向。

第二节 打工文学与底层写作

打工文学与底层写作显示了主流文化之外另一种声音的存在。

新世纪文学强烈的现实精神和人文关怀体现在打工文学、底层写作以及由此体现的现实精神和底层意识中。自20世纪80年代中国实行改革开放以来，社会的工业化、城市化进程开始加速，80年代首先在沿海地区形成打工现象，在这些主要依靠外来订单进行"三来一补"的企业以及靠劳动密集型起家的工厂，劳动条件艰苦，生活条件艰辛，生存状况艰难。90年代以来，城市改革起步，国有企业实行优化组合，往往是以一部分工人的失业为代价的。今天，仍然有相当多挣扎在维持基本温饱水平的贫困户，有流浪在城市各个角落乞讨的流动人口。城乡差别没有缩小，有的甚至还在继续扩大，底层还是构成我们这个社会基础的较大部分。文学必须关注底层，为底层人呼吁，并为改造底层、提升底层作出切实的精神关怀，这是作家和文学的人文精神体现。

打工文学有两类，一类是由进城务工人员或在乡镇企业务工的打工者写作的打工文学。他们本身就处于社会底层，有亲身的经历，所体现出来的底层意识更加真切实在。早期的打工文学作者本人就是民工，他们用创作来表达自身的生活体验，倾吐内心的苦闷与无奈。另一类是由非打工人员，包括中等阶层或知识分子写作的描绘打工生活、体现底层意识的作品。他们关注社会底层的生活艰辛和生存困境，其作品往往有强烈的现实关怀精神。

打工文学表达底层意识的精神内涵是其价值所在。这些作品关注与揭示社会底层的生存状况，对社会底层人的生活现状和生命际遇表达忧虑与同情，希望唤起全社会对社会底层命运的重视，为社会底层遭遇不平等、不公正待遇鸣不平，对社会改革中出现的相对贫困和暂时困难给予关注。这些作品对现实采取了比较温和的态度，更多地与社会主义市场经济的艰难进程和社会改革的阵痛联系在一起，其中虽也有对愚昧的鞭笞和文明的启蒙，但更多的主题超越了"文明与愚昧冲突"的限制，而将笔触深入到社会转型期阶层的分化与身份的转移、社会改革带来的生存困惑和道德困扰以及许多还难以一时作出好坏对错判断的难题。这些作品往往令人想到新文学初期问题小说，因为仅仅注目于现实具体问题而欠深刻性。也有学者指出，其底层意识已具备了新人文精神的新质。①

郭建勋的长篇小说《天堂凹》②（2008）以深圳改革开放30年为背景，描写了一群小人物在一个虚构的地方天堂凹所经历的酸甜苦辣、悲欢离合。小说主人公德宝是一个卑微的底层打工者，在历尽艰辛之后，也跟脚下的城市一道成长，迎来了自己的幸福生活。

王十月的《无碑》是一部讲述一个农民工在南方近20年打工生活经历的作品。小说刻画了老乌等打工者的生存困境、人生梦想、身份焦虑和主体困境，更写出了他人性、情

---

① 蒋述卓：《现实关怀、底层意识与新人文精神——关于"打工文学现象"》，《文艺争鸣》2005年第3期。
② 小说原名《天堂凹有落》，写成后改名《打工》，未及出版即于2008年被改编成电影《天堂凹》，小说于2008年12月由珠海出版社出版，书名《天堂凹》。

感的亮色和超越苦难的人道主义情怀，用文字为被历史湮没的一代打工者竖起了生命大碑。

但值得注意的是，在后现代消费语境中，在打工文学的书写主体逐渐从打工者本身向非打工群体的精英作家群转变，书写打工题材成为当代作家的写作策略时，农民工的形象和底层意识走向从实体性向想象性转变的陷阱。就农民工书写而言，重要的不是居高临下的同情或人道主义的怜悯，而是真正地走进他们的真实人生状态，不是人的观念的想象性书写，而是贴近个人的生存，仔细聆听我们民族步向现代化过程中的和谐与艰难。①

底层写作是指以城市平民、农民工，以及其他一些社会底层的小人物为写作对象的文学，作品主要写他们陷入困境的生存状态和人生体验。曹征路的《那儿》写了一个国企改革的悲壮故事，塑造了一个成功的底层工会主席形象，表达了对弱势群体的同情态度。陈应松的《马嘶岭血案》表达了对城/乡、贫/富等问题的沉重思考。刘庆邦的《神木》讲述的是一个更为残酷的底层故事，因为穷，人们丧失了做人的本性，为了一己之利，将他人的生命视为道具。

2006 年的中短篇小说有相当一部分都与底层写作有关。如胡学文的中篇小说《命案高悬》写一个弱者非正常死亡后，乡政府却以正常死亡的方式处理。曹征路的短篇小说《真相》揭示了当代社会令人心悸、忧虑的诚信问题。叶舟的中篇小说《目击》中，车祸的真相揭示出虚假爱情的真相。王祥夫的中篇小说《尖叫》，刘继明的中篇小说《放声歌唱》《我们夫妇之间》、短篇小说《茶鸡蛋》《刀下》，温亚军的中篇小说《落果》等，都是优秀的底层写作作品。

底层写作最值得珍视的应该是底层意识，作品要反映底层生活，塑造普通人的形象，为缺乏话语权的弱者代言。和打工文学一样，底层叙事也存在着为老百姓写作和作为老百姓的写作的差别，要警惕将底层消费化的倾向，防止将底层的苦难穿上时尚的外衣，渲染残酷、血腥、暴力的快感，成为消费社会的符号。

第三节　80 后青春写作

在疏离主流的文化氛围中，80 后青春写作嫣然绽放。

韩寒（1982—　），上海人，职业赛车手。1999 年，就读高中一年级时就获得首届新概念作文大赛一等奖，却因七科不及格而留级，后退学。2000 年出版长篇小说《三重门》，畅销 200 多万册，为中国近 20 年来销量最大的文学类作品。作为 80 后文学的领军人物，出版有小说《三重门》《像少年啦飞驰》《长安乱》《一座城池》《光荣日》《他的国》等，散文集《零下一度》《通稿 2003》《就这么漂来漂去》和《杂的文》等。

《三重门》是韩寒的第一部长篇小说，以林雨翔和女孩 Susan 的一种单纯的恋爱关系叙述为主线，反映了韩寒自己学生时代的思考、困惑以及梦想，以强烈的反叛意识对当今的应试教育进行了严厉的思想批判。韩寒的批评和反叛以一种少年人的眼光和角度剥落成

---

① 江腊生：《当下农民工书写的想象性表述》，《文学评论》2008 年第 3 期。

人的伪装，还原事物的本真，它充满趣味性，稚气，想法新奇，怪异，甚至荒诞，但符合少年的心理真实。此外，《长安乱》中释然与喜乐的恋情，《他的国》中左小龙与泥巴的爱情，左小龙对黄莹的爱情等，众多爱情故事流露的都是主人公的少年真性情，情窦初开、两小无猜的少年情感里，没有成人世界的欲望、阴暗、缠绵和伤害，充满朋友的亲密，少年孩子的单纯。

批判意识是韩寒小说的锐气所在。作为学生的韩寒不是一个成功者，他对于自己学生时代的经历很不以为然，他的很多小说都对中国教育问题作了深刻揭示，对中国教育制度进行了剖析和批判。《三重门》《零下一度》《一座城池》分别从多个层面采用多种方式批判中国教育制度，揭露中国教育问题。韩寒对教师形象进行了颠覆和质疑。在《三重门》中，他讽刺教师的家教和补课行为，抨击教师和师范教育的失败。

韩寒小说语言幽默犀利，讽刺辛辣，充满趣味性。《三重门》受钱锺书《围城》的风格影响，语言幽默诙谐，采用文字的多义性和谐音来制造语言效果。

郭敬明（1983—　），四川自贡人，2008年上海大学肄业。主要作品有《幻城》《梦里花落知多少》《天亮说晚安》《悲伤逆流成河》《小时代1.0折纸时代》《小时代2.0虚铜时代》等。

郭敬明的作品抒情气息浓厚，有着明丽的"青春忧伤"与孤独感，强烈地传达出了一种青春期的情感诉求。他的成名作《幻城》借鉴了《魔戒》的神妙奇幻和日本动漫的潇洒飘逸，描画出了一幅美轮美奂的神界童话全景。类似于网络游戏的叙述笔调也是一种青春期的宣泄。他的《爱与痛的边缘》《左手倒影，右手年华》《天亮说晚安》等抒写青春记忆，表达了对生命中消失掉的东西的丰富细腻的情感。"看着寂静空旷的房间心里有隐约的难过。那些曾经整夜整夜如水一样弥漫在我的房间中的音乐，就这样悄悄地褪去了，没有留下任何痕迹，而我的青春，我飞扬的岁月也就这样流走了。"

《梦里花落知多少》是一部青春文学读本，表达了对青春的忧伤和迷惘的感悟。郭敬明说青春是道明媚的忧伤。他还说，很多我们以为一辈子都不会忘记的事情，就在我们念念不忘的日子里，被我们遗忘了。小说写到了死亡，表达了对生命终极意义的思考。但作品的忧伤比较浮躁，缺乏深刻的感悟和思考。

后来，郭敬明的小说越来越华丽而琐碎，走上了小资和自恋的路子，小说中大量描写品牌、香水、巧克力、时装、咖啡、爱情、鲜花等，如2008年出版的《小时代1.0折纸时代》等。郭敬明的小说有20世纪30年代新感觉派的风格，节奏比较快速，刻意描写感觉，利用蒙太奇的方法组接生活片段，大量捕捉时尚元素。

张悦然（1982—　），山东济南人。主要作品有《葵花走失在1890》《是你来检阅我的忧伤了吗？》《水仙已乘鲤鱼去》《樱桃之远》《誓鸟》《红鞋》《十爱》等。

张悦然的作品大多写女孩的成长主题，描述了80后一代人对于成长的困惑、焦虑、无助，表达了成长过程中对亲情、爱情、友情的渴望。中篇小说《水仙已乘鲤鱼去》描写了主人公璟的成长历程。她用细致、绵密的笔触和精美的语言讲述了女主人公在青春期所遭遇的种种爱的缺失和获得，在得而复失的过程中，女孩渐渐长大了。《十爱》讲述的是一个个关于爱的故事，是她理解生命、人性的一种方式。

青春的迷惘与成长的疼痛感，使得张悦然的作品获得了青少年的共鸣。作家以敏感、细致、绵密的笔触深入人的心理世界，探索了年轻人内心深处的孤独、嫉妒、谎言、暧昧等各种私密情感。张悦然说自己的"写作只为稀释寂寞"，一种不为他人理解的孤独弥漫在她的作品之中。《好事近》中，蒋澄对"我"（袁琪）说道："别人都说你冷漠，我却一看到你，就觉得亲切。你身上有一种特别的气味。我确信，我们是同类。那些不能和别人说的事，也许可以和对方说。"《誓鸟》中，孤独的春迟开始了无尽的寻找，寻找失落在贝壳中的记忆，孤独地面对犀利的海风，一个人抚摸着贝壳，孤独地聆听散落在贝壳中的记忆。在《红鞋》中，杀手和女孩因为孤独互相需要，也因为孤独互相伤害。

张悦然曾在一次采访中表示，她对自己作品的最大希望是，让读者和自己一起成长。张悦然讲述成长故事，有更多的希望与读者分享的性质，她的情感和思考就寄托在自己的作品中：与读者一起成长，和读者一起成熟，让读者寻找到心灵的慰藉，成为其成长历程中的同伴。

春树（1983—　），出生于北京，2000年从高中辍学，开始自由写作。已出版小说《北京娃娃》《长达半天的欢乐》《抬头望见北斗星》《红孩子》等。《北京娃娃》（*Beijing Doll*）是春树的代表作品，被称为中国第一部严格意义上的"残酷青春小说"。小说写的是北京女孩林嘉芙从14岁到18岁的事情，作者以早熟而敏感的笔法描写了作为新人类的一代人在理想、情感、欲望以及成人世界之间奔突、呼告甚至绝望的历程，展示叛逆一代的青春伤口，反映出对社会、家庭、学校和爱情的审视。《红孩子》是《北京娃娃》的姊妹篇，是一部大胆展示少女真实心理的小说。

在80后日渐壮大的写手队伍中，人们很快就发现了一个倾向，那就是这些80后写手大都出生、成长、求学在北京、上海等大城市里，如韩寒、郭敬明、张悦然、春树、小饭等。他们的文学作品内容局限在城市的校园生活和都市生活体验，就是说，80后文学占绝对主导地位的是都市文学。在这种文化背景下，李傻傻写作的农村80后题材的小说弥补了青春写作中农村文学创作的空白。

李傻傻（1981—　），湖南隆回人，原名蒲荔子，80后代表作家之一。主要作品有《温暖》《红×》《被当作鬼的人》《李傻傻三年》等。

与都市80后追求时尚的写作风格不同，李傻傻以自己的生活经验为基底，把笔触伸到简朴浑厚的乡村大地。长篇小说《红×》叙述来自西安的农村少年沈生铁从进城求学到逃学的故事。沈生铁为改变命运满怀欣喜地进城求学，但现实是残酷的，经济上的窘迫使得这个农村孩子在消费社会的城市里过着饥饱无定的生活。与物质上的艰难相比，让沈生铁更受折磨的是他逃离农村之后在城市里又无所归属、找寻不到出路的精神困境。小说《红×》写出的正是新一代农村青年的尴尬处境：由于经济的落魄和困境，对他们而言，乡村与都市是双重的梦魇。散文集《被当作鬼的人》是李傻傻对湘西农村生活的记忆，呈现的是生活中原生态的现实。他的作品一定程度地克服了80后文学思想贫乏和内容重复的缺陷。

第四节　新媒体与文学新形态

纷繁新异的网络文学，正随着网络技术的进步而开拓出文学的新空间。

网络玄幻小说 玄幻小说在中国古已有之，如《山海经》《搜神记》《聊斋志异》等。20世纪末，西方的一些玄幻小说如《哈利·波特》《魔戒》等风靡全球，对中国的网络玄幻小说写作影响很大。中国最早的网络玄幻小说与网络文学几乎同步产生。2005年，萧鼎的《诛仙》独领风骚。《昆仑》《搜神记》和《七界传说》等玄幻作品相继登上畅销书榜单。2006年，《鬼吹灯》独占鳌头。2007年，《神墓》《邪神传说》《星辰变》等一直处于畅销书排行榜前列。2008年，《巫颂》《尘缘》吸引了广大读者。2009年，《盘龙》《斗罗大陆》等代表了玄幻小说创作的高峰。2010年的《斗破苍穹》点击过亿。

近年来，网络玄幻小说的数量一直在增加，成为网络文学的中坚。网络玄幻小说借鉴和杂糅了武侠小说、科幻小说、神话小说、传奇和西方魔幻小说的故事内容和手法，又被称为类武侠小说、类言情小说、类科幻小说等，具有典型的后现代性质。

萧鼎（1976— ），福州仓山人，代表作《诛仙》是一部有古典味的仙侠小说。小说以主人公张小凡与田灵儿、陆雪琪、碧瑶的爱情为线索，虚构了一个玄幻的世界。主人公张小凡隐喻现实生活中的普通年轻人，渴望得到别人的承认，摆脱孤独和落寞，表现了平凡人对成功的渴望。小说建构的象征性世界图景，具有鲜明的个体理想建构、欲望宣泄和心灵释放的功能，体现了玄幻小说的虚拟性、幻想性和超越性。小说的缺陷在于忽视文本的思想深度，语言锤炼亦不够。

血红（1982— ），原名刘炜，2003年开始网络小说写作，有《逆龙道》《神魔》《林克》和《巫颂》等作品。《巫颂》讲述了夏侯的传奇人生和成长过程，小说对许多消失了的历史现象作了大胆的推测，比如关于夏朝大劫难的推测，巫和天神甚至天帝冲突的起源，神的起源，月亮的来历，地球变小的原因，等等。虽然只是文学的表达方式而已，却使得小说幻想奇异，境界开阔。小说具有比较典型的后现代主义因素和消费主义特征。

天蚕土豆（1987— ），四川德阳人，2007年开始网络小说写作，以《斗破苍穹》最负盛名。《斗破苍穹》讲述的是斗气界的故事，男主角萧炎是萧家历史上空前绝后的斗气修炼天才。他在逆境中立下誓言，刻苦修炼，重新崛起，进入了高深的境界。小说在玄幻的故事中包含着励志精神。

网络穿越小说 穿越小说是当代人因缘际会回到古代，利用现代科学、历史知识参与甚至推动历史的发展，揭开历史谜团或对史书上语焉不详的部分重新解释的故事模式。[①]网络穿越小说的基本特点是超越时间或者空间。20世纪80年代，詹姆斯·卡梅隆的电影《终结者》利用时光逆转的方式，开辟了穿越电影的先河。1994年，黄易的武侠小说《寻秦记》为华语穿越小说的滥觞之作。网络穿越小说的滥觞应该是2004年金子的《梦回大清》。此外，波波的《绾青丝》、桐华的《步步惊心》、晓月听风的《清宫 情空 净空》等，都创造了不错的点击率。2007年，《木槿花西月锦绣》《鸾：我的前半生，我的后半生》《迷途》《末世朱颜》等作品创造了年度写作高潮。其他还有李歆的《独步天下》、之之的《望天》等。

按照小说所穿越到的时空的真实性，网络穿越小说可分为架空穿越小说和架空历史穿越小说。前者主要是空间上的穿越，如海飘雪的《木槿花西月锦绣》，女主角木槿穿越到

[①] 许苗苗：《网络小说：类型化现状及成因》，《文艺评论》2009年第5期。

一个地理文化背景和我国古代南宋颇为相似的虚拟空间。后者则注重时间上的穿越，往往描写现代人带着先进的生产技术或规则理念回到过去，试图改变历史的过程。

金子（1975— ），四川人，写有网络长篇小说代表作《梦回大清》。小说虚构了一个网络时代的"灰姑娘"梦中寻找王子的现代童话故事。小说思想不深刻，但有浓厚的青春气息和时代感伤，文笔优美，感情细腻、忧伤，语言生动风趣。

海飘雪（1977— ），原名薛瑜，上海人。代表作《木槿花西月锦绣》写花木槿投胎转世，演绎出诸多的缠绵故事，心里充满矛盾和困惑。

网络同人小说　网络同人小说是指围绕历史或现实人物、文学经典中的人物形象以及各种流行文本中的人物，展开游戏性乃至颠覆性改编或续写的网络文学作品。貌似相近的写作方式可以说古已有之，《红楼梦》问世后也催生出续书类、补佚类、外传类等各式衍生文本。不过，网络同人小说显然具有更为显著和彻底的游戏、娱乐色彩。它完全忽略人物原型既有的性格逻辑与命运的规定性，以后现代的戏仿与颠覆任意为之；而且，取材的范围更加广泛，包括电子游戏、卡通、漫画、电视剧、电影以及现实事件和新闻等。作品主要集中在各种文学读书网站上。

同人小说按题材类型大致可分为：第一，动漫、游戏同人小说。日本动漫对于同人小说的发展起到了巨大的推动作用。第二，小说同人小说。小说同人小说中最炙手可热的非《哈利·波特》莫属，它的同人小说层出不穷，并且形成了自己的系统和分类。第三，电视剧同人小说。以青少年为主要观众的青春偶像剧产生了数量众多的同人小说。第四，历史同人小说。它根据真实的历史事件或人物重新编写故事。一般来说，一些重大历史事件如赤壁之战，重要朝代如三国、唐朝、清朝等，知名历史人物如李世民、乾隆等都是同人小说的写作热点。第五，真人同人小说。它是以一个或若干众所周知的公众人物为背景，描写关于他们的故事。

今何在（1977— ），江西南昌人，代表作品有《悟空传》《九州·羽传说》等。《悟空传》充分利用了《西游记》的经典人物、场景和空间，但作者站在今天人类的立场，面对今天人类的存在处境，对人生、对生活、对世界重新进行了全新的诠释和追问，对传统的《西游记》的主题和价值世界进行了颠覆和解构。《悟空传》中师徒四人不再是到西天取经的圣徒，而完全成为现实世界的俗物，一副后现代的消极心态。作者对传统进行了后现代式的游戏和解构，这种象征和寓言式的写作，对今日人类本身和现实世界的追问（我是谁，我们从哪里来，到哪里去，我们回家的路在哪里），揭示了人类面临的终极痛苦和困惑。

网络架空小说　架空，是作者对其小说中的奇幻世界作出设定，从而创造出一个具真实感的奇幻背景。如果说人类世界是第一世界的话，"架空"就是对第二世界的创造，比如《魔戒》里的中土世界。与历史上产生的神话、传说及科幻文学不同的是，第二世界是与人类世界平行甚至交叉、扭转与颠覆的存在。作品有酒徒的《家园》、灰熊猫的《窃明》、我吃西红柿的《星辰变》、随波逐流的《随波逐流之一代军师》以及《楚世春秋》等。

酒徒（1974— ），内蒙古人，现居澳大利亚。主要网络小说有《秦》《明》《指南录》《家园》等。《家园》出版时更名为《隋乱》，讲述了隋朝末年一个平凡边塞少年李旭的传奇经历,与红拂女的故事更是充满传奇色彩。小说演绎着个人与命运抗争的过程。

灰熊猫,网名又叫大爆炸、灰衣熊猫,因2008年完成网络小说《窃明》的写作而成名。小说主人公黄石原本是现代人,穿越到了明末的辽东。在明朝,他基本上是一个废人,被人收养。后投军,凭着自己超越数百年的智慧积累和文明思想,在军队里一步步成长为英雄。小说凭借天马行空的文学想象,赢得了很多读者。

网络后宫小说 后宫小说属于言情小说范畴,主要写女人争斗与宫闱情爱,在网络上演变为后宫小说的新类型,并在2007年引发热潮。代表作有流潋紫的《后宫:甄嬛传1》。

《后宫:甄嬛传1》讲述一个叫甄嬛的女子,在寂寞的深宫中经历了一个个关于爱情和斗争的故事。后宫红粉争斗的血腥故事,留给读者的是人性的思考——女人到底是因男人而存活,还是为自己的生存而战。人性的争斗,使得真正的爱成为奢望。

除了上述几种主要的风格鲜明的网络类型小说,其他还有职场小说,如凌语嫣的《争锋——世界顶级企业沉浮录》;黑道小说,如孔二狗的《东北往事:黑道风云20年》;言情小说,如嬷嬷茶的《和校花同居的日子》、邪天使的《请你离开我》、木鱼的《重庆空姐》;科幻小说,如阿越的《新宋》、可蕊的《都市妖奇谈》、烟雨江南的《狩魔手记》;悬疑小说,如王雁的《大悬疑》;励志小说,如骁骑校的《橙红年代》等。

发展中的中国网络小说,开始形成自有特征的美学形式。它基本上是长篇构制,这一方面是作者要维护已经聚集起来的人气;另一方面也是由于具有人气的小说常常是在作者和读者的互动中完成,互动型的创作方式为小说创作创造了无尽的话题和无尽的创作思路。规律性的千字波段形成了网络小说波浪化的情节滚动。网络小说的读者并不在乎小说是否结构完整,也不在乎情节似曾相识,在乎的是在阅读时是否获得了阅读快感。千字一停,万字一变,这样的情节起伏滚动较符合读者的阅读习惯。网络小说很少大段的环境描述,复杂的心理描写几乎没有,人物性格刻画不是重点,形象化、意象化的语言只会造成阅读障碍。网络小说语言以说明性叙述为主。既然是说故事,传奇和突变自然就成了网络小说的写作中心,制造紧张的故事情节并且说清楚来龙去脉成了网络小说语言承担的主要任务,因此说明性的叙述也就成了网络小说语言最鲜明的特征。网络小说是一种屏幕写作,为了清楚地快速阅读,短章、短节、短句是自然的选择。网络小说又是一种键盘写作,键盘符号也就常常成了小说符号。

有的学者对网络小说所表述的精神价值走向表示担忧:"文学的精神品格和价值承担、人类的道德律令和心智原则,终于让位于个体欲望的无限表达,在线写作的修辞美学让位于意义剥蚀的感觉狂欢,虚拟空间里失去约束的主体和得到解放的个体,最终得到的只能是消费意识形态的文化表达。"[①]

中国作协李敬泽等提出网络文学主流化,要严肃反映历史,礼赞英雄,决不能用无端的想象、轻浮的态度去描写历史。有学者指出,网络文学发展至今,主要源于技术优势、市场催生和娱乐品格这三大推力。这三大推力均为文学外因。网络文学自身深陷低洼弱势,品质不佳、套路反复乃至无序混乱。网络文学亟须自身突围和外部网络文学生态重

---

① 欧阳友权:《数字媒介与中国文学的转型》,《中国社会科学》2007年第1期。

塑。出于国家政治与公共安全，网络文化、文学的整肃与管理势在必行。网络的价值就在于虚拟空间中个体的文学狂欢、边缘与另类的自由表达，统一与主流化的网络还有其存在的价值吗？

　　2018年度网络文学界的重要现象是，习近平总书记在文艺工作座谈会上的讲话发表以来，党和政府对网络文学支持、引导的力度明显增强，网络文学主流化步伐明显加快，网络作家们对中国政治体制、文化体制、主流意识形态的认可度与信任度不断加强，现实题材作品明显增多，呈现出主流化、多样化趋势，初步改变了玄幻文学一支独大的局面，从而形成现实类、玄幻类、综合类三分天下的格局。有人说，网络文学不再是赤脚奔跑的孩子，而是政府管理下的大众创作，是我国社会主义文艺的一个重要组成部分。①

研 习 导 引

中国文学往何处去？

　　打工文学和底层写作引起关注。有学者指出："底层问题正在重新引起当代文学的关注。然而，一个悖论式的问题是：底层无法自我表述，又听不懂知识分子对底层经验的展示。纯粹的底层经验仅仅是一种本质主义的幻觉，底层经验的成功表述往往来自知识分子与底层的对话。要善于在对话网络之中鉴别、提炼和解读底层的诉求，想象底层人物的真实命运。"②

　　日益成长的80后青春写作的影响已经不可忽视。对此，不同看法很多。有学者认为，80后青春写作，追求商业效益和市场利益是其最大的宗旨。他们用扭曲的和添加的故事情节来迎合大众的消费欲望。五花八门的文学作品的背后是起印数、炒作、媒体话语权等怪圈的牵扯。这批写手在推出来的时候，都经过了精心的商业化包装和策划。

　　有学者说："他们多是消费社会的信徒，并在写作上普遍接受娱乐化、偶像化和符号化的风习——这些话语方式、精神姿态，对于前面几代由经典和传统养大的人来说，是全新而富有冲击力的，它当然是一种断裂，是绝对的重新出发。"③

　　有学者评价更高："他们（80后作家）的出现才是真正标志了中国当代作家的实质性'换代'，此前所有各代作家之间的差别，恐怕加起来也无法赶上共同的与这代作家之间的差别鸿沟。中国作家开始了实质性的换代，岂不就意味着中国文学也开始实质性的换代了吗？——或许，新的文学传统正就此萌芽。《萌芽》的新概念作文大赛直接写出了中国当代文学转折史的这一章。"④

---

　　① 2008年网络文学达到第二个高峰时，有超过150万名签约作家，到2012年网络签约作家达250万名，2018年网络签约作家超过600万名。
　　② 南帆：《曲折的突围——关于底层经验的表述》，《文学评论》2006年第4期。
　　③ 谢有顺：《那些坚固的东西都烟消云散了——新世纪文学、〈鲤〉、"80后"及其话语限度》，《文艺争鸣》2010年第2期。
　　④ 吴俊：《文学史的视角：新媒介·亚文化·80后——兼以〈萌芽〉新概念作文的个案为例》，《文艺争鸣》2009年第9期。

对于网络文学的盛行，有学者评价说："在官方机构、传播渠道等社会力量的高度关注下，网络文学已逐渐形成自己的话语体系，即以大众性为主导，以商业化为推手，以创新性为方向，在拓宽类型化文学的疆域、提升文学阅读公共性的同时，逐步实现与传统文学的融合。"①

有学者看到其积极意义："网络上即兴的、化名的或经过反复转贴的无名氏的创作打破了传统的文学体制，大量的写作者不是文学精英或以写作谋生的人。许多作品没有现实和想象的区分，在篇幅与修辞等方面突破了传统文学的规范性。后现代文本的所有特征在网络文学中表现得最为典型。感受、冲动、表达欲望对决规范和体制，网络写作从文学体制中解脱的过程就是网络文学成长和发展的历程。"②

有学者无奈地指出："在新媒体上出现的却是'旧文化'，所有新媒体让我们感觉到心跳不安的就是被压抑的现代性，就是晚明的散文传统，就是鸳鸯蝴蝶派，就是'封资修'，就是'五四'以来革命意识形态要排斥的旧文化。新媒体装了旧文化，使得我们的人民文学感到很困难，似乎要变成'人民币文学'。"③

第十五章专题讲座
吴俊：世纪之交以来的文学变局
汤哲声：中国网络小说与消费主义 1—2
江腊生：农民工书写"热"的美学缺失与思考 1—3

第十五章
拓展研读资料

---

① 马季：《繁花似锦 流云无痕——2011年网络文学综述》，《文艺争鸣》2012年第2期。
② 蒋原伦：《文学体制与网络写作》，《西北师大学报》（社会科学版）2009年第6期。
③ 许子东：《四句话——关于新世纪文学的感言》，《文艺争鸣》2010年第10期。

第十六章 2000—2018年诗歌 戏剧 散文

第一节 诗 歌

新世纪诗歌生态在巨变中呈现出复杂态势,一方面,在商业化和大众文化潮流中,诗歌依然处于边缘化和大众的视线之外;另一方面,新世纪诗歌,无论是在建构诗歌与现实的关系,还是在探索诗歌艺术多样化表现方式方面均作出了探索;此外,网络媒介和民间刊物的发展为新世纪诗歌提供了新的表现空间。由于先锋与世俗、都市与民间、精英与底层、网络空间与传统媒介等多种话语和生产空间的对峙互动,新世纪诗歌呈现出了多元发展、菁芜并存的局面。

首先,直面历史与现实,在寂寞中依然坚守精神的高地,是新世纪不少诗人及其创作的价值追求。在一个被商业操控,大众狂欢和以自我为中心的小时代,新世纪不少诗人依然坚守着精神的领地,在本土历史与现实中寻找灵感,书写自己的生命体验、文化态度和现实关怀。一方面,不少诗人通过对历史的省思,来传达自己的生命体验和文化态度。诗人柏桦以超越私我的意识,试图探索"古典的东方如何转换成现代语境,如何与当下发生关系"[①]的新路径。在诗作《水绘仙侣》中,诗人通过明末清初文人冒辟疆与名妓董小宛的故事,串联起了江南日常生活的风俗性书写,在时光的追忆和挽留中穿插着对死亡、生命、文化等命题的思考,又使得诗作能够深入历史文化的深层,探寻地域/民族文化延续和救赎的可能。在诗歌的形式上,诗人则做了大胆的试验,整篇就是由一首诗和99个注释以及一篇近3万字的评论式附录构成,这种互文性的诗体结构不仅匠心独运,而且也颇富历史和文化的容量和张力。飞廉的《雪夜读贾谊》,通过读《治安策》,慨叹"当年,你热爱的天下,此刻,正在大雪夜里昏昏欲睡……",忧国忧民之情溢于言表。有着"沉思诗人"之誉的邵燕祥,在其诗作《夹边沟》中,由春日里裹挟而来的风沙和尘雾,想到了几乎被人遗忘的夹边沟,这里曾经承载着血痕和泪渍,更掩埋着无数的白骨。但是,在诗人看来,与夹边沟内掩藏的白骨和漂泊的灵魂相比,更值得我们反思的是"历史被黄沙掩埋/比无名白骨埋得深",由此而发出了悲怆的诘问。谷禾的《〈胡风传〉第284页》、耿林莽的《孤城落日》以及张庆和的《老子和庄子》等均表现出了鲜明的历史意识和文

[①] 柏桦:《今天的激情 柏桦十年文选》,上海人民出版社2006年版,第277页。

化反思精神。

另一方面,新世纪诗歌对精神高地的坚守,还表现在对现实的深切关怀上。新世纪以来随着经济的持续高速发展,改革所带来的诸多经济和社会问题也日益显露出来,对现实社会问题的关怀自然也成为有责任感和社会使命感的诗人不容推卸的选择。在《一条迟写了二十二年的新闻报道》中,诗人西川一改往日纯诗人的艺术取向,将诗歌聚焦到对底层矿工的生存状态之上,诗人以一颗悲悯之心谛视这些生存在繁重、昏暗、压抑环境之中的矿工们,"他们乘缆车下矿井,咣咣当当,下到两百米深处,然后乘/翻斗车沿巷道来到掌子面上。/他们黑色的雨靴踏着黑色的积水,头上的灯柱捅向黑暗","他们在巷道里掘进,黑脸,大块肌肉,肺里吸满金色的粉尘,领回人民币自己的钱"。整首诗作在平淡的叙述中透射出浓烈的人文情怀和人性温度。翟永明的诗作《老家》,则对河南艾滋病人表现出了深切的关注。这些一辈子也难以走出方圆十里的老家的人,为了摆脱贫穷而卖血。然而,卖血带给他们的不仅是"蜂拥而至的/除了玉米肥大的手臂/还有手臂上密密麻麻的小孔/它们在碘酒和棉花的扑打下/瑟瑟发抖",更重要的是罹患艾滋病后,整个世界的拒绝和冷漠。龙红年的《没有厕所的村小》以叙事的手法呈现"国家级贫困县湖南新化县某村小",因为没有厕所,男女学生们在老师带领下有着特殊的解手方式,同情中又带有几分心酸。熊焱的《雾霾》,借助游荡的幽灵、一张张口罩、若隐若现的高楼、卧病在床的母亲等一系列意象,表达诗人对雾霾环境下生存困境的焦虑与不安。

新世纪中国经历了非典型肺炎、地震、雪灾、奥运、共和国60周年等诸多引人关注的重大事件,新世纪诗歌发挥介入和反映社会现实的文体优势,迅疾地切入社会现实。这其中,以2008年汶川地震发生后涌现的抗震诗歌最具代表性。2008年5月12日中国西南边城汶川发生里氏8.0级地震,共造成10万多人伤亡。灾难发生后,有不少专业诗人和普通民众拿起笔,借助互联网等媒介发表了大量与抗震相关的诗歌,形成了一股强劲的抗震诗歌热潮。这些抗震诗歌中,虽然有不少艺术幼稚、情感浅薄的作品,但是也出现了一批以生命的名义书写灾难,彰显深沉人文关怀的优秀之作,成为在废墟中矗立的一座独特的纪念碑。诗人朵渔在《今夜,写诗是轻浮的……》中,以忧伤的笔调呈现了震后的废墟、断臂、尸体和墓场等惨烈场景,并表达了诗人在大灾难之后的悲悯情怀和无力感。何小竹的《哀歌》则对不幸遇难的孩子们给予了真诚的祈福。抗震诗歌的价值和意义,正如有人所说的那样,"诗人们忠实于心灵和基本人性,普遍没有将'哀歌'简单地变为'战歌',也鲜有将灾难死亡直接美化至救援的精神'升华'。虽然有个别'十三亿人共一哭,纵做鬼,也幸福'的浅薄抒发,但迅速就遭到了人们的愤怒抵制。由此我们也可以看到,改革开放30年来,中国诗歌回到基本人性,回到真实心灵,回到五四新诗之永恒愿景的'我手写我口'的事实"①。

其次,新世纪诗歌有着平民倾向和对底层精神的张扬。底层诗歌是伴随着底层文学的出现而兴起的,它是一个极富包容性的概念,在底层诗歌的命名之下可以派生出诸如草根诗歌、打工诗歌以及抗震诗歌等不同类别。新世纪底层诗歌的出现,一方面,是由于改革

---

① 陈超:《有关"地震诗潮"的几点感想》,黄礼孩主编:《5·12汶川地震诗歌写作反思与研究》,《诗歌与人》2008年8月(总第20期),第15页。

开放以来贫富分化日益显著，一批包括进城务工者、城市下岗职工和低收入者、农村留守者以及低安全矿业工作者在内的社会中的弱势群体、草根群体和打工群体等底层民众的生存状况和精神困境，日益受到社会关注，这自然也会将一部分诗人的目光牵引至此。另一方面，底层诗歌的出现也是这一时期诗人对20世纪90年代以来诗歌困境的某种反抗，他们希望借助对底层民众的关注来重建诗歌与现实的亲密关系，并力图改变诗歌日益边缘化的趋向。除此以外，底层诗歌的兴起，还与借助网络和民间诗刊而成长起来的农民工诗人、打工诗人参与到诗歌创作中来有着密切关系，他们不仅人数众多，而且在经验的审美表达上也更贴近于底层的生存实际。这其中，打工诗歌最具有代表性。打工者往往是都市空间里的边缘性群体，他们繁重、忙碌、卑微的生存状态和孤独、迷惘、焦虑的内在精神世界容易被人漠视。以郑小琼、许强、罗德远等为代表的一批打工诗人的出现，成为新世纪底层诗歌创作最重要的收获之一。从内容上说，打工诗歌首先较为真实地呈现了底层民众困苦而挣扎的人生境遇。诗人郑小琼在《在五金厂》中，以自己的切身体验记录了由打工者所构成的另一个中国、另一种人生，"这是另一个中国，失业，下岗工伤，断指，啊，这些被限制进入城市的低素质人群"，"他们得了胃病，职业病结石，血管里塞满了不满与怨恨"。木叶的《灯泡厂的流水线》，以一位劳动监察官员的局外人视角，记录了灯泡厂女工的辛劳、贫寒。这些由乡村来到城市的打工者身处城市而精神却游离于城市之外，他们敏感而又自尊，渴望得到城市的善待和认同。正是因为如此，城市底层的打工者显得格外孤独和焦虑，对现代化大都市的情感也格外复杂，诗人谢湘南在《孤独的城市》中较为真实地呈现了打工者这一复杂的情感世界，"我想逃跑/又想留下来/不知道为什么/我有点依恋/在这个城市/我不想说孤独/黑暗中我只能拿双眼当灯笼"。新世纪底层诗歌的书写，并不局限在打工诗歌这一层面，都市或者乡村的底层民众也不断地被诗人关注、表现和思考。例如朱剑的《还房贷》，就比较真实地表现了都市普通房奴背负沉重债务后生活的沉重与辛酸。王小妮的《背煤的人》将笔触聚焦在背煤人身上，书写了他暗夜一样无光的生活。

新世纪底层诗歌由于创作主体艺术水准的参差不齐，尽管在艺术上有些粗糙，但其所呈现的底层民众的本真生命形态，却有着直抵人性深处的情感力量。

其三，新世纪诗歌拓展了新的书写空间。这主要得益于互联网的迅速发展和民间诗歌刊物的进一步涌现。互联网所提供的虚拟空间为网络诗歌的出现并趋于繁荣提供了一个开放、自由的园地[①]，并使之成为新世纪诗歌引人注目的一道风景，为这一时期诗歌创作带来诸多新气象。据李霞《汉诗网站众生榜》统计，"截止2006年9月收集到的一些汉语诗歌论坛或网站，共801个"，而且自2006年博客兴盛以后，"新浪博客成了诗人博客的最大集散地，其'纯写作博客群'，是最大的诗人博客群。诗人博客的大量出现，预示着诗人写作的个人化时代的来临"。大众参与催生了网络诗歌的繁荣，每天数以万计的诗歌呈现在网络平台之上。借助于网络，不仅涌现了艾若、陈忠村、沉香木、朵朵、老枪、利

[①] 网络诗歌在网络文学中处于相对边缘的位置，一些大型文学网站均以刊登小说为主，比如起点中文网、晋江原创网等到目前为止均未设置诗歌板块。尽管如此，网络诗歌在一些论坛、个人空间里仍然得到快速发展，而且近年来一些专门的诗歌网站也不断地出现，比较有影响的有中诗网、中国网络诗歌、诗歌中国等。

子、燕南飞、冰黛儿等一批网络诗人,而且许多主流诗人如伊沙、刘春、韩东、朵渔等也开始参与到网络诗歌的活动中来,或出任驻站诗人、版主,或通过网站、个人空间发表自己的作品。网络空间的自由性和虚拟性,也使得网络诗歌书写的个性化、私语化、多元化特征得到充分的张扬。网络媒介的自由性,可以让不同价值观念和艺术方式的诗歌创作都有机会得以播散和流传。这期间的梨花体事件和余秀华热,可以说是网络诗歌这一特性的典型案例。① 而网络的多媒体性,也为诗歌的呈现方式带来了新变化,诗歌的视觉价值得到了重视,其音乐性也可以通过语言之外的手段得以直观地呈现。

网络诗歌也呈现出一些负面的特征,比如"由于大众媒体是不受具体单位或相关领域的制约而相对独立的体系,因此往往表现出与专业媒体不同的理念和不同的价值取向。网络诗人所关注的通常不是主流艺术的焦点,当下的网络原创诗歌更为偏重新奇性、偶发性、狂欢性,表现为选材的个人化,风格的时尚化,语言的流俗化,趣味的极端化等等"②。网络媒介的自由性、无序性和娱乐化,经常能制造出诸如下半身写作、梨花体事件、裸体读诗事件、羊羔体事件、余秀华热等热点,给人的感觉浮躁有余,沉静不足。因此,网络诗歌到目前为止给予当代汉语诗歌思想和艺术上的贡献与人们的期待依然相去甚远。

第二节 戏 剧

初显于20世纪80年代中、后期的戏剧危机,曾经像一道雾霾,遮蔽着中国话剧的进取之路。经过90年代的调整、适应期,话剧进入21世纪,开始出现转机。民营话剧活跃,剧本创作增量,演出逐渐频繁。一方面,政府机构对于原创舞台艺术的奖励机制,在一定程度上推动了新剧目的出现;另一方面,一些商业戏剧出于营销策略,需要不断推出新剧目,这显然推动了戏剧爱好者的创作热情;再一方面,一些小说、影视剧作家如莫言、刘恒、万方、邹静之等人,折返话剧园地,提升了戏剧的文本质量,也拓展了戏剧的艺术表现空间。

进入21世纪之后,话剧继续着探索民族性、现代性的艺术进程,围绕着变革时代出现的社会矛盾与问题进行人性反思,出现了立足当代、关注现实的一系列剧目,如《我爱桃花》(邹静之编剧,2003)、《有一种毒药》(万方编剧,2007)、《矸子山上的男人女人》(李宝群编剧,2007)等,还有根据其他题材改编的话剧,如《长恨歌》(赵耀民根据王安忆同名小说改编,2003)、《白鹿原》(孟冰编剧,2006)《简·爱》(喻荣军根据夏

---

① "梨花体"事件,源于国家一级作家赵丽华创作于2002年的一些网络诗歌(《一个人来到田纳西》《傻瓜灯——我坚决不能容忍》《摘桃子》《张无忌》等)2006年8月突然在网上流传,并引起网友的大量转发和调侃。赵丽华的这些诗作,一反传统诗歌的讲究意蕴、含蓄和情感内敛,而刻意追求一种言语直白、毫无意义深度和意境的"废话写作"。这是一次颠覆传统诗歌观念的个性化写作,而这样的个性化写作最终能够流传恐怕也只能在网络媒介中才能真正实现。"余秀华热",也是个性化书写借助网络平台而浮出水面的一个成功案例。这一事件,缘于2015年美籍华人沈睿的一篇名为《摇摇晃晃来到人间》的博客文章。在文中,沈睿高度赞叹余秀华的诗歌,称其是"中国的狄金森"。由此,这位"脑瘫女诗人"的诗歌,很快被各大媒体纷纷转载,其诗作《穿过大半个中国去睡你》更是广泛传播。

② 吴思敬:《新媒体与当代诗歌创作》,《河南社会科学》,2004年第1期。

洛蒂·勃朗特同名小说改编，2009)、《四世同堂》(田沁鑫、安莹改编，2011) 等。此外，剧作家们从历史文化资源中寻找创作灵感，出现了《如梦之梦》(赖声川编剧，2000)、《霸王歌行》(潘军编剧，2008)、《知己》(郭启宏编剧，2009)、《窝头会馆》(刘恒编剧，2009)、《我们的荆轲》(莫言编剧，2011)、《伏生》(孟冰编剧，2013)、《都是龙袍惹的祸》(潘惠森编剧，2015)、《兰陵王》(罗怀臻编剧，2017) 等剧。

一、现实的守望与沉思

《矸子山上的男人女人》是一部反映东北地区下岗工人现实处境的话剧。随着国营企业的改制，人生的困境和现实的挑战摆在面前。戏剧表现了下岗女工们的生活困境和失落情绪：多年的劳动模范佟丽要强、自尊，丈夫因公殉职后，她独自带着哑女度日，下岗让她不知所措，生活凄楚；三姐温婉、贤淑，原本有一个幸福家庭，丈夫下岗后狂躁酗酒，她受伤的心灵还得包容另一份伤痛；女工平平善良、勤恳，丈夫重伤躺在炕上，上有老奶、下有婴孩，全家举债度日，靠她一个弱女子支撑……生活像粗糙的煤矸石，沉重、黯淡、琐碎、坚硬。《矸子山上的男人女人》的成功，在很大程度上归功于戏剧所塑造的人物群像，个性鲜明，绝不雷同。这群劳动女性勤劳、朴实，带着东北工业区的地域特征和生命质感。大咧咧工伤后被安置在女子捡煤队，他天性乐观，口无遮拦，喜欢编故事、讲笑话逗大家开心。在女工们伤心埋怨时，他以激将法痛斥她们，带领她们寻找谋生的办法：蹬三轮、卖馄饨、做家政。他笑称自己是党代表洪常青。就在他结婚前的除夕夜，私人偷挖的小煤窑爆炸坍塌，大咧咧为救工友不幸牺牲。深爱他的佟丽披着红嫁衣，在想象中完成了一场悲壮的婚礼。话剧从现实主义的美学原则出发，塑造了一群哀而不伤、沉郁悲壮的底层人形象，他们在人生低谷中不失生命力量，在对未来的憧憬中总有美好希望。

《简·爱》(喻荣军编剧、王晓鹰导演) 取材于英国女作家夏洛蒂·勃朗特的同名小说，表现了两位在年龄、身份、性格等方面存差异的男女，如何战胜命运的桎梏与世俗的偏见，真心相恋的曲折故事。

编剧吸纳了原著精华，保证了改编的文学水准与文化内涵。其舞台演出得力于王晓鹰凝练、沉着和自然的舞台表演手法。独具匠心的舞台设计是把一个房屋框架结构置于一个转台上，随着剧情变化，框架结构也会转动以显示环境变化，保持了戏剧发展的流畅，低光度的灯光的闪回变化被严格控制着，使人感受到中世纪雾都伦敦的压抑。主演袁泉以有控制的自然朴素的表演出色地塑造了一位内向、自尊、感情丰富而受压抑的中世纪姑娘的舞台形象。王洛勇的舞台动作与念白凝练有力而传情。该剧于 2009 年在国家大剧院首演，屡演不衰。

2011 年，中国国家话剧院演出的话剧《四世同堂》，不以史诗般的宏大叙事遮蔽沉默的大多数的隐忍、伤痛，反以日常生活在时代凸镜下的聚焦，反映普通民众灵魂中的混茫与生动。形形色色人物的悲剧命运，显示了家国倾覆下小人物的无奈沉沦。老舍对侵略者铁蹄下的人物，都怀有一种人文主义的悲悯之情，这种情怀也贯穿在同名话剧之中。这一台戏人物众多，场面多变，却如长线串珠般被安排得井然不乱。在群像戏里，代表着大多数北京人的生存态度的祁老太爷、祁瑞宣并没有太多的戏份儿，但是，那份无奈中的坚守、憋屈中的忍耐、正直中的雍容，仍然给观众留下了深刻印象。这部戏剧在改编的过程中，显然融入了当代意识，也显现了老舍经典小说跨越时空的艺术魅力。

2014年中国国家话剧院演出了话剧《枣树》（黄盈编剧并导演）。此剧的故事发生于20世纪90年代，大幕拉开，观众眼前是一座北京大杂院——枣花胡同31号。院子即将拆迁，住家各自施展心机，而何大妈最割舍不下的是院子里老伴种下的枣树。枣树作为一个老人的化身、一种生活状态的象征、一种自我心灵的归属，既是一种戏剧意象，更是一种心灵依托。此剧并不直接表现老屋拆与被拆的矛盾，而是旨在表现树与人的关系，揭示的主要问题是：树没了，人在哪里？情何所系？心何所依？编剧透过经济社会的现象，审视社会人心。《枣树》的舞台风格显示了现实主义的艺术特色，很具象，生活化，城市化的现代变迁与老北京的世俗风情，交织成一曲"欲说还休，却道天凉好个秋"的意绪。

北京人民艺术剧院《玩家》（刘一达编剧，任鸣导演），于2016年8月25日在首都剧场首演。《玩家》的戏剧结构和情节模式具有《茶馆》式的京味特点和人文特色，它围绕一件稀世珍品——元代青花瓷瓶的归属，展现了80年代、90年代、新世纪三个历史时期，古玩市场一路热炒、飙升的趋势，进而表现出古玩收藏界人与物的蜕变轨迹。当齐放、靳家儿子、靳四爷的知己都拿出手中的青花瓷瓶时，三只大瓶摆在众人面前，靳四爷挥杖将其一一击碎。那么真的到底在哪里？在古玩的去留、存废、真假、赔赚、有无之间，有悬念，有玄机。

《白鹿原》吸引了众多改编尝试，得失兼有。孟冰编剧的话剧版，曾经北京人民艺术剧院于2006年搬上首都话剧舞台（林兆华导演）。这一版删减得当，保持了故事的情节张力，深得小说精髓，凝练、干净、清晰、强烈，精雕细刻又不露痕迹。2015年陕西人民艺术剧院版话剧《白鹿原》（胡宗琪导演），被称为最得原著精神的艺术演出，四十年来中国话剧的经典之作。陕西人艺的整体演出都融入在导演构想的整体氛围中，在鲜明的表现主义风格样式的基础上，全剧浑然一体，形成了压抑、苍凉、厚重的人性悲剧。

话剧序幕从巧取风水地来展开情节，以土地这一暗含的意象为象征，揭示出传统文化所蕴含的人之生存的悲剧性。史诗性最为重要的表现就是具有历史悲剧性的民族与个体的命运书写。剧中的白嘉轩、鹿子霖代表的是传统，而年青一代人则代表的是不同的时代力量和政治话语，编剧非常准确地把握住了其中最为核心的人物黑娃，其经历更是具有时代的反讽意义和悲剧性色彩。话剧保留了黑娃的各种故事线索，甚至黑娃向朱先生讨教、学习、借书这些看似无关紧要但其实极为重要的戏份也都得以保留，白灵的副线潜流始终，使话剧容量倍增，深刻度得以开掘。白、鹿两家的公子逃婚、闹革命、吸大烟、乱搞男女关系、易帜投诚，最终还是县长与县委书记。这种书写，蕴含着极为深刻的社会反思和历史不可预见性。正是这种无常变化呼应了儒家思想、生命玄学和人物因果缘分等，也产生了历史沧桑感，凸显了史诗性的文化品格。相比较电视剧版《白鹿原》对于人物命运的叙述，话剧版《白鹿原》的史诗性有力彰显出话剧作为精英艺术的深刻表现力。

在这种厚重的线性历史叙事中，性，作为宗法农业社会最原始、最本真的欲望力量破坏着一切传统。剧中对于田小娥的故事叙述传奇性和暴力性兼而有之，在魔幻现实主义手法的运用下，戏剧充满了戏剧消费奇观，亦成就其雄伟传奇。

话剧舞台呈现所具有的浓郁的关中乡土特色和文化底蕴，是陕西人艺天然的表现优势。音乐雄浑而精致，苍凉悲壮的秦腔被压抑控制性地使用，将激烈的情节用音乐点到为止。在田小娥勾引白孝文一场戏中，背景是村民围在一起听秦腔，这种处理留有余韵，虚化而富有诗情。田小娥的尸骨被焚烧镇于塔下，一群彩蝶翩然飞舞，一声华阴老腔哀吟婉转飘来，观众闻之心中一紧，痛楚凄凉，形成了一种冲击力。

2018年1月，陕西人民艺术剧院演出根据路遥同名小说改编的话剧《平凡的世界》（孟冰改编，宫晓东导演）。此剧保留了路遥小说的主体情节和精粹成分，大转台的旋转是生命循环往复、不断求索的轨迹，土色的大碾盘、窑洞、坡坎，是起伏的命运具象化的表征。此剧成功地表现了时代特征，有生活气息，有力度血性，在舞台上创造了带有雕塑感的戏剧人物。孙少安与孙少平既相互区别，又互为表里。主人公少平是有梦想的时代青年，他渴望走出村庄，发现新的世界，探索人生的意义。少平之所以痛苦，不在于他经受了多少磨难，而在于他一直拥有梦想，并且坚持着自己的精神追求，他的苦谱成了他生命的诗。

二、历史剧：人性的复活

对于戏剧创作而言，历史是活在当今的传奇，现实是传统性灵的延续。

2009年，郭启宏创作的历史剧《知己》（任鸣导演，北京人民艺术剧院演出），表现了文人之间的惺惺相惜以及境遇造成的心灵距离。清顺治年间，苏州才子吴兆骞蒙冤于科考舞弊案，被发配宁古塔。顾贞观以其精神知己自居，不惜屈尊忍辱，到宰相纳兰明珠府任西席，以寻找机会向权贵进言，终于将吴兆骞从苦寒之地解救回来。戏剧的主要叙事集中于顾贞观对朋友的一腔热诚，以及对于知己舍生忘死的营救行动。话剧以顾贞观的一首《金缕曲》揭示中心。

如果戏剧就此结束，无疑是一个平淡的结局，可是顾贞观一心牵挂的知己，在终于相见之后，却形同陌路。宁古塔的残酷环境和死亡威胁，让吴兆骞失去了锐气和傲骨，变成了趋炎附势的卑怯小人。剧中有一个细节，当吴兆骞看到纳兰明珠的长袍襟下粘了几粒草籽时，竟然跪在地上帮他摘取。顾贞观的内心陷入空虚与失落之中。顾贞观与吴兆骞友情的破裂，表面上看是顾贞观不顾生死、一厢情愿的真心付出得不到吴兆骞对等的情感回馈；实际上，他们两个人真正的分歧在于顾贞观固守精神领地，对文人的尊严与风骨犹有憧憬，而吴兆骞历经流放生涯的残酷，已被打压、异化，精神世界已被摧垮。顾贞观怅然离开明珠府，他不再纠结于吴兆骞对友情的漠然，而是怀着深深的悲哀。他说，我们没有遭受过流放宁古塔的苦难，因此不知道它对人到底造成了怎样的改变。这部戏剧揭示了现实对理想的摧残。郭启宏（1940—　）是一位具有深刻的人文情怀的诗人、剧作家，擅长刻画与剖析古代文人，著有昆剧《南唐遗事》《司马相如》《李清照》，又有当代话剧《李白》。在《知己》中他以痛切的现实感受与人文主义思想，深刻地表达了对知识分子的遭遇与人格变异的反思，剧作具有浓郁的诗意。

小说家莫言的历史剧创作具有创新意识，他以今人的思考重新阐释历史人物，古今交融。在他1999年创作的《霸王别姬》中，刘邦不曾出现，而吕雉则是项羽的暗恋者。作为"力拔山兮气盖世"的英雄，项羽的征战之功不是戏剧表现的主要内容，他幼稚的单纯与宽容以及莽汉般的任性，才是莫言着重挖掘的人性特征，也是戏剧形象超越"成王败寇"观念的奥秘所在。就像项羽身上的弱点在今人身上依然不时闪现一样，荆轲式的英雄梦，也会不时闯进今人迷离的幻境。莫言在创作以刺客荆轲为主人公的戏剧时，干脆起名《我们的荆轲》（任鸣导演）。莫言的创作意识穿越古今，他不仅解构传统意识中的英雄迷梦，也解构人自身将他人当祭品的私欲野心。戏剧一开场，便是几个演员在闲聊"没有亲戚当大官/没有兄弟做大款/没有哥们是大腕/要想出名难上难"。于是他们决定好好演戏，或许这也是出名的机会。历史与现实，他者与自我，浑然一体地连接在一起。

当有媒体记者问莫言，《我们的荆轲》写的是什么？莫言回答："写人的成长与觉悟，写人对'高人'境界的追求。由于人成长为'高人'，如同蚕不断地吃进桑叶，排出粪便，最终接近于无限透明。"①

2013 年中国国家话剧院演出的历史剧《伏生》（孟冰编剧、王晓鹰导演），以当代文化立场对先秦历史人物和文化事件进行反思。此剧涉及先秦诸子的人文情怀与秦始皇专制统治的深刻矛盾，是一部古代士子以生命殉文化、以精神祭理想的悲剧。在秦始皇焚书坑儒之际，大儒伏生选择毁家纾难，腹诵私藏儒家文化典籍——上古时期的皇室文献《尚书》。从那一刻起，为了一个崇高的目的，他必须以含辱忍垢、生不如死的方式活下去。为了毁灭一切儒学书籍，丞相李斯对伏生步步进逼，伏生眼看着儿子被杀无法相救，绝望的老妻撞墙而死，痛苦的女儿离他而去，可是他连死的自由都没有，必须以一个人的坚持，使往圣绝学不致断绝，使文化命脉得以延续。垂暮之年，伏生终于迎来了儒学大兴时机，然而汉武帝"罢黜百家，独尊儒术"之举，让伏生再度陷入无奈与忧思。

2017 年 7 月，罗怀臻编剧、王晓鹰导演的《兰陵王》在中国国家话剧院演出。剧中，9 岁的兰陵王目睹了叔父弑君篡位、母亲投身新王的惊悸画面。篡位之王为了防止侄子复仇，将其送到宫廷戏班饰演旦角，为了生存兰陵王只能曲意逢迎，他的女性姿容成为保护自己的假面，而假面戴得久了便形成自我认同，就连其母也哀其不幸，怒其不争。原来母亲为了保全儿子性命，才不得不假意逢迎，苟且偷生。在密室宗庙之中，母亲拿出老王的狰狞凶暴的大面，让兰陵王戴上。戴上大面的兰陵王凶神附体，在战场上所向无敌。假面再次遮蔽了他的真性情，他对待深爱他的母亲和恋人也是暴虐无情的。最后母亲用金簪刺向自己的心，用心血击碎了兰陵王的魔咒，让他与假面分离。此剧透视人性，饱含哲思，蕴含辩证，寓意深刻，兰陵王的本我与可人儿、大面之间的伪装与伪化、阻抗与挣扎的心理动机与外在行动逻辑清晰，如流水般顺势展开却形成抓牢人心的张力。《兰陵王》的故事出自上古传统戏曲，以此为题材创作新剧，本身就是对传统的吸纳，也是导演王晓鹰所倡导的中国意象现代表达新尝试，他巧用傩戏面具、参军戏的滑稽扮演，化用戏曲的手势身段，形成独创的象征性、表现性、风格化的中国当代舞台语汇，在整体调度上不疾不徐，感人深挚。最后满台红色，令观众想到每一个生命都是诞生于血泊之中，每一次成功也是血染的征程，被血色妆成的面容必须清洗干净，而母亲的心血孕育了兰陵王的新生。《兰陵王》所传达的审美意识是传统的但不是保守的，是现代的也是中国的。

21 世纪的历史剧创作，明显带有当代意识的观照，显现了鲜明的人文精神。

三、港台戏剧的文化反思

21 世纪以来，随着海峡两岸戏剧交流与合作的增多，赖声川和他的剧作如《暗恋桃花源》《宝岛一村》等，不断在大陆掀起戏剧冲击波。这其中，《如梦之梦》自 2000 年在台北首演后，在香港和大陆重排，它以明星加盟、时长七个半小时、在矩形表演区域内循环演出的奇特性，显现了较为轰动的演出效应。

---

① 莫言：《我们的荆轲·序》，新世界出版社 2012 年版。

"在一个故事里，有人做了一个梦；在那个梦里，有人说了一个故事。"这是戏剧《如梦之梦》开场部分的台词，也可以说是这个循环往复的故事的内核①。《如梦之梦》的戏剧叙事显得神秘、玄虚、迷离，结构方式也比较特别，可以说是梦与梦的互文套叠、故事与故事的轮转接续。幕启时，刚从医学院毕业的女医生第一天上班就遭遇了四个病人的相继离世，她参不透死亡的秘密，理不清忧伤的思绪，甚至幻想着人们可以像传说中秦朝的奇人庄如梦那样，在睡梦中让灵魂脱离肉体，自由游走于大荒之中。她的人文关怀情结，让她守候在5号病人身边，想要听他倾诉自己的故事。

于是，5号病人点起蜡烛，开始讲述他人的故事：在西藏，一对年轻的牧民夫妻坐在草地上晒太阳，丈夫做了一个梦，梦见妻子离他而去。5号病人自己的故事几乎是这个故事的翻版，他在台北街头与一个婚姻失意的女子相遇，他们结婚生子，孩子夭折，妻子离去。5号病人得了莫名病症，生命进入倒计时，于是决定外出旅行。

接下来，他开始讲述自己的奇遇，这仿佛是原叙事旋律的变奏曲：在巴黎的一家餐馆，他遇到了餐厅女侍、偷渡者江红，他们一起去寻找吉普赛女人所说的城堡与湖，由城堡里的一幅油画，牵出了20世纪30年代上海最红的妓女顾香兰的故事，她与法国伯爵演绎了一场奇异的爱情故事，后来由爱生恨，晚年的顾香兰孑然一身。而5号病人在讲完自己的故事后也怅然离世。《如梦之梦》以生死轮回的形象演绎、勾画着人生悟不透、参不破的命运旅程。

今夕何夕，前生此世，或许不是全新的开篇，而是梦中未了的尘缘。赖声川以他独特的人生观念，在剧中营造出一种仪式性氛围，借机宣示其人生哲学的反思意味，也有意识地抛给观众一个待解的命运密语。在人与梦、幻与真、生生死死之中，戏剧并没有给人明确的结局，而是传达着茫然淡远的心理情绪。戏剧把种种人生幻象置放在舞台上，让人们自己去感受，去品味，去发现，从而找到自己的正见。毋庸讳言，它所阐释的人生如梦的主题，并没有带给人们更多的新意，倒是他以怀旧、光影、梦境、节奏营造出的戏剧情境，给人们营造了仪式化的意蕴和象征。

2015年，香港话剧团在国家大剧院演出《都是龙袍惹的祸》（潘惠森编剧，司徒慧焯导演），编剧对于剧中人物——太监安德海不存历史与道德的偏见，而以客观叙事，围绕宫廷权力，在太监安德海得势与失势、被捉与被杀的过程中，探寻历史背景下特殊人物的内心真实与行为逻辑。对于所涉历史中的人与事，做到了大处不虚，小处不拘，举重若轻，寓庄于谐。

此剧情节前后照应，营造出周而复始的人生镜像，其中青苔和宫墙的比喻颇有深意。戏剧开场时，慈禧说："一块青苔，永远都不会长成一棵树。"这就是安德海命运的写照。安德海说："世上既有好花、好草，就要有好的青苔；但是青苔虽好，都要有好的山石让它依附，否则也都枉此一生……能够依附在它上面，已经是造化……这块青苔，就是为这面墙而生的。"而戏剧结尾时，太监李莲英说到青苔，神态、语气简直是他师傅安德海附

---

① 20世纪90年代，赖声川曾与家人游历法国，一座诺曼底的古堡引发了他的遐思。1999年伦敦的地铁事故，又让他对突遭变故、幡然悔悟的人生引发思考。此后他在一次印度旅行中，从转佛参禅的仪式里获得灵感，勾连起对于人生的诸多慨叹，于是，他创作了《如梦之梦》。

体。剧终时,响起了老僧的场外音:"南来北往走西东,看得浮生总是空……"

剧作家对历史与人生的审视,往往有一种举重若轻、翩然回首的况味,关注历史变迁的体悟与人生哲思的阐发。

四、小剧场戏剧的新态势

廖一梅编剧、孟京辉导演的小剧场戏剧《恋爱的犀牛》因为形式新颖,气韵生动,受到青年观众的追捧。剧中,城市的黄昏中,在动物园饲养犀牛的青年马路,邂逅了性感神秘的姑娘明明,在一瞬间,马路疯狂地爱上了明明,他的生活被彻底改变。马路不可救药地陷入单相思,而明明却有着不可思议的铁石心肠,无论是鲜花、誓言、财富都让她无动于衷,马路做了他所能做到的一切,在一个犀牛嚎叫的夜晚,马路以爱情的名义将明明绑架。这部戏剧曾被誉为青年人"恋爱的圣经",剧中的台词"你是我温暖的手套,冰冷的啤酒,带着阳光味道的衬衫,日复一日的梦想",也成为青年观众的流行语。此剧于1999年首演,创造了超千场的演出记录。

邹静之编剧、任鸣导演的小剧场戏剧《我爱桃花》,故事背景被安排在古今之间,古代部分是戏剧的缘起:市井闲人冯燕爱上了牙将张婴之妻,常跑到张家偷情,某夜张婴突然醉酒归家,冯燕只得仓皇藏匿,发现自己的巾帻(古代男人束发的头巾)被压于酣睡的张婴身下,他示意张妻抽出,不料张妻却会错了意,把丈夫身上的长刀递到了冯燕手里。冯燕顿觉此女心歹,一刀将她刺死。故事如果仅仅是这样,那么观众看到的将是男权视野中的一个惩恶故事。在这样的故事模式中,女性先要背负水性杨花、伤风败俗的恶名,后要成为男人浪子回头后送到道义祭坛上的牺牲品。但是剧情在戏里戏外延展着。生活中扮演冯燕和张妻的演员,处在一种隐秘的婚外情里,眼下他们浓情渐失、好景不在,颇有覆水难收的无奈。在戏剧里,演员跳进跳出,戏中有戏,一会儿是古戏里的角色,一会儿是排练间歇的演员,一会儿又是相互斗气儿、不断进行心理和情感试探的现实男女。戏剧揭示了爱与恨相互转化的微妙性,爱情的排他本能中潜在的暴戾性,以及由爱生恨时人的死亡憧憬。戏一开始,情景便被安放在一个闭锁的房屋中,颇有一种庭院深深的感觉,随着一幕幕重帘的卷起,剧中人无奈的隐情、缜密的心机、潜意识的隐秘,仿佛被逐层揭开,被由表及里地剖析。戏剧结束时,帘幕一一合拢,仿佛剧中人再次被放回到一个很有纵深感的迷蒙的时空。

2007年,万方编剧、任鸣导演的小剧场戏剧《有一种毒药》,表现了现代家庭中人与人之间的矛盾、隔膜与心灵隐痛。迫于生存压力,人们所做的事不一定是自己想做的,但又是不得不做的。剧中的母亲兰宏独立支撑着一家装修公司,家庭与社会双重角色的压力,使其情感粗糙、个性强硬。她剥夺了丈夫老高的人生志向,斩断其成为歌唱家的梦想,把他变成一个终日酗酒的糊涂虫;她把成年的儿子高科抓牢在手中,将其变成无权无钱的佣工。儿子高科爱上了一个病弱女子小雅,母亲极力反对,两个年轻人还是结了婚,此后母亲的眼前便时时晃动着坐在轮椅上的儿媳的身影。小雅为了资助表弟实现电影梦,怂恿丈夫从公司里拿出10万块钱。母亲知道后,大发雷霆。谈起剧名,万方解释说,当人们追求违背自己意愿的目标时,"幸福是一种毒药,爱情是一种毒药,毒是指对心灵的侵害。现在的时代是一个崇尚物质而精神匮乏的时代"[①]。《有一种毒药》带有当下社会生活的特点,透过家庭这一

---

① 转引自周凡恺:《万方:生活〈有一种毒药〉》,《天津日报》2006年10月13日。

最基本的社会结构，在反映社会进步、意识更新的同时，反向思索了处在传统与现代的夹缝中的人们，他们物欲的偏执、情感的危机、灵魂的空茫和精神的萎缩。

2008年，小剧场戏剧《霸王歌行》（潘军编剧、王晓鹰导演）将霸王项羽的故事作了新的诠释。项羽作为叙事主体，将历史的帷幕层层掀起。他是能征善战的将帅，长剑在手，所向披靡，将20万秦军俘虏悉数杀埋，让刘邦的父亲、妻子成为待宰羔羊。他天纵豪情，负气使性，从不看重诡计与谋略，情愿我行我素，一路前冲。鸿门宴上，他率性放走心机叵测的刘邦，将到手的胜券又随手扔下。函谷关里，帝位唾手可及，他突然厌倦了征杀，想骑上他的乌骓马，带着虞姬回家。他果真是一位豪杰，被困垓下时面不改色，而虞姬死后便万念俱灰，放下了战功乃至生命。一路杀伐的项羽似乎身上充满了魔力，而一旦他停止杀戮，那把残酷的战争之刀就会刺向他自己。也许项羽称不称霸的问题，在今天已了无意义，而历史的悖论和人性的奥秘，才是今天的人们值得反思的问题。

话剧《蒋公的面子》由南京大学艺术硕士剧团于2012年5月在校内首演。① 该剧将发生在1943年和"文革"两个时空的故事同时呈现在舞台上。1943年时任国立中央大学校长的蒋介石邀请中文系三位知名教授吃年夜饭。三个知识分子在坚守独立人格和向现实妥协的两难处境中各自盘算到底要不要给蒋公面子。"文革"中，被打为"牛鬼蛇神"的他们又必须交代当年是否接受了蒋介石的宴请。他们到底有没有给蒋公面子？戏剧情节始终围绕着蒋公的面子展开，但主旨却是拷问知识分子自身的精神困境。该剧自2012年公演以来，至2019年12月已演出399场。从大学校园剧到社会话题热点，《蒋公的面子》的演出，是一种文化现象。首先，具有鲜明的精英立场，拒绝陈腐的道德说教，坚持描写人物的真实状态，在现实利益和精神操守的两难中，展现知识分子肉与灵的困境。全剧并不塑造道德楷模，而是用喜剧手法刻画大学教授在现实诱惑面前左右为难的窘境。它不是宣传和教化的实用主义戏剧，而是一出透露着对人性不乏悲悯之情的喜剧。其次，其演出策略坚持戏剧走向市场的原则，在保证票房收益的同时，不断提升艺术水准，不做非艺术的奴隶。一部话剧的成功不能只看它获得了多少奖项，还要看它能否带动更多的观众走进剧场。《蒋公的面子》成为当代话剧演出史上一个独特的现象，反映了话剧艺术的核心特征：扎根精英文学，坚持独立品格，适应市场机制。作为一部学生话剧，它在艺术上并非尽善尽美。导演吕效平认为"如果你知道世界戏剧的状况，你就知道《蒋公的面子》到底还是三年级本科生的习作"②。但《蒋公的面子》现象证明了中国话剧在21世纪依然可以秉承其在百年前初次进入中国社会时的文化精神，在文化生态中，坚守话剧艺术独立品格而成长。

2016年年末，赵淼在中国国家话剧院导演了黄维若编剧的《罗刹国》，这是颇有表现特色的肢体剧。此剧表现了一个诡异的灾变故事：中土之人马骥乘船出海，遭遇海难，顺

---

① 2012年，南京大学文学院戏剧影视艺术系的本科三年级学生温方伊在吕效平教授的指导下，以《蒋公的面子》为题，根据中大校长蒋介石邀请中文系教授吃年夜饭的传说，撰写了一部喜剧，载《人民文学》2013年第6期。该剧迄今已在南京、上海、北京、天津、重庆、广州、深圳、西安、成都、武汉、长沙、杭州、南昌、郑州、昆明、贵阳、济南、石家庄、沈阳、长春、大连、苏州等城市和美国的旧金山、洛杉矶、波士顿、纽约、华盛顿等地演出，至2019年12月达399场。2015年获江苏省第九届精神文明建设"五个一工程"（2012—2014）奖。

② 王学良：《〈蒋公的面子〉为何"有面子"？》，《新华每日电讯》2013年5月31日。

水漂流，来到了一座岛中之国罗刹国，见到了一群人不像人、鬼不像鬼的东西。戏剧以空的舞台、幽暗的光源，展示亦真亦幻的戏剧空间，以一个 1.5 米高、由两人操纵的皮影人充当大鬼，以传统中式服装、头戴傩戏面具的歌队成员，用戏曲身段扮演罗刹国的鬼魅。在罗刹国，是非颠倒，美丑异位，真即是假，假却是真，一切都与人的正常思维背离。他们的祖制陈规很快就将马骥的中土观念碾压粉碎。马骥要想活下去，就得像罗刹国的魑魅魍魉一样面目黧黑，为此他不得不戴上面具。在不知不觉中，马骥被面具异化，离人的本性越来越远，离鬼的世界越来越近。戏剧结尾时，马骥依然戴着面具，生活在罗刹人中间，他是选择周旋其间，还是已经完全被同化，没人能说出答案。此为一部关于生与死、人与鬼、美与丑、真与假、善与恶、爱与恨的寓言剧。

2017 年 1 月，李宝群编剧、王根导演、哲腾（北京）文化传播有限公司出品的《两只蚂蚁在路上》在国话先锋剧场演出，这是李宝群自 2012 年创作《两个底层人的夜生活》、2014 年创作《两只蚂蚁的地下室》之后的又一部力作，也是小剧场戏剧底层人三部曲的收官之作。剧中的男女主人公罗大海和刘素素是一对离异的出租车司机，离婚前他们轮开一辆出租车，离异后他们各开一辆出租车，变换的是家庭关系，不变的是的哥、的姐的社会身份和定位。他们在雾霾、拥堵、人群、嘈杂中奔突，在大街小巷中揽活儿；抬眼是与己无关的人生百态和满目繁华，低头是独自神伤的情感失落和家庭牵挂。他们的人生里满含现代社会的焦虑、彷徨、奋争、梦想，也蕴蓄小胡同里世俗生活的即视感和祸福相依的辩证法。此剧的舞美设计保持了简洁、鲜明、虚实结合的特点。舞台上两扇房屋内景的时开时合，在实景中显现出家庭的现实属性；而两把沙发椅子的交错挪移，两个印有 TAXI 的气球的飘动，便写意化、符号化地表现了出租车的功能。导演充分利用了舞台的假定性，舞台调度自由灵动。以投影仪显现的标志性站牌，象征性地表现了罗大海和刘素素不断变化的行踪，而两辆出租车的同时在场，实际上是相隔甚远的并置时空。

新世纪以来，随着民营戏剧的发展壮大以及文化环境的变化，小剧场戏剧的流行化、商业化、娱乐化趋势逐渐明显，比较著名的民营演出团体有：戏逍堂、雷子乐笑工厂、三拓旗剧团、开心麻花剧社、哲腾演出运营院线、李伯男戏剧工作室、至乐汇等。孟京辉编导的《两只狗的生活意见》，李伯男编导的《剩女郎》《建家小业》等，北京开心麻花娱乐文化传媒股份有限公司的《想吃麻花现给你拧》《夏洛特烦恼》，邵泽辉编导的《在变老之前远去》《太阳·弑》等，至乐汇演出的《驴得水》《破阵子》等，赵淼编导的《署雷公》《失歌》等，黄盈编导的《卤煮》《黄粱一梦》等，往往借助主流文化热点，对历史与现实进行艺术的折射式反映，采用戏仿、戏谑等喜剧手段或肢体语言与新的叙事手段，反映年轻人对社会人生的反思，顺应青年观众的欣赏习惯，在演出市场上赢得了自己的一席之地。

话剧作为一门综合艺术，其创作需要艺术创意的前瞻性、灵魂刻画的深刻性、情节结构的技巧性、叙事语言的生动性。较之其他艺术门类的创作而言，话剧创作更具难度和挑战性。刘恒说："写电视剧是瓦匠砌砖头垒墙，写电影剧本是木匠打家具，写话剧是石匠雕塑像。总之，一个比一个精巧，也一个比一个难。"[①] 足以代表一时代的力作，尚待时日。

---

① 转引自桂杰：《作家刘恒打造〈窝头会馆〉》，《中国青年报》2009 年 8 月 18 日。

第三节 散　　文

当有的散文越写越长时，断片式写作也在信息碎片化的网络世界里如鱼得水。电子传媒的崛起是否将改变散文文体形态？

21世纪以来的学者散文和文化散文接继20世纪的余波。杨绛的《我们仨》回忆一家人60余年间走过的风风雨雨，发出"世间好物不坚牢，彩云易散琉璃脆"的人生哀痛。96岁以后出版的《走到人生边上——自问自答》《坐在人生边上——杨绛先生百岁答问》则是老人对生老病死、人生的价值和灵魂问题的追问与探究。

1999年学者南帆出版《自由与享用》《叩访感觉》等智性散文集，他对躯体有敏锐而犀利的感觉，具丰富的想象与联系，将理论积累化作散文的思想力量。2000年以来，南帆以《关于我父母的一切》叩问普通人的生存意义何以被历史所淹没，他重新打捞父母的人生岁月以对抗时代的遗忘症。《辛亥年的枪声》通过对林觉民形象与《与妻书》的重新解读，探索历史如何遮蔽或重塑后人记忆的问题。余秋雨的《千年一叹》、王充闾的《何处是归程》、邵燕祥的《我死过，我幸存，我作证》、韩少功的《山南水北》等学者散文和文化散文，题材、风格各异，在读书界各有影响。

21世纪的报告文学、历史纪实类作品一般归属于非虚构写作。产生广泛影响的有章诒和的《往事并不如烟》《伶人往事》，傅国涌的《1949年：中国知识分子的私人记录》，赵柏田的《历史碎影：日常视野中的现代知识分子》，岳南的《南渡北归》，詹谷丰的《书生的骨头》等。从题材上看，它们与20世纪90年代中后期由陆键东的《陈寅恪的最后二十年》、韦君宜的《思痛录》、陈徒手的《人有病 天知否——一九四九年后中国文坛纪实》以及李辉的《文坛悲歌》等作品一脉相承；文体形式则受海内外史学界如黄仁宇的《万历十五年》、唐德刚的《胡适杂忆》等史著和传记文学的启迪。尤其是忆叙人物的纪实文学，多采用中国传统的"列传"式结构，以一个个人物为单元，最终在整体上呈现决定每个人物的命运背后共同的时代框架。

陈桂棣、春桃夫妇是合肥市文联的专职作家，从2000年开始，他们耗时3年，对安徽及周边省份50多个县市的农村进行了深入的调查和采访，撰写了引发震荡效应的长篇报告作品《中国农民调查》。全书描绘了农民的生活现状，分析了造成中国农民负担过重的原因并探讨了减轻农民负担的对策。作品的亮点在开篇四章，写农民负担过重，生活贫穷，农村的社会环境恶劣。对几起典型的加重农民负担的恶性案件的描写和分析深刻而犀利，"农民真苦、农村真穷、农业真危险"的真相发人深省。但作家自己也承认，当时国家的多项政策"显然都是非常必要和急切的，但它显然又都还不是解决'三农'问题的治本之策、根本出路"。

章诒和（1942—　），安徽桐城人，从事戏剧研究。《往事并不如烟》《伶人往事》语言典雅、细节精美、思想犀利、情感丰沛，是作者文化视野、学术底蕴和文学功底的综合呈现。因父亲章伯钧的特殊地位，章诒和从小接触到一批重要的民主党派高层人士和知识分子，《往事并不如烟》重提这些几乎被遗忘的"右派"群体的往事，生动地还原了20世纪五六十年代一个个历史现场。鲜活的记忆和灵动的笔墨，厚重的题材与沉重犀利的追问,人生的历练和深厚的文学功底,使作品在海内外读书界引起了不小的震动。2006年出版了《伶人往事》,作为戏剧研究者,面对"博大精深的传统艺术,正以令人炫目的方式走向衰微"的现实,不免怀着"故人何在,前程哪里,心事谁同?"的忧伤,要用文字为风华绝代的梨园艺人和中国传统文化唱一曲挽歌,进而思考现代化进程中"继承传统文化的难题"(《伶人往事·自序》)。"他们的种种表情和眼神都是与时代遭遇的直接反应。时代的潮汐,政治的清浊,将其托起或吞没。但有一种专属于他们的姿态与精神,保持并贯通始终。"作品穿插了梨园掌故、艺人逸事,有说书意味,又擅长以细节、对话、情节来刻画人物、渲染悲剧气氛,契合戏曲文化的妙趣。

岳南创作的大型历史纪实文学《南渡北归》,耗费八年时间,作者搜集了千万字的资料,写成百万字的篇幅,使之成为世纪之交进行历史重写和文化反思的重要收获,此作与齐邦媛的《巨流河》在文体上有所呼应,而结构更为恢宏。作者以烽火中国为叙述起点,以西南联大为中心,以南渡—北归—离别为发展线索,史诗般地再现了抗战全面爆发后中国知识界的聚合离散和心路历程。作品重点叙写的人物有蔡元培、蒋梦麟、梅贻琦、张伯苓等教育家,清华四大导师王国维、梁启超、赵元任、陈寅恪,首届中央研究院院士胡适、傅斯年、李济、郭沫若、董作宾、梁思成等,此外顾颉刚、金岳霖、冯友兰、陶孟和、林徽因、曾昭燏、曾昭抡、吴宓等中国现代学人,也纷纷亮相,令人叹为观止。作者一方面以"信史"为目标,大量采用了档案、回忆录、传记及其他文献资料,文后所附注释更是洋洋大观,与正文形成互补,读来饶有趣味;另一方面情热于中,褒贬分明,笔挟风云,"独立之思想,自由之精神"成为他评判历史人物的标准和尺度,并贯穿全书始终。

"新散文"创作群体及其作品也值得关注。云南《大家》杂志在1998年第1期推出《新散文》栏目。"当松懈的创作者们依然沉溺于消费性散文创作的繁荣的假象中时,诗人身份的张锐锋、庞培、于坚、钟鸣等人开始了他们对散文文体的自觉探索。一种'新散文'的创作现象正在形成。"① 新散文群体无严格意义上的界定,一般认为包括苇岸、张锐锋、庞培、于坚、钟鸣、宁肯、冯秋子、王小妮、凸凹、塞壬、黑陶、格致、周晓枫、瞿永明、杜丽、李敬泽、祝勇、江子等作家,其中相当一部分为诗人。除个人选集外,出版界推出了《新散文九人集》、先锋文丛以及新散文系列等丛书。新散文的特点有三:第一,个体性。与传统散文强烈的意识形态色彩相比,新散文重视向内心窥探,书写作家心中的大世界。新散文要求写出"我"的声音,认为散文是一个人的讲述,一个人的思考。第二,去中心化。新散文不再围绕中心写作,尝试去中心化,企图写出生活的复杂性和个体的丰富性。从叙事方式来说,它否定事物之间的因果性,认可复杂事实之间的相关性。第三,大容量。新散文一改传统散文短小的形式和篇幅,极大地增加了散文的容量。张锐锋在《文学大坐标上的新散文》中说:"'去中心化'的尝试为散文文本的开放打开通道,过去那种着眼于单一指向的叙事方式让位于复杂事实之间的相关性,因果性让位于相关性。散文是一个人的讲述,一个人的思考。'我',弥漫在每一个事实中,所有的事实都转

---

① 陈慧:《新散文:写作中的散文》,《大家》1998年第1期。

变为'我'的事实,'我'和事实有着共存的关系。"① 祝勇认为,所谓新散文,就是要突出重围,"对传统散文势力表现出疏离和反叛的姿态","比如篇幅短小、一事一议、小中见大等等"。② 新散文作品还有篇幅长、跨文体创作、允许虚构想象等文学手法合理存在等特点。张锐锋提出,"一个灵魂必须具备飘动的能力",散文就是"让隐匿的事物发亮"。他的《大树的重心》,由冬天的第一场雪抒写自己的怀乡病,面对雪中凌乱、芜杂、喧闹的城市,"我想到了相反的一些事情,童年的雪,乡村的雪",想起冬天乡村剪纸、碾米、做豆腐等年节风俗。张锐锋散文用词繁复细密,思绪随时改变路径,"某一件细小的事会触动某一个按键,一些记忆就会像灯一样点亮,它为我们作提示,指明了一些线索,甚至是次要的线索,迫使我们像侦探一样陷入自己的思维迷网之中"(《大树的重心》),可见其散文运思的特点。周晓枫在《你的身体是个仙境》里,痛切、大胆地表现女性的成长经验,实践自己"写作必须有能力逼近破损的真相"的散文理念。于坚散文多为日常生活之"记",如《住房记》《运动记》《装修记》等,他以略带嘲讽的口吻,记叙个人在生活之流中随时萌生又随时掠过的各种感觉与情绪。作为编辑的李敬泽过着与书相伴的生活,他向往"做一个彻底的无所事事的读者","把职业之外的每一次阅读当作一次越轨,一次短暂的解放,一次自我报复"③。《看来看去或秘密交流》《平心》《读无尽岁月》等散文集均为读书随笔,但作者联想自由,议论风生,擅长以文字游戏化解读书随笔的老成持重。还有一些新散文作品,保留了诗人对语词运用的敏感以及将具体、常识、细节化作意象的思维方式,但也存在涩塞冗长的毛病。新散文能否真正推动传统散文的变革与创新,有待时间验证。

先锋作家们的文学笔记,由20世纪90年代延续至新世纪。主要有马原的《阅读大师》、格非的《塞壬的歌声》、余华的《我能否相信自己》、王安忆的《心灵世界——王安忆小说讲稿》、叶兆言的《看书:叶兆言的品书笔记》以及残雪的一系列文学笔记。它们大多数是先锋作家以自身的文学经验为依据,对中外经典文学作品进行的"复述"、批评和解读,带有明显的形式主义倾向,其中比较特别的是先锋小说家残雪。21世纪以来,残雪出版了《灵魂的城堡——残雪读卡夫卡》《解读博尔赫斯》《永生的操练——解读〈神曲〉》《地狱中的独行者》《艺术复仇——残雪文学笔记》《辉煌的裂变——卡尔维诺的艺术生存》等六部文学随笔,与卡夫卡、博尔赫斯、但丁、歌德、莎士比亚、卡尔维诺、鲁迅等作家展开一场场灵魂的对话。有人认为:"残雪的文学批评从本质上仍然属于一种创作行为,她对经典作品中人物精神层次及其矛盾性问题的探寻,不过是一种纯然属己的'误读'艺术,而这种戴着经典作品的镣铐所展开的精神之舞,无疑体现了残雪独具特色的思想方式。"④

本时期受到读者喜爱的,还有北岛的《城门开》、李茵的《永州旧事》、李娟的《我的阿勒泰》等散文作品。

---

① 张锐锋:《文学大坐标上的新散文》,《文艺报》2019年3月18日。
② 祝勇:《新散文九人集·序》,中国广播电视出版社2003年版。
③ 李敬泽:《读无尽岁月·序》,百花文艺出版社2003年版。
④ 叶立文:《"复述"的艺术——论当代先锋作家的文学批评》,《文学评论》2012年第4期。

新时代的中国文学，在市场化、商品化和主流文化推动下正经历着裂变。在多维文学空间和纷繁文学呈现中，新时代的中国文学又一次走向历史与时代的交叉口。

中华民族自尊、自强、崛起的时代，市场经济与消费的时代，都向艺术的独创性与深刻性提出了更高的要求。中国文学家、艺术家和理论家应该以睿智的思考，以历史的深邃、哲学的深刻、美学的境界应对时代的挑战。

百年以来形成的新文学传统在今天是否还有意义？百年新文学传统如何传承发展？精英文学在今天是否还需坚守？市场化与经济规律鼓荡下的文学如何开拓出自身的新领域？新世纪文学如何更深地掘入人性与时代的深处？21世纪的中国文学究竟应该以何种姿态融入世界文学之林？

以文学现代性获得为主要实践的中国现代文学已历百年，现代人学思想的建构探讨，人的观念的不断发现与解放，文学本体的现代性获得，构成其主要历程。百年中国现代文学，就是表述对现代中国自尊自强崛起的思考与情感，讲述现代中国阵痛、蜕变、探索、新生的故事，以人民为中心的导向，以中国精神为社会主义文艺的灵魂，建构现代中国文学创作与批评话语体系的奔腾波涌的历程。其业绩成就与探索，诞生了鲁迅、郭沫若、茅盾、老舍、巴金、曹禺、沈从文、张爱玲，产生了莫言、陈忠实等大师名家和杰作。

一百年来，社会的、政治的、军事的、经济的、文化的，官方的与民间的，新潮的与传统的，西方的与本土的，中国的与国际的，各种力量轮番错杂地对中国文学缪斯加以影响、规约与掌控。中国现代文学的百年，就是文学与文学之外的种种力量博弈、对话、挣扎、和解、平衡的历程，昂扬、奋进、不屈、坚守，与忧伤、失落、痛苦、退让并存。

人的无限的丰富性与可能性，决定了人的文学的广阔空间，也不断带来人的文学的新的挑战与困惑。面对人，面对形形色色的生态与心态，心性与双手，精神与情愫，欲望与追求，中国现代文学如何抱以特别的敏感、由衷的敬畏以及探究的勇气、表现的智慧，以开放性的精神生产方式，不断孕育和催生独具自我个性与风采的文学生命创造，永远在行进中。

中国现代文学正在走向第二个百年，走向新时代，走向未来，走向世界，期待产生新的鲁迅，新的屈原、司马迁、李白、杜甫、苏东坡、汤显祖、曹雪芹，创造瑰异辉煌的中国文学。

魂兮归来，伟大的中国文学！

研 习 导 引

商品时代还需要精英文学吗？

新世纪文学纷繁百态，文坛进入活跃时期。有学者看到，最近20年，中国大陆的文学地图明显改变。不但网络文学迅速发展、急剧分化，纸面文学内部也快速重划领地：以《收获》《人民文学》为首的"严肃文学"的影响范围明显缩小，《最小说》一类"新资本主义文学"急剧扩张，《独唱团》更是异军突起，竖起"第三方向"的路标。文学地图的巨变背后，是社会结构，科技条件，政治、经济、文化机制及其相互关系的深刻变化。

面对新的文学格局，评论和研究者必须放大视野、转换思路、发展新的分析工具。①

有学者则批评道："文学的精神品格和价值承担、人类的道德律令和心智原则，终于让位于个体欲望的无限表达，在线写作的修辞美学让位于意义剥蚀的感觉狂欢，虚拟空间里失去约束的主体和得到解放的个体，最终得到的只能是消费意识形态的文化表达。"②

商品时代还需要精英文学吗？鲁迅在今天还有意义吗？中国文学向何处去？对此有不同看法。主流文化界对当下文化的成就给予高度评价。坚持精英文学立场的作家张炜说："从某种意义上讲，文学是商品时代的敌人。但商品时代作为一个大背景，又是文学的母体和悲凉的恩师。正是因为它，一种物质和欲望筑成的不可穿凿的壁垒，才使精神和文学有了另一种可能性：一次彻底的决绝。……然而，一个时期真正的精神危机却是心灵上的慌乱和庸俗的喜乐，那样的结果只能是正在发生的悲剧：太多的作家正以自己的努力融进那个'背景'，惟恐被一个狂飙突进的时代所抛弃。"③

第十六章专题讲座
季国平：中国戏曲，如何赢得未来？1-2
朱栋霖：2000年以来的戏剧

第十六章
拓展研读资料

---

① 王晓明：《六分天下：今天的中国文学》，《文学评论》2011年第5期。
② 欧阳友权：《数字媒介与中国文学的转型》，《中国社会科学》2007年第1期。
③ 张炜：《精神的背景——消费时代的写作与出版》，《上海文学》2005年第1期。转引自《当代作家评论》2005年第1期。

中国当代文学大事记(1949—2018)

1949 年

5 月,电影故事片《桥》(导演王滨)问世。

7 月 2 日—19 日,中华全国文学艺术工作者代表大会在北京举行。成立中华全国文学艺术界联合会(后改名为中国文学艺术界联合会),郭沫若任主席,茅盾、周扬任副主席。此后分别建立文学、音乐、舞蹈、美术、戏剧、电影、曲艺等全国性协会。

8 月—10 月,上海《文汇报》讨论小资产阶级是否可作为文艺作品的主角。

9 月 25 日,中国文联机关报《文艺报》创刊。

1950 年

1 月,萧也牧短篇小说《我们夫妇之间》发表在《人民文学》第 1 卷第 3 期。1951 年 6 月,《人民日报》对其公开批判。

2 月,天津《文艺学习》创刊,发表阿垅《论倾向性》,引起文艺与政治关系问题的讨论。

9 月 10 日,《北京文艺》创刊号发表老舍话剧《龙须沟》。

11 月,上海各影院配合抗美援朝运动,一致停映美国影片。

1951 年

4 月 11 日,《人民日报》发表魏巍散文《谁是最可爱的人》。

5 月 20 日,毛泽东为《人民日报》撰写社论《应当重视电影〈武训传〉的讨论》。

6 月,文化部决定逐步将私营电影业转为公有制。

12 月 23 日,北京市人民政府授予老舍"人民艺术家"称号。

本年,台湾第一家纯诗刊物《新诗周刊》创刊。

1952 年

3 月 15 日,《太阳照在桑干河上》《白毛女》获苏联斯大林文学奖二等奖。《暴风骤雨》获斯大林文学奖三等奖。

5 月 25 日,舒芜在《长江日报》发表《从头学习〈在延安文艺座谈会上的讲话〉》。

10 月,上海电影制片厂《南征北战》摄制完成,这是 1949 年后拍摄的第一部战争片。

1953 年
2月，纪弦在台湾创办《现代诗》季刊。
2月15日，《文艺报》（第3期）发表何其芳《现实主义的路，还是反现实主义的路？》。
3月11日，周扬在全国第一届电影剧作会议上作《关于学习社会主义现实主义问题的报告》。
9月23日—10月6日，中国文学艺术工作者第二次代表大会在北京召开。
12月24日，政务院第199次政务会议通过《关于加强电影制片工作的决定》。

1954 年
1月，梁羽生小说《龙虎斗京华》在香港《新晚报》连载。
7月，胡风向中共中央递交《关于解放以来的文艺实践情况的报告》（"三十万言书"）。
9月，李希凡、蓝翎《关于〈红楼梦简论〉及其他》在《文史哲》发表。
10月16日，毛泽东给中央政治局委员写了《关于"红楼梦研究"问题的信》，开展对俞平伯《红楼梦》研究的批判，随后对"胡适反动思想"的批判在国内全面展开。

1955 年
2月，金庸《书剑恩仇录》在香港《新晚报》连载。
2月5日，胡风"三十万言书"第二、四部分作为《文艺报》（第1—2期合刊）的附册发表。
5月13日，根据舒芜提供的与胡风的往来书信，由毛泽东撰写序言与按语的《关于胡风反党集团的一些材料》发表于《人民日报》。
5月16日，公安部拘捕胡风和胡风集团成员。

1956 年
1月，台北召开第一届现代诗人代表大会，宣布成立"现代派"。
4月28日，毛泽东正式提出"百花齐放、百家争鸣"方针。
5月26日，陆定一在中南海怀仁堂作《百花齐放，百家争鸣》报告。
8月24日，毛泽东与部分音乐工作者谈话，谈"古为今用、洋为中用"等问题。
9月，《人民文学》（第9期）发表《现实主义——广阔的道路》（何直）。
12月，《文艺报》（第23期）发表钟惦棐的《电影的锣鼓》。

1957 年
1月，老舍《茶馆》发表于《收获》（第1期）。
5月，中共中央组织全国"大鸣大放"。钱谷融《论"文学是人学"》发表于《文艺月报》(第 5 期)。

6 月 8 日,《人民日报》发表社论《这是为什么?》,"反右运动"开始。

9 月,曲波长篇小说《林海雪原》由人民文学出版社出版。

11 月,梁斌长篇小说《红旗谱》由中国青年出版社出版。

1958 年

1 月,周立波长篇小说《山乡巨变》在《人民文学》上连载。杨沫长篇小说《青春之歌》由作家出版社出版。

4 月 14 日,《人民日报》发表社论《大规模地收集全国民歌》,全国掀起新民歌运动。

5 月,毛泽东提出无产阶级文学艺术革命现实主义和革命浪漫主义相结合的创作方法。全国高校、文艺界(电影界)开展"拔白旗"运动。北京大学组织批判王瑶《中国新文学史稿》。

1959 年

4 月,《延河》(第 4—7 期)连载柳青长篇小说《创业史》。

5 月,《收获》(第 3 期)发表郭沫若历史剧《蔡文姬》。

1960 年

1 月,《文艺报》《文学评论》等刊物批判巴人、钱谷融等的人性论观点。

3 月,白先勇、王文兴、陈若曦等在台北创办《现代文学》。

7 月 22 日—8 月 13 日,中国文学艺术工作者第三次代表大会在京举行,周扬作《我国社会主义文学艺术的道路》报告。

1961 年

1 月,吴晗历史剧《海瑞罢官》发表于《北京文艺》(第 1 期)。

3 月 26 日,《文艺报》(第 3 期)发表张光年执笔专论《题材问题》。

6 月 1 日—28 日,中宣部在北京新侨饭店召开全国文艺工作座谈会(又称"新侨会议")。

6 月 8 日—7 月 2 日,全国故事片创作会议在北京召开,周恩来作重要讲话。

11 月,罗广斌、杨益言长篇小说《红岩》开始在《中国青年报》连载。

1962 年

2 月 17 日,周恩来在紫光阁召开在京 100 多位剧作家参加的座谈会。

2 月 24 日,胡适在台北逝世,享年 72 岁。

3 月 2 日—26 日,文化部在广州召开话剧、歌剧、儿童剧创作座谈会(又称"广州会议")。

5 月,第一届《大众电影》百花奖评选结果揭晓,《红色娘子军》获最佳故事片奖。

8 月 2 日—16 日,中国作协在大连召开农村题材短篇小说创作座谈会(又称"大连会议")。

9月24日，中共中央八届十中全会在京举行。毛泽东提出："千万不要忘记阶级斗争。"会上，康生诬陷小说《刘志丹》是"为高岗翻案的反党大毒草"。毛泽东说："利用写小说搞反党活动，是一大发明。"

1963年

1月1日，柯庆施、张春桥、姚文元等在上海文艺工作者座谈会上提出"写十三年"口号。

7月，姚雪垠长篇历史小说《李自成》（第一卷）由中国青年出版社出版。

10月，香港刘以鬯意识流长篇小说《酒徒》出版。

1964年

1月，《收获》（第1期）发表浩然长篇小说《艳阳天》。

4月，吴浊流成立《台湾文艺》杂志社并创办《台湾文艺》。

6月27日，毛泽东在对中央宣传部《关于全国文联和各协会整风情况的报告（草稿）》的批示中批评"这些协会和他们所掌握的刊物的大多数"，"最近几年，竟然跌到了修正主义的边缘"。

7月，文联各协会开始整风。

7月30日，《人民日报》发表文章批判电影《北国江南》；《电影艺术》（第4期）批判《早春二月》和《北国江南》。此后，被批判的有电影《林家铺子》《舞台姐妹》《逆风千里》《不夜城》《抓壮丁》，京剧《李慧娘》《谢瑶环》，小说《赖大嫂》《陶渊明写〈挽歌〉》等。

1965年

6月，金敬迈《欧阳海之歌》（节选）在《解放军文艺》（第6期）发表。

11月10日，姚文元《评新编历史剧〈海瑞罢官〉》在《文汇报》发表。

11月，香港文社联会筹备成立。

1966年

2月2日—20日，江青召开部队文艺工作座谈会，形成《林彪同志委托江青同志召开的部队文艺工作座谈会纪要》。

5月10日，姚文元《评"三家村"——〈燕山夜话〉、〈三家村札记〉的反动本质》在《解放日报》《文艺报》《文汇报》发表。

5月16日，中共中央通过指导"文化大革命"的纲领性文件《五一六通知》。

5月18日，邓拓自杀。

6月1日，《人民日报》发表社论《横扫一切牛鬼蛇神》，全国开始破"四旧"。

7月，除《解放军文艺》外，全国的文艺刊物陆续停刊。全国各制片厂均停止电影生产。

8月8日，中共中央八届十一中全会通过《关于无产阶级文化大革命的决定》（即"十六条"）。

8月24日，老舍自尽，终年67岁。

10月，台湾《文学季刊》创刊。

1967年

1月，《红旗》杂志（第1期）发表姚文元《评反革命两面派周扬》。《智取威虎山》《红灯记》等8个"样板戏"在北京上演。

4月1日，《红旗》杂志（第5期）发表戚本禹《爱国主义还是卖国主义？——评反动影片〈清宫秘史〉》。

本年，台湾中国新诗学会成立。

1968年

5月23日，《文汇报》发表于会泳《让文艺舞台永远成为宣传毛泽东思想的阵地》，提出"三突出"创作原则。

1969年

7月—9月，文化部和文联全部工作人员分别下放湖北咸宁等五七干校。

9月30日，《红旗》杂志（第10期）发表文章，提出"学习革命样板戏、保卫革命样板戏"。

本年，吴浊流在台湾设立吴浊流文学奖。

1970年

5月，《红旗》（第5期）发表革命样板戏《红灯记》演出本；同月31日，《文汇报》发表《沙家浜》演出本。

1971年

10月，全国开始"批林整风"。

本年内，八一、长春、上海等制片厂相继完成革命样板戏电影《智取威虎山》（京剧）、《红灯记》（京剧）、《沙家浜》（京剧）和《红色娘子军》（舞剧）的拍摄。

1972年

2月，关杰明在"《中国时报·人间副刊》"发表《中国现代诗的困境》，引发台湾现代诗论争。

5月，浩然长篇小说《金光大道》（第一部）由人民文学出版社出版。

本年内，北京、长春、上海、八一等制片厂相继完成《海港》、《龙江颂》、《白毛女》（舞剧）等五部革命样板戏电影的拍摄。

1973 年
5 月,《朝霞》丛刊在上海创刊。
7 月,"唐文标事件"发生,引起台湾文坛乡土派与现代派论争。
7 月 28 日,江青等指示审查"为反革命修正主义教育路线招魂"的湘剧影片《园丁之歌》。

1974 年
1 月 16 日,故事片《艳阳天》《青松岭》《战洪图》《火红的年代》在全国各地陆续上映。这是"文革"以来首次上映新的国产故事片。
6 月,浩然《金光大道》(第二部)由人民文学出版社出版。

1975 年
2 月,长春电影制片厂摄制的《创业》(张天民编剧)正式公映。
7 月,毛泽东对影片《创业》编剧的来信作了批示并对影片给予肯定。
8 月 14 日,毛泽东发表关于《水浒》的谈话。全国开展对《水浒》的大规模讨论。
8 月,第一部描写"与走资派斗争"的影片《春苗》在全国公映。

1976 年
3 月,《红旗》杂志(第 3 期)发表姚文元审定的文章《坚持文艺革命,反击右倾翻案风》。
4 月 5 日,天安门广场群众悼念周恩来逝世爆发高潮,后被称为"四五"运动。
9 月 9 日,毛泽东逝世。
10 月 6 日,"四人帮"被抓捕,十年"文革"结束。

1977 年
5 月 18 日,《人民日报》发表文化部批判组文章《评"三突出"》。
11 月,刘心武短篇小说《班主任》在《人民文学》(第 11 期)发表。

1978 年
5 月 11 日,《光明日报》发表特约评论员文章《实践是检验真理的唯一标准》。
5 月 27 日,中国文学艺术界联合会第三届全国委员会第三次(扩大)会议在京举行。
8 月 11 日,卢新华小说《伤痕》在《文汇报》发表。
12 月,中共中央十一届三中全会在北京召开。

1979 年
5 月 3 日,中共中央撤销《林彪同志委托江青同志召开的部队文艺工作座谈会纪要》。
10 月 30 日—11 月 16 日,中国文学艺术工作者第四次代表大会在京举行。
本年,全国电影市场创下全民平均观看电影 28 次、全国观众达 293 亿人次的空前纪录。

1980 年

1 月，《文学评论》（第 1 期）开辟"文艺和政治关系的讨论"专栏。

5 月，中断多年的《大众电影》百花奖恢复举办，第三届百花奖授奖大会在北京举行。

7 月 26 日，《人民日报》发表社论《文艺为人民服务，为社会主义服务》。

8 月，《诗刊》发表章明《令人气闷的"朦胧"》，引发关于"朦胧诗"问题的讨论。

1981 年

3 月，巴金倡议建立中国现代文学馆。中国电影家协会和中国文联主办的中国电影金鸡奖创立。

3 月 20 日，中国作协主席团召开会议，决定成立茅盾文学奖评奖委员会。

3 月 27 日，茅盾逝世，享年 85 岁。

4 月 20 日，《解放军报》发表特约评论员文章《四项基本原则不容违反——评电影文学剧本〈苦恋〉》。《飞天》《女贼》《假如我是真的》等被批判。

9 月，高行健的《现代小说技巧初探》由花城出版社出版。

1982 年

4 月 17 日，《红旗》杂志（第 8 期）刊登胡乔木文章《关于资产阶级自由化及其他》。

5 月，路遥中篇小说《人生》在《收获》（第 3 期）发表。

9 月，高行健、刘会远话剧剧本《绝对信号》在《十月》发表。

12 月，第一届茅盾文学奖揭晓，姚雪垠《李自成》（第二卷）、古华《芙蓉镇》、魏巍《东方》、莫应丰《将军吟》、李国文《冬天里的春天》、周克芹《许茂和他的女儿们》获奖。

1983 年

1 月 4 日，《人民日报》发表社论《坚定不移地贯彻执行百花齐放、百家争鸣的方针》。

3 月，周扬在纪念马克思逝世 100 周年学术报告会上发表《关于马克思主义的几个理论问题的探讨》，刊于《人民日报》3 月 16 日。

11 月 5 日，周扬发表谈话，就自己在"异化"和人道主义问题上的错误观点作了自我批评。

11 月 10 日，中国文联在北京召开部分文学艺术家座谈会，讨论抵制和清除精神污染问题。

1984 年

1 月 3 日，胡乔木发表《关于人道主义和异化问题》的讲话。

5 月，刘再复论文《论人物性格的二重组合原理》在《文学评论》发表。

7月，阿城中篇小说《棋王》在《上海文学》发表。

1985年
3月26日，中国现代文学馆举行开馆典礼，巴金主持。
12月10日，第二届茅盾文学奖揭晓，李准《黄河东流去》、张洁《沉重的翅膀》（修订本）、刘心武《钟鼓楼》获奖。
本年，相继出现探索性作品《小鲍庄》《你别无选择》《透明的红萝卜》《爸爸爸》《无主题变奏》《冈底斯的诱惑》《男人的一半是女人》等。

1986年
3月4日，丁玲逝世。
3月6日，朱光潜逝世。
11月9日，中国作家协会主办综合性文学奖——鲁迅文学奖。
12月1日，《野山》在法国南特三大洲国际电影节上获大奖。
12月，路遥长篇小说《平凡的世界》在《收获》（第6期）发表。
本年，叶石涛《台湾文学史纲》发表。

1987年
1月6日，《人民日报》发表社论《旗帜鲜明地反对资产阶级自由化》。

1988年
2月23日，电影《红高粱》在第38届西柏林国际电影节上获金熊奖。
4月，《上海文论》开辟"重写文学史"专栏，共刊出9期。
5月10日，沈从文逝世。
11月8日—12日，中国文学艺术界联合会第五次全国代表大会在北京举行。

1989年
1月，王朔等12位作家成立1949年以来第一个民间作家组织——海马影视创作中心。
2月17日，《中共中央关于进一步繁荣文艺的若干意见》公布。
3月26日，诗人海子在山海关卧轨自杀。
7月31日，周扬逝世。

1990年
1月1日，江泽民等领导人会见文艺界代表。
1月10日，李瑞环作《关于弘扬民族优秀文化的若干问题》的讲话。

1991年
3月，第三届茅盾文学奖揭晓，路遥《平凡的世界》等获奖。

1992 年

1 月,邓小平发表南方谈话,又一次推动改革开放的进程。

11 月 17 日,路遥逝世,终年 43 岁。

1993 年

1 月,王蒙在《读书》杂志(第 1 期)发表文章《躲避崇高》,在文化界引起争议。

6 月,贾平凹长篇小说《废都》由北京出版社出版。陈忠实长篇小说《白鹿原》由人民文学出版社出版。

1994 年

1 月,"两岸三边华文小说研讨会"在台北举行。

1995 年

9 月 8 日,张爱玲在美国洛杉矶逝世。

1996 年

12 月 13 日,曹禺逝世。

12 月 16 日,中国文联第六次、中国作协第五次全国代表大会在北京召开,巴金再次当选作协主席。

1997 年

4 月 11 日,王小波逝世,终年 45 岁。

12 月 9 日,第四届茅盾文学奖揭晓,王火《战争和人》、陈忠实《白鹿原》(修订版)等获奖。

1998 年

12 月 19 日,钱锺书逝世,享年 88 岁。

1999 年

2 月 28 日,冰心逝世,享年 99 岁。

8 月,香港《亚洲周刊》选出 20 世纪中文小说一百强,鲁迅《呐喊》名列榜首。

11 月,《中国青年报》发表王朔《我看金庸》,引起争议。

2000 年

11 月 11 日,第五届茅盾文学奖揭晓,张平《抉择》、王安忆《长恨歌》、王旭烽《茶人三部曲》、阿来《尘埃落定》获奖。

2001 年

9月23日，第二届鲁迅文学奖揭晓，刘庆邦《鞋》等35篇（部）作品获奖。

12月18日—22日，中国文联第七次、中国作协第六次全国代表大会在北京举行。巴金再次当选为新一届作协主席。

2002 年

10月22日，第二届老舍文学奖在京颁奖，张洁《无字》、刘庆邦《神木》等获奖。

2003 年

6月，贾平凹获法国文化交流部颁发的"法兰西共和国文学艺术荣誉奖"。

11月19日，施蛰存逝世，享年98岁。

2004 年

10月19日，中国内地第一个文学节——北京文学节开幕。

11月，《福布斯》中文版"中国名人榜"公布，余秋雨、海岩、池莉、郭敬明、刘震云五位作家上榜。

2005 年

1月，莫言获意大利诺尼诺国际奖。

1月13日，第三届老舍文学奖在京揭晓，阎连科《受活》等获奖。

4月，第六届茅盾文学奖揭晓，熊召政《张居正》等获奖。

6月26日，第三届鲁迅文学奖颁奖典礼在深圳举行，毕飞宇《玉米》等29篇（部）作品获奖。

10月17日，巴金逝世，享年101岁。

2006 年

1月12日，中共中央、国务院发布《关于深化文化体制改革的若干意见》。

11月10日—14日，中国文联第八次、中国作协第七次全国代表大会在北京举行。孙家正当选中国文联主席，铁凝当选中国作协主席。

2007 年

3月，德国汉学家顾彬批评中国当代文学。

10月，第四届鲁迅文学奖揭晓，蒋韵《心爱的树》、范小青《城乡简史》等32篇（部）作品获奖。

2008 年

10月，第七届茅盾文学奖揭晓，贾平凹《秦腔》等获奖。

11月12日，中国文联、文化部、中国作协在北京人民大会堂举行周扬诞辰一百周年座谈会。

2009 年
2 月，张爱玲自传体小说《小团圆》在台北出版。
12 月 18 日，中国作家协会为维护中国作家的合法权益，向谷歌公司发出维权通告。

2010 年
10 月，第五届鲁迅文学奖揭晓，方方《琴断口》等 30 篇（部）作品获奖。
11 月，《钟山》评出"30 年（1979—2009）十大诗人"：北岛、西川、于坚、翟永明、昌耀、海子、欧阳江河、杨炼、王小妮、多多。

2011 年
8 月 20 日，第八届茅盾文学奖揭晓，张炜《你在高原》、刘醒龙《天行者》、莫言《蛙》、毕飞宇《推拿》、刘震云《一句顶一万句》获奖。
9 月 15 日，《鲁迅大全集》（长江文艺出版社）在北京首发。

2012 年
5 月，全国各地举行毛泽东《在延安文艺座谈会上的讲话》发表 70 周年纪念活动。作家出版社出版了由 100 位作家、艺术家分段抄录的《讲话》手抄本。
10 月 11 日，莫言获诺贝尔文学奖。

2013 年
3 月，金宇澄小说《繁花》由上海文艺出版社出版，其先在《收获》2012 年长篇小说秋冬号上发表。
本年，在国家新闻出版广电总局书号中心登记的原创长篇小说达 4 798 部。

2014 年
1 月 7 日，全国第一家由网络文学创作、评论、编辑和组织工作者自愿结合的省级协会组织——浙江省网络作家协会在杭州宣告成立。
7 月 11 日—12 日，全国网络文学理论研讨会在北戴河召开。由中国作家协会、全国网络文学重点园地工作联席会议、人民日报社、光明日报社共同举办。
8 月 11 日，第六届鲁迅文学奖揭晓。民众质疑评奖的公正性。
9 月 27 日，张贤亮逝世，享年 78 岁。
10 月 15 日，习近平在北京主持召开文艺工作座谈会。习近平发表重要讲话，涉及五个方面问题：实现中华民族伟大复兴需要中华文化繁荣兴盛、创作无愧于时代的优秀作品、坚持以人民为中心的创作导向、中国精神是社会主义文艺的灵魂、加强和改进党对文艺工作的领导。
12 月 3 日，首届路遥文学奖在争议中揭晓。

2015 年

4月26日，诗人汪国真去世，终年59岁。

8月16日，第九届茅盾文学奖揭晓，格非《江南三部曲》、王蒙《这边风景》、李佩甫《生命册》、金宇澄《繁花》、苏童《黄雀记》获奖。

8月23日，刘慈欣《三体》获世界科幻大会颁发的第73届雨果奖最佳长篇小说奖。

10月14日，习近平《在文艺工作座谈会上的讲话》发表一周年之际，新华社发布讲话全文。

2016 年

4月4日，曹文轩获国际安徒生奖，成为中国第一位获此奖项的作家。

4月29日，陈忠实逝世，享年74岁。

5月25日，杨绛逝世，享年105岁。

11月22日，台湾作家陈映真在北京病逝，享年80岁。

11月30日—12月2日，中国文联第十次、中国作协第九次全国代表大会在北京召开，习近平出席开幕式并发表讲话。铁凝第三次当选中国作协主席，同时当选中国文联主席。

2017 年

1月，周梅森长篇小说《人民的名义》由北京十月文艺出版社出版。3月，同名电视连续剧《人民的名义》播出，反腐题材作品沉寂十年后重新成为文坛焦点。

3月18日，台湾评论家李敖去世，享年83岁。

3月31日，当代文学评论家雷达在京病逝，享年75岁。

4月23日，第三届路遥文学奖在京颁奖，方方长篇小说《软埋》获奖。

9月28日，文艺理论家钱谷融在上海逝世，享年99岁。

2018 年

5月10日，中宣部印发《中国当代文学艺术创作工程规划（2017—2021）》，中国作协制订《〈中国当代文学创作工程规划（2017—2021）〉实施方案（征求意见稿）》。

8月11日，第七届鲁迅文学奖揭晓，石一枫《世间已无陈金芳》等获奖。

9月，40部长、中、短篇小说入选"中国改革开放四十年最具影响力小说"，包括《白鹿原》等15部长篇、《棋王》等15部中篇和《受戒》等10个短篇小说。

10月30日，金庸逝世，享年94岁。

第三版后记

本教材自 1999 年出版至今以来，为许多高校所采用，成为本专业最具全国性影响力的国家级教材之一。

2014 年新版对全书进行全面、深度的修订。全书三分之二篇幅新撰，吸收本学科近十年来的研究成果，较深度更新百年中国现代文学史叙述，重新阐述"十七年"文学，提炼 80 年代、90 年代文学，新撰 2000—2013 年文学。

清华大学、武汉大学、南京大学、吉林大学、浙江大学、厦门大学、苏州大学、福建师范大学、扬州大学、江苏师范大学、中国传媒大学和中国现代文学馆的专家们合力撰写了本书稿。

全书执笔情况如下：

上册，朱栋霖、徐德明、汤哲声：导言、第六章；南志刚：第一章；张全之：第二章、第九章；汪卫东：第三章；龙泉明：第四章；朱栋霖、闵抗生、彭耀春：第五章；秦林芳：第七章、第十一章、第十三章（与汪卫东合作）；王中忱：第八章；汪应果：第十章；许霆：第十二章；朱栋霖：第十四章、第十九章（与秦林芳合作）；张晓玥：第十五章，第十六章第一、二节，第二十章；李晓红：第十六章第三节；陈子平：第十七章；骆寒超：第十八章；马潇：现代文学大事记。

下册，张晓玥：第一章、第二章、第三章；方忠：第四章、第五章、第十二章；陈子平：第六章、第十章；陈霖：第七章、第八章（余华）、第十三章第三节；江腊生、吴义勤：第八章；陈黎明：第八章（陈忠实）、第九章、第十五章第一节；刘祥安：第十一章；刘智跃：第十三章第一、二节，第十四章第二、三、四节，第十五章第三节；汤哲声：第十四章第一节；宋宝珍：第十五章第二节；马潇：当代文学大事记。

朱栋霖负责全书的策划、修改定稿。张晓玥负责选配图文，并协助撰写"研习导引"。陈黎明、张晓玥制作了本教材配套的多媒体课件。白志坚协助修改部分内容。

在此，向所有参加本书编著的同仁，向历来关心与支持本书工作的领导、专家、朋友，致以由衷的感谢！需要特别提出的是，教育部高教司刘向虹处长等长期的支持、关心与帮助；高等教育出版社阎志坚、汤悦、迟宝东的有力支持和于晓宁、梅咏的精心编辑。编写组于 2013 年 7 月在贵州六盘水召开第三版修订研讨会，得到六盘水师范学院费虹教授的精心安排与倾力支持，在此一并致谢。

我们热诚期待各高校教师同仁、大学生在使用这部教材时提出宝贵意见,俾使中国现代文学史的研究与教学臻于新的境界。

朱栋霖
2014 年 6 月 19 日

新版补记

《中国现代文学史1915—2018》（第四版），修改幅度较大的有：

上册：第二章第二节（张全之执笔），第三章、第五章第二节（朱晓进、汪卫东执笔），第十六章第三节（张晓玥执笔）。

下册：第八章之陈忠实、余华部分（陈黎明、陈霖执笔），第十三章（钱文霞执笔），第十四章（刘智跃执笔），第十章、第十六章第三节（吕诺涵执笔），第十六章第一、二节（宋宝珍、陈黎明执笔）。

本书为"互联网+"新形态教材。每章后加设二维码，链接专家学者相关专题学术讲座的视频，所讲专题为本章内容的提升性研讨；链接若干篇研习提升性文章，包括：①本章叙述涉及的史料、文献，②围绕一个文学现象，不同学术观点的争论文章与代表性文学评论，主要用于配合文学史教学的提升性研讨。

朱栋霖
2019年8月2日

高等教育出版社教师服务登记表

建设精品教材，向高校师生提供系列化教学解决方案和教学资源，是高等教育出版社服务教育的重要方式。为支持本课程的教学，我们推出了本教材的配套教学演示文稿，由教材编写者精心编写，汇集了他们丰富的教学经验，供选用本教材的教师教学时参考。

为保证该服务仅为教师获得，烦请授课教师填写如下开课情况证明，我们将为您免费寄送教学课件。

我们的联系方式：
地址：北京市朝阳区惠新东街4号富盛大厦21层　高等教育出版社文科事业部文科分社
邮编：100029　　　　E-mail：humn@hep.com.cn
电话：010-58556250　　传真：010-58581414

证　　明

兹证明_____大学_____系/院_____级_____专业_____学期（学年）开设的_____课程，采用高等教育出版社出版的_____（书名和作者）作为本课程教材。授课教师为_____，学生共_____个班_____人。

授课教师需要与本书配套的网上资源和教学课件。

教师电话：_____
E-mail：_____
邮编和地址：_____

系/院主任：_____（签字）
（系/院办公室盖章）
___年___月___日

郑重声明

高等教育出版社依法对本书享有专有出版权。任何未经许可的复制、销售行为均违反《中华人民共和国著作权法》，其行为人将承担相应的民事责任和行政责任；构成犯罪的，将被依法追究刑事责任。为了维护市场秩序，保护读者的合法权益，避免读者误用盗版书造成不良后果，我社将配合行政执法部门和司法机关对违法犯罪的单位和个人进行严厉打击。社会各界人士如发现上述侵权行为，希望及时举报，本社将奖励举报有功人员。

反盗版举报电话　　（010）58581999　58582371　58582488
反盗版举报传真　　（010）82086060
反盗版举报邮箱　　dd@hep.com.cn
通信地址　　北京市西城区德外大街4号
　　　　　　高等教育出版社法律事务与版权管理部
邮政编码　　100120

防伪查询说明

用户购书后刮开封底防伪涂层，利用手机微信等软件扫描二维码，会跳转至防伪查询网页，获得所购图书详细信息。用户也可将防伪二维码下的20位密码按从左到右、从上到下的顺序发送短信至106695881280，免费查询所购图书真伪。

反盗版短信举报
　　编辑短信"JB，图书名称，出版社，购买地点"发送至10669588128
防伪客服电话
　　（010）58582300